L. E. MODESITT JR.

SCHWERKRAFT-TRÄUME

Roman

Aus dem Amerikanischen von
WALTER BRUMM

Deutsche Erstausgabe

WILHELM HEYNE VERLAG
MÜNCHEN

HEYNE SCIENCE FICTION & FANTASY
Band 06/6393

Titel der amerikanischen Originalausgabe
GRAVITY DREAMS
Deutsche Übersetzung von Walter Brumm
Das Umschlagbild ist von Jim Burns

Umwelthinweis:
Dieses Buch wurde auf chlor- und
säurefreiem Papier gedruckt.

Redaktion: Wolfgang Jeschke

Erstausgabe 1999 TOR Books,
published by Tom Doherty Associates, Inc., New York
Mit freundlicher Genehmigung des Autors
und Thomas Schlück, Literarische Agentur, Garbsen
(# 70944)

http://www.heyne.de
Deutsche Erstausgabe 1/2002
Printed in Germany 11/2001
Umschlaggestaltung: Nele Schütz Design, München
Technische Betreuung: M. Spinola
Satz: Schaber Satz- und Datentechnik, Wels
Druck und Bindung: Elsnerdruck, Berlin

ISBN 3-453-19662-7

INHALT

Für Carol Ann,
die mich lehrte, dass Aufrichtigkeit
mehr ist als
Genauigkeit in Worten

Buch Eins

ERSTE LIEBE
ERSTES WISSEN
ERSTE TRAUER

I

(Der Kessel: 4513)

Dem Geborenen ist der Tod gewiss;
dem Toten ist die Geburt gewiss.

Mein Blick ging zu dem vom Regen angeschwollenen Bach und dann zu dem schäumenden, strudelnden Wasser, das aus den grauen Felsen der Klamm schoss. Im Norden verschmolzen schwere, tief hängende Wolken mit dem Granit. Feine Nebeltröpfchen hingen in meinem Haar, und das Wasser rann mir von Stirn und Nacken. Schweiß und Angst hüllten mich ein, eine Geruchskombination, die der feine Sprühregen nicht abwaschen konnte und die meine Verfolger durch den lockeren Wald uralter Bäume zu mir führen würde.

»Kessel der Dämonen«, murmelte ich mit kältestarren und aufgesprungenen Lippen. Dann blickte ich nach Osten und sah wieder den Karrenweg.

Ungefähr tausend Meter rechts von mir verlief der Karrenweg nordwärts nach Rykasha – *eintausendsiebenhundertzehnkommavier Meter,* schoss es mir durch den Kopf und erinnerte mich wieder an den Dämon, der ich geworden war oder rasch wurde. Der teilweise gepflasterte Weg folgte dem Verlauf der einst größeren Straße der Alten, wie die Karten zeigten, endete aber kurz vor den Grenzmarkierungen, und nur ein Pfad führte weiter nach Rykasha hinein.

Ich schüttelte den Kopf. Viel zu nahe. Ich hatte geglaubt, weiter westlich zu sein und mich von diesem Karrenweg zu entfernen, aber die Richtung verloren und war allmählich in weitem Bogen nach rechts in tieferes Gelände abgekommen, gerade auf die Gleiter zu, die hinter mir her waren. Zurück zu Foerga?

Meine Augen brannten. Arme Foerga, einem Mann

verbunden, der Dämon geworden war, in Liebe verbunden bis zum Ende, gegen die Grundsätze Dorchas, gegen den Stadtaufseher und die Shraddan. Gegen die Shraddan, denen ich vertraut und die ich in all meinen Lehren als Dzinmeister unterstützt hatte.

Der Boden unter meinen Füßen wurde hart. Anscheinend lag unter der dünnen Humusschicht das alte Pflaster der Zweigstraße, die einmal zum Kessel geführt hatte. Mein Magen knurrte, eine Erinnerung an all den Proviant im Rucksack, den ich vor mehreren Kilometern weggeworfen hatte. Für einen normalen Mann hätte er wochenlang gereicht, für mich kaum ein paar Tage.

Vor meinen Augen erhob sich die Vision einer ungeheuren Lichterscheinung, eines glühenden, wirbelnden Feuerrades, und für einen Moment schienen das Grau und der Regen wie weggewischt. Genauso plötzlich verschwand die Vision, und ich schloss die Augen und schüttelte den Kopf, aber die Vision – ich dachte jetzt an eine Sehstörung – blieb verschwunden, und ich sah nur die dunklen Tannen, die regennassen Eichen und Ahorne aus dem Regendunst ins Grau ragen.

Der Regen verstärkte sich zu einem gleichmäßigen Rauschen, und ich hatte keine Zeit, über mysteriöse Lichterscheinungen nachzudenken. Ich blickte zu den triefenden Bäumen und dem nassen grauen Granit vor mir. Das schwarzgrüne, schäumende Wasser aus der Klamm stürzte gischtend in den Kessel, um von dort abzufließen. Ich holte tief Atem und lauschte in das Tosen und Rauschen.

War da nicht ein tiefes Brummen …?

Wo rechts von mir die Schneise des Karrenwegs durch den Wald verlief, bewegte sich ein silbriges, schemenhaftes Etwas. Mein geübter Blick erkannte die unten verbreiterte Tropfenform eines Geländegleiters mit selbstregelndem Bodenabstand. Ich kehrte Bach und Kessel den Rücken und rannte bergauf.

Je höher ich kam, desto mehr war ich dem böigen Wind ausgesetzt, der den Regen vor sich her peitschte. Begleitet von beinahe ständig rollendem Donner rannte ich westwärts, auf den Rücken der ersten niedrigen Anhöhe zu, dann nordwärts. Ich musste versuchen, wenigstens auf gleicher Höhe mit den Gleitern und den grimmig blickenden Shraddan darin zu bleiben. Solange sie nicht vor mich kommen und mir den Weg versperren konnten, bevor ich die Grenze erreichte ... Ich musste die Grenze erreichen, und wenn auch nur um Foergas willen.

Der Boden kam hoch und schlug mir ins Gesicht, weil ich mehr an Geographie als daran gedacht hatte, wohin ich meine Füße setzen sollte.

Ächzend rappelte ich mich auf und lief weiter, taumelnd zuerst und ohne auf die brennende Linie über meinem Unterarm zu achten, wo das Blut sich mit Regen mischte, und an andere dumpfe Schmerzen, die zu zahlreich waren, um sie zu zählen. Dann musste ich mich bücken und die aufgegangenen Schnürsenkel am Stiefel binden, bevor ich mich aufrichten konnte. Der Geruch von feuchten Blättern und Erde füllte meine Nase.

Zwei weitere Gleiter kamen hinter Dunst und Regenvorhängen in Sicht, überquerten den Bach südlich des Kessels und bewegten sich die niedrige Anhöhe empor.

Ich rannte weiter, so müde ich war, rannte wie ein Hase, verglichen damit, wie ich früher gerannt war, sogar in meinen jüngeren Jahren.

Die Vorteile, ein Dämon zu werden ...

Der Höhenzug mit seinen zutage tretenden Granitstufen schien die Shraddan und ihre Gleiter zu verlangsamen, und das Brummen und Schwirren blieb zurück. Aber es verschwand nicht, sondern blieb in meiner Hörweite und in zu vielen Wahrnehmungen, die allzu akut geworden waren.

Ich verlangsamte zum Trab und ließ einen Fuß dem

anderen folgen, blieb wachsam und in Bewegung, um den Vorsprung vor den Shraddan und dem, was sie mir antun wollten, zu halten.

Wieder füllten Linien rotgoldenen Feuers den Himmel wie Bogen, welche die Tiefe der Leere jenseits der Welt zurückhielten. Der Himmel war nicht purpurn noch blau, sondern wie Schwarzschmelz. Mit Sternen, die wie Dolche aus Licht stachen. Ich schüttelte den Kopf, konzentrierte mich darauf, einen Fuß vor den anderen zu setzen, und die Vision verschwand so plötzlich wie sie gekommen war.

Einige Zeit später, als meine Beine bis zur Verkrampfung schmerzten, meine Lunge brannte, dass ich kaum atmen konnte, hielt ich taumelnd am Stamm einer dunklen Föhre inne. Eine Weile konnte ich nur keuchen, obwohl ich mich bemühte, ein tieferes Durchatmen zu erzwingen.

Bevor ich mehr als ein Dutzend Atemzüge getan hatte, erschien aus dem Regen im Osten der erste Geländegleiter und arbeitete sich brummend und winselnd durch das Unterholz, ohne den Sträuchern auszuweichen, wie ich es getan hatte, aber doch in Schlangenlinien, um die mannsdicken Stämme der starken Laub- und Nadelbäume zu meiden.

Mit einem Keuchen, das ein halbes Schluchzen war, lief ich aufwärts um einen Schichtenkopf aus regennassem Fels und weiter in den Wald. Ich zwang meine Beine, schnaufte verzweifelt, gequält von Schmerzen, die mit jedem Atemzug durch meine Lungen stachen.

Alles war besser, als in einer steinernen Zelle zu verhungern. Als lebendig begraben in unbeweglichem Stein langsam zu sterben. Aber ich durfte nicht sterben. Ich konnte nicht zulassen, dass sie mich töteten … nicht nach allem, was geschehen war.

Unter Aufbietung aller Dzintechniken, die ich jemals

gelernt hatte, holte ich das Letzte aus meinem Körper heraus. Wieder blieb das Brummen und Winseln hinter mir zurück, während ich durch das weglose Gelände nordwärts rannte. Ich wusste, dass andere Gleiter dem Karrenweg im Osten folgten und vor Erreichen der Grenze abschwenken und mir den Weg verlegen würden, sollten meine Kräfte versagen.

Wollten sie mich fangen? Oder vielleicht nur aus Dorcha vertreiben?

Taktische Verteilung spricht mit neunundneunzig Prozent Wahrscheinlichkeit für Absicht der Gefangennahme … War das der Dämon, oder befreite der Dämon meine eigenen Dämonen?

Da ich keine Antworten und keine Zeit für Antworten hatte, umging ich die von Brombeerranken überwucherten Lichtungen, aber auch die anderen Sträucher rissen an meinen schon zerschlissenen Kleidern, und meine Stiefel glitten im schmierigen Lehn, feuchten Laub und nassen Nadeln aus.

Wie war es dazu gekommen?

Noch vor weniger als einem Monat war ich ein geachteter Meister des Dzin in Hybra gewesen. Ein Meister niedrigen Grades mit der Aufgabe, die Kinder der Stadt zu erziehen, aber ein Meister. Und nicht ganz ein Jahrzehnt davor war ich ein Kandidat der Gelehrsamkeit in Henvor gewesen, hatte den Weg des Dzin gelernt und die Fertigkeiten und Kenntnisse erworben, die der Welt zu Stabilität verholfen und sie der ungezügelten Selbstsucht der Dämonen wieder entrissen hatte.

Jetzt wurde ich als Dämon gejagt, als ein Ausgestoßener und ein verhasstes Überbleibsel einer verabscheuungswürdigen Vergangenheit, die der heutigen Welt von der unaussprechlichen Verderbtheit der Alten aufgezwungen worden war.

Auf einer ebenen Strecke, einem Pfad, der einen Teppich aus regennassen Tannennadeln trug, verlangsamte ich etwas, um zu verschnaufen und meinen ermüdeten Muskeln eine kleine Erholungspause zu verschaffen.

Ich? Ein Dämon? Weil ich plötzlich klarer denken und schneller laufen konnte?

Das anhaltende Gebell eines Jagdhundes irgendwo zu meiner Rechten spornte mich wieder an. Das Blut an zerkratzten Armen und die Krämpfe in überanstrengten Beinen waren vergessen. Ich hetzte weiter, einen allmählich ansteigenden Hang hinauf durch die Hügel, die kein Ende nehmen wollten.

Wieder blieben die Geräusche der Gleiter zurück. Vor allem aber entfernte sich das schreckliche Gebell. Die Luft kühlte ab, in den Regen mischten sich Graupeln, die von meinen Schultern und dem durchnässten Haar abprallten. Trotz Kälte und Nässe hatte ich den Geruch von Schweiß an mir, von Schweiß und Panik.

Der Wald wurde lichter, die Abstände zwischen den Bäumen größer, Fichten und Tannen verdrängten die entlaubten Eichen und Ahorne. Allmählich gingen Regen und Graupeln in Schnee über, der vom Wind schräg durch den Wald getrieben wurde und auf den Nadelbäumen und dem Unterholz liegenblieb, das nicht von den Ästen und Zweigen der Bäume geschützt war.

Trotz meiner Anstrengungen wurde ich langsamer, und die Geräusche der Gleiter näherten sich wieder. Weiter zurück bellten und heulten andere Hunde, tiefer, trauriger.

Der Wald endete, und ich blieb stehen, überrascht von der deckungslosen freien Fläche, die von links nach rechts verlief und schneebedeckt war. Eben wie ein Brett, als läge der Schnee auf Pflaster oder Gras, ohne Sträucher und Stauden. Fünfzig Meter – *achtundvierzigkommadrei Meter* – zu meiner Linken ragte eine hohe silbrige Säule aus dem knöcheltiefen Schnee. Sie schimmerte matt im trüben Licht.

Eine breite geräumte Schneise, die den Wald so scharf

wie ein Messer oder ein Laser durchschnitt, verlief hier in ost-westlicher Richtung und markierte die Grenze zwischen Rykasha und Dorcha, zwischen Zivilisation und Chaos, und beiläufig, wie dieser neuerdings autonome Teil meines Verstandes hinzufügte, den *vierundvierzigsten* Breitengrad. Mich fröstelte.

Hinter mir schwoll das Dröhnen der Geländegleiter an, ein beängstigendes Geräusch tödlicher Bedrohung, das ich noch vor einem Monat kaum beachtet hätte. Die Hunde bellten wieder.

Ich blickte zurück, fühlte die Annäherung von drei, vielleicht mehr Gleitern, blickte dann zur Säule und hangabwärts, wo eine weitere stehen musste, und jenseits davon noch mehr – eine Linie aus silbrigen Pfeilern, die die Nordgrenze von Dorcha und die Südgrenze von Rykasha markierte, dem Land der Dämonen.

Schließlich, als der Lärm weiter anschwoll, schüttelte ich mich und rannte dann über die Grenze und in das Land meiner Verdammnis.

Der Schnee wurde tiefer, als ich nordwärts wanderte, schien alle hundert Schritte um Zentimeter höher zu liegen, bis ich durch knietiefen, haftenden Nassschnee stapfte, der den dünnen Stoff der Hose durchnässte und meine Beine auskühlte.

Auf der anderen Seite der Schneise waren die Bäume höher, standen aber weiter auseinander, und aus dem dunkelnden Himmel zwischen ihren Wipfeln wirbelten die weißen Flocken herab.

Ich setzte einen Fuß vor den anderen, froh, dass wenigstens der Lärm der Gleiter hinter mir zurückgeblieben war. Froh und bitter zugleich, bereit zu tun, was die Pflicht – und die Liebe – verlangten.

Als ich den Wald hinter mir ließ und in ein weites, flaches Tal kam, das rechts und links von steilen Granitklippen begrenzt war, wurde ein anderes Geräusch hörbar, das mehr einem Summen und Brausen glich und von Sekunde zu Sekunde lauter wurde. Es schien aus keiner bestimmten Richtung oder aus allen zugleich zu kommen.

Ich stand still, fast bis zu den Knien im Schnee, der meinen erhitzten Körper mehr und mehr auskühlte, wandte mich in alle Richtungen, bevor ich aufblickte …

Licht durchbohrte mich – dann wurde es dunkel.

2

(Hybra: 4511)

Dzin muss mit bloßen Händen und offenen Augen ergriffen werden.

Draußen vor der Schule trug der Herbstwind das trockene Laub mit einem angenehmen Rascheln an den halb offenen Fenstern vorüber. Statt mich auf die sechzehn Schüler zu konzentrieren, die auf ihren Matten vor mir saßen, lauschte ich einen Augenblick, war mir nur dieses einzelnen Dzin-Augenblicks bewusst, hielt ihn fest und nahm ihn an.

Melenda hielt die Hand hoch.

Ich nickte. Es würde andere Augenblicke geben.

»Wie kam Dzin in die Welt?«, fragte die langhaarige junge Frau. »Sie erzählen uns davon und lehren uns die Anwendung, aber …« Ihre Worte verloren sich in Ungewissheit.

»Dzin war immer in der Welt; wir müssen es nur entdecken.« Ich lächelte. »Das ist ebenso wahr wie unvollständig. Die Kenntnis des Dzin reicht weiter zurück als in die Zeit des großen Zusammenbruchs. Sie kann schon lange vorher existiert haben. Wir wissen es nicht.« Ich hielt inne und überlegte, wie ich das Gesagte mit dem

Gegenstand unserer Diskussion verbinden könnte. »Was wir wissen, ist, dass Dzin nicht wie ein Berg oder eine Gebrauchsanleitung ist. Es ist weder ein unbeweglicher Gegenstand noch systematischer Führer zum Leben. Es ist der Weg, sich der Realität *bewusst* zu werden, nicht zur Erklärung der Realität oder zu ihrer Beschreibung. Darum verbringen wir nicht viel Zeit mit Erläuterungen, was es ist oder wie es entstand. Es ist. Wir versuchen das Bewusstsein von allem zu vermitteln, nicht eine Erklärung von allem.«

Wryan lächelte breit. »Ist es wie die Wolken? Vorhanden und wirklich, aber man kann es nicht berühren oder fühlen?«

»Wie die Wolken?« Ich erwiderte das Lächeln. »Nicht genau … obwohl es ein altes Dzin-Sprichwort gibt: ›Die Wolken sind im Himmel; das Wasser ist im Brunnen.‹ Aber das ist eine weitere Erinnerung, dass Dzin uns lehrt, die Wirklichkeit unmittelbar zu verstehen, ohne sich in Beschreibungen von Beschreibungen zu verlieren.«

Darauf gab es einiges Stirnrunzeln, auch von Sergol, dem blonden Sohn eines Fischers in der Mitte der zweiten Reihe.

»Was ist gegen Beschreibungen einzuwenden?«, fragte die schmalgesichtige Sirena und rückte unruhig auf ihrer Matte.

»Wir brauchen Beschreibungen, um mit einigen Aspekten unseres Lebens zurechtzukommen. Doch müssen wir verstehen, dass Beschreibungen zwar notwendig sind, aber nur Annäherungen an die Welt darstellen. Das war einer der Gründe für den Niedergang der Alten. Die Alten konnten alles beschreiben. Sie hatten Beschreibungen von subatomaren Partikeln, die so klein waren, dass ihre stärksten Instrumente sie nicht ausmachen konnten. Dennoch beschrieben sie sie. Sie beschrieben, wie die Welt aus den kleinsten Teilchen und Kräften besteht, so winzigen Teilchen und Kräften, dass sie nur durch Wechselwirkungen festgestellt werden konnten. Zur Erzeugung dieser Wechselwirkung brauchten sie Maschinen und Anlagen, die so groß waren wie die ganze Stadt Henvor.«

Die verständnislosen Blicke der jüngeren Schüler in der zweiten Reihe sagten mir, dass ihnen das zu hoch war. Ich befingerte meinen Bart. Wie konnte ich es einfacher und doch genau ausdrücken? »Dimmel? Mögen Sie Schokolade?«

»Ja, Meister Tyndel.«

»Erzählen Sie mir etwas über Schokolade. Was macht sie gut?«

»Sie ist braun und süß und schmeckt gut.«

Ich nickte und blickte von einem Gesicht zum anderen. »Lycya? Können Sie nach Dimmels Beschreibung Schokolade schmecken?«

»Nein, Meister Tyndel.«

Ich blickte in ein älteres Gesicht. »Und Sie, Erka?«

»Nein, Ser.«

»Kann mir jemand mehr über Schokolade erzählen?«

»Sie wird aus Kakaobutter, Milch und Zucker gemacht«, sagte Wryan, »und wenn es warm ist, schmilzt sie in der Hand.«

»Wie schmeckt sie? Wie fühlen Sie sich, wenn Sie Schokolade essen, und nachdem Sie es getan haben?«

»Gut … richtig gut!«, rief Dimmel.

»Das glaube ich gern.« Ich ließ meinen Blick über die Gruppe schweifen. »Sagen uns all diese Beschreibungen wirklich, wie Schokolade schmeckt?«

Ein paar Schüler schüttelten den Kopf, dann noch einige.

»Sie sehen, wie schwer es ist? Und Sie alle wissen über Schokolade Bescheid. Die Alten versuchten weit größere und viel kompliziertere Dinge als Schokolade zu erklären. Doch bei all ihren Erklärungen, trotz ihrer Suche nach mehr Erklärungen, die ihnen brauchbar erschienen, scheiterten sie und gingen zugrunde. Wie der Abbo Sanhedran sagte: ›Erklärung ist nicht Bewusstsein.‹« Ich machte eine Pause. »Was heißt das?« Ich fasste Dynae am Ende der ersten Reihe ins Auge.

»Ah, Ser ... ich bin nicht sicher. Ich war letztes Mal nicht da«, antwortete die Brünette, Tochter des Stadtaufsehers.

Ich ließ mir meine zwiespältige Erheiterung nicht anmerken und richtete den Blick auf die schmalgesichtige Sirena neben ihr. »Was meinen Sie?«

»Eine Erklärung ... das ist nicht das Gleiche ... wie etwas zu fühlen.«

Ich nickte. »Das ist richtig. Und damit nicht genug: Wenn Sie etwas beschreiben, was sie fühlen oder sehen, wird die Wahrheit dessen, was sie gefühlt oder gesehen haben, sofort verfälscht.«

»Ach ... wie die Geschichte vom Elefanten und den Blinden ... bloß können wir nicht alles erklären, was wir sehen«, meldete sich der Rotschopf Wryan. »Also lassen wir vieles weg, wenn wir darüber reden.«

»Das ist ein Teil davon«, stimmte ich ihm zu.

»Und es gibt Dinge, die wir fühlen aber nicht beschreiben können, und die werden auch weggelassen«, sagte Wryan.

»Sie haben Recht.« Ich lächelte und nickte. »Das soll einstweilen genug sein. Ich möchte, dass Sie alle darüber nachdenken. Wir werden eine Pause machen, bevor wir mit Naturwissenschaft anfangen.«

Ich war zufrieden. Nicht immer verliefen die Dzin-Unterweisungen so gut, und allzu viel von dem, was ich den Schülern vermittelte, hatte ich von anderen. Immerhin schienen die meisten verstanden zu haben, und einige, wie Wryan, hatten ein Gespür für Dzin.

3

(Henvor: 4503)

Wahrheit ist nicht irgendwo anders.

Im Schatten der ehemaligen Tempelschule von Dyanar küssten sich zwei Jugendliche, und ich ließ sie gewähren, obwohl ich im neuen wasserblauen Gewand des Meisters hätte nähertreten, die Stirn runzeln und meine schweigende Missbilligung einsetzen sollen, sie zu trennen, denn solch frühreifes Ausleben von Trieben führt zu arroganter Oberflächlichkeit und Abwendung von jeder tieferen Geistigkeit.

Statt zu handeln, studierte ich die steinernen Reliefdarstellungen an der Wand der ehemaligen Tempelschule, Darstellungen geflügelter Gestalten, welche die Alten verkörperten, und geschwänzter Gestalten im Hintergrund, welche die Dämonen darstellten, welche durch die Technik dieser alten Engel geschaffen worden waren. Dzin hatte uns, die Einwohner Dorchas, vor der Degeneration zur Seelenlosigkeit des Nordens gerettet, geradeso wie Toze nach meiner Vermutung die Einwohner von Amnord gerettet hatte.

Von den Reliefs ging mein Blick zurück zu den Jugendlichen, halbe Kinder noch, die sich küssten. Das war der Anfang, obwohl ich es nicht sah. Stattdessen unterließ ich jede Einmischung und lächelte, erinnerte ich mich doch gut an einen Tag vor vielen Jahren, als ich Esolde hinter dem Obstspalier im Garten ihrer Eltern geküsst hatte.

An diesem späteren Tag, dem ersten in meinem neuen wasserblauen Gewand, dem äußeren Zeichen meiner Erhebung zum Meister des Dzin, ließ ich die beiden unbehelligt und ging über die von zahllosen Füßen polierten Pflastersteine den Uferweg entlang. Unter mir zog der

Fluss mit seinen träge kreisenden Strudeln dahin, und die Feuchtigkeit des Morgennebels war noch in der Luft. Die Sonne, gerade erst über den Hügeln im Osten aufgegangen, schien mir an diesem Frühlingsmorgen noch etwas kraftlos auf die rechte Wange.

Henvor ist eine alte Stadt, deren Ursprünge an den Ufern des Grünen Flusses sich in den Mythen der Zeit vor dem Großen Hunger und der Verwüstung verlieren. Die Wetterdeuter behaupten, es sei damals kälter gewesen, viel kälter, aber jetzt waren die Winterregen angenehm, und die Morgennebel und Wolken des Sommers hinderten die Sonnenhitze daran, die Sümpfe und Marschen zu beiden Seiten des Flusses südlich von Henvor auszutrocknen. Diese Sümpfe und ihre Gräser und Schilffelder reinigten das Wasser, bevor es zwischen den Weißen Hügeln dahinfloss und sich in trägen Windungen den Handelsstädten an den Ufern des Sommermeeres näherte, vorbei an Leboath und Wyns und schließlich nach Mettersfel, wo die Manganknollen aus dem Ozean angelandet wurden und Schiffe die Weine und Käse Dorchas ostwärts über den Rehavicozean südlich der Feuersäulen und um die Kahlen Inseln nach Thule brachten ... und gelegentlich nach Dhurra.

Unterwegs zur Halle unterdrückte ich ein Kopfschütteln. Zuerst meine Mutter, dann mein Vater, dann Umbard und schließlich Manvarr hatten mich vor der heimtückischen und schlechten Gewohnheit offener Missbilligung gewarnt, sogar offener Missbilligung meiner Selbst, aber trotzdem musste ich gegen diesen Drang ankämpfen und mich auf die Grundsätze des Dzin besinnen – so sehr, dass ich mich fragte, welcher Vorfahre diesen Zug in seinen Genen verschlüsselt haben mochte.

Jenseits des Flusses lag die ebenso alte Stadt Teford. Dort sind die Steinmetzen zu Hause, wegen ihrer Liebe zu ihrem Handwerk besser Lithoidolatoren genannt, denn es waren Stein und Dzin, welche die Dämonen des Nordens zurückgehalten haben.

Die zwei Flussstädte sind die Kronjuwelen Dorchas: klein, aber kostbar – anders als Halz und Mettersfel, die groß und geschäftig und voller Geld aller Währungen und Ursprünge sind. Teford und Henvor sind überdies weit genug vom Sommermeer entfernt, um ein ruhiges, angenehmes Leben zu bieten, auch wenn die Kaufleute aus Mettersfel sie Provinznester nennen. Doch wie kann eine Stadt wie Henvor, gesegnet mit den Hagiaphanten Dzins, jemals ein Provinznest sein, selbst für die Kaufleute des weltoffenen Stadtstaates Mettersfel?

Hinter mir schlappten Sandalen, und die Jugendlichen bogen in die Straße der Ikonographen ein. Ich runzelte die Stirn. Die Ikonographen wurden in ganz Dorcha und Amnord geduldet, aber sogar ich musste mich Manvarrs Meinung von ihnen anschließen: »Das Universum, das wir sehen, ist unwirklich; wie würde man dann ein Bildzeichen von Unwirklichkeit beschreiben, das auf einem beleuchteten Bildschirm dargestellt wird?«

In der Straße der Ikonographen kontrastierten schmale und ärmliche Wohnhäuser mit den golden und grün schimmernden Konsolen des Reichtums. Wie könnte es anders sein, wenn der elektrische Strom zum Betrieb eines Bildzeichenschirms teurer als reines Blutplasma war? Manche behaupteten, dass die Ikonographen, die auf ihren Leuchtschirmen mit Bildern und Zeichen hantierten, wenig mehr als Koprophologen seien, welche die Seelen von Kindern versklavten und übertrugen, um ihre Leuchtschirme mit Energie zu versorgen, aber unter den weniger Aufgeklärten gibt es immer Aberglauben, sogar in Henvor. Es gibt sogar Leute – Dzinarchisten –, die Dzin nicht als einen Weg, sondern als ein Ziel ansehen.

Als die Schritte der beiden verklungen waren, blickte ich nordwärts zu den von hier aus nicht sichtbaren Granitbastionen des Berglandes, wo die Südgrenze des von Dämonen beherrschten Rykasha verlief, eines Landes der Geheimnisse und Finsternis, bevor ich meine Schritte zur Halle Unermüdlicher Wachsamkeit beschleunigte.

Beim alten Flusstor zur Stadt, das jetzt ein gutes Stück in Henvor selbst lag, schritt ich durch die schmale Passage der Dämonen. Nach einem Jahrzehnt unter den Hagiaphanten blickte ich nicht mehr zu den zwanzig Meter hohen Glaswänden auf, noch zu den Sperrsteinen, die unerbittlich zusammenstoßen sollten, wenn ein Dämon vernichtet werden musste.

Bei der alljährlichen Zeremonie der alten Tagundnachtgleiche wurden die Sperrsteine an jedem der alten Tore erprobt. Das erste Mal, erinnere ich mich, stand ich hinter Umbard. Mein Kopf reichte ihm kaum an die Brust, und ich starrte mit offenem Mund, als die schwarzen Steine sich gleitend in Bewegung setzten, fugenlos zusammenstießen und eine Steinkammer schufen, aus der nicht einmal der stärkste Dämon entweichen konnte. Dann war ich mit Herzklopfen Umbard gefolgt, wie jeder neue Kandidat seiner ersten Aufsichtsperson folgte, und stand kurze Zeit allein auf dem Platz des Gerichts, der von den Steinen verschlossen werden konnte, bevor ich das Zeichen zum Weitergehen erhielt.

Obwohl zwei Jahrhunderte vergangen waren, seit der letzte Dämon in Henvor gefasst und eingekerkert worden war, bekam ich jedes Jahr wieder ein wenig Herzklopfen, bis das Yin in dem Passarmband an meinem Handgelenk erneuert wurde.

Auf der Altstadtseite des Dämonentores lächelte mir ein Schutzmann in der graubraunen und roten Uniform der Shraddan zu. »Ein glückliches Erwachen, Kandidat.«

»Mögen die Morgennebel immer weich wie Daunen sein.«

Er nickte, und ich ging weiter, und wenig später stand ich mit den anderen zwanzig älteren Kandidaten in der Halle Unermüdlicher Wachsamkeit.

Beinahe so alt wie Henvor selbst, ragten die aus Hausteinen gemauerten Bogen, welche die alten Eichenbalken und das dunkle Schieferdach trugen, annähernd dreißig Meter hoch in das trübe Halbdunkel. Nur ihre Höhe ließ ihre Größe geringer erscheinen als sie war.

Die in wasserblaue Gewänder gehüllten Kandidaten standen bewegungslos auf den Bodenfliesen aus grüner Keramik, die nach fast einem Jahrtausend noch keine Abnutzung zeigten – ein weiteres Relikt aus den Tagen des Wunders und der Zeit der Dämonen.

Entlang der östlichen Wand standen die acht Meister des Dzin. Manvarr war der Dritte von links. Ich vermutete, dass ich, wäre ich in Klama geboren, von einem Meister aus Toze unterwiesen worden wäre. Aber Spekulationen darüber, was gewesen sein könnte, wenn meine Eltern anderswo gelebt hätten, waren vergeblich und bedeutungslos.

»Es gibt keine Zeremonie für Weisheit, und Weisheit bedarf keiner«, sagte Abbo Sanhedran. »Der Einzelne verehrt die Weisheit, weil sie sich selbst vermehrt; der Kaufmann, weil sie sein Geld vermehrt; und der Gelehrte, weil Weisheit der erste Schritt zur Unwissenheit ist. Möge die Weisheit, die ihr besitzt, wirklich nur ein erster Schritt auf diesem Weg sein.«

Die Worte flossen über und um mich, vielleicht weil ich sie schon so viele Male gehört hatte, wie die jüngeren Kandidaten, die im rückwärtigen Teil der Halle standen, sie jetzt hörten.

Ich betrachtete die cremefarbene Schärpe, die der Abbo einmal im Jahr zu diesem Anlass trug, und fragte mich, ob ich eines Tages auch die cremefarbene Schärpe tragen würde.

Nach der Zeremonie ging ich zu Manvarrs Säulenhalle. Am liebsten wäre ich gelaufen, da ich aber kein Kandidat mehr war, sondern ein junger Meister des Dzin, zwang ich mich zu bedächtiger Gangart, blieb im Garten draußen sogar stehen, um den zarten Duft des Goldmohns zu genießen.

Als ich die Säulenhalle betrat und mich verneigte, erwiderte Manvarr die Geste. Sein verblasstes blaues Gewand reichte bis auf die polierten Steinplatten unter den Säulen der westlichen Meditationsnische, wo er uns als ältere Kandidaten unterrichtet hatte. »Du hast einen Ruf erhalten.«

Ich wartete.

»Stadtaufseher Trefor aus Hybra hat einen jungen Meister angefordert, nachdem Ainged sein Amt aufgegeben hat und den Weg der Unwissenheit sucht.«

Mein Magen krampfte sich zusammen.

»Du kannst wirklich von Glück sagen«, erklärte Manvarr, »denn Hybra liegt am Tiefen See. Vor Jahren, in der Zeit des Fünften Kolloquiums, brachte der Meister Vollod uns jüngere Schüler zum Steilufer, um die Aale zu sehen.«

Mein Unbehagen nahm weiter zu. Aale waren das Letzte, von dem ich hören wollte. Hybra, wo ich Schulmeister der Sprösslinge von Waldarbeitern und Trüffelsuchern sein würde. Hybra, eine so kleine Stadt, dass sie kaum einer Schiene für Magnetgleiter bedurfte.

»Ich erinnere mich jetzt, was er sagte, als die Sonne hinter der Felsspalte stand und das Licht wie ein Pfeil über das Wasser fiel.«

Ich zwang mich zu einem Kopfnicken.

»Ein wahrer Dzinmagier lieferte Einsichten jenseits der Sprache.« So war Manvarr immer; ständig gab er

Platitüden von sich, die so offensichtlich waren, das es sich nicht lohnte, darüber nachzudenken.

Ich ermahnte mich zu bedenken, dass auch das Offensichtliche Wahrheit enthalten konnte, selbst wenn ich sie nicht immer erkannte.

»In Hybra wirst du die Zeit haben, das Leben zu bedenken, das du nicht geführt hast. Ich würde vorschlagen, Tyndel, dass du dich sowohl deinen Pflichten wie auch deinem Garten widmest.«

»Ich werde mich sehr bemühen, Ihren Rat zu befolgen.«

»Durch Enttäuschung, durch das Nadelöhr gelangt man zum Glauben.« Manvarr machte eine bedeutungsvolle Pause. »Vollkommener Glaube im Triumph wahrer Unwissenheit. Wusstest du, dass Abbo Sanhedran einst Schulmeister in Danber war? Dort gibt es nicht einmal eine Gleiterschiene, nicht bis auf den heutigen Tag.« Ein kurzes Lächeln folgte.

»Das wusste ich nicht.« Vielleicht hatten die Zeiten sich nicht so sehr geändert, seit Abbo Sanhedran jung gewesen war. Ich hatte das Gefühl, Manvarr wollte mir zu verstehen geben, dass ein Schulmeister in Hybra einer der acht Großmeister werden könne, vielleicht sogar Abbo.

»Ich nehme an, du möchtest dein Glück mit deiner Familie teilen. Komm und besuche mich, nachdem du dich in Hybra eingelebt hast. Es ist nicht so weit; der Magnetgleiter benötigt weniger als eine Stunde.«

Sobald er mich entlassen hatte, ging ich langsam und nachdenklich zurück zu meinem Raum mit dem schmalen Feldbett und dem Schreibtisch, den ich bald einem anderen überlassen würde.

Als ich den schwarzen Seesack packte, der alles enthielt, was ich hatte und brauchte, kam Hywk zu mir. Er hatte noch ein Studienjahr oder mehr vor sich.

»Das Wasserblau steht dir gut, Tyndel.«

»Ein wasserblaues Gewand ist ein wasserblaues Gewand.« Eine gefahrlose Platitüde und obendrein wahr.

»Ich wünsche dir alles Gute auf deinem neuen Posten. Wenn du dort bist, lass mich wissen, wie es dir gefällt.«

Ich lachte. »Ich weiß, wohin ich gehe, aber nicht, was mich erwartet.«

»Die nicht begangene Straße kann an einem anderen Tag begangen werden.«

Hywks Worte verrieten mir, dass er spürte, wie unsicher ich in meinen Zukunftserwartungen war. Aber ich wollte ihm nicht sagen, dass ich nach Hybra geschickt wurde; nicht nachdem ich vorher beinahe arrogant erklärt hatte, dass man mir vielleicht die freie Stelle eines Untermeisters am Lyzeum von Leboath geben wolle.

»Vielleicht sogar im weichen Morgennebel.« Wenigstens hatte man mich nicht zu einer der schwimmenden Städte geschickt.

»Oder in der Fülle des Abends, wenn die Hitze gewichen ist.« Hywk grinste jedes Mal, wenn er vom Abend sprach, und die meisten Leute in Henvor wussten warum. Das mag ein Grund gewesen sein, dass er so lang unter der Obhut Meister Juabs, des Undurchschaubaren, hatte verweilen müssen. »Wenn ich länger bleibe, werde ich zu spät zur Vorlesung kommen. Lass es mich wissen.«

Ein warmes und schiefes Lächeln, und er war fort; und ich brauchte nur noch die letzten Gegenstände in meinen Seesack zu tun. Dann brauchte ich ihn nur noch zur Gleiterstrecke über dem Fluss zu tragen. Ich hatte drei Wochen Urlaub, bevor ich nach Hybra ging. Das war der Brauch, und man hatte mich nicht anders verständigt.

Der orangegelbe Ball der Morgensonne war weiß und stand beinahe im Zenit, bis ich in der Station stand und auf den nächsten Gleiter nach Süden wartete. Er war leer, und nachdem ich den Seesack in einem Gepäckfach verstaut hatte, nahm ich einen der vorderen Sitze und machte es mir auf dem polierten, gebogenen Holz unter dem Dach so bequem wie möglich. Dann betrachtete ich den Fluss, während der Gleiter mich südwärts nach Leboath trug, nach Wyns, und schließlich Mettersfel. Leichter Ozongeruch erfüllte die Luft im Gleiter, ein Zeichen fälliger Wartung und Instandhaltung.

Die schmalen Wiesenstreifen, die das Flussufer zwischen Henvor und Teford begleiteten, machten bald den Sümpfen Platz, den hohen Schilfgräsern und den Lilien. Ein großer blaugrauer Reiher stand am Wasser, stieß blitzschnell zu und kam wieder hoch, einen silbrigen Fisch im spitzen Schnabel, bevor die hohen Binsen mir die Sicht versperrten.

Ein Segelboot glitt vor der leichten Brise nordwärts. Eine blonde, weißhäutige Gestalt saß an der Ruderpinne und lenkte das Boot zu den Anlegestegen von Teford und fort vom östlichen Ufer.

Die Frühlingsluft wehte zum halb geöffneten Seitenfenster herein und liebkoste mein Gesicht, und ich beobachtete den Fluss, die vereinzelten Boote und die verstreuten Weiler und Einzelgehöfte zwischen Henvor und Leboath. Älter und kleiner als Henvor, liegt Leboath auf einem niedrigen Plateau über dem Fluss, und der Gleiter nahm die leichte Steigung zum ersten Haltepunkt auf der Nordseite der Stadt.

Als er verlangsamte, sah ich die glatten, grün glasierten Ziegel der Rückwand hinter dem alten Bahnsteig. Sie waren noch makellos, unbesiegt von Regen und Witterung, und doch ging eine Aura hohen Alters von ihnen aus, ebenso von den dunklen, polierten Eichenbalken, die das Dach trugen. Bauweise und Stil verrieten das Alter der Station, aber wie die meisten Bauwerke in Dorcha waren der Bahnsteig und seine Überdachung gut und solide gebaut und noch besser instandgehalten.

Eine Frau in Hosen und einem grünen Kittel stieg im

nördlichen Haltepunkt von Leboath zu, desgleichen zwei Paare, die jünger waren als ich. Sie suchten sich ihre Plätze weiter hinten, aber die Frau setzte sich mir gegenüber auf die andere Seite des Mittelganges.

»In Urlaub, junger Meister?« Die Augen der weißhaarigen Frau musterten mich neugierig, als der Gleiter mit halber Geschwindigkeit dem nächsten Haltepunkt im Stadtzentrum zustrebte. »Sie müssen Lehrer sein.«

»Noch nicht. Ich werde meine erste Stellung antreten, nachdem ich meine Familie besucht habe.«

»Lehren ist wichtig, besonders für die Jungen.« Sie schnaubte leise. »Zu viele sind beseelt vom Ehrgeiz, große Meister in den Hallen zu werden. Sie auch, Sie haben den Blick. Eines Tages werden Sie auch groß sein, aber nicht in der Weise, wie Sie erwarten, denke ich. Einstweilen lehren Sie die Jungen so gut Sie können. Das ist das wahre Vermächtnis von Eltern und Lehrern.«

»Die Farbe meines Gewandes ist kaum trocken«, erwiderte ich mit einem zaghaften Lächeln.

»Sie haben die Merkmale von Größe, aber von welcher Art sie sein wird, kann man noch nicht sagen. Dafür ist es zu früh.«

Kennzeichen von Größe? In einem jungen Meister, der in einer Kleinstadt seinen Dienst antreten wollte?

»Sie glauben mir nicht, aber ich habe im Laufe der Jahre die Merkmale von Größe erkennen gelernt, und das ist kein Segen. Die einzige Schwierigkeit ist, dass Flucht vor der Verantwortung, die Größe mit sich bringt, einen noch größeren Fluch nach sich zieht.«

War sie eine von den abergläubischen Monotheisten? Ich nickte. »Ihre Worte tragen das Siegel der Wahrheit.« Das konnte ich getrost sagen.

»Alle Worte tragen etwas Wahrheit in sich.«

Der Gleiter hielt wieder, diesmal in Leboath-Mitte, und zwei Männer und drei Frauen stiegen zu. Alle fünf, dazu eines der Paare im rückwärtigen Teil des Gleiters, stiegen beim nächsten Halt im Süden von Leboath aus. Dieser Haltepunkt war ohne Überdachung und befand sich inmitten eines ausgedehnten Parks mit Heckenlabyrinthen und ornamental beschnittenen Bäumen und Sträuchern, die wie phantastische Vögel mit gefächerten Schwänzen geformt waren. Außerhalb dieses Parks hatte ich nirgendwo solche Darstellungen gesehen.

Ich sprach nicht, als der Gleiter südwärts beschleunigte, sondern betrachtete wieder den Fluss.

Die weißhaarige Frau in Grün nickte mir zu, als sie aufstand, um in Wyns auszusteigen. »Guten Tag und sonnigen Himmel.«

»Ihnen auch.«

»Danke, junger Meister, aber in meinem Alter nimmt man jeden Tag, wie er kommt, was immer im Himmel sein mag.« Das warme Lächeln und ihr freundlicher Ton wirkten entwaffnend.

Zwei weitere Haltepunkte in Wyns brachten mehr Passagiere, und der Gleiter war beinahe voll, als er mit leisem Summen den Haltepunkt im Süden von Wyns hinter sich ließ. Ich zog mich in meine eigenen Gedanken zurück. Der Posten eines Lehrers war sicherlich ehrenhaft, aber was sollte ich meinem Vater sagen?

Noch ehe der Gleiter in Mettersfel anlangte, sorgte ich mich wegen seiner unvermeidlichen Enttäuschung. Für den Sohn eines Kaufmanns lag die einzige Meisterschaft in einer aussichtsreichen und angesehenen Position. Dzin um seiner selbst willen war nicht genug.

Aber war es nicht von Anfang an so gewesen? Ich gestattete mir ein tiefes und nachdenkliches Seufzen.

4

(Lyncol: 4513)

Erklärung ist kein Ausweg aus dem Leiden.

Manche Albträume nehmen kein Ende. Ich erwachte auf einem Lager nicht aus Schnee, noch aus Stein oder Erde oder Blättern, sondern einer unnachgiebigen Substanz, die mir härter als Stahl oder Stein vorkam. Alle Muskeln zuckten, und ich konnte keinen von ihnen beherrschen.

Vor Tagen war ich Geländegleitern davongelaufen und hatte sogar schwere Steine und abgebrochene Äste gewuchtet, um meinen Verfolgern die Überwindung von Engstellen zu erschweren, aber nun konnte ich mich nicht bewegen, als ich unter einem Lichtvorhang lag, der in meine Augen pulsierte, obwohl ich die Lider fest geschlossen hielt. Der Geruch von Maschinen und Elektrizität erfüllte meine Nase.

»Unser junger Freund hier hat eine der wirklich schlimmen alten Versionen – wahrscheinlich von dem Massaker in Eibran. Von dort bekommen wir alle paar Jahre einen. Ich weiß nicht, ob es eine Form ethischer Bestrafung ist, oder was.« Die Stimme des Mannes, wenn Dämonen Männer waren und wenn Dämonen mich gefangen hatten, war tief, beinahe Bass.

»Vorsicht … er kann noch hören«, ermahnte ihn eine höhere Stimme – eine Frau?

»Das dringt nicht durch. Kommt nie vor. Siehst du … es gibt keine heftige Reaktion, und er trägt Wasserblau.«

»Ein harter Brocken, etwas für Jost oder Cerelle, wenn er es schafft.«

Ich verstand die Bedeutung jedes einzelnen Wortes, das den Lichtvorhang durchdrang, und doch ergaben die Sätze keinerlei Sinn, abgesehen von den Bemerkungen über meine Kleidung und über ethische Bestrafung, die mir überflüssig erschienen.

Wie konnte eine Bestrafung in Dorcha nicht ethisch sein? Wie konnten jene, die wahrhaft dem Weg des Dzin folgten, nicht ethisch sein? Wie konnte mein Bemühen um Verinnerlichung der Lebensregeln des Dzin mich in diese Lage gebracht haben. Ich hätte laut aufgeschrien, wenn es mir möglich gewesen wäre.

Ich zwinkerte vorsichtig und sah wieder die Bogen rotgoldenen Feuers, die einen schwarzen, von Sternen funkelnden Himmel durchzogen. Der Lichtvorhang verschwand wie die Worte der ungesehenen Sprecher, und eine Zeit lang erblickte ich helle Sterne an einem Himmel, der schwärzer war, als ich ihn je gesehen hatte.

Das Bild verblasste, und ich war wieder unter dem Lichtvorhang.

»Ein weiterer Impuls von En-Feld. Zog ihn richtig nach unten. Es muss da eine Affinität geben. Er hat noch keine so hohe Nanitenkonzentration.« Die Stimme der Frau klang nüchtern wie die eines Dzinmeisters, aber Harleya war in den letzten Generationen die einzige Frau unter den acht Großmeistern des Dzin gewesen.

»Der alte Engee muss heutzutage Schwierigkeiten haben, Rekruten zu bekommen. Oder Verehrer.«

»Das wissen wir nicht. Es ist eine unzutreffende Bezeichnung, so etwas eine Gottheit zu nennen. Du solltest es besser wissen.«

»Was immer, Seana, wenn unser Freund es schafft, wird er Engee noch manches Mal aus der Haut fahren lassen.«

»Wenn … wenn … wenn … Hör auf zu reden und hilf mir beim Injizieren der neu gestalteten Formel. Er wird die widerstandsfähige Serie brauchen, und das ist mehr als zweifelhaft.«

Der Lichtvorhang flammte grell auf, dann kam wieder Dunkelheit … und dann nichts mehr.

5

(Hybra: 4510)

Es ist besser, das Gesicht zu sehen
als den Namen zu hören.

Der Unterricht hatte sich gut angelassen. Sogar der junge Sergol hatte die Parabeln von San-Merto verstanden, und ich hüpfte beinahe vor Freude, als ich von der Schule nach Haus ging, so unwürdig es für einen jungen Meister des Dzin gewesen wäre. Neben dem Weg blühte der tiefblaue Flieder gerade auf. Ich schnüffelte in Erwartung des Duftes, den ich mit Foerga in Verbindung brachte, obwohl ihre Augen dunkler waren als der Flieder.

»Strebe nicht nach Schönheit der Kleidung, noch nach stattlicher Wohnung ... betrachte den Flieder.« Ich lachte über meinen eigenen Versuch eines Dzin-Sprichwortes. Das Gefühl war da, nur nicht die Prägnanz und Tiefe. Mit der Zeit und eingehenderem Studium würde vielleicht beides kommen. Manvarr hatte Recht gehabt; Hybra war gut für mich ... gut für uns beide.

»... die Sonne ist am Himmel, das Wasser im Fluss ...« *Und Foerga ist hier und schafft Schönheit.* Was könnte ein Meister des Dzin mehr verlangen?

Als ich die Haustür öffnete, merkte ich, dass Foerga nicht da war, aber ich roch heißes Glas. Statt sie zu rufen und möglicherweise bei der Arbeit an einem Kristall zu stören, schlüpfte ich hinaus zu ihrer Werkstatt, dem kleinen, spitzgiebeligen Nebengebäude, das wir hinzugefügt hatten, als Foerga zu mir nach Hybra gekommen war. In der sonnenhellen Kühle des Vorfrühlings stand die Tür offen, und ich trat so geräuschlos ich konnte ein.

Foerga hatte mir den Rücken zugekehrt und zog das Blasrohr mit dem geschmolzenen Glas aus dem Ofen.

Mit angehaltenem Atem beobachtete ich den Vorgang, als das blaugefärbte Glas sich gleichmäßig ausdehnte, und als sie dann das Glas mithilfe eines Stabes geschickt formte und drehte, in einer Weise, die ich nur beobachten und verstehen, aber nicht nachmachen konnte, bis auf einmal ein langstieliges, fein zulaufendes Weinglas daraus geworden war. Glänzend stand es da, wo vorher nichts gestanden hatte. Wahrhaftig, Foerga verkörperte beispielhaft das Dzin-Ideal von Vollkommenheit der Kunst, doch als Künstlerin und Mensch näherte sie sich gleichfalls der Vollkommenheit.

Als sie fertig war, trat ich näher. »Es ist wunderschön. Und du auch, und ich bin immer wieder verblüfft.«

Meine Worte brachten ein schüchternes Lächeln in ihr Gesicht, als ob die Anerkennung ihrer Schönheit der Seele und des Körpers sie selbst nach sieben Jahren noch überraschte. »Die Gläser sind für Elgancar. Er hat einen Kunden in Leboath.« Sie lächelte breiter. »Er will nicht sagen, wer es ist. Also sagte ich ihm, er würde meinen vollen Preis zahlen müssen, und er war einverstanden.«

»Wer würde nicht einverstanden sein, wenn es um deine Arbeit geht?« Und darin hatte ich Recht. Ihre Glaskunst würde noch in Generationen gerühmt, lange nachdem meine Bemühungen um das Dzin vergessen wären, oder, wenn ich Glück hätte, in die Lehre eingegangen wäre, die man einer späteren Generation nahebringen würde.

»Du lobst mich zu viel.« Sie überprüfte die Ofenhitze, dann blickte sie zurück zu mir. »Ich muss noch eines machen.«

»Ich lobe dich nicht genug.« Einen Augenblick sah ich die Tiefe und das blaue Feuer hinter ihren Augen, diese warmen blauen Tiefen, in die ich mich oft staunend versenkte. »Und danach, bist du für diesen Nachmittag fertig? Würdest du dann etwas Tee wollen?«

Sie nickte, das Blasrohr in einer Hand. »Sehr gern, besonders die Art und Weise, wie du den Arleen bereitest.«

»Gut.« Ich trat näher, wich dem Rohr aus und umarmte sie. Sie roch nach Glas und Wärme und Feuer. Sie erwiderte die Umarmung einarmig, und während langer, kostbarer Augenblicke blieben wir eine Insel in einem Fluss. *Die Sonne ist am Himmel, das Wasser im Fluss …*

Wir küssten uns, dann ließen wir einander zögernd los. Unsere Blicke begegneten einander in einem weiteren zeitlosen Augenblick. Nach einem zweiten kurzen Kuss trat ich zurück und ging hinaus, den Tee zu bereiten.

6

(Lyncol: 4513)

Wo bist du zwischen zwei Gedanken?

Als ich schließlich erwachte, lag ich auf einem anscheinend normalen Bett mit gedrechselten und lackierten Pfosten an allen vier Ecken. In einer Ecke stand ein hölzerner Schaukelstuhl, daneben ein Tisch, auf dessen goldbraunem Eichenholz eine kleine Lampe stand. Es gab zwei weitere Tische, einen auf jeder Seite des Bettes, und auch auf diesen standen Lampen gleicher Art. Ein Fenster ging hinaus auf eine regennasse und braungrüne Rasenfläche und einen ansteigenden Hang, der einen dichten Wald immergrüner Bäume trug.

Ich setzte mich aufrecht, schwang die Füße über die hohe Bettkante und ließ sie baumeln. Jetzt erst sah ich, dass ich ein grünes Nachthemd trug, das sich auf der Haut seidig anfühlte. Mein Gesicht fühlte sich nackt an. Als mein Blick zu dem Spiegel an der weißen Wand ging, fühlte ich nach meinem Kinn – es war glatt wie damals, als ich ein Kandidat gewesen war. Auch mein braunes Haar war kurzgeschnitten.

Ein Summen über mir, gelähmt unter grellem Licht, Stimmen im Ohr ... und nun war ich in einem, wie mir schien, luxuriösen Schlafzimmer mit Laken und Stoffen, die so fein wie Seide gewebt waren.

Die Tür ging auf, und eine rothaarige Frau, so groß wie ich, wenn nicht größer, trat ein und schloss sie hinter sich. Sie trug eine blassgrüne Bluse und Hosen und braune Stiefel. Ihr Haar war für eine Frau recht kurz, ihre Züge scharf geschnitten.

»Ich bin Cerelle und werde Ihre Betreuerin sein.« Ihre Stimme klang mädchenhaft, aber die stechenden graugrünen Augen und das schmale Gesicht waren es nicht, trotz des freundlichen Lächelns.

Ich sah sie nur an. Betreuerin? Wo war ich? Wozu brauchte ich eine Betreuerin?

»Sie sind in Lyncol.« Sie setzte sich in den Schaukelstuhl und lehnte sich zurück.

Lyncol?

»Da sind wir, in Lyncol. Es ist das Koordinationszentrum von Rykasha. Hier.« Sie holte tief Luft. »Wahrscheinlich bin ich nicht so gut wie ich sein sollte. Wir bekommen nicht mehr viele Konvertiten. Das heißt, wenn man eine unfreiwillige Naniteninfektion Konversion nennen kann.«

Wieder hatte ich das Gefühl, die meisten der Worte zu kennen und wenig zu verstehen. Was ich wirklich verstand, war der Verlust. In den letzten paar Tagen hatte ich alles verloren – Foerga, mein Leben als Meister des Dzin, meine Aufgabe als Lehrer und beinahe sogar mein Leben. Warum? Weil ich mich ein wenig verändert hatte?

»Tatsächlich verstehen Sie kein Wort, nicht wahr?« Sie schwieg eine Weile. »Manches wird schwer sein, besonders für Sie.«

Für mich? Was wussten sie über mich? »Ich würde es zu schätzen wissen, wenn … wenn Sie mir genau sagen könnten, was geschehen ist.«

»Ah, Sie sprechen doch. Gut.« Ein Lächeln – ironisch, warm, melancholisch, alles in einem – lag um ihre dünnen Lippen.

Ich wartete.

»Sie wurden mit sich selbst reproduzierenden Naniten infiziert, und zufällig sind Sie einer der Glücklichen mit kompatiblen Genen. Relativ kompatiblen. Wenn wir Ihr System nicht umgestaltet hätten, würden Sie in einem Jahr oder so ausbrennen. Schmerzhaft. Ungefähr die Hälfte von denen, die infiziert sind, sterben, bevor sie uns erreichen – oder werden von Miten gefangen und getötet.«

Ich starrte sie bloß an.

»Lassen Sie es mich noch mal versuchen. Einfach ausgedrückt, sind Naniten subzellulare organische Maschinen, die ein weites Spektrum von Aufgaben ausführen können. Naniten immobilisierten Sie, als Sie zu uns gebracht wurden. Sie können nahezu jede Waffe blockieren, ausgenommen Laser, Partikelstrahlen oder Nuklearwaffen. Sie kommen in verschiedenen Größen vor, aber alle sind mikroskopisch klein. Wie kann ich es erklären? Eine menschliche Zelle ist im Durchschnitt zwanzig Micron groß. Die meisten Naniten sind ein Micron groß, obwohl es einige spezialisierte Sorten gibt, die weniger als ein Zehntel Micron betragen.«

Ich rang mit der Vorstellung. Etwas so Wirksames, das nur ein zehntausendstel Millimeter groß war? Mein Verstand schreckte vor der Idee zurück, bis mir die Viren einfielen, unter denen es gleichfalls Arten von ähnlicher Winzigkeit gab.

Die Frau betrachtete mich stirnrunzelnd, nicht ärgerlich, lächelte dann freundlich, beinahe wie zu einem Kind. »Ich befürchtete, dass dies schwer für Sie sein würde. Noch schwerer als Sie denken, weil Sie in einer Weise subtil gegen höhere Technik konditioniert sind.«

Höhere Technik? Was hatte Technik damit zu tun, wo ich war?

Cerelle befeuchtete sich die Lippen. »Irgendwie wurden Sie von Naniten infiziert. Sie sind alte High-Tech. Diese Naniten veränderten Sie von einem unmodifizierten Menschen zu einem nanitenverstärkten Menschen. Konnten Sie nicht schneller und weiter laufen und schwerere Gegenstände heben?«

Ich nickte. »Ja.«

»Das lag an den Naniten«, erklärte Cerelle.

Mein Magen zog sich zusammen. Wenn zutraf, was sie sagte, war ich ein Dämon, und sie auch. Ich – ein Meister des Dzin – ein Dämon?

»Wir nennen uns Rykasha.« Sie lächelte wieder. Der Ausdruck war warm und hilfsbereit und ein wenig herablassend. Nach einem Moment fügte sie hinzu: »Menschen, die nicht nanitenverstärkt sind, nennen uns Dämonen.«

»Aber …« *Sind das nicht bloße Worte? Seid ihr keine Dämonen, dieselben, die den Niedergang der Alten bewirkten?* Ich wollte es nicht laut sagen, hätte es aber geradeso gut tun können.

Cerelle zuckte entschuldigend die Achseln. »Ihre Legenden sind teilweise richtig. Die Unfähigkeit des durchschnittlichen Miten … oder Dorchan …, mit den Vorteilen der Nanotechnik zurechtzukommen, führte zum Untergang der Alten.«

Mein Magen knurrte.

»Sie müssen essen. Ihr Blutzucker ist unten, und Sie werden genug Schwierigkeiten haben, mit den Veränderungen in Ihrem Leben fertig zu werden, selbst wenn es normal ist. Werden Sie sich benehmen?« Die durchbohrenden grüngrauen Augen funkelten beinahe humorvoll, und diese aufrichtige Direktheit machte mir wieder klar, wie sehr ich Foerga vermisste. Ich hatte das Gefühl, dass ich sie noch lange vermissen würde.

»Es scheint, dass meine Wahlmöglichkeiten begrenzt sind.«

»Einstweilen. Das wird sich ändern, sobald Sie sich eingewöhnt haben.« Sie schürzte die Lippen. »Es könnte auch nützlich sein, Ihren Namen zu wissen. Es erleichtert die Anrede.«

»Ich bin Tyndel. Dies alles kommt mir wie ein Albtraum vor. So viel ist geschehen.« Hatte ich ihr meinen Namen nicht genannt?

»Es scheint so, gewiss, aber wir stehen erst am Anfang. Es tut mir Leid, dass ich Sie so direkt nach Ihrem Namen gefragt habe, aber ich musste es tun, weil Selbstidentifikation nicht das Gleiche wie Anrede ist. Frühe Betreuer machten diese Erfahrung.« Sie stand auf und zeigte zu einer Schiebetür in der Wand. »Das ist ein Schrank. Darin werden Sie Kleider finden – und Ihre Stiefel. Während Sie sich anziehen, werde ich draußen warten.« Sie glitt so leise zur Tür hinaus wie sie eingetreten war.

Ein paar Augenblicke blieb ich auf der Bettkante sitzen, dann stand ich auf. Die kühlen Bodenfliesen ermunterten mich irgendwie, als ich zum Schrank ging. Das blassgrüne Hemd und die Hose fühlten sich beinahe seidig an, aber ich hatte den Eindruck, dass sie nahezu unzerreißbar waren. Meine eigenen Stiefel schienen vergleichsweise derb, aber ich war froh, dass etwas von meiner Vergangenheit geblieben war.

Ich öffnete die andere Tür und sah einen Duschraum mit einer Toilette von ungewohnter Form. Ein Waschbecken war auch da, und ich wusch mir Gesicht und Hände, bevor ich den Raum verließ und in einen holzvertäfelten Korridor trat, wo Cerelle wartete.

»Sie scheinen sich anzupassen. Es ist nicht leicht, aber versuchen Sie es Schritt für Schritt. Ihr Dzin könnte Ihnen dabei helfen.«

Beinahe hätte ich genickt. *Konzentriere dich auf das Bewusstsein, was ist; suche keine Erklärungen; suche nur Bewusstheit.* Das Mantra half, und ich straffte die Schultern.

»Wenn Sie bereit sind …?«

Ich nickte, und sie wandte sich um und schritt rasch den Korridor entlang. Ich musste lange Schritte machen, um sie einzuholen, und als es so weit war, hatte sie eine weitere Tür aufgestoßen.

Gedämpftes Stimmengewirr schlug mir entgegen. Es wurde merklich leiser, als ich in einen Raum trat, der eine Kantine oder Speisesaal zu sein schien. Dann erreichte es wieder den alten Geräuschpegel.

»… neuer Konvertit … Cerelles Schützling …«

»… wird sie auf Trab halten.«

Die Rothaarige beachtete die Kommentare nicht und schritt zur anderen Seite des Raums, wo sie vor einer niedrigen Konsole mit mehreren Türen Halt machte, die weniger als einen halben Quadratmeter maßen. Dazu gab es etwas wie einen Miniaturleuchtschirm mit Tastatur, wie die Ikonographen sie in Groß hatten. »Hier gibt es eine Speisekarte, und sie hat sogar Gerichte aus Dorcha.«

Ich blickte umher. Eine Küche war nicht zu sehen, aber viele der Leute im Raum saßen beim Essen und hatten ausnahmslos warme Speisen vor sich stehen. »Eine weitere Wundermaschine der Dämonen?«

»Kann sein, dass es so aussieht, aber es ist bloß eine andere Methode, Moleküle zu Nahrung zu verarbeiten. Versuchen Sie, es sich so vorzustellen.« Sie hob eine Karte, die mit einer schimmernden Oberfläche bedeckt war, durch die der Druck zu sehen war, und reichte sie mir. »Da ist die Speisekarte. Wenn Sie etwas darauf finden, was Ihnen gefällt, drücken Sie die entsprechende Nummer in die Tastatur dort. Ich werde es Ihnen zeigen.«

Sie drückte eine Nummer, und hinter der Tür ganz zur Linken entstand ein Summen. Nicht lange, und über der

Tür, die eher eine Art Klappe war, blinkte ein grünes Licht. Cerelle öffnete sie und zog ein großes Stück Fleisch von unvertrautem Geruch heraus. Daneben lagen dampfende Kartoffeln und weiße Bohnen mit einer Art Soße und Mandeln auf dem Teller.

»Steak. Protein. Schwach gebraten. Recht gut.« Sie deutete mit einem Nicken zu den Tischen. »Setzen Sie sich zu mir, wenn Sie gewählt haben. Getränke sind dort.« Sie zeigte zu einem kleinen Tisch mit mehreren Kannen.

Ich las die Liste auf der steifen und glänzenden Karte. Der Druck war seltsam, die Schrift eckig, aber lesbar, und das erschreckte mich momentan. Auf der Liste stand ein Hühnergericht, das ich kannte. Ich drückte die Nummer, und das Summen zeigte an, dass die Maschine am Werk war.

Ich trug den Teller an den Tisch, wo Cerelle saß und ihr Steak schnitt. Sie blickte auf und sagte: »Vergessen Sie nicht, ein Getränk zu nehmen. Sie werden viel Flüssigkeit brauchen.«

Also holte ich ein großes Glas Wasser, setzte mich und begann zu essen. Erst nach ein paar Bissen merkte ich, wie hungrig ich war.

»Wie ist es?«, fragte Cerelle.

»Gut. Nicht das Beste, aber recht gut.«

»Ein weiteres Beispiel von Nanotechnik. Die Naniten fügen die Rohmaterialien in der richtigen Reihenfolge zusammen, und schon haben Sie alles, was Sie einprogrammieren können.«

»Gibt es etwas, das sie nicht können?«

»Sie können molekulare Anordnungen und Mischungen jeder Art vornehmen, aber nicht auf atomarer Ebene.« Sie lächelte. »Naniten sind wie Maschinen, nur kleiner. Sie sind wie alle Technik, sie können nicht viel zur Verbesserung menschlicher Intelligenz tun oder den Leuten das Denken beibringen. Und wie es immer bei

Technik ist, können Nanitensysteme großes Unheil anrichten, wenn sie mit menschlicher Dummheit kombiniert werden.«

»Dummheit?« Ich wünschte, das Wort wäre mir nicht entfahren, als ich Cerelles ungeduldig frustrierten Blick sah.

»Ich wünschte, ich könnte alles erklären, Tyndel, aber ich kann es nicht, nicht jetzt. Ich kann Ihnen jedoch versprechen, dass Sie einen Geschichtskurs und mehr bekommen werden, und zwar durch Nanopillen und Sprühinjektionen. Ich weiß, dass es einfacher wäre, wenn man Ihnen alles das jetzt gleich verabfolgen würde, aber Körper und Geist, besonders der eines früheren Miten, brauchen Perioden bewusster und unbewusster Anpassung. Einstweilen werde ich Ihnen ein paar Anhaltspunkte geben, damit Sie sich einen Überblick verschaffen können. Haben Sie jemals von der Liga für Geburtenfreiheit gehört? Das war in den Zeiten der Alten ein Bündnis unterschiedlicher Staaten, die aus religiösen, traditionellen oder ethnischen Gründen jede verordnete Geburtenbeschränkung ablehnten. So kam es, dass annähernd acht Milliarden Menschen auf der Erde lebten, als die Nanotechnik eine funktionale Realität wurde und jedem Menschen zumindest theoretisch die Möglichkeit eröffnete, für eine Lebensspanne von rund tausend Jahren ein voll funktions- und fortpflanzungsfähiger Organismus zu sein. In den Ländern, die für Geburtenfreiheit eintraten, waren fünf bis zehn Kinder pro Familie innerhalb einer Spanne von dreißig Jahren üblich. Nun, jeder mit gesundem Menschenverstand Begabte konnte sich die Folgen ausrechnen, wenn auch nur zehn Prozent der Weltbevölkerung Geburtenfreiheit praktizierte, und es waren zwischen zwanzig und dreißig Prozent.«

»Es wird nicht genug Nahrung gegeben haben.« Ich hielt inne. »Außer … was ist mit Maschinen wie diesen hier?« Ich zeigte zur Konsole.

»Das machte die Sache nur noch schlimmer. Natürlich wollten alle an den Vorzügen der Nanotechnik teilhaben, und selbstreproduzierende Naniten für den Körperhaushalt des Einzelnen waren relativ leicht und günstig zu beschaffen. Maschinerie wie diese molekularen Nahrungsbereiter hingegen sind High-Tech-Erzeugnisse und erfordern Kapital, hohen Energieeinsatz, hochqualifiziertes Personal, regelmäßige Wartung und Instandhaltung, Ersatzteile und Spezialwerkzeug, und von alledem gab es nicht genug. So hatten die Alten eine ungeheure Menge von körperlich sehr gesunden und kräftigen Leuten mit noch gesünderem Appetit, und es kam weltweit zu den unvermeidlichen Verteilungskämpfen um die dahinschwindenden Ressourcen der ausgeplünderten Erde. Am Ende überlebten jene, die genug schwere Waffen hatten und in ihren Ländern für die Erhaltung der Lebensgrundlagen gesorgt hatten – ungefähr hundert Millionen. Die technischen Grundlagen waren größtenteils verloren gegangen, ausgenommen hier und in Thule und ein paar kleineren Enklaven.«

»Wir haben eine recht ordentliche technische Grundlage …«

»Ich hätte Nanotechnik sagen sollen. Technik alten Stils setzt ziemlich enge Grenzen. Ihre Aufrechterhaltung erfordert zu viel Einsatz von Rohstoffen und Energie. Das mag bei einer kleinen Bevölkerung tragbar sein, aber mit einer großen geht es nicht. Das hätten schon die Alten wissen müssen, und sie wussten es, wollten es aber nicht wahrhaben. In Dorcha haben Sie dies erkannt und eine Lösung gefunden. Ihr Weg zum Erfolg war das Prinzip der Nachhaltigkeit, eine selbstverstärkende Methode zur Rationierung von Gütern und Dienstleistungen, welche die Leistungsfähigkeit der natürlichen Umwelt nicht übersteigt.«

»Und wie machen Sie es?«, fragte ich, aufgebracht über ihre verhüllte Herablassung und Hochnäsigkeit.

»Einige der Alten hatten die richtige Idee, dann aber gaben sie sie auf.« Ihr Tonfall ignorierte meinen Zorn. »Jeder Einzelne hat einen Wert für die Gesellschaft. Alle Menschen sind nicht gleich, nicht unter diesen Aspekten. Wir belohnen sie für ihre Dienste an der Gemeinschaft und berechnen ihnen die Ressourcen, die sie verbrauchen. Oberflächlich betrachtet, machen wir es genau wie die Alten und wie Sie, mit Krediteinheiten. Aber wir berechnen die Grundlage der Krediteinheiten verschieden. Diejenigen, welche mehr verbrauchen als sie verdienen, müssen den Saldo innerhalb eines Jahres zurückzahlen oder kompensatorisch im Dienst der Gemeinschaft abarbeiten, wie Sie es tun werden.«

»Ich?«

»Sobald Sie medizinisch stabilisiert sind und auf eigenen Füßen stehen können, werden Sie ein Teil der Gemeinschaft hier in Rykasha, genau wie wir anderen. Sie werden Ihren Weg machen und für die Güter und Dienstleistungen bezahlen, die Sie brauchen. Ich bin hier, um Ihnen auf den Weg dieser Anpassung zu helfen.«

Das ergab Sinn, musste ich zugeben. Ich blickte auf meinen Teller. Er war leer.

»Sie sind noch hungrig, nicht wahr?«

»Ja.«

»Bestellen Sie eine zweite Portion. Sie werden sie brauchen. Die Naniten beanspruchen zusätzliche Energie. Daran müssen Sie immer denken. Sobald Sie fertig sind, Tyndel, müssen wir uns wieder an die Arbeit machen. Sie haben eine Menge Wissen und Fähigkeiten aufzuholen. Je eher Sie verstehen, wo Sie sind und wie Rykasha funktioniert, desto besser werden Sie dran sein.«

Das hörte sich nicht gut an, so wenig wie die Idee kompensatorischer Dienstleistungen, was immer darunter zu verstehen war, aber die Dämonen behandelten mich besser als meine eigenen Leute es getan hatten, ausgenommen Foerga.

Bei diesem Gedanken musste ich schlucken, und meine Augen brannten. Ich stand schnell auf und ging zurück zur Konsole, die Speisekarte zu studieren, entschied mich dann für Beefsteak mit Röstzwiebeln und grünem Pfeffer. Vielleicht würde der scharfe Geschmack helfen, aber ich zweifelte daran.

7

(Mettersfel: 4503)

Unglücklich sind alle, die für Resultate arbeiten.

Mettersfel war groß genug, dass es sich ein Schienennetz für Magnetgleiter leisten konnte, das alle Teile der Stadt und ihrer Umgebung miteinander verband. Um den gesamten Personenverkehr auf dieses Netz zu lenken, mussten private Rad- und Bodeneffektfahrzeuge exorbitante Benutzungsgebühren bezahlen. Trotzdem musste man zu bestimmten Zeiten stehenbleiben, bevor man die breiten Alleen mit den Grünstreifen in der Mitte überquerte.

Nachdem ich den innerstädtischen Gleiter verlassen hatte, nahm ich die Linie zur oberen Stadt über dem Hafen. Da die rückwärtigen Plätze belegt waren, setzte ich mich nach vorn. Als der Gleiter das Felsplateau erreichte, öffnete sich der Blick über die weite Meerenge. Sonnenlicht glitzerte auf dem graublauen Wasser, und die Streifen der kleinen Schaumkronen auf den Wellen blitzten auf und sanken in sich zusammen.

Die steinernen Kais leuchteten beinahe weiß in der Nachmittagssonne, doch vor der Küste zogen sich Wolken zusammen. An die Hafenbecken grenzte die Unterstadt mit ihren Lagerschuppen und niedrigen Geschäftshäusern, meistens aus grauem oder weißem Stein. Auf den Dächern glänzten die bernsteinfarbenen Glasflächen der Kollektoren, deren Energie die Ausbeute anderer Solaranlagen und Gezeitenkraftwerke ergänzte, die den Stadtstaat Mettersfel versorgten.

Der ältere Mann neben mir sah wortlos zu, wie ich den Gleiter am Haltepunkt Stadtpark verließ. Zur Linken lag das allgemein zugängliche Sportgelände mit seinen Anlagen für Leichtathletik und Turnen. Ich war im Sport niemals besonders gut gewesen, aber der Park hatte mir immer gefallen, besonders die Gärten im unteren Teil der Felsabbrüche mit ihren Terrassen und Bruchsteinmauern und den Farben und Düften der vielen Blumen.

Der Gedanke gab mir Anlass stehenzubleiben und tief durchzuatmen und mich des schwachen Rosenduftes zu erfreuen. *Was ist … ist.* Ich musste lächeln, als ich mich erinnerte, was man mich im Park gelehrt hatte.

Jenseits des Parks begannen die Wohnhäuser, alle einoder zweistöckig und so angelegt, dass sie Aussicht auf die Meerenge und die Unterstadt boten. Als ich den halben Kilometer vom Park zum Haus gegangen war und den Seesack die Eingangsstufen des zweistöckigen Hauses hinaufgetragen hatte, schwitzte ich stark.

Ein leises Knurren hinter der seitlich anstoßenden Gartenmauer deutete darauf hin, dass meine Eltern, sicherlich meine Mutter, einen anderen Hund angeschafft hatten, um Gershon zu ersetzen.

Meine Cousine Rhada öffnete die Tür. »Sie sagten, dass du kommen würdest.«

»Ich bin da. Wo sind sie?« Der Seesack plumpste auf den fleckenlosen grünen Marmor, und ich wischte mir die Stirn mit dem Rücken des Unterarms. »Es ist heißer als ich mich erinnere.«

»Deine Mutter wird gleich aus ihrem Atelier herunterkommen, denke ich mir. Onkel Tynd ist, wo er immer ist, macht Geschäfte und beobachtet die Märkte.« Rhada zeigte mir ein schiefes Lächeln, das einen Teil ihrer vollkommenen weißen Zähne entblößte. »Dieses Frühjahr ist heiß gewesen.«

»Mein Lieber …« Meine Mutter war schon halbwegs die gebogene Marmortreppe zur Eingangshalle herabgestiegen, in deren Mitte der kristallene Kronleuchter hing, dessen Teile vor annähernd zweihundert Jahren von ihrer Großmutter geblasen und geschnitten worden waren. Künstlerisches Talent schien sich in den Frauen der Familie zu vererben.

»Mutter.« Ich verbeugte mich, dann trat ich näher und umarmte sie.

»Du siehst wundervoll aus in dem blauen Gewand.«

»Wasserblau«, murmelte ich.

»Viel besser als in diesem Braun.«

Farben waren nicht alles, aber Mutter war eine Künstlerin. Also hatte sie vielleicht Recht.

»Du musst ausgehungert sein. Wir sollten Tee trinken. Oben auf dem höheren Balkon.« Mutter wandte sich zu Rhada. »Wenn du mir helfen könntest … Ich hatte Schwierigkeiten mit dem Haar des Alcalden.«

»Du malst ein Portrait des Bürgermeisters?«

»Er räumte schließlich ein, dass nur ich würdig sei, ihn zu malen.« Sie lachte. »Wie wär's, wenn du dein Gepäck in dein Zimmer bringen und dann auf den oberen Balkon gehen würdest?« Ihre Worte waren nicht wirklich eine Frage, und das galt für viele von Mutters Fragen.

Mein Zimmer war beinahe genauso, wie ich es verlassen hatte, nur der Bettrahmen und der Schreibtisch waren abgebeizt und neu lackiert worden. Ich stellte den Seesack vor den Schrank, dann wusch ich mich und genoss das kühle Wasser im erhitzten Gesicht. Danach ging ich über den Korridor und hinaus auf den Balkon, wo ich einen Stuhl heranzog und mich setzte. Aus irgendeinem Grund war ich müde.

Unter den Bogen des überdachten Balkons im zweiten Geschoss hatte ich einen schönen Blick auf die Meerenge und den Hafen und das lange, weiße Gebäude der Handelsfirma meines Vaters. Er hatte das ältere Haus, das früher an dieser Stelle gestanden hatte, gekauft und vollständig umgebaut – alles nur, damit er den Hafen beobachten konnte, wenn er nicht unten im Geschäft war.

Ich saß noch nicht lange, als Rhada und meine Mutter mit zwei Tabletts kamen. Mutter schenkte den Tee ein und setzte uns die Tassen vor, dann machte sie es sich im hohen Lehnstuhl meines Vaters bequem.

Rhada stellte das kleinere Tablett auf den Tisch. In kleinen Schalen waren Nüsse, Apfelschnitten, weißer Käse und Kekse angerichtet. »Er sieht älter aus, Tante Kerisma.«

Kein Wunder; annähernd sechs Jahre war es her, seit ich Rhada zuletzt gesehen hatte.

Meine Mutter strich sich über das kurze, dichte, silbergraue Haar. »In sechs Jahren sind wir alle gealtert, Rhada, Tyndel noch am wenigsten, finde ich.«

Ich sagte nichts und wartete, dass meine Mutter ihre Tasse heben würde, was sie auch tat. Dann nahm ich einen langen und willkommenen Schluck vom Arleentee.

»Ich vermisse guten Tee.«

»Warum kommst du dann nicht zurück nach Mettersfel?«, fragte Rhada.

»So geht das nicht. Die Dzinmeister entscheiden, wo ich lehre.«

»Du brauchst nicht zu tun, was sie sagen.«

»Natürlich nicht. Ich kann jederzeit gehen. Aber ich kann nicht zurückkommen.« Ich lächelte. »Durch Dzin habe ich viel gelernt.«

»Hier würde es dir besser gehen. Als Kaufmann, oder

auch als Schulmeister an der Handelsschule oder einer der Privatschulen. Lehrer, die Meister des Dzin sind, werden gut bezahlt.« Rhada lächelte und trank vom Tee, so schnell, dass ich mich fragte, ob sie ihn überhaupt schmeckte.

»Wohin wirst du gehen?«, fragte Mutter.

»Nach Hybra. Das ist eine kleine Stadt am Tiefen See, nordwestlich von Henvor.«

Rhada zog fröstelnd die Schultern ein. »Das ist nicht weit von der Grenze zu Rykasha.«

»Übertreibe nicht, Rhada.« Der Tonfall meiner Mutter blieb trotz der Zurechtweisung geduldig. »Die Grenze ist seit bald einem Jahrtausend stabil, und in Mettersfel hat niemand seit mehr als fünfundzwanzig Jahren einen Dämon gesehen. Und so ist es auch anderswo in Dorcha.« Sie hob die Tasse, nippte vom Tee und fuhr fort: »Außerdem, wenn Tyndel dort lehren will, wird es eine gute Erfahrung für ihn sein. Wenn es ihm gefällt, gut, wenn nicht, wird die Erfahrung gut für ihn sein und ihn für andere Aufgaben hier oder anderswo qualifizieren.« Ihr Lächeln zeigte an, dass das Thema abgeschlossen war.

Mutter dachte immer praktisch. Ich füllte meine Tasse auf und nahm einen Butterkeks.

»Hast du von den Dhur gehört?«, fragte Rhada schließlich. Die Dhur waren immer ein beliebtes Gesprächsthema. Alles, was sie taten, war empörend, unmöglich und eine Form von Geisteskrankheit.

»Was ist es diesmal?« Ich hatte keine Ahnung.

»Der Generalstabschef der Dhur kreuzte mit einem restaurierten Kriegsschiff aus der Zeit der Zweiten Konföderation vor Mettersfel auf, ließ die Laserkanonen auf das Gebäude der Staatsbank richten und verlangte die Auszahlung eines angeblich seit Jahren zugesagten Kredits für eine schwimmende Stadt.«

»Und?«

»In Dhur gibt es einen neuen Generalstabschef, und wir haben einen interessant geformten Klumpen aus Stahl und Komposit, der verschrottet wird. Du kannst das Wrack hinter der letzten Pier sehen. Der Schrottwert könnte die Schadenersatzforderungen gegen die Dhur einschließlich der Energiekosten abdecken, aber die Dhur behaupten, dass das Ganze ein Missverständnis gewesen sei.«

»Bei den Dhur ist das oft der Fall.« Ich warf einen Blick zum Hafen. Dort draußen lag etwas, was wie ein geschmolzenes Schiff aussah.

Rhada lachte.

Mutter runzelte die Stirn.

»Hast du in letzter Zeit jemanden getroffen?« Rhada meinte jemanden aus ihrem und Mutters Bekanntenkreis.

»Du meinst, außer Khandet? Er studiert noch unter Meister Celvan. Sonst keinen. Mettersfel erzeugt nicht viel Interesse am Weg des Dzin. Ich habe kaum noch Kontakte.« Mir kam ein Gedanke. »Ich sollte mich nach Esolde erkundigen.«

»Esolde? Ist das die Blondine, hinter der du her warst, bevor du zu den Meistern nach Henvor gingst? Sie ist Ärztin im Spital der Meister der Heilkunde in Halz, inzwischen ein gutes Stück über dir, Tyndel.« Rhada war wie immer sachlich, ungeachtet der Wirkung.

Also war Esolde nach Halz gegangen? In die große Stadt im Delta des Flusses Dor. Die einzige Stadt, der die reichen Kaufleute von Mettersfel Beachtung schenkten.

»Sie war ein reizendes Mädchen«, meinte Mutter. »Und aus einer guten Familie, und das hilft immer. Die Herkunft macht sich bemerkbar.« Sie lächelte ironisch. »Mit der Zeit jedenfalls.«

»Ich erinnere mich, dass du viel Zeit bei einem gewissen Spalier mit Weintrauben verbrachtest«, sagte Rhada. Ich errötete.

»Siehst du! Er schwärmt noch immer für sie.«

»Hängt einer Erinnerung nach, denke ich«, sagte Mutter. »Aber ich kenne eine andere reizende junge Dame, die du kennen lernen solltest.«

»So?«

»Ihr Name ist Foerga. Sie arbeitet mit Kristall – geschickte Hand, sehr künstlerisch, und wirklich zu süß für die meisten der Kaufmannstypen.«

Trotz des vorgeschlagenen Arrangements war ich interessiert. Und Mutter hatte immer einen guten Geschmack gehabt. Esolde hatte ihr gefallen.

»Tante Kerisma ...« Rhada stand vom Tisch auf. »Ich muss nach Haus, aber es war gut, eine Weile von den Zwillingen wegzukommen.«

Auch ich erhob mich. »Es war fein, dich wiederzusehen.«

Nachdem ich Rhada zur Tür begleitet hatte, kehrte ich zu meiner Mutter auf den Balkon zurück.

»Das mit Foerga war mein Ernst.«

»Ich weiß«, sagte ich. »Ich habe deinen Geschmack immer respektiert. Ich würde mich freuen, sie kennenzulernen.«

»Gut. Sie kommt morgen zum Mittagessen.«

»Ah ... in Ordnung.« Man musste es Mutter lassen – wenn sie sich für etwas entschied, handelte sie. Aber mit einem Mann wie meinem Vater war das wahrscheinlich eine Notwendigkeit.

»Ich glaube, ich hörte die Haustür gehen.«

Sie konnte auch das Geräusch von Schmetterlingsflügeln hören. Ihr gutes Gehör war ein Grund, warum es im Haus selten irgendwelche Geheimnisse gegeben hatte.

Als die Schritte im Korridor hörbar wurden, stand ich auf. Im nächsten Augenblick kam mein Vater auf den Balkon heraus.

»Junge ... es ist gut, dich zu sehen.« Mein Vater kam auf mich zu und umarmte mich. Wie immer bewegte er sich schnell und energisch, mit einer Geschäftigkeit, die klar machte, dass er nie genug Zeit für irgendetwas hatte. Dann ließ er mich los und sich auf den Stuhl fallen, wo Rhada gesessen hatte. »So ... jetzt bist du ein Meister des Dzin. Was bedeutet das?«

»Nicht sehr viel«, musste ich zugeben. »Als junger Meister werde ich in abgelegenen Orten unter einem erfahrenen Meister unterrichten.«

»Jemand muss das tun, aber du könntest als Kaufmann viel mehr erreichen.«

»Nein«, antwortete ich lachend. »Wenn du in meiner Position wärst, könntest du sehr viel mehr erreichen als du es als Kaufmann kannst.«

Er lachte ebenfalls. »Mag sein, dass du Recht hast, aber ich finde es schade, all diese Intelligenz in einem Klassenzimmer vergeudet zu sehen.« Er hob die Tasse, die meine Mutter schweigend gefüllt hatte. »Ich weiß, ich weiß. Es ist nicht vergeudet. Jemand muss die Kinder aufs Leben vorbereiten, und wenn die Lehrer nicht die besten sind, haben wir in Zukunft alle darunter zu leiden.« Er schüttelte energisch den Kopf, so energisch, wie er alles tat. »Ich denke noch immer, dass du für etwas anderes gemacht bist. Aber ich habe es versucht, und du hast es versucht, und wir sind, wo wir sind.« Er nahm einen schnellen Schluck Tee. »Wie lange wirst du hier sein?«

»Drei Wochen.«

»Gut. So viel ich weiß, hat deine Mutter besondere Leckerbissen für dich in Vorbereitung. Außer deinen Lieblingsspeisen, meine ich.« Er grinste.

»Auf einen hat sie schon angespielt.« Ich grinste auch und lehnte mich zurück, erfreut, dass mein Vater beschlossen hatte, die Vergangenheit ruhen zu lassen, und zufrieden mit mir selbst, dass es mir gelungen war, mich an den Weg des Dzin zu halten und mir keine übermäßigen Sorgen zu machen.

»Es könnte noch mehr geben«, meinte er trocken.

Wir lachten beide.

8

(Hybra: 4512)

Alle Gesellschaften sind übel, traurig und ungerecht und werden es immer sein. Willst du der Welt helfen, musst du darum zuerst lernen, in ihr zu leben und dann andere das Gleiche lehren.

Die Felder und Gärten um die Schule waren aufgeweicht vom spätherbstlichen Regen, und die Stiefel der Schüler steckten auf Zapfen in einer Leiste unter der Konvektionsheizung. Die glatten dunklen Pflastersteine Hybras jenseits der hüfthohen Steinmauern, die Gärten und Rasenflächen und Sportplätze umgaben, glänzten vor Nässe.

Ich blickte vom Podium auf die fünfzehn Schüler – neun Mädchen und sechs Jungen – auf ihren Kissen am Boden aus versiegeltem Parkett. Ihre niedrigen Arbeitstische waren nach dem Mathematikunterricht beiseite gestellt. Ein leichter Duft nach getrockneten Äpfeln und Lavendel parfümierte die dicke Luft.

Ich holte tief Atem und blickte auf das Buch, obwohl ich die Sätze nach acht Jahren auswendig wusste.

»Wissen erzeugt Macht. Macht erzeugt Gewalt. Gewalt wird aus Unwissenheit angewandt.«

Mit gewohnheitsmäßigem Lächeln richtete ich meinen Blick auf den blonden Jungen in der letzten Reihe. »Sergol? Würdest du es vervollständigen?«

»Wissen führt zu Unwissenheit.« Er runzelte die Stirn und schürzte die dünnen Lippen.

»Du fragst dich, wie Wissen Unwissenheit erzeugen kann?« Ich nickte dem Rotschopf neben ihm zu. »Wryan?«

»Der zweifache Weg«, sagte Wryan zuversichtlich. »Die Gesamtheit des Wissens ist größer als die Aufnahmefähigkeit jedes Einzelnen. Weil der Einzelne nicht versteht, was er oder sie nicht weiß, beruht die Auswahl des Wissens durch den Einzelnen auf dem bereits vorhandenen Wissen. Je umfangreicher das vorhandene Wissen ist, desto weniger wahrscheinlich ist es, dass der Einzelne Unwissenheit aufdecken wird. Je geringer das vorhandene Wissen des Einzelnen, desto wahrscheinlicher ist Unwissenheit zu finden. Darum führt größeres Wissen zu größerem Einfluss durch Unwissenheit, und größere Unwissenheit zu größerem Einfluss durch Wissen.« Wryan warf Sergol ein Lächeln zu.

Sirena, das Mädchen links von Wryan, verzog das Gesicht.

Sergol rückte auf seinem Kissen, als der Wind dicke Regentropfen gegen die hohen Fenster wehte, und als der indirekte Lufthauch durch den Raum ging, brachte er einen leisen Hauch von Winter mit sich und verdrängte den Lavendelduft.

»Ihr bezweifelt, dass alles Wissen größere Unwissenheit verbirgt?«, fragte ich. Für ältere Schüler im Kollegium von Mettersfel oder in der Halle des Dzin in Henvor wären Fragen nicht angemessen gewesen, aber bei den jüngeren Schülern mussten die Meister durch Fragen falsche Vorstellungen hervorlocken, bevor sie zu der auf Wissen beruhenden Macht erblühten, die in Wahrheit Unwissenheit ist.

»Erleuchten Sie meine Unwissenheit, Meister Tyndel.« Sergol neigte den Kopf und schlug den Blick nieder, wie es sich gehörte.

»Du glaubst nicht, dass Wissen Unwissenheit verbirgt«, sagte ich in ruhigem Ton. Es hatte keinen Sinn, ärgerlich zu werden; es würde ihn nur verwirrt und mich selbst geschwächt haben. »Für jene, die Wissen suchen, ist ein Stück Wissen für sich nicht genug, Sergol. Wie der Abbo Sanhedran sagte: ›Das Sammeln großen Wissens hat kein Ende. Es verlangt viel Studium, und das daraus gewonnene Wissen ist eine Ermüdung des Fleisches und ein Abtöten des Geistes.‹ Und wir wissen, was aus den Alten geworden ist, nicht wahr?«

Am Ende der zweiten Reihe nickte Fyonia energisch.

Ich ließ mir meine Abneigung gegen solch unziemlichen Enthusiasmus nicht anmerken und nickte der stämmigen Tochter von Hybras bekanntestem Trüffelsucher zu, verzichtete aber darauf, meinen Bart zu berühren, der endlich etwas Grau zu zeigen begann, ein sichtbares Zeichen von Alter und Weisheit.

»Die Alten entrissen die Geheimnisse den Tiefen der Erde und den Herzen der Sterne, und mit diesen Geheimnissen verbannten sie Krankheit, Tod und alle Arten von Unbequemlichkeit. Aber Krankheit, Tod und Unbequemlichkeit taten sich zusammen und schufen die Dämonen, und die Dämonen vernichteten die Alten.« Fyonia machte eine Pause, dann fügte sie fast beiläufig hinzu: »Wenigstens die meisten von ihnen, aber nicht alle, sonst würden wir nicht hier sein.«

Die drei Gesichter in der hintersten Reihe blickten verständnislos, wie es bei neuen Schülern immer war, wenn das Thema zum ersten Mal zur Sprache kam.

»Die Gefahren des Wissens sind dreifach.« Ich nickte Katja zu.

»Es gibt die Gefahr, nicht zu lernen; die Gefahr, zu viel zu lernen; und die Gefahr, nicht zu verstehen«, antwortete sie.

»Aber so ist es nicht, Meister Tyndel.« Sergol sprudelte es nur so heraus. »Die Forelle mag die schwarzen Würmer. Ich stecke einen schwarzen Wurm auf den Haken und fange eine Forelle. Ein Stück Wissen … eine Forelle. Ich weiß, dass es vieles gibt, was ich nicht verstehe, aber wie kann dieses eine Stück Wissen zu Unwissenheit und Übel führen?«

Es war eine berechtigte Frage. Das musste ich einräumen, weil ich sie vor Jahren selbst gestellt hatte. Aber ich war älter gewesen als Sergol, Jahre älter, und meine Ausdrucksweise war sicherlich gewandter gewesen.

»Nun, Sergol, du fängst eine Forelle. Was geschieht, wenn du älter wirst? Wenn du deinen Anteil an Nahrung zur Versorgung der Stadt beitragen musst?« Ich zuckte die Achseln. »Du verstehst, aber nicht alle Leute tun es. Und die Alten taten es nicht. Sie fanden Mittel und Wege, viele Haken an ihre Leinen zu knoten, und ihre Leinen stark genug zu machen, dass sie viele Fische halten konnten. So konnten sie viele Fische fangen. Mit der Zeit gab es nicht mehr genug Fische. Dann zogen sie die Fische in Teichen und Becken, und um mehr Getreide zu ernten, versprühten sie Gift, um die gefräßigen Insekten zu töten, und bald gab es nicht mehr genug Vögel, weil sie keine Nahrung mehr fanden, und mit den Vögeln starben viele kleine Tiere aus, die bis dahin von Insekten gelebt hatten. Um die Menschen zu ernähren – und in den alten Zeiten gab es sehr viele Menschen –, empfahlen ihre Wissenssucher höhere Produktion, und es wurde überall Getreide und Mais und Reis angebaut, aber in vielen Gegenden war der Boden zu trocken, und der Wind blies die Ackerkrume fort, und anderswo war es zu nass, und der Boden wurde weggeschwemmt und die Ernten verfaulten. Und die Menschen starben. So viele Menschen starben, dass man sie gar nicht zählen konnte.«

Sergol bemühte sich sehr, nicht den Kopf zu schütteln.

»Das war die Zeit, als die Alten die Macht der Dämonen nutzten, und die Dämonen verwandelten Abfall und Spreu und Rinde gefallener Bäume in Nahrung, gute Nahrung, und eine Zeit lang war alles gut. Eine Zeit lang.« Ich lächelte und wartete.

»Aber … das war besser als die Menschen verhungern zu lassen, nicht? Menschen sind nicht dazu da, dass sie verhungern, nicht wahr, Meister Tyndel?«, fragte Sergol.

»Auch Fische und Vögel nicht. Zu viel des Guten hört

auf, gut zu sein. Ihr alle in der ersten Reihe schreibt mir bis morgen einen Essay über das Zuviel des Guten.« Ich runzelte die Stirn, nicht allein wegen des theatralischen Effekts. »Nun … heraus mit euren naturwissenschaftlichen Aufgaben.«

Ich rollte die Projektionswand in die Mitte und wartete. Viele ließen missvergnügt die Schultern hängen und warfen Sergol verstohlen finstere Blicke zu, aber er lächelte fröhlich.

Naturwissenschaft war schlicht und klar, da wir uns mit den Grundlagen der Materie, ihren Strukturen und ihrer Chemie befassten, und nicht mit Fragen des Dzin. Nach diesem Fach kam Sprache und Rhetorik.

Nach dem Unterricht fegte ich den Boden, bearbeitete ihn mit dem Blocker und machte alles für den nächsten Morgen bereit. Dann setzte ich meinen Hut auf und verließ die Schule in dem Regen, der mehr als ein Nieseln war, aber weniger als der prasselnde Wolkenbruch, der ein paar Stunden zuvor niedergegangen war.

Ein beladener Gemüsewagen arbeitete sich angestrengt winselnd die Straße herauf. Ich sah durch den Regen, wie er während der Fahrt ruckte – gewöhnlich das Zeichen einer versagenden Brennstoffzelle, die dem Ende ihrer Betriebsdauer nahe war – und mehrere der gestapelten Gemüsekisten durcheinander fielen und ihren Inhalt über die Ladefläche verstreuten. Der Fahrer wandte sich nicht um, und ich konnte mich, da er mir abgewandt und auf der anderen Straßenseite war, im Regen nicht bemerkbar machen.

Ich ging weiter. Mein Regenmantel und der Hut boten mehr als genug Schutz vor der Witterung, und ich hatte Zeit und Gelegenheit, mir Gedanken über die Fragen zu machen, die Sergol gestellt hatte. Es waren schwerlich Fragen, wie man sie aus der Familie eines Trüffelsuchers und Fischers erwartete. Selten hatte ich so gut gestellte Fragen aus dem Mund eines Schülers gehört. Doch Sergol war die Wirkung seiner Fragen offensichtlich nicht bewusst gewesen. Fyonia und Wryan hatten verstanden, ebenso wie einige der anderen, die mich früher nicht zu dem Thema gehört hatten. Warum also hatte Sergol nicht verstanden?

»Das Unerwartete bedeutet nur das, was *du* nicht erwartet hast.« So hätte es mein alter Lehrer Manvarr ausgedrückt, und er hätte damit Recht gehabt.

Aus den Augenwinkeln sah ich die Bewegung des Gleiters und wandte mich um. Drei Passagiere saßen unter dem Dach aus getöntem Glas, als das fünf Meter lange Fahrzeug auf den Kiosk zu glitt, der den Mittelpunkt des Stadtplatzes zierte. Im leisen Rauschen des Regens schien er fast lautlos über die schwarzen, vom Regen polierten Schienen der Gleiterstrecke zu schweben.

Ich dachte, die Passagiere könnten der Aalmeister Parsfal, seine Frau Quella und ihre Tochter sein, die vielleicht vom Einkauf in Leboath zurückkehrten, aber bevor ich mir Gewissheit verschaffen konnte, war der Gleiter außer Sicht.

Kurz bevor ich unser Tor erreichte, langte dort der Stadtaufseher ein und wartete auf mich.

»Meister Tyndel.« Trefor verbeugte sich mit vollkommener Anmut.

»Stadtaufseher Trefor.« Ich erwiderte seine Verbeugung, wie es sich vor dem ersten Mann der Stadt geziemte, mit einer etwas tieferen Verbeugung. »Sie sehen gut aus.«

»Geradeso wie Sie, Meister Tyndel.«

Trefor lächelte. »Dynae ist eine Kandidatin in der Halle des Dzin geworden, unter dem Obermeister Juab. Viel Verdienst daran kommt Ihnen zu.«

»Ich kann nur in Unwissenheit Zuflucht nehmen, Stadtaufseher. Möge sie ihre Ausbildung so segensreich finden, wie ich es getan habe.«

»Das wird sie ganz gewiss, Meister Tyndel.« Er neigte den Kopf, lächelte und setzte seinen Weg zu dem braunen Haus auf der Anhöhe im Osten des Platzes fort.

Der gedeckte und trockene Vorbau am Eingang unseres Hauses lockte, und ich patschte die letzten paar Meter durch die Pfützen auf dem Gehweg, dann, als ich unter dem Vordach stand, wandte ich mich um und blickte zurück. War die Eibenhecke zu groß, ihr Rand zu nahe an der grünen Keramikeinfassung des Gehwegs? Die Hecke war sauber und gerade geschnitten, wie es sein sollte, aber sie schien plötzlich übergroß, zumindest um einiges zu groß.

Eine schlecht proportionierte Hecke würde Hybras Dzinmeister nicht angemessen sein, so klein die Schule war, schon gar nicht nach dem Besuch des Stadtaufsehers.

Ich unterdrücke ein Achselzucken und öffnete die Tür. Der Duft von Huhn auf Zitronellgras erfüllte die Diele, und mein Mund wässerte, als ich Hut und Regenmantel ablegte und meine Stiefel mit den grünen Hauspantoffeln vertauschte.

Als ich die Küche betrat, verbeugte ich mich vor Foerga. Foerga war groß, einen halben Kopf größer als ich, und ihre Augen waren vom durchdringenden Blau des Nordwestens, obwohl ihre Eltern und Vorfahren seit Menschengedenken in Dorcha gelebt hatten.

Sie nickte zurück, unsere Blicke begegneten sich, und wir lächelten. »Mein Schatz.«

»Du sahst beunruhigt aus, als du hereinkamst, Tyndel. Ist es der Regen?« Sie schenkte mir ein weiteres warmes Lächeln. »Der Tee ist fertig.«

»Ich kann nicht sagen, dass es der Regen ist, aber der Tee wird mir gut tun.« Wir waren nicht für die lange Teezeremonie, die kurze reichte uns, und wie immer bewunderte ich die Präzision und Anmut, mit der Foerga den Tee servierte und einschenkte. Meine eigenen Anstrengungen reichten bei weitem nicht an ihre natürliche Begabung heran.

Ich saß am Eichentisch im Erker, von dem man den rückwärtigen Garten und den Springbrunnen überblicken konnte, der Foergas erstes Geschenk gewesen war, nachdem sie zu mir nach Hybra gezogen war. Der warme Duft des Tees umschmeichelte mein Gesicht und bot Entspannung und Trost.

»Und dein Tag?«, fragte ich nach dem ersten Schluck.

»Ruhig. Ich machte die letzten Kelchgläser für Annynca fertig. Die gedrehten, wenn du dich erinnerst.« Sie hob ihre Tasse so anmutig, wie sie den Tee eingeschenkt hatte.

Ich erinnerte mich. Die Gemahlin des Präfekten hatte einzigartige Kelchgläser gewollt und sich nachher nicht einmal gegen den Preis gesträubt – mehr als dreißig Kredits pro Glas. »Für dreißig sind sie ein guter Kauf.«

»Vielleicht in Mettersfel, aber nicht in Hybra. Annynca und die Familie des Stadtaufsehers sind die Einzigen hier, die sich meine besseren Arbeiten leisten können.«

Darum nahm Foerga öfter den Gleiter nach Henvor oder Teford oder flussabwärts nach Leboath oder sogar nach Mettersfel, der Stadt ihrer Jugend. Dort waren ihre Arbeiten begehrt bei den Kunsthändlern und den Innenarchitekten, die für die Familien der Reichen Raumausstattungen planten.

»Es ist schade.«

»In gewisser Weise«, räumte sie ein. »Aber hier ist es viel friedlicher, und ich bin glücklicher und arbeite besser, wo es friedlich ist.« Sie schenkte mir dieses offene Lächeln, das mein Herz noch mehr erwärmte als sogar der Arleentee.

»Das freut mich.«

»Mich auch.« Sie füllte ihre Tasse auf, dann meine.

»Mir fiel die Hecke auf. Scheint sie dir nicht etwas zu

groß? Mir schien vorhin, dass sie vielleicht das Gleichgewicht zwischen den Gartenreihen und dem Weg stört.«

Foerga lachte freundlich. »Du hast schon immer ein ausgeprägteres Gefühl für Gleichgewichte gehabt.«

»Du bist zu gütig. Ich sehe deine Glasarbeiten, und das Gleichgewicht und die künstlerische Vollkommenheit.«

»Glas und Kristall sind keine lebenden Pflanzen. Da gibt es einen Unterschied.«

Ich ließ es damit bewenden. Sie glaubte, was sie sagte, meine allzu bescheidene Foerga. »Stadtaufseher Trefor wartete am Tor auf mich«, sagte ich. »Es war kein Zufall.«

»Das glaube ich auch nicht. Im Leben eines Stadtaufsehers gibt es nicht viele Zufälle.« Sie schob mir den Teller mit Waffeln zu.

»Danke.« Die mit Butter gebackenen Waffeln schmolzen im Mund, und ich nahm einen weiteren Schluck vom Tee und blickte aus dem Fenster. Ein Häher hatte sich gerade auf die glatten braunen Ziegel der Gartenmauer niedergelassen, bevor er sein Gefieder aufplusterte, sich schüttelte, die Flügel ausbreitete und in Regendunst und Dämmerung verschwand. »Dynae ist vom Obermeister Juab als Kandidatin angenommen worden.«

»Obermeister Juab war in Henvor, als du bei Meister Manvarr studiertest. Du sprachst von ihm.«

»Er hatte immer Einsichten, sprach aber selten.« Ich trank den Rest Tee in der Tasse. »Ich hatte Dynae nicht empfohlen. Nicht einmal Manvarr.«

»Dass er Dynae auswählte, stört dich?«

»Ich kann nicht glauben, dass ich mich so geirrt haben sollte. Aber …« Ich schüttelte den Kopf. »Der Glaube an die eigene Unfehlbarkeit beweist das Gegenteil.«

»Du meinst, dass andere Überlegungen eine Rolle spielten?«

»Das kann ich auch nicht glauben, obwohl mein Verstand sagt, dass so etwas durchaus möglich ist.« Ich lachte. »Ich möchte nicht glauben, dass Juab entweder fehlbar oder käuflich sein könnte, auch nicht, dass mein Urteil so falsch gewesen sein sollte.«

»Manchmal sind alle Wahlmöglichkeiten unerfreulich, sagte jemand, den ich respektiere und liebe.«

»Du machst mich ehrlicher, als ich andernfalls sein würde.«

»Bescheidener, denke ich. Nicht ehrlicher. Du bist schon so zu ehrlich, mein Schatz.«

Mein Schatz … Wie liebte ich diese Worte und die Frau, die sie aussprach. Mit einem Lächeln hob ich die Teetasse. Was Dynae, Juab und den Stadtaufseher betraf, so konnte ich ohnedies nichts tun. Aber ich konnte an der Wärme der Vergangenheit festhalten, die wir mit den Jahren in Hybra aufgebaut hatten.

Waren es acht Jahre? Tatsächlich eher neun. Neun Jahre, seit ich eine blauäugige Künstlerin gefunden hatte, die meine Seele wärmte? Neun Jahre, seit ich angefangen hatte, den Kindern von Trüffelsuchern, Fischern, Aalmeistern und Landleuten Dzin nahezubringen?

Morgen, dachte ich. Morgen würde ich die Hecke schneiden, bevor sonst noch jemand das Ungleichgewicht bemerkte. Ich lächelte bei dem Gedanken. Wer sonst würde es bemerken? Aber einmal ein Meister des Dzin, wie bescheiden auch immer, immer ein Meister des Dzin, bis hin zum Beschneiden von Hecken.

9

(Mettersfel: 4503)

Aufgeschlossenheit gegen die Welt, gegen das, was ist, kann niemals erworben werden.

Ich schritt in der Eingangshalle auf und ab. War es ein Fehler gewesen, Mutter zu erlauben, dass sie ihre junge Künstlerfreundin einlud?

»Sei nicht so nervös«, rief meine Mutter vom unteren Balkon.

Leicht gesagt.

»Dein Vater wird noch eine Weile ausbleiben«, fügte sie hinzu, als sollte es ein Trost sein.

Ich ging weiter auf und ab. Mit Esolde war ich wenigstens aufgewachsen. Wie, wenn mir diese Frau nicht gefiel? Mutter würde mir während der ganzen Dauer meines Aufenthalts erzählen, wie gut und wie talentiert sie sei.

»Lass das ständige Auf und Ab. Du hörst dich an wie ein brünstiger Dämon. Es passt nicht zum Wasserblau.«

Ich blieb stehen und schüttelte den Kopf. Was wusste meine Mutter von brünstigen Dämonen? Und was hatte es mit der Farbe meines Gewandes zu tun?

Dann läutete die Türglocke, und ich holte tief Atem, bevor ich zur Tür ging und öffnete.

Die Frau, die unter dem Vordach stand, war groß, wenigstens einen halben Kopf größer als ich. Schwarzes Haar umrahmte ein schmales Gesicht, das von tiefblauen Augen beherrscht wurde. Der blaugrüne Kasack und die Hosen fügten ihren klaren Gesichtszügen nichts hinzu und nahmen nichts davon weg.

»Guten Tag«, sagte ich.

»Ich bin Foerga. Sie müssen Tyndel sein.« Ihre Lippen kräuselten sich in einem freundlichen Lächeln, und ihre Augen funkelten.

Auch ich musste lächeln. »Ich bin Tyndel. Bitte kommen Sie herein.«

Als ich die Tür schloss, drang die Stimme meiner Mutter vom Balkon durch das Treppenhaus. »Sei so gut und bring Foerga hierher, Tyndel.«

Was hätte ich sonst tun sollen? Ich rollte die Augen. Foergas Lächeln wurde breiter, und sie murmelte mit leiser, rauchiger Stimme: »Alle Mütter sind gleich.«

Ich grinste zurück und vergaß beinahe, wie viel größer sie war, als wir die Treppe hinauf und zum Balkon hinausgingen.

»Ich bin wirklich froh, dass Sie kommen konnten.« Mutter stand am Tisch und hatte den Tee vorbereitet. Dampf kräuselte sich aus dem Schnabel der Teekanne.

Nachdem ich der Frau einen Platz neben meiner Mutter angeboten und sie sich gesetzt hatte, schenkte ich drei Tassen Tee ein. »Möchten Sie Honig?«

»Nein danke.« Ihre Stimme blieb rauchig, ohne heiser zu wirken.

»Mutter?«

»Du kennst meine Gewohnheiten, Tyndel. Einen Teelöffel.«

Ich gab ihr einen und nahm selbst zwei, bevor ich mich setzte und zum Hafen hinunter sah. Es war noch früh genug, dass der Überhang des oberen Balkons uns vor der sinkenden Sonne schützte, und früh genug, dass mein Vater noch mit Umrechnungen von Wechselkursen, Terminwaren, Lieferungsverträgen und Schiffsfahrplänen rang.

»Sie haben eine herrliche Aussicht von hier aus«, sagte Foerga.

»Sie ist sehr schön, aber Tyndels Vater ließ sich beim Kauf und Umbau des Hauses davon leiten, dass er aus kommerziellen Gründen den Hafen im Auge behalten konnte. Nicht aus ästhetischen.« Mutter lachte. »Mein Mann hat sich nie besonders für ästhetische Fragen interessiert.«

»Dann müssen alle erfreut sein.« Foerga brachte es fertig, Wärme in die sachliche Feststellung zu legen.

Ich lachte. »Sie haben eine beneidenswerte Art, mit Worten umzugehen.«

»Foerga ist eine der talentiertesten Kunsthandwerkerinnen mit Glas und Kristall«, sagte Mutter. »Das erklärte mir Elexton erst letzte Woche.« Wenn Mutter sagte, dass Foerga talentiert sei, dann war sie es wahrscheinlich, aber ich war mehr von dem Lächeln und der Wärme in den blauen Augen eingenommen.

»Ich muss mich um das Abendessen kümmern.« Mutter erhob sich mit einem wissenden Lächeln. »Als ob sie es nicht bis zur letzten Minute geplant hätte«, sagte ich, nachdem meine Mutter den Balkon verlassen hatte.

Foerga lachte freundlich. »Was hätte sie sonst sagen sollen? Ich werde euch zwei jetzt allein lassen, um zu sehen, ob ihr einander entdecken könnt?«

Das war sicherlich richtig, aber sie sagte es ohne Schärfe, ohne Sprödigkeit, ohne Selbstgefälligkeit über die Enthüllung einer Wahrheit. In diesem Augenblick spürte ich, dass Foerga ein absolutes Verständnis und vollkommene Akzeptanz dessen besaß, was war und sein würde. Sie verstand Dzin besser als ich.

»Haben Sie Dzin studiert?«, fragte ich.

»Nein. Ich las ein wenig aus der Bibliothek meines Vaters, aber es schien …« Ein leichtes Lächeln umspielte ihre Lippen, und sie schüttelte den Kopf.

»Offensichtlich?«, fragte ich.

Ein leichtes Stirnrunzeln war die Antwort. »Nicht offensichtlich. Bei allem, was offensichtlich ist, steckt mehr dahinter.« Zum ersten Mal sah sie ein wenig nervös aus, weniger gefasst.

Ich wartete.

»Der einfachste Kristallentwurf ist oft der schwierigste«, sagte sie endlich. »Man spürt, wie gut er ist, aber ihn auszuführen oder zu erklären, kommt einem manchmal unmöglich vor.« Sie schwieg, und die tiefen, durchdringenden Augen sahen mich an. »Ich denke, Dzin ist so.«

Zum ersten, aber nicht zum letzten Mal erkannte ich, dass Foerga so war – eine einfache Güte, die so direkt war, dass sie Kunst und nicht künstlich war, eine so offensichtliche Wahrheit, dass sie nicht beschrieben werden konnte.

Lange sah ich nur in ihre Augen, die weit blauer waren als die sommerliche See, weitaus tiefer als jedes von einem Meister des Dzin zur Schau gestellte Blau.

10

(Hybra: 4512)

Du magst deine Gedanken kennen, aber du bist nicht deine Gedanken.

Der Morgennebel war dicht, silberweiß, und mein Atem ging darin auf, als die Heckenschere sich im ersten Tageslicht *schnick-schnick* die Hecke entlang arbeitete. Jedes abgeschnittene Stück kam in den Schubkarren, keines länger als ein paar Zentimeter, um zum Komposthaufen gefahren zu werden, wenn die Arbeit getan wäre.

Der Duft feuchten Grases umgab mich und durchdrang sogar den kalten Nebel, während meine Hände und Finger die geölte Heckenschere führten. Die richtigen Proportionen der Hecke zu beurteilen, fiel mir nicht schwer, und ich fand es lohnend, mich der Aufgabe zu widmen und eins mit ihr zu werden. Aber warum hatte ich nicht früher gesehen, dass auch der Buchsbaum übergroß geworden war? Ja, die Form war richtig, aber er war jetzt zu nahe am Weg. Warum hatte ich die Veränderungen nicht gesehen? War ich in Hybra allzu selbstzufrieden geworden? Zu tolerant gegen die kleinen Abweichungen von den Idealen des Dzin?

Ich ging zurück zum Eingang und studierte den Verlauf der Hecke. Noch zwei oder drei Zentimeter würden besser sein. Ich hob die Heckenschere aus poliertem Holz und Stahl, ein Werkzeug, das älter war als ich, aber noch immer scharf und funktionstüchtig.

Als ich fertig war, lächelte ich.

Dann, nachdem ich den Inhalt des Schubkarrens in den Trichter geworfen hatte, drehte ich langsam und regelmäßig die Kurbel, und die Zahnräder trieben die ineinander greifenden Messerwalzen des Häckslers. Ein dünner Strom zerkleinerter Zweige, Nadeln und Blätter ergoss sich in den Eimer, dessen Inhalt ich dann auf den Komposthaufen schüttete. Dort gewann ich den Humus, den ich für die Pflege der Beete und Bäume des Gartens brauchte. Nur wurde der Humus von unten entnommen, wenn er durch den Rost des Komposthaufens in den darunterliegenden Hohlraum fiel, den ich mit der Schaufel entleeren konnte.

Dass Obermeister Juab ausgerechnet Dynae ausgewählt hatte, beschäftigte mich, obwohl mir bewusst war, dass ich die Entscheidung nicht infrage stellen sollte. Wie konnte ein niedriger Schulmeister in Hybra die Entscheidung eines Obermeisters des Dzin infrage stellen? Aber der Gedanke, dass andere Kriterien als Intelligenz und Empfänglichkeit für Dzin dabei eine Rollte gespielt haben mussten, beunruhigte mich, und ich konnte das Unbehagen nicht verdrängen. Dann hatte Sergol, Sohn eines Trüffelsuchers, im Unterricht Fragen gestellt, hinter denen ich nicht Wissbegier und den Wunsch nach Aufklärung, sondern Renitenz gespürt hatte.

Wie hatte ich versagt? Hatte ich mich in irgendeiner subtilen Art und Weise nicht an die wahren Ideale des Dzin gehalten?

Ich drehte an der Handkurbel des Häckslers, bis der Fülltrichter leer war. Dann schob ich ihn zurück in den Schuppen und trug die Eimer mit dem Häckselgut zum Komposthaufen.

Ich würde mit Wolyd über seinen Sohn sprechen müssen, um festzustellen, wer ihm solche Fragen in den Kopf gesetzt hatte. Fragen, die Wahrheit suchten, waren eine Sache. Fragen, die nur Unruhe erzeugen wollten, waren eine andere, und ich hatte das Gefühl, dass Sergols Fragen nicht gestellt worden waren, um die Wahrheit oder den Weg des Dzin zu suchen. Darüber hinaus bezweifelte ich, dass Sergol selbst diese Fragen erdacht hatte. Aber Dzinmeister, selbst wenn sie in kleinen Städten lebten und lehrten, durften solche Fragen und Zweifel nicht aufkommen lassen.

Ich wischte die Heckenschere ab und ölte sie, dann brachte ich sie in den Schuppen, schloss ihn und ging durch den Nebel zurück zum Hintereingang des Hauses.

Foerga war auf, erhitzte Wasser und bereitete Frühstück. Ihr leiser Gesang, als sie in der Küche hantierte, brachte ein Lächeln auf meine Lippen, und ich blieb eine Weile im Korridor stehen, lauschte schweigend und nahm die Wärme des Liedes und der Frau, die meine Seelenverwandte war, in mich auf.

Nachdem ich im Hinterzimmer die Übungsmatte ausgelegt hatte, kleidete ich mich bis auf die Shorts aus, setzte mich auf die Matte und versuchte meine Gedanken zu sammeln. Es kam darauf an, die Trivialitäten der Welt zu verdrängen, mich auf das Jetzt und das Gefühl von Körper und Selbst und Selbstlosigkeit zu konzentrieren. Die Welt wich tatsächlich aus meinem Bewusstsein, und ich war körperlich erfrischt, besonders nach meiner täglichen Dusche.

Aber als ich am Frühstückstisch saß, drängten die Fragen sich wieder in meine Gedanken.

»Du hast nicht gut geschlafen. Ich hatte gehofft, du würdest.« Foerga schenkte lächelnd den Tee ein.

»Man kann nicht immer den Schlaf der Sorgenfreien schlafen.« Ich erwiderte ihr Lächeln.

»Du bist besorgt.«

»Ich bin, aber deine Worte wärmen mich.« Ich trank bedächtig vom Tee, dann nahm ich einen Bissen vom Apfelkuchen und genoss den Geschmack. »Es sind nur kleine Dinge – Dynae, Sergol und seine Fragen.« *Und wir haben einander.* Lächelnd schaute ich in ihre tiefblauen Augen.

»Die Zunge der Viper, nur kurz sichtbar, scheint klein«, sagte Foerga mit dem Anflug eines Stirnrunzelns, und dieser Ausdruck verstärkte meine Sorgen, denn meine Seelenverwandte sah ohne Worte mehr als ich mit ihnen. Ihre Miene verriet mir mehr als ihre Worte, dass ich Recht hatte, mich zu sorgen. Diese kleinen Dinge würden zur Sprache kommen müssen ... nachdem ich die Optionen durch die Wahrnehmungen des Dzin überdacht hätte.

II

(Lyncol: 4513)

Wenn der Körper unbeherrscht ist, wird der Geist unbeherrscht bleiben.

Ich hatte nur eine Serie Naniten durch Pillen und Sprühkanister in mich aufgenommen, aber schon war mein Verstand voll von Informationen und Begriffen, die ich nie gelernt hatte ... *richterliche Entscheidungen dürfen nur nach erwiesener Unverantwortlichkeit getroffen werden und müssen von einem Adaptionsrichter erster Klasse erlassen werden ... Rykasha besteht aus acht geographischen Provin-*

zen … die Logistik für stellare Transporte befindet sich in Runswi, Amnord … die Arbeitsanzüge des technischen Personals sind rot … die höchste Autorität besteht aus nicht weniger als fünf und nicht mehr als sieben Mitgliedern …

Die scheinbar zusammenhanglosen Fakten gingen mir im Kopf herum, als versuchten sie Orte zu finden, Bezüge, etwas, woran sie sich festmachen könnten, aber allzu oft gelang es ihnen nicht.

Auch war irgendwo in meinem Innern eine Kälte, die nicht weichen wollte, die an das Wissen gebunden war, das ich Foerga nicht wiedersehen würde, noch meine Eltern oder auch nur meine Cousine Rhada … aber hauptsächlich vermisste ich Foerga. Sie wäre mit dem, was ich fühlte, weit besser zurechtgekommen, als ich es konnte.

Beinahe hätte ich das Klopfen an die Tür meines Zimmers überhört. Überwältigt von der andauernden Informationsflut, versuchte ich nicht zu wanken, als ich aufstand und zur Tür ging, um den Besuch zu begrüßen, der Cerelle sein musste.

»Sie haben eine harte Zeit«, bemerkte sie, als ich die Tür öffnete, »aber es wird besser. Ich weiß es.«

Ich nickte und ließ sie die Tür schließen. Selbst nachdem ich wieder in den Sessel zurücksank, blieb in meinem Kopf das Gefühl, er müsse zerplatzen.

»Es ist wichtig, dass Sie die eingehenden Informationen durchdenken und versuchen, darüber zu reden. Reden Sie mit mir, wenn es helfen kann«, schlug sie vor.

Ich schüttelte den Kopf. »Ich wüsste nicht, wo ich anfangen sollte. Es ist so viel.«

»Das ist ein Problem«, erwiderte Cerelle in ruhigem Ton. »Menschen sind genetisch programmiert, Jäger und Sammler zu sein. Wir müssen abstrakte Informationen an die Wahrnehmungen der wirklichen Welt knüpfen. Darum hilft es, zu reden, selbst wenn es nur Wiederholungen dessen sind, was Ihnen in den Sinn kommt. Dann, sobald Sie einen Zugriff auf dieses Material bekommen, können Sie darüber nachdenken, wo das, was Sie erfahren haben, in der Zukunft hilfreich sein kann.«

»In der Zukunft?« Ich lachte heiser. »Ich habe Schwierigkeiten mit der Gegenwart.« Mein Blick ging von ihr zum Fenster, wo Schneeflocken vorbeitrieben.

»Ich verstehe.«

Ich fragte mich, wie sie das könnte. Sie war schließlich nicht diejenige, die versuchen musste, die Flut wahlloser, unzusammenhängender Information zu verarbeiten.

»Sie haben Schwierigkeiten, das ist natürlich. Es liegt daran, dass Sie noch in der Gewohnheit stehen, Erfahrungen zu machen und zu reagieren. Das ist für einen Mite notwendig – und tödlich für einen Dämon.«

Miten, Dämonen ... was machte es aus? So viel von dem, was sie sagte und was mir durch den Kopf ging, schien ohne Bedeutung zu sein.

»Gegenwärtig haben Sie zwei Probleme«, sagte Cerelle. »Das eine ist Ihr persönlicher Schock, Sie sind aus allem herausgerissen worden, was Sie kannten, von allen getrennt, die Sie lieben. Das zweite ist der Kulturschock. Sie befinden sich in einer Kultur, gegen die Sie von Geburt an konditioniert worden sind. Sie müssen akzeptieren, dass diese Schocks wirklich sind, aber Sie müssen auch weitergehen.«

»Warum sollte ich mich dafür interessieren?«, fragte ich.

»Ich könnte Ihnen freundliche Worte sagen, aber das würde Ihnen nicht helfen. Sie wollen, dass jemand Ihnen sagt, wie schlimm alles ist und wie sehr sie verletzt worden sind. Gut, das ist wahr. Wir anerkennen es, aber dazusitzen und Trübsal zu blasen, wird Ihnen nicht helfen, mit dem Leben weiterzumachen. Vorausgesetzt, Sie wollen es. Und wenn Sie es wollen ...«

Ich konnte nicht einfach aufgeben. So viel schuldete

ich Foerga … und mehr. »Ihnen ist es wirklich gleich, wie mir zumute ist, nicht wahr?«

»Es ist mir nicht gleich, weil Sie ein intelligentes Wesen sind, und weil Sie jetzt verwirrt und aufgeregt sind, weil Ihre ganze Welt auf den Kopf gestellt wurde.« Cerelle stand auf und ging zum Fenster und den Schneeflocken, die draußen vorbeitrieben. »Aber es besteht ein Unterschied zwischen Fürsorglichkeit unter Einzelpersonen und der Fürsorge des Staates oder der Gesellschaft, wenn Sie so wollen. Das war eines der Probleme, mit dem die Alten zu ringen hatten. Sie wollten immer, dass alle es gut hätten. Sie sorgten sich zu sehr darum, wie den Leuten zumute war, und nicht genug darum, was getan werden musste. Wie Ihnen und wie mir zumute ist, spielt keine Rolle, wenn es um die Grundprinzipien einer Gesellschaft geht. Zuerst muss eine Gesellschaft Problemlösungen finden, die funktionieren. Dann muss sie die Menschen erziehen und konditionieren, dass sie es akzeptieren.« Sie lachte leise. »Ich sollte nicht predigen, aber es ist schwierig, Mitgefühl zu zeigen, ohne missverstanden zu werden. Die Anpassung an Rykasha ist schwierig, und Unaufrichtigkeit meinerseits würde sie nur schwieriger machen.«

»… schwer genug, wie es ist …«, sagte ich, bemüht, nicht zu murmeln. »Hart für jeden, der nicht hier geboren wurde.«

Cerelle musterte mich mit ihren grüngrauen Augen. Augen, die warm aber ehrlich waren, wie eine grünliche Version von Foergas Augen. Ich wünschte, Cerelle wäre anderswo und eine andere. »Tyndel … jede funktionierende Gesellschaft konditioniert ihre Mitglieder. Dorcha konditioniert sein Volk. Sie sollten das wissen, denn Sie waren einer der wenigen, die das Konditionieren besorgten. Hart ist es nur, wenn Sie die Konditionierung von jemand anderem über sich ergehen lassen müssen.« Ein Anflug von Kälte war in ihren Worten, verschwand wieder.

»Dass es so kalt gemacht wird, so unpersönlich, das ist falsch. Menschen sind nicht bloß Nummern.« Ich wusste nicht, warum ich es so stark empfand. Lag es daran, dass ich ein Aussenseiter war, dass ich nicht freiwillig entschieden hatte, ein Dämon zu werden?

»Im Gegenteil! In jeder Gesellschaft sind die Menschen immer Nummern gewesen. Es hat zahlreiche Gesellschaften, Staatsformen und Glaubenssysteme gegeben, die eine Illusion von Wärme und Fürsorglichkeit zu verbreiten suchten, aber es war immer eine Illusion, und wir schätzen keine Illusionen. Uns ist wichtig, ob eine Gesellschaft funktioniert, aber auf der gesellschaftlichen Ebene kümmert sich niemand wirklich darum, wie Ihnen zumute ist, solange Sie tun, was notwendig ist. Jeder von uns muss die Einzelperson oder die Einzelpersonen finden, die uns nahe stehen und denen an uns liegt. Das ist immer so gewesen. Glauben Sie, das hätte sich irgendwann in der Geschichte geändert? Wir gehen damit direkter um als die meisten Gesellschaften. Wir versuchen Ehrlichkeit zu etwas mehr als bloßem Lippenbekenntnis zu machen, und es ist nicht leicht für uns … für mich. Und es wird nicht leicht für Sie sein.«

Ich starrte sie bloß an, war nicht einmal sicher, dass ich ihre Worte gehört hatte.

»Tyndel …« Zum ersten Mal seufzte Cerelle, seufzte wirklich, als sie sich vom Fenster abwandte und mich ansah. »Sie haben Ihr ganzes Leben mit der Lehre des Dzin und dem Glauben daran verbracht. Ich werfe Ihnen das nicht vor. Nun aber, da Sie eine Chance haben, mehr zu sehen und zu lernen, wehren Sie sich dagegen. Und Sie wollen nicht gebrauchen, was Sie vom Weg des Dzin gelernt haben, weil es beweisen würde, dass Rykasha eine Verbesserung gegenüber dem Mitensystem darstellt, und das können Sie nicht ertragen. Sie wollen Ihre bequemen alten Illusionen behalten oder wiederhaben.« Sie zuckte die Achseln. »Sie können die Illusionen zurückhaben oder nicht, wie Sie wollen. Aber Sie sind noch immer für sich selbst verantwortlich und müssen uns, wenn Sie dazu imstande sind, für den Aufwand entschädigen, der uns durch Ihre Rettung entstanden ist.«

»Ich habe nicht verlangt, gerettet zu werden.«

»Warum sind Sie dann aus Dorcha geflohen und nach Rykasha gekommen? Wollen Sie damit sagen, dass Sie zu Ihren eigenen und nicht zu unseren Bedingungen gerettet werden wollten?«

Sie hatte wahrscheinlich Recht, aber ich war nicht sicher, dass ich wirklich irgendetwas zugeben wollte. Warum hatte nicht alles so bleiben können, wie es gewesen war?

»Weil es anders gekommen ist«, antwortete sie in freundlichem Ton. »Und nichts wird daran etwas ändern.«

Beinahe wünschte ich, sie wäre mit ihren Worten nicht so freundlich gewesen. Dann hätte ich meinem Ärger und meiner Enttäuschung und meinem Kummer Luft machen können. Stattdessen schluckte ich. Ich vermisste Foerga ... die Gewissheit des Dzin, die ich gekannt hatte ... und sogar den bärbeißigen alten Manvarr.

12

(Am Tiefen See: 4512)

Alles ist ebenso gut und schön wie faul und schlecht; nur der Einzelne wird behaupten, etwas sei nur eins.

Am Nachmittag des arbeitsfreien Tages der Woche ging ich zu Sergols Vater, um mit ihm zu reden. Im Gegensatz zu den meisten Bewohnern Dorchas ruhen Bauern und

Fischer nicht, jedenfalls tat Wolyd es nicht, und ich musste im frischen kalten Wind warten, bis er das Boot auf den Strand gezogen hatte.

Der Fischer und Trüffelsucher war klein und drahtig, und sein Scheitel reichte mir kaum über die Schulter. Sein schwarzer Bart war kurz und eckig geschnitten wie mein eigener dunkelblonder Bart, und er schenkte mir keine Beachtung, bis er das Boot zum Trocknen umgedreht hatte, dass es kieloben auf dem steinigen Strand lag, und sein Gerät in dem kleinen Schuppen oberhalb verstaut hatte. »Was wollen Sie von mir, Dzinmeister?« In seinen vom Wetter mitgenommenen grauen Kleidern und dem grauen Gesicht zwischen dem schwarzen Bart und Haar hätte er beinahe eine Statue oder eine lebensgroße aus Treibholz geschnitzte Figur sein können.

»Ich möchte mit Ihnen über Sergol sprechen.«

»Dann gehen Sie mit mir zu den Höhlen.« Er grunzte, machte kehrt und hielt auf eine Öffnung in den Büschen zu. Nicht diejenige, die zu dem Karrenweg um den See führte, sondern einer anderen, die zu dem steinigen Hang im Süden der hohen Klippen führte, die senkrecht in das tiefe Azurblau des Sees abzustürzen schienen.

»Höhlen?« Sogar ich wusste, dass Trüffel unter Eichen wachsen, nicht in Höhlen.

»Ich züchte auch Champignons«, sagte Wolyd über die Schulter. »Was meinen Sie, woher die sind? Kommen Sie. Ich habe keine Zeit zu vergeuden.«

Ich folgte dem drahtigen Mann auf einem ausgetretenen Pfad zu einem anderen Kliff, einer bloß fünfzehn Meter hohen Felsstufe.

»Sergol ist ein guter Junge.« Wolyd drückte eine Schiebetür zur Seite, hinter der ein langer Stollen lag, griff hinein und berührte ein Tastfeld. Eine Reihe von Lampen beleuchtete den niedrigen alten Gang, der tief in den Berg hineinführte; ich konnte das andere Ende nicht erkennen.

»Er ist ein sehr guter Junge. Er hat auch einige seltsame Fragen gestellt. Und Fische als Beispiel gebraucht«, erwiderte ich. Dann kletterte ich dem Trüffelsucher nach, als er in einen abzweigenden Höhlenraum hinaufstieg, wo er die Champignons zog. Unwillkürlich rümpfte ich die Nase über die Feuchtigkeit und den Geruch von Mist.

»Sollte er auch. Von Fischen kann man viel lernen.«

»Jedes Geschöpf hat uns Lektionen zu lehren.«

»Wo sehen Sie das Problem?« Der Trüffelsucher blickte von den langen Anzuchtkästen mit Champignons auf. Sie waren noch klein.

»Ich sorge mich, dass er Wissen um des Wissens willen sucht.«

»Das macht ihr Dzin-Leute doch auch.« Ein spöttisches Grinsen ging über die Züge des Mannes.

»Wenn er dem Weg des Dzin zu folgen wünscht, dann wird er lernen, wie man mit Wissen umgeht.« Ich blickte in Wolyds ausdruckslose graue Augen, Augen, die nichts sagten und nichts verrieten. Der Mann störte mich, aber ich konnte nicht sagen warum, obwohl ich mich bemühte, an einem Zustand nicht nachlassender Wachsamkeit festzuhalten.

»Er ist ein Junge. Warum sich wegen seiner Fragen sorgen?«

Wie konnte ich die Antwort formulieren, fragte ich mich. »Manchmal müssen Kinder Fragen stellen, und das ist richtig, besonders wenn die Fragen aus ihrem Herzen kommen.«

Wolyd neigte den Kopf zur Seite und musterte mich mit einem schwachen Lächeln. »Und Sie sorgen sich, dass ein armer Fischer ihm Ideen in den Kopf setzt?«

»Ich sagte nicht, dass er sie von Ihnen hat«, erwiderte ich.

»Von wem sonst? Seine Mutter ging vor Jahren zurück nach Wyns. Sergol und ich, wir leben allein hier.« Er machte eine Pause. »Sie sagen, Sie machen sich Sorgen um ihn. Wer machte sich Sorgen um uns, als sie ging? Wer sorgte sich, als ich eine Kinderschwester bezahlen musste? Nun stellt der Junge in der Schule ein paar Fragen, und Sie machen sich Sorgen.«

»Ich wusste es nicht.«

»Es gibt vieles, was ihr Dzinmeister nicht wisst.« Er bewegte sich die Anzuchtkästen entlang und untersuchte die kleinen Champignons.

»Das ist mir klar«, stimmte ich ihm zu. Ich folgte ihm langsam.

»Jemand stellt Fragen, die Ihnen nicht gefallen, und Sie fangen an, sich wegen verbotenen Wissens und Dämonen und dergleichen zu sorgen.«

Dämonen? Ich hatte nicht einmal an Dämonen gedacht. Was hatte ihn darauf gebracht? War Wolyd ein geheimer Dämonenverehrer? Ich versuchte die Ruhe zu bewahren. »Ich sprach nicht von Dämonen.«

»Wie denken Sie über Dämonen, Dzinmeister?« Wolyds Tonfall war allzu beiläufig, und ich wollte schon einen Schritt zurück treten.

»Ich weiß nicht viel über die Dämonen. Heutzutage weiß es keiner, außer dass jeder, der die Grenze überschreitet, nie mehr zurückkehrt. Auch Gleiter nicht. Manchmal schießen feurige Pfeile oder Laser in den Himmel.« Ich zuckte die Achseln. »Sie scheinen den Wunsch zu haben, in Ruhe gelassen zu werden, und so ist es auch bei uns.«

»Mokieren Sie sich nicht über die Dämonen. Die in Rykasha sind nur ein schwacher Abglanz der alten Dämonen.«

Ich wich zurück, aber der Fischer verkürzte den Abstand zwischen uns. Was konnte ein Fischer und Trüffelsucher über Dämonen wissen? Und warum war er zornig auf mich?

»Sie glauben mir nicht. Gut, ich werde es Ihnen sagen.

Dadurch werden Sie die Gelegenheit haben, den Spiegel mit gereinigter Wahrnehmung aufzuhellen.«

Ich runzelte über die falsche Anwendung des Dzin-Ausspruches die Stirn.

»In den Zeiten der Dämonen trug jeder Dämon prachtvolle Kleider. Zusammengefaltet, waren sie nicht größer als eine Männerfaust, doch wenn der Dämon sie trug, konnte er Gewicht von mehr als fünfzig Steinen heben und annähernd eine Stunde lang so schnell wie die Magnetgleiter rennen.« Wolyd bückte sich unter einen der Kästen, als hätte er etwas fallen gelassen.

Kleider, die einem Mann erlaubten, das Gewicht von … ah … zwei Gleiterwagen zu heben? Ich lächelte höflich.

»So blind sind Sie, weil Sie nicht sehen wollen.« Mit einem harten Lachen richtete er sich auf, wandte sich um, und ich sah eine schimmernde Waffe in seiner Hand. Sie war von der Bauart, die sogar Dämonen aufhalten konnte.

»Ich bin kein Dämon«, protestierte ich.

Whrrr …

Mein Körper wurde von Krämpfen geschüttelt und von dem Strom, der meine Muskeln erstarren ließ, steif und bewegungslos festgehalten.

»Noch nicht.«

Was meinte er, dieser Fischer und Trüffelsucher? Ich versuchte zu sprechen, brachte aber kein Wort heraus und fühlte nichts mehr. Dann verlor ich das Bewusstsein.

Als ich erwachte, war ich an einen hölzernen Rahmen gebunden, und die weiten Ärmel meines Gewandes und des Unterhemds waren aufgerollt. Beide Arme schmerzten, und ich sah und fühlte, dass sie aufgerissen oder geschnitten und dann unordentlich verbunden worden waren.

Wo war ich? Vor meinen Augen verschwamm alles,

als ich den Kopf wandte, doch nach einer Weile stellte ich fest, dass ich in einem anderen alten Stollen war, einem feuchten und ohne Lampen. Die einzige Beleuchtung kam von der Laterne, die Wolyd hielt.

»Der Strick wird Sie festhalten, bis Sie sich befreien können. Und dann werden Sie nichts tun.« Er lachte wie ein Wahnsinniger. »Ihr Dzintypen, ihr haltet euch für so klug. Ihr kennt Ausdrücke und Sätze, die andere aus den alten Tagen wiederholt haben, und die Sprüche ändern sich nie, und ihr lernt nie dazu. Die Dämonen lernten, und ihr dachtet, ihr müsstet sie austreiben, weil ihr fürchtetet, was sie entdeckt hatten. Nun beachtet ihr sie nicht und treibt jeden hinaus, der Fragen stellt.« Ein weiteres Lachen folgte. »Ihr Dzinmeister, ihr seid so groß und mächtig. Und Sie, Meister Tyndel, Sie gehören zu den Schlimmsten, denn Sie glauben, was Sie sagen, und Sie würden meinen Jungen zwingen, dass er Ihnen glaubt. Nun, Wolyd der Fischer gibt Ihnen Gelegenheit zu sehen, wie Sie in einer Welt zurechtkommen, wo niemand Sie für groß und mächtig hält.«

Mit neuerlichem Auflachen rollte er ein kleines Fass zu mir, hob es auf eine ausgehauene Felsbank neben meinem Kopf und drehte es so, dass der mit einer Art Gumminippel verschlossene Zapfhahn meinem Mund nahe genug war, um ihn mit den Lippen zu erreichen. Ranziger Fischgeruch stieg mir in die Nase, und ich würgte beinahe. »Nicht viel besser als Schweinetrank.« Er deutete mit einem Nicken auf das Fass. »Sie denken, Sie werden nicht um alles in der Welt davon trinken, aber Sie werden es tun. Die kleinen Dämonen in Ihrem Blut werden dafür sorgen. Sie werden alles brauchen, bevor Sie stark genug sind, sich zu befreien.« Das schiefe Grinsen in seinem Gesicht enthüllte ebenso schiefe und gelbe Zähne. »Dann werden Sie ein Dämon sein. Und Sie werden Dorcha verlassen oder sterben.«

»Ein … ein Dämon?«, stammelte ich.

»Ich kenne das Geheimnis, wie Dämonen gemacht werden. In diesen Höhlen starb vor langer Zeit ein Dämon, und in seinem Staub … aber das brauchen Sie nicht zu wissen.« Er hielt die Dämonenwaffe in die Höhe. »Wenn ich dies wieder gegen Sie einsetzen muss, wird man Sie zum Dämonenkäfig in Hybra schaffen, und Sie werden sterben.«

Eine Tür schlug zu.

Ich war allein in dem alten Höhlengang, allein in der Dunkelheit, gefesselt mit einem fingerdicken Strick. Ich, ein Meister des Dzin, Schulmeister von Hybra, von einem verrückten Trüffelsucher an einem Ort, den niemand finden würde, wie ein Paket zusammengeschnürt. Von einem Trüffelsucher, der überzeugt war, er habe ein mystisches Geheimnis, das mich in einen Dämonen verwandeln würde.

Ich versuchte mich durch Windungen und Drehungen der Handgelenke und Füße zu befreien, aber der Strick und die Knoten waren fest angezogen, und alles, was ich erreichte, waren Hautabschürfungen und schmerzende Muskeln. Der Geruch des ranzigen Fischöls und die Furcht davor, was Wolyd getan haben mochte, verursachten mir Übelkeit. Was für ein Gift hatte er mir eingegeben? Oder war es alles eine Sinnestäuschung gewesen? War ich einfach hierher verschleppt worden, um in der Dunkelheit langsam zu verhungern?

Dieser Verrückte! Was hatte er gegen mich? Weshalb hasste er mich? Oder hasste er alle Lehrer des Dzin? Hasste er die Lehre selbst?

Wieder spannte ich die Muskeln gegen die Fesseln, versuchte die Hände zu drehen, aber meine Handgelenke waren zu fest gebunden. Alles war zu fest gebunden, und der Fischölgestank war zu stark, viel zu stark.

Bis zur Erschöpfung kämpfte ich gegen die Fesseln, mit wenig Erfolg, und eine andere Dunkelheit kam über mich.

13

(Lyncol: 4513)

Das objektive Universum ist absolut unwirklich.

Als ich hinaus in den frühen Nachmittag blickte, dachte ich für einen Augenblick, in Lyncol sei Nebel eingefallen und verhülle die Bäume am Hang des Hügels mit seinem Weiß.

Dann ging eine Gestalt am Fenster vorbei, rotes Haar machte einen verwaschenen Fleck im Weiß, und bevor ich die Tür erreichen konnte, erschien Cerelle. Sie hielt mir eine Jacke hin, die ich bisher noch nicht gesehen hatte. »Ziehen Sie die an.«

»Warum?«

»Ich dachte, es wäre Zeit, einen Spaziergang zu machen. Sie leiden unter Selbstmitleid, und manchmal hilft ein Spaziergang.«

»Und wenn mir nicht danach zumute ist?«

»Nun … ich soll Ihnen helfen, sich anzupassen, und wenn Sie dasitzen und die Wand anstarren, werden Sie sich nicht anpassen. Das Leben geht weiter.«

»Für einige Leute.«

»Glauben Sie, Sie seien der Erste und Einzige, der jemals alles verlor, was er liebte?«

Wieder spürte ich eine Andeutung von Düsternis hinter der munteren Fassade, eine Andeutung von etwas, das ich lieber nicht wissen wollte.

»Außerdem«, fuhr Cerelle fort, »schneit es, und Lyncol ist schön im Schnee.«

Schnee? Ich fröstelte.

»Wahrscheinlich würden Sie es nicht einmal ohne die Jacke bemerken, aber mit Ihrer Nanitenbalance wird sie mehr als genug sein. Ziehen Sie die Jacke an.«

Ihr Ton duldete keinen Widerspruch. Sie würde einfach fortfahren, mich mit Ihrer energischen, doch aufgesetzten Munterkeit unter Druck zu setzen. Ich gab auf, zog die Jacke an und folgte ihr in den Korridor und dann zum Seiteneingang hinaus ins Freie.

Der Boden war weiß, und nur eine Fußspur beeinträchtigte die makellose Schneefläche; es war die Fußspur, die zu meinem Quartier führte, wo ich mit Nanopillen gefüttert, genervt und verhört wurde.

Ich blickte zurück. Das Dach war mit Ziegeln gedeckt, das sah ich am Muster, aber nicht an der Farbe, weil der Schnee bereits eine weiße Decke darauf gelegt hatte. Die Fenster waren dunkel. Ich runzelte die Stirn. Von innen sahen sie nicht dunkel aus. Eine Art Einwegglas? Die Mauersteine der Wand hingegen schimmerten in einem durchscheinenden Grün, das beinahe zu leuchten schien.

»Die Steine schimmern …«

»Sprechen Sie nicht. Nicht jetzt. Sie verderben die Stimmung. Bewahren Sie Ihre Fragen für später. Folgen Sie mir einfach.«

Ich hielt den Mund, obwohl ich gegen ihre Selbstherrlichkeit protestieren wollte, aber was hätte es genützt? *Akzeptiere, was ist, bis du es verstehst.* An diesem Gedanken hielt ich fest. Man konnte nichts verändern, solange man es nicht verstand.

Der Schnee knirschte leise unter Cerelles Stiefeln, aber ich bewegte mich geräuschlos den Pfad entlang, der im Norden des Hauses unter die Bäume führte. Ich wusste, dass es Norden war, aber wie?

Unter den Kiefern zu beiden Seiten des Pfades war die Schneedecke immer wieder unterbrochen, und weiche braune Nadeln bedeckten den Boden um die Stämme. Da es fast windstill war, trieb der feine weiße Schnee wie Nebel herab und um die Zweige. Der feine Duft harziger Kiefern vermischte sich mit dem feuchten Schneegeruch in der Luft.

Wir passierten das vielleicht hundert Meter lange Kieferngehölz. *Siebenundneunzig Meter,* behauptete der innere Beobachter, der mit meinem Übergang zum Dämonentum geweckt worden war. Vor uns lag eine Wiese, gleichfalls schneebedeckt, und zu meiner Rechten ragte ein Turm über die schneeüberstäubten Nadelbäume. Er mochte vielleicht dreißig Meter hoch sein, war aber durch den Schneefall nur schlecht auszumachen.

Im offenen Gelände empfand ich die kalte Feuchtigkeit des auf meinem Gesicht schmelzenden Schnees seltsam angenehm, wie kalte Tränen. Foergas Tränen? Meiner Mutter Tränen? Ich schluckte, hielt kurz inne und ging dann weiter. Der Turm kam hinter uns außer Sicht, geradeso wie die Gewissheit, die ich im Dzin gefunden hatte, verschwunden war.

Voraus zeichneten sich durch den Schneefall die Umrisse eines länglichen Gebäudes mit schwarzen Säulen ab, ähnlich den Tempeln der Alten, nur waren jene aus weißem Kalkstein gebaut. Es stand auf einer kleinen Anhöhe, die von einem Bach in einem begradigten, vollkommen gleichmäßigen Bett umflossen wurde. Das Wasser sah wie schimmernde Seide aus und sammelte sich in einem langgestreckten Becken, das vom gleichen schwarzen Stein eingefasst war. Das Wasser dampfte leicht unter dem Schneefall, und das Becken strömte einen feinen Lavendelduft aus.

Lautlos fiel der Schnee, kühl und willkommen auf meinem Gesicht.

Das nächste Bauwerk war schwieriger zu beschreiben. Entweder war es in ein Granitriff gebaut, oder jemand hatte es mit der Nachahmung einer Felsformation umbaut. Zu Füßen der mit Balkonen ausgestatteten Fassade gab es Becken mit erwärmtem Wasser, aus denen Dampf stieg – so nahm es sich zumindest in meinen Augen aus. Ein durchscheinender Schleier verhüllte das ganze Gebäude und ließ nur die auffallendsten Merkmale erkennen. In einem der Becken mochte ein Paar beim Baden sein – oder es waren zwei Statuen gewesen, denen der rieselnde Schnee und das leise Wehen des Schleiers die Illusion von Bewegung verliehen.

Dann wurde der Wald tiefer und dunkler.

Cerelle hob die Hand, und ich blieb stehen.

Eine mächtige hohe und dunkle Gestalt auf vier Beinen, lautlos wie der Schnee, wechselte vor uns über den Pfad. Ein ausladendes Geweih, an die zwei Meter breit, krönte ein langes, bärtiges Fellgesicht.

Niemals hätte ich geglaubt, dass ein Tier dieser Größe sich so lautlos bewegen konnte, aber so geschah es, und genauso lautlos verschwand der majestätische Riese in der Dunkelheit des Nadelwaldes.

»Was …?«, flüsterte ich.

»Elch. Still.« Cerelle ging weiter. Das einzige Geräusch war das leise Knirschen ihrer Stiefel im pulverigen Schnee.

Ein zwitscherndes Geräusch hallte gedämpft durch den Wald, zweimal, dann verstummte es.

Weiter ging es durch Wiesen und Wälder und über einen Bach, dessen klares Wasser über vom Schnee halb bedeckte Blöcke und Steine plätscherte. Eine Brücke ohne Geländer überquerte ihn, eine einfache Konstruktion aus rötlichem Stein, die in einem Bogen über das Wasser, die Blöcke und das schneebedeckte Ufergras führte – Teil der Natur und doch Menschenwerk.

Jenseits der Brücke stieg der Pfad allmählich zu einem kleinen See an, dessen Nordende von hohen natürlichen Felsen begrenzt wurde, die bis in die tief hängenden Schneewolken reichten, weniger als ein Kilometer entfernt. Das Wasser sah blauschwarz aus. Grobes, faustgroßes Geröll bildete auf unserer Seite den Strand.

Am exponierten Ufer wehte ein leichter Wind und kräuselte die Oberfläche. Ein größerer Vogel glitt wie ein schwarzweißer Schatten von uns weg über das Wasser, verschwand unter der unruhigen Wasserfläche und tauchte gute hundert Meter weiter östlich wieder auf.

Cerelle stand da und betrachtete den See und den Tauchvogel. Ich betrachtete den See, den Vogel, den Schnee, die steilen Klippen am anderen Ufer und Cerelle.

Abrupt wandte sie sich ab, folgte dem Ufer westwärts und schlug dann einen anderen Weg zurück nach Süden ein.

Hinter dem ersten Waldstück war ein weiteres Gebäude, und dieses glich keinem anderen, das ich je gesehen hatte. Das Gebäude trug eine aus Sechsecken zusammengesetzte Kuppel. Jedes der Sechsecke glitzerte silbrig, aber bei genauerem Hinsehen zeigte sich, dass jedes sich ein wenig von den angrenzenden unterschied. Der leichte Schnee glitt von der Kuppel ab und bildete einen kleinen Wall darum. Kein Weg, keine Stufen und keine Fußabdrücke führten zu dem überkuppelten Gebäude oder von ihm fort.

Cerelle verlangsamte nicht einmal ihren gleichmäßigen Schritt, als wir vorübergingen, und ich musste mich beeilen, sie wieder einzuholen. Eine geisterhafte Reminiszenz eines früheren Vorstellungsbildes – die Linien roten Feuers über einem schwärzlichen Himmel – schien vor meinen Augen durch die Schneewolken zu huschen und verschwand. Nur hatte ich Bilder wie dieses niemals in der Realität gesehen, bevor ich von Wolyd lebendig begraben wurde.

Cerelle wandte sich um und runzelte die Stirn, sagte aber nichts und schritt voraus in das nächste Waldstück, wo der sanft gefilterte Schnee durch die überhängenden benadelten Zweige rieselte.

Wieder hatte ich das Gefühl kalter Tränen auf den Wangen, und ich dachte an Foerga, die freundliche und liebevolle Foerga, und meine Tränen vermischten sich mit dem tauenden Schnee, und eine Weile verschwamm die Welt zu vagen Umrissen, und ich ging blindlings dahin.

Auf unserem Weg passierten wir weitere Bauwerke, jedes verschieden von den anderen, jedes separat und für sich, und in seltsamer Weise wie die steinerne Brücke, die wir überquert hatten. So unorganisch diese Gebäude als Fremdkörper in ihrer natürlichen Umgebung standen, so gnädig sorgte der alles bedeckende Schnee für einen gewissen Ausgleich der krassesten Gegensätze.

Das Licht wich aus dem Himmel, und unsere ersten Fußabdrücke waren vom feinen, aber gleichmäßig fallenden Schnee zugedeckt, als wir das Haus erreichten, wo ich untergebracht war – ich wusste nicht, ob es ein Forschungs- oder ein Rehabilitationszentrum war. Ich war nicht einmal sicher, was wirklich mit mir geschehen war, und die traumähnliche Qualität dieser den ganzen Nachmittag langen Wanderung verstärkte das Gefühl.

Erst als wir im Korridor vor meinem Quartier waren, ergriff Cerelle wieder das Wort. »Sie gehen durch den Schnee wie ein Gespenst, als ob Sie nicht hier wären.« Ein schiefes Lächeln verzog ihre Lippen. »Aber Sie sind hier. Morgen fangen Sie mit der ernsthaften Hintergrundausbildung an. Ich hoffe, Sie können etwas Schlaf finden, Tyndel.«

Sie nickte mir zu und ging zurück in den Schnee und das Dämmerlicht.

Ich betrat mein Zimmer und hängte die bereits trockene Jacke in den Schrank.

Wozu die Wanderung, wenn nicht, um mir etwas zu zeigen? Aber was? Ich schüttelte den Kopf und blickte lange hinaus in den Schnee, bis es zu dunkel war, etwas zu sehen. Dann ging ich essen.

Gebäude, Wälder, Seen, halb gesehene feurige Linien im Himmel – was hatte es zu bedeuten? Hatte es überhaupt etwas zu bedeuten? Und Cerelle – geduldig an der

Oberfläche, aber mit einer Andeutung von energiegeladener Ungeduld darunter.

Ich holte tief Luft und seufzte.

14

(Am Tiefen See: 4512)

Wer nicht Hammer sein will, wird Amboss sein.

Wolyd der Trüffelsucher hatte Recht gehabt. Am Ende schluckte ich das ranzige Fischöl mit einem fast wahnsinnigen Hunger. Was hatte er mir angetan? Und warum? Woher diese Abneigung gegen Dzinmeister? So viel Hass, dass er davon phantasierte, sie in Dämonen zu verwandeln? Schließlich – war es Tage später? – befreite ich mich mit einer Stärke, die ich nicht hatte, von den Fesseln. Der Strick gab nicht nach, aber der hölzerne Rahmen, an den er verankert war, um mich an Ort und Stelle festzuhalten, zerbrach unter meinem verzweifelten Aufbäumen. Dann arbeitete und kämpfte ich in der Dunkelheit, bis ich mich endlich von den Fesseln befreit hatte.

Irgendwie war es im Höhlengang heller geworden – oder konnte ich besser sehen? Oder sah ich überhaupt etwas?

Endlich frei von den Fesseln, warf ich mich gegen die Tür, die mit einem splitternden Geräusch nachgab. Ich sah mir den Schaden an. Das Schloss war aus dem Holz gebrochen, aber das Holz war nicht morsch gewesen. Es war grau vom Alter, sah aber wie gute kräftige Eiche aus. Auch die Beschläge, an denen die Scharniere hingen, waren verbogen, und ich konnte die Tür nicht schließen.

Regen und Wind schlugen mir ins Gesicht, aber beide empfand ich nicht als kalt, obwohl die Jahreszeit Frühwinter war. Im grauen Licht blickte ich an mir nieder. Mein Gewand war aufgerissen, ich war dünner geworden, viel dünner. Meine Oberarme waren bedeckt von verschorften Verletzungen, sahen aber ziemlich verheilt aus. War es möglich, dass ich so viel Zeit in der Höhle verbracht hatte?

Durch entlaubtes Gebüsch konnte ich die grauen Wasser des Tiefen Sees erkennen, die vom Wind gepeitscht wurden und Schaumkronen trugen. Die Luft roch nach Nässe, verrottendem Schilf und Torf von den Sümpfen im Norden.

Obwohl es sehr kalt war, wusch ich mein verschmutztes Gewand und die übrigen Kleider im Seewasser, wobei ich mich alle paar Augenblicke umsah. Aber es war Winter, und niemand kam. Und ich wunderte mich, dass mir nicht allzu kalt war, als ich im Wind nackt am steinigen Ufer stand.

War ich wirklich ein Dämon? Oder halluzinierte ich? Wie konnte ich es beurteilen?

Ich hängte die ausgewrungenen Kleider an die nackten Zweige eines Strauches, ausgenommen die Unterhose, die ich mit der Hoffnung anzog, dass meine Körperwärme sie rascher trocknen würde.

Einen Meter hinter dem Strauch lag ein ansehnlicher Felsbrocken. Ich lachte und bückte mich, ihn aufzuheben, obwohl ich wusste, dass ich ihn niemals auch nur würde bewegen können. Er ließ sich leicht aufheben, und ich hätte ihn vor Schreck fast auf den Fuß fallen lassen. Einen Augenblick wankte ich, dann stieß ich ihn zum See. Er flog weiter als ich dachte, und ein gewaltiges Aufklatschen im grauen Wasser belohnte meine Mühe.

Ich blickte auf meine Hände und Arme. Sie waren nicht anders als sonst, nur dünner. Mein Magen knurrte wie der eines Bären, der gerade vom Winterschlaf erwacht.

Meine Augen brannten, als ich das nasse Unterhemd, die lange Hose, den Pullover und schließlich das Gewand überzog. Die Nässe war unangenehm auf der Haut, aber das durfte mich jetzt nicht kümmern. Was immer geschehen war, was immer ich geworden war, ich musste nach Hause. Ich musste zu Foerga.

Vorsichtig hielt ich mich am Rand den Karrenweges, während ich heimwärts eilte, aber ich musste den Weg verlassen und Deckung suchen. Während ich lief, versuchte ich nicht allzu viel über meine Fähigkeit nachzudenken, ohne Erschöpfung länger und schneller zu laufen als sonst.

Stattdessen wiederholte ich eines von Manvarrs Mantras: »Erklärung ist nicht Bewusstsein.«

So lief ich trotz meines hinderlichen Gewandes unermüdlich dahin und zwang die Worte in meinen Geist und Mund: »Erklärung ist nicht Bewusstsein … Erklärung ist nicht Bewusstsein … Erklärung ist nicht Bewusstsein …«

Als ich mich dem Haus näherte – dem Haus des Dzinmeisters in Hybra, nicht meinem oder unserem Haus, wie mich die Ereignisse mahnten –, verließ ich den Weg und betrat den rückwärtigen Garten durch das kleine Tor neben dem Schuppen. Die hintere Buchsbaumhecke musste beschnitten werden, und ich roch den gesunden Zersetzungsgeruch des Komposthaufens.

Die Hintertür war nicht verriegelt, und ich trat ein und rief Foerga.

Sie kam aus der Küche und starrte mich mit ihren tiefen blauen Augen an. Dann rannen ihr Tränen über die Wangen.

»Ich bin hier. Was ist los?«

»Der Stadtaufseher … er sagte, du wärst von einem Dämon fortgeschleppt worden. Er warnte mich.«

»Der einzige Dämon war Wolyd. Er betäubte mich mit einer Dämonenwaffe und fesselte mich in einer Höhle. Er hat etwas gegen Dzinmeister – oder wenigstens gegen diesen. Ich brauchte lange, um mich zu befreien. Ich weiß nicht, wie lange.«

»Zehn Tage … elf … ach, Tyndel …«

Ohne zu sprechen, traten wir aufeinander zu und umarmten uns, und ich hielt sie sanft in meinen zitternden Armen, in Sorge, ich könnte sie zu fest an mich drücken, in Furcht vor der seltsamen Stärke, die mich von meinen Fesseln befreit und eine Tür gesprengt und einen Block gehoben hatte, den ich früher nicht einmal vom Fleck hätte bewegen können.

»Du … bist erhitzt … so heiß …« Ihre Lippen streiften meine Wange, und sie trat zurück, schlug den Blick nieder.

»Ich wollte … bloß nach Hause kommen.«

Mehr Tränen rannen ihr übers Gesicht – und mir über das meine.

In der Stille war mir bewusst, wie klein das Haus war, wie die Wände auf mich eindrängten, alle fleckenlos und vollkommen, aber nahe. Und von der Kanne auf dem Tisch wehte mir der Duft frisch aufgegossenen Arleentees zu.

Foerga umarmte mich wieder, erschauerte leise.

Das Ticken der Wanduhr hallte durch die Stille, laut wie eine Trommel.

Meine blauäugige Kristallkünstlerin wich vor mir zurück. »Du bist so dünn, aber deine Arme fühlen sich wie Eisen an.« Ihr Blick ging zu meinem Handgelenk, und wieder rannen die Tränen.

Mein Blick folgte ihrem, und sie nickte mutlos. Das Yin in meinem Armband war beinahe tot. Nur ein blasses silbriges Flimmern war geblieben.

»Du bist jetzt einer der Dämonen. Sieh auf dein Armband.« Sie schluchzte, und die Tränen strömten ihr übers

Gesicht. »Du musst gehen. Du musst gehen. Trefor wird seine Dämonenpatrouille zusammenrufen, und sie werden dich betäuben und einkerkern und du wirst sterben.«

Ich war wie betäubt. Mich? Wie konnte dies mir passieren?

»Er oder einer seiner Untergebenen kommt immer wieder vorbei, um zu sehen, ob du zurückgekehrt bist.«

Ich hob den Kopf, als ich das Winseln näherkommender Gleiter hörte. Geländegleiter, die keine Schienen brauchten. »Ein Gleiter kommt.«

Foerga neigte den Kopf. »Dein Gehör ist besser geworden.«

Mein Magendrücken verstärkte sich; sie war immer diejenige mit den Hasenohren gewesen, imstande, die leisesten Geräusche zu hören.

»Dämon oder nicht, ich liebe dich.« Foergas Arme umschlangen mich wieder, und sie fühlten sich so warm und tröstlich an. Ich schloss die Augen und versuchte wenigstens im Augenblick das ferne winselnde Geräusch zu überhören.

Foerga ließ mich los. »Du musst gehen.« Sie zog meinen alten Rucksack aus dem Schrank in der Anrichte. »Nimm ausreichend Proviant mit. Du siehst ausgehungert aus. Ich werde hinausgehen und sie aufhalten. Nimm die Hintertür.«

»Aber ...«

»Tu es, bitte, Tyndel. Für mich. Es ist alles, was ich jetzt bieten kann.« Sie versuchte sich das Gesicht zu wischen, aber mehr Tränen rannen ihr aus den Augenwinkeln.

Ich nahm den Rucksack und starrte ihn an, während sie sich das Gesicht mit einem Küchenhandtuch trocken wischte und zur Haustür eilte. Ich blieb allein in der kleinen Küche zurück, den Rucksack aus Segeltuch in den Händen. Ich stand wie gelähmt, bis die Haustür mit einem dumpfen Geräusch geschlossen wurde.

Dann begann ich den Rucksack vollzustopfen – ein Laib Brot, Sonnenblumenkerne, drei Äpfel, ein Keil Hartkäse, eine Rolle Keks. Was hineinkam, war unwichtig … Foerga hatte mir gesagt, ich solle Proviant hineintun, und das tat ich.

Ich ging zur Hintertür und trat in den Garten hinaus.

»Nein! Das werden Sie nicht tun!«

Auf Foergas lauten Ruf hin rannte ich die Seite des Hauses entlang und schlüpfte zum Rand der vorderen Hecke.

Ein einziger Geländegleiter hielt vor dem Eingang, und Wolyd und Trefor standen daneben, zusammen mit einem einzigen Shraddan. Ein zweiter Gleiter stand am Ende der Seitenstraße, doch selbst mit meiner geschärften Sicht konnte ich nicht ausmachen, wer darin saß, doch ich erkannte eine lehmgelbe Uniform mit roten Kragenspiegeln.

Foerga versperrte den Eingang. »Sie suchen bloß einen Vorwand, ihn zu töten.« Sie hatte einen Stock in der Hand, einen Stab für Gymnastikübungen, und der Shraddan hielt sich das rechte Handgelenk.

»Er ist ein Dämon, und sie ist es auch!« Wolyd hob seine schimmernde Waffe und richtete sie auf Foerga.

Sie schwang den Stab in seine Richtung und stieß zu.

Ssssss …

Unter der Einwirkung der Energiewaffen wurde Foerga von Krämpfen geschüttelte. Der Stab fiel ihr aus den Händen und klapperte auf das Pflaster des Gehwegs vor dem Eingang. Foerga brach zusammen, aber sie nahmen sie unter Dauerfeuer, und ich begriff, dass sie nicht aufhören würden, solange sie ein Lebenszeichen von sich gab.

Ich ließ den Rucksack fallen und rannte schneller als ich für möglich gehalten hätte die Hecke entlang und von rückwärts auf den verrückten Trüffelsucher zu. In missbräuchlicher Anwendung der Kunst der Selbstverteidigung setzte ich Arme und Beine ein und hörte das hässliche Knacken, als ich Wolyd das Genick brach. Wenigstens würde er keine Dzinmeister mehr vergiften.

Trefor schien sich in Zeitlupe zu bewegen, zu langsam, und ich brach ihm das Genick mit einem Handkantenschlag.

Der Shraddan mit dem verletzten Handgelenk rannte zurück zum anderen Gleiter und schrie: »Der Dämon ist los! Der Dämon ist los!«

Ich bückte mich und nahm Foerga in die Arme. Ihr schwarzes Haar breitete sich wie ein Fächer über meinen Ärmel, aber es war zu spät. Ihre Augen waren leer, ihr Körper erschlafft.

Hinter mir erhob sich das winselnde Schwirren des Gleiters.

Ich wollte bleiben, aber Foergas letzte Anstrengung, ihre Selbstaufopferung, würde dann umsonst gewesen sein. Der Rucksack – ich brauchte Proviant. Ich griff danach und bekam den Segeltuchstoff zu fassen.

Das Winseln wurde lauter.

Tränenblind, den Rucksack in einer Hand, begann ich zu rennen. Fort vom Haus eines Meisters des Dzin und in die ungewisse Zukunft eines Dämonen, den Tod im Nacken.

15

(Lyncol: 4513)

Eine Idee kann man niemals schlüssig beweisen, nur widerlegen.

Tagelang, unterbrochen nur von den periodischen, freundlichen und frustrierenden Gesprächen mit Cerelle, Schlaf und Träumen von Foerga und verfolgenden Gleitern und uniformierten Shraddan, schwindelte mir der Kopf vom sogenannten Hintergrundwissen, das mir durch Nanopillen und Sprühkanister vermittelt wurde. Selbst wenn ich mich auf das seidenweiche Laken meines Bettes niederlegte, war mir, als müsste mein Kopf und mein ganzer Körper bersten, als wäre sogar meine Seele mit dem Lehrstoff von Jahren vollgestopft worden. Aber es gab keine Einsicht, keine Interpretation, nur Fakten über Fakten, Bilder über Bilder, bis mein ganzes Selbst in dem Meer von Informationen zu ertrinken drohte.

Einige der Bilder waren sehr lebendig – wie sich selbst zusammensetzende Nuklearwaffen, die weite Teile des ursprünglichen Küstenverlaufs des alten Dorcha zerstörten. Andere waren prosaisch und behandelten Prinzip und Wirkungsweise der Nahrungsreplikatoren. Wieder andere beschäftigten sich mit Mathematik und Physik, aber warum würde ich jemals relative Orbitalmechanik berechnen müssen? Es gab noch andere Mathematik, die sich mit etwas beschäftigte, das Überraum genannt wurde, aber wie konnte es etwas über dem wirklichen Raum geben? Wenn es so etwas gäbe, würde es jedenfalls nicht sehr praktisch sein, solange man ihn nicht erreichen konnte, und die Mathematik blieb mir unverständlich. Es schien logisch, aber logisch schienen auch manche alten Spekulationen, die davon ausgingen, dass die Erde eine Scheibe sei.

Dennoch beharrte Cerelle darauf, dass alles das bloß Hintergrundwissen sei. »Und Sie wissen alles das?«, fragte ich sie einmal beim Mittagessen in dem kleinen Speiseraum.

In ihren grüngrauen Augen sah ich wieder den Ausdruck, der mir wie eine Kombination von Wärme, Wehmut, Frustration und Ärger vorkam. »Viel mehr.«

»Wie kann es einen Überraum geben?«, fragte ich. »Und wenn es ihn gibt, wie kann man ihn erreichen? Und von welchem Nutzen ist er?«

»Überraum existiert, und wir nutzen ihn für interstellare Transporte. Es gibt besondere Schiffe … Sie haben dieses Hintergrundwissen. Warum fragen Sie mich nach Dingen, die Sie wissen?«

»Weil es keinen Sinn ergibt.«

»Es ergibt keinen Sinn für Sie, weil es außerhalb ihres Dzin-Horizontes ist.« Sie stellte ihr Glas Zitronengetränk ab und sah mich an. »Nun, da Sie die Grundlagen kennen und nicht antworten, wenn ich zu Ihnen spreche, liegt es nicht an einem Mangel an Wissen, sondern an Starrköpfigkeit, absichtlicher Ignoranz oder etwas anderem. Dabei sind Sie nicht dumm. Die Tests zeigen das. Warum sind Sie so wenig entgegenkommend? Gab es eine hohe Mauer, die Sie überklettern mussten? Sagte jemand, Sie könnten hier keine Zuflucht finden?«

»Eine geistige Barriere ist so wirklich wie eine steinerne.«

Sie nickte. »Das akzeptiere ich, wenn Sie mir sagen können, was für eine Barriere es ist, sodass wir daran arbeiten können.«

Ich schüttelte den Kopf. Wie konnte ich ihr sagen, dass ich mich ärgerte, dass sie lebte und Foerga tot war? Oder dass ich ihr das ständige Bohren und Drängen übel nahm? Oder dass ich die arrogante Überheblichkeit hasste, die ganz Rykasha zu durchdringen schien?

Ein trauriger Ausdruck ging über ihre Züge und wurde von einem ebenso flüchtigen Ärger verdrängt, bevor sie seufzte. »Tut mir Leid. Es ist schwer für Sie. Manchmal vergesse ich es. Versuchen wir es auf eine andere Weise. Wie kam es zu Ihrer Naniteninfektion?«

»Ein verrückter Trüffelsucher überraschte mich, betäubte mich mit einer Dämonenwaffe und infizierte mich irgendwie mit etwas, das meine Kraft und Ausdauer verstärkte und mein Sehvermögen verbesserte – Ihre Naniten, wie ich inzwischen weiß. Das qualifizierte mich als Dämon.« Ich blickte auf mein bloßes Handgelenk. »Jedenfalls löschte es das Yin in meinem Armband aus.«

»Die Armbänder messen bestimmte Körperfelder. Ziemlich raffiniert für den Stand der Mitentechnik. Natürlich können wir sie nachbauen und manipulieren.«

»Mitentechnik … Mitendummheit … Warum nennen Sie Menschen, die keine Dämonen sind, Miten?«

Sie schlug tatsächlich den Blick nieder – mit einem Ausdruck zwischen Schuldgefühl und Verlegenheit.

Ich wartete.

»Es ist ein herabsetzender Ausdruck. Abgekürzt für Termiten.«

»Sie betrachten uns also als niedrige soziale Insekten?«

»Sie gehören nicht mehr dazu und werden es niemals sein. Die Tests deuten darauf hin, dass Sie wahrscheinlich nie waren, was wir Miten nennen, nicht in geistiger Hinsicht. Aber es stimmt schon, Menschen alten Stils sind nicht viel mehr als technisch begabte soziale Insekten. Als Gruppe sind sie nicht besser befähigt als Termiten, ihre instinkthaften Verhaltensweisen zu überwinden. Wie viele Genies sind getötet oder unterdrückt oder vertrieben worden, weil sie nicht der sozialen Norm angepasst waren?«

Ich öffnete den Mund zu einer Entgegnung und schloss ihn wieder.

»Wie viele ungewollte Kinder sind im Laufe der Jahrtausende geboren und getötet worden? Wie viele Propheten haben behauptet, die eine oder die andere Gottheit zu repräsentieren, ohne Beweise, ohne vernünftige Begründung, nur mit der Demonstration von Beredsamkeit und Überzeugungskraft, also Fähigkeiten, die jedem Menschen zu Gebote stehen? Und wie viele Miten haben die Worte dieser Propheten geschluckt? Ist das Vernunft oder freie Intelligenz?«

»Dzin hält die Gesellschaft zusammen.« Ich zwang mich, ruhig zu sprechen.

»Das leugne ich nicht.« Sie nahm einen Schluck von ihrem Getränk. »Instinkt hält eine Termitenkolonie zusammen, Instinkt und akzeptiertes Sozialverhalten. Dzin ist ein Weg, das menschliche Sozialverhalten und die menschlichen Fähigkeiten zu begrenzen, um sicher zu gehen, dass Menschen nicht die Gesellschaft und sich selbst zerstören. Es ist ein Eingeständnis des Versagens. Es besagt, dass Menschen ihr volles geistiges und körperliches Potenzial nicht erreichen können, ohne eine Gefahr für sich selbst und ihre Gesellschaft zu werden. Also predigt und zwingt Dzin Einschränkung und Selbstbeherrschung.«

»Natürlich tut es das. Wenn jemand zu viel isst, und es gibt nicht genug Nahrung, werden andere Hunger leiden. Wenn jemand Waffen bauen und gegen andere gebrauchen will, müssen andere leiden. Einschränkungen sind in jeder menschlichen Gesellschaft notwendig.«

War Cerelle blind? Waren die Dämonen so verschieden?

»Tut mir Leid. Ich werde so verstanden, als wäre ich zornig auf Sie, aber das bin ich nicht. Ich bin zornig auf eine Gesellschaft, die Menschen wie Sie zu Flüchtlingen macht und sie als wertlos oder als Dämonen ausstößt.« Sie holte angestrengt Luft. »Ich drücke mich nicht so klar aus wie ich sollte. Die Naniten gaben Ihnen besseres Sehvermögen, größere Kraft und Ausdauer, und mit der Zeit klarere Denkprozesse. Dzin aber widersteht diesen Veränderungen. Warum? Warum begrenzt es Sie auf weniger als Sie sein könnten?«

»Weil diese Veränderungen den Untergang der Alten verursachten und ihre Kultur zerstörten«, antwortete ich so trocken wie ich konnte.

»Das ist mein Argument. Die menschliche Gesellschaft beruht auf dem niedrigsten gemeinsamen Nenner.

Jedenfalls einem recht niedrigen Nenner. Dzin, oder Toze oder Dhur – all diese Philosophien und Religionen beschränken den vollen Ausdruck menschlicher Fähigkeiten. Diese Fähigkeiten sind nicht grundsätzlich böse oder antisozial.«

Ich schüttelte den Kopf. »Nach dem, was ich bereits gelernt habe, benötigen mit Naniten infizierte Menschen mehr und bessere Nahrung. Es gab nicht genug Energie und Technik, um diejenigen ausreichend zu ernähren, die schon existierten, geschweige denn den vermehrten Bedarf zu decken.«

»Genau«, antwortete Cerelle. »Und jeder intelligente Mensch, der damals lebte, und schon Jahrhunderte davor, wusste das. Auch die meisten politischen Führer wussten es. Dennoch wurden kaum ernsthafte Anstrengungen unternommen, das Bevölkerungswachstum auf Null zu bringen, und einige Glaubenssysteme ermutigten sogar zu unbegrenzter Vermehrung. Hört sich das nach einer intelligenten Spezies an?«

»Wenn Sie es so betrachten ...«, räumte ich ein. Das Verhalten der Menschheit im Laufe der Jahrtausende zeugte nicht von hoher Intelligenz. Aber es war etwas an Cerelles Argument, das mich störte – die Annahme selbstverständlicher Überlegenheit. »Wo ist Ihr Verantwortungsgefühl?«, fragte ich. »Sie machen die armen Miten schlecht und beschuldigen sie der Rückständigkeit, aber was haben Sie zur Verbesserung der Lage getan? Wie Sie sagen, wissen die Dämonen alles besser, aber was haben Sie *getan?*«

Cerelle lächelte – beinahe traurig. »Unsere Grenzen sind offen. Niemand hat Sie aufgehalten. Niemand versuchte Sie zu töten. Ihre früheren Kollegen haben alle Freiheit, die sie wünschen, zu tun, was sie wollen.«

»Und wenn sie nach Rykasha kämen und versuchten, ohne Naniten an ihrer Lebensweise festzuhalten? Oder wenn sie versuchten, Gebiete Rykashas zu besetzen?«

»Man würde sie daran hindern. Es ist übrigens mehrmals geschehen, aber die Jahre und Jahrzehnte vergehen, und die Menschen vergessen.«

»Sehen Sie, bei aller Überlegenheit, die Sie herausstellen, kann auch bei Ihnen nicht jeder tun und lassen, was er will. Es gibt Beschränkungen wie bei den Termiten, und den gleichen Zwang zu konformem Verhalten. Die Steuerungsmechanismen sind mir noch nicht klar, aber es muss sie geben.«

»Richtig, die gibt es. Auch eine hoch entwickelte Gesellschaft braucht Gesetze und Regeln, damit ihre komplizierten Mechanismen funktionieren. Aber hier ist bei jedem einzelnen die Einsicht in diese Zusammenhänge vorhanden. Nur selten müssen Zwang und Druck ausgeübt werden.«

»Wenn Sie so überlegen sind …«

»Sie auch, Tyndel«, unterbrach sie mich. »Darum versuchte man Sie zu töten. Und Ihre geliebte Foerga.«

»Lassen Sie die aus dem Spiel.«

»Warum? Sie glauben, dass sie einfühlsamer, aufrichtiger und anständiger war als Sie. Aber man tötete sie. Glauben Sie wirklich, sie habe sich aufgeopfert, als sie Ihnen nach Hybra folgte? Hat sie sich damit nicht auch vor eifersüchtigen und misstrauischen Miten geschützt? Konnte es einen besseren Schutz geben als einen Dzinmeister zu heiraten?«

Foerga? Besorgt darüber, was andere dachten? »Sie war kein Dämon.«

»Das behauptete ich nicht. Ich sagte, sie sei ein besserer, sittlich höher stehender Mensch gewesen, und dass alle Miten sich aus Neid und Missgunst gegen Bessere wenden, wenn sie können.«

»Sind Sie besser?«

»Letzte Woche wanderten wir im Schnee. Was sahen Sie?«

Ich zuckte die Achseln. »Gebäude.«

»Waren sie gleich? Wirkten sie störend in der Natur?«

»Sie waren nicht gleich, und sie schienen die Natur nicht zu stören. Aber ich glaube, der Schnee tat das seine dazu. In einer anderen Jahreszeit würde ich das eine oder andere Gebäude wahrscheinlich als störend betrachten.«

»Nun, ihr Meister des Dzin behauptet, Dämonen seien zerstörerisch. Weshalb? Die Geschichte zeigt, dass die größten Morde und Zerstörungen von sogenannten gewöhnlichen Leuten angerichtet wurden, nicht von Dämonen.« Cerelle schnaubte. »Es gibt Tausende von Jahren der überlieferten Menschheitsgeschichte, und zu allen Zeiten gab es darin Bösewichter, und alle geben diesen Bösewichtern die Schuld, aber die meisten Untaten, die ihnen zugeschrieben werden, wurden in Wirklichkeit von ganz gewöhnlichen Leuten verübt. Waren diese Leute schwach, oder hatten sie insgeheim ihren Spaß an der Schändlichkeit ihrer Taten? Ich weiß nicht, ob es wichtig ist. So oder so ist es nicht schmeichelhaft.«

»Und Sie sind besser?«

»Im Grunde unserer Herzen? Wahrscheinlich nicht. Ein Teil dessen, was wir tun, ist Erziehung und Zwang zur Aufrichtigkeit. Das und was wir sonst noch für diejenigen, die in Rykasha aufwachsen, und diejenigen wie Sie tun, ist nicht ideal, aber wir haben praktisch keine andere Wahl.«

»Erklärung ist nicht Bewusstsein«, zitierte ich.

»Sie haben das schon einmal gesagt. Es ist wahr, aber es bringt uns nicht weiter.« Wieder holte sie tief Atem. »Sie sollten dies schon wissen, aber Sie wehren sich gegen das, was Sie wissen. Menschen sind schlecht programmiert, um über das Stadium von Jägern und Sammlern hinauszugehen. Wir müssen uns mit Vernunft abmühen, weil … Vernunft nicht unbedingt gut für das Überleben der Spezies ist.«

Ich runzelte die Stirn.

»Sehen Sie … es gibt genug Menschen dort draußen, sodass Ihr Handeln die Spezies nicht zerstören kann. Das bedeutet, dass all die altruistischen Reaktionen und Handlungsweisen, die in unseren Genen verschlüsselt sind, von rationalen Entscheidungen zugunsten Ihres eigenen Überlebens missachtet werden können und missachtet werden. Multiplizieren Sie das nach Milliarden, dann haben Sie das Problem, vor dem die Alten standen. Das andere Problem, dem Menschen sich gegenüber sehen, ist Zeitmangel. Unsere biologischen Uhren werden von Licht und Nahrung gestellt. Je mehr wir dem Licht ausgesetzt sind und je besser die Ernährung ist, desto früher tritt die biologische Reife ein. Mit der Zivilisation, die künstliches Licht und ausreichende Nahrung für die meisten schafft, kommt gleichzeitig das Bedürfnis nach größerem Wissen und besserem Verstehen, und alles das erfordert größere soziale Investitionen in die Jugend.

Die Alten konnten dieses Problem nicht lösen. Eine explosive Geburtenrate gerade in den unterprivilegierten Schichten machte die notwendigen Investitionen in Erziehung und Ausbildung der Jugend für viele Gesellschaften unmöglich – und damals gab es viele Gesellschaften, Hunderte, wenn nicht Tausende von Völkern und Stämmen, nach dem, was wir von den Aufzeichnungen und Spuren wissen, nicht das halbe Dutzend Kulturen, die gegenwärtig existieren. Rechnet man dazu den biologischen Drang zur Fortpflanzung, der mit dem rationalen Druck, nicht so viele Kinder zu haben, in Konflikt geriet … Jedenfalls wurde vieles versucht, von Empfängnisverhütung über Abtreibung und Kindermord bis zum Krieg, aber nichts davon funktionierte sonderlich gut.«

»Dzin funktioniert«, sagte ich.

»Das ist richtig, ebenso wie Toze, und sogar die Sitten der Dhur funktionieren«, stimmte Cerelle mir zu. »Aber sie sind dennoch Sackgassen. Sie funktionieren, weil es ihnen gelungen ist, eine konsensfähige, auf Sittengesetzen basierende Begrenzung des Wissens und der Veränderungen, die in ihren Gesellschaften erlaubt sind, zu schaffen und durchzusetzen. In der Praxis bedeutet das: kein nennenswertes Wissen und keine nennenswerten Veränderungen. Das war der Reiz der alten Religionen. Ein Sittencodex wurde angeblich den Menschen von einem Gott auferlegt, einer höheren Instanz, die hoch über dem Volk und seinen Menschen stand. Dieser Codex war gewöhnlich ein Streben zu dem, was als größere Vernunft begriffen wurde. Gewöhnlich war es nicht so. Wenigstens hat Dzin eine halbrationale Grundlage.«

Halbrational? Als ich den Mund zum Protest öffnete, musste ich an die andere Bemerkung denken, die sie gemacht hatte – das Bedürfnis der Menschen, an eine höhere Macht zu glauben. Hatte sich das für die Rykasha geändert? An welches göttliche Wesen oder an welchen großen Traum glaubten sie? Wussten sie überhaupt, was dieser Traum war?

Sie hob abwehrend die Hand. »Sehen Sie, ich sage nicht, dass wir auf der grundlegenden Ebene viel besser wären. Wir verwenden Naniten und Technik, um Wissen und Selbstverantwortung in die Leute hineinzuzwingen, und das schon sehr früh, sobald sie denken und begreifen können. Wissen Sie, wie hoch unsere Selbstmordrate ist?«

Selbstmord?

»Wir zwingen den Menschen wahre Rationalität auf. Sie wehren sich. Manche Leute ertragen es nicht.«

Ertragen keine Rationalität? Ein kalter Schauer rann mir über den Rücken, als wüsste ich bereits und fürchtete für mich.

»Hinzu kommt das Problem, dass unsere biologischen Uhren auf der genetischen Ebene anders ticken und uns einreden, dass unsere Zeit schrecklich begrenzt ist«, fuhr Cerelle fort. »Wir können die Spanne unseres produktiven Lebens mithilfe der Naniten enorm ausdehnen, auf das Zehnfache dessen, was die Alten erreichten, aber die genetisch verschlüsselten Reaktionen sagen uns noch immer, dass wir uns innerhalb von drei Jahrzehnten schleunigst fortpflanzen müssen, wenn die Art nicht untergehen soll. Und wir müssen unsere Zahl gering halten, weil die natürlichen Ressourcen der Erde begrenzt sind, besonders nach der Verwüstung.

Was wir brauchen, was alle Menschen brauchen, ist eine längere Lebensspanne, eine Art Neotenie, wo die sexuelle Reife erst nach der kulturellen oder gesellschaftlichen Reife eintritt, statt umgekehrt; etwas, das auf Zellebene eingebettet sein müsste. Vielleicht wäre es den Alten möglich gewesen, aber wir haben vieles verloren und müssen vorsichtig sein, wenn wir auf der zellularen Ebene Veränderungen durchführen wollen.« Sie sah auf die leeren Teller und Gläser. »Wir vergeuden Zeit.«

»Sie werden nie damit fertig, etwas zu beantworten«, sagte ich.

»Ich versuch's, Tyndel, wirklich. Aber eine Person kann Ihnen nicht alles erklären. Darum haben Sie all das naniten-implantierte Wissen bekommen und können verstehen, warum es notwendig ist, dass Sie es ordnen und davon Gebrauch machen.«

»Aber Sie sagten, Reden sei hilfreich«, erwiderte ich.

»Richtig, aber Reden hilft dann nicht viel weiter, wenn die meisten Ihrer Fragen sich als Varianten davon erweisen, wie weit nördlich Norden ist.« Sie stand auf.

Norden? Was war im Norden von Rykasha? Noch ehe ich die Frage ganz formuliert hatte, wusste ich die Antwort. Nördlich von Rykasha gab es praktisch nichts, weil die Dämonen die kalten Regionen von Amnord übernommen hatten.

Es bestand kein Zweifel, dass die Dämonen körperlich

und technisch den älteren und zahlenmäßig größeren Völkern der Erde überlegen waren ... und doch hatten sie Dorcha, Dhur, die Toze-Völker und sogar die schwimmenden Städte in Ruhe gelassen. Warum?

Cerelle hatte mir deutlich genug zu verstehen gegeben, dass die Naniten, die aus Menschen Dämonen machten, die genetische Grundausstattung und Programmierung auf zellularer Ebene nicht veränderten. Also waren die Rykasha nicht irgendwie von einer höherstehenden Moral durchdrungen, und ich fragte mich, ob die Meister des Dzin so zimperlich gewesen wären, wenn ihnen die Macht der Dämonen zu Gebote gestanden hätte.

Andererseits hatte Cerelle jeden Glauben an eine Gottheit geleugnet. War die Selbstmordrate der Rykasha deshalb so hoch? Weil selbst nanitenverstärkte Menschen Träume und in schwerer Zeit Trost brauchten und erzwungene Rationalität zu große innere Konflikte erzeugte? Oder gab es hinter Rykasha einen verborgenen Traum?

Bei allem Wissen, das mich zum Bersten füllte, wusste ich noch immer wenig – oder hatte zu wenig Zeit gehabt, es zu ordnen.

»Wir können später mehr reden, wenn Sie wollen. Jetzt haben Sie eine andere Verabredung.« Sie gebot mir immer wieder Einhalt. Cerelle – meine Wärterin.

Ich unterdrückte ein Seufzen, als ich aufstand, aber nicht die Bitterkeit in meinen Augen, als ich an eine andere, freundlichere Wärterin dachte, und an eine Zeit, die mir nicht teuer genug gewesen war.

Sollte das die Geschichte meines Lebens sein?

Buch Zwei

SCHEINGEFECHT

16

(Lyncol: 4514)

Das Recht an sich hat keine Autorität, sondern folgt der Macht wie der Rauch dem Wind.

Als goldene Lichtexplosionen durch mein Gehirn zuckten und wieder die Erinnerung an jene ersten Tage des Nanitenbesitzes wachriefen, blickte ich aus dem Fenster zum Hügel. Das winterliche Grün der Nadelbäume war blass, verglichen mit dem lebhafteren Grün eines Gartens in Hybra.

Als an die Tür geklopft wurde, wandte ich mich um. »Herein.«

»Zeit für eine erzieherische Erfahrung«, sagte Cerelle.

»Wie die Wanderung im Schnee?«

»Dies wird nicht so bezaubernd sein. Wir werden an richterlichen Anhörungen in Anpassungsverfahren teilnehmen.«

Anhörungen in Anpassungsverfahren? Das hörte sich nicht gut an, und ich suchte in meinem neuen Wissensvorrat. *Richterliche Anhörung in Anpassungsverfahren: die Prozedur, durch welche die Selbstverantwortung eines Individuums bewertet wird, um zu bestimmen, ob spezifische Handlungen permanente Anpassung erforderlich machen.*

»Es ist notwendig, damit Sie wissen, wie ernst wir persönliche Verantwortung nehmen. Wie viele andere Dinge, die Ihnen durch Naniten bekannt sind, bedarf auch dies der Verstärkung durch persönliche Erfahrung. Es mag nicht erfreulich sein, aber es geht nicht um Sie. Also machen Sie sich keine Sorgen.«

Wie maßen die Dämonen Selbstverantwortung? Und warum war das ein richterliches Verfahren? Ich stand auf und folgte Cerelle. Protest war sinnlos, weil mir klar war, dass sie glaubte, es würde in meinem eigenen Interesse sein, wenn ich zu sehen bekäme, was dort verhandelt wurde. Zwar war ich nicht überzeugt, dass das, was die Dämonen gut für mich fanden, mit meinen eigenen Wünschen und Vorstellungen übereinstimmte, doch bis ich mehr wusste, nahm ich die Dinge, wie sie kamen und tat wie geheißen. In einer Weise fühlte ich mich sowieso tot, und das machte es leichter.

Wir gingen hinaus und eine niedrige Anhöhe hinauf, dann eine Treppe hinunter in ein kleines Gebäude, das nichts als die Treppe enthielt. Dann kamen wir zu meiner Überraschung zu einem Bahnsteig in einem Tunnel, wo ein Magnetgleiter mir unbekannter Bauart wartete.

»Ja, wir verwenden Gleiter. Warum sollten wir das nicht tun. Wir glauben an geeignete Technik.«

Ich setzte mich auf die gepolsterte Bank neben Cerelle und war mir zum ersten Mal eines schwachen, blumigen Aromas bewusst, als sie das gläserne Verdeck schloss. Parfüm? An meiner antreiberischen, anspruchsvollen Wärterin?

Der Gleiter sauste in die Dunkelheit des Tunnels davon, aber ich konnte Umrisse erkennen und spürte die Geschwindigkeit – der Magnetgleiter war weitaus schneller als jeder Gleiter in Dorcha.

Cerelle wandte sich auf der Sitzbank zu mir um. »Sie sind nun schon seit Wochen hier und benehmen sich noch immer, als wären Sie in einer Art Leben nach dem Tod, wie ein Nanitenzombie. Die Diagnostik sagt, dass Sie metabolisch und biochemisch außerordentlich gut ausgeglichen sind. Ich bin sicher, dass Anpassung nicht einfach ist, aber Sie müssen daran arbeiten. Sie verhalten sich nach wie vor, als ob nichts Sie wirklich etwas anginge, aber das ist ein Irrtum. Alles geht Sie an, ob es Ihnen gefällt oder nicht.«

»Es ist schwierig zu glauben, dass dies alles Wirklichkeit ist.«

»Es ist Wirklichkeit, Tyndel. Ihr Dzin sollte Ihnen das

sagen. Lautet der erste Grundsatz der Lehre des Dzin nicht, dass man anfangen muss, sich dessen bewusst zu sein, was ist?« Sie warf mir ein ironisches Lächeln zu.

Dass sie von Dzin sprach, störte mich. »Trotzdem ist es schwierig, sich einer ganz neuen Kultur anzupassen.«

»Es ist nicht leicht«, gab sie zu, »aber es gibt andere, die sehr viel mehr durchgemacht haben als Sie. Wenn ich etwas sadistischer wäre, würde ich Ihnen eine kräftige Ohrfeige geben, damit Sie etwas Wirklichkeit fühlen.«

»Sie mögen mich wirklich nicht, wie?«, fragte ich.

»Tatsächlich mag ich Sie. Das ist es, was die Sache schwierig macht. Sie sind intelligent, einfühlsam und verletzlich. Ich glaube, Sie haben viel zu bieten. Darum lasse ich nicht locker, Sie zu drängen. Ich denke, Sie suhlen sich in Selbstmitleid. Ganz gleich, wie schlimm die Veränderung für Sie war, ganz gleich, wie aufregend die vergangenen Wochen gewesen sind, Sie müssen in der Gegenwart leben. Sie haben die Fähigkeit, sich in Rykasha zu bewähren, aber immer wieder schieben Sie die Gelegenheit von sich.«

»Ich habe nicht um die Gelegenheit gebeten.«

Cerelle holte tief Atem, bevor sie weitersprach. »Es gibt Dinge, um die niemand von uns gebeten hat. Wir kamen ungebeten zur Welt, wir haben uns unser Aussehen nicht ausgesucht und nicht um die Eigenschaften gebeten, die unsere Möglichkeiten begrenzen. Wir müssen aus dem, was wir haben und wo wir sind, das Beste machen. Und wir können versuchen, manches zu verändern, aber das können Sie nicht, wenn Sie sich weigern, den Ort und das Land zu akzeptieren, wo Sie sind. Wenigstens als Ausgangspunkt.«

Wie aber, wenn ich nicht noch einmal anfangen wollte?

»Tyndel«, beantwortete sie meine unausgesprochene Frage, »wenn Sie leben wollen, haben Sie keine andere Wahl.«

»Kann jeder hier meine Gedanken lesen, wie Sie es tun?«

»Erstens«, sagte sie geduldig, »denken Sie darüber nach, warum Sie sich der Wirklichkeit nicht stellen wollen. Und zweitens, das Gedankenlesen ist erklärt worden. Man hat Ihnen etwas injiziert, was man Neuraltransmitter-Naniten nennen könnte. Sie bilden ein Netzwerk und senden, aber nur die Leute, welche ähnliche Nanitenserien in ihren Körpersystemen haben, können Ihre Gedanken empfangen. Sie müssen Ihnen nahe und auf Sie eingestimmt sein. Diese Naniten haben eine Tendenz zu zerfallen, und in einem Jahr werden die meisten, die jetzt auf Sie eingestimmt sind, nichts mehr fühlen.«

»Die meisten?«

»Wenn Sie eine emotionale Bindung mit einer dieser Personen eingehen, ist es möglich, dass die Wirkung länger andauern wird.«

»Das ist kaum wahrscheinlich.« Ich lächelte mürrisch in die Dunkelheit, und mein Lächeln war kaum vergangen, als der Gleiter in das Licht eines weiteren Haltepunktes kam und abbremste.

»Nach der Art zu urteilen, wie Sie Leute von sich stoßen, werde ich Ihnen Recht geben müssen, aber man kann nie wissen.« Sie stand auf, als der Gleiter zum Stillstand kam. »Wir sind da.«

Alles, was Cerelle sagte, leuchtete ein, aber ich hatte trotzdem Schwierigkeiten mit dem, was sie sagte.

Vom Bahnsteig der Gleiterstation stiegen wir vier Treppen hinauf. Das Treppenhaus war aus geglättetem und glänzend poliertem Stein und zeigte eine körnige Struktur, die ich nicht erkannte. Wie jedes Gebäude, das ich bisher in Rykasha betreten hatte, war auch der Gerichtssaal peinlich sauber, dass man es riechen konnte, und in der Luft war die leiseste Andeutung von Kiefernnadeln. Trotz der Wolken draußen lag der Raum im hellen Licht indirekter Leuchtstreifen.

Am anderen Ende des mit Steinplatten belegten Saales war eine Plattform. Links von ihr saßen zwei Frauen und ein Mann in einer abgeteilten, holzvertäfelten Einfriedung. Sie trugen leichte Kopfhörer.

Zu Füßen der Plattform waren Stühle aufgereiht, nur etwa zwei Dutzend, ein Dutzend auf jeder Seite eines Mittelgangs.

Hinter einem weißen Tisch in der Mitte der Plattform saß eine Frau in tiefschwarzem Gewand.

»Sie ist die Anpassungsrichterin«, flüsterte Cerelle, als sie mich zu einem der leeren Stühle rechts vom Mittelgang führte. Auf der rechten Seite der Plattform stand ein einzelner hölzerner Lehnstuhl. In ihm saß zusammengesunken ein blonder Mann in einem dunkelblauen Kittel und Hosen.

»Sind Sie Lartrel?«, fragte die dunkelhaarige Richterin.

Der Mann im Lehnstuhl nickte.

»Sie leben in der Wohnung, die Sie Remarque genannt haben, unter den Hängen des Kangamon?«

»Ja.«

»Haben Sie eine Tochter namens Aberla?«

»Ja.«

Ich blickte zu Cerelle, aber sie sah geradeaus. Also verfolgte ich die Befragung.

»Bitte erzählen Sie dem Gremium, was am Nachmittag des fünften Dezember geschah.«

»Wir gingen den alten Ziehweg zum Steinbruch hinauf. Wir waren unter dem oberen Rand. Ich blieb stehen, um die Szenerie zu betrachten. Neben meiner Arbeit als Techniker male ich auch. Aberla ging weiter. Ich sagte ihr, sie solle stehenbleiben, weil es am Rand des Steinbruchs einen Felsabsturz gibt.«

»Was geschah dann?«, fragte die Richterin.

»Sie blieb nicht stehen.« Er blickte auf die Bodenplatten. »Sie hörte nicht auf mich.«

»Wie alt ist Aberla?«

»Sie ist vier.« Lartrel schluckte. »Ich sagte ihr, sie solle stehenbleiben. Ich rief es ihr sogar zu. Sie hörte nicht.«

»Das ist nicht die Frage dieser Anhörung. Haben Sie willentlich die Sicherheit Ihrer Tochter vernachlässigt?«

»Ich wusste nicht, dass sie dem Rand so nahe war.«

»Wie nahe war sie?«

»Ich hatte keine Ahnung, dass …« Der Mann verzog das Gesicht, dann fasste er sich. »Sie war ungefähr vier Meter – vielleicht eher drei Meter – vom Rand entfernt, als ich ihr zurief.« Tränen rannen ihm über die Wangen. »Ich rannte zu ihr. Ich rannte so schnell ich konnte. Ich überlegte nicht. Ich … ich hoffte, dass alles in Ordnung kommen würde. Ich rief die Ambulanz.« Mit geröteten Augen blickte er zur Richterin auf. »Sie sagen, sie werde sich erholen. Sie sagen, dass sie wieder gesund werden kann.«

»Lartrel. Haben Sie willentlich die Sicherheit Ihrer Tochter vernachlässigt?«

Er blickte zum Gremium, dann zu uns. »Ich liebe meine Tochter. Nie würde ich ihr weh tun.«

»Haben Sie willentlich die Sicherheit Ihrer Tochter vernachlässigt?«

Die Panik in seinen Augen verstärkte sich, und er schlug den Blick nieder.

»Beantworten Sie die Frage.«

»Ja.« Das Wort war kaum hörbar.

»Ist dies das erste Mal, dass Sie Ihre Tochter durch Ihre eigenen Interessen und Überlegungen in Gefahr gebracht haben?«

»Wie bitte?«

»Ist dies das erste Mal, dass Sie ihre Sicherheit vernachlässigt haben?«

Der panische Ausdruck kam wieder in seine Augen, diesmal noch stärker. Der Blick eines gefangenen Tieres, das keinen Ausweg weiß.

Endlich kam die Antwort. »Nein.«

Die Richterin wandte sich zur Seite. »Haben Mitglieder des Gremiums zusätzliche Fragen?«

Der braunhaarige Mann mit dem Kopfhörer hob die Hand, und die Richterin nickte.

»Würden Sie erklären, warum Sie das primäre Sorgerecht haben?«, fragte der Mann.

»Ihre Mutter arbeitet als Dritter Offizier im Liniendienst. Mein Atelier ist zu Hause.« Lartrel sah weder den Fragesteller noch die Richterin an.

»Eine weitere Anhörung wird nach Rückkehr der Mutter stattfinden«, erklärte die Richterin. »Weitere Fragen?«

»Nein.«

»Nein.«

Es wurde still im Raum, und ich wartete mit den anderen. Vielleicht fünf Minuten vergingen, bevor die Richterin ihre Überlegungen beendet hatte und sich dem Angeklagten zuwandte.

»Lartrel, es wird festgestellt, dass Sie Ihre Aufsichtspflicht gegenüber Ihrer Tochter vernachlässigt haben. Um ihre künftige Sicherheit zu gewährleisten, werden Sie im Anschluss an diese Anhörung einer Anpassung unterzogen.«

Der Mann blickte stumm zum Richtertisch, dann auf den Boden.

Zwei Männer in einfachen dunkelgrauen Uniformen traten durch eine Tür hinter der Anpassungsrichterin und schritten auf den Maler zu. Die unteren Ärmel der Uniformen waren schwarz. Lartrel stand zögernd auf, und die beiden führten ihn hinaus.

»Was …?«

»Suchen Sie in Ihren eigenen Daten«, flüsterte Cerelle.

Zwangsanpassung aufgrund richterlicher Entscheidung? Wie wurde sie durchgeführt? Ich fing an, das in meinem Gedächtnis gespeicherte massenhafte Datenmaterial abzufragen. Schneller als erwartet fand ich die Antwort. Jede Person, die nach richterlicher Entscheidung einer Anpassung bedurfte, erhielt einen Satz Naniten, die mit einem erweiterten Verhaltenscodex programmiert waren und jede Eventualität abdeckten. Dieselben Naniten verabfolgten der Person jedes Mal, wenn ihre Handlungsweise gegen den Codex verstieß, einen neuralen Schock.

Mich fröstelte.

Cerelle sagte nichts.

Ich blickte auf, als zwei weitere grau uniformierte Gestalten, ein Mann und eine Frau, eine junge Frau zum Stuhl geleiteten. Sie reckte den Kopf und blickte kriegerisch umher.

»Bitte setzen Sie sich«, sagte die Richterin.

»Nein. Es ist nicht recht!« Die junge Frau machte kehrt und schritt zur Tür, durch die sie gekommen war. Dann machte sie Halt und brach in die Knie, fiel vornüber auf den Steinboden.

Ich verzog das Gesicht.

Der Mann und die Frau in den dunkelgrauen einteiligen Arbeitsanzügen kamen zurück, hoben die Frau auf und trugen sie zurück zum Stuhl, wo sie die Bewusstlose aufrecht hielten.

Nach ein paar Augenblicken kam die junge Frau zu sich und wankte, aber die zwei Begleiter drückten sie auf den Stuhl.

»Sie haben kein Recht ...«

»Dies ist eine richterliche Anhörung, und nach dem Gesetz haben wir jedes Recht zu bestimmen, ob Sie einer Anpassung bedürfen.« Die Richterin beugte sich vor. »Wünschen Sie entlassen zu werden und sich den Gesetzen und Bräuchen der nächsten Nation außerhalb Rykashas zu unterstellen? Das würde Dorcha sein?«

»Das ist ein Todesurteil.«

»Wünschen Sie entlassen zu werden und sich den Gesetzen und Bräuchen der nächsten Nation außerhalb Rykashas zu unterstellen?«

»Nein.« Die Stimme der Frau klang plötzlich resigniert.

»Sind Sie Laranai?«

»Ja.«

»Sie sind beschuldigt worden, eine andere Person durch wiederholte Äußerungen und Handlungen zu Gewalttätigkeit provoziert zu haben.«

»Er hat mich geschlagen! Ich habe nichts getan.«

»Veyt sieht der Verhandlung vor einem anderen Richter entgegen. Ihre Worte und Handlungen sind Gegenstand dieser Anhörung.«

»Ich bin unschuldig! Ich habe nichts getan.« Laranai blickte zu den drei Personen mit den Kopfhörern und dann zu Cerelle. »Sie! Dies ist nicht recht. Ich habe nichts getan. Sagen Sie ihnen, dass ich nichts getan habe.«

Cerelle sagte nichts.

»Bitte erzählen Sie, was am Nachmittag des achten Dezember geschah«, befahl die Richterin, ohne den Ausbruch der jungen Frau zu beachten.

»Veyt wollte Sex, und ich sagte nein«, erzählte die Frau. »Er bestand darauf, und ich sagte ihm, dass ich nicht in der Stimmung sei. Er sagte, ich sei nie in der Stimmung, und dann riss er mir die Kleider vom Leib und zwang sich mir auf.«

»Warum tat er das ihrer Meinung nach?«

»Ich weiß es nicht.«

»Bitte beantworten Sie die Frage.«

Die junge Frau verzog das Gesicht. Nach kurzem Schweigen antwortete sie: »Er dachte, ich würde in der Stimmung sein.«

»Warum sollte er das denken?«

»Ich hatte ihm gesagt, dass ich es sein würde.«

»Wann war das?«

»Früher am Tag. Ich versuchte, im Haus sauber zu machen. Ich sagte ihm, ich würde eher in der Stimmung sein, wenn es sauber wäre.«

»Und wie reagierte er auf ihre Erklärung?«

»Er half beim Saubermachen.«

»Und dann riss er Ihnen die Kleider herunter und zwang Sie? Gleich nach dem Saubermachen?«

»Nein. Wir aßen etwas, und er trank zwei Gläser Wein. Ich trank eins. Es war danach.«

Die Richterin blickte zu den drei Personen mit den Kopfhörern. »Irgendwelche Fragen?«

»War diese Art von Verhalten früher schon vorgekommen?«, fragte die Frau.

»Eine Woche vorher. Es war am Abend. Wir waren vom Konzert zurückgekommen.«

»Was für einem Konzert?«

»Es war ein Streichquartett – das Pollai-Quartett.«

»Und er wollte Sex?«

»Ja.«

»Schlug er Sie?«

»Ja.«

»Sagte er Ihnen, warum er zornig war?«

Die junge Frau schlug überraschend den Blick nieder, und ich gewann den Eindruck, dass es mit der Befragung viel mehr auf sich hatte als ausgesprochen wurde.

»Was sagte er?«

Nach längerem Zögern antwortete Laranai: »Er sagte, ich hätte es versprochen.«

»War das richtig? Hatten Sie eine Art Versprechen gemacht?«

Wieder zögerte sie eine Weile. »Ja.«

»Was versprachen Sie?«

Laranai blickte zur Richterin, dann zu Cerelle. »Er schlug mich. Er schlug auf mich ein. Was macht es schon aus, was ich sagte?«

»Was versprachen Sie?«, fragte die Richterin wieder.

»Ich sagte ihm – ich hatte ihm früher gesagt –, dass ich nach dem Konzert eher in der Stimmung sein würde.«

Der Mann mit dem Kopfhörer ergriff das Wort: »Sagten Sie, oder gaben Sie ihm zu verstehen, dass Sie für seine Annäherungsversuche empfänglicher sein würden, wenn er mit Ihnen ins Konzert ginge?«

»Ich weiß nicht. Es kann sein.«

»Machten Sie solch einen Vorschlag?«, fragte die Richterin.

Ich hatte das Gefühl, dass die Frau in der schwarzen Robe Schwierigkeiten hatte, ruhig zu bleiben.

»Vielleicht.«

»Machten Sie solch einen Vorschlag?«

»Ja.« Es war beinahe gemurmelt.

»Was geschah nach dem Sexualkontakt?«, fragte die Richterin. »Wie reagierte Veyt?«

»Er weinte. Er versprach, er würde es nicht wieder tun. Aber dann … schon in der nächsten Woche tat er es wieder. Und er schlug mich wieder.«

»Wie lang ist das schon so gegangen?«, fragte die Richterin.

Die junge Frau schnupfte. »Seit … seit Sommeranfang.«

Neben mir schnaubte Cerelle unauffällig.

»Wie viel hat Veyt zu Ihrem Haushalt beigetragen, sei es durch Arbeitsleistung, Lebensmittel oder Geld?«, fragte die Frau mit dem Kopfhörer.

»Tut mir Leid, ich verstehe nicht … Er hat mich mehr und mehr geschlagen.«

»Bitte beantworten Sie die Frage«, sagte die Richterin. »Was hat Veyt Ihnen an Arbeitsleistung, Hilfe oder materiellen Dingen gegeben?«

»Nun … er ist geschickt mit den Händen. Er hat für Silena eine Konsole gebaut und die Wände neu tapeziert …«

»Geht er mit Ihnen aus?«, wollte der Mann wissen.

»Manchmal.«

»Was tun Sie für ihn?«, fragte die Frau mit dem Kopfhörer.

Laranai sah vor sich hin.

»Bitte beantworten Sie die Frage.«

»Ich … versuche nett zu ihm zu sein …«

»In welcher Weise?«

Die junge Frau blickte wieder zu Boden.

»Bieten Sie ihm sexuelle Gefälligkeiten an?«

Schweigen.

»Bitte beantworten Sie die Frage.«

»Ja.« Das Wort wurde beinahe herausgewürgt.

»Haben die Mitglieder des Gremiums zusätzliche Fragen?«, fragte die Richterin.

»Nein.«

»Nein.«

»Nein.«

Aus allen vier Stimmen war Abneigung herauszuhören.

»Sie werden warten, während wir das Protokoll und Ihre Antworten bewerten«, verkündete die Richterin.

Die Richterin und die drei Beisitzer berieten eine Weile mit halblauten Stimmen. Als die Richterin dann an ihren Tisch zurückkehrte, fasste sie die junge Frau ins Auge.

»Laranai, Sie haben es an persönlichem Verantwortungsgefühl fehlen lassen und sich des antisozialen Verhaltens und absichtlicher Täuschung schuldig gemacht. Sie werden im Anschluss an diese Anhörung einer Anpassung unterzogen.«

»Nein! Sie sind alle gegen mich. Veyt hat mich geschlagen! Verstehen Sie nicht?« Laranai sprang auf, konnte aber nur einen Schritt tun, bevor sie erstarrte.

Die zwei Männer in den dunkelgrauen Uniformen betraten den Raum durch eine Tür hinter der Richterin, schritten auf die völlig erstarrte junge Frau zu, hoben sie auf und trugen sie hinaus.

»Damit sind die heutigen Anhörungen beendet«, verkündete die Richterin. Sie stand auf, strich über ihre Robe und ging, gefolgt von den drei Beisitzern. Cerelle und ich blieben allein im leeren Gerichtssaal zurück.

»Das will mir nicht in den Kopf«, flüsterte ich Cerelle zu. »Sie hat nichts getan.«

»Und ob sie etwas getan hat. Sie versprach sexuelle Gunst als Gegenleistung für bestimmte Dinge. Dann, nachdem er seinen Teil des Handels erbracht hatte, verweigerte sie ihm diese Gunst. Das ist Täuschung und eine Form von Diebstahl. Seine Gewalttätigkeit ist nicht zu entschuldigen, aber das ist eine separate Frage. Er wird ebenfalls angepasst.«

Ich zog die Stirn in Falten. In einer Weise leuchtete es ein, aber es machte Sex auch zu einer Handelsware.

»Warum nicht? Alle zwischenmenschlichen Beziehungen sind Transaktionen. Warum sollte Betrug zwischen Einzelpersonen – insbesondere Betrug, der zu Gewalt führt – weniger verurteilenswert sein als ein öffentlicher Betrug?«

Es leuchtete ein, aber es störte mich.

»Wir machen keinen künstlichen Unterschied zwischen denen, die Gewalt erzeugen, und denen, die sie ausüben. Diese Frau hat Unrecht getan«, erklärte Cerelle. »Sie gab vor, Sex als Gegenleistung einzubringen, und war völlig unehrlich damit.«

Ich schluckte. »Würde es Sie gestört haben, wenn die Frau ihre Vereinbarung eingehalten hätte?«

»Nein. Wir alle stellen Dienstleistungen für andere bereit. Welche Dienstleistungen, ist eine Entscheidung des Einzelnen. Ich würde nicht Sex anbieten. Ich versuche ehemaligen Miten wie Ihnen zu helfen.«

In diesem Augenblick kam ich mir sehr wie ein Mite vor. »Was wird mit ihr und dem Mann geschehen?«

Cerelle zuckte die Achseln. »Sie werden rehabilitiert. Sie wissen das, Tyndel. Jeder von beiden wird einen Satz Naniten erhalten, die mit einem erweiterten Verhaltenscode programmiert sind. Dieses Programm deckt alle vorstellbaren Eventualitäten ab. Es ist nicht vollkommen. Mit der Anpassung ist ein Verlust höherer Verstandesfunktionen und Urteilsvermögen verbunden, aber sie werden in der Lage sein, ihre Funktionen weiterhin auszufüllen, und die meisten Leute werden nicht einmal etwas merken.«

»Also … warum tun Sie das nicht mit mir? Würde es nicht einfacher sein, als mich die ganze Zeit zu betreuen und anzuleiten?« Ich hörte die Bitterkeit in meiner Stimme.

»Sie haben keine hohe Meinung von sich selbst, oder?«

»Was hat das mit alledem zu tun?«

»Sie haben einen gut ausgebildeten Verstand. Sie sind in guter körperlicher Verfassung. Sie könnten Rykasha sehr viel bieten und auch persönlich davon profitieren. Wir versuchen Ihnen diese Wahlmöglichkeiten offen zu halten. Das ist ein Grund, warum ich Sie hierher gebracht habe.« Cerelle schenkte mir ein leichtes, nicht ganz offenes Lächeln, als sie aufstand.

Mich fröstelte. Was hatten diese Dämonen im Sinn? Vielleicht etwas noch Schlimmeres als das, was ich gerade gesehen hatte?

»Nein. Wir können Sie nicht zu positivem Handeln zwingen, und wir würden es auch nicht wollen.« Sie zeigte zu der Tür, durch die wir hereingekommen waren.

Wir können Sie nicht zwingen … aber was taten sie dann? War es nicht eine Form von Zwang, wenn sie mir die vom Gericht verfügten Zwangsanpassungen zeigten?

»Sie dachten, ein Meister des Dzin würde seine Meinung ändern?«, fragte ich nach längerem Stillschweigen. Wir standen noch immer im leeren Gerichtssaal.

»Ich dachte, Sie hätten ein Potenzial für Intelligenz. Wahre Intelligenz scheut keine Umorientierung, wenn sie dazulernt.« Die Worte waren ruhig und freundlich, aber der durchbohrende Blick war es nicht.

»Warum denkt ihr Dämonen, dass Intelligenz automatisch mit euren Gesichtspunkten gleichzusetzen ist? Oder dass ich mich ändern würde, um das zu akzeptieren?«

»Sie sind auch ein Dämon.«

»Es war nicht meine freie Wahl.«

»Sie entschieden sich für das Leben. Sie blieben nicht in Dorcha, um in einer Ihrer Todesfallen zu verschmachten. Sie rannten nach Rykasha.«

Wegen Foerga ... Ich konnte dieses Opfer nicht vergeuden. Ich sah Cerelle an, ohne den durchbohrenden graugrünen Augen auszuweichen. Zum ersten Mal hatte ich das Gefühl, dass Cerelle mich und die Welt in der gleichen Weise betrachtete, wie Foerga es getan hatte. Es ärgerte mich. Sie hatte kein Recht zu leben, während Foerga, die niemandem etwas zuleide getan hatte, tot war.

»Ich habe Foerga nicht getötet. Das waren Ihre Leute, die Miten«, sagte Cerelle. »Vielleicht hätten Sie sich mit Steinen beschweren und in Ihrem Tiefen See ertränken sollen.«

Vielleicht hätte ich das tun sollen.

»Sie brauchen diesen See nicht. Sie tragen noch immer genug Selbstmitleid mit sich herum, um alle Leute in Lyncol zu ertränken.«

»Wenn ich so viel Selbstmitleid habe ... wenn ich so wertlos bin ... warum bemühen Sie sich dann?«

»Weil Sie viel zur Gemeinschaft beitragen könnten. Sie könnten mehr wert sein, als Sie wissen, aber Sie sind noch immer gleich starrköpfig. Sie suhlen sich lieber in Selbstmitleid als dem Harten und dem Unvertrauten ins Gesicht zu sehen.«

In ihren Worten war mehr als Zorn. Mitleid vielleicht, und das brauchte ich nicht. »Ich habe nicht verlangt, dass Sie sich um mich kümmern. Ich habe das von niemandem verlangt.«

»Ich weiß. Das würden Sie nicht tun. Sie sind ein Meister des Dzin, selbstgenügsam und unabhängig. Sie haben alle Antworten.« Obwohl die Worte ärgerlich und kritisch waren, klang ihre Stimme beinahe weich.

»Ich habe nicht alle Antworten. Sie auch nicht.«

»Niemand von uns hat jemals gesagt, dass wir sie hätten. Aber Sie beharren darauf, dass wir das glauben. Weil Ihnen unsere Antworten nicht gefallen und sie mit nichts aufwarten können, was Sie trösten würde. Sie halten Ausschau nach altmodischen Wahrheiten von der Art, wie die Dzinmeister sie Ihnen eingebleut haben, aber diese Wahrheiten existieren nicht im wirklichen Universum. Seit Sie diese alten Steinmauern verließen, die eine Geschichte enthalten, die Sie nichts gelehrt hat, haben Sie nichts dazugelernt.«

»Wahrheit existiert immer. Wir mögen sie nicht oder nur verzerrt wahrnehmen, aber sie ist da.«

»Dann sollten Sie vielleicht genauer hinsehen, Tyndel.« Ihre Stimme war nicht viel mehr als ein Flüstern. »Viel genauer.«

»Sie scheinen zu vergessen, dass ich nicht verlangt habe, gerettet zu werden.«

Sie sah mich an, als wären meine Worte das Geplapper eines Kindes, das gegen den Schulbesuch protestiert. Ich hatte diesen Ausdruck in meinem eigenen Gesicht in Hybra gefunden, wenn Foerga meine Aufmerksamkeit darauf lenkte, so sanft und freundlich, wie nur sie es konnte.

»Sie rannten nach Rykasha, nur um zu sterben?«

Ich musste wegschauen.

»Verstehen Sie nicht?«, fragte Cerelle wie eine Lehrerin zu einem begriffsstutzigen Schüler. »Kein Kind verlangt geboren zu werden. Kein Mitglied irgendeiner menschlichen Gemeinschaft hat diese Wahl. Die einzige Wahl, die Sie haben – die jeder von uns hat –, ist die, ob Sie ein produktives Mitglied der Gemeinschaft sein werden. Die Gemeinschaft schuldet Ihnen nichts. Auch Sie schulden der Gemeinschaft nichts außer Ihrem Anteil an den Kosten zur Aufrechterhaltung dieser Gemeinschaft.« Sie zuckte die Achseln. »Entweder bezahlen Sie Ihre Schulden, oder Sie können nach Dorcha oder Dhurra oder in die Toze-Konföderation gehen. Oder Sie können ein Anhänger werden.«

Ich fragte lieber nicht, was ein Anhänger war. Der Abscheu in ihrem Tonfall machte deutlich, dass ich keine objektive Antwort bekommen würde. Außerdem wollte ich nicht wegen irgendetwas in ihrer Schuld stehen. »Feine Wahlmöglichkeiten!«

»Sie sind in jeder Gemeinschaft, die überleben will, die gleichen. Haben Sie eine bessere Antwort? Eine, die funktioniert?«, fragte sie.

Wie konnte ich das beantworten? Ich wusste nicht einmal wie ihr Gemeinwesen funktionierte, und da erwartete sie von mir, dass ich ein besseres System aus dem Ärmel schütteln würde?

»Sie haben nicht gerade daran gearbeitet, unser System zu erlernen«, sagte sie. »Es ist alles in Ihrem Kopf, und ich werde gern irgendwelche Fragen beantworten.«

Mir fielen keine ein ... und ich wollte mir den Kopf nicht nach welchen zerbrechen.

»Kommen Sie, machen wir uns auf den Rückweg.« Ihre Stimme nahm wieder den Ton professioneller Munterkeit an.

Ich folgte ihr, und in meinem Kopf drehten sich die Gedanken wie ein Mühlrad.

17

(Lyncol/Runswi: 4514)

> *Sobald etwas einen Namen bekommt, ist sein Wesen begrenzt, wenn nicht verloren, denn nichts ist auf seinen Namen beschränkt.*

Am nächsten Morgen nahm Cerelle mich auf eine weitere Fahrt mit dem unterirdischen Magnetgleiter mit, diesmal nach Runswi, einem Ort, der angeblich den Transportkomplex beherbergte. Diese Fahrt dauerte viel länger.

»Wenn Lyncol das örtliche Verwaltungszentrum ist; warum ist dann das Transportzentrum so weit entfernt?«, fragte ich schließlich, als der trübe beleuchtete Gleiter durch den dunklen Tunnel dahinjagte.

»Die Verteilung ist nicht ideal, aber Lyncol und seine Umgebung sind zu gebirgig, außerdem ist Runswi weit genug von Dorcha entfernt, dass die meisten Miten die Lichterscheinungen nicht sehen oder nicht beachten und alles als das Werk der undurchschaubaren Dämonen abtun – wenn sie überhaupt davon sprechen.«

Ich war einer dieser Miten gewesen, durchaus mit der Vorstellung vertraut, dass Rykasha existierte, aber nicht wirklich auf die Grenze zum Unbekannten fixiert. Warum dachten die Leute nicht viel über Rykasha nach?

»Weil die Neugierigen im Laufe des letzten Jahrtausends entweder nach Rykasha auswanderten oder von anderen Miten eliminiert wurden. Alle Miten-Kulturen haben starke, aber verborgene Einschränkungen der Meinungs- und Redefreiheit, Einschränkungen, die so machtvoll sind, dass niemand auch nur über sie redet.«

Ich hatte es satt, dass Cerelle meine unausgesprochenen Fragen beantwortete, selbst wenn ihre Antworten eine weitere Facette der Naniten-Überlegenheit demonstrierten, und ich hoffte, es würde nicht allzu lange dauern, bis die Naniten so weit degenerierten, dass sie nicht jeden intensiven Gedanken, der mir durch den Kopf ging, aufspüren konnten.

»Wie lange werden Sie noch meine Gedanken lesen?« Das leicht würzige Parfüm, das sie gebrauchte, kitzelte meine Nase, und ich rieb sie.

»Es wird schon schwieriger. Wenn Sie nicht eine weitere Injektion der speziellen Typen bekommen, die wir für Anpassungen verwenden, nicht viel länger als ein paar Monate. Aber dann werde ich Sie unglücklicherweise wohl nicht mehr benötigen.«

»Meine Gedanken sind nicht so schlecht.«

Sie lachte … einmal. »Ist Ihnen aufgefallen, dass Sie meine Feststellung über Ihre verborgenen Einschränkungen nicht einmal infrage stellen wollen?«

»Welche Feststellung?« Ich konnte nicht widerstehen, sie zu necken.

»Das ist wieder so eine humoristische Art und Weise, sich am Thema vorbeizudrücken.«

»Humor hilft.«

»Solange Sie ihn nicht gebrauchen, um sich nicht unangenehmen Dingen stellen zu müssen. Das ist bloß humorvolle Unehrlichkeit.«

»Warum fahren wir dorthin?«

»Um Sie beurteilen zu lassen. Ihr Potenzial zu erkennen.«

»Sie haben mein Potenzial nicht gerade unterstützt«, sagte ich.

»Ich habe Ihr Potenzial unterstützt, aber nicht Ihre Bemühungen, seiner Anerkennung aus dem Wege zu gehen.«

»Darf ich was sagen?«

Sie nickte. »Sie wollen sagen, dass mir etwas entgangen ist. Vielleicht ist es so. Vielleicht habe ich Sie zu hart beurteilt.«

Sie hatte nicht versucht, mich niederzubügeln, und die Worte schienen aufrichtig. Einen Augenblick lang erinnerte mich diese nicht unfreundliche Direktheit an Foerga.

»Ich bin nicht Foerga. Ich denke, Sie war wahrscheinlich eine bessere Person als ich.«

Ich schluckte, kam aber gleich mit der nächsten Frage heraus. »Warum sind Sie so gegen Dzin eingestellt und sagen doch immer wieder, dass es meinen Verstand gut ausgebildet habe?«

Sie runzelte die Stirn, aber ich sah, dass es nicht gegen mich gerichtet war. Nach einigem Nachdenken sagte sie: »Das ist eine gute Frage. Ich bin nicht sicher, dass ich sie ganz beantworten kann, aber versuchen will ich es. Dzin ist ein Werkzeug, eine Art, Wirklichkeit wahrzunehmen. Wir verwerfen die Wirksamkeit des Werkzeugs nicht, aber wir haben Probleme mit der Art und Weise, wie Dorcha das Werkzeug gebraucht. Der Weg des Dzin, wie er in Dorcha gelehrt wird, dient nicht bloß der Entwicklung des Bewusstseins von der Welt, sondern betont die Akzeptanz dessen, was ist.«

»Dzin ist ganz und gar nicht so«, widersprach ich.

»Mag sein«, stimmte sie zu, »aber die Art und Weise, wie Dzin gebraucht wird, um Schüler zu belehren, ist ein Mittel der Konditionierung. Sehen Sie sich selbst an, Tyndel. Sie wissen das. Sobald Sie erkannten, was Sie geworden waren, rannten Sie fort. Sie verstanden, dass es in Dorcha keinen Platz für Sie gab.«

Das war nicht ganz wahr. Ich hatte zuerst Foerga aufgesucht.

Cerelle lächelte traurig, und ich hatte nicht die leiseste Vorstellung, warum. »Sie verstanden unbewusst, dass Foerga sich ohne Sie nicht in Dorcha einfügen könnte, dass sie zu viel von einer Künstlerin hatte.«

»Zu viel von einer Künstlerin?«

»Künstler sind Träumer. Sie suchen Schönheit, Vollkommenheit, einen künstlerischen Ausdruck jenseits des Alltagslebens. Und Dzin wird gebraucht, um Akzeptanz und Verständnis dessen, was ist, zu fördern, nicht über das, was ist, hinauszugehen.«

Ich suchte nach den passenden Worten, um ihr Argument zu widerlegen, ohne zu wissen, warum ich es widerlegen musste, aber ich fand sie nicht. Und das störte mich. Ebenso die Tatsache, dass Cerelle in einer Weise Foerga besser verstand, als ich es getan hatte. Was bedeutete das? Das Cerelle mich besser verstand als mir lieb war?

Als der Gleiter in einem beleuchteten Haltepunkt zum Stillstand kam und das Verdeck sich öffnete, stiegen wir auf einen Bahnsteig aus und gingen zur Treppe. Am oberen Ende war ein kleines Gebäude mit gläsernen Wänden, das eine Bodenfläche von vielleicht vier Quadratmetern hatte. In dem sonst leeren und makellosen Raum stand eine einzige geschnitzte Bank aus Fichtenholz mit hoher Lehne. Ich fragte mich, wie sie es fertig brachten, alles so sauber zu halten. Ich hatte nie jemanden schrubben oder wischen gesehen.

»Reinigungstechnik ist vergleichsweise leicht«, sagte Cerelle und öffnete die Tür.

Ich musste ausschreiten, um mit ihr gleichauf zu bleiben. Sie marschierte einen gepflasterten Weg entlang zu einem weitläufigen Komplex ungefähr zweihundert Meter nördlich der größtenteils unterirdischen Gleiterstation.

Runswi war nur eine Anzahl verstreuter niedriger Gebäude, die auf einem Plateau am Rande eines Moor- und Sumpfgebietes standen, das sich bis zum östlichen Horizont erstreckte. Der Weg verlief parallel zum Abbruch des niedrigen Plateaus. Im Mittagslicht bogen sich hohe Halme braun vertrockneten Grases in der leichten Brise, die Meeresgeruch mit sich trug.

»Ozean?« Ich machte eine unbestimmte Geste in die Richtung des Moorgebietes.

»Zehn Kilometer östlich. Das ist weit genug, dass unsere Raumfähren über dem normalen Radarbereich der Schifffahrtslinien sind.«

Raumfähren?

Cerelle schoss mir einen missbilligenden Blick zu, und ich begann mein gespeichertes und nicht allzu gut assimiliertes Wissen zu durchforschen. Raumfähren, Shuttles, Orbitaltransporter … Fahrzeuge, die Menschen und Material von der Erde forttrugen.

»Sehen Sie?«, sagte sie. »Obwohl Sie all dieses Wissen

haben, scheuen Sie unbewusst vor seiner Anerkennung und seinem Gebrauch zurück. Weil es außerhalb des Rahmens Ihrer Dzin-Lehre ist. Sie könnten Dzin gebrauchen, um es zu verstehen und zu akzeptieren, wissen Sie? Wir haben Sie darauf hingewiesen. Es ist nicht neu.«

Warum? Trotz ihrer Erklärungen musste ich mich fragen, warum meine Gedanken vor der Dämonentechnik und den Alten zurückschreckten. War es die Dzin-Konditionierung? Oder eine andere Art Konditionierung? Genetische Selektion? Mein eigener Mangel an Interesse?

Cerelle sagte nichts, und die einzigen Geräusche waren unsere Schritte auf den Steinen und das Flüstern der langen, dürren Gräser im leichten Wind. Ich holte tiefer Atem und witterte nicht nur den Geruch fernen Salzwassers, sondern auch den von Fisch und Gezeitenebenen und die schwache Andeutung von welkender, zerfallender Vegetation.

Die Ledersohlen unserer Stiefel scharrten auf der glatten Oberfläche der Steinplatten. Cerelles Absätze schlugen härter auf als meine.

Wir näherten uns dem langen, weitläufigen Gebäude, dessen niedrige, verputzte Steinwände breite Glasfenster und ein graues Schieferdach trugen, das im frühwinterlichen Morgenlicht beinahe silbern schimmerte.

»Das ist das medizinische Zentrum.«

Es sah nicht so aus, nicht wie die großen Zentralkrankenhäuser in Mettersfel oder Halz. Esolde – was für eine Beurteilung würde sie mir gegeben haben? Wahrscheinlich eine schlechte, dachte ich trübe.

»Tyndel, Sie müssen aufhören, sich selbst zu bemitleiden. Ich weiß, dass es nicht einfach ist, aber es tut Ihnen nicht gut, und ich glaube nicht, dass Sie vor einem Anpassungsrichter enden wollen.«

Dem musste ich zustimmen, als ich ihr in das Gebäude und durch den Korridor beinahe bis zum Ende folgte, wo

Cerelle an eine hölzerne Tür klopfte und eintrat, ohne die Aufforderung abzuwarten.

Der kleine Raum war spärlich möbliert mit zwei Stühlen, einem hölzernen Schrank, der höher war als ich, und etwas einer Konsole ähnlichem, ausgestattet mit einem Ikonographenbildschirm, der allerdings ein Bild von Bergen und einem in eine Schlucht stürzenden Wasserfall zeigte.

Ein blonder Mann stand hinter der Konsole und nickte, als wir eintraten.

»Dies ist Bekunin. Er ist ein medizinischer Spezialist«, sagte Cerelle zu mir, bevor sie sich dem schmalgesichtigen Arzt zuwandte. »Tyndel ist der Mann, über den wir sprachen.«

Bekunin nickte. »Ich werde die Tests durchführen.«

Dann war sie fort, und ich stand mit Bekunin da.

»Anscheinend waren Sie ein Meister des Dzin. Vielleicht haben Sie das Zeug zu einem Nadeljockey.« Bekunin nickte zu einem der beiden Stühle. »Setzen Sie sich.«

Ich nahm Platz. »Nadeljockey?«, fragte ich.

»Interstellarer Pilot. Es stand in Ihrer vorläufigen Beurteilung. Ein herausfordernder und lohnender Beruf.«

»Danke.« Ich machte eine Pause. »Und wenn ich kein Nadeljockey sein will?«

»Dann werden Sie ein Ladearbeiter im entferntesten und unangenehmsten stellaren Außenposten, den wir haben.« Bekunin lächelte. Es war ein kalter Ausdruck, ganz anders als Cerelles Lächeln. »Und sagen Sie nicht, es sei nicht fair. Die Art und Weise, wie Miten all jene behandeln, die anders sind, Sie mit eingeschlossen, ist noch weniger fair.«

Darin mochte er Recht haben, aber ich war nicht sicher, dass ich von Rykasha Besseres zu erwarten hatte, und die Skepsis war meinem Gesicht anzusehen.

»Wir erwarten einen höheren Standard. Wir erwarten von jedem, dass er sein Leben lang zum Gemeinwesen beiträgt, und hier fangen wir damit an. Ohne uns wären Sie entweder in einer steinernen Zelle verschmachtet oder an zellularem Ausbrennen gestorben. Es erfordert Reserven, um diese alten nanotechnischen Reformulatoren zu deprogrammieren, und wir müssen sehen, wofür Sie geeignet sind. Jedenfalls benötigen Sie eine systematische Prüfung. Bitte lehnen Sie sich zurück. Es wird ein wenig anstrengend. Nicht körperlich, aber Sie werden es mental verwirrend finden.«

»Augenblick!«

Bekunin hielt inne. »Es ist physiologisch schmerzlos, und Sie werden es früher oder später durchmachen müssen.«

»Was werde ich durchmachen müssen?«

»Eine komplette physiologische Diagnose.« Er trat an den Schrank und zog einen grauen Metallkanister mit einer Sprühdüse hervor. »Halten Sie still.«

»Was …?«

»Nur eine Trillion diagnostischer Naniten. Sie werden jede Zelle Ihres Körpers überprüfen und Meldung machen. Wenn die positiv ausfällt, werden wir die höheren Funktionen einschätzen.«

Wieder gingen die Dinge an mir vorbei, aber ich versuchte mich zu konzentrieren. Warum hatte ich solche Schwierigkeiten? Jedes Mal, wenn wir auf Naniten zu sprechen kamen und was sie vermochten, ergriffen meine Gedanken die Flucht. Cerelle hatte mich gewarnt, dass Miten – Dorchaner, was immer ich war oder gewesen war – die Tendenz hatten, eher zu reagieren als zu antizipieren, aber ich hatte Schwierigkeiten, meine eigenen Reaktionen zu verstehen. Ich fragte mich, ob ich jemals imstande sein würde, Ereignisse zu antizipieren.

Bekunin berührte den Knopf an der Seite des Kanisters, und ein feiner Nebel wirbelte auf mich zu und verschwand dann – in mir, obwohl ich nichts fühlen konnte. Ich saß bloß da, als er ein Blatt metallbeschichteten

Kunststoffs vor mich hielt und wartete, den Blick auf den Bildschirm gerichtet. Nach einer Weile verschwand das Bild dort, und eine Gitterstruktur erschien.

Er setzte sich an die Konsole und studierte die Informationen. Ich wartete. Schließlich stand er auf und ging zum Schrank. »Das erste Stadium ist gut. Ausgezeichnet. Cerelle hat ein gutes Gespür für diese Dinge.« Er nahm einen kleineren, blassgrünen Kanister heraus und wandte sich wieder mir zu. »Dies könnte desorientierend sein, aber nur vorübergehend. Sie werden später mehr verstehen, wenn Sie eingehender unterrichtet werden.«

Er drückte den Knopf am grünen Kanister.

Wieder hüllte mich eine Dunstwolke wie Aerosol ein und verschwand. Funken tanzten durch mein Gesichtsfeld und wurden zu blendenden Sternen, die mich so blind machten, wie ich es in der Höhle des Trüffelsuchers gewesen war.

Die Dunkelheit verblasste zu grün, Schleier, die an mir vorüberzogen. Dann kam eine purpurne Hagelfront, die durch meine Gedanken prasselte.

Wieder wurde es dunkel. Ich blinzelte, aber die Dunkelheit blieb.

Vor mir bog sich eine feurige Linie, gefolgt von einer zweiten, dann einer dritten … einer vierten … bis sich in der Schwärze eine rotgoldene Fontäne erhob und niederfiel.

Später … später …

Die Worte und die feurige Fontäne verblichen, und eine Serie roter Schleier wirbelte vor mir und um mich. Nach einiger Zeit verschwanden auch sie.

Ich zwinkerte, bemühte mich, den Arzt oder Gutachter oder was immer er war, im Blickfeld zu behalten. Langsam schwamm sein Bild in meinen Gesichtskreis und gewann an Schärfe.

»Ausgezeichnet.« Er runzelte die Stirn. »Beinahe zu gut. Sehr hohe Sensibilität. Es gab noch einige Rückstände von den früheren Engee-Anomalien, die Sie aber sehr schön unterdrückten, beinahe instinktiv. Notwendig für einen Nadeljockey ... sehr notwendig. Das passt zum Dzin-Hintergrund.«

»Engee-Anomalien?« Jemand erwähnte einmal Engee, aber ich erinnerte mich nicht, wo. »Was ist das, und warum ist diese Sensibilität notwendig für einen Nadeljockey?«

Ich brach ab, als ich seinen ärgerlichen Gesichtsausdruck sah, und begann mein eigenes, kürzlich erworbenes Wissen zu durchsuchen. Allmählich wurde ich empfindlich gegen diesen Blick, der sagte: »Fauler Sack, wozu hast du dein Gehirn?«

Er wartete ruhig, während ich versuchte, die Begriffe zu sortieren. Interstellare Transporter ... Überraum ... das Netz ... die Piloten, Nadeljockeys genannt, die sich in die engen und ständig verlagernden Wurmlöcher der oberen Ebene einfädelten ... ihre Schiffe um die Energiewirbel lenkten. Nanotechnik löste nicht alle Probleme, wie Cerelle gesagt hatte. Subatomare Elementumwandlung war jenseits der Möglichkeiten der Nanotechnik. Und es erforderte noch immer massive Energiekonzentrationen, um etwas aus einem Schwerefeld zu heben und über interstellare Distanzen zu transportieren, selbst unter Verwendung des Überraums. Mein Wissen war begrenzt genug, dass ich den einzelnen Begriffen nicht genau folgen konnte, aber meine Einschätzung war vermutlich zutreffend genug.

Ich befeuchtete meine Lippen, bevor ich wieder etwas sagte. »Wieso verbessert der Umstand, dass ich ein Dzinmeister war, die Erfolgsaussichten eines angehenden Piloten?«

Anscheinend war das eine berechtigte Frage, denn der ärgerliche Blick blieb mir erspart.

»Es hat – glauben wir – mit Ihrer bewussten und unterbewussten Akzeptanz und Einschätzung der Wirklichkeit zu tun. Das Talent, was für einen Nadeljockey gebraucht wird, kommt in ungefähr zehn Prozent der Bevölkerung Rykashas vor, und bei ungefähr fünf Prozent der Miten. Der historische Faktor ist zu klein, um von Bedeutung zu sein, statistisch gesprochen, aber im Laufe des vergangenen halben Jahrtausends besaßen zwischen fünfzig und sechzig Prozent der Miten, die Dzin- oder Toze-Ausbildung hatten, ein aussichtsreiches Talent. Das ist ein Grund, warum man in Lyncol bereit war, die zusätzlichen Ausgaben und Anstrengungen auf sich zu nehmen, die mit der Deprogrammierung und Deaktivierung der alten Naniten in Ihrem System verbunden sind.«

»Und was ist mit Engee?«

»Derzeit wissen wir noch nicht allzu viel über das … Phänomen. Sie können sich Engee als ein Energiefeld vorstellen, das den bekannten Raum durchdringt und … Signale aussendet, die auf sensible Personen wie Sie einwirken können. Diese Art von Sensibilität ist für einen Nadeljockey notwendig.«

»Mentale Signale?«

Bekunin schüttelte den Kopf. »Wir kennen ihren Ausgangspunkt nicht genau. Die Signale wirken auf bestimmte Leute im Zustand der Entspannung, und manchmal auch in einem Zustand starker emotionaler Beunruhigung. Wir können die Signale nachahmen und Ihre Reaktionen ablesen, aber diese Signale haben keine irgendwie geartete Bedeutung, die wir feststellen können. Es handelt sich eindeutig um eigenständige Energiemuster, die visuelle Signale stimulieren …« Er hob die Schultern.

Ich hatte das Gefühl, dass alles wahr war, was er sagte … und sehr unvollständig, konnte aber nicht schnell genug Informationen finden, um eine intelligente Frage zu stellen.

Die Tür ging auf, und Cerelle trat ein.

Der Arzt nickte ihr zu. »Er ist so gut, wie Sie vermuteten.«

»Gut wozu?« Die Worte waren heraus, bevor ich den Mund schließen konnte. Bekunin hatte es mir gerade gesagt.

Cerelle schüttelte den Kopf, sagte aber nichts.

»Ich …« Mehr Worte würden nicht helfen. Es war schwierig und undankbar, nach manchen Dingen zu fragen. In einer Weise fühlte ich mich unfair behandelt. Diese Leute erwarteten von mir, dass ich Informationen und Begriffe, mit denen sie aufgewachsen waren, augenblicklich aufnehmen und verstehen würde.

»Sie haben Recht«, sagte Cerelle. »Aber wir bemühen uns, Ihnen die Informationen und die Kenntnisse zu geben, und Sie leisten immer noch Widerstand. Verstehen Sie nicht? Das Universum hat für Fairness nichts übrig. Es reagiert auf Handlungen. Ihr Überleben hängt von Ihnen ab, von Ihrem Verständnis und Ihrem Handeln. Die Gesellschaft Rykashas ist nicht strukturiert, erwachsene Menschen wie Kleinkinder zu betreuen. Wir versuchen den Übergang so leicht wie möglich zu machen, aber Sie müssen mitwirken. Andernfalls werden Sie angepasst, oder Sie bekommen die schlechteste und schmutzigste Arbeit, die wir für Sie finden können.«

Ich nickte. Ihre Worte waren nicht einmal eine Drohung, nur eine kalte Feststellung von Tatsachen. Im Grunde bestätigte es nur, was ich schon wusste.

Bekunin nickte ernst. »Ich glaube, Sie haben ihn hinreichend beeindruckt, Cerelle.«

»Es ist hart für ihn. Ich weiß, wie hart. Es war …« Sie brach ab, schüttelte den Kopf und fasste mich ins Auge. »Gehen wir. Bekunin kann nichts weiter tun, und wir müssen zu Ihrem neuen Quartier. Dann werden wir etwas essen. Ich jedenfalls könnte etwas vertragen.«

Ich war bereit zu gehen, Rykasha zu verlassen, aber wohin konnte ich gehen? Und was konnte ich tun? Ich unterdrückte ein Seufzen. Und ich hatte Meister Manvarr schwierig gefunden.

18

(Runswi: 4514)

Nicht die Lügen, sondern die sehr feinen
falschen Bemerkungen sind es,
die die Läuterung der Wahrheit aufhalten.

Wie gewöhnlich verlor Cerelle keine Zeit und marschierte mit mir zu einem anderen Gebäude, wo ich diesmal zwei Zimmer und ein Duschbad bekam und mit Thaya bekannt gemacht wurde, einer stämmigen jungen Frau, die für die Unterbringung von Durchreisenden und noch einiges mehr zuständig war.

»Tyndel«, beendete Cerelle die Vorstellung, »hat noch Schwierigkeiten mit der Anwendung nanitenimplantierter Information. Er ist in dem Stadium, wo er sich zuerst einmal an andere wendet, wenn er Antworten sucht.« Sie lächelte. »Bitte gehen Sie nicht darauf ein. Er muss lernen, sein eigener Rykashaner zu sein.«

»Ich werde daran denken«, sagte Thaya mit einem warmen Lächeln unter ihrem blonden Schopf. Sie wandte sich mir zu. »Das Prinzip ist einfach. Die Autorität zahlt für Ihre Ausbildung, und dazu gehören Unterbringung, Kleidung und Essen hier in Runswi. Dazu ein Grundstipendium …«

Sie redete weiter, aber mein Verstand machte sich an dem Wort »Autorität« fest. *Zentrales Entscheidungsgremium von Rykasha, bestehend aus fünf leitenden Direktoren …* Die Dämonen gaben sich mit solch einer Machtkonzentration in den Händen von fünf Leuten zufrieden?

»… verwenden Ihren Personalcode für Dinge wie Fernsprechverbindungen, auswärtige Mahlzeiten, besondere Kleidung, Transport – Sie werden sich rasch damit vertraut machen. Es ist auf dem Bildschirm in Ihrem Quartier unter ›Ratgeber für Kandidaten‹ …«

So war es immer – Auskünfte wurden einmal erteilt, und von mir wurde erwartet, dass ich alles im Gedächtnis behielt.

»Irgendwelche Fragen?«, erkundigte sich Thaya.

»Ich werde mich nicht an alles erinnern. Kann ich es irgendwo nachschlagen?«

Die beiden tauschten Blicke, und wieder kam ich mir einfältig vor. Warum? Warum stellte ich noch immer dumme Fragen und reagierte gedankenlos?

»Ich sagte Ihnen gerade, alles ist auf dem Bildschirm in Ihrem Quartier unter dem Stichwort ›Ratgeber für Kandidaten‹. Geben Sie Ihren Personalcode ein. Ich werde ihn für Sie aufschreiben.« Thaya kramte eine gelbe Karte hervor und schrieb etwas darauf, dann gab sie sie mir.

Ich las, was sie geschrieben hatte: »Tyndel – IP – rot – 95.«

»Das ist Ihr Personalcode«, wiederholte Thaya.

»Sie reagieren so, weil das die Art und Weise ist, wie Sie konditioniert wurden«, sagte Cerelle freundlich. »Diese Ausbildung wird Ihnen helfen, das zu ändern … wenn Sie daran arbeiten. Außerdem ist Ihr Blutzucker niedrig, und Ihr Körperhaushalt ist nicht an die zusätzlichen Energieanforderungen der Naniten gewöhnt. Geringe Energiereserven sind nicht gerade hilfreich für das Denkvermögen.«

»Geben Sie ihm was zu essen, bevor er umfällt«, schlug Thaya vor.

»Wir sind gerade unterwegs zur Kantine.« Cerelle marschierte mit mir hinaus und weiter auf einem der zahlreichen gepflasterten Wege unter dem klar blauen Winterhimmel. »Wenn Sie ihre Gutmütigkeit ausnutzen, Tyndel, und ich erfahre davon, werden Sie wünschen, nie geboren zu sein oder in einer Steinzelle in Dorcha zu sitzen.«

Obwohl Cerelle die Bemerkung humorvoll gemacht hatte, traute ich es ihr zu.

Dann führte sie mich durch eine Turnhalle mit verschiedenen angeschlossenen Übungsräumen und dann am Rand eines schwarzgekachelten Schwimmbeckens entlang, wo ein Mann hin und her schwamm, beobachtet von einem anderen, athletisch gebauten Mann, der ein altrömischer Gladiator hätte sein können. Diese Art von Dauerschwimmen war eine Form körperlicher Konditionierung, die sowohl masochistisch wie auch vergeblich schien.

Wir gingen weiter, vorbei an einer Serie langer, zweistöckiger Gebäude aus glatt verputztem Mauerwerk und metallenen Fensterrahmen unter grauen Schieferdächern. Mehrere von diesen trugen seltsam geformte Metallvorrichtungen, die mein interner Datenspeicher als Antennen identifizierte.

»Dies ist Orbitalbetrieb, und dort ist Logistik.« Cerelle sprach knapp und schnell, als wollte sie mich zu erhöhter Aufmerksamkeit zwingen. Vielleicht wollte sie mir auch helfen, das von den Naniten in mein Gehirn geschwemmte Wissen zu integrieren. »Dort werden Sie sich morgen früh um Punkt neun melden.«

Logistik? Weshalb?

»Jemand muss die Verteilung von Frachtsendungen über das Netz planen. Es geschieht nicht von selbst. Und dort beginnt Ihre Ausbildung.«

»Ich verstehe.« Ich verstand Handel und Transport. Es war bloß schwer, sich vorzustellen, dass die Rykashaner so selbstverständlich Waren zwischen den Sternen hin und her transportierten.

»Wir verschiffen nicht allzu viel – gewöhnlich nur die wenigen Dinge, die nicht nachgebaut werden können, und die Maschinen und Werkzeuge, die zur Errichtung von Anlagen zum Nachbau erforderlich sind.«

Ich war nicht sicher, dass ich wollte, was sie unter Ausbildung verstand, aber hatte ich so viel Wahlfreiheit?

»Dort ist jetzt unser Ziel.« Sie zeigte auf ein weiteres

graues Steingebäude mit großen, metallgerahmten Glasfenstern und einem Schieferdach, das halb in eine niedrige Anhöhe hineingebaut war – oder vielleicht hatte man die Anhöhe um das Gebäude aufgeschüttet, wer konnte wissen, was den Dämonen alles einfiel? »Es ist eine der Kantinen. Es gibt beinahe ein Dutzend in Runswi. Früher oder später werden Sie diejenigen finden, die Ihnen am meisten zusagen. Alle arbeiten mit dem gleichen Molekularverfahren zur Nahrungszubereitung, und die Menüs sind ähnlich.«

Wir stießen die hölzernen Flügeltüren auf, durchschritten das leere Foyer, das offenbar als Windfang diente, und betraten einen Kantinenraum, wo eine Wand ganz aus Fenstern bestand.

»Setzen wir uns einen Moment.«

Ich schaute hinaus auf eine Wiese mit graubraun vertrocknetem Gras, dann sah ich mich um. Der Kantinenraum war klein und enthielt nur fünf Tische in weiten Abständen voneinander. Sie waren aus dunkler Eiche, die Ränder mit glänzendem Messing eingefasst. Auch die passenden Stühle trugen Zierleisten aus Messing um die Sitze und waren mit blau und golden gemustertem Brokat bezogen.

»Ich werde heute noch abreisen. Für Ihre Grundausbildung werden Sie mich nicht brauchen.« Cerelle blickte zum Eingang, dann wieder zu mir. Ich sagte nichts und durchforschte meine gespeicherten Daten. »Es scheint, dass ich nichts über eine Grundausbildung für interstellare Piloten habe.«

»Sie haben nachgesehen. Das ist gut. Für den Anfang werden Sie wahrscheinlich Übungen bekommen, die Ihnen helfen sollen, das gesamte Datenmaterial zu integrieren. Dann weitere Informationen und weitere Übungen. Dann die erste Runde des körperlichen Trainings …« Sie zuckte die Achseln. »Sie können das Programm später auf dem Bildschirm in Ihrem Quartier nachlesen.« Wieder blickte sie zum Eingang. Ich fragte mich, ob ich das Programm kennen wollte.

»Gut. Sie sind da.«

Ich blickte zur Tür, wo ein Paar hereinkam. Sie war dunkelhaarig, schlank und vollbusig und bewegte sich mit einer fast erotischen Anmut. Er war rothaarig, hochgewachsen, breitschultrig und athletisch. Beide waren offensichtlich jung.

»Ein attraktives Paar, nicht wahr?«, meinte Cerelle.

Ich bejahte wachsam.

Die zwei kamen zwanglos auf uns zu geschlendert. Ich beschloss aufzustehen. Cerelle folgte meinem Beispiel.

»Freut mich, dass Sie gekommen sind«, sagte meine Wärterin. »Dies ist Tyndel.«

»Alicia de Schmidt.« Ein Lächeln begleitete den Namen.

Ich stutzte. Noch nie hatte ich gehört, dass jemand einen Doppelnamen trug, weder in Dorcha noch in Rykasha. Nur die Alten hatten eine Bevölkerungsdichte und Mobilität gehabt, die solche Konventionen notwendig gemacht hatten.

»Und dies ist Tomas Gomes«, fügte Cerelle hinzu und setzte sich wieder.

»Freut mich, Sie kennenzulernen.« Der rothaarige Mann hatte einen Akzent, schwach zwar, aber doch deutlich. Tomas – oder war er Gomes? – setzte sich auf den Stuhl links von Cerelle, während Alicia de Schmidt sich zu meiner Linken niederließ.

»Tomas und Alicia«, flüsterte Cerelle, obwohl das Flüstern mehr eine Förmlichkeit gewesen sein musste, da jeder Dämon sie gehört haben konnte.

»Sie sind der letzte Flüchtling aus Dorcha, nicht wahr?« Alicias mädchenhafte Stimme war gleichfalls mit einem Akzent behaftet, den ich ebenso wenig deuten konnte. Vielleicht kam sie von einer der interstellaren Kolonien Rykashas?

»Ich bin eindeutig ein Flüchtling«, sagte ich. »Ob ich der Letzte bin, weiß ich allerdings nicht.«

»Er ist der erste Dzinmeister, den wir seit längerer Zeit gehabt haben«, ergänzte Cerelle.

»In der Zeit sind wir alle Flüchtlinge. Fremdlinge, die sich in einer Welt zurecht finden müssen, die immer weniger vertraut wird.« Alicia lächelte mädchenhaft.

Ich wunderte mich über den Konflikt zwischen der mädchenhaften Stimme und dem philosophischen Ton, zwischen der jugendlichen Sinnlichkeit und der Müdigkeit der Worte.

»Spiel nicht mit dem Jungen, Alicia«, sagte Tomas. Im indirekten Licht der künstlichen Beleuchtung, das keine Schatten warf, schien seine gebräunte Haut zu schimmern.

Junge?

»Dzinmeister oder nicht, er legt noch immer zu viel Gewicht auf Äußerlichkeiten«, sagte Alicia.

Ich konnte den Akzent nicht bestimmen. Es schien weder Dhur noch Toze zu sein, auch keiner der Dialekte der Dämonen, die ich kennen gelernt hatte.

»Zeit für Kunststücke?« Eine Andeutung von Überdruss war in der Stimme des jungen Mannes, als er fragend zu Cerelle blickte.

»Es ist leichter«, meinte Alicia.

»Wie Sie es für richtig halten«, sagte Cerelle.

Ich wusste nicht, was ich denken sollte, und vermutlich war das genau das, was die drei im Sinn hatten.

Das dunkelhaarige Mädchen glitt vom Stuhl und nahm neben dem Tisch Aufstellung. Dann ging sie in die Hocke und sprang plötzlich gerade empor und verwandelte den unmöglich hohen Sprung in einen halben Überschlag, der mit einem Handstand auf der Tischplatte endete. Eine phantastische Leistung, doch war das nicht alles. Alicia stemmte sich auf die Fingerspitzen hoch, dann nahm sie eine Hand vom Tisch und balancierte auf einem Finger. Nach ein paar Atemzügen machte sie einen Überschlag rückwärts und kam neben dem Tisch wieder auf die Füße. Ich unterdrückte eine Reaktion. Spielten sie mit meinem Sehvermögen, meinen Wahrnehmungen?

»Ist der Tisch entbehrlich?«, fragte Tomas.

»Zerstören Sie ihn nicht«, riet Cerelle.

Tomas nickte, dann ging er zum Besteckkasten an die Essenausgabe und kehrte mit einem Messer zurück. Er riss den Arm hoch und stieß so schnell zu, dass sein Arm nur undeutlich wahrzunehmen war. Das Messer steckte bis zum Griff in der Eichenplatte.

»Versuchen Sie es herauszuziehen«, schlug er höflich vor.

Ich konnte es nicht. Das Ergebnis meiner Bemühungen war, dass der Handgriff von der Klinge brach, die ganz im Holz steckte.

»Möchten Sie einen Versuch machen?«, fragte Tomas.

»Nein danke.« Nach einer Pause fügte ich hinzu: »Ich kenne meine Grenzen.«

»Sie liegen nicht dort, wo Sie meinen«, erwiderte er, und diesmal hörte ich den Akzent noch deutlicher heraus. Er holte eine Gabel und einen Löffel, seine Hände arbeiteten so schnell, als wollte er sie zusammenrollen, und Dampf – oder Rauch – stieg aus ihnen auf. Dann streckte er eine Hand aus und ließ einen Metallzylinder auf den Tisch fallen, dessen Politur unter dem heißen Metall, das vor wenigen Augenblicken noch zwei separate Esswerkzeuge gewesen war, Blasen warf. »Tut mir Leid«, sagte er zu Cerelle. »Es ist schwierig, die Kollateralschäden zu minimieren.«

Kollateralschäden? Seine Worte, so ruhig und leise sie ausgesprochen wurden, machten mich frösteln.

»Tomas hat schon immer ein weiches Herz gehabt«, sagte Alicia mit ihrer mädchenhaften Stimme. »Genügt das?«

»Ich hoffe es«, sagte Cerelle.

Ich blickte von ihr zu Alicia und zu Tomas. Der zuckte entschuldigend die Achseln. »Wir gehen wieder auf Reisen. Halcyon Vier. Dort gibt es eine Serie demokratischer Häresien.«

»Demokratie«, schnaubte Cerelle. »Pöbelherrschaft.«

»Etwas besser als ein Despot«, meinte Tomas.

»Nur wenig besser«, sagte Cerelle. »Ich danke Ihnen, und viel Glück.«

Alicia lächelte versonnen, dann machten die beiden kehrt und verließen auf ihre anmutige Art den Raum. Was hätte ich sagen können? Stattdessen ging ich langsam zur Essenausgabe, wo der Essenaufbereiter wartete. Dort zog ich einen Henkelbecher mit heißem Arleentee. Nach Lektüre der Speisekarte fügte ich einen Teller mit gewürztem Schweinebraten nach Art von Dorcha hinzu.

Dann setzte ich mich und aß und trank den Tee. Beides half gegen die Leere in meinem Magen und die Benommenheit aus Schwäche, vermochten aber nichts gegen die Fragen, die sich in mein Bewusstsein drängten.

Tomas und Alicia, die mit bloßen Händen Metall biegen und verformen, Handstand auf einem Finger vollführen und Stahl durch Hartholz treiben konnten. Tomas und Alicia, beide anscheinend jünger als ich, mit einem Akzent, den ich nie gehört hatte. Tomas Gomes und Alicia de Schmidt, mit Doppelnamen in einer Welt, wo alle Leute nur einen einzigen Namen hatten.

Die beinahe beiläufige Demonstration von Kraft mit einer Andeutung unglaublicher Beherrschtheit, einer Andeutung, die auch beiläufig und selbstverständlich war, so selbstverständlich, dass das, was sie implizierte, offensichtlich hätte sein sollen.

Aber das war es nicht, wie so oft, seit ich Dorcha verlassen hatte. Cerelle hatte mir versichert, dass ich Dinge wie Dämonentechnik und neue Informationen bald für selbstverständlich halten würde. Aber ich litt unter dem akuten Bewusstsein meiner schwerfälligen Gedanken. Nachdem ich den Schweinebraten verzehrt hatte, trank ich den Tee bis zum Bodensatz und konnte mein Gehirn noch immer nicht konzentrieren.

»Wir schicken Alicia und Tomas, wenn es irgendwo Probleme gibt«, bemerkte Cerelle. »Gewöhnlich ist es Halcyon Vier. Das ist die einzige Kolonie außerhalb unseres Systems mit mehreren verschiedenen Staaten und Regierungen – und das sorgt seit langem für Verdruss.«

»Sie wenden brutale Gewalt an?«, fragte ich und dachte an Tomas' Bemerkung, es sei schwierig, Kollateralschäden zu minimieren. »In den Kolonien?«

»Einmal – lange vor meiner Zeit – schickten wir sie nach Mettersfel, um dort das alte Rathaus zu zerstören.«

Ich schürzte die Lippen. »Vor ihrer Zeit?«

»Es ist in den Akten. Sie werden es finden. Das war vor fast siebenhundert Jahren.« Sie schlürfte von ihrem Getränk.

»Die beiden können nicht …«

»Warum nicht? Weil sie so jung aussehen?« Cerelle schnaubte. »Haben Sie in Rykasha jemanden gesehen, der alt aussieht? Oder der körperlich alt ist? Was, glauben Sie, bewirken Naniten für uns Menschen?«

»Aber … können Sie das Messer eines Essbestecks durch eine Tischplatte treiben?«

»Nein. Sie könnten eines Tages dazu imstande sein. Ich weiß nicht, wie man Ihr System balanciert hat. Ich würde es jetzt nicht versuchen. Sie würden sich nur die Hand verletzen.«

»Würden Sie mir erklären …?«, fragte ich schließlich.

»Die beiden sind aus den Tagen der Alten«, sagte Cerelle. »Wir haben eine Menge von der Technik verloren, über die sie verfügten, aber wir haben allmählich einiges davon zurückgewinnen. Die beiden sind für die meisten Mitentechniken unverwundbar, ausgenommen Feuerwaffen und energiestarke Laser, aber sie können sich so schnell bewegen, dass niemand sie ins Visier bekommen und darin halten kann.«

»So lange Zeit jung zu sein ... so stark ...«

»Wie werden Sie in einem oder zwei Jahrhunderten aussehen, hm?«

Ich hatte nicht darüber nachgedacht.

»Sie werden wie die beiden aussehen. Haben Sie in Rykasha Leute gesehen, die alt wirkten?«

»Nein«, antwortete ich nach einem Augenblick. »Ich weiß nichts über diese ... Unsterblichkeit, nicht wahr?«

»Nicht für die meisten von uns. Tomas und Alicia sind die Ausnahmen. Sie sind annähernd fünftausend Jahre alt. Die Zivilisation ging zugrunde, bevor die Alten Naniten auf einer persönlichen Basis für mehr als eine Handvoll Einzelpersonen modifizieren konnten. Ihre Naniten sind mit ihrer Genstruktur verflochten.«

»Ich dachte, Sie sagten ...«

»Nein. Ihre, meine – Sie müssen kompatibel sein, aber es gibt einen Unterschied zwischen tatsächlichen Verbindungen und Kompatibilität. Wir brauchen uns nicht zu sorgen, dass wir alt werden oder krank, aber wir sind nicht unsterblich.«

»Unfälle?«

»Gewöhnlich. Oder Verhungern oder Ersticken.«

Verhungern? Ich konnte mir nicht vorstellen, dass diese Leute sich in einer steinernen Zelle in Dorcha gefangen halten ließen.

»Durch Unfälle. Angenommen, es kommt zu einem Defekt an Bord eines interstellaren Schiffes. Ihre Naniten werden Sie so lange schützen, wie Sauerstoff vorhanden ist, und so lange sie Nahrung oder Fettzellen haben, von denen Sie zehren können. Aber der Raum ist groß. Auf Forschungsreisen ist schon mancher umgekommen. Hin und wieder verrechnet sich ein Pilot, und das Schiff gerät in eine stellare Masse. Davor können Naniten niemand schützen. Die Wahrscheinlichkeit ist zwar sehr gering, aber im Laufe mehrerer Jahrtausende summiert sie sich.«

Man erwartete von mir, dass ich ein Nadeljockey würde, Pilot im interstellaren Liniendienst. Meine Gedanken begannen die gespeicherten Daten zu durchsuchen.

»Ersparen Sie sich die Mühe«, sagte Cerelle. »Wir alle sterben an Unfällen – oder Selbstmord. Die einzige Frage ist, wann.«

Ich presste die Lippen zusammen, wollte den Kopf schütteln, aber nicht so sehr, dass ich weitere Kommentare von Cerelle würde ertragen müssen.

»Es ist Zeit, dass ich gehe«, sagte sie. »Sie müssen sich hier einrichten, damit Sie mit Ihrer Ausbildung weiterkommen.«

Wir standen auf, und ich fragte mich, ob ich ihre Abreise bedauern würde.

19

(Runswi: 4514)

Zur Arbeit allein bist du berechtigt, niemals zu ihren Früchten.

Vom nächsten Morgen an wurde es anstrengender.

Ich folgte Cerelles Anweisungen und erschien am nächsten Morgen um 8:55 Uhr im Logistikgebäude. Inzwischen hatte ich gelernt, dass Rykashaner sich nicht wiederholten – jedenfalls nicht oft, soweit ich es beurteilen konnte.

»Sie sind Tyndel«, bemerkte die pausbackige Frau, die mich im Korridor empfing. »Ich bin Andra. Neben der langfristigen Logistikplanung übernehme ich auch vorbereitende Indoktrination und Ausbildung.«

Ich fragte mich, wie viele Nadeljockeys es geben mochte.

»Nicht bloß potenzielle Nadeljockeys, sondern alles, von angehenden Instandhaltungstechnikern bis zu Stauern, die mit Muskelkraft Frachtstücke bewegen. Der menschliche Körper, besonders wenn er durch Naniten verstärkt ist, ist und bleibt die anpassungsfähigste Ausrüstung, die es gibt, und wir bemühen uns, dieses Potenzial nicht zu vergeuden.« Sie zeigte mir ein nüchternes Lächeln, das mir mehr hätte sagen sollen als es tat. »Hier hinein.«

Ich folgte ihr in einen kleinen Raum, der auf zwei Seiten Glaswände hatte und von Licht durchflutet war. Es gab ein halbes Dutzend Holzstühle mit Polstern. Jedes Polster hatte ein anderes Muster. Ich saß auf einer blauen Wiesenglockenblume.

Andra setzte sich umgekehrt auf den Stuhl mir gegenüber, die in Hosen steckenden Beine um die Stuhlbeine gehakt, die Arme auf die Stuhllehne gelegt. Die grüne Uniform – ein einfacher Kittel über einer gleichfarbigen Hose – brachte ihr kastanienbraunes Haar und die blasse, sommersprossige Gesichtsfarbe gut zur Geltung.

»Wenn Sie einer von unseren jungen Leuten wären, würde ich mich mit Erläuterungen nicht lange abgeben und mit der Ausbildung anfangen, aber mit Ihnen ist es anders. Ihre Rückzahlung empfangener Leistungen beträgt zehn Jahre Arbeit als Nadeljockey. Das heißt zehn Jahre persönlich erfahrener Zeit, nicht objektive Zeit nach Erdstandard.«

Der Vorstellung, ein interstellarer Pilot zu sein, konnte ich nichts abgewinnen. Die Alten waren zu den Sternen geflogen, und das Ergebnis war eine Katastrophe gewesen.

»Vergessen Sie das mit den Alten und den Sternen. Wir wissen, was Sie denken, Tyndel. Sie haben genug telemetrische Naniten in Ihren grauen Zellen, um mich und Cerelle wissen zu lassen, was Ihre Neigungen sind. Wir wissen es, bevor Sie selbst sich darüber im Klaren sind. Die

Alten kamen kaum zu den Gasriesen. Sie mussten zu viel Kapital investieren, das sich nicht auszahlte. Hinzu kam, dass die Leute, die hinausgingen, nichts bezahlten. Sie werden im Laufe der Ausbildung mehr darüber erfahren. Was Sie wissen müssen, ist, dass wir Kolonien in ungefähr einem Dutzend Systemen mit bewohnbaren oder potenziell bewohnbaren Planeten haben, die wir durch den Überraum erreichen können. Sie liegen alle in unserem galaktischen Arm. Sozusagen in der Nachbarschaft. Wir stoßen weiter in die äußeren Bereiche vor, aber das kann noch eine Weile dauern und bringt entfernungsbedingte Schwierigkeiten mit sich. Die Kolonien erfordern den Transport von Gütern für den Aufbau von Infrastrukturen, besonders Energiesysteme und grundlegende Nanitenausrüstungen und Strukturen ebenso wie spezialisierte biologische Schablonen. Das ist die Arbeit der Piloten im Liniendienst.«

»Sind die Schiffe nicht auch Infrastruktur?«, fragte ich, um mehr Informationen oder Erläuterungen hervorzulocken, die ergänzen würden, was an Daten in mich hineingeschwemmt worden war.

»Sie haben Recht. Sie sind die kostspieligste und am schwierigsten zu ersetzende Infrastruktur. Darum sind gute und motivierte Nadeljockeys wichtig. Und darum beträgt Ihr Rückzahlungszeitraum nur zehn Dienstjahre, wenn Sie es zum Nadeljockey bringen.«

Nur zehn Jahre?

»Für Techniker, Stauer und sonstiges unterstützendes Personal beträgt der Rückzahlungszeitraum fünfzehn Jahre, gelegentlich mehr.«

»Wie ist es mit gewöhnlichen Dämonen?«, fragte ich.

»Jeder hat seine Verpflichtung. Für Leute, die hier in Runswi geboren sind, beträgt die Dienstverpflichtung zwanzig bis vierzig Jahre. Vierzig Jahre, wenn man hier bleibt. Dann gibt es für jedes Jahrhundert persönlich verstrichener Zeit eine Zusatzverpflichtung. Sie müssen nicht denken, dass wir Ihnen dies aufladen, weil Sie ein Außenseiter sind.«

Genau das hatte ich gedacht. Ich sah auf das polierte und schimmernde Eichenparkett.

»Sie ehemaligen Miten durchdenken nicht gern etwas, das unangenehm ist oder von Ihren Glaubenssystemen abweicht.« Andra musterte mich ohne Mitleid, ohne Zorn. »Das werden Sie überwinden müssen.«

Leichter gesagt als getan, dachte ich.

»Was ist ein Nadelschiff?«, fuhr sie fort. »Im Grunde ist es ein langer Körper aus Komposit, vollgestopft mit gespeicherter Energie, das durch das Netz des Überraumes gefädelt wird. Überraum ist nicht, kann aber gedacht werden als die Vergrößerung des normalen Raumzeitkontinuums bis zu dem Grad, der notwendig ist, um natürliche und künstliche Quantenrisse, Wurmlöcher genannt, zu der Größe zu erweitern, dass eine Nadel durch solche Passagen gefädelt werden kann.« Sie lächelte. »Oder die Analogie könnte sein, dass der Überraum Nadelschiffe so weit schrumpfen lassen kann, dass sie durch das Öhr solcher Quantenpassagen gehen. So oder so, die Wirkung ist die gleiche.«

Einiges davon verstand ich. Komposit wurde in möglichst großem Umfang eingesetzt, weil Metall dazu neigte, die Antriebsfelder der Schiffe instabil zu machen. Ähnliches galt für den Betrieb von Kraftwerken mit Fusionsrekatoren.

Manches davon verstand ich nicht, selbst nachdem ich die noch unorganisierte Datenmenge in meinem Gehirn durchsucht hatte.

»Irgendwelche Fragen?«

Ich hatte viele und wusste kaum, wo ich beginnen sollte. Schließlich sprudelte ich etwas hervor, um das Gespräch in Gang zu halten: »Sie deuten an, dass eine Menge Fracht zu befördern sei. Warum so viel, wenn die Nanotechnik Materialien schaffen kann?«

»Naniten sind sehr gut geeignet für die Umstrukturierung bestehender Materialien, aber nicht überall gibt es die Verschiedenartigkeit und Vielfalt von Elementen, die uns zugänglich sind. Was die Elementeumwandlung betrifft, so ist sie nur in bestimmten Fällen möglich. Die Quantenmechanik behält auch hier ihre Gültigkeit. Ein Lepton ausfindig zu machen und präzise genug zu bewegen, dass eine neue subatomare Struktur entsteht, verändert die Geschwindigkeiten der Teilchen und damit einige andere Eigenschaften, was gerade nicht erwünscht ist.«

Trotz allem, was mir an Daten eingetrichtert worden war, ergaben ihre Worte nur insofern einen Sinn, als ich sah, dass es mechanische oder praktische Gründe gab, die den Einsatz von Nanotechnik verhinderten.

»Übrigens wurde der Einsatz der Quantenmechanik in dieser Weise als Grundlage einer neuen Massenvernichtungswaffe in Betracht gezogen. Wir haben den Weg nicht weiter verfolgt, weil wir mehr als genug im Arsenal haben. In der Entwicklung destruktiver Systeme waren die Alten nicht zu überbieten.«

»Aber was hat ein Nadeljockey im Einzelnen zu tun?«

»Sie werden mit dem Schiff und den Antriebsfeldern verbunden, sodass sie alles fühlen und erfahren, was die Bordsensoren registrieren. Durch Reaktionen und Willensentscheidungen bewegen und steuern sie das Schiff, als wäre es Ihr eigener Körper. In einer Weise ist es so, während Sie im Überraum sind. Dort weichen sie dreidimensionalem Sperrfeuer aus, das Ihnen den Kurs verlegt, nur ist dieses Sperrfeuer, durch das Sie sich mit dem Schiff hindurchzuschlängeln versuchen, von einer Art, die akustisch in Form von dreidimensionalen Klangblöcken wahrgenommen wird, als eine farbige Sphärenmusik – manche sagen, es sei die schönste und harmonischste Musik, die man je gehört hat; kennen Sie Beethoven?«

Wieder ein Name, den ich nie gehört hatte.

Andras Lippen glätteten sich in einem neutralen Lächeln. »Für einen angeblich gebildeten Menschen ... aber lassen wir das. Ich habe mir oft schildern lassen, wie ein Frachtpilot diese Phänomene im Überraum wahrnimmt. Sie weichen Klangblöcken aus, die aus harmonischen oder disharmonischen Tönen bestehen, denn diese Klangblöcke haben Kanten, die schärfer sind als ein Laserskalpell. Dazu kommt die Komplikation der hohen Geschwindigkeit und die Gefahr durch schwer zu ortende Singularitäten. Es hört sich unmöglich an, ist es aber nicht, wenn die Reflexe und die Ausbildung in Ordnung sind. Sie haben zweifellos die Fähigkeit, und wir können die Ausbildung bereitstellen, wenn Sie dran bleiben. Was den Dienst anstrengend machen kann, ist die Unmöglichkeit, Entspannung zu finden, solange der Flug dauert.«

Ich hatte das Gefühl, dass Entspannung für die Dämonen ohnedies ein Fremdwort war, aber ich wunderte mich ein wenig, welches Gewicht auf die Piloten gelegt wurde, wenn sie über Nanotechnik und Computer verfügten, neben denen sich die Bildschirme der Ikonographen antik ausnahmen.

»Computer? Nanitenimplantate? Die können nicht den Weg über dem Jetzt erspüren. Sie machen es möglich, indem sie die Eingaben übertragen und verarbeiten, aber den Nadeljockey machen Reflexe, Wahrnehmungsvermögen und Gespür aus. Keine Maschine kann hier einen ausgebildeten Piloten ersetzen.«

Alles das sagte mir nicht viel mehr als dass die Dämonen ausgebildete Piloten benötigten, weil diese nicht durch Technik ersetzt werden konnten, aber ich verzichtete auf weitere Fragen oder Bemerkungen.

»Gut. Fangen wir an. Sie haben sich eine Menge anzueignen.« Sie stand auf und ging durch eine andere Tür in ein kleines Zimmer. An einer Wand war ein Regal voller Kanister, wie der Arzt sie gebraucht hatte, um mich zwecks Bewertung meiner körperlichen Verfassung mit Naniten einzusprühen. An der Wand gegenüber, kaum zwei Meter entfernt, war ein großer, metallbeschichteter Plastikschirm, vermutlich zum Einfangen der Naniten. Andra schloss die Tür, und wir standen in dem kleinen Zimmer.

»Dies ist grundlegende Technik.« Der Kanister, den Andra aufhob, hatte eine Art Maske, die dem menschlichen Gesicht angeglichen war. »Eigentlich nicht einmal Technik selbst, sondern die Theorie hinter der Technik, die Technologie, mit der Sie werden umgehen müssen.«

Sie legte mir die Maske aufs Gesicht und drückte den Knopf. Ein feiner Dunst hüllte mich ein und verschwand. Ich glaubte Tausende von winzigen Nadeln zu fühlen, die meine Haut durchdrangen, aber das musste meine Einbildung gewesen sein.

Was als Nächstes kam, war nicht imaginär, sondern ein Schwall von Sätzen, Bildern, Begriffen und zusammenhängenden Gleichungen …

… Xenonentladung … atomare Wellenfunktion … elektromagnetische Wellenfunktion über der Quark-Ebene … Freisetzung zusätzlicher Energie in Form von Photonen einer bestimmten Frequenz, welche den Effekt reproduziert und zweiphasige Photonen, die wegen der Sekundärelektronenvervielfachung Elektronenlawinen auslösen … parallele Wellenformen passieren Öffnungen von gleicher Größe wie ihre Wellenlängen … Diffraktion ist möglich … Intensität sinkt umgekehrt zum Quadrat der Entfernung … Farbe existiert nicht außer als eine Wahrnehmung verschiedener Wellenlängen … Versagen anfänglicher Fusionsreaktor-Technik durch die Annahme, dass von Magnetfeldern trotz Supraleitfähigkeit keine Plasma-Instabilitäten auftreten würden … Deuterium- und Tritiumresonanz auf Quantenebene … maximale Spanne direkt proportional zur Stärke des Masse/Gewichtsverhältnisses der Materialien … Nichtberücksichtigung von Supraleitfähigkeit und Variationen des Schwerefeldes … galaktische Ra-

dioimmissionen sind umgekehrt proportional zum Alter des galaktischen Zentrums … Unterkühlungsphänomene können harmonische Schwingungen auf subatomarer Ebene auslösen und durch Überlagerung von zwei kohärenten Wellenimpulsen zur doppelten Präsenz eines spezifischen Einzelatoms führen … von innen enthält der Überraum eine vollständig eingelagerte Oberfläche von endlicher Topologie … Erfordernis subjektiv überlagernder Navigation …

Ich hätte schreien können, als die Masse dieses Stoffes mich überflutete. Wenn ich gedacht hatte, dass Cerelles Informationen mich übersättigt hatten, so war mir nicht klar gewesen, was »intensiv« wirklich bedeutete.

Obwohl ich auf den Beinen schwankte, gelang es mir, aufrecht stehen zu bleiben.

Etwas anderes durchfuhr mich wie ein Explosionsblitz, der kam und ging, Garben goldenen Feuers, die verblassten, kaum dass sie mein Bewusstsein gestreift hatten, etwas über und jenseits all der Bilder und Worte, die durch meine überschwemmten Synapsen wimmelten.

Andra beobachtete einen kleinen Bildschirm neben dem beschichteten Plastikkollektor, dann nickte sie. »Gut.«

Gut? – Das schien mir doch fraglich.

Sie öffnete die zweite Tür und bedeutete mir, ihr in den Nebenraum zu folgen. Dieser hatte Fenster und war warm und hell. Sie trat an eine kleine Konsole mit Tastatur. »Setzen Sie sich dorthin. Die Anleitung ist über der Tastatur. Es ist ganz einfach. Eine Frage erscheint auf dem Bildschirm, sie durchsuchen die Informationen, die Sie erhalten haben, und drücken die Taste, welche die am ehesten korrekte Antwort darstellt. Das wird Ihnen helfen, den soeben aufgenommenen Stoff zu integrieren.«

Sie warf mir einen Blick zu, nickte und ging.

Aber es war nicht so einfach – ganz und gar nicht.

Zum Beispiel die erste Frage: »Licht lässt sich mit welcher der folgenden Antworten am treffendsten beschreiben?«

Ich dachte an Licht und die Informationsflut, die über mich hereingebrochen war. Wie ein in Ideen und wissenschaftlichen Wendungen Ertrinkender suchte ich die alten und die neu erworbenen Kenntnisse zu sortieren.

Was war Licht?

Sichtbare Strahlungsenergie im Bereich zwischen 3900 und 7700 Angström? Elektromagnetische Strahlung mit einer Wellenlänge zwischen 400 und 800 nm? Lichtquanten oder Photonen, die der Geodäsie in vierdimensionaler Raumzeit folgen? Strahlung in Wellenform aus der Skala der elektromagnetischen Schwingungen, für die das menschliche Auge empfindlich ist?

Ich schloss die Augen und rieb mir die Stirn. Das war nur die erste Frage, und ganze Abschnitte zugehöriger Texte und Hintergrundinformation überschütteten mich.

Niemals hatte ich das Gefühl gehabt, so wenig zu wissen. Ich überlegte, was Foerga getan haben würde, aber der Versuch, ihre Erinnerung wachzurufen, brachte mich nur auf die Frage, warum ich mich überhaupt mit diesen Dingen abgab.

Ich atmete langsam aus, öffnete die Augen und blickte auf den Bildschirm. Ich musste mit der Übung weitermachen. Hoffen, dass jede Frage nicht die gleiche Reaktion erzeugte. Endlich drückte ich die Taste, die anzeigte, dass alle Antworten richtig waren. So schien es zu sein, denn über die Natur des Lichtes gab es nur Theorien.

Eine zweite Frage erschien: »Was sind die Eigenschaften eines Sterns?«

Meine latenten Kopfschmerzen kamen zum Durchbruch, und ich fragte mich, wie viele Fragen die Konsole noch für mich bereit hielt, dann schloss ich die Augen und massierte mir die Schläfen. Wie viele es auch waren, es waren zu viele.

So viel wusste ich.

20

(Runswi: 4514)

Jedes Menschengesicht ist nicht mehr
und nicht weniger als eine Maske.

Der feine Nebel zog um die Hecke, verdichtete sich, schien aus dem Boden, dem Gras und den Steinen des Gehwegs zu steigen, weiß und kalt wie der Tiefe See im Winter, unpersönlich wie ein Meister des Dzin, unbarmherzig wie ein Dämon.

Ich bückte mich, versuchte Foergas stilles Gesicht zu erreichen, und der Nebel verdichtete sich so sehr, dass ich weder ihr Gesicht noch meine eigenen Hände sehen konnte. Die feuchte Kälte sickerte durch mein Gesicht und die Hände und in meine Knochen.

Ich tastete umher, und meine Hände fühlten das Gras und die Steine, aber ich konnte sie nicht finden, und ihr dunkles Haar wurde silbrigweiß, und sie war der Nebel. Und dann war sie fort.

»Der Dämon ist los!«

SSSSsss. Das Zischen der Dämonenwaffe fuhr durch die Blätter und Zweige der Buchsbaumhecke über meiner knienden Gestalt. Die Blätter schrumpften und zerfielen zu Pulver, und ich sprang auf und stürzte mich auf die lehmgelbe Uniform des Shraddan.

Meine Finger schlossen sich um seinen Hals, aber er verblasste ebenfalls zu silberweißem Nebel wie Foerga. Ich stand mit leeren Händen da, und überall um mich her war der Nebel, silberweiß, kalt und endlos. Ich krümmte und streckte die Finger, und sie glänzten silbrig, dann schienen sie mit dem Nebel zu verschmelzen.

Ich öffnete den Mund, aber kein Laut drang in dieses endlose wattige Weiß, das mich immer dichter umzog.

Sollte alles im Nebel verblassen, alles aus meinem Leben?

»Nein!«

Ich fuhr im Bett hoch, schwitzte und zitterte gleichzeitig. Es war tiefe Nacht.

Waren es Andras Beschreibungen gewesen, oder Cerelle, oder die richterlichen Anhörungen? Etwas hatte mich mehr beunruhigt als ich dachte.

Ich merkte, dass ich schnell und stoßweise atmete, und dass mir Schweißtropfen von der Stirn rannen. Nach einem Moment schlug ich die Decke zurück und schwang meine Füße auf das kühle Holz des Bodens.

Dann stand ich auf und tappte zum Fenster.

Da und dort schimmerten ein paar Lichtpunkte von den Gebäuden Runswis, sehr wenige unter dem endlosen Sternenmeer, und die Ebene des sumpfigen Marschlandes erstreckte sich als ein dunkler Streifen gen Osten, aus dem der Morgen kommen würde – kommen musste.

Eine Zeit lang betrachtete ich das nächtliche Panorama, während meine Atmung sich normalisierte, und versuchte meine Gedanken zu sammeln.

Item: Nicht nur konnten die Dämonen ungeheure Informationsmengen verdauen, sie erwarteten auch, dass ich es ihnen gleichtun würde.

Item: Durch Naniten und Kopfhörer konnten Cerelle und Andra mit absoluter Sicherheit bestimmen, ob ich die Wahrheit sagte.

Item: Die Dämonen versuchten das Prinzip persönlicher Verantwortlichkeit durchzusetzen, ob der Einzelne solche Verantwortlichkeit übernehmen wollte oder nicht.

Item: Sie hatten praktisch kein Verständnis für den menschlichen Fehler der Selbsttäuschung und griffen diesen Mangel mit besonderer Unbarmherzigkeit an.

Aber was das anging, so griffen sie jede Schwäche unbarmherzig an. Aber warum?

Wieder wischte ich mir die Stirn, als ich entdeckte, dass

selbst diese kurze Analyse meine Atmung beschleunigt und mich wieder zum Schwitzen gebracht hatte.

Warum? Warum das alles?

Weil die Nanitentechnik den Menschen Kräfte verliehen hatte, die jenseits der Fähigkeit des durchschnittlichen Menschen zu verantwortlichem Handeln lagen? Weil Menschen ihrem Wesen nach irrationale, mit der Fähigkeit zu rationalem Denken begabte Lebewesen waren?

Ich hatte keine Antworten. Oder wenn ich sie hatte, konnte ich sie nicht finden. Wollte ich es? Das war eine weitere Frage, die ich nicht beantworten konnte.

Schließlich ging ich wieder zu Bett und lag auf der zu schweren und zu warmen Decke, und irgendwann sank ich zurück in unruhigen Schlaf, einen Schlaf, der nur von Schwärze erfüllt schien.

Dann ... gab es weder Schwärze noch Nebel, sondern die feurigen Bogen, Fontänen aus Feuer, die sich von einem Punkt in endloser Finsternis erhoben. War dieser Punkt ein Stern? Ein unvorstellbar gewaltiger Stern?

Wieder saß ich aufrecht, fröstelnd und schwitzend.

Warum sollte ich von Lichtpunkten oder Sternen träumen? In Rykasha hatte man mich von den unpassenden Naniten befreit, oder nicht?

Ich stützte den Kopf in die Hände, und das Nachglühen der feurigen Fontänen verblich.

Wem oder was konnte ich glauben?

Nach einer Zeit in der Dunkelheit, die allmählich zu dem stumpfen Grau wurde, das der Morgendämmerung vorausging, kam mir ein neuer Gedanke.

Es war mir gleich. Es war mir gleich, ob ich die Rykashaner dafür entschädigte, dass sie mir das Leben gerettet hatten. Schließlich war es ihre Technik gewesen, die mir das alte Leben weggenommen hatte. Es war mir gleich, wenn ich Cerelle enttäuschte. Es war mir gleich, ob ich meinen »Verantwortlichkeiten« als neu eingestellter Dämon gerecht wurde.

Es war mir einfach gleich. Was kümmerte es mich? Foerga war nicht mehr. Die Gewissheit des Dzin war nicht mehr. Für Selbstmord war ich nicht bereit. Das hätte es Cerelle zu leicht gemacht, und es wäre ein Verrat an Foerga gewesen. Aber es gab keinen Grund, endlos und hirnlos nach einem Ziel zu streben, das ich mir nicht gesetzt hatte, das zu erreichen von mir erwartet wurde, ohne dass jemand mich gefragt hätte, ob ich das wollte.

Es gab keinen Grund. Mich in dieser Weise abzuzappeln.

Ob ich ein interstellarer Frachtpilot oder nicht sein würde, schien bedeutungslos, unerheblich wie der silberweiße Nebel, der meine Träume erfüllt hatte, wie die Visionen feuriger Fontänen in der Finsternis. Wie Anerkennung von Cerelle oder Andra. Wie alles andere, was für Rykasha von Nutzen sein mochte.

21

(Runswi: 4514)

Symbole sind immer die Stützen der Kultur
gewesen, ihrer Gesetze und Moralvorstellungen.
Da Symbole aber Illusionen sind, und Illusionen
die Zivilisation aufrecht erhalten, müssen
die Herrschenden die Illusion aufrecht erhalten.

Am nächsten Morgen, wieder im Logistikgebäude, ließ ich Andra nicht einmal einen neuen Satz von Kanistern hervorholen oder Konsolenübungen vorbereiten. »Mir ist es gleich, ob ich einen guten Nadeljockey abgeben würde. Mir ist es gleich, ob ich Rykasha etwas schuldig bin. Verstehen Sie nicht? Es kümmert mich nicht!« Meine

Worte waren so gepresst hervorgestoßen, dass ich innehalten und tief Luft holen musste.

»Es spielt keine Rolle, ob es Sie kümmert oder nicht«, meinte Andra und stellte den grünen Kanister, den sie gerade ergriffen hatte, auf das Regal zurück. »Sie haben eine Schuld abzutragen und werden sie auf die eine oder die andere Weise zurückzahlen.« Sie lächelte nicht, und sie runzelte nicht die Stirn, und jedes einzelne ihrer Worte war kühl und sachlich, als ob sie über das Wetter oder die Technik der Nahrungsaufbereitung diskutierte.

»Es ist Ihnen wirklich gleich, wie mir zumute ist, wie?«

Sie wandte sich vom Regal ab und musterte mich. »Cerelle hätte dies mit Ihnen durchsprechen sollen, aber vielleicht kam Sie nicht dazu, oder vielleicht waren Sie zu aufgeregt, um es aufzunehmen. Wir versuchen Illusionen zu vermeiden. Dass sich jeder um jemanden kümmern sollte, der aufgeregt ist, ist eine Illusion. Ja, wir kümmern uns in dem Maße, wie es Probleme zu lösen gilt, aber nicht in dem Maße, dass individuelle Sorgen die funktionierenden Bedürfnisse des Gemeinwesens überwuchern. Das war für die Alten ein kritisches Problem. Sie wollten immer das Wohlbefinden aller, und am Ende beeinflussten Fragen der persönlichen Wohlfahrt Entscheidungen mehr als harte Tatsachen. Es war nicht die Ursache der Verwüstung, aber es gehörte zu den Faktoren, die eine frühzeitige Erholung unmöglich machten.« Sie marschierte zum Fenster, wo sie stehenblieb und sich umwandte. Hinter ihr segelte ein großer Vogel im Aufwind über dem Rand des Plateaus. »In einer funktionierenden High-Tech-Gesellschaft steht das Einhalten grundlegender Prinzipien an erster Stelle. Wir versuchen diese Prinzipien so zu fassen und in die Praxis umzusetzen, dass sie das Bestmögliche für die größtmögliche Zahl darstellen, aber alle Prinzipien werden manche Leute nachteiliger treffen als andere. Sie sind zutiefst aufgeregt, vielleicht unterbewusst, dass wir nicht alle Ihren Schmerz anerkennen und Ihnen besondere Rücksichtnahme angedeihen lassen. Aber wir tun es. Erstens haben Sie weitaus leichtere Verpflichtungen als jemand, der hier geboren ist. Zweitens wird Ihnen eine spezialisierte Ausbildung geboten, die Sie zu einem hochgeachteten und verantwortlichen Mitglied der Gesellschaft Rykashas machen wird.«

»Ich verstehe das, aber Sie haben mir keine Wahl gelassen.«

»Sie können die Ausbildung verweigern«, erwiderte sie. »Wir boten Ihnen den lohnendsten und schnellsten Weg zur Rückzahlung Ihrer Verpflichtungen, aber Sie müssen nicht darauf eingehen. Aber die Verpflichtungen müssen Sie zurückzahlen.«

»Das ist es. Diese Verpflichtung bedeutet Ihnen mehr als ich als Mensch. Menschen bedeuten Ihnen nichts. Ich bin nicht der Einzige, der so empfindet. Ich sah das in den richterlichen Anhörungen.«

»Das glaube ich gern. Darum waren diese Leute vor Gericht.« Andra lächelte schwach, dann blickte sie über die Schulter zum Fenster hinaus, wo über dem fernen Plateaurand ein weiterer großer Vogel kreiste.

»Es ist alles eine Illusion, all diese Fürsorge … Sie brauchen bloß einen weiteren Nadeljockey.«

»Gewiss. Haben wir Sie darüber belogen? Wir sagten Ihnen, dass es ein schwerer und verantwortungsvoller Beruf ist, und dass Sie deshalb Ihre Verpflichtung mit dem geringsten Zeitaufwand ablösen können. Die Ausbildung und die Arbeit würden sowohl dem Gemeinwesen wie auch Ihnen Nutzen gebracht haben. Ist das falsch?«

»Sie machen es so kalt – das ist falsch. Menschen sind nicht bloß Nummern.«

»Jeder Mensch, der je gelebt hat und nicht ein Eremit war, ist in seiner Gesellschaft ein Nanit gewesen. Manche waren wichtige Naniten, andere beinahe überflüssig. Die größte Gefahr für eine sich entwickelnde Gesellschaft, die auf Fortschritt und Höherentwicklung für sich selbst und ihre Mitglieder hofft, ist die Selbstvergötterung. Die Hege und Pflege einer Illusion von Fürsorglichkeit ist eine Form von Selbstvergötterung, die ausprobiert wurde und gescheitert ist, es sei denn, Sie sprechen von einer statischen Gesellschaft, wo die Selbstvergötterung gebraucht wird, um den Status quo zu verstärken.«

Cerelle hatte etwas Ähnliches gesagt, aber ich war darüber hinweggegangen.

»Sie ist wahrscheinlich zu sanft und freundlich mit Ihnen gewesen«, sagte Andra. »Sie versuchte aufrichtig zu sein, ohne Sie in die kalte Leere der Wirklichkeit fallen zu lassen.«

»Wirklichkeit? Fürsorglichkeit ist wirklich. Menschen kümmern sich umeinander. Warum beharren Sie darauf, dass es falsch sei?«

»Tyndel ...! Sie verdrehen meine Worte. Leute sollten sich umeinander kümmern. Aber wenn wir vom Überleben einer Gemeinschaft oder der Menschheit sprechen, verändern wir Prinzipien, die sich als arbeitsfähig bewährt haben, nicht wegen einer Einzelperson. Jedes Individuum glaubt, seine Umstände seien einzigartig, und das ist auch so. Wenn wir unsere Prinzipien jedes Mal über Bord werfen würden, wenn sie ein Individuum schwerer treffen als ein anderes, dann würden wir keine funktionierende Gesellschaft haben. In gewisser Weise ist es das, was in Amnord geschehen ist. Ich will das hier nicht wiederholen, aber wenn Sie interessiert sind, können Sie es über Ihren Bildschirm in den Geschichtsdarstellungen abfragen. Sogar Dzin folgt unseren Prinzipien. Erzählen Sie mir nicht, Sie würden den Leuten in Dorcha den Eindruck vermitteln, es sei nicht nötig, dem Weg des Dzin zu folgen. Ist das nicht bloß eine andere Form der Einsicht, dass sogar in Dorcha die Prinzipien der Gemeinschaft vor den Notwendigkeiten und Schmerzen des Einzelnen rangieren?«

Ich blickte auf die grauen Steinfliesen zu meinen Füßen.

»Sie können jederzeit nach Dorcha zurückgehen«, erinnerte sie mich.

Die gleichen Worte hatte ich in der richterlichen Anhörung vernommen. »Ich will kein Nadeljockey werden«, sagte ich mit Entschiedenheit.

»Wenn das Ihre Wahl ist … Wenn Sie die Ausbildung nicht machen wollen, werden Sie ein ungelernter Techniker und Stauer im Verladebereich einer der gefährlicheren Orbitalstationen sein.«

»Und wenn ich das nicht tun werde?«

»Werden wir einen anderen Weg finden, dass Sie Ihre Schuld zurückzahlen. Das würde Anpassung bedeuten. Wollen Sie das wirklich?«

»Nein.« Darüber brauchte ich nicht nachzudenken. Das Letzte, was ich wollte, war ein weiterer Schwarm von Naniten in meinem Kopf, die alles überwachten und regulierten, was ich tat oder nicht tat.

»Vielleicht gibt es noch Hoffnung für Sie … eines Tages.« Ihr Blick ging wieder zum Fenster hinaus zu den frei fliegenden Vögeln, ungefesselt von Vorschriften und kalter Vernunft.

Hoffnung? Nicht wenn es bedeutete, wie Cerelle und Andra zu sein.

Das wusste ich bereits.

22

(Runswi/Orbital Eins: 4514)

Opponieren heißt bewahren, gegen was man opponiert.

Andra verlor keine Zeit. Noch am selben Nachmittag wurde ich zu einem langen, betonierten Streifen eskortiert, der hinter dem Logistikgelände begann und weiter als zwei Kilometer ostwärts verlief, bis nahe an den Rand des Plateaus. Die graubraunen und gelben Gräser, die den Landestreifen zu beiden Seiten flankierten, wehten im kalten Wind, der den Geruch von Salz und Schlamm mit sich führte. In meiner linken Hand baumelte mein Seesack. Er war nicht einmal halb voll.

»Da ist Ihre Raumfähre«, verkündete Andra und wies auf ein schnittiges graues Raumfahrzeug mit Stummelflügeln, das am Ende der Startbahn stand. Ich folgte Andra zu der Rampe, die hinter den Stummelflügeln ausgefahren war, und ging sie hinauf. Das Grau des Rumpfes war vielfach genarbt und stellenweise bräunlich angelaufen.

»Nehmen Sie einen der Sitze in den letzten zwei Reihen. Die sind für einfache Techniker und Hilfspersonal, und dazu gehören Sie jetzt. Tun Sie Ihren Seesack in einen der Spinde.« Andras Tonfall war nüchtern, aber ich hörte eine Mischung von Traurigkeit, Frustration und Bedauern heraus, als wäre ihr misslungen, mir etwas Grundlegendes verständlich zu machen.

Mein Mangel an Verständnis war nicht das Problem. Ich verstand. Ich konnte nur nicht akzeptieren, zu meinem eigenen Besten herumgestoßen zu werden. Ich konnte nicht akzeptieren, dass Foerga nicht mehr war und außer mir kein Mensch auch nur danach fragte. Ich konnte nicht akzeptieren, dass die Rykashaner von mir erwarteten, dass ich weitermachte, als sei nichts geschehen.

Ich nickte Andra zu und ließ sie stehen. Nachdem ich meine wenigen Habseligkeiten in einen Spind gesteckt hatte, setzte ich mich und legte die Gurte an.

Andra erschien neben mir. »Es werden noch weitere Passagiere an Bord kommen. Jemand wird Sie in der Orbitalstation erwarten und zum richtigen Nadelschiff bringen. Sie werden mit der *Tailor* nach Omega Eridani gehen.«

»Danke«, brachte ich hervor. Es gab nicht mehr zu sagen, und ich ließ es sein.

»Etwas realistisches Denken würde nicht schaden, Tyndel. Es wäre ein Jammer – nicht für Rykasha, aber für Sie –, all diese Fähigkeit wegen Selbstmitleid zu vergeuden.« Mit einem abrupten Kopfnicken machte sie kehrt und verließ die Raumfähre.

Selbstmitleid? Man klebte mir das Etikett Selbstmitleid an, weil ich zornig war über Foergas Verlust? Weil ich nicht vor Dankbarkeit sabberte und sagte: Natürlich werde ich den Job als Nadeljockey akzeptieren. Nur um zu leben, werde ich alles tun, was Sie wollen. Egal wie unmöglich und gefährlich es sein mag. Ich schnaubte. Ich würde meine Schuld zurückzahlen, aber mehr zu meinen eigenen als zu ihren Bedingungen.

Die Sektion, in der ich saß, war fensterlos, auch nach vorn, wo die anscheinend begehrteren Couchsitze waren. Die Seiten des Raumes wölbten sich in einer nahtlosen grauen Krümmung über mir, vielleicht anderthalb Meter über meinem Kopf. Es roch leicht nach Öl und Metall und nach der salzhaltigen Luft, die zur offenen Tür hereinblies.

Nach einiger Zeit kam ein schlanker Mann in einem schimmernden einteiligen schwarzen Arbeitsanzug herein und setzte sich in den vorderen Couchsitz. Dann kam eine Frau in roten Hosen und Kittel und setzte sich ihm gegenüber. Keiner verlor ein Wort.

Dann kamen ein Mann und eine Frau in Dunkelgrau, beide kräftig gebaut, und hoben eine kleine dunkelhaarige Frau in die Kabine. Sie war an Händen und Füßen mit transparenten Klebestreifen gefesselt. Schweigend schnallten die beiden die Frau in den Sitz auf der anderen Seite des Mittelgangs.

Die Wärterin warf mir einen Blick zu. »Bitte machen Sie sie nicht los. Sie könnten beide verletzt werden. Man wird sie an ihrem Zielort frei lassen.«

»Saubande ...« zischte die gefesselte Frau den beiden Wärtern nach, als sie gingen. »Glauben, sie können Leute herumkommandieren, dass sie Sklavenarbeit für sie leisten.«

Nach allem, was ich erfahren hatte, waren die Rykashaner nicht abgeneigt, genau das zu tun. Ich konnte ein Sklave niedrigen Grades, ein Sklave höheren Grades oder tot sein. Ich wollte nicht sterben. Das hätte noch immer alles verneint, was Foerga getan hatte, hätte ihren Opfertod wertlos gemacht. Aber ich wollte die Rykashaner nicht belohnen, indem ich ein Nadeljockey wurde. Damit blieb nur ein Sklave niedrigen Grades, und ich war über diese Option auch nicht erfreut.

»Die beiden scheinen ihr Geschäft zu verstehen«, bemerkte ich.

»Arschlöcher, alle miteinander.«

Fünf Leute in grauen und grünen Uniformen trappten herein und nahmen auf den Sitzen hinter den zwei farbenfroh Gekleideten in der ersten Reihe Platz. Eine Frau blickte erst in meine Richtung, dann kopfschüttelnd zu der Gefesselten.

»Die auch«, ergänzte die gefesselte Frau.

Die Tür glitt lautlos zu, und in der Kabine ging das Licht an, eine perlige indirekte Beleuchtung, die aus zwei Streifen rechts und links von der Deckenwölbung kam.

»Bitte vergewissern Sie sich, dass Ihre Gurte angeschnallt sind. Wir werden in Kürze starten.«

Die Warnung wurde nicht wiederholt, und gleich darauf ging ein leichtes Zittern durch den Rumpf, und es begann eine Vorwärtsbewegung. Der geräuscharme Start und die gleichmäßig zunehmende Beschleunigung veranlassten mich, meinen mentalen Abfalleimer mit Informationen zu durchsuchen, bis ich die Erklärung fand: Magnetfeldantrieb.

Auf der Grundlage der skizzenhaften, doch umfangreichen Informationen, die mir vorher eingetrichtert worden waren, versuchte ich zu einem Verständnis zu kommen. Nach dem, was ich folgern konnte, war ein Magnetfeldantrieb eine weitere Adaptation des Gleiterprinzips. Hier wurde das planetarische Magnetfeld angezapft und für eine Art Induktionsantrieb verwendet – dachte ich.

In der Stille, und um meine Gedanken von dem beunruhigenden Gefühl abzulenken, dass mein Magen im Begriff sei, sich auszustülpen, blickte ich nach links hinüber. »Ich bin Tyndel. Wer sind Sie?«

»Ich kann nicht glauben, dass Sie da sitzen.«

»Warum nicht?«

»Glauben Sie, dass Sie jemals wieder heimkommen werden?«

»Nein.« Selbst wenn ich zur Erde zurückkehrte, würde es nicht das Zuhause sein. Meine Heimat war mit Foerga und dem verrückten Trüffelsucher verschwunden.

»Das stört Sie nicht?«

»Gegen das, was nicht zu ändern ist, kann ich nicht viel tun«, sagte ich.

»Sie reden wie alle anderen.« Die gefesselte Frau schnaubte und wandte den Kopf zur leeren Wand. »Wirklicher Mut bei Männern ist mit den Alten ausgestorben.«

Das winselnde Geräusch außerhalb der Raumfähre stieg in immer höhere Frequenzen, bis ich glaubte, meine Zähne müssten zerspringen. Ich schloss die Augen, aber das machte es nur noch schlimmer, weil mir unerwünschte Bilder von Shraddan und Dämonenwaffen durch den Kopf gingen, gefolgt von endlosen Reihen Sprühkanistern mit Naniten. Und Naniten woben unsichtbare Netze um mich, die mich bald in eine und bald in eine andere Richtung zogen.

Ich öffnete die Augen und wartete.

Wie viel Zeit verging, bis ein dumpfes Geräusch und ein leichter Stoß das Andocken in Orbital Eins signalisierte, wusste ich nicht, bis meine inneren Dämonen bemerkten: *Dreiundvierzig Standardminuten seit dem Start.*

Ich merkte, wie mein Körper Auftrieb bekam und gegen die Gurte drängte. Mein Magen schien schneller zu steigen als der Rest von mir. Ich schluckte Angst und Saures hinunter, aber es war mit einem Schluck nicht getan. Am liebsten hätte ich mir den Finger in den Hals gesteckt und den Dingen freien Lauf gelassen, aber ich wagte es nicht. Mein Blick ging zu der gefesselten Frau.

Sie funkelte mich an, und ich fragte: »Was haben Sie getan, dass man Sie so verfrachtet?«

»Die Weisheit Rykashas infrage gestellt. Sie wissen nichts von der Größe des Wahren Gottes. Auch Sie nicht, obwohl Sie könnten, wenn Sie nur die Augen aufmachen wollten.«

Warum wurde sie wie ein Paket von der Erde verschifft, wenn sie verrückt war? »Warum hat man Sie nicht angepasst?«

»Sie können Gläubige nicht anpassen. Wir sind die Engel des Herrn, die Streiter des Wahren Gottes.« Sie lachte. »Die alten Dämonen werden es Ihnen nicht sagen, aber Anpassung funktioniert bei uns nicht. Also müssen Sie uns heimschicken.«

»Heim?«

»Zum Heim Gottes unter den Sternen.«

Ich schwieg. Was hätte ich sagen können? Mein innerer Datenspeicher lieferte weder Antworten noch Vorschläge. Was ich absorbiert hatte, enthielt nichts über Engel oder Streiter des wahren Gottes. Ich runzelte die Stirn. Cerelle hatte die Anhänger erwähnt, voll Abneigung, aber selbst mit dieser Einsicht konnte ich nichts finden. Aber ich wusste auch nicht, wonach ich genau suchen sollte. Das war das Problem mit nano-implantierten Wissen. Ohne die richtigen Schlüsselworte oder Hinweise war vieles davon nutzlos.

Ich wartete, bis die verschiedenen uniformierten Gestalten sich aus dem Raumtransporter gehievt hatten, teils aus Hartnäckigkeit und teils wegen meines Magens, der sich ausstülpen wollte, was ich hauptsächlich aus Stolz und unter Aufbietung alter Dzintechniken zur Muskelkontrolle zu verhindern suchte.

Plötzlich spie die gefesselte Frau eine Sprühwolke von Mageninhalt aus, die auf mich zu trieb. Hastig löste ich die Gurte und arbeitete mich unbeholfen zurück zu den Spinden, wo ich mit der Schulter gegen die Kante prallte. Meine Finger fühlten sich alle wie Daumen an, als ich mit dem Riegel fummelte und über die Schulter zu dem übelkeiterregenden Auswurf blickte, der in der Mitte des Raumes in der Luft trieb und sich langsam ausbreitete.

»Tyndel?«

Ich versuchte mich umzuwenden und fand, dass die Bewegung mich gegen die Reihe der Spinde gegenüber warf und abprallen ließ. Mit etwas Glück bekam ich die Rückenlehne eines Sitzes in der letzten Reihe zu fassen und schluckte, um den rebellierenden Magen zu beruhigen, bevor ich mich der Stimme zuwandte.

Eine schlanke dunkelhaarige Frau in einem dunkelblauen einteiligen Arbeitsanzug winkte mir. »Nicht herumfuchteln. Gebrauchen Sie die Führungsleinen an der Decke. Dazu sind sie da.«

Der Zweck der Führungsleinen war offensichtlich – nachdem sie mich darauf aufmerksam gemacht hatte –, wie alles andere, was die Rykashaner zusammenbauten, bloß gaben sie sich die Hälfte der Zeit nicht mit den Erklärungen ab. Den Seesack in der einen Hand zog ich mich zur offenen Schleusentür, wich dem in der Luft treibenden Erbrochenen aus und nickte der leichenblassen gefesselten Frau zu.

»Verfluchte Schinder … Gott wird sie schlagen …«

Diese Rechtgläubigen konnten also nicht angepasst werden? Interessant … wenn es zutraf.

Die Führungsleine endete kurz vor der Tür, und ich

blickte umher, ergriff dann ein Geländer und zog mich hinab, bis ich ungefähr auf gleicher Höhe mit der Frau war, die mich gerufen hatte.

Sie streckte die Hand aus. Einer ihrer Stiefel war irgendwie an einem metallisch aussehenden Streifen in dem rohrförmigen Verbindungsgang befestigt, der an das Portal des Raumtransporters anschloss.

Ich ergriff ihre Hand. Sie war kühl, langfingrig und kräftig – wie Foergas.

»So. Benutzen Sie die Handgriffe am Schott, bis wir zur Schleuse kommen. Ich bin Martenya. Cerelle sagte mir, Sie hätten Schwierigkeiten gehabt, sich einigen Erfordernissen unserer Gesellschaft anzupassen. Darum bat sie mich, Sie zur *Tailor* zu begleiten.«

»Cerelle?« Warum hatte sie dies geregelt und nicht Andra?

»Sie kann hart mit Leuten sein, von denen sie viel erwartet«, meinte Martenya. »Manche Leute wollen nicht von ihrem Potenzial Gebrauch machen, und das hat sie noch nie akzeptiert, obwohl sie versteht, dass es vorkommt.« Sie wandte sich ab und zog sich den röhrenförmigen Gang entlang und überließ es mir, ihr zu folgen, so gut ich konnte.

Sie wartete an der Übergangsschleuse – nicht viel mehr als ein Fass, das groß genug war, drei Personen aufzunehmen. Als sie einen Schalter berührte, schloss sich das Portal, durch das wir gekommen waren. Dann, nach einem Augenblick, schien die Schleuse sich zu bewegen. Plötzlich konnte ich mich wieder orientieren, und meine Füße fanden den Boden. Wir verließen die Schleuse im rechten Winkel zu unserem Eintritt und betraten einen schmalen, indirekt beleuchteten Korridor. Hier schimmerten die Wände in einem gedämpften metallischen Blau.

Beim Gehen zeigten meine Knie eine Tendenz, zu weit nach oben zu schnellen, und ich hatte das Gefühl, beinahe wie ein Kleinkind trippeln zu müssen, um nicht ungewollt an die Decke zu springen.

»Genießen Sie die Schwerkraft, solange Sie können«, bemerkte Martenya. »In den kleineren Außenstationen ersparen wir uns den Aufwand der Schwerkrafterzeugung durch Rotation, und Sie sind unterwegs zu einer der kleinsten.«

Beinahe hätte ich nach dem Grund gefragt, zwang mich aber zum mentalen Sortierprozess, um zu sehen, ob ich den Grund in der Masse von Daten finden könnte, mit denen man mich vollgestopft hatte. »Die höchste Rückzahlungsrate für ungelernte Arbeitskräfte?«

»Genau.«

Mit langen, gleitenden Schritten, die an einen Skilangläufer erinnerten, kam uns ein Mann entgegen. Seine Füße verließen kaum den dunkelgrauen Teppich. Ich versuchte seine Gangart nachzuahmen. Die Bewegung schien zu helfen, dass die Knie beim Gehen nicht unnötig hoch gehoben wurden.

»Das ist besser«, bemerkte Martenya. »Wir haben noch ein Viertel des Radumfangs vor uns, bis wir die Schleusen zum oberen Übergangsring erreichen. Sie haben nicht allzu viel Zeit bis zum Start der *Tailor.* Wenn Sie Hunger und Durst haben, können Sie die Kantine an Bord benutzen, solange das Schiff unter Ionenantrieb beschleunigt.«

Mehr sagte sie nicht, und ich stellte keine Fragen.

Die zweite Übergangsschleuse war wie die erste, nur war dort die Schwerkraft – oder Zentrifugalkraft – deutlich geringer. Das Passagierabteil der *Tailor* war weniger als halb so groß wie das des Raumtransporters, wenn auch luxuriöser, da es acht Reihen gepolsterter Liegesitze gab, zwei in einer Reihe, ausgestattet mit breiten Gurten und anscheinend aus einem massiven Kunststoffmaterial geformt. Komposit, unterrichteten mich meine inneren Dämonen. Über jedem Liegesitz war ein schalenartiges

Teil, das anscheinend auf den Sitz abgesenkt werden konnte, sodass der Passagier wie in einem ungefähr der Körperform angepassten Sarkophag lag.

»Schaumstoffpolster und Gurte sind alle auf Nanitenbasis. Während das Schiff beschleunigt oder zwischen dem Eintritt in den Überraum und dem Ausgang werden Sie unfähig zu jeder Bewegung sein. Seien Sie dankbar dafür, sonst wären Sie nämlich Marmelade am Schott, wenn Sie sich frei bewegen könnten.«

»Ah … wie?« Die Vorstellung gefiel mir ganz und gar nicht, und was mir die Naniten an Wissen mitgeteilt hatten, erklärte nicht, weshalb. Oder vielleicht hatte ich nicht den Zugang gefunden, der die Erklärung bot.

»Versuchen Sie an Hawking und die sogenannten Wurmlöcher zu denken«, schlug die dunkelhaarige Frau vor. »Und nehmen Sie einen der vorderen Sitze. Sie könnten die Differentiale spüren.«

Was für Differentiale? Als ich mich an den Handgriffen weiterzog, ging ich die erst halb verarbeitete Datenmenge durch, die noch immer unvertraut und schwer zugänglich schien.

»Sie werden schon darauf kommen. Ihr Dzin-Typen schafft es meistens – zu guter Letzt. Gute Reise nach Omega Eridani.« Sie winkte mir munter zu und verschwand.

Halb glitt und halb zog ich mich hinunter in den vorderen Liegesitz und untersuchte die breiten Gurte, dann zog ich sie fest und rückte hin und her, bis ich so bequem wie möglich lag. Über mir war die Kunststoffschale, die sich auf den Liegesitz herabsenken würde – mit wenig Raum für meinen Körper. Der Anblick dieses massiv aussehenden Sarkophagdeckels verursachte schon im Voraus klaustrophobische Ängste. Mehr denn je war ich sicher, dass ich mit dem Beruf eines Nadeljockeys nichts zu schaffen haben wollte.

Mein Magen knurrte, doch blieb ungewiss, ob er es aus

Hunger tat, oder um gegen die Schwerelosigkeit zu protestieren.

Ein Mann in einer Uniform, die irgendwie sowohl silbrig als auch grün war, kam gleitend durch eine Luke im vorderen Schott des Abteils, die sich hinter ihm schloss. »Sie sind auf diesem Flug der einzige Passagier. Nicht viele gehen so weit hinaus.« Ein schiefes Lächeln huschte über sein Gesicht. »Was haben Sie ausgefressen?«

»Ich weigerte mich, ein Nadeljockey zu werden.« Ich sagte es so gelassen wie möglich.

»Sie werden es sich anders überlegen. Wenn Sie Glück haben und klug genug sind, bis dahin am Leben zu bleiben.« Er schüttelte den Kopf. »Nun, für ungefähr eine Viertelstunde Standardzeit werden wir unter Ionenantrieb beschleunigen. Bleiben Sie liegen, bis die Glocken ertönen. Die Beschleunigungskraft, die wie Schwerkraft wirkt, wird für zehn bis fünfzehn Minuten einsetzen, und in dieser Zeit können Sie herumgehen, wenn Sie wollen. Es ist die geeignete Zeit, um etwas zu essen, und ich empfehle Ihnen, früh zu essen.«

Das konnte ich gut verstehen, kämpfte ich doch noch immer mit dem Verlangen meines Magens, sein Inneres nach außen zu stülpen.

»Achtern gibt es eine Toilette und eine kleine Kantine. Wenn die Glocken das zweite Mal ertönen, bleiben Ihnen noch fünf Minuten, um sich wieder hinzulegen und anzuschnallen. Schaffen Sie es nicht, sind Sie tot. Der Kapitän kann die Eintrittshülle zu diesem Zeitpunkt nicht mehr verändern, ohne das Schiff zu zerstören. Also … wenn Sie sich verspäten, haben Sie Pech gehabt. Verstanden?«

Ich verstand. Es war wie alles andere, was die Dämonen taten. Wie hätte es anders sein können?

23

(Orbital Zwei/E.Cygni: 4532)

Aufklärung zerstört die illusorischen Realitäten der Welt.

Es gibt nur das leiseste Zischen, bevor alle Kraftlinien sich verlagern. Ein Ziehen hier, ein Zucken dort … und ich und das Schiff – wir schießen durch einen Schauer goldenen Dunstes, übersteigen ein violettes Kliff. Trompetenklang und die Töne eines Glockenspiels fallen vom violetten Kliff. Zu meiner Rechten lockt ein langer gerader Kanal von Rot, gleichmäßig und eben … scharfe und harte Schläge auf doppelten Kesselpauken.

Ich beachte es nicht, denn Gleichmäßigkeit bedeutet feste Materie, nicht das Wirbeln von Gasen und Vakuum zwischen den Sternen, und die Kanäle sind Fallen.

Im Rampenlicht tanze ich die Stränge entlang, jeder von ihnen das Stroboskoplicht von einem Quasar, das durch den Überraum blitzt, begleitet von lyrischen Tönen, die keines Menschen Ohr je vernahm. Lautlos, denn das Schiff und ich sind ungehört inmitten der Klangwellen, ziehe ich weiter aufwärts über die Verbindungslinien von Sternen, die nur in pulvrigen blauen Wolken sichtbar sind und verschwinden, während ich vorüberfliege, und hinter meinem Rücken vibrieren die langen Kantilenen von Violinen.

Flammen brennen an meinen Fingerspitzen, als ich mich von einer schwarzen Wand abstoße, die von schweren tiefen Paukenschlägen widerhallt. Ich suche nach einer Lücke, irgendeiner Lücke auf der anderen Seite der Sternenbühne, ergreife die Stränge, die sich über mir erstrecken und ein Weiterkommen verheißen.

Zwei Kanäle frei – rot und grün – auf jeder Seite der Wand. Ich zögere, dann springe ich, greife zu, vergrabe die Finger in dem durchsichtigen Gewebe des Netzes, lasse mich vom Feuer versengen, denn ich werde vom bleiernen Gewicht in meinen Eingeweiden hinabgezogen, während ein Chor von Glockenspielen mein Rückgrat hinauf marschiert.

Ein weiterer Sprung, ein weiterer Zugriff, überschauert von kirschroten Explosionen und diskordanter Polyphonie von mindestens zwei Cembali, und wir ziehen uns mit der Schmalseite voran die Stränge hinauf und über das Hochseil einer weiteren Bühne, eines Zirkusringes, die Füße auf glühenden Kohlen. Die roten Dämpfe ziehen spiralig einwärts und verschlingen sich zum blechernen Scheppern eines Tamburins, das einen Flamencotakt schlägt.

Ich spüre das tiefe Weiß des Funkfeuers, das schwächste der klaren Lichter in einem wirbelnden Universum, im Mittelpunkt eines kleinen weißen Netzes.

Drei schwarze Speere ragen von unten herauf, zielen auf meine Gedärme, interpunktiert mit dem Dröhnen zahlloser, stahlbesaiteter und hart gezupften Gitarren.

Ich springe von den Zehenspitzen und falle, weiche aus, ziehe in einer Spirale um die Speere und auf das klare bernsteinfarbene Licht zu, die weichen und goldenen Harfenklänge. Ein Speer schlitzt meinen Rücken, aber ich laufe taumelnd weiter, unterdrücke den Schrei.

Flieder – und andere Frühlingsdüfte umfangen uns, silberne Saiten besänftigen die chaotische Polyphonie unter uns, und während ich tief einatme, tanzen wir ostwärts, vorüber an einem violetten Kliff, einem roten Kanal und über einen grünen Graben. Ein einziges, sehnsüchtiges hohes C ertönt über den Harfenklängen. Irgendwie bleiben meine Füße auf den Strängen des Netzes, die mich über dem Jetzt halten, das dunkel und fest unter uns liegt.

Mein Rücken schmerzt, als ich mich strecke und den Griff der altmodischen Petroleumlaterne erfasse, umringt von einem lila Kreis inmitten dieses kleineren Netzes. Wir sind beinahe da, beinahe …

24

(Omega Eridani: 4515)

Keine Gesellschaft, die das Individuum über die Gemeinschaft stellt, wird überleben; aber es wird auch keine überleben, die das Individuum verachtet.

Das namenlose Besatzungsmitglied und Martenya hatten beide Recht gehabt. Wäre ich nicht in dem festen, schaumstoffgepolsterten und eingeengten Kokon aus monolithischem Komposit gewesen, würde mein Körper nur noch eine dünne blutige Schmiere gewesen sein, die sich über die Wände – oder vielmehr Schotts – verteilt hätte. Jenseits dessen, was ich fühlte, konnte ich die Kräfte erahnen, die beinahe wie Klangblöcke waren, aber irgendwie fest und massiv oder messerscharf und tödlich.

Dann, nach einem weiteren drehenden, kreischenden Reißen, verschwand alles das. Kurz darauf, nach anfänglicher Beschleunigung, verlangsamten wir. Der Kokon öffnete sich, und ich fand, dass ich meinen graugrünen einteiligen Arbeitsanzug durchgeschwitzt hatte.

Ich nutzte die geringe »Schwerkraft«, die von der Verlangsamung erzeugt wurde, und suchte die Toilette und dann die Kantine auf, trank aber nur einen gemischten Fruchtsaft und aß ein Stück Mandelgebäck mit Orange. Ich wusste, dass die völlige Schwerelosigkeit bald zurückkehren würde.

»Bitte anschnallen. Wir nähern uns der Zielstation.«

Ich kehrte zurück zu meinem Liegesitz, schnallte mich an und wartete.

Selbst nach dem leisen Stoß, der das Andocken irgendwo verkündete, blieb das Passagierabteil versiegelt, und obwohl ich die Gurte lockerte, entfernte ich sie nicht, da ich kein Verlangen hatte, gegen die Schwerelosigkeit zu kämpfen, wenn ich nirgendwo hin musste. Also saß ich unter den gelockerten, gepolsterten Gurten, bis die Luke geöffnet wurde und eine Gestalt erschien.

»Mein Name ist Gerbrik, und ich bin der Technische Offizier der Station.« Der hagere Mann, der im offenen Portal des Nadelschiffes schwebte, hatte ein schmales, kantiges Gesicht, das glattrasiert und im Verhältnis zu einem Körper, der noch kleiner und schmächtiger als meiner schien, ungewöhnlich groß wirkte. Er trug einen silbrig schimmernden Overall. »Sie sind Tyndel und waren mal ein Dzinmeister. Das alles ist nun unwichtig. Wichtig ist, dass Sie für eine Zehnjahrestour hier sind. Damit werden zwei Drittel dessen abgetragen, was Sie schuldig sind.«

Ich hatte gewusst, dass ich Schulden abzahlen musste, erinnerte mich an etwas über zehn oder fünfzehn Jahre, war der Sache aber nie nachgegangen. Es war nicht wichtig. Also wartete ich.

»Schnallen Sie sich los. Es hat keinen Sinn, Zeit zu vergeuden.« Er blickte im Abteil umher, schnüffelte. »Gut, dass Sie den Laden hier nicht vollgekotzt haben.« Ein Lachen folgte. »Sie werden das mehr und mehr zu schätzen wissen.«

Sein Blick musterte mich von oben bis unten, während ich mich die Führungsleine entlang zum Portal zog. »Anfänger, wie? Hier werden Sie Grau tragen. Nichts sonst.«

Wasserblau, grün, grau – was für eine Rolle spielte es? Ich nickte.

»Wir werden sehen, wie die Sache Ihnen in einem Jahr gefällt«, sagte Gerbrik. »Sie nennen mich Ser, genauso wie jeden anderen Stationsoffizier. Das ist jeder in Blau oder Schwarz. Überhaupt jeder in einer Uniform von reiner Farbe.«

»Ja, Ser.«

»Dann los! Sanselle wird hier durchkommen.« Gerbrik machte in einer einzigen mühelosen Bewegung kehrt.

Ich zog mich hinterdrein, meiner Unbeholfenheit nur zu bewusst, eine Hand an meinem kleinen Seesack, die andere an den Führungsleinen. Es gab keine Übergangsschleusen, nur die Schiffsschleuse, ein Rohr und eine zweite Schleuse, die in die Station führte. Die Korridore der Station Omega Eridani waren schmal, kaum breit genug für zwei Menschen nebeneinander, und rochen gleichzeitig nach Menschheit und neuem Material. Die Wände waren braungrau und rochen nach Alter, obwohl ich bezweifelte, dass sie annähernd so alt waren wie sie aussahen und sich anfühlten.

Wir waren nicht weiter als fünfzig Meter gekommen, als er bei einer grün umrandeten, sechseckigen Luke stehenblieb. »Alle Ebenen stehen untereinander durch Querschächte in Verbindung. Mehr darüber in Ihrer Unterweisung. Die doppelten Luken schließen selbsttätig.« Gerbrik nickte und schlüpfte durch die Luke, die sich als eine Flügeltür erwies; einen Flügel zog er zu sich, den anderen stieß er in die entgegengesetzte Richtung.

Ich folgte ihm und sah mich in einem weiteren röhrenförmigen Korridor, der lotrecht zu dem verlief, den wir gerade verlassen hatten. Gerbrik war bereits zehn Meter über mir, hatte eine sechseckige Tür hinter sich und schwebte gegenüber einer weiteren. Auch dort zog er den einen Türflügel zu sich und stieß den anderen hinaus.

Ich brauchte länger, weil mein Seesack hängen blieb und mich zurückriss, beinahe über den Korridor.

Gerbriks Gesicht war ausdruckslos, als ich endlich durch die Öffnung kam. Dann stieß er sich weiter den Korridor entlang und hielt weniger als dreißig Meter von der Tür zum Verbindungsschacht. Ich kam nicht rechtzeitig zum Stillstand und segelte an ihm vorbei. Endlich gelang es mir, eine Führungsleine an der Wand – am Schott – zu fassen und zum Stillstand zu kommen. Schwerelos mochte ich sein, aber mein Körper behielt all seine Trägheit, die meine Hand schmerzhaft zu spüren bekam, als sie die Leine hielt und mich abbremste.

Der Technische Offizier zeigte zu einer weiteren Tür oder Luke, einem kleineren Sechseck. »Dies ist Mitteldeck drei, Raum vier. Prägen Sie sich das ein, denn es ist Ihre Kammer. Sie sind nicht wichtig genug, um einen eigenen Raum zu verdienen, aber Sie bekommen ihn, weil es für alle anderen praktischer ist. Sie werden Ihre Kammer makellos sauber halten, Dzinmeister, ganz allein, mit Ihren vielen Talenten. Innen ist ein Fallriegel, um Zurückgezogenheit zu gewährleisten, aber das ist auch alles.« Er stieß die lukenartige Tür auf. »Nur zu. Schauen Sie hinein.«

Ich überlegte, was es mit dem nach innen öffnenden Konstruktionsprinzip auf sich hatte, bis meine Dämonen die Antwort lieferten: *Schutz gegen Druckverlust.* Wurde die Station durchlöchert, konnte der innere Luftdruck der Kammer die Tür gegen die Versiegelung drücken, als wäre sie zugeschweißt.

»Nur zu. Schauen Sie hinein.«

»Ja, Ser«, brachte ich heraus. Die Kammer hinter der Tür war klein, ungefähr zwei mal drei Meter groß, mit eingebauten Schubladen und einem schmalen Spind auf einer Seite. Schlafgelegenheit gab es keine – nur sechs graue Oberflächen.

»In Schwerelosigkeit brauchen Sie keine Matratze, aber Sie bekommen eine Hängematte mit einem Kopfkissen auf einer Seite. Sie ist zusammengerollt im Schrank. Verwenden Sie sie, denn andernfalls werden Sie mit Prellungen und Schnittverletzungen arbeiten, und die können recht schmerzhaft sein. Im Spind sollten auch zwei graue

Arbeitsanzüge sein. Sie sind nanitenverstärkt. Sie sollten in der Lage sein, gute zweihundert Kilogramm zu bewegen, selbst in voller Schwerkraft. Hier können Sie mehr bewegen, aber solch eine Masse zum Stillstand zu bringen, würde wieder etwas anderes sein. Ich habe Ihnen noch ein paar Dinge zu zeigen. Lassen Sie Ihren Sack hier.«

Zweihundert Kilogramm oder mehr routinemäßig heben?

Bevor ich die kleine Kammer verlassen konnte, war der Technische Offizier schon zwanzig Meter durch den röhrenförmigen Korridor vorangekommen. Ich schloss die Tür und beeilte mich, ihm zu folgen, holte ihn auch ein, als er vor einer weiteren Tür wartete, die blau umrandet war.

»Hier ist die Kantine für die Stauer. Groß genug für euch drei. Die Stauer sind Sanselle, Fersonne und Sie.« Gerbrik lachte. »Der gleiche Speisenaufbereiter wie in der Offiziersmesser. Das gleiche Menü. Hat sogar traditionelle Gerichte von Dorcha. Sie können essen, so viel Sie wollen und was Sie wollen und wann immer Sie wollen, solange Sie nicht arbeiten.« Er reichte mir zwei Sprühkanister für Naniten. »Diese enthalten alle Informationen über die Station, die Sie brauchen werden. Gehen Sie damit in Ihre Kammer und nehmen Sie je eine Dusche im Abstand von zwei Stunden – es sei denn, Sie wollen rasende Kopfschmerzen. Melden Sie sich morgen früh um acht Stationszeit im Technischen Büro. Essen Sie zuerst.« Er lachte wieder. »Genießen Sie Ihre Freizeit.«

Damit glitt er fort und ließ mich vor der Kantine schweben.

Mein Magen war kaum zur Ruhe gekommen, und ich wollte nicht riskieren, ihn durch eine sofortige Mahlzeit wieder in Aufruhr zu bringen. So bewegte ich mich vorsichtig die wenigen Meter zurück zu meiner persönlichen und sehr grauen Kammer.

Die grauen Wände waren so deprimierend wie die Höhle des verrückten Trüffelsuchers es gewesen war, noch deprimierender als die Keller und Kavernen im alten Henvor. Die grauen Schotten boten noch weniger Hoffnung auf frühzeitiges Entkommen. *Die ihr hier eintretet, lasst alle Hoffnung fahren …* Von irgendwo kamen mir diese Worte in den Sinn, aber ich erinnerte mich nicht ihrer Herkunft. Es gab jetzt vieles, was ich wusste, an das ich mich aber nicht erinnerte. Ich blickte auf die Sprühkanister mit Naniten. Auch davon würde es in Zukunft noch mehr geben.

25

(Omega Eridani: 4515)

Wer irrt, ohne zu verstehen, wird sterben, ohne zu begreifen.

Selbst im Abstand von zwei Stunden verabreicht, hatten die zwei Nanoduschen mir mörderische Kopfschmerzen beschert, während mehr Zahlen, Tabellen, Diagramme und Spezifikationen Gehirn und Synapsen überfluteten. Manches von diesem Wissen würde hilfreich sein, so zum Beispiel die Pläne der verschiedenen Decks der Station und die Anordnung der Schleusen, aber was kümmerten mich die verschiedenen Module der Scherungselastizität bei den Sprengwerksträgern? Oder die Druckbeanspruchung tragender Elemente bei Dekompression? Oder die akzeptablen Luftdruckvarianten? Es war ja nicht so, als würde ich in der Lage sein, etwas daran zu ändern. Nicht als Stauer und Lagerarbeiter unterster Stufe.

Die Kopfschmerzen hatten dem Magen und meiner

Anpassung an die Schwerelosigkeit auch nicht geholfen. Oder meinen Versuchen, zu schlafen. Die Hängematte, obschon an vier Punkten festgemacht, schwankte die ganze Nacht bei jeder Bewegung, die ich machte. Manchmal war mir, als müsse ich im Schlaf ersticken. Die meiste Zeit schlief ich nicht, sondern verbrachte sie in einem unruhigen Dämmerzustand. Das Schlafen in Schwerelosigkeit wollte offenbar gelernt sein. Nun, wenigstens brauchte ich mich um nichts anderes zu sorgen als schlafen zu lernen und es zu einem Arbeiter gehobener Stufe am Ende des Universums zu bringen.

Ich brauchte mich um nichts zu kümmern.

Zu den Unterweisungen gehörte etwas, das mit Uhren zu tun hatte. Innere Dämonen rissen mich aus meinem Dämmerzustand. *Sieben Uhr. Sieben Uhr. Sieben Uhr.*

Das Duschen in Schwerelosigkeit war auch alles andere als eine Freude, aber wenigstens lieferte der Speisenaufbereiter, was ich bestellte, und ich passte auf, dass ich kurz vor acht im Technischen Büro war. Es hatte Abmessungen von vielleicht fünf mal zehn Meter, und eine Wand war aus geschlossenen Behältern verschiedener Größen und Formen. Zur Rechten des Eingangs war ein Alkoven mit einem Schreibtisch, über dem verschiedene Bildschirme wie jene der Ikonographen von Henvor angeordnet waren. Ich konnte nicht umhin, mich über die Menge von elektrischem Strom zu wundern, die sie verbrauchten, und woher sie ihre Energie bezogen. *Fusionsreaktor, Typ beta-eins.* Kernfusion – eine Energieform, die von den Alten abgelehnt worden war?

Gerbrik löste sich von einer der verschiedenen Konsolen und wandte sich in der Luft schwebend um. »Guten Morgen, Tyndel.«

»Guten Morgen … Ser.« Mit Mühe und Not gelang es mir, die Anredeform anzuhängen.

»Wir werden mit etwas Einfachem aber Notwendigem anfangen. Sie alle arbeiten zwölf Standardstunden. Das sind in Wirklichkeit vierzehn, weil Sie alle vier Stunden eine Stunde Pause haben.« Gerbrik zeigte zu den Ausrüstungsgegenständen, die an einem Schott festgemacht waren und in der Luft schwebten: ein drei Meter langer Zylinder mit angeschlossenem Schlauch. »Das ist Ihrer, Tyndel.«

Ich zermarterte mein Gedächtnis und das schlecht sortierte Wissen. Nichts. Es gab nichts über Metallzylinder mit flexiblen braunen Schläuchen.

»Das ist ein SMW – Separatormudol zur Wiedergewinnung. Nichts weiter als ein Nanitensortierer mit einer Ansaugöffnung, die durch ein Gebläse betrieben wird.«

Das machte mich nicht klüger.

Gerbrik lächelte herablassend. »Kurz gesagt, ehemaliger Dzinmeister, es saugt Elementarstaub und Gasmoleküle auf und sortiert sie in Behälter, die sich im Zylinder befinden. Verstehen Sie?«

Selbst mit meiner unterbrochenen kürzlichen Ausbildung wusste ich genug, um zu begreifen, dass es möglich war, da es im Wesentlichen eine Modifikation des Prinzips der Speisenaufbereiter war. Aber was sollte ich tun, und warum war es notwendig?

»Nein.«

»Nein, Ser!«, verbesserte er mich. »Wenn Sie keinen Respekt zeigen, kann ich Ihre Ausweisung empfehlen, ihre Ausweisung zu einer der Grenzkolonien wie Nabata. In einer orbitalen Umladestation ist kein Raum für Respektlosigkeit.«

»Ja, Ser«, antwortete ich und erkannte verspätet die Autorität in seinem Tonfall, das und das Verlangen nach Macht, das der Technische Offizier mühsam in Schach hielt. Ich bezweifelte, dass er so viel Autorität besaß, aber ich hatte mich auch früher über die Dämonen getäuscht, und jetzt war nicht die Zeit, mein Urteilsvermögen auf die Probe zu stellen.

»Das ist schon besser.« Er gönnte mir ein herablassendes Lächeln. »Wir haben hier Naniten für den Hausputz. Zwei Arten – die mikroskopischen Zerleger und die in dem Be- und Entlüftungssystem installierten Sammler/Reiniger. Die Zerleger sind programmiert, bestimmte Molekülketten in die konstituierenden atomaren Strukturen zu zerlegen. Die meisten dieser Ketten sind Abfallmaterial. Die Zerleger haben eine Größe von zehn Micron und kommen überall in der Station vor. Die Sammler/Reiniger sammeln und speichern alles, was die Luft aufnimmt und wieder abgibt. Verstehen Sie?«

»Ich denke schon. Ser«, fügte ich hastig hinzu. »Material, das zu schwer ist, um von der Luftströmung getragen zu werden, oder das in Winkeln abgesetzt wird oder zu groß für die Zerleger ist …«

»Genau. Ihre Aufgabe ist es, eine Atemmaske anzulegen und diesen Schlauch in jeden Quadratmillimeter zwischen Deck eins und Deck zwei zu stecken. Morgen werden Sie das Gleiche im nächsten Zwischendeck machen.«

Ich wartete, dann fragte ich ihn: »Gibt es eine Gebrauchsanleitung oder Anweisungen für den Betrieb? Ich habe einige Fragen.«

»Ser.«

»Ja, Ser. Gibt es ein Signal, wenn es voll ist oder nicht funktioniert?«

»Wenn der eine oder der andere Behälter voll ist, summt das Gerät, und Sie bringen es zur Instandhaltung. Sanselle wird die betreffenden Behälter entleeren und säubern. Gehirn oder Betriebsanleitung überflüssig, Tyndel. Bald werden Sie den Bogen heraus haben.« Er reichte mir ein violettes Netzgewebe mit einer transparenten Gesichtsmaske und einem schweren, eckigen Klumpen am unteren Ende. »Das ist Ihre Atemschutzhaube. Wir könnten ein verfeinertes Nanitensystem gebrauchen, aber die Dinger müssen individuell angefertigt werden und sind teuer. Dies funktioniert beinahe genauso gut und ist genau richtig für Sie. Sie brauchen die Haube nur überzuziehen und dafür zu sorgen, dass sie fest auf ihrem Arbeitsanzug sitzt.«

»Ja, Ser.«

»Hier sind Ihre Arbeitshandschuhe.« Er hielt mir ein graues Paar dünne Handschuhe hin.

Ich betrachtete sie zweifelnd.

»Sie sind nanitenverstärkt. Sie werden außerdem einen Arbeitsgürtel und einen Satz Werkzeug brauchen. Dieser ist für Sie.« Er hielt mir einen dunkelgrauen Gurt mit mehreren daran befestigten flachen Beuteln hin.

Ich schnallte ihn um, dann nahm ich die Handschuhe, die schwerer waren als es zuerst den Anschein gehabt hatte, und zog sie an. Sie reichten mir halbwegs zu den Ellbogen.

Gerbrik zeigte zu einem flachen Bildschirm an der Wand. »Ich habe den Lageplan des Zwischendecks abgerufen. Der zeigt, wo Sie sein werden. Studieren Sie ihn. Anschließend ziehen Sie sich zu Eingang zwei und fangen von dort ausgehend mit der Reinigung an.«

Ich trat näher und sah mir den Lageplan an, um ihn mir einzuprägen, aber die Bemühung rief in meinem Gedächtnis einen ähnlichen Lageplan ab, und ich versuchte die beiden zu integrieren und hielt Ausschau nach Eingang Zwei.

»Haben Sie's?«

»Ja, Ser.«

»Dann nehmen Sie das SMW und Ihre Haube und machen Sie sich an die Arbeit.« Damit wandte Gerbrik sich wieder den Konsolen zu, als wollte er mir zu verstehen geben, er habe alles Notwendige gesagt.

Ich hatte meine Zweifel, klemmte aber die Haube an den Gürtel, der zum dunkelgrauen einteiligen Arbeitsanzug gehörte, und zog das SMW hinaus und den Korridor entlang zu dem Zugangsschacht, der mich am nächsten zum Eingang Zwei bringen würde.

Eingang Zwei war wieder eine Art Luke, und ich erkannte sie verspätet anhand der Informationen, die mir durch die letzte Nanodusche aufgehalst worden waren. Sie war nicht nur doppelt versiegelt, sondern sie enthielt eine dritte metallene Schiebetür zwischen der äußeren und der inneren Luke. Diese mittlere Schiebetür erforderte zum Öffnen einen Schraubenschlüssel. Ich überlegte, dann zog ich einen aus dem kleinen Werkzeugpaket an meinem Gürtel. Es war der Falsche. Nach drei Versuchen mit Schraubenschlüsseln verschiedener Größen passte einer; ich hatte die mittlere Tür geöffnet.

Dann versuchte ich das SMW-Gerät durch die Öffnung zu bugsieren. Der Schalter stieß gegen die Einfassung der Luke, und sofort fing das Gebläse an zu winseln. Als ich mich beeilte, es auszuschalten, prallte ich von der Einfassung der Luke ab und hob die Hand, um meine Bewegung zu stoppen. Die Naniten im Handschuh schützten meine Finger, indem sie eine Versteifung erzeugten, aber das warf mich seitwärts in die andere Richtung, und nachdem ich mir vorher die Rippen geprellt hatte, prallte jetzt mein Oberschenkel gegen die Tür. Ich musste den Kopf einziehen, um ihn nicht an einem Träger aufzuschlagen, der die andere Seite des Eingangs flankierte.

Nachdem es mir endlich gelungen war, einen Träger zu umfassen und mich daran zu stabilisieren, hing ich eine Weile schwer schnaufend im Halbdunkel. Dabei wurde mir klar, dass ich hauptsächlich durch mein nanitenverstärktes Sehvermögen die Umgebung wahrnahm. Vorsichtig schloss ich den Eingang. Dann hakte ich ein Bein um einen Stützpfeiler, zog die Atemschutzhaube über den Kopf und versiegelte sie. Zwar ließ sich gut darin atmen, aber ich konnte nichts mehr riechen und begann sofort zu schwitzen.

Langsam hebelte ich mich hinunter, wo ich das SMW-Gerät bergen konnte. Dann zog ich es zwischen den beiden Entlüftungsrohren, neben denen ich mich wie ein

Zwerg ausnahm, zur rückwärtigen Ecke. Der von den Instruktionsnaniten vorgeschlagene Reinigungsplan nahm dort seinen Anfang, und mit meinem schweißbedeckten Gesicht, dem verklebten Haar und der Aufgabe, einen drei Meter langen Zylinder, der die Hälfte meiner Masse besaß, durch die Station zu bugsieren, fühlte ich mich nicht übermäßig kreativ.

Bedingt durch das beschränkte Gesichtsfeld der Atemschutzmaske übersah ich das Isolierrohr eines Kabels, das aus dem unteren Deck durch den Boden heraufführte, und blieb mit einem Fuß daran hängen. Ich wurde herumgerissen, und bei dem Versuch, das SMW-Gerät nicht in die diagonale Verstrebung zu meiner Rechten krachen zu lassen, schlug ich mit dem Kopf gegen eine andere Strebe. Die Haube dämpfte zwar den Anprall, aber ich wurde seitwärts gestoßen. Der SMW-Schlauch wickelte sich um ein Bein, und meine andere Hüfte schürfte an etwas entlang.

Schließlich gelang es mir, weitere Kollisionen mit Teilen der Station zu vermeiden, aber ich hatte kaum angefangen und war schon ziemlich mitgenommen: Prellungen und Abschürfungen an beiden Beinen und einigen Rippen, ein gezerrter Wadenmuskel und weitere blaue Flecken an Stellen, die ich wahrscheinlich erst in den nächsten Stunden und Tagen entdecken würde. Ich hatte nie darüber nachgedacht, wie schwierig es sein würde, keine Schwerkraft zu haben, und fragte mich, wie oft ich wohl in den kommenden Wochen, Monaten und Jahren sehnsüchtig von voller Schwerkraft träumen würde.

Mit der Zeit kam ich darauf, wie ich das Gerät und mich selbst mit einem Minimum an Anstrengung und damit einem Minimum an Reaktion bewegen musste. Aber ich schwitzte weiter.

Als ich nach ungefähr einer Stunde das Ansaugstück des SMW-Schlauches in die Richtung eines geschlossenen metallenen Rechtecks mit knollenartigen Verdickungen auf der Oberseite hielt, durchlief ein Schock wie ein elektrischer Schlag meinen Körper. *Gesperrte Ausrüstung! Gesperrte Ausrüstung!* Ich erschauerte und begann erst jetzt wirklich zu verstehen, wie wirksam die nanotechnische Konditionierung sein konnte. Kein Wunder, dass ich nur eine flüchtige Unterweisung bekommen hatte. Die aus dem Kanister versprühten Naniten mit dem entsprechenden Datenmaterial waren mittlerweile in mein Nervensystem eingedrungen und hatten mit der Warnung einen Reflex ausgelöst.

Während ich mich von diesem Schock erholte, stieß der SMW-Zylinder gegen meine linke Wade, prallte ab und verabreichte mir, was sich zu einem weiteren blauen Fleck entwickeln würde.

Ich hatte die meisten Winkel und versteckten Orte der Mittelsektion des Zwischendecks abgesaugt, als meine inneren Dämonen die Mittagsstunde verkündeten.

Beinahe gleichzeitig tippte mir eine Gestalt in einer Atemschutzhaube auf die Schulter, bückte sich und schaltete das SMW-Gerät mit dem Druckknopf aus. Auch sie trug einen dunkelgrauen Overall und zeigte mit dem Daumen zurück zum Eingang Zwei.

Außerhalb des Eingangs folgte ich dem Beispiel der anderen Person und zog die Atemschutzhaube vom Kopf. Schweiß rann mir vom Gesicht und in den Nacken des einteiligen Arbeitsanzugs, der am Rücken ein noch dunkleres Grau als das annahm, mit dem ich am Morgen angefangen hatte.

»Essenszeit. Wir haben alle vier Stunden eine Stunde zum Essen und Ruhen. Ich bin Fersonne.« Sie war knochig und so groß wie ich, mit braunem Haar, das nicht viel länger als meins war.

Ich zog mich hinter Fersonne durch die Röhre zum Mitteldeck Drei und der Kantine, einem fensterlosen grauen Raum, der mit Ausnahme der Speisenaufbereitungsanlage in eine prähistorische Burg gepasst hätte.

Die Pasta mit Gewürzsoße und das Hühnergericht waren gut, aber ich war überzeugt, dass dies nur der Fall war, weil die Herstellung guter Speisen mit einem Naniten-Speiseaufbereiter nicht mehr kostet als die Herstellung schlechten Essens. Fersonne hatte ein anderes Gericht, etwas mit Reis, und aß wortlos.

Die Haftpunkte auf dem Stuhlsitz hielten mich fest. Ich fragte mich, warum man sich in der Schwerelosigkeit die Mühe machte, Stühle und Tische aufzustellen, vermutete aber, dass es Teil der Bemühung war, dem seelischen Gleichgewicht des Personals zuliebe vertraute Elemente in das Lebensumfeld einzuführen. Im Datenmaterial, das ich zur Orientierung geschluckt hatte, gab es nichts über die Gründe für etwas, nur Tatsachen, Hinweise und Schematisches.

»Tyndel?«, fragte Fersonne mit halbvollem Mund.

»Ja?«

»Warum bist du hier?«

Ich zuckte die Achseln. »Weil ich kein Nadeljockey werden wollte.«

Darauf blieb es eine ganze Weile still, bevor sie wieder etwas sagte.

»Solch eine Chance haben sie dir geboten? Und du hast abgelehnt? Weißt du, was für ein Leben Nadeljockeys haben?«

»Nein. Niemand hat mir irgendetwas ausführlicher erklärt.«

Sie sah mich aus großen braunen Augen an, und aus irgendeinem Grund, der mir selbst nicht klar war, hätte ich mich am liebsten unter den Tisch gebückt.

»Ich bin für zusätzliche zwei Jahre objektiv hier, Tyndel. Weißt du, warum?«

»Nein. Ich habe entdeckt, dass ich nicht viel weiß.« Ich ließ den Worten ein weiteres Achselzucken folgen.

»Ich bin angepasst. Das bedeutet, ich kann auf Erden nicht viel tun. Vielleicht eher auf einem Außenplaneten.

Ein Jahr Stationsdienst hier bringt beinahe so viel ein wie zehn Jahre Arbeit anderswo, und nach dem Stationsdienst kann ich jeden offenen Außenplaneten wählen.« Fersonne schüttelte den Kopf. »Ein Nadeljockey bekommt das Zehnfache oder mehr, hörte ich.«

»Nach den ersten Jahren, nehme ich an.«

»Sie leben auch vorher gut.« Sie schlug den Blick nieder.

Ich konnte nicht viel sagen, ohne die Dinge noch schlimmer zu machen. Ich nahm einen weiteren Mundvoll von der Pasta und überlegte, wie lange es dauern mochte, bis diese grauen Wände – Schotts – anfangen würden, mich zum Neurotiker zu machen, wenn ich die Station jemals als etwas Besseres als das Dämonenäquivalent einer steinernen Dämonenfalle in Dorcha betrachten würde.

Fersonnes arglose braune Augen musterten mich. Ihnen zu begegnen war hart, und ich wusste nicht, warum. Oder lag es daran, dass ich nicht daran denken wollte, warum? Aus einer weichen Plastikflasche trank ich Arleentee, der bereits lauwarm war, aus Durst – und um nicht sprechen zu müssen.

26

(Omega Eridani: 4515)

Freiheit und Unwissenheit sind einer längeren Koexistenz unfähig.

Halb glitt und halb rannte ich zum Technischen Büro, angetrieben von den Warnungen meiner inneren Aufpasser: *Sieben Uhr fünfundfünfzig ... sieben Uhr fünfundfünfzig.*

Jeder Muskel schmerzte von den Instandhaltungsarbeiten der vergangenen fünf Tage. Ich hätte niemals für möglich gehalten, wie man in der Schwerelosigkeit Muskelschmerzen bekommen konnte, und schon gar nicht mit der zusätzlichen Körperkraft, die von persönlichen Naniten und dem nanitenverstärkten Overall bereitgestellt wurden. Gerbrik fand Mittel und Wege, jedes bisschen von diesen Kräften zu nutzen.

Abgesehen von diesen Kräften hatte ich als früherer Bewohner Dorchas bisweilen noch immer Mühe zu glauben, dass die Dämonen anscheinend so leicht den Raum und die Sterne erobert hatten. Das war unvorstellbar, doch als Dzinmeister konnte ich sehen, dass es geschehen war. Der Widerspruch zwischen meinen realen Wahrnehmungen und dem, was nach meiner Erziehung und Dzinausbildung nicht geschehen sein konnte, verursachte mir bisweilen Kopfschmerzen, wenn ich länger darüber nachdachte. Warum? Weil ich in meiner Ausbildung zum Dzinmeister gelernt hatte, dass die Rückkehr in den Raum unvorstellbar sei; meine Dzinausbildung mich aber auch konditioniert hatte, zu akzeptieren, was offensichtlich war. Der Traum der Alten von Wegen zu den Sternen war immer als illusorisch und unmöglich betrachtet worden. Aber wenn die Dämonen den Weg gefunden hatten, was war dann der nächste Traum? Gab es einen jenseits der Gleichförmigkeit von Sternen und mehr Sternen? Die Idee von der »Eroberung« des Weltraums schien tatsächlich nicht mehr als ein irrealer Traum.

Ich war nicht vorbereitet, mehr darüber nachzudenken, und ließ es sein. Stattdessen glitt ich ins Technische Büro und schloss die Tür hinter mir. Gerbrik wartete bei dem großen Bildschirm, ließ sich in der Schwerelosigkeit gemächlich in der Luft treiben. Neben ihm schwebte Fersonne. Ihre großen braunen Augen blickten ausdruckslos zu mir her.

»Tyndel«, begann Gerbrik und zeigte zu der Darstellung auf dem Bildschirm, »dies ist ein Frachtschlitten. Fersonne und Sanselle werden Ihnen helfen, damit zu üben. Diese Übung findet nicht statt, weil ich Sie wie ein kleines Kind behandeln würde, sondern wegen der vielen Krediteinheiten, die es kostet, einen hier heraus zu schaffen. Ich will nicht, dass einer unserer Frachtschlitten beschädigt wird. Sie auch nicht, weil ich den eingetretenen Schaden auf Ihre Vertragszeit anrechnen kann.«

»Ja, Ser.« Ich betrachtete die Abbildung des Schlittens. Er war nicht mehr als ein oben offener Kasten mit dunkelgrauen Verstärkungsprofilen am Boden und zu beiden Seiten, und Netzen vorne, oben und hinten.

»Wie, meinen Sie, funktioniert das Ding?«

Statt zu fragen, suchte ich in den Daten, eine Geistesarbeit, die noch immer den Charakter des Herumwühlens zwischen Stapeln ungelesener Papiere hatte. »Magnetische Induktion, Ser?«

»Und was bedeutet das, Dzinmeister a. D.?«

»Der Schlitten zentriert sich selbst an den Führungsschienen auf der linken Seite der Lagerräume und Transitkorridore.«

Der Technische Offizier nickte kurz zu Fersonne, mit einer Bewegung, die schnell und mühelos war und in der Schwerelosigkeit keine Reaktion erzeugte. »Lassen Sie ihn den Schlitten im Beta-Korridor auf und ab fahren. Schnelles Anhalten, Wendungen, Verlagerungen auf die entgegengesetzten Magnetschienen.«

»Ja, Ser«, antwortete meine Kollegin.

»Tyndel, Sie tun genau das, was Fersonne sagt. Haben Sie verstanden?«

»Ja, Ser.«

»Gut. In den nächsten paar Monaten sollen wir drei Schiffsladungen Fracht für das Bepflanzungs- und Aussaatprojekt bekommen. Sehen Sie zu, dass Sie bis dahin so gut wie Fersonne sind.«

»Ja, Ser.«

Gerbrik machte in seiner üblichen Art auf der Stelle kehrt, um zu zeigen, dass er mit uns fertig war.

Ich folgte Fersonne zu den Transitschächten und dann ganz nach unten, wo ich noch nie gewesen war.

»Die unterste Ebene dient ausschließlich als Lager für Frachtsendungen«, erläuterte sie, als sie die dreiteilige Zugangsöffnung mit dem Spezialschlüssel aufsperrte.

»Bekommt die Station viel Fracht?«

»Nein. Nur Versorgungsgüter und Zeug für die Projekte.«

»Gerbrik erwähnte Bepflanzungs- und Aussaatprojekte …«

Fersonne sah mich groß an. Inzwischen kannte ich diesen Blick, der mir peinlich klar machte, dass ich meine inneren Datenspeicher nicht durchforscht hatte, bevor ich den Mund öffnete, und ich begann zu überlegen.

Nach ein paar Augenblicken nickte ich. Der Sinn dieser Außenstationen in Systemen mit bewohnbaren und bedingt bewohnbaren Welten lag in den Projekten zur Ansiedlung heimischer Nutzpflanzen, die je nach den örtlichen Bedingungen genetisch angepasst waren oder auch unverändert blieben. Das betraf mehr als die Hälfte des guten Dutzends Systemen, die im Liniendienst regelmäßig von Nadelschiffen angesteuert wurden. Zwar machten die Nanotechnik und die begrenzte Ladekapazität der Nadelschiffe den allgemeinen Handel unwirtschaftlich, doch hatte keine der noch im Aufbau befindlichen kleinen Außenkolonien den Ausbildungsstand und die technischen Möglichkeiten, den wissenschaftlichen und technischen Standard der Heimatwelt zu übernehmen. Darum war die Selbstversorgung mit Lebensmitteln auf längere Sicht unverzichtbar.

Der Grundgedanke war einfach: Man musste die menschliche Art weit genug verteilen, dass sie von einer Einzelkatastrophe nicht ausgelöscht werden konnte. Das gab mir zu denken. Welche menschliche Art war gemeint? Diejenige, der ich meine Entstehung verdankte, oder die der Dämonen? Oder waren sie ein und dasselbe?

»Der Umgang mit der Fracht ist in mancher Weise besser«, sagte Fersonne, als ich nichts weiter sagte. »Manchmal kommt man mit der Besatzung oder dem Lademeister oder sogar einem Passagier ins Gespräch.«

»Anderen Leuten, nicht?«

»Ist dir schon aufgefallen, dass niemand in der Station zu uns spricht, außer um Anweisungen zu geben? Oder Informationen, die notwendig sind, um einen Befehl auszuführen?«

Es war mir noch nicht aufgefallen, aber ich glaubte ihr. Sie führte mich mit der gleitenden Bewegung, die außer mir anscheinend jeder beherrschte, den schlecht beleuchteten Korridor entlang. Er war dreimal so breit und so hoch wie die röhrenartigen Korridore der anderen Ebenen und machte den Eindruck eines Gewölbekellers in einem alten Gebäude, obwohl die Wände auch hier von einem nahtlosen, grau gestrichenen und braunfleckigen Metall waren.

Fersonne kam anmutig zum Stillstand. Hinter ihr waren drei Lagerräume oder Hangars mit geschlossenen Toren. Auf einen Knopfdruck wurden alle drei Tore gleichzeitig nach oben geöffnet. Die Frachtschlitten waren genauso wie auf dem Bildschirm, aber kleiner als ich erwartet hatte, nur etwa vier Meter lang und zwei hoch. Jeder stand in seiner eignen Einfriedung und war an sechs Punkten verankert. Die gespannten Halteleinen sahen nicht allzu widerstandsfähig aus, aber wer konnte wissen, welche Art von Nanitenverstärkung sie hatten?

Fersonne zog einen viereckigen Kasten aus einem Außenbehälter an einem Ende des linken Schlittens. Der Kasten war durch ein Kabel mit dem Schlitten verbunden. »Hier ist der Steuerkasten. Der gleiche wie beim kleinen Schlitten. Hast du den gesehen?«

»Ich wusste nicht mal, dass es einen kleinen Schlitten gibt.«

Sie zuckte die Achseln. »Mit diesem Steuerkasten und dem Schlitten bewegst du Gegenstände und Material in der Station, aber er hat seine eigene Antriebsenergie. Könnte wirklich Zerstörungen anrichten, wenn er außer Kontrolle geraten würde.«

Einen Moment musste ich nachdenken und durchgehen, was ich schon wusste, aber noch nicht verarbeitet hatte, doch dann wurde es klar. Die großen Frachtschlitten verkehrten nur in der untersten Ebene der Lagerräume und wurden von den Magnetfeldern gehalten, die den Korridor zu beiden Seiten begleiteten. Zum Manövrieren in den Lagerhallen wurden sie ebenso wie der kleine Schlitten auf Eigenantrieb umgeschaltet. Ich betrachtete den Kasten in Fersonnes Hand. Die Steuerung sah einfach genug aus – vier pfeilförmige Schalter umgaben einen runden Knopf. Außerhalb der Pfeilschalter waren zwei Kontrolllampen, eine grün und eine rot leuchtende.

»Der Stromschalter ist unter der Abdeckung hier.«

Ich hatte die Abdeckung auf der Vorderseite des Kastens nicht einmal bemerkt, nickte aber.

»Der Mittelknopf ist zum Anhalten«, sagte Fersonne und lächelte. »Die anderen sind zur Bewegung in die vier Himmelsrichtungen. Die Leuchtknöpfe haben auch eine Steuerfunktion: Grün ist aufwärts, Rot ist abwärts.«

»Wenn ich aufwärts und den Seitenpfeil drücke?«

»Das lass sein. Du darfst ihn immer nur in einer Richtung zur Zeit bewegen.«

Ich nickte.

»Zuerst machen wir ihn los. Sonst reißen wir die Verankerungen heraus.«

Ein weiteres Beispiel für die Betrachtungsweise der Dämonen. Der Frachtschlitten hatte genug Kraft, um die Verankerungen herauszureißen, aber sie scheuten den

Material- und Arbeitseinsatz zur Verstärkung des Hangars. Stattdessen erwarteten sie Vorsicht von den Benutzern. Wenn der Technische Offizier die Ablösung und Zwangsverschickung von Arbeitern durchsetzen konnte, war Vorsicht des Personals im Umgang mit dem Frachtschlitten gewährleistet.

Ich folgte Fersonnes Beispiel und löste die Verankerungen auf der linken Seite, kam dann zu ihr zurück und stand neben ihr, während sie den Schlitten langsam aus seiner Einfriedung und hinaus in den Korridor bugsierte. Dann reichte sie mir den Steuerkasten. »Vergiss nicht, er bewegt sich in der Richtung, die du angibst, immer weiter. Also musst du im richtigen Augenblick anhalten. Die Steuerung funktioniert nach dem Rückkopplungsprinzip, aber man kann ihr nicht immer ganz vertrauen.«

Vertrauen? Wie weit konnte man dem Ding vertrauen? Ich nahm den Steuerkasten und fragte mich, ob ich jemals imstande sein würde, den Gesetzen und Regeln Rykashas so selbstverständlich zu vertrauen, wie ich einst dem Weg des Dzin vertraut hatte, als ich in Hybra meine Laufbahn begonnen hatte

27

(Omega Eridani: 4515)

Wer vergebliche Versuche belohnt, ermutigt dazu und verhindert echte Leistung.

Sanselle musterte mich über den schmalen Kantinentisch hinweg. Ihre graugrünen Augen schienen in dem schmalen, abgehärmten Gesicht, und ihr kurzes blondes Haar war wie Stroh. »Fersonne sagt, du hättest Nadeljockey werden können. Stimmt das?«

Ich schluckte den letzten Mundvoll Pasta mit Pilzen nach einem Rezept aus Dorcha hinunter, bevor ich antwortete. »Ich hatte eine Chance. Ich weiß aber nicht, ob ich Erfolg gehabt hätte.«

»Sicherlich hättest du.« Sie trank einen Zug dunkles Bier aus der weichen Plastikflasche. »Wenn du nicht in der Nähe bist, sagt Gerbrik, dass du zwei gewöhnliche Stauer wert bist. Wie kommt es dann, dass du hierher gekommen bist?«

Wie war ich hierher gekommen? Es hatte so einfach ausgesehen. Aber war es das? Noch immer konnte ich mir vorstellen, anderswo zu sein, irgendwo mit roten und goldenen Flammen in schwarzer Nacht …

»Tyndel? Fehlt dir was?«

Ich schüttelte mich. »Tut mir Leid. Ich wollte nicht …«

»Wir alle haben unsere Vergangenheit. Wenn du reden willst, höre ich zu. Wenn nicht, macht es auch nichts.«

»Ja, hm … Ich bin noch immer nicht ganz sicher …«

Sanselle lachte ungezwungen. »Macht nichts. Dass du hier bist, erleichtert uns die Arbeit. Nathum – das war der vor dir – machte zwei SMWs zu Schrott und klemmte einen Schlitten ein. Er gab sich Mühe, wirklich, aber versuchen ist nicht tun.«

So einfach sie waren, diese letzten Worte gaben mir zu denken. *Versuchen ist nicht tun …* »Wie hat er einen Schlitten eingeklemmt?«

»Irgendwie brachte er ihn quer in seine Einfriedung und kippte ihn dann. Eine verdammt schwierige Arbeit, ihn wieder herauszubekommen, weil er fest verkeilt war. Ein Stück Wandverkleidung und eine der Führungsschienen gingen dabei mit.«

Das erklärte, warum Fersonne mir geraten hatte, am Steuerungskasten nur ein Signal zur Zeit einzugeben.

»Nach dem Essen sind die Organopakete fällig«, bemerkte Sanselle.

»Ich weiß. Kein Problem.« Die Pakete mit Ergänzungsstoffen für alle Speisenaufbereiter aus dem Lager zu jeder Kantine zu bringen, war nicht annähernd so schwer wie das Reinigen der Zwischendecksräume, aber es war beinahe so langweilig und zeitraubend.

Theoretisch hätte man die Speisenaufbereiter so bauen können, dass sie Moleküle jeder Struktur verarbeiteten, aber der Nebeneffekt war, dass solche Aufbereiter mit weitem Spektrum sehr viel mehr Strom verbrauchten und weit mehr Hitze erzeugten, und die Wärmeverteilung war in Orbitalstationen ein größeres Problem als Wärmespeicherung. Also ersetzten wir die Organopakete durch neue, die Spurenelemente, Wasserstoff, Stickstoff und Kohlenstoff ebenso wie andere Elemente, vor allem aber organische Abfall- und Reststoffe enthielten, die zur Nahrungssynthese benötigt wurden. Die Pakete waren nicht mit dem Inhalt etikettiert, sondern nur mit dem Gerätetyp, für den sie passten.

Nach der Mahlzeit löste ich die Haftstreifen des Stuhls von meinem Overall und ließ mich zur Abfallklappe unter dem Speiseaufbereiter treiben. Es war eigentlich keine Abfallklappe, weil das Abfallmaterial in seine molekularen Bestandteile aufgelöst und in einer separaten Wiederaufbereitungslinie von Naniten behandelt und von Neuem verwendet wurde. Nachdem ich die Klappe geöffnet und die Essensreste von meinem Teller hineingeschabt hatte, stellte ich Teller und Trinkflasche in das Aufnahmefach der Geschirreinigung, wandte mich dann in der Luft herum und folgte Sanselle.

»Fersonne sagt, der kleine Schlitten würde Zicken machen.« Sie zog die Brauen hoch.

Das überrascht mich auch nicht. Wenig in meinem Arbeitsbereich hatte mich überrascht, nicht einmal die Orbitalstation, nicht seit die angenehme und bequeme Welt des Dzin verschwunden war, als die Shraddan, denen ich vertraut und die ich in meinen Lehren gerechtfertigt hatte, Foerga getötet und mich zu einem Flüchtling gemacht hatten.

Lief ich noch immer davon? Der Gedanke machte mich frösteln, als ich Sanselle folgte.

28

(Omega Eridani: 4515)

Die Form eines Behälters ist nicht die Natur dessen, was er enthält.

Ich schob den SMW-Zylinder um die sanfte Biegung, die der Krümmung der äußeren Stationswand folgte. Voraus war ein Nebel, dicht und schimmernd. Ich versuchte den schweren SMW zu bremsen, konnte ihn aber nicht halten, bevor er in den Nebel eintauchte. Das Trägheitsmoment zog mich in den Nebel, wo winzige funkelnde Lichter wie Stecknadelköpfe schimmerten. Jedes von ihnen war heiß und brannte wie eine weißglühende Nadel.

Und dann, jenseits des Nebelvorhangs, stand ich inmitten eines schwarzen Nichts. Der Korridor der Orbitalstation war verschwunden. Lichtbogen aus rotgoldenem Feuer durchzogen einen Himmel, der schwärzer war als alles, was ich je gesehen hatte, einen Himmel, dessen Sterne so strahlend gleißten, dass ich die Augen zusammenkneifen musste.

Die feurigen Lichtbogen gingen sprühend von einem Feuerrad aus, das vor mir zischte, bloß war es ein Stern, der langsam in der Dunkelheit wirbelte. Aus dem Zentrum des zischenden Feuers löste sich allmählich ein Gesicht und trieb ins Licht. Kurzes schwarzes Haar umrahmte ein mageres Gesicht, und aus diesem Gesicht leuchteten tiefblaue Augen.

Dann wurde das Licht noch greller. Ich musste die Augen schließen, so schmerzhaft war die blendende Glut, und ich fand, dass ich nicht atmen konnte, unfähig zu jeder Bewegung war. Feuer brannte durch meine geschlossenen Augen, heißer Wind trocknete die Haut meines Gesichts.

Unbeholfen fuhr ich in der Hängematte hoch, blinzelte umher. Ich war schweißbedeckt und fröstelte. Mein Gesicht brannte, mein Körper war kalt. Ich konnte nicht schlucken, so trocken war meine Kehle. Nachdem ich mich losgemacht hatte und aus der Hängematte schlüpfte, trieb ich dorthin, wo ich die Plastikflasche erreichen konnte. Das kühle Wasser half ein wenig.

Noch mehr half ein Handtuch, das mein verschwitztes Gesicht trocknete. Dann glitt ich zurück in die Hängematte und band mich wieder fest. Ich brauchte mehr Schlaf. Vielleicht würde ich von Schwerkraft träumen, von einem Zustand, wo ich nicht in der Ziellosigkeit von null G verloren sein würde.

Meine Augen wollten nicht geschlossen bleiben, meine Gedanken nicht zur Ruhe kommen.

Foergas Gesicht in der Mitte eines funkensprühenden Sterns? Die rotgoldenen Lichtbogen hatte ich früher schon gesehen. Aber wo?

Warum kehrten sie jetzt in einem Traum zurück?

Sterne? Nun, da ich darüber nachdachte, musste ich mir eingestehen, dass ich seit dem Verlassen der Erde nicht einen einzigen Stern gesehen hatte, und doch war ich an Bord einer Station, die um einen Planeten kreiste, welcher wiederum um einen der entferntesten Sterne kreiste, den die Dämonen mit ihren Nadelschiffen erreicht hatten.

Ein Lachen wollte in mir aufkommen, erstarb aber kalt und fern, als ich mich der Einsicht in Foergas Antlitz erinnerte. Foergas Antlitz, und die durchdringenden tiefblauen Augen und das schwarze Haar …

Wieder fröstelte ich. Inzwischen fror ich am ganzen Körper. Hybra schien weit entfernt, viel weiter als ein bloßer stellarer Abstand, ein unendlich fernes Land von Zeichendeutung, Steinverehrern und Dzinarchisten.

29

(Omega Eridani: 4515)

Die Leidenschaft für die Analyse widerspiegelt nicht die Gewissenhaftigkeit des Analytikers.

Sogar als einfacher Stauer und Instandhaltungstechniker von geringem Ansehen in einer abgelegenen kleinen Orbitalstation weit von Rykasha fand ich schließlich in eine gleichförmige Routine. Gerbriks Stimme war gelangweilt, wenn er mir Anweisungen gab. Ich kannte die Namen der Nadelschiffe, die unsere Station regelmäßig anliefen, und die Namen ihrer Offiziere, obwohl keiner von ihnen jemals mehr als einen flüchtigen Blick für Arbeitstrupps übrig hatte, die zum Entladen von Fracht und zur Ausführung einfacher Aufgaben gerade gut genug waren.

Ich entwickelte ein gleichbleibendes Übungsprogramm im Gymnastikraum und in der sogenannten Trommel, in der durch schnelle Drehung volle Schwerkraft erzeugt werden konnte, obwohl ich niemals übte, wenn die Offiziere und Ingenieure der Station es taten.

Mangels anderer Beschäftigung begann ich schließlich in meiner Freizeit wieder zu lernen – diesmal alles über die Entwicklung der Naniten und ihrer Weiterentwicklung. Ich tat es in der Art und Weise, die für mich am geeignetsten schien – indem ich die Informationen aus den Datenspeichern der Station über einen tragbaren Bildschirm abrief.

Die Geschichte Rykashas, die man mir eingetrichtert hatte, war mir nie besonders einleuchtend vorgekommen, so wenig wie die zusätzlichen Brocken, die ich da und dort aufschnappte. Anfänglich ergab die Geschichte der Nanitentechnik ebenso wenig Sinn. Ganze Abschnitte des Textes bezogen sich auf Ereignisse, die in meiner ursprünglichen Indoktrination nicht vorkamen. Auch stimmten sie allenfalls in unbestimmten allgemeinen Begriffen mit der Geschichte überein, die ich in Henvor gelernt hatte. Dies alles zu sortieren, erforderte mehr Nachforschungen, um die historischen Entwicklungen mit der Entwicklung der Nanitentechnik in Einklang zu bringen. Trotzdem ergaben scheinbar rationale Passagen wenig Sinn, besonders wenn ich nach drei Schichten zu je vier Stunden müde war. Aber ich gab nicht auf.

Im Halbdunkel meiner Kammer lag ich in der Hängematte und starrte blinzelnd auf den Bildschirm, den ich hochkant an der Wand neben mir befestigt hatte.

...die Verwirklichung der ersten psychohistorischen Projekte auf Nanitenbasis (ca. 530 A.S.) in Amnord, der Vorläufernation von Dorcha und Toze, bestätigte die Durchführbarkeit genauer Projektionen politischen Verhaltens auf sozioökonomischer Basis ... ungeachtet der darauf folgenden Massaker an den Anhängern der Bewegung Freies Handeln ...

...obwohl die von Dretias und Kestmayer (siehe *Vorgeschichte der Nanosysteme*) entwickelte unkontrollierte organische Rehabilitation auf Nanitenbasis als Ursache der Hungersnöte von 515 A.S. und 510 A.S. genannt wurde (andere Quellen geben die durch Naniten bedingte Gefräßigkeit der Dämonen als Grund an), deuten neuere Untersuchungen darauf hin, dass Klimaveränderungen durch den Treibhauseffekt industrieller Abgase eine ebenso wesentliche Rolle spielten ... solche Veränderungen führten zuerst zu globalen ökologischen Umstrukturierungen, großräumigen Wiederaufforstungen und zur Bodenbewirtschaftung unter dem Gesichtspunkt der Nachhaltigkeit, daneben aber auch zur beschleunigten Entwicklung kostengünstiger Technik zur Aufbereitung organischer Abfallstoffe und Minerale auf molekularer Ebene zur Sicherung der Ernährung …

… der Ballungsraum Dorchester untersagte nach Volksbefragung Verkauf und Verwendung in Speiseaufbereitern erzeugter Nahrung …

… der Einsatz speziell entwickelter Naniten als zur Erblindung führender Waffe durch das Reich Shin im Krieg gegen Chungkuo um 490 A.S. (2160 alter Zeitrechnung) führte zur Unbewohnbarkeit und nachfolgenden Sterilisation des gesamten Archipels … Erst siebenhundert Jahre später setzte die Wiederbesiedelung ein …

Ich schaltete den Bildschirm aus. Die Informationen waren zu detailliert und heterogen, um mehr als ein paar tausend Worte auf einmal zu verdauen – und es gab viele tausend Seiten mit Millionen von Worten, die sich mit der Technik befassten, die meine Welt geschaffen und mich dann aus ihr verstoßen hatten.

Als ich die Augen schloss, sah ich wieder das rotgoldene Feuerrad in der Schwärze kreisen und sprühende Lichtbogen aussenden. Rasch öffnete ich die Augen, und das Feuerrad verschwand und wurde zum trüben Halbdunkel meiner Kammer mit den undeutlichen Umrissen der wenigen Gegenstände, aber beruhigender und einschläfernder als die Vision des funkensprühenden Feuerrades.

Der Schlaf stellte sich weniger rasch ein, seit meine Pflichten der Reinigung und Instandhaltung zur vertrauten Routine geworden waren.

30

(Omega Eridani: 4516)

Wird die Vielfalt der Sozialstrukturen reduziert, verringert sich auch die individuelle Freiheit.

Zu den regelmäßigen Aufgaben des Instandhaltungstrupps gehörten das Aufräumen und Saubermachen in den Quartieren für durchreisende Gäste in den oberen Ebenen der Station, aber auch das Waschen und Bügeln der Bettwäsche. Diese Arbeiten waren nicht schwer und oft eine willkommene Erleichterung und Abwechslung von Aufgaben wie dem Herummanövrieren mit dem ungefügen SMW-Gerät, dem Entladen von Nadelschiffen oder dem Ausbessern von Schrammen und Rissen in den Korridorwänden.

Ich war mit dem Abladen der frischen Bettwäsche für die Gästezimmer in der obersten Ebene der Station zur Hälfte fertig, als Gerbrik neben mir erschien. Es war nicht er selbst, sondern ein von Naniten in meinem eigenen Kommunikationsgerät erzeugtes Abbild, aber er hätte geradeso gut selbst dastehen können, mit seinem kantigen Gesicht, der scharfen Nase und den schwarzen Haaren. Ich wünschte, Manvarr hätte solch eine Form von Ikonographie sehen können, und musste belustigt lächeln. Er würde Gerbrik weit Schlimmeres als einen dämonischen Scharlatan und Koprologen schimpfen.

»Tyndel.«

»Ja, Ser?«

»Sie sollten inzwischen fertig sein.« Der Technische Offizier sah mich stirnrunzelnd an.

»Ja, Ser.«

Gerbrik fasste den kleinen Schlitten ins Auge, der lose an einer Seite des Korridors angebunden und zu zwei Dritteln geleert war. »Sie werden später weitermachen und die Arbeit beenden, bevor Sie von der Schicht gehen.«

»Ja, Ser.«

»Schwimmen Sie gleich hinunter zu Schleuse drei. *Hay Needle* ist in der letzten Annäherungsphase. Sie und Sanselle müssen sie schnell entladen.«

Schnell? Was für einen Unterschied machte es bei all der Zeitdehnung, die mit im Spiel war, ob wir ein paar Minuten oder Stunden länger brauchten? Es würden noch immer Wochen oder Monate vergehen, bis die *Hay Needle* zu einer der Orbitalstationen der Erde zurückkehrte. Diese unsinnige Hast hatte nur den Grund, dass die Leute glaubten, durch Eile Zeit für angenehmere Beschäftigungen sparen zu können. Die *Hay Needle* konnte mit schlechtem Eindocken mehr Zeit verlieren als durch ein paar zusätzliche Minuten beim Entladen.

»Im Überraum ist eine große Singularität festgestellt worden, die auf uns zuhält. Der Pilot will seine Fracht loswerden. Andernfalls wird er lange Zeit hier festsitzen.« Gerbrik lächelte kalt. »Es kann nicht in Ihrem Interesse liegen, dass ein Nadeljockey sich über Sie ärgert. Oder über mich.«

»Nein, Ser.« Ich zog die Halteleine des kleinen Schlittens fester und schloss den Gurt über der noch nicht ausgeladenen Bettwäsche. Die gab es für die durchreisenden Gäste, weil sie es so gewohnt waren und entsprechende Ansprüche stellten. Das Bettzeug und sie selbst wurden durch feine Netze auf den Matratzen gehalten. Badetücher benötigten wir alle, um nach dem Duschen in Schwerelosigkeit das um uns treibende und an uns haftende Wasser aufzusaugen, soweit es nicht von den Nanitenkollektoren eingefangen wurde.

»Sie sollten sich lieber in Bewegung setzen, nicht wahr, Dzinmeister Tyndel?«

»Ja, Ser.«

Als ich zum Transitschacht glitt, versuchte ich von meinen gespeicherten Daten abzurufen, was ich über Singularitäten wusste. *Singularität: eine Region der Raumzeit, in der eine oder mehrere Komponenten einer von der Krümmungsrichtung abhängigen Größe unendlich werden. Singularität: eine eigenständige aber dimensionslose Diskontinuität im Raumvektor hochbeschleunigter elektromagnetischer Wellen. Singularität: das Ergebnis eines kollabierenden Körpers mit einer Masse von* $S^{(s-1)}$ *und einem Gravitationsradius, der größer als sein physikalischer Radius ist.* Bedeuteten sie alle das Gleiche? Oder gab es drei Arten von Singularitäten? Die zweite hörte sich wie das an, was Gerbrik sagte, aber ich war nicht in einer Position, die mir das Stellen von Fragen erlaubt hätte.

Sanselle wartete mit dem Schlitten bei der großen Frachtschleuse, als ich hinkam. Während die Stationsschleuse offen war, hatte die Frachtschleuse des Schiffes sich noch nicht geöffnet. Schneeähnliche Kristalle fielen von der Außenseite des Schiffsrumpfes, als die Luft der Station wie ein Miniatursturm über die matte Oberfläche ging. Die Kristalle schmolzen, als sie auf die wärmeren Wände des Frachtkorridors hinter dem offenen Schleusentor trafen.

»Ist an Bord jemand für die Fracht zuständig?«, fragte ich, während wir warteten, dass die abgekühlte Luft sich erwärme.

»Der Dritte Offizier. Die meisten Schiffe haben nur eine Besatzung von drei Mann«, sagte Sanselle. »Der Pilot und zwei weitere. Die erledigen alles, was nicht in den Aufgabenbereich des Piloten fällt. Er soll sich um nichts anderes kümmern müssen.«

Zischend öffnete sich die Frachtschleuse des Schiffes. Augenblicke später blickte der grüngekleidete Dritte Offizier auf uns zwei und den Frachtschlitten herab. »Kapitän Adgar will alles heraus haben, so schnell Sie können. Stapeln Sie die Fracht in den Korridoren, wenn es sein muss, aber schaffen Sie sie schnellstmöglich von Bord.«

»Sagen Sie dem Offizier, dass die Masse zu groß ist«, sagte Gerbriks Stimme in mein Ohr.

»Ser«, sagte ich respektvoll, »um das zu tun, ist die Masse der Fracht zu groß für die Station. Wir werden sie so schnell wie möglich abtransportieren, können aber nicht alles hier stapeln.«

»Ist das von Ihnen, Mann?«

»Nein, Ser. Vom Technischen Offizier.«

»Tun Sie, was Sie können.« Der Dritte Offizier nickte widerwillig. »Wir haben bereits mit den Startvorbereitungen begonnen. Ich werde gleich zurück sein. Fangen Sie mit den roten Kisten an.«

Sanselle hatte sich schon durch die Öffnung in den Laderaum manövriert. »Diese dort?«

»Richtig.«

Ich folgte Sanselles Wink und stieß mich durch die Öffnung zu den fest vertäuten Behältern, die zusätzlich mit Verstrebungen aus Kompositmaterial gesichert waren.

»Siehst du«, murmelte Sanselle. »Gerbrik hat dich ausgenutzt.«

»Weil er mir im Nacken sitzt. Du weißt, was du zu tun hast.«

»Du auch. Du bist seit fast einem Jahr hier.«

Seit einem Jahr subjektiver Zeit? War es so lang? *Elf Standardmonate, zwei Wochen und ein Tag,* verkündeten meine persönlichen Dämonen, wie um etwas zu bekräftigen, vielleicht aber auch nur um zu zeigen, dass ich nicht mehr ein wahrer Anhänger des Dzin war.

Die Behälter waren relativ klein, aber massiv – nicht länger als ein Meter bei einer Breite und Höhe von je fünfzig Zentimetern. Zum ersten Mal, seit ich in die Station gekommen war, fühlte ich, dass es anstrengend war, einen dieser Behälter zu bewegen. Und das, obwohl Gerbrik mir versichert hatte, dass die Verbindung von persönlichen Naniten und den Overalls ohne jede Anstrengung weit über zweihundert Kilogramm handhaben könne.

Ich löste den ersten aus seinen Verankerungen und bugsierte ihn sehr vorsichtig zum Frachtschlitten. »Was ist da drinnen?«

Sanselle, die sich mit mehr Leichtigkeit bewegte, schob ihren Behälter neben meinen und stützte sich an der Korridorwand ab, um das Trägheitsmoment des Behälters abzufangen. »Teile für einen Fusionsreaktor, denke ich.«

Ich verzog das Gesicht. Kernfusion? Jene andere Art von Dämon, die zu den Vernichtungskriegen geführt hatte? Bilder gingen mir durch den Sinn – die alten Illustrationen aus Manvarrs Bibliothek, die glühende Schalen aus Stein und Beton zeigten, denen es nicht gelungen war, die nuklearen Teufel zu halten; die Bilder von untergegangenen Kriegsschiffen, deren glühende Metallrümpfe noch wochenlang die lichtlosen Tiefen am Ozeanboden erhellt hatten. Diese alten Bilder aus Henvor standen im Widerspruch zu anderen, erst in jüngster Zeit nanitenimplantierten Behauptungen, wonach Fusionsreaktoren die umweltschonende, wohltätige Energie geliefert hätten, die für die großen Säuberungen benötigt worden war. Einen Augenblick stand ich wie gelähmt.

»Fehlt dir was, Tyndel?«, fragte Sanselle. Ihre Augen waren freundlicher und besorgter als sonst.

Ich zwang mich zu einem Lächeln. »Hat nichts zu sagen«, murmelte ich. »Vorstellungskonflikte.« Ich hatte sie die ganze Zeit, aber nicht wirklich verstanden. Vielleicht hatte es damit zu tun, was Cerelle über Aufrichtigkeit gesagt hatte. Kritische Genauigkeit im Umgang mit Bildern und Informationen schien zu helfen, sobald ich das Problem verstanden hatte. Und der kritischen Genauigkeit hielten auch die Gesichtspunkte Rykashas nicht immer stand.

»Wenn wir uns nicht beeilen, werden Gerbrik und dieser Dritte uns das Leben schwer machen.«

Ich schlüpfte zurück in den Laderaum der *Hay Needle*. Zwar war der Schiffsrumpf dick, dreißig Zentimeter oder mehr, aber er war nicht metallisch, sondern bestand aus einem hochentwickelten Kompositmaterial, das extrem hitze- und kältebeständig und dazu verwindungssteif war. Auch im Laderaum schien so gut wie nichts aus Metall zu sein, und das bestätigte, was ich gelernt hatte.

Wir arbeiteten weiter, aber sobald alle Reaktorteile entladen waren, ließ ich Sanselle den Schlitten manövrieren. Mit so viel Masse darauf kam es auf Erfahrung an, auch wenn ich schon fast ein halbes Jahr mit dem Schlitten gearbeitet hatte.

Ich manövrierte den zweiten Schlitten vor die Öffnung und begann die anderen Behälter auszuladen – Stückgut der verschiedensten Größen und Verpackungsformen, die alles Mögliche enthalten konnten.

Ich hatte den zweiten Schlitten zur Hälfte beladen, als Sanselle den ersten leer zurückbrachte.

»Ich musste das Zeug einlagern«, sagte sie. »Gerbrik sagt, wir können alles Übrige herausholen und den Korridor entlang an den Wänden stapeln, wenn es sein muss.«

Ich blickte auf den halb beladenen Schlitten.

»Nachdem dieser beladen und abgefertigt ist«, fügte sie hinzu.

Der Dritte Offizier erschien wieder. Er sprach nicht zu uns, sondern sah sich nur im Laderaum um und verschwand wieder – stirnrunzelnd.

»Er macht sich Sorgen«, murmelte Sanselle.

Wir hatten den zweiten Schlitten viel schneller als den ersten bis zur Massengrenze beladen. Wieder überließ ich ihr das Manövrieren. Nachdem sie fort war, untersuchte ich die Schleuse und den leeren ersten Schlitten, dann bugsierte ich ihn mit der Rückseite praktisch in die Schleuse, wie Sanselle es gemacht hatte. Mit dem Schlitten würde es noch immer schneller gehen, selbst wenn wir ihn nur dreißig Meter weit den Frachtkorridor entlang lenkten.

Diesmal kehrte Sanselle viel früher zurück. »Ich hab ihn bloß auf der anderen Seite der Station festgemacht. Gerbrik meint, die Masse würde das Gleichgewicht nicht stören. Müssen ihn später entladen.«

Wir arbeiteten beide am Schlitten, und als er voll war, waren wir beide von Schweiß durchnässt. Ich fuhr auf dem Schlitten mit, während sie ihn fünfzig Meter über die Abstellplätze der Schlitten hinaus lenkte, wo wir alles auf einer Seite des Korridors stapelten. Diesen Prozess wiederholten wir noch dreimal, bevor wir den Laderaum geleert hatten.

Der Dritte Offizier sah zu, als wir die letzten Behälter verluden und den Schlitten vorsichtig von der Frachtschleuse lösten.

Ich wischte mir die Stirn mit dem Ärmel.

»Sie haben es schneller geschafft als der Kapitän hoffte«, sagte der Dritte Offizier. »Er empfiehlt einen Bonus. Ich auch.« Er lächelte erleichtert. »Halten Sie Abstand. Wir legen ab. Er möchte von hier verschwinden.«

Fast gleichzeitig schlossen sich zischend die Schleusen der *Hay Needle* und der Station.

»Die müssen es wirklich eilig haben«, meine Sanselle. »Gewöhnlich bleiben sie und ruhen sich zehn oder zwanzig Stunden lang aus.«

Augenblicke später hörten wir ein scharrendes Geräusch, dann einen dumpfen Stoß, gefolgt von einer leichten Vibration, die durch die Station lief. Gerbriks Bild erschien zwischen uns. Der Technische Offizier lächelte. »Kapitän Adgar war erfreut. Sie werden den Bonus kriegen, den er empfahl, aber trotzdem müssen Sie die Ladung verstauen. Die Station ist etwas aus dem Gleichgewicht.«

»Ja, Ser.«, sagten wir gemeinsam und machten ausdruckslose Mienen.

In diesem Augenblick spürte ich, dass Sanselles Gedanken und meine die gleichen oder fast die gleichen waren. *Nichts kann Gerbrik jemals zufriedenstellen.*

Erklärte das, warum er Technischer Offizier war? Benutzten die Dämonen seine ständige Unzufriedenheit, um in einer entfernten Orbitalstation bessere Instandhaltung und Wartung zu garantieren, als es sonst üblich war? Wurde jede Person nach solchen Kriterien beurteilt und in die Gesellschaft Rykashas eingefügt? Aber war es in Dorcha anders gewesen? Waren die Shraddan hinter mir her gewesen, weil ich ein Dämon geworden war oder weil Dämonen anders waren und nicht in das Schema passten?

In dieser Frage schwang etwas mit, das Cerelle gefragt hatte, und nicht zum ersten oder zum letzten Mal. Hatte ich ihre Aufrichtigkeit und ihr Gespür gefürchtet, weil ich beides brauchte und das nicht akzeptieren wollte? Ich seufzte in mich hinein, dann glitt ich zwischen den grauen Kompositwänden zu den Bergen von Frachtgut, das für die Verwendung in der Station oder den Weiterversand verstaut werden musste.

31

(Omega Eridani: 4516)

Fürchte nicht die Leere ewiger Nacht.

In der Station war ein Tag wie der andere, und die Zeit verging manchmal schneller und manchmal nicht so schnell. An einem jener langweiligeren Tage erschien Gerbriks silbergekleidetes Abbild in der Kantine, wo ich meine Pausenmahlzeit verzehrte. »Tyndel. Sie treffen Fersonne vor Passagierschleuse drei – Handschuhe und Atemschutzhaube nicht vergessen. Jetzt gleich!«

»Ja, Ser.«

Das Abbild löste sich auf wie Nebel unter der Sommersonne. Ich schluckte den Rest des nanitenerzeugten, frisch schmeckenden Orangensafts. Gerbriks Ton war mehr als genug gewesen. Ich eilte durch den Korridor und den Schacht Nummer drei hinunter, aber Fersonne und Gerbrik erwarteten mich bereits, als ich vor der Schleuse eintraf.

Fersonne hatte den kleinen Schlitten mitgebracht, der mit Ausrüstung beladen war. Manches davon war anfänglich unvertraut, und ich musste meinen Naniten-Datenspeicher durchsuchen. Die grün gestreifte Trommel mit dem flexiblen Schlauch diente zur Abdichtung und Versiegelung bei Atmosphäreverlust. Der gelb gestreifte Kanister enthielt einen Klebstoff für Kompositmaterial.

Ich runzelte die Stirn. Hätten wir die Ausrüstung nicht bei der Frachtschleuse haben sollen?

»Wir haben Probleme.« Gerbriks langes Gesicht sah abgehärmt aus – es war das erste Mal, dass ich Anzeichen von Besorgnis darin sah. »Sie beide warten hier. Die *Costigan* kam einer Singularität zu nahe. Es gelang dem Piloten, sein Schiff bis in unsere Nähe zu steuern, dann aber versagte der Antrieb. Wir setzen die Schlepper ein, um es heranzubringen und einzudocken. Das Schiff ist übergroßer Belastung ausgesetzt gewesen und leck geschlagen. Die Schlepper haben Luft hineingepumpt, und die Außenmannschaft hat eine direkte Zufuhr eingerichtet. Aber es leckt noch immer. Sobald die Besatzung von Bord ist, müssen Sie mit dem Abdichten beginnen. Tyndel, Sie werden alles einsprühen, was wie ein Spannungsriss im Rumpf aussieht.« Gerbrik schenkte mir ein grimmiges Lächeln. »Am besten rufen Sie vorher alles ab, was Sie an Instruktionen bekommen haben. Viel Zeit wird Ihnen nicht bleiben.« Zu Fersonne sagte er nichts. Wahrscheinlich hatte er mit ihr gesprochen, bevor ich das Deck der Passagierschleuse erreicht hatte.

Ein dumpfer Stoß ließ Boden und Wände des Korridors erzittern, und Gerbrik wandte sich von uns ab. Sein Blick wurde geistesabwesend, als er sich in eine Frequenz des Kommunikationsnetzes einklinkte, die Fersonne und mir nicht zugänglich war.

Ein Sanitäter, den ich nicht kannte, erschien neben Gerbrik. »Maalorn wird in einer Minute hier sein, Ser.«

Gerbrik nickte geistesabwesend, die Augen noch ins Leere gerichtet. Auch als der zweite Mediziner eintraf, nickte er kaum. Erst als ein blonder Mann in Blau erschien, kam er zu sich und nahm Haltung an. »Kommandant Maestros.«

Ich hatte den Namen gehört, aber noch nie den Stationskommandanten persönlich gesehen.

Maestros war groß und schlank, beinahe dünn, aber seine Augen waren hart wie Feuerstein. »Ihre Leute haben mit den Schleppern gute Arbeit geleistet, Gerbrik.« Das glatte, hagere Gesicht des Stationskommandanten sah noch angespannter und besorgter als das Gerbriks aus.

»Danke, Ser.«

»Ich werde mit den Medizinern an Bord gehen. Wissen Ihre Leute, wie sie beim Abdichten vorzugehen haben?« Maestros prüfender Blick traf mich und dann Fersonne, bevor er sich zur Decke wandte, als jemand über das Kommunikationsnetz seine Aufmerksamkeit verlangte.

»Ja, Ser.«

Die einzigen Geräusche waren die unseres Atmens und des leisen Schnurrens der Ventilatoren. Gerbrik und Kommandant Maestros zeigten beide den abwesenden Blick von Männern, deren Gedanken und Aufmerksamkeit anderswo waren.

Wir hielten unsere Atemschutzhauben bereit und warteten vor der vorderen Schleuse des Nadelschiffs. Gerbrik schwebte vor uns, flankiert von den beiden Medizinern. Meine Gedanken beschäftigten sich mit dem

Abdichtungssystem: *Bindung zwischen Naniten wirksam über acht Stunden Standardzeit … maximale Abdichtungsfläche pro Einheit fünfhundert Quadratmeter …* Bei diesem Gedanken ging mein Blick zum Schlitten. Dort standen vier der grün gestreiften Einheiten auf der linken Seite bereit.

»Es gibt nicht genug für das ganze Schiff«, sagte Fersonne. »Deshalb musst du sprühen, wo du Lecks siehst oder zu sehen glaubst. Ich werde versuchen, die großen Risse zu verkleben. Wir werden schnell arbeiten müssen. Kalt da drinnen.«

Kommandant Maestros ergriff locker und wie geistesabwesend die Haltestange neben der Schleuse, als deren innere Tür sich langsam öffnete. Ein Schwall eisiger Luft kam aus der Öffnung, gefolgt von einem Wirbel von Eiskristallen, der uns einhüllte, als die warme Stationsatmosphäre über die freiliegenden Teile der Schiffsschleuse strich und schlagartig abkühlte. Dieser winterliche Hauch erinnerte mich an Lyncol und an Cerelle, aber nur für einen Augenblick.

Der Mann in Blau und die Mediziner waren als erste durch die Schleuse. Als sie in der Dunkelheit verschwanden, wandte Gerbrik sich schwebend zu uns um. »Das Schiff ist schwerer beschädigt als wir dachten. Sie werden schnell arbeiten müssen, wenn wir die Ladung retten wollen.«

»Was hat es geladen?«, fragte Fersonne.

»Genschablonen, Nanitenmodule, Saatgut, Düngemittel, landwirtschaftliche Geräte – das Übliche.« Gerbrik zuckte die Achseln. »Vielleicht auch ein paar Ersatzteile für die Station.« Seine Aufmerksamkeit kehrte zurück zur Schleuse, wo noch immer Kältenebel um die Ränder wogte. Die wärmere Stationsluft blies an uns vorbei ins Schiff, und die Eiswolken wirbelten um die Innenseite der Bordschleuse.

Ich fröstelte und zog die grauen Handschuhe an. Fersonne hatte ihre bereits angelegt und beschäftigte sich mit dem Kompositkleber. Ich schob mich hinüber zur ersten grün gestreiften Trommel mit Dichtungsmaterial.

Ein Mediziner oder Kommandant Maestros oder beide kamen zurück. Die Stimmen waren laut, aber die Worte blieben undeutlich, dann plötzlich sehr klar.

»Musik! Die Musik -«

»Es ist still hier. Beruhigen Sie sich …«

Fersonne und ich sahen einander an, dann wieder zur Schleuse, wo die Mediziner und der Kommandant eine Gestalt hinausbugsierten – einen Mann, der auf eine Trage geschnallt war.

»Die Musik! So laut – stellen Sie sich vor! Denken Sie!« Der auf die Trage geschnallte Mann warf den Kopf ruckartig von einer Seite zur anderen, obwohl der Mediziner leise und beruhigend auf ihn einredete. Das Weiße seiner Augen zeigte eine gelblichgrüne Verfärbung, die wir aus drei oder vier Metern Entfernung deutlich sehen konnten.

»Das muss der Zweite Offizier sein, oder der Dritte«, murmelte Gerbrik. »Kapitän Adara ist eine Frau.«

Hinter dem Kommandanten kam der zweite Mediziner mit einer weiteren Trage, auf der eine dunkelhaarige Frau mit bleichem Gesicht lag.

»Das ist Adara«, sagte Gerbrik. »Guter Jockey, aber diesmal muss sie sich verrechnet haben.«

Guter Jockey oder nicht, sie war bewusstlos, und zwei knapp faustgroße Nanopakete ruhten an ihrem Hals, festgemacht mit Klebeband.

»Musik! Zu laut … zu laut!«, rief der Zweite Offizier hinter uns, als er zum Schacht transportiert wurde.

Gerbrik wartete, und wir mit ihm.

Singularitäten? Die Nähe zu einer Singularität hatte den Zweiten um den Verstand gebracht und der Pilotin das Bewusstsein geraubt? Meine Nanitendämonen gaben dazu eine schwer verständliche Erklärung: *Die von der Diskontinuität einer Singularität verursachten Störungen folgen dem Weg des geringsten Widerstandes vorgegebener Übergänge des Supra-Wellenvektorraums.* Vorgegeben? *Bereits existierende Ereignishorizonte konstituieren Vorbestimmtheit. Die Flugbahn eines Supra-Wellenvektorraumfahrzeugs durch den Überraum existiert gleichzeitig mit dem Eintritt und ist gleichfalls vorgegeben.*

Nicht einmal die Worte ergaben alle einen Sinn, und ihre Bedeutung lag jenseits meines Verstehens. Ich hatte nur das Gefühl, dass die Erklärung irgendwie bedeutete, dass Singularitäten von Nadelschiffen angezogen wurden, oder – schlimmer noch – anders herum.

Der erste Mediziner kehrte mit leerer Trage zurück und glitt wieder an Bord der *Costigan*. Warmluft aus der Station pfiff weiter an uns vorbei und in das lecke Schiff. Die Temperatur im Umkreis der Passagierschleuse sank weiter.

»Gehen Sie!«, befahl Gerbrik. »Die Überlebenden sind draußen.«

Bevor ich die Atemschutzhaube angelegt und die erste Trommel mit Dichtungsmittel zum Rand der Schiffsschleuse geschafft hatte, kam der Mediziner wieder zum Vorschein und stieß die Trage vor sich her. Auf ihr lag festgeschnallt eine zugedeckte Gestalt. Jemand hatte nicht überlebt.

»Fangen Sie vorn mit dem Cockpit an, Tyndel«, befahl Gerbrik. »Besprühen Sie schnell alle Wände mit der Abdichtung. Dann die Passagierkabine. Anschließend öffnen Sie das Schott nach achtern und fangen mit dem Laderaum an. Ich nehme mir mit der anderen Trommel die Schleusenkammern vor. Wir verschließen die Schleuse wieder. Sie werden sich beeilen müssen.«

Die Schleuse verschließen? Wahrscheinlich mussten sie es, um nicht zu viel Luft zu verlieren, aber das ermutigte mich nicht sonderlich.

Gerbrik brachte es so heraus, als wäre es selbstverständlich. Aber das Abdichten der *Costigan* war nicht ganz so einfach.

Wolken wirbelnder Eiskristalle umgaben mich auf allen Seiten. Raureif überzog alle Oberflächen, und meine Stiefel glitten überall ab, von Schotts, Böden, Decken und Wänden. Die Trommel mit Abdichtungsmittel war massiver als ein SMW, und der Rückstoß der aus dem Schlauch versprühten Naniten schob mich immer wieder rückwärts.

Außerdem war es lausig kalt. Bevor ich die zehn Meter von der Schleuse zum Cockpit hinter mich gebracht hatte, zitterte ich trotz der Heizelemente im schweren grauen Overall. Reif begann das Gesichtsfeld der Atemschutzhaube zu umrahmen, und die starken Luftströmungen zogen mich bald in diese, bald in jene Richtung. Der Overall begann sich aufzublähen, was bedeutete, dass der Luftdruck in der *Costigan* weiterhin fiel.

Dann hörte der Rückstoßeffekt der Sprühdüse am Schlauch plötzlich auf. Ich blickte hinab und sah ein rotes Licht blinken. Der Behälter war leer. Zurück zur Schleuse, um einen zweiten zu holen. In der Passagierkabine fühlte ich keine starken Luftströmungen, also begnügte ich mich mit einer Kurzbehandlung und manövrierte den Behälter nach achtern zum Laderaum.

Die Kälte war mörderisch. Das Material des Overalls wurde so steif, dass die Bewegungen sogar in Schwerelosigkeit stark behindert wurden. Auch meine Handschuhe waren im Nu steif gefroren, als wären sie Teile einer kalt gehämmerten Bronzestatue.

Fersonne war schon im Laderaum, hatte von Anfang an dort gearbeitet. Sie verwendete das Gerät zum Ausfüllen und Verkleben eines Dehnungsrisses, der mehr als zwanzig Meter lang gewesen sein musste, als sie angefangen hatte. Sie arbeitete an den letzten paar Metern. Hinter dem fünf Zentimeter breiten Riss selbst hatte sich Raureif gebildet. Nur der Bereich in unmittelbarer Nähe zum Riss war sauber, freigehalten von der entweichenden Luft.

Ich begann zu sprühen, wo es am kältesten war, und blieb dabei, bis der Behälter leer war. Ich holte einen weiteren und setzte die Arbeit fort. Als ich die vierte Trommel in Betrieb genommen hatte, durchbrach Gerbriks Stimme mein Frösteln. Meine Finger und Hände zitterten in den Handschuhen.

»Sie haben die *Costigan* versiegelt. Gehen Sie zurück zur Passagierschleuse des Schiffes, aber warten Sie dort. Wir werden sie öffnen und Sie herausholen.«

»Ja, Ser.« Wir beeilten uns, aus dem kalten Laderaum zu kommen und warteten bei der inneren Schleuse. Mehr Kältenebel und Eiskristalle eruptierten, als sie sich öffnete, aber der böige Luftschwall, der zuerst den Druckausgleich herbeigeführt hatte, wiederholte sich nicht.

»Zurück in den Korridor«, befahl der Technische Offizier. Wir folgten der Aufforderung und nahmen die feuchten und kalten Atemschutzhauben ab, die außen von Eis und Reif überzogen waren. Dann hingen Fersonne und ich vor der Frachtschleuse in der Luft und schwitzten und fröstelten gleichzeitig.

Gerbriks Abbild erschien zwischen uns. »Gut gemacht. Kommandant Maestros war nicht sicher, dass Sie einen so großen Schaden versiegeln könnten, aber Sie haben es geschafft. Nehmen Sie den Rest der Schicht frei und ruhen Sie sich aus. Sanselle und ich werden die Fracht entladen, bevor die Abdichtung wieder nachgibt.«

»Ja, Ser.«

»Ja, Ser.« Fersonnes Stimme klang so ermattet wie meine.

Ich unterdrückte ein Grinsen. Wenn Gerbrik und Sanselle entluden, dann mussten wir gute Arbeit geleistet haben.

»In dieser Ladung waren einige einzigartige biologische Materialien«, fügte der Technische Offizier hinzu.

»Hätte Jahre dauern können, sie zu ersetzen. Kommandant Ferstil auf Alaric wird sehr erfreut sein. Ihre Datenanzeigen sagen, dass Sie sich aufwärmen und essen müssen. Tun Sie es.« Gerbriks Abbild verschwand.

Fersonne und ich sagten nicht viel, als wir uns durch den Schacht zu Deck drei zurückzogen. Als wir unsre Quartiere und die Kantine erreichten, fröstelten wir noch immer.

Immerhin hatte die Heizung in den Handschuhen angefangen, meine Finger zu erwärmen, wenn auch allzu langsam.

»Tyndel?« Fersonnes Stimme war sanft und freundlich, wie ich sie selten gehört hatte.

»Ja?«

»Ich weiß, dass da draußen jemand ist. Hab manchmal dein Gesicht gesehen.« Sie schluckte, befeuchtete sich die Lippen. »Ich werde nicht fragen.«

Ich wartete.

»Wenn man so was sieht … die *Costigan,* meine ich. Da wird einem kalt bis ins Innerste.«

»Ich weiß.« Ich glaubte zu verstehen. Auch mir war kalt. Ich rückte näher und legte meine Arme um sie, hielt sie so und ließ sie mich halten, und wir trösteten uns mit der Nähe einer verwandten Seele und dem Bewusstsein, am Leben zu sein.

Diese willkommene Nähe führte zu einer weitergehenden Gemeinsamkeit in ihrer Hängematte, mehr einer nackten Ganzkörperumarmung als bloßer Erleichterung oder Sinnlichkeit; einer teils durch Physik und Schwerelosigkeit und teils durch das Bedürfnis, zu trösten und getröstet zu werden, begrenzten Lust … Auch mochten alte und verborgene Erinnerungen an eine Frau mit dunkleren Haaren, die mich auch geliebt und mir gegeben hatte, dabei mitgespielt haben.

Nach einiger Zeit lösten wir uns voneinander.

Fersonne sah mich aus ihren tiefen braunen Augen an,

verlangte nicht nach mehr, fragte nicht, stieß mich nicht weg – war einfach da. »Danke.«

Ich umarmte sie wieder, klammerte mich an sie und ihre Akzeptanz des Jetzt, an den Augenblick, den sie verkörperte, für diesen Augenblick und das Verständnis, während die Vergangenheit nicht verändert oder ungeschehen gemacht werden konnte … Ich musste einen weiteren Schritt vorwärts in die Gegenwart tun.

In einem Sinne war sie beinahe Dzin-ähnlich, während ich Dzin hatte lernen müssen. Nach einer weiteren langen Pause strich sie mir das Haar zurück. Ein freundliches, warmes Lächeln ging ihren Worten voraus. »Wir sollten jetzt was essen.«

Und das taten wir, mehr als ich für möglich gehalten hätte.

32

(Omega Eridani: 4516)

Um zu sehen, was ist, mach deinen Geist
zu einem Spiegel, damit du reflektieren kannst,
wie es ist, nicht wie dein Herz
oder dein Verstand es sehen würden.

An einem weiteren langweiligen Tag, nachdem wir am Vortag ein Nadelschiff auf Heimatkurs versorgt hatten, war ich gerade beim Auffüllen des Wäscheschranks in der obersten Ebene, als der Mann und die Frau in schimmernden blauen Overalls unbeholfen zu den Gästequartieren glitten und schwebten. Blau bedeutete gewöhnlich Leute der Direktionsebene, welche die Entscheidungen über das Wohl oder Wehe der Gesellschaft Rykashas trafen. Mit Ausnahme des Kommandanten Maestros, der sicherlich auch der Direktionsebene zuzurechnen war, hatte ich nie jemanden in Blau getroffen, nur die in Grün – wie Cerelle – oder Silber, wie Gerbrik. Oder die Mediziner in Rot.

Als sie sich näherten, ohne mir Beachtung zu schenken, trat ich beiseite, um sie vorbei zu lassen.

»Die Schwerelosigkeit geht mir auf die Nerven, Ermien.« Die Frau hatte kurzgeschnittenes schwarzes Haar und war von bräunlicher Hautfarbe. »Man sollte meinen, dass wir eines Tages künstliche Schwerkraft erzeugen können.«

»Nicht zu unseren Lebzeiten, denke ich. Nicht solange die Physiker noch immer mit widersprüchlichen und anomalen Messungen von Gravitonen kommen.«

»Das ist nur in den Engeefeldern.«

»Wo sonst könntest du sie besser messen?«

»Engee folgt nicht den Regeln aller anderen physikalischen Erscheinungen. Warum sollten Gravitonenmessungen dort maßgeblich sein?«

Meine inneren Dämonen informierten mich über Gravitonen: *Partikel, die als das Quantum eines Gravitationsfeldes definiert werden, mit einer vorausgesetzten, wenn auch nicht messbaren Restmasse, einer Ladung von null und einer Rotationsgeschwindigkeit von zwei.* Ich verstand jedes einzelne Wort der Definition, aber die Definition selbst nicht. Sogar mein von Naniten geliefertes Datenwissen war in diesem Fall still oder leer. Wieder fragte ich mich, was es mit Engee auf sich haben mochte, dem geheimnisvollen Etwas, das nicht in den Datenspeichern war, zumindest nicht in denen, die ich abrufen konnte.

»Ob es dir gefällt oder nicht, wir sind hier«, erwiderte der Mann. »Jemand muss die Resultate des Projekts beaufsichtigen und bewerten.«

»Ich frage mich, ob wir all die Ressourcen hätten verbrauchen sollen, die notwendig waren, um die Sterne zu erreichen? Brauchen wir all diese Planeten? Hast du jemals gedacht, dass sich dort anderes intelligentes organisches Leben entwickeln könnte?«

»Darum bist du hier«, sagte er. Dann stieß er sich ein Knie an der Korridorwand, prallte ungeschickt ab und brachte sich mit einer Hand wieder ins Gleichgewicht – eine gefährliche Bewegung in Schwerelosigkeit. »Um Fragen wie diese zu stellen und zu beantworten. Wir sprechen nur von knapp einem Dutzend Welten, und alle sind vom V-Typ. Höchst unwahrscheinlich, dass sich dort in der nächsten Milliarde von Jahren irgendeine Form von Leben entwickeln wird.« Der Mann lachte. »Dann werden wir nicht mehr da sein, so oder so.«

Ihre Stimmen verloren sich mit der Entfernung, und selbst mein verbessertes Gehör konnte nichts mehr verstehen. Keiner der beiden hatte auch nur einen Blick in meine Richtung geworfen, aber ihre im Vorbeigehen gefallenen Bemerkungen hatten mehr als ein paar Fragen aufgeworfen. Was und wo genau war Engee, wo die Regeln der Physik nicht mehr galten? Wie konnten sie beiläufig Fragen dieser Art erörtern, ohne in irgendeine abgelegene Außenstation verbannt zu werden, wie es mir ergangen war, weil ich ähnliche Fragen gestellt hatte? Ich musste lachen, als mir der Gedanke durch den Kopf ging, dass wir schließlich alle in derselben abgelegenen Station in der Mitte des Nichts waren … nur konnten sie abreisen, während ich für weitere sieben oder acht Jahre hier festsaß. Die einzige Schwerkraft, die ich in dieser Zeit fühlen würde, konnte nur in der Übungszentrifuge sein, und in meinen Träumen.

Ich blickte auf den halb entladenen kleinen Schlitten nieder und zuckte die Achseln. Wohin sollte ich gehen? Zurück zu den steinernen Dämonenfallen von Dorcha? Oder zu den pflichttreuen und fanatischen Shraddan von Hybra? Ich lächelte ironisch über meine eigenen rhetorischen Fragen.

33

(Omega Eridani: 4516)

Das Leben ist bloß eine Abfolge von verschiedenen Formen des Scheins.

Gerbrik nickte knapp, als ich das SMW nach gründlicher Reinigung und Überholung wieder zusammengebaut hatte. »Gut gemacht, Dzinmeister. Sie hätten Technischer Offizier werden können … oder Nadeljockey, wenn Sie mehr gesunden Menschenverstand gezeigt hätten. Sie könnten es noch immer werden. Dann brauchten Sie nicht zwischen den Decks zu schwitzen und zu wühlen. Sie brauchten nicht mit der Schwerelosigkeit zu kämpfen und Fracht auszuladen.«

»Ja, Ser. Das ist wahrscheinlich richtig, Ser.« So selten es vorkam, das Entladen von Frachtgut aus Nadelschiffen war interessanter als Pflichten wie Reinigungsarbeiten mit dem SMW oder dem Transportieren irgendwelcher Dinge von einem Punkt in der Station zu einem anderen, oder der Erledigung einfacher Reparaturen da und dort. Nach den Aufzeichnungen der Station lief nur alle drei oder vier Monate ein interstellares Schiff Omega Eridani an; nicht selten waren es nur zwei im ganzen Jahr.

»Zumindest könnten Sie inzwischen ein Ingenieur sein und die *Costigan* wieder zusammenbauen.«

Ich hatte die Ingenieure und ihre Helfer gesehen, wenn sie die Schleuse eins benutzten, aber mir war nicht nach einer direkten Antwort zumute. Ich nickte.

»Oder Zeug in die lokalen Raumtransporter umladen.« Gerbrik schenkte mir ein breites, aber höhnisches Lächeln.

»Ja, Ser.« Ich zog die letzten Schrauben der Abdeckung an, dann steuerte ich das SMW-Gerät zu seinem Behälter. Bei weitem häufiger waren Besuche der lokalen Raumtransporter von den Planeten zwei und drei, Alaric und Conan, benannt nach irgendwelchen Gestalten, von denen nie jemand gehört hatte. Nicht einmal in der Bibliotheksdatei der Station gab es irgendeinen Hinweis auf den Ursprung der Namen.

»Wenn jeder Mite, den Sie einmal kannten, sterben wird, bevor Sie Ihre Zeit hier abgeleistet haben, könnten Sie genauso gut etwas tun, was Ihre Intelligenz herausfordert, Dzinmeister. Oder haben Sie vor, sich für den Rest eines langen und langweiligen Lebens selbst zu täuschen?«

Ich überging Gerbriks übertriebene Darstellung der Zeitdehnung. »Ser, ich habe das Leben nicht langweilig gefunden.« Hart, unfair, schwierig, aber nicht langweilig. Manchmal war es schwer zu glauben, dass auf Erden annähernd vier Jahre verstrichen waren oder wären, wenn ich mich in diesem Augenblick auf den Rückweg gemacht hätte. Der Überraum umging die Grenzen der Lichtgeschwindigkeit, aber der Zeitdehnungseffekt war trotzdem ein gültiger Faktor. Auch gab es den Effekt der Raumzeitkrümmung. Zwar hatte ich mir nicht die Mühe gemacht, all diese Masse von Daten zu studieren, die Andra in Runswi in mich hineingepumpt hatte, doch verstand ich die allgemeinen Auswirkungen ohne besondere Anstrengung. Zeit war relativ zur Masse und der Krümmung und Nähe des Überraums zum realen Raum. Das bedeutete, dass der objektive Zeitablauf in verschiedenen Teilen des Universums etwas differierte. Nicht sehr viel in den meisten Orten, aber messbar. Wo Schwarze Löcher und andere Singularitäten waren, differierte der Zeitablauf viel mehr.

Wie so vieles von dem, was die Leute von Rykasha für wichtig hielten, nahm sich auch dies in meinen Augen weit weniger bedeutsam aus. Um von einem Teil der Galaxis zum anderen zu gelangen, waren ungeheure Entfernungen zu überwinden. Die Zeitdehnung einer Reise mit dem Nadelschiff war um so vieles größer als andere Faktoren, dass lokale Differenzen im Zeitablauf vergleichsweise unbedeutend waren.

»Für unsereinen sind Sie noch jung. Die Langeweile wird kommen.« Er lachte spöttisch. »Vielleicht gelingt es Ihrer altmodischen Dzin-Philosophie, die Langeweile in Schach zu halten.«

Dzin altmodisch? Was hatte die Nanotechnik für einen Einfluss darauf, ob Dzin oder Toze oder irgendein anderes Glaubenssystem altmodisch war? Überdies war Dzin kein Glaubenssystem. Ich runzelte die Stirn, als ich merkte, was ich hatte in Worte fassen wollen. Es bestand ein Unterschied zwischen dem Gebrauch des Dzin und der Frage, wie man sich zur Geschichte des Dzin stellte, wie sie in Dorcha gelehrt wurde.

»Tyndel ... verstehen Sie immer noch nicht?« Gerbriks Stimme war freundlicher geworden. »Dzin verfolgte die Absicht, menschliches Streben und Fortschrittsdenken und menschliche Leistungen zu beschränken. Darum ist es altmodisch. Es ist eine Mitenkrücke, und Sie sind kein Mite mehr.«

»Nein.« Gerbrik war derjenige, der nicht verstand. Dzin war nicht das Problem. Es war ein Werkzeug und konnte wie jedes Werkzeug missbraucht werden. Das Problem war, dass ich weder im Herzen noch im Geist ein Dämon war, und ich wusste nicht, was ich war, außer dass der Umstand, dass ich im Körper ein Dämon war, mir alles genommen hatte, was ich zuvor gewesen war. Ich konnte mich an zwei Jugendliche erinnern, die sich in Dyanar im Schatten geküsst hatten, wie ich auf dem alten Pflaster von Henvor gegangen war, Foerga in ihrer Werkstatt neben der Hitze ihres Schmelzofens umarmt hatte, wie ich die Hecke neben dem Gehweg im Nebel des Spätherbstes geschnitten hatte. Alles das war mir genommen, und ich hatte keine Träume. Hatten die Dämonen Träume? Und wenn ja, welche?

»Sie könnten die Baupläne, Wartungsanleitungen und Ersatzteillisten der Schlitten studieren«, schlug der Technische Offizier vor. »Wenn Fersonne uns verlässt, werden Sie Sanselle damit helfen müssen.« Er drehte sich mühelos in der Luft herum und glitt zurück zu seiner Konsole.

Wenn Fersonne geht … die Logik sagte mir, dass sie es tun würde. Und Dzin sagte mir, dass ich es hinnehmen würde. Und selbst wenn es Jahre waren, hatte ich das Gefühl, dass sie fort sein würde, bevor ich sie wirklich kennen gelernt hatte.

34

(Omega Eridani: 4516)

Die Alten suchten ihre Götter in Tempeln,
in weltlichen Gütern, in der Technik, die sie
schufen, und schließlich in den Sternen.
Sie fanden weder Götter noch Erleuchtung in den
Materialien des Universums, noch wird eine
weise Seele in solchen Dingen anderes
als die Spiegelung von Kummer finden.

Fersonne zeigte auf den übergroßen Overall, den Helm und die Stiefel, die neben ihr in der Wartungswerkstatt schwebten. Dahinter waren ein grüner Zylinder und einige andere Artikel, die ich hinter dem versilberten und unförmigen Anzug nicht sehen konnte. »Das ist der Anzug für Außenarbeiten. Er ist wie ein Atemschutzgerät und Overall, aber schwerer«, sagte sie. »Wir versuchen gar nicht erst, jemanden hineinzustecken, solange er oder sie nicht mehr als ein Jahr in der Station ist.«

»Wegen der Anpassung an die Schwerelosigkeit?«

»Hauptsächlich.« Fersonne schenkte mir ein warmes Lächeln. »Gerbrik möchte außerdem vorher sehen, wie seine Leute sich bewähren. Nathum hat er nie einen anziehen lassen.«

»Wir hätten ihn *und* den Anzug verloren«, ergänzte Gerbrik von der anderen Seite der Werkstatt. »Zu viel zu erklären, und zu viel Arbeit für uns andere.«

Ich fragte mich, warum die Anzüge notwendig waren. Nach dem, was ich studiert hatte, konnte eine auf Nanitenbasis arbeitende Anlage den atmosphärischen Druck um eine Person auch ohne den Anzug aufrechterhalten.

»Sie fragen sich, warum Sie den Anzug brauchen?«, fragte Gerbrik.

»Ja, Ser.«

»Hauptsächlich als Wärmeschutz. Außerdem beschränkt der Anzug die Naniten auf eine Sperrschicht. Das verringert den Energiebedarf. Übrigens, wie könnten Sie draußen irgendetwas tun?«

Die Antwort auf diese Frage kostete mich einen Moment, bevor ich merkte, was der Technische Offizier meinte. Dann errötete ich und erkannte wieder einmal, dass ich die Antwort aus meiner Erfahrung mit der *Costigan* bereits gewusst hatte. Naniten konnten ein atmosphärisches Feld um eine Person erhalten, aber sie konnten nicht viel gegen den Wärmeverlust tun, schon gar nicht, wenn man mit Werkzeug arbeiten oder etwas berühren musste. Nach ein paar Atemzügen wäre ich steinhart gefroren.

»Du musst diesen anprobieren, um zu sehen, ob er passt.« Fersonne schob den Anzug näher. Er schimmerte mehr als ein gewöhnlicher Overall, war schwerer, massiger, und sobald ich ihn angezogen hatte, erheblich heißer, selbst ohne die Handschuhe anzuziehen, die an den Ärmeln festgemacht waren, den Helm und die übergroßen und wie aufgeblasenen Stiefel.

»Einstweilen brauchst du diese Dinge nicht anzulegen, solange du nicht hinausgehst«, sagte Fersonne. »Probier den Helm an, dann nimm ihn wieder ab.«

»Wärmespeicherung?«

Sie nickte. »Nach einer Weile wird dir sowieso kalt, so kalt, dass ein Mite gefrieren würde.«

Ich erwiderte ihr Kopfnicken und griff zum Helm, der relativ weich war, aber nicht wie die anhaftenden Atemschutzhauben, und das transparente Helmvisier war breit wie eine Panoramasonnenbrille. Ich spürte, wie mir warm wurde und der Schweiß ausbrach und nahm den Helm ab und stieg wieder aus dem Anzug.

»Siehst du? Er ist nicht übermäßig schwer.« Sie brachte zwei weitere Gegenstände. »Hier ist der Sauerstoffzylinder und eine Reaktionspistole.«

Der Sauerstoffzylinder war klein, nicht länger als fünfzig Zentimeter und fünfzehn im Durchmesser. Die Reaktionspistole, ein Antriebsgerät für den freien Raum, das in der Hand gehalten wurde und Gas ausstieß, wodurch ein Rückstoßeffekt erzielt wurde, hatte einen klobigen Griff und einen Lauf, der spitz zulief. Wie bei vielen Geräten in Rykasha schien seine stumpfgraue Oberfläche alt und verwittert.

»Draußen wirst du einen Besenstil haben, aber die Reaktionspistole ist für Notfälle – wenn etwas schief geht.«

»Wenn das der Fall ist«, bemerkte Gerbrik, »wird die Pistole wahrscheinlich nicht viel nützen. Aber es besteht eine Chance.«

Ich verstand. Jemand, der genug Fehler gemacht hatte, um die Pistole zu gebrauchen, würde wahrscheinlich so nervös und durcheinander sein, dass er sie nicht früh genug oder richtig einsetzen konnte.

»Es sei denn, dein Problem ist auf ein mechanisches Versagen zurückzuführen«, ergänzte Fersonne. »Das kommt nicht oft vor.«

»Hast du es mal erlebt?«

»Nein. Sanselle einmal.«

Ich betrachtete die Ausrüstung und den Anzug. Ungefüge wie er war, schien er kaum ausreichend, einen gegen die Weltraumkälte zu schützen. Man durfte dabei nicht an die dicken Kompositrümpfe der Nadelschiffe denken.

»Führen Sie ihn aus«, sagte Gerbrik. »Machen Sie die lange Tour mit ihm.« Sein Blick ging zu mir. »Geben Sie Acht. Das sind Sie Fersonne schuldig, selbst wenn Ihnen an Ihnen selbst nicht so viel liegt.«

Zweifellos wusste er, dass wir einander Trost und Wärme gaben, aber abgesehen davon hatte er Recht. »Ja, Ser.«

Von irgendwo zog Fersonne ihren eigenen Anzug herbei, umgab ihn mit einem Netz und wartete, während ich ein Netz suchte, um meine neu erworbene Ausrüstung zusammenzuhalten. Dann überprüfte sie meine noch einmal, bevor wir einen der Schächte hinunter zur Frachtebene nahmen. Das mit Ausrüstung gefüllte Netz stieß mir die ganze Zeit in den Rücken. Weiche Dinge hatten in der Schwerelosigkeit immer eine Tendenz zu zittern. Obwohl ich längst angepasst war, vermisste ich die Schwere. Warum hatten die Dämonen niemals die Erzeugung künstlicher Schwerefelder gemeistert?

Weil es die Schaffung eines Gravitationsfeldes erforderlich machen würde, wobei andere Energien in solche umgeformt werden müssten, die Gravitonen schaffen, beeinflussen oder modifizieren ... Während künstlich erzeugte Schwerefelder theoretisch möglich sind, haben Versuche zu praktischen Umsetzungen in größeren Dimensionen keinen Erfolg gehabt ...
Ich war nicht sicher, was das genau bedeutete, und ließ es beiseite, während ich Fersonne folgte.

Sie führte mich zur Personalschleuse zwischen den Frachtschleusen zwei und drei und legte die Hand auf das Tastfeld.

»Es gibt Schleusen auch auf den oberen Ebenen«, bemerkte ich, als die Komposittür sich in die Seitenwand des Frachtkorridors zurückzog. »Wir könnten die Passagierschleusen benutzen.«

»Alle Außenaktivitäten gehen von den unteren Schleusen aus, außer in Notfällen.«

Mein autonomer Datenspeicher machte mich auf den Umstand aufmerksam, dass es auf der untersten Ebene keine Quartiere gab und die vertikalen Schächte mit automatisch schließenden Sicherheitsschotts ausgestattet waren. Dadurch konnte ein Druckverlust durch menschliches Versagen nur die unterste Ebene in Mitleidenschaft ziehen, während der gesamte Rest der Station ungefährdet blieb. Die Schleusenkammer war aus graubraunem Komposit, und die Wände, die Decke und der Boden gingen mit abgerundeten Winkeln ineinander über, sodass weder Nähte noch Fugen zu sehen waren. Die gleichmäßige Beleuchtung kam aus Leuchtstreifen in der Decke.

Fünf Besenstile waren in Klammern an der linken Wand befestigt, jeder ungefähr einen Meter vom nächsten entfernt. Sie bestanden aus kaum mehr als einem harten Kompositsitz und einem flachen Armaturenbrett vor dem Sitz, beide auf einer langen Röhre. Nach meinen Unterweisungen waren sie wirkungsvoll nanitenverstärkt und wurden von Gasdüsen wie Raketen mit geringer Schubkraft angetrieben.

»Sieh dir die Armaturen an«, sagte Fersonne und zeigte hin. »Siehst du den großen Rheostat? Das ist das regelbare elektrische Steuersystem. Wenn der rote Knopf draußen ist, bekommst du Antriebsenergie von hinten. Drückst du ihn ein, bekommst du die Antriebsenergie von vorn.«

Ich wartete.

»In der Röhre ist eine Feder. Bewegst du dich zu schnell auf die Station zu, lass die Röhre gegen die Wand prallen.« Sie lächelte verschmitzt. »Die Feder hat den Zweck, das Trägheitsmoment zu absorbieren. Deine Hände schaffen es nicht.« Nach einer Pause fügte sie hinzu: »Wir werden das noch einmal behandeln, wenn wir draußen sind.«

Als ich alles bis auf den weichen Helm angelegt hatte, überprüfte Fersonne die Versiegelungen zwischen Stiefel und Anzug, Anzug und Handschuhen. »Die Naniten können den Druck im Anzug auch ohne vollkommene Versiegelung aufrecht erhalten, aber es hat keinen Sinn, sie zu härterer Arbeit zu zwingen.«

Härterer Arbeit? Fersonne redete, als ob die Naniten Intelligenz hätten. Konnten Konstrukte auf Mikronebene Intelligenz manifestieren? Dann waren wir wie Naniten, verglichen mit den Sonnen, die Sterne waren. Ein schlechter Vergleich, oder doch nicht?

Plötzlich sprühte das halb vergessene, halb vertraute rotgoldene Feuerrad mit flammenden Ausläufen vor dunklem Hintergrund in meinem Gesichtsfeld, verschmolz dann mit den braungrauen Wänden, bevor die Vision verschwand.

Fersonne befestigte eine kleine Angelrolle an meinem Arbeitsgürtel. »Sicherheitsleine. Ein Viertelkilo Monomer. Wenn du draußen bist, hakst du die Leine als Erstes in den Karabiner, bevor du etwas loslässt.«

Wie alle Dämonen, wiederholte sie die Warnung nicht, sondern legte ihren Helm an. Sie überprüfte meinen, nachdem ich ihn aufgesetzt hatte, dann zog sie zwei Besenstile aus ihren Halterungen. Auch diese hatten Sicherheitsleinen, und ich fand mich an einen Besenstil gebunden und mit einer Hand an einer Haltestange, als die innere Schleusentür sich schloss. Eiskristalle wirbelten um uns und verschwanden. Das indirekte Licht aus den Leuchtstreifen büßte seine Diffusion ein, und während ich sie sehen konnte, warfen sie ihr Licht nur auf den Boden und gaben ihm ein vergittertes Aussehen, außer wo das Licht von meinem und Fersonnes Schatten blockiert war.

Dann öffnete sich die äußere Tür, und ich folgte Fersonnes Beispiel, zog mich Hand über Hand durch die offene äußere Schleuse. In der Dunkelheit draußen hakte ich das Ende der Sicherheitsleine in den halbrunden Karabiner, der neben der Tür aus dem Rumpf der Station ragte.

»Gut«, murmelte Fersonne. »Nun auf den Besenstil.« Ihre Worte, durch den Helm übermittelt, waren leise und nicht störend, doch nahe genug, als hätte sie mit den Lippen meine Ohren berührt. Meine Haut prickelte, als ob sie sich erinnerte, wie es war, wenn ihre Lippen meine Ohren berührten.

Ich brachte es fertig, auf den Besenstil zu gleiten, indem ich mich darauf konzentrierte, alle Bewegungen so weit wie möglich einzuschränken und eine Hand an der Haltestange zu lassen. Schließlich saß ich auf dem Sitz des Besenstils und blickte von der Station auswärts in die endlose schwarze Leere mit dem funkelnden Sternenmeer. Es war das erste Mal seit ich Runswi verlassen hatte, dass ich den Sternenhimmel sah. Unwillkürlich atmete ich tief ein und hielt die Luft an, fasziniert von den grellen Lichtpunkten und der Tiefe der Schwärze dazwischen.

»Über« uns und einen Kilometer entfernt war der Rumpf der *Costigan,* wo Lichter aufblinkten und erloschen, vermutlich von den Ingenieuren und Technikern, die mit der Reparatur des Schiffes beschäftigt waren.

Nach einer Weile fragte Fersonne: »Alles in Ordnung, Tyndel?«

»Ich sah zur *Costigan …* und den Sternen.«

»Atemberaubend, nicht?« Dann fügte sie hinzu: »Dein Besenstil ist an meinen angeschlossen, bis du den Bogen heraus hast. Ich werde dir zeigen, was ich meine, und ihn ein wenig freigeben.«

Auf dem Armaturenbrett vor mir ging ein bernsteingelbes Licht aus.

»Gut. Gib ihm einen winzigen Schub … dreh ein wenig an der Skala, dann dreh sie zurück.«

Ich tat es und merkte, wie der Besenstil sich leicht

unter mir bewegte – oder versuchte, unter mir herauszuschlüpfen, und ich begann mich von Fersonne zu entfernen.

»Nun … erinnerst du dich an den roten Knopf?«

»Ja.«

»Das ist Schubumkehr. Du drückst ihn bis zum Widerstand ein, und die Skala steuert die Schubstärke vom vorderen Ende des Besenstils, statt vom hinteren.«

Sehr einfach – aber man konnte leicht in Schwierigkeiten kommen. Das wurde mir klar, als ich in der Dunkelheit unter der hohen Wand hing, die die Station war.

»Nun versuch anzuhalten.«

Ich drückte den roten Knopf, dann wiederholte ich die Drehung der Skala. Gleich darauf sah ich, dass ich zu viel Schub gegeben hatte, denn ich wurde rückwärts an Fersonne vorbei und auf die Station zu getragen. Eine weitere Korrektur bewirkte, dass ich mich wieder von ihr entfernte, aber langsamer. Das erforderte ein leichteres Bremsmanöver mit einem winzigen Gasausstoß …

Trotz der Weltraumkälte, die von draußen in den Anzug drang, schwitzte ich, als ich bewegungslos neben Fersonne schwebte.

Sie lachte sanft. »Nicht so einfach wie es aussieht. Wie ein paar andere Dinge in Schwerelosigkeit.«

Ich errötete in der Abgeschlossenheit meines Helms.

Fersonne tat etwas an ihrem Armaturenbrett. »Jetzt bist du wieder an mich angeschlossen.«

Das verschaffte mir ein Gefühl von Hilflosigkeit statt Erleichterung. Über uns dräute die Station wie eine stumpfe dunkelgraue Wand. Die Kanten verschwammen ein wenig, wo Komposit der Schwärze des Raumes und den leuchtenden Stecknadelköpfen der Sterne begegnete. Die Logik sagte, dass die Station sich ohne Atmosphäre klar abzeichnen müsse. Die Logik war falsch.

Meine Finger wurden kalt, obwohl Anzug und Handschuhe beheizt waren, und ich krümmte und streckte sie.

»Ich werde dir zeigen, was du sehen musst.« Fersonne steuerte uns die untere Ebene entlang vorbei an den drei großen Frachtschleusen. »Drei Frachtschleusen sind alles, was wir haben, aber wir könnten die Personalschleusen gebrauchen, wenn wir sie benötigten. Oder die Notschleusen der oberen Ebenen. Alle Schleusen sehen gleich aus, außerdem sind sie genormt und können von lokalen Raumtransportern und Nadelschiffen benutzt werden, obwohl ihre Bauweise verschieden ist.«

Die Laderäume der Raumtransporter waren größer, ihre äußere Form kürzer und dicker. Ich hätte meine innere Datei abfragen können, die noch immer nicht voll integriert zu sein schien, obwohl ich immer häufiger entdeckte, dass ich dies oder jenes wusste, ohne sagen zu können, wo und wie ich das Wissen erworben hatte.

»Gerbrik sagt, es sei leichter für die Station. Die Raumtransporter sind größer und kürzer und nicht annähernd so widerstandsfähig wie ein Nadelschiff. Sie brauchen die Stoßdämpfer in den Schleusen zum Eindocken, um nicht beschädigt zu werden. Die Nadelschiffe sind dagegen fester und widerstandsfähiger als die Station, um den Stressfaktoren im Überraum zu widerstehen. Also brauchen wir die Stoßdämpfer, um uns zu schützen.«

Jeder Hinweis auf Nadelschiffe bestätigte mein Gefühl, dass ihr Betrieb mit erheblichen Gefahren verbunden sein musste. Ich nickte in meinem Helm.

Fersonne zog die Besenstile »aufwärts« zu den höheren Ebenen der Station. Ich fühlte mich wie ein Kormoran vor den steilen Felszinnen am Tiefen See, wo er im Wind segelte, bevor er sich in die Tiefen hinabstürzte, wo die Aale lebten.

Der Tiefe See … Foerga … Vor so kurzer Zeit, am menschlichen Leben gemessen, und doch so weit entrückt. Meine Augen brannten, und ich konnte nichts tun, nicht in einem Raumanzug mit Helm. Dieser ferne, doch unvergessene Verlust, gepaart mit Schuldgefühl, verurteilte mich zum Schweigen, zumal Fersonne ihren Besenstil weniger als drei Meter von mir lenkte, Fersonne, die auch gegeben hatte, ohne zu verlangen. Fersonne, die mehr gelitten hatte als ich wusste, die niemals die Chance haben würde, ein Nadeljockey zu werden oder zur Erde zurückzukehren, es sei denn in untergeordneter Funktion. Dennoch hatte sie gegeben und nichts verlangt, hatte auf menschliche Nähe und Trost gehofft und wenig mehr.

Mir war, als hätte ich nichts gegeben, hätte ohne Worte verlangt, ohne Dankbarkeit angenommen und überhaupt nicht verstanden zu geben.

In der Stille, in der sterngesprenkelten Dunkelheit, schluckte ich wortlos und achtete nicht auf die kalte Feuchtigkeit auf meinen Wangen, die zu prickelnden Eiskristallen wurde, und begrüßte beinahe diese bittere Ernüchterung.

35

(Omega Eridani: 4517)

Es gibt keine Wahrheit an sich, denn der Begriff erfordert Übereinstimmung mit physikalisch verifizierbarer Wirklichkeit, während der »Wahrheitsucher« meistens von einem unterliegenden Glaubenssystem geleitet wird und die Welt durch die Brille der daraus entstehenden subjektiven Gewichtung sieht. Glaubenssysteme stellen den Glauben an das nicht zu Wissende oder eine Ideologie über sachliche Prüfung. Tatsachen aber sind unabhängig vom Glauben.

Ich hätte schlafen sollen, aber ich war unruhig und wälzte mich in meiner Hängematte herum, um noch ein Kapitel der Geschichte Rykashas über die Zeit der Staatenbildung zu lesen. Ich wusste nicht, wie viel ich im übertragenen Sinne und wie viel als buchstäbliche Wahrheit auffassen sollte.

Jemand klopfte kräftig an meine Tür.

Ich schaltete den kleinen Bildschirm aus, der weit weniger befriedigend war als das ehrliche Papier und Leinen eines richtigen Buches – nicht dass ich seit dem Verlassen Hybras so etwas gesehen hätte –, und wandte mich im Halbdunkel zur Tür meiner Kammer. Wer wollte zu mir? Wenn Gerbrik mich brauchte, um Sanselle und Fersonne beim Entladen des Nadelschiffes zu helfen, das planmäßig während meiner Freiwache eindocken sollte, hätte er mich über das Kommunikationssystem verständigt, und sein Abbild wäre neben oder vor mir erschienen.

»Ja?«

Keine Antwort. Ich glitt halb bekleidet aus der Hängematte und zur Tür.

Wieder klopfte es.

»Ich komme schon.«

Ein halb vertrautes Gesicht erschien, als ich vorsichtig die Tür öffnete. Ihr Haar war rot und kurz, Gesicht und Körper schmal, die Augen grüngrau und durchbohrend wie immer. Ich zwinkerte verdutzt.

»Hallo«, sagte Cerelle mit leiser Stimme.

Ich schwebte in der Türöffnung, sprachlos.

»Wollen Sie mich nicht begrüßen?«, fragte sie.

»Ah … ich hatte Sie nicht erwartet.«

»Sie wundern sich, warum Sie sollten.«

»Das habe ich nicht gesagt …« Was konnte ich sagen?

»Ich bin für ein Jahr aus meinem Leben ausgestiegen, um zu sehen, wie es Ihnen ergeht. Sie sagten immer, niemand kümmere sich um Sie. Nun bin ich hier, Tyndel.« Ein leises Lächeln, warm, aber ungewiss, spielte um ihren Mundwinkel und verschwand. Sie hatte magnetisierte Bordstiefel an und stand mit gespreizten Beinen, um ihren Platz im Korridor zu halten. Anscheinend war sie mit dem Zustand der Schwerelosigkeit nicht ganz unvertraut.

»Sie haben diese weite Reise auf sich genommen, weil Sie … warum? Ich dachte nicht, dass Ihnen an mir liegt, außer um dafür zu sorgen, dass ich ein produktives Mitglied der Gesellschaft Rykashas werde.« Als die Worte heraus waren, ärgerte ich mich über ihre Plumpheit.

»Mir lag genug an Ihnen«, sagte Cerelle, »dass ich Sie als einen Erwachsenen behandelte. Genug, dass ich Ihnen sagte, was ist, statt Ihnen mit Falschheiten und Ungenauigkeiten Trost zu spenden. Sie achteten Ihre arme Foerga wegen ihrer Aufrichtigkeit, und Sie brauchen Aufrichtigkeit, doch als ich sie Ihnen bot, wiesen Sie sie ab. Mir lag genug an Ihnen, dass ich Lichtjahre reiste, um zu sehen, wie es Ihnen geht.« Sie presste einen Moment lang die Lippen zusammen.

Ich fühlte mich benommen und wusste nicht warum. »Gehört das zu Ihren Pflichten als Vertrauens- und Aufsichtsperson?«

Cerelles Gesicht wurde ausdruckslos, sogar als sie meinem Blick begegnete. Sie wich weder zurück noch griff sie an. Irgendwie erinnerte sie mich an Fersonne, obwohl sie einander ganz unähnlich waren. Das störte mich auch. Versuchte ich in allen Frauen etwas von Foerga wiederzufinden?

»Würde das eine Rolle spielen? Sie wollten, dass Rykasha sich um Sie kümmert. Nicht ich.«

Da war etwas; ich wusste, da war etwas, aber ich konnte es nicht finden.

»Ich sagte Ihnen, dass mir an Ihnen liegt, dass es nicht Aufgabe des Staates ist, sich um Sie zu kümmern.« Sie hielt inne. »Und ich bin hier. Wie kommen Sie zurecht?«

»Danke, gut.« Warum hatte sie die weite Reise zu dieser abgelegenen Station auf sich genommen? Es ergab keinen Sinn … es sei denn, sie hatte wirklich etwas für mich übrig. Aber keine Einzelperson konnte sich privat eine derartige Reise leisten. Also hatte jemand sie geschickt. Ich merkte, wie sich in mir etwas spannte.

»Sie sind seit anderthalb Jahren persönlich objektiver Zeit hier. Sind Sie bereit, es wieder mit der Ausbildung zu versuchen? Oder sind Sie bereit, weitere acht Jahre in der Station Omega Eridani zuzubringen?«

Sie wollte, dass ich zurückkehrte und eine Ausbildung als Nadeljockey machte, das wusste ich. Aber ich konnte es nicht. Nicht wenn ich gedrängt wurde. Ich konnte es einfach nicht. Ich sah sie an, versuchte aufrichtig zu sein. »Ich kann nicht.«

Eine Weile verharrte sie regungslos im Korridor vor der Tür meiner Kammer. Sie lächelte traurig, die Traurigkeit verblasste zu Melancholie, dann zu Mitleid. »Dann also in acht Jahren …« Nach kurzer Pause fügte sie hinzu: »Sie haben viel zu überlegen, Tyndel. Ich hoffe, Sie tun es. Glauben Sie wirklich, dass Sie die Dinge als unveränderlich oder unveränderbar akzeptieren müssen, nur weil Sie die Dinge sehen, wie sie sind?«

Damit machte sie kehrt und glitt den Korridor entlang, ohne sich umzusehen.

Ich sagte nichts, rechnete halb damit, dass sie sich umdrehen würde. Als sie es nicht tat, sondern im Schacht verschwand, schloss ich die Tür und glitt zurück in meine Kammer, wo ich neben der Hängematte schwebte und an ihr vorbei die gleichförmigen Kompositwände und den Boden anstarrte, der selten den Druck von Stiefeln fühlte. Warum war sie gekommen?

Ich hatte ihr durch den Korridor nachgehen wollen, es aber nicht fertiggebracht. Nicht, solange es mir unmöglich war, auf ihr Angebot einzugehen. Doch das Herz wurde mir schwer.

Wie hatte ich glauben können, dass ihr nicht an mir lag? Aber warum hatte sie diese letzte Frage gestellt, die sich direkt auf das Dzin bezog? Weil ich eine gegenwärtige Realität als eine ewige akzeptierte?

Irgendwo in meinem Inneren spürte ich, wie ein Spiegel zerbrach, und ich wusste nicht einmal, welches Bild das ungesehene Glas enthalten hatte. Obwohl ich das trübe Licht ausschaltete und in meine Hängematte stieg, schlief ich nicht. Zu viele Gesichter schwammen durch die Dunkelheit, und das Einzige, das ich nicht wiedererkannte, war mein eigenes.

36

(Omega Eridani: 4517)

Die Welt ist ein vom Bewusstsein erhellter Spiegel: in der Dunkelheit ist er leer.

Mit Fersonne und Sanselle ging ich zweimal hinaus zu Außenorientierungen, bevor ich anfing, mit ihnen zusammen Außenreparaturen durchzuführen. Zuerst übernahm ich die einfachen Aufgaben wie die Inspektion der Außenhaut der Station. Mir war bekannt, dass das nanitenverstärkte Sehvermögen es mit den besten Scannern aufnehmen und das Gesehene besser interpretieren konnte als jeder Computer. Es schien in einer Weise anachronistisch und in einer anderen eine vollkommene Bestätigung des Dzin. Mit einem seltenen Anflug von Heiterkeit überlegte ich, was Manvarr gedacht haben würde, wenn er einen seiner Schüler inmitten des Sternenmeeres auf einer stumpfgrauen Oberfläche gesehen hätte, wo er mit dämonisch verstärkten Augen das Kompositmaterial untersuchte.

Nachdem die beiden zu dem Schluss gekommen waren, dass ich kein hoffnungsloser Fall war, wurde unter

Gerbriks Anleitung eine größere Reparatur in Angriff genommen. Zu viert tauschten wir Stoßdämpfer und Stapel der zentralen Frachtschleuse aus, eine Arbeit, die beinahe eine Woche in Anspruch nahm.

Ich wusste nicht, was Gerbrik im Sinn hatte, als er mich kurz danach zur Frachtschleuse eins bestellte. Sanselle wartete dort, aber der Technische Offizier und Fersonne waren nicht da. Ich trat durch die offene innere Tür. Die aschblonde Frau wartete, bis ich in der Schleuse war, bevor sie das Wort ergriff. »Jedes zweite Jahr bekommt die Außenhaut eine Oberflächenbeschichtung. Diesmal darfst du dabei helfen.« Sanselle grinste, nicht gerade boshaft, und zeigte auf den großen Zylinder, der von einem Netz am Boden der Frachtschleuse festgehalten wurde. »Dieser enthält die Beschichtung. Wir sind etwas hinter unserem Plan, weil die Ingenieure beide Zylinder brauchten, um die Reparatur der *Costigan* zu beenden.«

Der Zylinder war aus stumpfgrauem Komposit und ähnelte einem Fass mit einem Rüssel an einem Ende und einem Sitz am anderen. Am stumpfen Ende des Fasses vor dem Sitz war eine kleine Armaturentafel.

»Die Außenhaut wird von vielen Mikrometeoren verletzt und zerkratzt. Manche Einschläge sind auch etwas größer.« Sanselles dünne Lippen dehnten sich und entblößten gleichmäßige Zähne.

Alle Dämonen hatten vollkommene Zähne. Meine waren auch gut, obwohl sie es zu meiner Zeit als Dzinmeister von Hybra nicht gewesen waren.

»Die Beschichtungsgeräte für Außen sind wie SMWs«, fuhr sie fort. »Die Steuerinstrumente sind etwas komplizierter, sie sind massiver, und du musst sie verankern …«

Als sie mit der Erklärung fortfuhr, wunderte ich mich, warum man die Geräte nicht einfach auf Gleise setzen und selbsttätig die Station umkreisen könnte. Statt zu fragen, durchsuchte ich das Wissen, nutzloses wie nutzbringendes, das mir eingeflößt worden war, seit ich Dorcha verlassen hatte. Die Antwort war einfach genug. Die Beschichtungsgeräte konnten durchaus selbsttätig operieren und würden jeden Riss und jede Einschlagstelle, die sie mit ihren Sensoren wahrnahmen, ausfüllen, einschließlich Kanten, Winkel und Gelenke zur Befestigung von außen angebrachten Geräten. Die Sensoren und Rechner zur Steuerung der Geräte waren zu kostspielig und zu empfindlich für den Transport mit Nadelschiffen, es sei denn, sie wurden gesondert behandelt und verpackt. Mit einem Wort, wir waren viel billiger.

Ich schüttelte den Kopf. Ich konnte meine Schulden bei der Dämonengesellschaft zurückzahlen, indem ich fünfzehn Jahre in untergeordneter Position einfache bis schwierige und anspruchsvolle Arbeiten verrichtete – eine Rückzahlungsrate, die sicherlich dreimal so hoch war wie die Kosten, die ich verursacht hatte. Und ich war billiger als der Transport von Rechnerkapazität und Sensoren von der Art, die im Vakuum und nahe dem absoluten Nullpunkt funktionierten.

»… wegen des Rückstoßeffekts, der bei der Beschichtung entsteht, schweißen wir eine Schiene auf die Oberflächen und fahren mit dem Gerät die Schiene entlang. Zuerst werden wir drei Schienenreihen auf die Außenhaut schweißen, dann fährst du mit dem Gerät die erste Schiene entlang. Unterdessen lege ich die vierte und fünfte Schiene. Dann setzen wir das Gerät auf die zweite Schiene, und während ich das Gerät übernehme, kannst du die sechste und siebte Schiene verschweißen.«

Ich hatte über Schienen und die alten Dampflokomotiven gelesen, aber diese waren nicht, was Sanselle meinte.

»Da sind die Schienen, mit denen wir anfangen werden.« Sie zeigte zu einem großen Bündel, das hinter dem Beschichtungsgerät unter einem Netz lag. Es enthielt ein dickes Paket Schienenabschnitte aus grauem Komposit von drei Metern Länge. Der Querschnitt der Schienen hatte die Form eines umgekehrten Trapezoids.

Ich fragte mich, wie die Schienen geschweißt wurden.

Das Komposit-Punktschweißgerät, das sie mir hinhielt, musste eine Masse von wenigstens zwanzig Kilogramm haben. »Ich lege die Schiene aus, du verschweißt sie.«

Statt zu fragen, wie ich es machen sollte, rief ich das Wissen ab, das ich mit der Sprühinjektion der Unterweisung erhalten hatte. Theoretisch war es einfach: Man hielt den nicht ganz rechtwinkligen Schweißkopf an Außenhaut und Schiene und drückte den Knopf zur Aktivierung.

In der Praxis erwies es sich als schwieriger.

Sanselle heftete jeden Schienenabschnitt mit einem speziellen Kleber an die Außenhaut. Der Abstand zur nächsten Schiene betrug genau siebeneinhalb Meter, gemessen mit einem Markierungslaser, den sie bei sich hatte. Sie bewegte sich leicht und mühelos an der Halteleine, die zwischen zwei Ringen gespannt war und in die sie sich mit einem Karabiner am Gürtel einhängte.

Ich bewegte mich noch immer nicht so gewandt. Die beheizten Handschuhe für außen waren plump, und meine Finger waren nie genau dort, wo ich es dachte. Dann musste ich den Schweißkopf hauptsächlich nach Gefühl ansetzen, und ich war ein visuell orientierter Mensch. Die Haftstellen an den Stiefeln für Außenarbeiten hielten nur fest, wenn ich sie vollflächig aufsetzte, und ich war nie in dieser unnatürlichen Weise gegangen.

Ich versuchte den Schweißkopf vorsichtig anzusetzen, aber mein Stiefel glitt ab, und dann auch das Schweißgerät. Es rann mir kalt und salzig in die Augen, und ich schwitzte und fröstelte gleichzeitig.

»Bist du noch beim ersten Abschnitt, Tyndel?«

Ich war noch immer an der ersten Punktschweißstelle des ersten Abschnitts. Die Schiene wollte sich von der Außenhaut aufbiegen, weil der Kleber nicht gut festhielt, sobald ich mit dem Schweißgerät auf die Schiene drückte. Als ich den Knopf drückte, wollte der Energierückstoß vom Schweißkopf mich fort vom Rumpf stoßen, obwohl ich angeleint war und Haftstellen an den Stiefeln hatte.

Als die Schicht zur Hälfte um war, war es mir gelungen, die erste Kompositschiene festzuschweißen, achtzehn Meter in sechs Abschnitten. Die zweite Schiene hatte ich in einem Drittel dieser Zeit geschweißt.

»Holen wir das Beschichtungsgerät. Du kannst es fahren, während ich schweiße.« Sanselles Anweisungen waren halb erheitert, halb verdrießlich. »Es geht jetzt schon besser.«

»Mag sein, aber mir ist kalt.«

Sanselle lenkte das Beschichtungsgerät aus der Schleuse, und ich zog mich an der Leine weiter und fragte mich, warum ich die Mühe auf mich nahm. Neben dem massigen Beschichtungsgerät fühlte ich mich wie ein Zwerg, und Sanselles knappe und selbstverständliche Effizienz machte mich zum Tölpel. Nachdem sie das Gerät auf die Kompositschiene bugsiert hatte, nahm sie mir das Schweißgerät ab.

»Gib Acht. Du schnallst dich an und folgst den Monitoren. Dieser hier rechts oben ist für den Kompositvorrat im Behälter. Die Schiene liefert nur ungefähr ein Drittel dessen, was gebraucht wird. Dies ist die Stromzufuhr …«

Ich saß hinter den Armaturen und beobachtete, wie das Beschichtungsgerät vibrierend seine vorgeschriebene Bahn zog. Die schwierige Arbeit war das Anschweißen der Schienen. Auf dem Sitz des Beschichtungsgerätes brauchte man nur zu sitzen und achtzugeben, dass nichts schiefging. Es war einfacher, aber auch kälter, viel kälter, und nachdem das Beschichtungsgerät den ersten Streifen der Oberfläche geglättet und beschichtet und die Schiene mit eingearbeitet hatte, tauschte ich mit Sanselle die Plätze und schweißte eine weitere Schiene, während sie das Gerät bestieg.

Wir wechselten noch einmal ab, und nach vier Stunden war mein Schutzanzug trotz Heizung und Naniten voll von kaltem, klammem Schweiß, und meine Hände und Füße begannen zu Eis zu werden.

»Zeit für eine Pause«, sagte Sanselle. »Wenn du am Ende dieser Strecke bist, setzen wir das Gerät auf die nächste Schiene um.«

Sie sah zu, als ich das Beschichtungsgerät überwachte. Es kroch vibrierend den letzten halben Meter Schiene entlang, dann, nachdem er die letzten Zentimeter bearbeitet hatte, hing er in den Halteleinen über der Außenhaut. Wir tauschten die Plätze, und Sanselle lenkte ihn zur nächsten Schiene und setzte ihn darauf. Nachdem wir das Gerät gesichert hatten, zogen wir uns an den Leinen zurück zur offenen Frachtschleuse, wo wir fröstelnd standen, als die Luft den Raum ausfüllte und Eiskristalle um uns wirbelten.

Wegen ihrer Größe brauchen die Frachtschleusen länger zur Erwärmung als Personenschleusen, und es bildeten sich mehr Eiskristalle. Als wir endlich die Helme abnehmen konnten und aus der Schleuse in den unteren Korridor schwebten, war mein Zittern zum Schüttelfrost geworden.

»Alles kommt runter, Tyndel. Lass es durch die Reinigungsanlage und zieh frisches Zeug an, nachdem du geduscht hast und bevor du isst. Zur nächsten Schicht wirst du trockene und saubere Sachen brauchen.«

Ich fragte mich, ob ich die nächste Schicht überleben würde.

Die Dusche war eine zylindrische Röhre mit zahlreichen Sprühdüsen, aus denen das Wasser kam. Die Naniten sammelten es ein, wenn es von der Haut und den Wänden abgeprallt war. Gewöhnlich war ich von dem dampfenden Sprühnebel nicht begeistert, aber nach einer Schicht in einem Raumanzug war die Wärme mehr als willkommen.

Meine blonde Kollegin und Aufseherin saß bereits beim Essen, als ich die Kantine erreichte.

Ich warf einen Blick auf den Teller vor ihr. Das Essen war unter einem flachen Deckel aus transparentem Plastik gefangen und musste mit einer langstieligen Gabel seitwärts herausgeangelt werden. Dann schnüffelte ich. Koriander, Safran … Curry? »Das ist ein Gericht aus Dhurra.«

»Meine Mutter war von dort. Sie aß immer gern gewürzte Speisen.«

Ich nickte, noch mit der Idee beschäftigt, dass es Dhurra-Dämonen gab. »Kam sie von Dhurra?«

»Ja, zusammen mit meiner Großmutter. Sie gingen einfach über die Grenze und erklärten, sie wollten nicht in Dhurra bleiben und Dämonen werden.« Sanselle lachte. »Meine Großmutter erzählt die Geschichte noch immer jedem, der sie hören will – wenn sie sich von der Arbeit Zeit nimmt.«

Ich staunte über den beiläufigen Hinweis auf eine Frau, die zwei Generationen älter und noch immer aktiv war. Mein Verstand akzeptierte die Vorstellung; mein Gefühl und meine Konditionierung nicht. »Was … wie sieht deine Großmutter aus?«

»Mein Vetter Eldroth sagt, wir könnten Schwestern sein. Großmutter und ich sind einander ähnlicher als Elsinne und ich.« Sie lachte wieder. »Einmal trug sie ein Festkleid nach der alten Tradition, und als Isjant kam, um mich abzuholen, hielt er sie für mich und fing an, mit ihr zu flirten. Darüber macht sie noch immer ihre Scherze. Jedes Mal, wenn ich nach Haus komme, macht sie irgendeine Bemerkung über Isjant.«

Sanselle hatte ein Zuhause.

»Wie bist du hier hergekommen?«

»Ich meldete mich freiwillig. Ich bin faul, musst du wissen. Ich könnte fünfzig Jahre damit verbringen, meine Schulden an Rykasha für die nächsten dreihundert Jahre abzuzahlen – oder ich könnte es in zehn Jahren machen. Meine Schulden sind hoch.« Sanselle lächelte. »Das ist die erste persönliche Frage, die du gestellt hast.«

War ich so kühl gewesen? »Die Anpassung an das Leben hier ist hart gewesen.«

»Fersonne sagte, du warst früher Dzinmeister.«

»Ich war Lehrer und Meister des Dzin. Aber nur ein Meister ersten Grades. Ich hoffte, dass ich es zum Meister zweiten Grades bringen würde, was mir den Weg in alle führenden Positionen freigemacht hätte.« Nach einem weiteren Bissen heißer Garnelen mit Reis fügte ich hinzu: »Die Dinge entwickelten sich nicht so.«

»Das tun sie nie.« Sie runzelte die Stirn. »Ich dachte nicht, dass ich wieder hier sein würde.«

»Wieder hier?«

»Dies ist für mich das zweite Mal. Ich begeistere mich für das Freiklettern. Die meisten Kletterer werden keine dreihundert.«

Ich musste mich immer wieder wundern, wie nahe man in Rykasha dem Traum von der Unsterblichkeit gekommen war. »Du hörst dich nicht so an, als wolltest du dreihundert werden.«

»Ich möchte nicht leben, um mein Leben zu horten. Du?«

Mein Leben horten? Hatte ich das getan?

»Ach, sie reden immer davon, welche Opfer die Vorfahren brachten, um zu schaffen, was wir genießen, aber jedenfalls versteckten sie sich nicht in schönen Häusern und jagten den Annehmlichkeiten des Lebens nach.« Nach einer Weile sagte sie: »Mir gefällt die Arbeit draußen besser als in der Station. Es ist eine andere Art zu leben, aber es ist intensives Leben.« Ich trank meinen Tee aus der heißen Plastikflasche, dann fragte ich: »Ist es immer so? Dass die ganze Außenhaut neu beschichtet werden muss?«

»Wir haben mit den leichten Abschnitten angefangen, warte, bis du Schienen um die Frachtschleusen schweißen musst. Oder die oberen Notschleusen.«

Ich nickte ernst, aber meine Gedanken blieben bei den Opfern der Vorfahren – und einem anderen Opfer, einem weit persönlicheren und näheren Opfer.

»Diese Arbeit«, sagte Sanselle missvergnügt, »ist beinahe so gefährlich wie die eines Nadeljockeys. Aber du kriegst weder die Bezahlung noch die Aufmerksamkeit. Oder die Gesellschaft.« Sie löste sich von den Haftstellen und stieß sich vom Kantinentisch fort. »Ich habe noch eine Schicht. Du hast zwei.«

Ich folgte ihr hinunter zur Schleuse eins und der Beschichtungsarbeit, die uns erwartete. Um wie vieles leichter wäre sie, wenn wir irgendeine Art von Schwerkraft hätten.

Es war erstaunlich, wie einem ständig in den Sinn kam, was man nicht hatte.

37

(Omega Eridani: 4517)

Wenn du eine Ursache suchst, hast du bereits ein Resultat geschaffen.

Ich war in der obersten Ebene der Station und ersetzte eilig einen der Leuchtstreifen vor den Gästequartieren. Leuchtstreifen hatten eine Lebensdauer von Jahren, aber der eine, den ich auswechseln musste, war gerade zu dem Zeitpunkt erloschen, als aus dem Überraum ein Nadelschiff mit unerwarteten Passagieren gekommen und seine bevorstehende Ankunft gemeldet hatte.

Gerbriks Abbild erschien neben mir. »Sobald Sie fertig

sind, gehen Sie hinunter zu Frachtschleuse drei. Die *Reichmann* hat Fracht, die umgeladen werden muss.«

Ich brachte die Abdeckung des Leuchtstreifens wieder an, packte mein Werkzeug zusammen und glitt den Korridor hinunter zum Schacht, der mich in die unterste Ebene brachte. Sanselle hatte den Schlitten schon flott gemacht, als ich ankam, aber die Schleusentür war noch geschlossen. Die *Reichmann* hatte noch nicht eingedockt.

»Wo hast du gesteckt?«, fragte sie über den Frachtschlitten hinweg.

»Einen Leuchtstreifen ausgewechselt. Für unsere Passagiere.«

Gerbriks Abbild erschien. »Der Kapitän wird in Kürze die Schleuse öffnen. Sie laden alle Fracht aus, die einen violetten Aufkleber hat. Sonst vorerst nichts. Dann bringen Sie den Schlitten hinunter zu Schleuse eins und sichern ihn dort. Nehmen Sie einen der anderen Schlitten für den Rest der Fracht – sie kommt in den Transitraum.«

»Ja, Ser.«

Sanselle nickte, und wir warteten, bis das Schleusentor sich öffnete und die Eiskristalle uns mit einem glitzernden Schauer überschütteten. Zwei Gestalten in Grün mit silbernen Ärmelstreifen waren im Laderaum und sahen zu, als wir die Fracht untersuchten und die Stücke mit dem violetten Aufkleber aussonderten, bevor die Muskelarbeit begann, alles den Schacht hinauf und durch zwei Schleusen auf den Schlitten zu schaffen.

Nach anfänglichem Stillschweigen begannen die beiden miteinander zu reden, unhörbar zuerst, aber dann allmählich lauter, weil unsere Arbeit mit Geräuschen verbunden war.

»... noch immer, dass auf Thesalle nicht alles mit rechten Dingen zugeht?« Die Sprecherin, eine stämmige, untersetzte Frau warf mir einen Blick zu. »Vorsicht mit dem grüngestreiften Behälter.«

Ich nickte, ohne sie direkt anzusehen, und bugsierte

den Behälter vorsichtig hinaus zum Schlitten, wo ich ihn mit dem Netz sicherte. Als ich zurückkehrte, hörte ich den rundgesichtigen Mann in Grün sagen: »... nichts in den Dateien. Es ist die vierte Untersuchung, und keine hat etwas erbracht. Planeten vom T-Typ sind so selten, dass sie sich mit den Untersuchungen beeilten. Außerdem ist Thesalle hübsch, nicht wie Actaean oder Halcyon Vier.«

»Hübsch, ja«, erwiderte die stämmige Frau. »Die Holos zeigen nicht alles ... konnte nicht glauben, was ... Vegetation ... dieses Grün überall, mir war, als bewegte ich mich in einem Traum.«

»Nembret sagt, in der Luft gebe es ein noch nicht identifiziertes Halluzinogen.« Diese Worte kamen von einem dritten Mann in Grün. »Hier! Das nehme ich mit.« Er blickte zu Sanselle, die gerade in den Laderaum kam und zeigte auf einen länglichen Behälter.

»Wenn Sie mich die Stückgutnummer vergleichen lassen«, fragte Sanselle höflich.

»Selbstverständlich.« Er bewegte den meterlangen Behälter zu ihr, Sanselle verglich die Nummer, tastete sie elektronisch ab, und der Mann schwebte mit dem Packstück etwas unbeholfen zurück in die mittlere Sektion der *Reichmann* und ließ die anderen zwei im Laderaum zurück.

»... könnten Eingriffe von Engee sein ... auf derselben Seite des Arms.«

Das war ein weiterer Hinweis auf Engee ... aber ich hatte noch immer keine Ahnung, was der Begriff bezeichnete. Im gesamten Datenmaterial, das ich absorbiert hatte, gab es keinen Hinweis, auch nicht in den Datenspeichern der Station.

»Was soll's? Wir müssen Alaric noch einmal überprüfen ... etwas über polare Ammoniakdispersion, die den Treibhauseffekt verstärkt. Qualcon macht sich Sorgen wegen eines Ungleichgewichts ...«

Ich schaffte den letzten violett gekennzeichneten Lattenverschlag auf Sanselles Frachtschlitten, dann, nachdem ich den grün gestreiften Behälter zu oberst angeschnallt hatte, zog ich das Netz über den Schlitten.

»Hol du den anderen«, schlug sie vor.

Ich tat es und hatte ihn an Ort und Stelle festgemacht, bevor sie zurückkam.

»Nicht schlecht, Tyndel.«

»Ich lerne.«

Nur der Dritte Offizier der *Reichmann* blieb im Laderaum, um uns bei der Arbeit zu überwachen. Ihre Augen waren von einem lehmigen Braun, nicht von Foergas tiefem Blau, oder Cerelles durchdringendem Grüngrau oder Fersonnes treuem, warmem Braun.

Sanselle und ich sprachen nicht viel. In einer Weise, die ich nicht zu analysieren versuchte, hatte die Anwesenheit der Offiziere in Grün unser normales Interesse am Entladen gedämpft. Wir wollten die Arbeit hinter uns bringen und uns wieder anderen Pflichten zuwenden.

»Das ist alles«, sagte die Frau in Grün schließlich. »Wir machen zu.«

Wir nickten.

Dann mussten wir den Schlitten im Transitraum entladen. Es war leichter, wenn uns niemand über die Schultern sah, obwohl wir beide wussten, dass Gerbrik uns periodisch überwachte. Er traute niemandem. Darum war er Technischer Offizier – und darum würde er niemals mehr sein.

Später, als wir zur Kantine gingen, heftete ich mich an den Sitz und blickte über den Tisch zu Sanselle. Wenn ich Fragen hatte, die mich vielleicht einfältig erscheinen ließen, fragte ich lieber sie als Fersonne oder Gerbrik. Sanselle nahm alles gleichmütig auf, und ich hoffte, dass sie mir helfen konnte.

»Sanselle …?«

»Wieder eine Frage?« Sie zog die Brauen hoch.

»Ich wechselte den Leuchtstreifen aus. Die *Reichmann* kam mit Passagieren, die Gerbrik nicht erwartete.«

»Richtig.«

»Als die beiden Offiziere in Grün uns überwachten, redeten sie miteinander.«

»Ich achtete nicht darauf. Sie hatten nichts Besseres zu tun.«

»Richtig.« Ich machte eine Pause. »Sie verwendeten einen Begriff, den ich nie gehört habe und den ich nirgends finden kann.«

Sanselle sah mich groß an. »*Du* konntest ihn nirgendwo finden?«

Ich errötete. »Ich durchsuchte den Datenspeicher und die Bibliothek der Station, und alle Informationen, die im Laufe der Zeit in mich hineingepumpt wurden.«

Sie lächelte. »Und du meinst, ich könnte es wissen?«

»Du weißt mehr als du sagst.« Das entsprach der Wahrheit.

»Was ist das für ein geheimnisvoller Begriff?«

»Engee … oder so ähnlich.«

Ein Schatten ging über ihre Züge, bevor ein weiteres, schwächliches Lächeln erschien. »So nennen manche Leute die Anomalie. Die Gläubigen denken, ihr Gott habe sie geschaffen und lebe dort. Engee ist die Abkürzung für Nanitengott oder etwas Ähnliches.«

Anomalie? *Winkel zur mathematischen Beschreibung der Stellung eines Planeten in seiner Bahn um die Sonne. Man unterscheidet zwischen wahrer, exzentrischer und mittlerer Anomalie …* Das war es nicht. Ich suchte in meinem persönlichen Datenspeicher. *Abweichung von der Regel, beziehungsweise von der normalen Verteilung gemessener Werte …*

»Warum gibt es keinen Eintrag darüber?«

»Weil es keine Beweise gibt«, sagte sie. »Sie lehren das in all den frühen Geschichten. Deshalb sind die ersten Systemnetze in Misskredit geraten; sie enthielten alle möglichen Informationen, die nicht einmal in einigen Fällen zutrafen. Jeder kann so ungefähr alles aus einem Datennetz abrufen, aber wenn man etwas hineinbringen will, muss man die Vorschriften kennen und beachten. Das nicht genehmigte Einschleusen von Datenmaterial ist Grund für eine richterlich verfügte Anpassung.«

»Die Eingabe zusätzlicher Information in ein Datensystem kann zur Zwangsanpassung führen?«

»Wenn die Eingabe in ein Hauptsystem erfolgt. In ein lokales System kannst du eingeben, was du willst, aber es darf nicht von außen allgemein zugänglich sein. Allerdings gibt es Umwege.« Sie lächelte kurz. »Die meisten probieren es lieber nicht. Es ist das Risiko nicht wert.«

Ein weiterer verborgener und wenig einnehmender Aspekt der Herrschaftsmechanismen Rykashas. Ich kehrte zurück zu meiner früheren Fragestellung. Wenn ich es nicht tat, würde ich mich in all den anderen Fragen verirren, für die ich noch Antworten finden musste. »Ich habe Leute über die Gläubigen reden hören. Auf dem Weg hierher lernte ich eine kennen. Sie nennen sich Rechtgläubige. Die Frau war ganz sicher, dass sie irgendwohin gehen würde, wo dieser Engee der wahre Gott sei. Etwas in der Art.«

»Sie haben irgendwo eine Kolonie. Um hinzukommen, müssen sie ein langsames Schiff nehmen. Photonenantrieb auf der ganzen Strecke. Das erfordert Jahre objektiver, aber nur Wochen subjektiver Zeit.«

»In der Nähe dieser Anomalie, die niemand kennt?«

In Sanselles Worten klang Ironie an.

Ich lachte, machte mir aber meine Gedanken.

»Sie glauben auch, dass Freikletterer selbstmörderisch antisozial seien. Wir müssen zu allen Zeiten eine positive gesellschaftliche Balance herstellen.«

Das Lachen verging mir.

»Oder wir sehen uns richterlich verfügter Anpassung gegenüber.«

»Weil …?« Weil was? Ich wusste nicht einmal, wie ich die Frage formulieren sollte.

»Weil es kostspielig ist, einen Kletterer zu retten, der abgestürzt oder verletzt ist oder sich verstiegen hat. ›Eine Vergeudung knapper Ressourcen‹, formulierte es der Anpassungsrichter.« Sie zuckte die Achseln. »Ich bin am Klettern verhindert, bis meine Mittel ausreichen, um Rettungsaktionen und medizinische Behandlung und Rehabilitation abzudecken.«

»Bis du ein ausreichend hohes Guthaben zusammengebracht hast?«

»Genau. Dann kann niemand etwas sagen oder tun. Nicht mal die kleinen Monitore, die sie in mich hineingestopft haben.«

Mich überlief es kalt.

»Es ist besser, nicht angepasst zu sein, Tyndel.«

Das war mir bereits klar geworden, nur nicht so nachdrücklich.

38

(Omega Eridani: 4517)

Wünsche suchen immer das klare Denken zu täuschen.

Fersonne ließ sich mir gegenüber am Kantinentisch nieder. Die Kantine war so kahl, öde und schlecht beleuchtet wie die Kasernen der Soldaten vor fünf Jahrtausenden. Sie fuhr sich glättend über den stumpfgrauen Overall und nahm einen Schluck vom heißen Tee aus der Plastikflasche. Ein entkommener Tropfen schwebte seitwärts davon auf die graue Kompositwand zu, wo er in die Fänge der Haushaltsnaniten geraten und den anderen Abfällen zur molekularen Umbildung hinzugefügt würde.

Fersonnes tiefbraune Augen betrachteten mich forschend, bevor sie sagte: »Gerbrik bot mir einen Bonus von Krediteinheiten für ein weiteres volles Jahr, wenn ich noch ein halbes Jahr länger bleibe.«

»Denkst du daran, es zu tun?«

»Ich könnte mit dem nächsten oder übernächsten Schiff abreisen, wenn ich nicht bleibe.« Sie trank wieder aus der Plastikflasche.

»Was würde das für dich bedeuten?«

»Es ist nicht so, dass jemand auf mich warten würde. Als er den Vertrag nicht erneuerte, beschloss ich etwas zu tun. Ich wollte genug verdienen, um mein eigenes Haus auf Thesalle oder Actaean zu haben – ein größeres Haus, meine ich.«

Nicht einmal, als wir intim waren, hatte Fersonne erwähnt, wer »er« gewesen war, und ich hatte nie danach gefragt. Auch sie hatte nie nach jemandem in meiner Vergangenheit gefragt, und dafür war ich ihr dankbar.

»Wo dich keiner schief ansieht?«

Sie nickte energisch. »Davon hatte ich zu Haus genug.«

»Du bist aus Runswi? Oder ...?«

»Vanirel, nördlich von Thule.«

»Sind die Länder Rykashas immer in kalten Gegenden?«

»Du bist kein Mite, Tyndel«, sagte Fersonne und lächelte. »Ich bin nicht sicher, dass du jemals einer warst. Du siehst die Dinge anders. Ich wette, manche von ihnen wussten es.«

»Ich bin kein Rykashaner.«

»Doch, du bist. Du willst es nur nicht zugeben.«

Warum hatte ich solche Schwierigkeiten zuzugeben, was so eindeutig Tatsache war? Ich wollte es nicht einmal »Wahrheit« nennen. War es so, weil ich meine Vergangenheit aufgeben müsste, wenn ich solch eine Wahrheit anerkennen würde? Aber meine Vergangenheit war mein, ganz gleich, was ich wurde. Damit musste ich mich abfinden. »Willst du länger hier bleiben, oder lockt dich der Gedanke an ein besseres Leben?«

Sie nickte. »Ich möchte im Sonnenschein sitzen, im Grün eines Gartens. Ich möchte wieder festen Boden unter den Füßen haben und laufen, nicht in der Tretmühle einer Station, wo es nach Öl und Schweiß riecht.« Nach einem weiteren Schluck Tee musterte sie mich wieder aufmerksam. »Warum bleibst du hier?«

»Habe ich eine Wahl?«

»Du könntest mit dem nächsten Schiff abreisen, wenn du dich bereit erklären würdest, die Ausbildung als Nadeljockey zu machen.«

»Meinst du?«

»Gerbrik sagte so etwas. Aber Rykashaner können auch dickköpfig sein, Tyndel. Niemand wird dich betteln, ein Nadeljockey zu werden.«

»Ich habe nicht verlangt, ein Rykashaner zu sein. Oder ein Nadeljockey.«

»Warum tust du es nicht, weil *du* es willst? Nicht weil du gegen sie bist?«

»Ich weiß nicht. Vielleicht, weil ich nicht will.«

»Was nützt es dir, wenn du dich weiterhin weigerst? Wenn du etwas verändern willst, Tyndel, musst du was tun.«

»Warum? Was ich auch tue, sie profitieren davon.«

»Alles, was einer von uns Gutes tut, ist auch gut für jemand. Hasst du alle so sehr, dass du nicht etwas Gutes tun willst?«

Das war die Art von Frage, die Foerga gestellt hätte. Oder Cerelle. Ich antwortete nicht.

»Siehst du mich noch immer als eine von ›ihnen‹?«

»Nein. Das weißt du.«

»Viele Leute sind wie ich, Tyndel.« Ein weiches Lächeln begleitete die Worte. »Die meisten von uns sind keine Gerbriks oder Nadeljockeys oder Wissenschaftler.«

»Ich verstehe.«

»Du handelst nicht so als ob du verstündest.«

»Weißt du, es ist schwer, dir was vorzumachen.« Ein verlegenes Lachen begleitete meine Worte.

»Du hast schon Mühe, dir selbst was vorzumachen. Damit hatte ich nichts zu tun.«

Aber sie hatte sehr wohl etwas damit zu tun. Und ich erkannte, was zu sehen ich mich bisher geweigert hatte. Foerga, Cerelle und nun Fersonne. Fersonne war nicht brillant, aber sie war aufrichtig, und ich hatte immer Aufrichtigkeit gebraucht, aber dieses Bedürfnis niemals anerkennen wollen. Cerelle hatte mich gedrängt, aufrichtig zu sein, und mich damit verärgert, aber es war nicht ihr Fehler gewesen. Weder Foerga noch Fersonne hatten mich gedrängt … Und was besagte das? Ich war nicht sicher.

»Wirst du bleiben?«, fragte ich schließlich. »Das zusätzliche halbe Jahr?«

Fersonne blickte auf den Tisch nieder. »Ich brauchte nicht zurückzukommen. Könnte sogar nach Actaean gehen.« Sie sah mich nicht an. »Wahrscheinlich werde ich Gerbrik sagen, dass ich seinen Bonus nehme. Es ist wenigstens etwas.« Die braunen Augen begegneten meinem Blick, und sie lächelte leise.

»Du musst nicht …«

»Ich weiß. Es ist für mich, Tyndel.«

Ihr Lächeln beschäftigte mich trotz der Leugnung noch lange nachdem sie gegangen war, ihre Schicht anzutreten, und ich in meiner Kammer in der Hängematte lag. *Alles Gute nützt jemandem … Hasst du alle so sehr …?*

39

(Omega Eridani: 4517)

Erleuchtung ist nicht übertragbar.

Bevor ich mich nach meinen Arbeitsschichten schlafen legte, versuchte ich meistens etwas zu lesen. Ich hatte in der Stationsbibliothek einen antiquarischen Text ausfindig gemacht, der nach den Aufzeichnungen seit Jahrzehnten nicht abgefragt worden war. Der Artikel – *Die Naniten-Perspektive* – hatte mich interessiert, ebenso wie die ersten Sätze, die auf dem Bildschirm erschienen waren.

> … hat eine Welt sich verändert, können die in der neuen Welt lebenden Menschen die Perspektive jener, die der alten verhaftet blieben, nicht mehr verstehen …

Das konnte ich gut nachempfinden, denn ich fühlte mich noch immer der alten Welt verhaftet, obwohl ich gezwungen war, in der neuen zu leben, und ich hoffte irgendwie, dass die Worte des vergessenen Autors helfen können.

> … alle Veränderungen der Welt waren nichts, verglichen mit der Nanotechnischen Revolution … Viele sahen die Saat der Zerstörung, und Anfangsschwierigkeiten und Hindernisse bei der Umsetzung der Technik wurden als endgültige Barrieren wahrgenommen, über die nur wenige hinausblickten … Haupthindernis für die verbreitete Anwendung von Nanitentechnik waren die anfänglichen Schwierigkeiten bei der Entwicklung eine brauchbaren Scannertechnik. Nach der Entwicklung des Heylstronscanners zersetzten die eskalierenden wirtschaftlichen Verwerfungen das Ge-

füge der Gesellschaft ... Auflösungserscheinungen führten rasch zu militärischen Anwendungen der Nanitentechnik, um die staatliche Ordnung aufrecht zu erhalten. Dies brachte den unvermeidlichen Umstrukturierungsprozess zeitweise zum Stillstand und verhinderte chaotische Begleiterscheinungen der Umwälzung ...

Das leuchtete ein. Selbst in Dorcha hatte das Militär den ersten Anspruch auf die Steuern des Staates und die notwendigen Rohstoffe zur Aufrechterhaltung der Wehrkraft. Die Dzinmeister kamen an letzter Stelle, obwohl die nachfolgenden Generationen und auch die nächste militärische Führung bei ihnen in die Lehre gingen.

Trotz der Banalität des Anfangs las ich weiter, den Blick fixiert auf den Bildschirm in der Dunkelheit meiner Kammer.

... erste überlieferte Anwendung von Nanitendesintegratoren erfolgte 505 A.S. im Verlauf der versuchten Wiedereinsetzung der Mogul-Hegemonie ... die Verluste auf beiden Seiten erreichten achtzig Prozent ...

Ich verzog das Gesicht, so lang es auch her war. Kein Wunder, dass die Meister des Dzin und die Herrscher von Toze und Dhur sich gegen die dämonischen Waffen gestellt hatten. Nachdem ich weitergeblättert hatte, las ich einen Abschnitt über die bildenden Künste, der sich allerdings nicht nur auf diese beschränkte.

... das Aufkommen von Nanitenreplikatoren zerstörte den Kunstmarkt, der bis dahin große wirtschaftliche Bedeutung als Geldanlage gehabt hatte, da ein mithilfe von Naniten abgetastetes Original so genau reproduziert werden konnte, dass das Replikat durch keine nicht-destruktive Untersuchung vom Original unterschieden werden konnte … auch der Wert von Edelmetallen und Juwelen erlitt starke Einbußen, besonders der von Diamanten, Rubinen und Saphiren …

Ich schloss für einen Moment die Augen. Bilder gingen mir durch den Sinn, Gestalten in Seidengewändern und Brokat, alten Geweben, die selten und kostbar waren, behängt mit goldenen Ketten und Schmuck, aber die Gesichter abgezehrt, mit eingesunkenen Augen, ausgemergelt vom Hunger. Dorcha und die übrigen Teile der »Miten«-Welt waren nach wie vor abhängig von der Wirtschaftsform, die auf dem natürlichen Kreislauf beruhte, welcher Nahrung und nachwachsende Rohstoffe hervorbrachte. Die Preise der Waren wurden nicht nur von ihrer Zusammensetzung bestimmt, sondern vor allem von der Menge des Angebotes oder ihrer Knappheit. Diese Abhängigkeit war in Rykasha aufgehoben. Die nanotechnische Zivilisation hatte alles das in mehr als nur einer Weise verändert. Durch Elektrokinese und Naniten konnten mit Ausnahme der seltensten Elemente beinahe alle Substanzen nachgebildet werden.

Ich rieb mir die Stirn und wünschte, ich könnte die Bilder vertreiben. Was also war die Grundlage der Wirtschaft Rykashas? Wissen, Können und Leistungsdruck.

Der Energieaufwand für einen Speisenaufbereiter war weit geringer als der für die industrielle Verarbeitung organisch gewachsener Stoffe, und wenn die Aufbereiter richtig programmiert waren, gab es keinen Unterschied des Nährwerts. Die mithilfe von Naniten aufbereiteten Speisen wurden auch weniger leicht verseucht und verunreinigt. Was also wurde aus den Trüffelsuchern und Aalfischern, den Gärtnern? Jeder konnte Banknoten verschiedener Wertstufen von Krediteinheiten in vollkommener Qualität duplizieren. Ein Fälschungsnachweis war unmöglich. Was wurde aus der Währung? Die unkontrollierbare Ausweitung des Geldumlaufes führte zu

Geldentwertung und Rückkehr zum Tauschhandel. Es hatte sich gezeigt, dass die Nanotechnik in ihren militärischen Verwendungsmöglichkeiten zu grauenhaften Verlusten führte. Was wurde aus dem Krieg? Wer nicht über Nanotechnik verfügte, wurde vernichtet oder unterworfen. Diejenigen, welche sie besaßen, mussten ein System zur Kriegsverhinderung entwickeln oder untergehen.

Aber wie konnte solch ein System aussehen?

Ich schüttelte den Kopf, aber das half nichts. Rückblickend schien vieles klar, doch hatte diese Betrachtungsweise lange auf sich warten lassen, weil ich mich gegen die Einsicht gewehrt hatte, dass wirklich nichts unverändert bleiben würde.

Ich schaltete den Bildschirm aus, denn ich hatte schon zu viel Geschichte und Hintergrund in mich aufgenommen.

Als ich endlich in Schlaf sank, waren die feurigen Lichtbogen aus purem Gold – nicht rotgolden. Sie waren wie goldene Ketten, die durch den schwarzen Raum wirbelten, mich einzufangen und an etwas zu fesseln suchten … was es war, wusste ich nicht.

»Nein!«

Ich fuhr in der Hängematte auf, dass sie an ihren Verankerungen zerrte und auf und nieder schnellte. Wäre ich nicht angeschnallt gewesen, hätte die Bewegung mich in der Schwerelosigkeit gegen die Decke geschleudert.

Ich begann zu verstehen, begann zu begreifen, warum ich nicht hatte verstehen wollen – und nun war mir zumute, als wollte etwas mich einfangen. Die neue Welt, in der ich ohnedies gefangen war?

Nach einiger Zeit sank ich in unruhigen Schlaf – in einer trüben Dunkelheit, die nichts von den schwarzen Tiefen hatte, durch die feurige Lichtbogen nach mir ausgegriffen hatten.

40

(Omega Eridani: 4517)

Alles Leben ist Leid.

Nach einer kurzen Dusche und dem Wechsel in einen sauberen Overall saß ich allein in der Kantine, aß in Streifen geschnittenes und mit Curry gewürztes Rindfleisch mit Nudeln nach einem Rezept aus Dorcha und trank Orangenblütentee.

Neben mir erschien Sanselles Abbild in der Kantine. Sie verwendete diesen Kommunikationsweg selten. Ihr Gesicht war blass, ihre Augen schienen etwas geschwollen. »Tyndel ... Frachtschleuse drei ...«

Das Bild verschwand.

Ich zog mich von den Haftpunkten der Sitzfläche los, schob die Reste meiner Mahlzeit zur Aufbereitung in die Klappe des Behälters und katapultierte mich in den Korridor zum Schacht Nummer vier, der mich am schnellsten zur Frachtschleuse drei bringen würde. Eigentlich hatte ich diese Schicht frei, aber die Anspannung in Sanselles Stimme verriet, dass etwas vorgefallen war.

Was konnte sie in Aufregung versetzt haben? Warum hatte sie gerufen und nicht Gerbrik? War dem Technischen Offizier etwas zugestoßen?

Was immer der Anlass war, Gerbrik hatte nichts damit zu tun, denn er und Sanselle standen verankert im Korridor bei der Schleuse. Eine kalte Spannung lag in der Luft.

Die Kontrolllampen der Schleuse und das dumpfe Geräusch bestätigten, dass ein gerade angekommenes Schiff andockte.

Beide sahen mich verdutzt an. Gerbriks Miene blieb aber gefasst, während Sanselles Wangen fleckige Röte zeigten.

»Es tut mir Leid«, murmelte sie.

Was tat ihr Leid? »Was ist passiert?«

»Es hat … einen Unfall gegeben«, antwortete Gerbrik mit gepresster Stimme. »Fersonne. Sie wurde vom Bremsstrahl der *Hook* getroffen.«

Sanselle nickte. Ihre Augen glänzten unnatürlich.

»Wie …?« Ich verstand nicht, wie das hatte geschehen können. Fersonne war so vorsichtig und sorgfältig, mehr als Sanselle und ich.

»Ein Zusammenwirken unglücklicher Umstände«, sagte Gerbrik, ohne mich anzusehen. »Die *Hook* traf unerwartet früh ein, mit weniger als fünf Minuten Anmeldung. Außerdem kam sie zu heiß herein. Ich rief Fersonne, sie solle sofort in die Station kommen. Sie gab ihrem Besenstil volle Schubkraft und war an ihrer Sicherungsleine, die sie benutzen wollte, um sie zur offenen Schleuse zu bringen. Die *Hook* war heiß und musste später und länger bremsen. Fersonne versuchte den Schub durch Umsteuern rückgängig zu machen, aber sie war seit einer halben Schicht draußen, und der Gasvorrat des Besenstils war erschöpft und brachte nicht mehr die nötige Energie. Darauf versuchte sie sich an der Leine hereinzuziehen, um die Strecke zu verkürzen. Sie war nicht schnell genug, und der kürzere Bogen, den sie mit der Leine zur Schleuse führen sollte, brachte sie in den Bremsstrahl der *Hook.*« Er seufzte. »Ein paar Grad hin oder her, und nichts wäre geschehen.«

Ein paar Grad … ein paar Augenblicke … wenn ich in Hybra ein paar Augenblicke schneller gewesen wäre, hätte Foerga vielleicht überlebt. Wenn Fersonne sich nicht für den Bonus entschieden hätte. Oder für mich? Wenn … Wenn … Aber Wenns können nichts ungeschehen machen.

Ich blickte umher, erwartete beinahe in die braunen Augen zu sehen, sah aber bloß das Grau des Frachtkorridors und Schleusentore. Mein Blick ging zurück zu Gerbrik.

»Selbst ein Isolieranzug schützt nicht vor den ionisierten Abgasstrahlen aus den Treibwerken eines Nadelschiffs. Es ist nichts übrig …«

Sanselle schüttelte den Kopf.

Ich tat es ihr nach. Es wollte mir nicht in den Kopf – aber es leuchtete ein. Das Unerwartete, verbunden mit mehreren kleinen Irrtümern, und Fersonne war tot. Sie, von der als letzte erwartet werden konnte, dass sie auf diese Weise umkommen würde. Vielleicht der beste Mensch, den ich in der Station gekannt hatte, oder seit ich Dorcha verlassen hatte. Tot.

Ich fühlte die Kälte jenseits der dicken Kompositwand der Station, und die Kälte, die in mir aufstieg, wie der Nebel über dem Tiefen See, wenn Frost einsetzte.

»Ich hole den Schlitten«, sagte Sanselle und glitt durch den Korridor davon.

»Den Schlitten?«

»Sie müssen noch immer die *Hook* entladen«, sagte Gerbrik.

Fersonne war tot, war eben umgekommen, und wir mussten das Schiff entladen. Das Leben ging weiter.

»Ja, Ser«, sagte ich mit tonloser Stimme.

»Ich konnte es nicht wissen«, bemerkte Gerbrik. »Ich wünschte, ich hätte es verhindern können.«

»Ich weiß, Ser.« Ich war zornig, aber nicht auf den Technischen Offizier. Wie hätte ich es können? Gerbrik war ein Perfektionist. Vielleicht war es das gewesen, was Fersonne getötet hatte. Weil er in Sorge gewesen war, hatte er sie aufgefordert, sich zu beeilen. Weil sie sich beeilt hatte … das war die schreckliche Ironie. Weil er in Sorge um sie gewesen war, hatte er die Koinzidenzen ausgelöst, die zu ihrem Tod geführt hatten. »Ich weiß«, wiederholte ich, ohne zu wissen, wohin ich diese formlose Wut richten sollte, die in mir kochte. »Ich weiß …«

Das leise Summen des Frachtschlittens näherte sich.

Sanselle führte ihn die Seite des Frachtkorridors entlang und brachte ihn drei Meter vor mir zum Halten.

»Haben die noch immer nicht geöffnet?«, fragte sie. Ich konnte ihr beinahe die Gedanken vom Gesicht ablesen. *Sie haben alles andere verpfuscht … was sonst können wir erwarten?*

Die Schleuse ging zischend auf, und wir wurden von Eiskristallen und einem frostigen Luftschwall überschüttet. Die Nanitenfelder, die für sichere Versiegelung sorgten, konnten den Wärmeverlust nicht verhindern.

Der Dritte Offizier der *Hook* stand inmitten der wirbelnden Eisnebel, die um die offene Frachtschleuse trieben, und schaute erwartungsvoll zu uns her, dass wir uns zu ihm in Bewegung setzten. Nach einem Augenblick tat Gerbrik es. Sanselle und ich folgten.

»Behandeln Sie diese Ladung vorsichtig. Es ist eine Spezialausrüstung für die Orbitalstation Alaric. Wir mussten den im Liniendienst vorgegebenen Plan ändern, um sie herauszubringen.« Er machte ein Gesicht. »Es ist eine Menge Metall dabei. Kostbares Metall.«

Gerbrik nickte, als ob der Umstand, dass die Fracht aus kostspieligem Metall bestand, alles erklärte und Fersonnes Tod rechtfertigte. Ich wusste, dass er nicht so dachte, aber ich wäre nicht überrascht gewesen, wenn der Dritte Offizier dieser Meinung war. Wir alle empfinden den Tod von Menschen aus unserem Umkreis mehr oder weniger tief, neigen aber dazu, den Tod von Unbekannten lediglich zu bedauern und vielleicht zu rechtfertigen. Nur in kleinen, überschaubaren Gemeinschaften war es anders …

Bei diesem Gedanken stutzte ich. Hybra war eine kleine Gemeinde gewesen, aber ich bezweifelte, dass mein Verschwinden und Foergas Tod vielen der Bewohner nahegegangen war.

Der Dritte erwiderte das Kopfnicken, dann trat er vom Schleusentor zurück. Am liebsten hätte ich ihn gepackt und ohne Schutzanzug ins Freie hinausgestoßen. *Das Leben geht weiter, und die Achtlosen wissen nicht einmal, welchen Verlust sie verursachen.*

»Dann also los.« Gerbrik sah uns beide an, dann wandte er sich mitten in der Luft um und glitt ohne ein weiteres Wort davon.

»Er will nichts über Fersonne sagen?«, fragte ich Sanselle.

»Kommandant Maestros hat den Nadeljockey schon über Funk verständigt.«

»Und niemand sagte etwas?«

»Was konnten sie sagen? Es war nicht ihre Schuld, nicht ganz, jedenfalls«, erwiderte Sanselle. »Sie konnten Fersonne nicht schnell genug über die Sensoren ausmachen, und wenn sie den Bremsstrahl ausgeschaltet hätten, wäre das Schiff in die Station gekracht.«

Ich schluckte. Wieder die persönliche Verantwortung. Fersonne war für ihre eigene Sicherheit verantwortlich gewesen, und sie hatte versagt. Am liebsten hätte ich mit den bloßen Fäusten gegen das Schott geschlagen.

Stattdessen folgte ich Sanselle durch die Schleuse und in den Laderaum.

Dort wartete der Dritte. »Diese Abteilung zuerst.«

Meine Augen waren kälter als der Raum außerhalb des Schiffsrumpfes, und der Offizier wandte schnell den Blick von mir.

Sanselle begann die Haltenetze von den Haken zu nehmen, dann schob sie mir einen Behälter von ungefähr einem halben Kubikmeter zu. »Vorsicht – mehr Masse als es den Anschein hat.«

Meine Hände und Arme gaben unter dem unerbittlichen Trägheitsmoment nach. Ich warf einen Blick auf die Beschreibung, die eine Seite des Behälters in Schablonenschrift zierte: »Abteilung zwei (b), Formulatoranalyse Mikroflocken.« Die Worte gingen an mir vorbei, aber ich zwang mich zur Aufmerksamkeit. Was waren Mikroflocken, und warum waren sie so wichtig? Oder war jede Fracht wichtiger als das Leben eines Instandhaltungstechnikers?

Sanselle schob einen zweiten, gleichartigen Behälter nach. Alles in allem enthielt die erste Abteilung zwei Dutzend der identisch beschrifteten Behälter.

Als wir damit fertig waren, zeigte der Dritte zur nächsten Abteilung, wieder ohne mich anzusehen.

Die zweite Abteilung enthielt längliche Behälter mit der Aufschrift: »Hochdruckgefäße (Spec. A-4c).«

Es folgten mehr Abteilungen und mehr nicht ganz verständliche Beschriftungen, bis wir die fünfte oder sechste Abteilung erreichten.

»Aerostat Montageteile«, murmelte ich, als ich den drei Meter langen Behälter zum Frachtschlitten bugsierte. Ein Aerostat war ein Luftballon, dachte ich bei mir. Wozu mochte der gut sein?

Sanselle half mir, den Behälter unter ein flexibles Netz zu schieben, und wir gingen zurück, weitere Teile holen. Den Rest des Abteils füllten dünne Tafeln von einem unbekannten Material und etwa einem Quadratmeter Größe, die zu zehnt verpackt und so leicht waren, dass ich mühelos drei Packungen übernehmen konnte. Sie trugen die Aufschrift: »Hochtemperaturisolierung (Spec. 5-XXX).«

Aerostatrahmen, Hochtemperaturisolierung, Hochdruckgefäße, Formulator-Mikroflocken – wie passte das zusammen? Und nichts davon konnte an Ort und Stelle gebaut oder erzeugt werden? So wichtig und speziell, dass ein Nadelschiff im Liniendienst umgeleitet werden musste?

»Was ist los?« Sanselle musterte mich. »Außer dem Offensichtlichen.«

»Das Offensichtliche«, sagte ich. »Nichts kann daran etwas ändern.«

»Es gibt noch mehr …«

»Und all diese Fracht.« So viel ich wusste, ergab die Ladung keinen Sinn, aber in meiner Stimmung wollte ich niemand fragen. Ich hatte Fragen, Fragen, über die ich schon vor Monaten oder Jahren hätte nachdenken sollen, bloß war es mir gleichgültig gewesen.

»Nicht viel anders als das Zeug, was wir die ganze Zeit ausladen. Schwerer und mehr davon, das ist alles.« Sanselle zuckte die Achseln. »Machen wir weiter, sonst brauchen wir noch die ganze Schicht dafür.«

Dem konnte ich nur zustimmen, aber ich hatte an Bord der *Hook* nichts anrühren wollen, nicht einmal als ich vor der Frachtschleuse gewartet hatte.

Ich holte tief Atem und zwang mich zurück zum Laderaum der *Hook* und den wenigen Behältern, die dort noch warteten. Dabei suchte ich die Fragen zu verdrängen, die in mir siedeten.

Warum hatte Rykasha drei Orbitalstationen im System Omega Eridani? Diese Antwort wurde von meinem inneren Datenspeicher leicht beantwortet. *Eine Hauptstation für das äußere System und zwei planetarische Stationen verringern den Energieverbrauch des interstellaren Transits und optimieren den Frachtumschlag der Nadelschiffe.* Kurz gesagt, man schickt ein Nadelschiff zum System und überlässt das Ausladen und Verteilen den Einheimischen.

Was hatten Nanitenformulatoren mit dem Bemühen um den Aufbau einer eigenständigen landwirtschaftlichen Basis zu tun? Und warum brauchten sie Spezialausrüstungen, die über interstellare Entfernungen herbeigeschafft werden mussten, statt sie nach Plänen an Ort und Stelle zu bauen?

Und warum musste es Fersonne sein?

Es gab keine wirkliche Antwort, wie es für Foergas Tod keine gegeben hatte. Oder ich konnte keine Antwort finden. Keine, die mich befriedigen konnte.

Ich zog das Sicherungsnetz des Schlittens um den letzten Behälter.

Ein Abbild Gerbriks, der unsere Arbeit überwachte, erschien zwischen uns. »Entladen Sie den Schlitten nicht, sondern binden Sie ihn in Schleuse eins an. Der Transporter von Alaric wird in dreißig Stunden hier sein und hat sonst nichts mitzunehmen.«

»Ja, Ser.«

Ich folgte dem Schlitten zu Schleuse eins und half Sanselle, ihn in der Schleusenkammer zu verankern.

»Wir sind fertig«, sagte sie schließlich. »Leg dich hin und schlaf. Wir werden wer weiß wie lange für drei arbeiten müssen.«

Daran hatte ich noch gar nicht gedacht.

Auf dem Rückweg zu meiner Kammer, wo mich eine sehr kurze Ruhepause erwartete, da ich wahrscheinlich keinen Schlaf finden würde, dachte ich über Schiffsladungen und Tod nach. Was gab es an dieser Ladung so Besonderes? Oder waren bestimmte Ausrüstungsteile so kompliziert, dass sie nur in der Heimat entworfen und gebaut werden konnten? So kompliziert, dass Fersonnes Tod beinahe nichts bedeutete? Nichts Persönliches für irgendwen außer mir bedeutete, und vielleicht noch für Sanselle … und womöglich Gerbrik.

Die alten Wirtschaftswissenschaftler würden mit der Erklärung gekommen sein, dass der Tod in der Gesellschaft Rykashas mehr als in anderen Gesellschaften bedeuten musste, weil es weniger Menschen gab und diese länger lebten. Aber sie wären im Irrtum gewesen. Mit Ausnahme einzelner bedeutender Persönlichkeiten oder Helden, oder im Falle großer Tragödien, ist der Tod immer etwas Persönliches gewesen, das nur ein Individuum und die Handvoll Menschen betrifft, denen dieses tote Individuum nahe stand. Für den Rest der Gesellschaft geht das Leben weiter, und das ist immer so gewesen, schon bei den Erbauern der Pyramiden und der Großen Mauer, und würde zweifellos auch in ferner Zukunft so bleiben.

Der Tod hatte zwei Bedeutungen: den Verlust von Kenntnissen und Fähigkeiten für die Gemeinschaft und die persönliche Trauer derer, denen der oder die Tote nahe gestanden hatte. Fersonnes Wert war weniger als der einer Ladung gewesen, und diesmal war ich einer der wenigen, die ihr nahe gestanden hatten, und ich wünschte in Fersonnes Tod eine Bedeutung zu finden ... aber es gab keine. *Es sei denn, du gibst ihm diese Bedeutung ...*

Als ich mich in der Hängematte herumwarf, kam mir ein anderer Gedanke in den Sinn: *Wir alle brauchen Bedeutung ... und für jeden von uns ist sie verschieden. Aber was gibt der Gesellschaft Bedeutung?*

Dzin verlieh Dorcha Bedeutung ... aber was gab den Leuten von Rykasha Bedeutung? Welches war ihr Traum? Hatten sie überhaupt einen?

Ich lag in der Dunkelheit meiner Kammer und konnte lange nicht einschlafen; zu viele Fragen waren noch unbeantwortet, zu aufgewühlt meine Empfindungen.

41

(Omega Eridani: 4517)

Stolz ist eine trübe Lampe auf dunkler Straße.

Im Laufe der nächsten Woche stellte ich mir immer wieder Fragen über den Tod und die Bedeutung, die er für die Lebenden hatte, aber die Antworten blieben immer gleich. Der Tod war ein persönliches Ereignis, und das Leben der Gemeinschaft ging davon mehr oder weniger unberührt weiter.

Auf eine Frage fand ich eine Antwort: Was würde Fersonnes Tod Bedeutung verleihen? Es war eine sehr bescheidene Antwort, aber die Beste, die ich finden konnte. Also ging ich am Ende meiner letzten Tagesschicht zu Gerbrik. Er blickte von seiner Konsole auf, und ich sah, dass sein Gesicht mit den tiefen Schatten unter den Augen die gleichen Anzeichen von Überanstrengung und Erschöpfung zeigten, die in meine und Sanselles Züge eingegraben waren.

»Ser?«

»Ja, Tyndel? Ich kann die Schichten nicht verändern. Ich weiß, dass Sie überarbeitet sind, aber durch Fersonnes Tod …«

»Darum handelt es sich nicht, Ser.«

»Das mit Fersonne bedaure ich sehr. Ich weiß, dass Sie eng mit ihr befreundet waren.« Seine Miene zeigte keine Regung, er wartete ab.

»Es geht um etwas anderes, Ser …«

Gerbrik zog die Brauen hoch. »Sie beginnen zu verstehen?«

Der mitleidige Unterton war mir verhasst, aber diesmal kam es nicht auf meine Gefühle an. Als ehemaliger Dzinmeister hätte ich es leicht finden sollen, meine persönlichen Empfindungen herauszuhalten. Das hatte ich nie getan, und vielleicht war es der Grund gewesen, dass man mich nach Hybra geschickt hatte. »Ja, Ser. Wenn es möglich ist, möchte ich die Ausbildung als Pilot beantragen.«

»Und wenn es nicht möglich ist?«

»Dann arbeite ich hier weiter und tue meine Pflicht, so gut ich kann, bis ich meine Dienstzeit abgeleistet habe.« Was blieb mir anderes übrig?

»Ob man Ihren Antrag annimmt oder nicht, ist Sache der Autoritäten in Runswi.« Er nickte. »Ich dachte mir, dass Sie es früher oder später tun würden. Ich werde den Antrag mit dem nächsten Schiff einreichen.«

»Danke, Ser.«

»Ich bedaure das mit Fersonne.« Er nickte und blickte

auf die Konsole. »Mehr als Sie denken …« Die letzten Worte waren nicht wirklich an mich gerichtet, das spürte ich.

Ich kehrte zurück in meine Kammer und versuchte nicht einmal zu schlafen oder zu lesen. Ich lag in der Dunkelheit, die nicht schwarz genug war, um alles auszulöschen, was um mich wirbelte, und hoffte, dass ich eine Lösung gefunden hätte und mich nicht selbst täuschte.

42

(Omega Eridani: 4518)

Erst wenn Erlebnisse sich zu einer Ansammlung nachprüfbarer Tatsachen verbinden, werden sie zu objektiver Wirklichkeit.

Sanselle und ich waren gerade mit der Entladung der *Hay Needle* fertig geworden und verstauten die Fracht im Transitlager. Als das getan war, manövrierte sie den Frachtschlitten wieder an seinen Aufbewahrungsort.

Ich glitt neben ihr, wischte mir die Stirn mit dem Unterarm und unterdrückte ein Gähnen.

»Müde?«, fragte sie.

»Du nicht?«

Sie lachte. »Ich habe mich angepasst. Keine Lektüre, keine Übungen außer Arbeit. Nur Arbeit und Schlaf. Die Zeit vergeht.«

Ich zog die Brauen hoch und sah sie von der Seite an. »Das stimmt nicht.«

»Nicht genau, vielleicht … aber es kommt einem manchmal so vor.«

Zwar verstand ich nur zu gut, wie sie es meinte, doch war ich selbst noch nicht so sehr angepasst. Ob Schichtdienst oder Freizeit, beides war gleichförmige Routine, und nach mehr als zwei Jahren in der Station und weiteren acht vor mir reduzierte sich das Leben zusehends auf Arbeit, essen und schlafen, während alle anderen Beschäftigungen mehr und mehr vernachlässigt wurden.

Gerbrik beehrte uns mit seinem Abbild. »Zur Werkstatt, sobald Sie frei sind«, sagte er, bevor sein Bild verblasste.

»Ja, Ser.«

Wir sahen einander an.

»Ersatz für Fersonne?«, mutmaßte Sanselle.

»Wenn es so ist, haben sie sich beeilt.« Zehn Standardmonate waren seither vergangen, und mit der Zeitdehnung im Überraum – weit besser als die langsame Reise mit Photonenantrieb –, bedeutete das, dass sie schon mit dem nächsten Schiff jemand geschickt hatten.

Sanselle gab mir das Steuerteil. »Du kannst den Schlitten verstauen.«

Ich übernahm die Steuerung und bugsierte den Schlitten zu seinem Abstellplatz. Nach zwei Jahren konnte ich es so gut wie sie.

»Du machst das gut, Tyndel.«

»Danke.«

Dann ging es den Schacht hinauf und durch den oberen Korridor zur Werkstatt. Gerbrik hatte eine muskulöse schwarzhaarige Frau neben sich, die größer war als wir alle. »Dies ist Seriley. Sie ist die neue Instandhaltungstechnikerin. Hat bereits ein Jahr in der Orbitalstation Erde verbracht und auf eine Versetzung gewartet.« Er zeigte zu Sanselle, dann zu mir. »Die Blonde ist Sanselle. Sie ist die Vorarbeiterin. Der Bursche mit den braunen Haaren ist Tyndel. Beide freuen sich, Sie zu sehen. Ich hoffe, Sie werden gut zusammenarbeiten.«

Seriley lächelte mehr als höflich, aber nicht überschwänglich. »Freut mich, Sie kennenzulernen.«

»Wir freuen uns«, erwiderte Sanselle.

Ich lächelte und nickte. Seriley schien nicht gerade begeistert, in einer so abgelegenen Station Dienst zu tun, auch wenn Gerbrik versucht hatte, den Eindruck zu erwecken.

»Nachdem ich sie herumgeführt habe, wird Seriley mit Ihnen arbeiten, bis Sie alle Pflichten kennt«, schloss Gerbrik mit vagem Lächeln.

»Ich freue mich darauf«, sagte die muskulöse neue Arbeitskraft. »Wirklich.«

Worauf freute sie sich? Ich musste lächeln.

»Sind Sie hungrig?«, fragte Sanselle, als wir die Werkstatt verließen.

»Ja.«

In der Kantine ließ Sanselle vom Speisenaufbereiter eine weitere würzige Mahlzeit aus Dhurr zubereiten – eine Art Fisch mit Chilipfeffer und einer Pflaumensoße. Ich wählte Rindfleisch mit Trüffelsoße und gekochten Bohnen.

»Du magst die milden Sachen, wie?«, fragte sie mich.

»Ich finde das nicht mild, aber du hast deine Geschmacksknospen und Geruchsnerven schon vor Jahren mit diesem Chilipfeffer ausgebrannt.«

Sie musste lachen. »Ich dachte immer, du seist so steif, Tyndel.« Sie strich sich das kurze blonde Haar aus der Stirn.

»Bin ich.«

»Nicht so sehr. Eher ruhig.« Sie pausierte für einen Mundvoll Fisch mit Chilipfeffer. »Als ich herkam, fragte ich mich, worüber ich sprechen sollte, wenn niemand die Gegend und die Dinge kannte, mit denen ich aufwuchs.«

»Über die Arbeit. Nach einiger Zeit ist sie das gemeinsame Erlebnis. Beinahe das Einzige.« So war es geschehen. Je länger wir zusammengearbeitet hatten, je mehr gemeinsame Erfahrungen und Erlebnisse wir hatten, desto mehr gab es an Gesprächsstoff. Ich vermisste die Gespräche mit Fersonne. Und dieser Verlust brachte mir noch mehr als sonst zu Bewusstsein, wie sehr ich die stillen Abende mit Foerga vermisste. In gewisser Weise vermisste ich sogar Cerelle, obwohl ich nicht genau sagen konnte, warum ... außer dass sie die weite Reise zur Station auf sich genommen hatte, und das war nicht bloß geschehen, um einen Piloten zu rekrutieren. Ich hatte nicht sehr viel gesehen, weil ich in der ersten Zeit wie betäubt gewesen war, und so fragte ich mich jetzt, was ich versäumt haben mochte?

»Manches an dir wird niemand verstehen. Wir lebten nicht als Miten. Und manches an uns wirst du auch erst nach Jahren verstehen, Tyndel.«

»Das ist mir schon lange klar.«

»Schließlich wirst du alles an uns verstehen, aber nicht fühlen. Und darum werden sie dich zum Nadeljockey machen.«

Ich fürchtete, dass ich nur zu gut verstand, was Sanselle sagte, selbst wenn ich die logische Grundlage ihrer Worte nicht hätte artikulieren können. Über meinen Antrag hatte ich noch nichts gehört und würde wohl noch einige Zeit ohne Nachricht bleiben. Selbst die Leute, die mich rekrutieren wollten, würden nun, da mein Antrag vorlag, einige Zeit für ihre Entscheidung brauchen. Vielleicht sogar acht Jahre, obwohl ich das nach allem, was ich in der Station gesehen und erfahren hatte, eher bezweifelte.

Sanselle hatte Recht. Ich wusste nicht genug über Rykasha und seine Kultur und Bräuche, und all das würde mir nie selbstverständlich sein. Welche Ideen hielten Rykasha zusammen, welche Hoffnungen beflügelten seine Bewohner?

Später streckte ich mich in der Hängematte aus und gähnte. Manche Dinge begannen mir einzuleuchten. Seriley hatte darauf gewartet, eine Arbeitsmöglichkeit hier draußen zu finden. Wenn sie so rar waren, warum hatte man mich dann so schnell hinausgeschickt, dass es mir wie eine Verbannung vorgekommen war? Warum waren die Stationen so spärlich mit Personal ausgestattet? Mit Energie aus einem Fusionsreaktor, Nahrung und Sauerstoff aus Aufbereitungsanlagen konnten sie mit Leichtigkeit einige Leute mehr einstellen. Warum konnten sie so tun, als wäre ich wertvoll, aber Fersonne ohne eine Träne oder ein Seufzen, außer von Sanselle und mir, wie einen zerbrochenen Mechanismus ersetzen?

Ich fürchtete sehr, dass ich vieles noch nicht verstand, und war keineswegs sicher, dass ich es wollte.

Endlich schloss ich die Augen.

43

(Omega Eridani: 4518)

Ein Schatten im Dunkeln enthüllt mehr als er verbirgt.

»Sie können Seriley bei der Außenorientierung helfen«, sagte Gerbrik, ohne den Blick vom Bildschirm seiner Konsole zu wenden, wo eine komplexe dreidimensionale Darstellung einer komplizierten Pumpenanlage zu sehen war. »Sie ist schon in einer Orbitalstation der Erde für Außenarbeiten eingesetzt worden und kennt sich aus. Es geht also mehr darum, sie mit den Unterschieden vertraut zu machen.«

Seriley nickte dazu, dass ihr das glänzende schwarze Haar um den Kopf wehte.

Der Technische Offizier begann die Darstellung auf dem Bildschirm zu drehen und gab Zahlen und Daten ein.

Ich nahm das als Entlassung und blickte zu der neuen Arbeitskraft. »Dann fangen wir gleich an.«

»Einverstanden.«

Wir verzogen uns aus der Werkstatt und glitten den Korridor entlang. Sie hielt mit mir Schritt, ohne nervös zu werden oder sich zu beeilen. Als wir den Schacht Nummer vier hinter uns hatten, sah mich Seriley an. »Du bist nicht wie die anderen.«

»Nein.« Ich zuckte die Achseln.

»Bist du einer von draußen?«

»Nein. Ich habe nie einen der Kolonieplaneten betreten.«

»Na, dann wirst du es noch. Gerbrik sagt, du wirst ein Nadeljockey.«

»Das weiß ich nicht«, erwiderte ich. »Man fragte mich und ich weigerte mich. Man schickte mich hierher. Ich überlegte es mir anders. Und nun überlegt man zu Hause.« Vor der Schleuse zu den Lagerräumen bremste ich und fasste den Handgriff neben der Schleuse.

Ihre schwarzen Augen musterten mich. »Dann musst du ein Konvertit sein – einer von den Miten, die mit einem alten Nanovirus infiziert wurden.«

»Es passierte. Nicht ganz so. Was ist mit dir?«

»Ich war eine Rechtgläubige. Oder glaubte es zu sein. Jetzt weiß ich es besser. Eine Täuschung. Religiöser Wahn, das war alles, aber ich wollte den Rest der nächsten sechzig Jahre nicht mir der Rückzahlung der Behandlungskosten verbringen.« Sie sagte es ohne Erregung, aber der schmerzliche Unterton riet mir von weiteren Fragen ab.

Ich ließ es sein. Waren alle von uns, die hier draußen über das Netz der Stationen verteilt waren, Unangepasste und schlecht Integrierte der einen oder der anderen Art? Von wahnhaften religiösen Fanatikern bis zu besessenen Perfektionisten? Aber wie war das mit Engee, das womöglich auch in den Bereich der Wahnvorstellungen fiel und Züge eines religiösen Glaubens hatte? War Engee eine Realität? Etwas wie eine alte Reliquie, die von labilen Naturen verehrt wurde? Oder eine fremde Intelligenz?

Ich musste lächeln. In gewissen Weise war das nicht wichtig. Engee war – was immer es war. Dann stutzte ich. *Das … das ist der Unterschied!* Dzin lehrte einen, zu entdecken, was war, und sich dessen bewusst zu sein. In Rykasha war alles auf Fortschritt und Verbesserung ausgerichtet, aber nicht auf eine Hebung des Bewusstseins. Abgesehen von meiner persönlichen Neugier war mir als Meister des Dzin nicht wichtig, was Engee war, aber ich hatte eine Verantwortung, mir bewusst zu werden, was er/sie/es sein könnte, wenn sich die Gelegenheit bot.

Ich öffnete das Tor und bedeutete Seriley, mir in die Abteilung zu folgen, wo die Frachtschlitten untergebracht waren. Dort blieb ich stehen. »Nach den Spezifikationen sind diese Schlitten größer als diejenigen, die in den Orbitalstationen der Erde gebräuchlich sind, aber wir lassen sie einstweilen hier. Dort ist der kleinere Schlitten, der in die Schächte und Korridore passt und nicht die schweren Führungsschienen braucht, an denen diese drei bewegt werden.« Ich ging weiter. »Wir fangen mit der untersten Ebene an. Die Passagierschleusen sind eine Ebene darüber, aber wir verwenden sie nur für den Empfang, und auf jeder der oberen Ebenen gibt es Notschleusen.«

»Das ist in allen Stationen gleich. Die unterste Ebene ist am stärksten verstrebt.«

Beinahe hätte ich gefragt, ob sie alles studiert habe, bevor ich begriff, dass ich es selbst wusste. Ich hatte bloß nicht im Datenspeicher nachgesehen. Oder mich erinnert? Das war das Problem mit nanitenübertragener Information. Nach einiger Zeit wusste man – oder jedenfalls ich – nicht, was man wusste oder nicht wusste.

Da keine Schiffe eingedockt waren oder entladen wurden, führte ich sie zur mittleren Personalschleuse. Wir legten Schutzanzüge und Helme an, überprüften die

Funktionen und einander. Die Erinnerung an Fersonne veranlasste mich, den Gasdruck in beiden Besenstilen ein zweites Mal zu testen, bevor ich die Luft auspumpte.

Winzige Eiskristalle wirbelten, dann wurde es kalt. Wir glitten durch die Lichtstreifen der Deckenbeleuchtung und vorbei an den Stoßdämpfern der Schleuse ins Freie. Seriley musste nicht daran erinnert werden, sich an die Sicherungsleine zu hängen.

Als ich zuerst aus dem Licht der Schleusenkammer schwamm, sah ich wieder die an eine Burganlage der Alten erinnernde Masse der Station über mir aufragen. Die kaum gegliederte Wandfläche erstreckte sich scheinbar endlos zu den gleißenden Stecknadelköpfen der Sterne, die aus der Schwärze brannten. Wenn meine Visionen und Träume zutreffend waren, dann lagen hinter all diesen Sternen Lichtbogen rotgoldenen Feuers, die aus einer Sternspirale hervorbrachen und irgendwie mit dem geheimnisvollen Engee verbunden waren.

Wenn nicht, war ich derjenige, der an Wahnvorstellungen litt. Ich gab dem Besenstil eine winzige Spur von Schubkraft und sah mich nach Seriley um. Dann drehte ich mich auf dem Sitz herum und zeigte. »Vor ungefähr fünfzehn Monaten Standard haben wir die Stoßdämpfer an den Frachtschleusen erneuert. Gerbrik meint, sie werden die nächsten fünf Jahre halten.«

»Auf den Orbitalstationen der Erde halten sie nur zwei Jahre.«

»Mehr Verkehr«, sagte ich.

»Viel mehr«, bestätigte sie.

Ich zeigte zum hellsten Stern am Himmel, einer grellen Scheibe. »Da ist Omega. Von hier aus kann man Conan oder Alaric nicht sehen. Die Dichte des kosmischen Staubes ist hier höher als normal. Darum hat man die Station weiter draußen positioniert, außerhalb des Gefahrenbereichs kreisender Gesteinstrümmer und Staubmassen im engeren Anziehungsbereich.«

»Die Außenhaut hat viele Einschlagnarben. Die Orbitalstationen der Erde sind glatter.« Sie lachte. »Aber wir werden von mehr Müll und Schrott getroffen.«

»Überreste aus alter Zeit?«

»So ist es. Hinzu kommen die Kometen, deren Bahnen eng an der Erde vorbeiführen.«

Wir glitten an der Frachtschleuse und der Personalschleuse vorbei zur Rückseite der Station, der dunklen Seite, wo die flossenartigen Schutzverkleidungen des Kühlmittelkreislaufs vom Fusionsreaktor mit der Schwärze des Raums verschmolzen.

Jede Station hat eine dunkle Seite. Genauso ist es mit jedem Leben, auch dem eines Dämonen, und ich war einer, ganz gleich wie lange ich mich gegen die Erkenntnis gewehrt hatte.

44

(A. Felini: 4530)

Deine einzige Sorge sei die Pflichterfüllung,
nicht die Beurteilung dieser Pflicht.

Aus den Tiefen zu meiner Linken galoppieren zu den massierten Orgeltönen eines von einem alten Barockkomponisten orchestrierten Marsches Kavallerietruppen aus hellblauen Rechtecken, angeordnet in nicht ganz symmetrischen Reihen. Unter der Musik liegt das Gewicht von etwas – etwas Massivem und doch rasch Bewegtem –, und hinter den Rechtecken und ihrer Begleitung kommen die Worte.

Selbst die Mächtigen sind begrenzt …

»Das ist ein tautologisches Paradoxon«, erwidert mein Verstand, konzentriert auf die Vermeidung der tödlichen

Rechtecke, die mich/uns bedrohen. »Wahre Macht würde keine Grenzen haben.«

Jedes Wesen innerhalb eines Universums ist von diesem begrenzt. Jede geordnete Handlung in jedem Universum führt zu einer totalen Vermehrung der Unordnung.

Ich habe keine Antwort, weiche nach rechts aus und bewahre den Gradienten, den ich brauche, weil ich weiß, dass die Flucht abwärts den Rechtecken erlauben wird, uns/mich zu durchbohren.

Selbst das Sammeln und die Erzeugung von Information ist eine geordnete Handlung, und daher kann nicht einmal ein Gott mehr Information erzeugen als durch den Schöpfungsprozess zerstört wird.

Rotgoldenes Feuer unterstreicht die Worte.

»Wie kann irgendein Wesen dann Wissen vermehren?«

Durch die Verbindung zweier Universen, durch die Verwendung der Energie eines in sich zusammenfallenden hochentropierten Universums aus Antimaterie zur Erschaffung von Ordnung innerhalb dieses Universums.

»Das würde mehr als die Macht eines Gottes erfordern.« Ich ließ den Gedanken fallen und konzentrierte mich auf die schwarzweiße Wärme des Leuchtfeuers voraus, bot meine letzte Energie auf, um den Abstieg zu beherrschen, der uns von Thesalle zu Sol zurückbringen würde, diesem Grün Thesalles, das mich beschäftigte, wie es wer weiß wie viele Wissenschaftler beschäftigt hatte … Und keiner hatte eine Antwort gefunden.

45

(Omega Eridani: 4519)

Alle Wesen haben Götter, die sie verehren; nicht alle Götter respektieren jene, die sie verehren.

Das Ende meines dritten Jahres in der Station näherte sich rasch. Seriley war eine angenehme Kollegin, aber ich vermisste Fersonne. Ich vermisste sogar Cerelle.

Während einer Schichtpause saßen Sanselle, Seriley und ich in der Kantine, durch Haftpunkte auf den Sitzen festgehalten, und beendeten unsere Mahlzeit. Da die Schichteinteilung nach dem Rotationsprinzip funktionierte, kam es selten vor, dass wir drei gleichzeitig aßen. Der Duft einer Gewürzrolle überdeckte das feine Basilikumaroma meines Hühnchens und was immer Seriley gegessen hatte. »Wie lange wirst du noch hier sein, meinst du?«, fragte Sanselle.

»Ich weiß nicht. Noch drei Monate, noch acht Jahre. Ich habe nichts gehört.«

Die aschblonde Frau wandte sich zu Seriley. »Was ist mit dir?«

»Ich bin hier für fünf. Sechs, wenn ich will, wenn ich es aushalte.« Sie hob die Schultern.

»Bis dahin wirst du die Geräte im Übungsraum ruinieren.«

Das konnte ich verstehen, so nachlässig ich in dieser Hinsicht gewesen war. Die Naniten halfen, besonders auf der zellularen Ebene, aber wir waren alle darauf hingewiesen worden, dass wir nach zwei Jahren annähernd sechs Monate intensiver körperlicher Rekonditionierung bedurften, um die Fähigkeit zurückzugewinnen, unter voller Schwerkraft zu leben und zu arbeiten. Und mehr als sechs, wenn die Jahre im Stationsdienst sich summierten.

»Ich möchte nicht zu viel Muskeltonus verlieren.« Seriley trank etwas aus einer Plastikflasche, dann fragte sie Sanselle: »Wie lang hast du noch?«

»Ich bin jetzt vier Jahre hier und brauche noch zwei.«

Ein leichtes Stirnrunzeln ging wie ein Schatten über Serileys Gesicht.

Sanselle massierte sich mit der rechten Hand den Nacken. »Ich bin eine dieser selbstmörderischen, risikoliebenden Freikletterer. Ich habe eine Stelle in den Weißen Bergen in Aussicht, bei einem Projekt zur ökologischen Wiederherstellung und Aufforstung. Die Arbeit hier ist zur Bezahlung der Kosten für Bergrettung und medizinische Behandlung und Rehabilitation.«

»Hast du die gebraucht?«, fragte Seriley.

»Leider. Bin im alten Felsengebirge beim Reibungsklettern durch einen ausbrechenden Griff abgestürzt. Nur fünf Meter tief auf ein Felsband, aber das reichte. Man brauchte einen Rettungshubschrauber, um mich herauszuholen – und dann waren zwei Jahre Wiederherstellung der Wirbelsäule nötig.«

Ich verzog das Gesicht und nahm schnell einen letzten Mundvoll Huhn.

»Und du wirst wieder hingehen«, sagte Seriley.

Sanselle lachte. »Natürlich. Nächstes Mal werde ich vorsichtiger sein.«

»Warum tust du es?«

»Um lebendig zu sein. Das Leben muss mehr sein als bloßes Existieren.«

»Das Leben verlangt so etwas nicht«, sagte ich. »Wir tun es. Die meisten Lebewesen tun nicht viel mehr als existieren und sterben.«

»Das hört sich nicht gerade nach Dzin an, oder?« Ein schiefes Lächeln verzog Sanselles Lippen.

»Schwerlich. Dzin sagt, dass die Sorge der Vollkommenheit der Arbeit dient, nicht der Vollkommenheit des Arbeiters.«

Sanselle lachte wieder. »Wie Termiten. Der Bau ist alles.«

»Die Gesellschaft hier in Rykasha ist nicht viel anders«, entgegnete ich. »Der Bau ist nur größer und komplexer, aber sieh dich an … sieh uns an.« Ich merkte, dass ich nicht mehr darauf bestand, kein Rykashaner zu sein. »Um die Bedeutung zu finden, die du vom Leben willst, musst du doppelt so hart arbeiten, weil man von dir verlangt, dass deine Freiheit den Bau nicht in Gefahr bringt oder seine Hilfsquellen und Rohstoffe vergeudet.«

»Wie, wenn es keine Bedeutung gibt?«, fragte Seriley.

Ich zuckte die Achseln. »Es ist mein Ernst.«

»Ich weiß.« Ich verlagerte mein Gewicht gegen den Widerstand der Haftpunkte. »Ich würde sagen, dass das Universum keine Bedeutung und keinen Sinn hat. Während der ganzen Menschheitsgeschichte erfanden die Leute Götter, weil sie sich nicht vorstellen konnten, dass Schöpfung und Existenz ein Zufall waren oder das Ergebnis rein natürlicher biochemischer Prozesse.«

»Sagt das dein Dzin?«, fragte Sanselle.

»Dzin meidet das Thema«, räumte ich ein. »Es liefert Regeln für ein sinnvolles Leben innerhalb einer Gemeinschaft und nimmt an, dass die Bedeutung in der Fortdauer einer geordneten Gesellschaft liegt. Dazu bedarf es bestimmter Gebote. Ob du sagst, dass es Gebote der Gesellschaft oder Gebote Gottes seien, bleibt sich gleich.«

»Ich möchte wetten, dass du dafür angepasst würdest, oder was immer die Miten tun«, meinte Seriley.

»Hingerichtet oder des Landes verwiesen«, sagte ich.

Seriley schüttelte den Kopf. »Bin ich froh, dass ich keine Mite bin.«

»Rykasha ist nicht so sehr verschieden.« Ich grinste Sanselle zu, dann fuhr ich fort: »Auch hier werden die Regeln von der höchsten Autorität als der Spitze der Gesellschaft bestimmt. Wir sagen nicht, dass sie von Gott sind, aber soweit sie unser Leben beherrschen, könnten wir es genauso gut tun. Nanotechnik und Mikronik sorgen dafür, dass wir entweder nach den Regeln leben oder in dieser oder jener Weise angepasst werden, dass wir die Regeln beachten. Der Unterschied ist das, worüber wir reden können.«

»Wie, wenn es einen Gott gibt?«, fragte Seriley.

»Er hat nicht viel Interesse an uns gezeigt«, antwortete Sanselle. »Seit ungefähr zehntausend Jahren haben die Menschen Städte gebaut, und noch viel länger haben sie Götter verehrt, aber es ist lange her, seit jemand die Anwesenheit eines Gottes dokumentiert hat. Von den Gelehrten der Religionen wurde viel geschrieben und behauptet, aber einen Gottesbeweis konnte keiner erbringen.«

»Warum sollte es einen Gott kümmern, was wir reden und denken? Würde jemand, der so mächtig ist, einen Pfifferling für unsere Meinung geben?«, fragte ich.

»Wahrscheinlich nicht.« Sanselle leerte ihre Flasche aus Weichplastik und musste aufstoßen.

»Die Rechtgläubigen sagen, Engee sei ein Gott«, sagte Seriley. »Es gibt etwas dort draußen. Das sagen sogar die Astrophysiker. Sie wollen bloß nicht sagen, was es ist.«

»Außer dass es Signale aussendet, die manche Leute empfangen können«, fügte ich hinzu.

»Das ist etwas, das die Dinge hier oder anderswo nicht ändert«, konterte Sanselle. »Wir müssen trotzdem nach den Regeln leben, die irgendwelche Leute angeblich zum Besten der Menschen aufstellen.«

Gerbriks Abbild erschien in dem Zwischenraum zwischen Sanselle und mir. Der Kantinentisch schnitt seine unteren Extremitäten ab. »Ich bitte um Entschuldigung, dass ich Ihre theologische Diskussion unterbreche, aber die *Tailor* läuft auf die Station zu. Sanselle und Seriley müssen sich zum Entladen bereit halten.«

»Ja, Ser.«

»Ja, Ser.«

»Da ist Gott«, sagte Sanselle, nachdem Gerbriks Abbild verschwunden war. »Einstweilen, jedenfalls.«

Seriley runzelte die Stirn, sagte aber nichts.

Ich ließ sie gehen, dann schlüpfte ich zurück in meine Kammer und den Lesebildschirm. Welchen Sinn hatte es, über Gott oder Götter zu diskutieren? Keine Diskussion würde die Existenz oder Nichtexistenz eines höchsten Wesens bestimmen. Noch hatte ein solches höchstes Wesen jemals direkt die Bedingungen beeinflusst, unter denen wir lebten, nicht in irgendeiner wissenschaftlich beweisbaren Form.

Doch selbst in der rationalen Zivilisation Rykashas glaubten die Menschen – einige zumindest – an einen Gott namens Engee. Doch in einem scheinbar unbegrenzten Universum war viel mehr möglich als die Menschen Rykashas oder Dorchas sich vorstellten.

Aber wenn das Unwahrscheinliche geschah, der Gottesbeweis geliefert wurde, eine fremde Intelligenz, eine kosmische Katastrophe, würden sehr viele Menschen überreagieren, als ob das bloß Unbekannte oder Unwahrscheinliche unmöglich gewesen wäre.

Was sagte das über die Menschen? *Dass die meisten das Universum nicht verstehen? Oder Dzin? Oder sich selbst?*

Alles das wusste ich bereits, einschließlich der Tatsache, dass ich über mich selbst nicht so viel wusste, wie ich früher gedacht hatte, und ich lachte vor mich hin, als ich in meine Hängematte stieg, den Lesebildschirm einschaltete und mehr Geschichte abrief – faktische Geschichte.

46

(Omega Eridani: 4519)

Das Universum hat keine Bestimmung.

Vier Stunden nach der Ankunft der *Tailor* war ich gerade aus tiefem Schlaf erwacht, geweckt von meinen inneren Zeitnehmerdämonen, und verstaute die Hängematte, als Gerbriks Abbild erschien. »Wenn Sie gewaschen und angezogen und dienstbereit sind, kommen Sie zuerst zu mir.« Das Abbild verschwand so schnell wie es gekommen war.

Ich duschte, zog einen sauberen Overall an, holte mir aus dem Speisenaufbereiter der Kantine ein Stück Eier-Käsekuchen, spülte ihn mit lauwarmem Tee hinunter und beeilte mich, zur Werkstatt hinaufzukommen.

Der Raum war bis auf den Technischen Offizier selbst leer. Gerbrik erwachte plötzlich aus irgendwelchen Überlegungen und wandte sich ruckartig zu mir um. »Die *Tailor* hat die Antwort auf Ihren Antrag mitgebracht.«

»Ja, Ser?« Hatte ich weitere sieben Jahre in der Station zu bleiben? Oder zwei? Drei? Ich wartete auf die kalten Worte.

»Sie kehren zur Pilotenausbildung nach Runswi zurück. An Bord der *Tailor.* Noch heute. Anscheinend brauchen wir Piloten im Linienverkehr dringender als Instandhaltungstechniker.« Gerbrik lächelte. Das hatte ich noch nie erlebt. »Und in ein paar Jahren werden wir Sie wiedersehen.«

»Ich hoffe es, Ser.« Ich hielt inne. »Es tut mir Leid … wenn Sie nun knapp an Arbeitskräften sind. Ich möchte nicht, dass die anderen allzu schwer arbeiten müssen.«

Ein zweites Lächeln ging über Gerbriks Gesicht. »Sie

schickten Ersatz mit. Also werden Sanselle und Seriley keine Verwünschungen über Ihre plötzliche Abreise murmeln.«

»Sanselle würde das nicht tun.«

»Nein … aber ich vielleicht.«

Ich hatte keine passende Antwort zur Hand, aber Gerbrik fuhr fort: »Vergeuden Sie nicht mehr von Ihrem Leben, Tyndel. Sie haben mehr zu bieten als Sie erkennen.«

»Die Zeit hier war nicht vergeudet, Ser.« Sie war notwendig gewesen, allzu notwendig, weil die Zeit als Arbeiter in der Station wichtig für mich gewesen war, um zu lernen, wie ich Dzin anwenden musste.

»Ich hoffe nicht. Sie waren ein guter Techniker. Selbst wenn Sie angelernt werden mussten.«

»Danke, Ser.«

»Wir freuen uns auf den Tag, an dem Sie ein Schiff hereinbringen werden. Viel Glück. Sie müssen sich beeilen. Die *Tailor* wird in weniger als zwei Stunden die Schleusen dicht machen. Ich werde Sie in Ruhe lassen, weil Sie Zeit zum Packen Ihrer Sachen brauchen werden.« Sein Blick ruhte auf mir, bis ich den Raum verlassen hatte.

Wie sich zeigte, brachte ich nicht so viel zurück wie ich mitgebracht hatte, und für die Reise trug ich einen stumpfgrauen Overall, nicht den grünen, den ich auf der Ausreise getragen hatte. Ich hatte mir den grauen verdient.

Buch Drei

HYSTERESE

47

(Runswi: 4519)

Du magst deinen Körper kennen,
aber du bist nicht dein Körper.

Nach dem Verlassen der Orbitalstation eins auf dem Weg hinunter nach Runswi saß ich im rückwärtigen Teil der fensterlosen Passagierkabine des Raumtransporters neben einer rothaarigen Frau in einem silbernen einteiligen Anzug mit blauen Borten. Die Farben schienen nach meiner Vermutung zu bedeuten, dass sie Assistentin eines höheren Verwaltungsbeamten oder Direktors war. Sie hielt ihr schmales Gesicht von mir abgewandt.

Das übrige Dutzend Passagiere an Bord des Raumtransporters trug Blau oder Rot, obwohl ein schlanker Mann weiter vorne in Grün gekleidet war, einem dunkleren Grün mit einem goldenen Kragenspiegel in der Form eines dreieckigen Netzes. *Pilot im Liniendienst,* unterrichtete mich eine innere Quelle. Niemand saß in dem ihm benachbarten Liegesitz.

Der Raumtransporter glitt den unsichtbaren Hang des Magnetfeldes abwärts und steuerte die Landebahn von Runswi an, obwohl ich sie nicht sehen konnte.

Nachdem er zu einem fast lautlosen Stillstand gekommen war, schwang die Luke auf, und feuchtwarme Sommerluft vermischte sich mit der ozonhaltigen Luft im Raumtransporter. Ich wartete, bis die Frau im silbernen Anzug und die anderen in Rot und Grün und Blau ihre Liegesitze verlassen hatten und im Gänsemarsch hinaus ins diffuse Sonnenlicht zogen, bevor ich aufstand und zu den Gepäckspinden ging, um meinen Seesack herauszuholen.

Trotz vierwöchiger Rückgewöhnung an normale Schwerkraft in der Orbitalstation fühlte ich mich schwer wie ein Klotz und müde, zu massiv für Beine, die wie Gummi unter dem Gewicht nachgaben. Langsam und mit großer Vorsicht ging ich die Rampe hinunter, blieb unten stehen und blickte umher.

Nach einiger Zeit wandte ich mich dem Abfertigungsgebäude zu und begann einen Fuß vor den anderen zu setzen. Oft musste ich anhalten um zu verschnaufen und den schon schmerzenden Muskeln eine Ruhepause zu gewähren. Bald war ich schweißbedeckt, und als ich ins Abfertigungsgebäude kam, hatte ich Herzklopfen wie nach einem Dreitausendmeterlauf. Ich wusste nicht, wo ich mich melden sollte, und stand schnaufend vor dem erstbesten Schalter.

Nach einiger Zeit fragte der dunkelhaarige Mann hinter der Konsole: »Kandidat Tyndel?« Die Ärmel seines silbergrauen einteiligen Anzugs waren grün gestreift.

»Ich bin Tyndel.«

»Gut. Koordinatorin Andra bat mich, ihre Entschuldigung zu übermitteln, dass sie nicht hier sein kann.« Er reichte mir eine Mappe. »Darin finden Sie alle nötigen Informationen – Ihre Quartierzuweisung, die Turnhalle und Ihren Übungsplan, und die Reindoktrinationsaktivitäten der ersten Woche. Auch ein Lageplan ist dabei. Versuchen Sie viel zu schlafen und zu üben.« Er lächelte mir zu. »Der erste Monat auf Erden ist hart. Viel Glück.«

Ich nahm die Mappe und öffnete sie, sah beim Durchblättern, dass er den Inhalt genau zusammengefasst hatte. »Danke.«

»Beim Hinterausgang steht ein Elektrofahrzeug, Ser. Nehmen Sie es.« Er war ironisch erheitert.

»Danke.«

Mit langsamen Schritten schleppte ich mich zur Rückseite des Gebäudes und hinaus in die Hitze unter ein schattenspendendes Vordach.

Eine untersetzte Frau mit braunem Haar und in einem stumpfgrauen Overall wie den, den ich anhatte, stand auf, als ich mich dem sechssitzigen Fahrzeug näherte. »Sie sind Kandidat Tyndel?«

»So werde ich genannt.« Ich ließ den Seesack auf den Boden plumpsen und betupfte meine Stirn. Ich hatte vergessen, wie heiß ein richtiger Sommer sein konnte. Und nach drei Jahren in Schwerelosigkeit hatte ich ebenso vergessen, wie schwer normale Schwerkraft sein konnte.

»Steigen Sie ein, Ser. Ich fahre Sie hinüber zu den Übergangsquartieren. Dort werden Sie schon erwartet.«

Ich stellte den Seesack auf den Wagenboden hinter den zwei ersten Sitzen und ließ meinen zu schweren Körper auf den Sitz neben der Fahrerin sinken. Das tiefe Aufatmen, als ich saß, klang trotz meines Bemühens, nicht aufzufallen, wie das Grunzen eines Wildschweins.

»Selbst mit Nanitenunterstützung ist der erste Monat schwer. Wie lange waren Sie fort?«

»Drei Jahre persönlicher und mehr als vier Jahre verstrichener Zeit.«

»Da muss man Sie weit fortgeschickt haben.« Sie lenkte den Wagen aus dem Schatten und den geteerten Fahrweg entlang.

»Omega Eridani.« Die Sonne schlug wie eine feurige Wand auf mich nieder, und ich kniff unwillkürlich die Augen zu. Trotzdem konnte ich die halb erinnerten, zweistöckigen langen Gebäude mit den metallgerahmten Fenstern und den in der Sonne glänzenden grauen Schieferdächern ausmachen. Die Antennen auf mehreren von ihnen, besonders die auf dem Abfertigungsgebäude, das wir verlassen hatten, glitzerten im Sonnenschein.

»Da ist Logistik«, erläuterte die Frau. »Die Übergangsquartiere sind direkt voraus auf der linken Seite.«

Sie hatten keinen beschattenden Vorbau, und ich schwitzte weiter, als ich meinen Seesack mühsam die Stufen hinauf in die Eingangshalle schleppte. Dort sichtete ich eine offene Tür und schlurfte darauf zu.

Die stämmige blonde Frau, die aufstand, als ich zur

Tür hineinschaute, war mir bekannt, und ich suchte nach ihrem Namen. »Ah … Thaya. Ich bin Tyndel, und man hat mich hierher geschickt.«

»Also, da sind Sie wieder«, bestätigte sie mit einem freundlichen Lächeln, das auch etwas ironisch war. »Cerelle sagte, Sie würden sich alles unnötig schwer machen.«

»Sie hat Recht.« Ich stellte den Seesack ab.

»Ich sehe, Sie haben Ihren Plan bekommen. Nun, dann wollen wir zu Ihrem Quartier gehen, bevor Sie umfallen.« Sie kam um den Schreibtisch und ging voraus in den Korridor.

Ich folgte ihr weniger schnell. Das Ersteigen der Treppe zum Obergeschoss war keine Qual, aber auch nicht angenehm. Sie hielt die Tür auf, als ich ins Zimmer wankte und den Seesack abstellte, der mir nicht mehr besonders leicht vorkam.

»Alles wie gehabt. Im Schrank ist ein Anzug im Kandidatengrün nach Ihren Maßen, desgleichen Sportkleidung und ein paar andere Notwendigkeiten. Ihr Quartier und das Essen hier in Runswi werden von der Autorität bezahlt. Ihr Stipendium deckt diese Kosten ab. Für alles andere bezahlen Sie vom Taschengeld, das zum Stipendium gehört. Brauchen Sie etwas Besonders, kommen Sie zu mir oder Yrila – das ist meine Assistentin.«

»Yrila …« murmelte ich. Mein Mund war trocken. »Danke.« Die Sache mit dem Stipendium hatte ich beinahe vergessen. Als ich letztes Mal in Runswi gewesen war, hatte ich mich nicht einmal darum gekümmert. Ob ich ein Guthaben hatte? Darüber konnte ich mir später Gedanken machen.

»Sie haben zwei Stunden zum Ausruhen. Dann werden Sie zum Schwimmbecken gehen.« Sie machte eine Pause. »Erinnern Sie sich, wo das ist?«

»Nein, ich benutzte es damals nicht.« Ich erzwang ein Grinsen. »Ich kam nicht so weit.«

»Das Schwimmbad ist auf dem Lageplan, ungefähr zweihundert Meter südlich von hier. Fangen Sie frühzeitig an, damit Sie sich Zeit lassen können. Im ersten Monat werden Sie dort viel Zeit verbringen. Glauben Sie mir, es ist besser als herumzugehen. Danach beginnt dann das körperliche Konditionierungsprogramm.«

Ich ließ mich auf den Stuhl vor der eingebauten Datenkonsole sinken.

Thaya sah mich prüfend an. »Zwei Stunden.«

»Ich weiß.« Die Worte kamen wie ein Stöhnen heraus.

»Zu dumm, dass Sie es sich unnötig schwer machen mussten, Tyndel.«

Für mich hatte es keine andere Wahl gegeben. Also nickte ich bloß, als Thaya mich verließ und die Tür schloss.

Wie bei meinem ersten Aufenthalt waren die beiden Räume mit dem Duschbad groß und bequem, vor allem verglichen mit der Kammer, die ich in der Station Omega Eridani gehabt hatte. Und ich konnte kaum erwarten, dass ich mich auf dem Bett ausstrecken konnte.

Eins beschäftigte mich, als ich aufstand und langsam ins Schlafzimmer ging, wo ich mich auf die Bettkante setzte. Cerelle oder Andra hätten mich mit dem Elektrofahrzeug am Raumtransporter abholen können, so kurz der Fußweg auch gewesen war. Warum hatten sie es nicht getan? Weil sie mir vor Augen führen wollten, in welch miserabler Kondition ich war? Oder hatte ich ihnen letztes Mal zu viele Schwierigkeiten gemacht?

Ich zog die Stiefel aus und legte mich hin.

Ja, kam die Antwort, bevor mir die Augen zufielen.

48

(Runswi: 4519)

Alles Leben ist Struktur.

Der Spätsommerregen fiel wie kühler Dampf auf Runswi, ein feiner Sprühregen, der alles durchnässte, nur nicht die Start- und Landebahn der Magnetfeld-Raumtransporter, wo die Nässe als heißer Dampf zu den tief hängenden grauen Wolken aufstieg.

Langsam bewegte ich mich zum Logistikgebäude und der ersten Unterweisung seit meiner Rückkehr. Zehn Tage vorwiegend körperlicher Rehabilitation, unterbrochen von Prüfungen, die Erkenntnisse über meinen Verstand und meine Persönlichkeit bringen sollten, hatten vor allem meine Beine gekräftigt. Allmählich begann ich sogar Spaß an der Arbeit im Schwimmbecken zu haben.

Zum ersten Mal seit meiner Rückkehr nach Runswi traf ich im Logistikgebäude endlich mit Andra zusammen. Ihre blassgrauen Augen musterten mich nüchtern.

»Guten Tag«, sagte ich.

»Guten Tag, Tyndel. Sind Sie diesmal bereit zu arbeiten? Sie werden gegen das, was wir zu tun versuchen, keinen Widerstand leisten?«

Widerstand? Ich erinnerte mich an etwas, das Fersonne einmal gesagt hatte: Dass mein Widerstand gegen alles mich daran hindere, nach dem zu handeln, was ich wolle. Ich nickte. »Nein … das heißt, ich werde mitarbeiten.«

»Gut. Die erste Sprühbehandlung zur Unterweisung wird die gleiche wie die letzte sein, die Sie bekommen haben. Wir werden die Ebene der Merkfähigkeit überprüfen müssen.« Ein knappes Lächeln umspielte ihre schmalen Lippen. »Das wird Ihnen auch den Wiedereinstieg in den Lernprozess erleichtern.« Sie stand auf und ging durch eine andere Tür in einen kleinen Raum, genau wie sie es vor Jahren getan hatte, und nahm einen der Kanister aus dem Regal.

Mein Blick ging zu der großen, metallbeschichteten Kunststofftafel an der Wand. Ich hatte die Sammlungssysteme vergessen.

»Wir werden Ihnen noch einmal die grundlegende Technik vermitteln.« Andra hob den Kanister mit dem Aufsatz, der dem menschlichen Gesicht angepasst war. »Sie sollten damit keine Probleme haben. Es sind bloß die vereinfachten Theorien hinter der Technik, mit denen Sie werden umgehen müssen.«

Der maskenartige Aufsatz lag kühl an meiner Haut, wurde noch kühler, als der feine Dunst mein Gesicht durchdrang. Wieder hatte ich das Gefühl, als bohrten sich Tausende winziger Nadeln in meine Haut. Dann kam der Ansturm von Begriffen, Worten und Definitionen, vermischt mit den zugehörigen Gleichungen …

… Xenonentladung … atomare Wellenfunktion … elektromagnetische Wellenfunktion über der Quark-Ebene … Freisetzung zusätzlicher Energie in Form von Photonen einer bestimmten Frequenz, welche den Effekt reproduziert und zweiphasige Photonen, die wegen der Sekundärelektronenvervielfachung Elektronenlawinen auslösen … parallele Wellenformen passieren Öffnungen von gleicher Größe wie ihre Wellenlängen … Diffraktion ist möglich … Intensität sinkt umgekehrt zum Quadrat der Entfernung … Farbe existiert nicht außer als eine Wahrnehmung verschiedener Wellenlängen … Versagen anfänglicher Fusionsreaktor-Technik durch die Annahme, dass von Magnetfeldern trotz Supraleitfähigkeit keine Plasma-Instabilitäten auftreten würden … Deuterium- und Tritiumresonanz auf Quantenebene … maximale Spanne direkt proportional zur Stärke des Masse/Gewichtsverhältnisses der Materialien …

Den Blick auf den Bildschirm neben dem beschichteten Kollektor gerichtet, nickte Andra. »Nicht schlecht.« Sie bedeutete mir, ihr zu folgen, und ging in den benachbarten Raum, dem mit Fenstern. »Sie erinnern sich, Tyndel.

Setzen Sie sich an die Konsole. Eine Frage wird über den Bildschirm wandern, und Sie durchsuchen die erhaltenen Informationen und drücken die Taste, welche die annähernd richtige Antwort darstellt. Es wird Ihnen bei der Integration des eben Erhaltenen helfen.«

Ich nickte und fragte mich, ob die erste Frage die über das Licht sein würde.

Sie warf mir einen Blick zu und verließ den Raum.

Die erste Frage lautete: »Licht kann beschrieben werden als welche der folgenden Definitionen?«

Wie damals, als ich über die Frage nachdachte, durchflutete mich eine Menge von Daten, aber weniger überwältigend als vor vier Jahren. Obwohl die Fragen halb vertraut waren, fühlte ich mich mental einige Male beinahe überfordert, bevor ich die Übungen an der Konsole abschloss.

Sobald ich die letzte Antwort eingegeben hatte, erschien Andra und bedeutete mir, ihr in den Raum mit den Kanistern zu folgen. Mit weichen Knien folgte ich der Aufforderung.

»Auf der Grundlage der Testanalysen wird das, was Sie jetzt erhalten, sich von den früheren Informationen unterscheiden.« Sie nahm einen anderen Kanister und drückte mir die Maske ins Gesicht. Der zweite Schwall von Lehrstoff schlug förmlich über meinem Kopf zusammen.

... konstante Übertragungen führen zu keinen Veränderungen Ladung, Rotation oder Umwandlung ... Modifikation der Rauminversion in Dimension »n« des Multiversums ... äquivalent zur Krümmung des Überraums ... erfordert spinfreien Zustand ... Erhaltung der Parität ... keine Anwendung mit schwachen Wechselwirkungen oder unter Überrauminversion ... scheinbare Aufhebung von Parität ermöglicht Regelwahl und potenziellen Aktionsrahmen ...

Die Definitionen, Erklärungen und Gleichungen gingen weiter und weiter und wollten kein Ende nehmen.

Andra nahm mich beim Arm und führte mich wortlos

zurück in das Zimmer mit den Fenstern und der wartenden Konsole. Dann ging sie wieder, und ich hielt den Kopf in den Händen, um ihn am Abfallen zu hindern, bevor ich nach einiger Zeit den Blick zu der Botschaft auf dem Bildschirm hob.

»Beschreiben Sie in einfachen Begriffen die Theorie, die es Nadelschiffen erlaubt, Übertragungen in den Überraum vorzunehmen, um interstellare Distanzen im scheinbaren Widerspruch zur Lichtgeschwindigkeitsschranke zu überwinden. Wenn bereit, drücken Sie den Knopf ›Sprache‹ und sprechen Sie deutlich.«

Ich betrachtete wieder die Frage. Bisher war nicht verlangt worden, Antworten zu formulieren. Bedeutete das, dass ich vorangekommen war? Oder dass sie von meiner Zeit in der Orbitalstation mehr als ein Ergebnis erwarteten? Erlaubte mir die empfangene Information eine Beantwortung der Frage?

Nach längerem Suchen und Schwitzen und Lippenbefeuchten begann ich endlich zu sprechen. Ich vermisste die Möglichkeit, den Test zuvor aufzusetzen.

»Ah … das System der Übertragung in den Überraum ermöglicht dem Nadelschiff die Durchquerung dieses Überraumes als ein Soliton …«

Der Bildschirm blinkte. »Bitte erklären Sie die theoretische Grundlage des Systems.«

»Unter normalen Raumbedingungen sind alle vom Trägheitsmoment bestimmten Raumzeitkoordinaten in gleichförmiger Bewegung im Bezug auf alle anderen. Im Überraum muss die Gesamtbewegung der Koordinaten … ausgleichen …« Ich hielt inne, weil meine Umschreibung höchst komplizierter physikalischer Theorien wahrscheinlich so vereinfacht war, dass sie zum falschen Ergebnis führte, aber dann fasste ich mich und fuhr fort: »Richtung und Zeit mögen umgekehrt variieren und erlauben, dass in weniger verstrichener Zeit als im Normalraum eine größere Entfernung zurückgelegt wird.«

Der Bildschirm blieb einen Moment leer, dann schrieb er: »An wie vielen Punkten muss ein partiell gekrümmter Überraum-Zeitrahmen die Realzeit schneiden?«

Ich drückte den Buchstaben neben der Antworttaste, der »keine« bedeutete.

»Welches ist die optimale Wechselbeziehung zwischen Realzeitgeschwindigkeit und Überraum-Eintrittsgeschwindigkeit?«

Ich wischte mir die Stirn. War dies der Anfang? Die nächste Frage war nicht besser, auch nicht die danach.

Nach der letzten Frage – insgesamt waren es mehr gewesen als ich zählen mochte –, stützte ich den Kopf in die Hände und schloss die Augen.

»Tyndel?«

Ich blickte auf.

»Das ist für heute alles. Morgen früh um neun erwartet Ileck Sie am Schwimmbecken.« Die blassgrauen Augen boten weder Sympathie noch Ablehnung, nur eine Spur von Erheiterung.

Ich stand auf. »Können Sie mir sagen, worauf ich mich einzustellen habe? Und für wie lange?«

»Im Allgemeinen«, sagte sie mit leichtem Stirnrunzeln, »wird kein Pilot für den Liniendienst genau so wie jeder andere ausgebildet, erst wenn die praktische Unterweisung im Umgang mit dem Schiff beginnt, wird es ziemlich einheitlich, wie ich hörte. Unsere Aufgabe hier ist es, Sie darauf vorzubereiten.« Sie machte eine Pause und blickte auf ein Auswertungsblatt, das der Rechner ausgespuckt hatte. »Sie sind schwach in den Begriffen, aber Ihr Sinn für Logik und Organisation ist stark. Das wird das Dzin sein. Wenn Sie auf diesem Weg bleiben, werden wir in einem Monat mit Ihrer grundlegenden Strukturierung und Unterweisung fertig sein.« Sie nickte. »Dann können Sie anfangen zu lernen, was Sie wirklich wissen müssen.«

»Ist dies alles Material, das in Rykasha jedermann wissen sollte?«

Sie schüttelte den Kopf. »Jeder gebildete Rykashaner.«

Wenigstens würde ich mein Leben als ein gebildeter Rykashaner beenden, selbst wenn ich es nicht zum Piloten brachte.

»Sie können Pilot sein. Sie haben die Voraussetzungen. Ob Sie die mentale Zähigkeit und Charakterfestigkeit haben, ist eine andere Frage.«

»Ist dies alles bloß Bildungsgut?«

»Nein.« Ein leises Lächeln erschien, und ich begann zu hoffen, dass sie eines Tages mehr als einen verwöhnten Dzinmeister in mir sehen würde. »Haben Sie noch immer das Gefühl, dass Sie etwas wissen und doch unwissend sind – alles zugleich?«

Darauf musste ich nicken. »Aber nicht mehr so sehr.«

Ihr Lächeln verstärkte sich. »Das wird in dem Maße schlimmer werden, wie Sie lernen und mehr Wissen anwenden. Manches, was wir tun, wird scheinbar nicht viel mit Ausbildung zu tun haben. Es dient der Integration von Wissen und Erfahrung aus allen Dateneingaben.«

»Es wird ein langer Herbst sein.«

»Und ein langer Winter«, versprach Andra. »Aber nun zum körperlichen Training, wenn Sie sich nicht verspäten wollen.«

Also stand ich auf und nahm den Weg zum Schwimmbecken.

49

(Runswi: 4519)

Der wirkungsvolle Einsatz von Symbolik ist ein Schlüssel mit messerscharfen Kanten.

Ich lehnte im brusttiefen Wasser an der Seite des Schwimmbeckens, die Stirn an den kühlen schwarzen Fliesen und versuchte mich keuchend von der Anstrengung zu erholen, mit der ich mehrere hundert Meter gegen die Uhr geschwommen war.

»Besser.«

Annähernd zwei Meter groß, mit einer Haut, deren Sonnenbräune einen Ton von Goldbronze erreicht hatte, schwarzem Haar und ebensolchen Augen, war Ileck das Ebenbild eines Gottes aus der Zeit vor der Stabilisierung. Er war auch ein strenger Lehrmeister, der entschlossen war, meine Kondition zu steigern – um jeden Preis. »In einem Monat werden Sie doppelt so schnell schwimmen können – sagen wir, zehn Bahnen im Sprint.«

Ich nickte, ohne aufzusehen, und wartete auf das Nachlassen der Übelkeit aus Erschöpfung.

»Wenn Sie bereit sind, kommen Sie mit zum tiefen Ende.«

Endlich zog ich mich aus dem Wasser und tappte am Becken entlang. Die Nässe meiner Fußabdrücke hielt sich nicht lange auf der körnigen Oberfläche des schwarzen Kompositmaterials, das die Beckeneinrahmung bildete. Auch das Wasser sah schwarz aus.

Ileck gab mir einen Overall, der bessere Tage gesehen hatte und zeigte zu einem Stiefelpaar. »Die müssen Sie auch anziehen.«

Ich zog den Overall an und betrachtete das Gerät, das am tiefen Ende über das Becken gelegt war. Ein polierter Holzbalken lag auf zwei Sockeln – einem auf jeder Seite des Beckens und in einem Abstand von mehr als zehn Metern. Jeder Sockel war drei Stufen hoch. Der Balken, weniger als zehn Zentimeter breit, lag gute zwei Meter über dem Wasser, dessen Tiefe fünf Meter betrug. Nach dem Overall kamen die Stiefel.

Ileck musterte mich. »Da werden Sie hinübergehen.«

In Ordnung. Ich ging auf den Sockel vor mir zu.

»Nein … nicht so.« Er hielt eine Augenbinde hoch. »Sie steigen auf die zweite Stufe, dann werde ich Ihnen dies anlegen.«

Ich sollte blind über den Balken balancieren?

»Das ist erst der Anfang«, ergänzte Ileck.

Darüber mochte ich nicht nachdenken, als ich die Stufen hinaufstieg und wartete, während er mir die Augenbinde anlegte. »Was könnte der Grund sein?«

»Symbolische Analogie. Sie sind besser daran, wenn Sie einstweilen nur so viel wissen. Ich würde es zu schätzen wissen, wenn Sie keine Fragen stellten.«

Sein Ton ließ erkennen, dass ich noch mehr symbolische Analogien zu sehen bekommen würde, obwohl ich keine Ahnung hatte, welchem Zweck sie dienten. Die alte Dzinphilosophie lehrte, dass wahre Unwissenheit einem seichten Halbwissen weit überlegen sei. Ich musste lächeln, denn im Moment war ich wirklich unwissend.

»Versuchen Sie den Balken zu fühlen, nicht nur mit den Füßen, sondern stellen Sie sich vor, wo er ist. Lassen Sie sich Zeit.«

Zeit lassen? Das würde ich ganz sicher.

Ich fühlte mit dem linken Stiefel nach dem Balken und merkte sofort, dass die Sohle glitt. Die Oberfläche des Balkens war schlüpfrig wie geölte Fliesen. Langsam schob ich den linken Fuß auf eine mittlere Position, bevor ich mein Gewicht darauf verlagert. Ich merkte, wie mir der Schweiß ausbrach, dann wiederholte ich das Manöver mit dem rechten gestiefelten Fuß. Stück für Stück schob ich mich über den Balken, der völlig steif war, weder nachgab noch vibrierte.

Als es mir gelungen war, ganz hinüber zu kommen, obwohl ich mehrere Male ins Wanken geraten war, war ich vom Schweiß durchnässt. Auf der anderen Seite machte ich Halt und hob die Hand nach der Augenbinde.

»Machen Sie kehrt und kommen Sie zurück.«

»Jetzt?«

»Jetzt.«

Langsam drehte ich um.

Ich hatte noch keine drei Schritte getan, als ein Trompetenstoß aus unsichtbaren Verstärkern die Luft um mich zum Erzittern brachte und mich beinahe fühlbar seitwärts stieß. Ich verlagerte mein Gewicht, war aber zu sehr aus der Balance, und statt ungeschickt seitwärts ins Wasser zu plumpsen, sprang ich mit rudernden Armen und abwärts gestreckten Beinen vom Balken frei.

Die Augenbinde wurde abgerissen, als ich ins kühle Wasser tauchte, dann kam ich an die Oberfläche und schwamm zu der Seite, wo Ileck wartete. Der Zug des nassen Overalls und der Stiefel machte meinen passablen Kraulstil zu einem schwerfälligen, an den Ellbogen ziehenden Paddeln.

»Kommen Sie heraus. Sie müssen es noch mal versuchen.«

Ich kletterte über die Leiter aus dem dunklen Wasser und hinterließ triefende Spuren auf dem schwarzen Komposit. Ileck stand mit einer weiteren Augenbinde bereit. Ich wischte mir Wasser vom Gesicht, bestieg den Sockel und ließ mir wieder die Augen verbinden.

»Sie müssen sich darauf konzentrieren, wo Sie sind, Tyndel. Dies ist keine bedeutungslose Übung.«

Nichts, was die Dämonen taten, war bedeutungslos. Frustrierend, erschöpfend, schwierig, aber niemals ohne Bedeutung. Wieder stieg ich auf den Balken.

Kaum hatte ich den ersten Schritte getan, brach ein explosives Tutti aus Instrumenten aller Art – Hörnern, Harfen, Trommeln, Posaunen und anderen Tönen, die ich nie gehört hatte – über mich herein. Ich wankte, konnte aber den Fuß auf die spiegelglatte Oberfläche des Balkens setzen, ohne von der Gewalt der Musik heruntergeblasen zu werden. Es war Musik, keine bloße Kakophonie, obwohl ich dergleichen nie gehört hatte.

Mit meinem zweiten Schritt ging die Musik in eine Art Tanzrhythmus über, und mein dritter wurde mir durch den irritierenden Rhythmus beinahe zum Verhängnis.

Meine Beine zitterten bei jedem Schritt und den Variationen der Lautstärke und des Rhythmus.

Salziger Schweiß sickerte unter der Augenbinde durch, und meine Augen brannten, bevor ich mit den letzten wenigen Schritten den Sockel erreichte.

»Gut«, erklärte Ileck. »Sie können die Augenbinde abnehmen.«

Ich schüttelte mich beinahe, als ich dastand und mir den Schweiß aus den Augen wischte.

Ileck stand unter mir, aber seine Augen waren auf einer Höhe mit meinen, und er hielt mir einen fleckigen grauen Segeltuchrucksack hin, der mit etwas gefüllt war. Er hielt ihn mit Leichtigkeit in der ausgestreckten Hand. »Hier. Legen Sie ihn an.«

So schwer war der Rucksack – gute fünfzig Kilo –, dass ich ihn beinahe fallen ließ, und als ich die Gurte festhielt, geriet ich am Rand des Sockels ins Schwanken und hatte alle Mühe, nicht ins Wasser zu fallen.

Nachdem ich mich aufgerichtet hatte, zog ich die Traggurte mühsam über den nassen grünen Overall. Meine Füße waren in den durchnässten Lederstiefeln nicht unwillkommen kühl.

»Drehen Sie sich um.« Ileck hatte wieder eine Augenbinde in der Hand.

Ich tupfte meine Augen trocken, wandte mich um. Er befestigte die Augenbinde.

»Gehen Sie hinüber.«

Ich brachte zwei Schritte zustande, bevor eine Lärmwand – eine alte Orgel von der Lautstärke eines ganzen Orchesters – mich aus dem Gleichgewicht stieß und die Last des Rucksacks mich ins dunkle Wasser stürzte. Mit dem Gewicht auf dem Rücken zum Beckenrand zu schwimmen, war ein wahres Ringen, aber ich wusste, dass es zu dem gehörte, was Ileck sich ausgedacht hatte.

»Sie müssen es noch mal versuchen.« Das war alles, was er sagte.

Mühsam kletterte ich aus dem Becken und stapfte triefend wieder zu den Sockelstufen, wo ich ihm die eingeweichte Augenbinde reichte. Schweigend brachte er sie wieder an. Was symbolische Analogien betraf, so gab er sich jedenfalls Mühe, meine Ausbildung möglichst wirklichkeitsnah zu gestalten.

Zwei weitere Versuche waren nötig, bevor ich trotz der Musik- und Geräuschüberfälle mit dem schweren Rucksack auf dem Rücken hinüber kam.

»Geben Sie diesmal gut Acht«, sagte Ileck nach dem erfolgreichen Übergang.

Ich machte kehrt und tat einen vorsichtigen Schritt.

Im selben Augenblick donnerte ein Marsch los, dessen Lautstärke mir das Gehirn im Schädel vibrieren ließ, aber mein zweiter Schritt wurde von einem sengenden Hitzestrahl begrüßt, ebenso rasch gefolgt von einer Bö eisgekühlter Luft, die sich anfühlte, als würde sie mir den durchnässten Overall auf die Haut frieren. Mein vierter Schritt führte mich ins Wasser, das sich bei weitem kälter als zuvor anfühlte.

Ich musste eine Zeit lang am Beckenrand hängen bleiben, bevor ich mich hinausziehen konnte.

»Noch einmal«, sagte Ileck mit gleichmütiger Stimme.

Ich machte einen weiteren langsam schlurfenden Übergang auf dem schlüpfrigen Balken, die schwere Last auf dem Rücken, überfallen von jäh losbrechender Musik und anderen Geräuschen, der Hitze und Kälte. Meine Knie zitterten, und das Bewegen jedes Beines war zur Qual geworden.

Am anderen Ende wartete Ileck wie gewöhnlich. »Das ist genug für heute.«

Ich holte tief Luft. »Danke.«

Er quittierte das mit einem beinahe ironischen Lächeln. »Dies ist der Anfang.«

Wie mir zumute war, mochte ich nicht fragen, was mich noch erwartete.

Unten im Umkleideraum nahm ich eine altmodische heiße Dusche, genoss die Wärme und den Dampf, bevor ich mich abtrocknete und meinen blassgrünen einteiligen Anzug anlegte. Dann ging ich langsam zur nächsten Kantine, da der Essbereich im Quartier für Durchreisende deprimierend auf mich wirkte.

In der Kantine gab es fünf über den Raum verteilte Tische aus dunkler Eiche, deren Ränder mit schimmerndem Messing eingefasst waren. Gleiches galt für die dunklen Eichenstühle, deren gepolsterte Sitze mit gold und blau gestreiftem Brokat bezogen waren.

Nachdem ich die Speisekarte überflogen hatte, wählte ich Hühnchen mit Nudeln und einem gemischten Fruchtsalat, dazu Arleentee. Ich hatte ungefähr die Hälfte der reichlichen Mahlzeit gegessen, als eine Frau in Grün und Silber hereinkam, gefolgt von einer zweiten, jüngeren Frau, die einen geflochtenen Zopf im Nacken aufgesteckt hatte und mir durch ihre großen Augen auffiel. Sie war kaum mehr als ein junges Mädchen.

Die andere Frau warf mir einen Blick zu, sah meinen blassgrünen Anzug und murmelte zu dem Mädchen: »Er ist in der Pilotenausbildung. Man erkennt es am hellgrünen Anzug. Sie werden später mehr über die Piloten im Liniendienst erfahren. Sehr geachtete Leute … Nun, dies ist eine Personalkantine, aber jeder kann hier essen …«

Ich trank den Rest Arleentee, dann stand ich auf, um nachzufüllen.

Die Frau – sie trug das gleiche tiefere Grün wie Cerelle und blickte nicht auf, während sie zu ihrem Schützling sprach. »Runswi ist sehr verschieden von Dezret. Frauen sind gleichberechtigt. Es gibt Frauen in der Verwaltung, als Piloten und Spezialisten … Ich werde Sie einmal mit Alicia de Schmidt zusammenbringen, dann werden Sie es sehen.«

Ich nahm den Tee und trug ihn zurück an meinen Tisch. Alicia de Schmidt … ein paar Augenblicke versuchte ich mich an den Namen zu erinnern, dann fiel es mir ein: das war diese dunkelhaarige, elegante Frau gewesen, die mit ihrem Partner gekommen war und Handstand auf dem Tisch gemacht hatte, sich dort sogar auf einem Finger gehalten hatte. Die beiden hatten mir mit ihrer Vorführung irgendetwas beweisen wollen – vielleicht die Überlegenheit der nanitenverstärkten Rykashaner. Ihr Partner hatte ein Messer vom Essbesteck durch die Tischplatte getrieben. Vielleicht war es einer der Tische in diesem Raum gewesen … Ich blickte zur Tür, rechnete fast mit ihrem Erscheinen. Oder Cerelles.

Nach mehr als zwei Monaten hatte ich Cerelle noch immer nicht gesehen. Während dieser Zeit war ich meistens zu müde gewesen, um an etwas anderes zu denken, als irgendwie den Tag hinter mich zu bringen. Ich musste an Fersonnes Bemerkung denken, dass auch die Leute von Rykasha hartnäckig sein könnten.

Cerelle hatte eine weite Reise unternommen, um zu sehen, ob ich es mir anders überlegt hatte, und ich hatte sie abgewiesen. Wie konnte ich nun erwarten, dass sie mich aufsuchen würde? Ich schüttelte den Kopf. Manchmal lohnte es sich, etwas nachzudenken.

Ich trank meinen Tee aus und ging. Auf dem Rückweg zu meinem Quartier wandte ich mich zum Logistikgebäude und blieb eine Weile stehen, um den kaum hörbaren Landeanflug eines im Nachmittagslicht silbrig schimmernden Magnet-Raumtransporters zu beobachten. Im Westen, über den Bäumen, die den Horizont bildeten, zogen Wolken auf.

Sobald der Transporter hinter dem Gebäude verschwunden war, ging ich hinein und zum Informationsschalter, wo eine schlanke junge Frau in Silber mit blauen Ärmelstreifen an einer Konsole saß.

»Ja, Ser?«

»Ah … es wird unintelligent klingen, aber ich hätte

gern gewusst, wie ich mit jemandem in Lyncol Verbindung aufnehmen könnte.«

»Ganz und gar nicht unintelligent.« Sie lachte großzügig, und trotz ihrer mädchenhaften Erscheinung war das Lachen das einer Frau, aber keineswegs boshaft. »Man lehrt die Kandidaten alles, nur nicht die wichtigen Dinge. Sie sind bei weitem nicht der Erste, der so etwas fragt.« Ein Lächeln folgte. »Sie brauchen nur den Namen und den Personalcode der Person. Wenn Sie den Letzteren nicht haben, können Sie eine Verbindung zur Auskunft in Lyncol herstellen und beschreiben, um wen es sich handelt, was die betreffende Person von Beruf ist, wo sie wohnt, und sehen, ob die gesuchte Person im Einwohnerverzeichnis steht. Dann können Sie eine Botschaft hinterlassen, die von der Auskunft weitergegeben wird, und die gesuchte Person kann sich bei Ihnen melden. Natürlich müssen Sie Ihren Namen und Ihren Personalcode angeben.«

Meinen Personalcode? Ich wusste nicht einmal, dass ich einen hatte. Ich runzelte die Stirn, nickte dann. Irgendwo in den Datenmassen, die mich im Laufe der vergangenen Jahre überflutet hatten, musste die Information sein, aber ich hatte sie nie abrufen müssen.

»Jede Konsole gibt Ihnen Zugang zu der Verbindung.« Sie lächelte wieder. »Genügt das?«

Ich erwiderte das Lächeln, bedankte mich und ging den Seitenkorridor hinunter, um Andra zu suchen. Ihre Tür stand offen, und sie sah mich groß an, als ich hineinschaute.

»Andra?«

»Sie haben erst morgen wieder eine Sitzung.«

»Ich weiß. Ich habe eine andere Frage.« Ohne es zu wollen, schlug ich den Blick nieder und besah den glänzenden Parkettboden ihres Arbeitszimmers.

»Und die ist?«

»Ich hoffte, Sie könnten einen der Codes haben, die ich

brauche, um eine Verbindung mit Cerelle herzustellen oder wenigstens eine Botschaft zu hinterlassen.«

Sie zog die Brauen hoch. »Nach zwei Monaten?«

Ich zwang mich zu einem Lachen. »Es waren zwei anstrengende Monate, in denen ich kaum zur Besinnung kommen konnte. Ich glaube aber, dass ich mich bei ihr entschuldigen muss. Es ist spät, aber ich möchte es tun.«

»Da haben Sie Recht.« Und sofort fügte sie hinzu: »Ihr Personalcode ist LY-grün-vierundvierzig.«

»Danke.« LY-grün-vierundvierzig – ich konzentrierte mich darauf, dies zu behalten.

»Tyndel?« Die Worte waren sanfter als der Ausdruck in ihren Augen.

»Ja?«

»Cerelle ist meine Freundin, und Sie sind nicht allzu hilfreich gewesen. Oder freundlich. Nicht einmal verständnisvoll. Sie bemühte sich sehr um Sie, vielleicht mehr, als Sie wissen.«

»Ich weiß.«

»Bitte versuchen Sie sich daran zu erinnern.«

»Werde ich tun.« Es zu vergessen, wäre auch schwierig gewesen. Ich nickte wieder. »Danke.«

»Dann bis morgen.«

Ich ging hinaus durch die Nachmittagshitze, vorbei an einem Elektrofahrzeug, das eine Gruppe blassgesichtiger und schwitzender Individuum beförderte. Offenbar waren sie gerade vom Raumtransporter gekommen, der kurz vorher gelandet war.

Nicht verständnisvoll, nicht freundlich, nicht hilfreich – und Andra hatte Recht. Hoffentlich konnte ich den Geschmack der Kröte ertragen, die ich würde schlucken müssen.

Lange saß ich an der Konsole in meinem Zimmer, ohne die Zusatzlektüre zu beachten, die Andra mir empfohlen hatte, starrte nur gedankenverloren auf den Bildschirm, wo Darstellungen erschienen und verschwanden, zuerst

Bilder von Bergen, dann von Seen. Ich hatte die Auswahl selbst festgelegt, fragte mich aber plötzlich, warum ich Seen und Berge gewählt hatte.

Am Spätnachmittag, als die Wolkenfront sich vor die Sonne schob und einsetzender Regen an die Fensterscheiben klopfte, fasste ich mir ein Herz und gab den Code ein.

Sofort erschien ein Kopf auf dem Bildschirm – der Kopf einer rothaarigen Frau mit schmalem Gesicht und durchbohrendem Blick.

Ich öffnete den Mund, aber das Bild war schneller.

»Hier spricht Cerelle. Ich bin zur Zeit abwesend. Wenn Sie eine Nachricht hinterlassen wollen, sprechen Sie bitte nach dem Signalton.«

Als der Signalton kam, sagte ich: »Cerelle ... hier ist Tyndel ... ich möchte mich bei Ihnen entschuldigen. Wenn Sie nicht mit mir sprechen wollen, kann ich es verstehen.« Ich stockte. »Sie hatten Recht ... und – danke.« Ich unterbrach die Verbindung und ärgerte mich über meine hölzerne Unbeholfenheit.

Das Krötenschlucken schmeckte mir nicht besonders, weder im buchstäblichen noch im übertragenen Sinne, und erst recht nicht, da ich es bisher zweimal hatte kosten müssen, mit Andra und dann mit Cerelles Anrufbeantworter, ohne mit ihr selbst zu sprechen.

Ich stand auf und holte mir vom Speisenaufbereiter unten einen Becher Arleentee.

Dann rief ich den ersten Block der Zusatzlektüre ab. Andra meinte, je mehr ich läse, desto schneller würde das von den Naniten gelieferte Datenmaterial in meinen mentalen Datenspeicher integriert – wenn das ein organisches Äquivalent für das arme Gehirn eines Mannes war, der als Mite geboren worden war und als Dämon neu geschaffen wurde.

Ich sah die Worte, als sie über den Bildschirm wanderten. Manchmal hörte sich das Material aus den Naniten-

Sprühinjektionen oder den Handbüchern vollkommen logisch an, ohne dass ich hinterher klüger war. Dies erwies sich als ein weiteres Beispiel.

Die Grenzen der nanitenbegründeten AI-Fähigkeiten sind weitgehend bestimmt von den Spezifikationen der anwendbaren Agglomerationen und Agglutinationsblocks, die als synaptische Grenzen funktionieren ... Foulst und Henrica öffneten den Weg durch die Auflösung von Blocks zweiter Ebene ... führte schließlich zur Entwicklung funktionsfähiger Überraum-Eintrittssysteme ... Blocks erster Ebene verschlüsselt in Leptonenspins ...

Das ergab für mich überhaupt keinen Sinn, und ich trank einen weiteren Becher Tee. Andra hatte mich darauf vorbereitet, dass ein Teil des Materials wahrscheinlich jenseits meines derzeitigen Verständnisses sein würde, aber ich solle mich nicht an Dingen festbeißen, die ich nicht verstehe, da die Breite meiner Lektüre ebenso wichtig sei wie die Tiefe.

Da hatte ich meine Zweifel, aber der über meine Konsole zugängliche Teil des Archivs hatte nichts über Agglutinationsblocks erster oder zweiter Ebene.

Seufzend machte ich mich wieder an die Lektüre und versuchte, nicht darüber zu grübeln, ob Cerelle den Anruf beantworten würde.

50

(Runswi: 4519)

Wenn die von einem Kulturkreis entwickelten Bildsymbole ihre Wirkung verlieren, und die an ihre Stelle tretenden Bildsymbole dem eigenen Kulturkreis fremd sind, entsteht eine Identitätskrise, in welcher der Einzelne nicht mehr weiß, woran er sich halten und wohin er sich wenden soll.

Nach einem besonders langen Nachmittag mit Ileck wanderte ich erschöpft zu einer der Kantinen, die Ausblick auf einen Teil des tieferliegenden Sumpflandes gewährte, dessen offene Wasserflächen blau aus dem Grüngrau der Vegetation leuchteten und wo der Himmel voller Seevögel war, die vom Ozean hereinzogen. Durch einen ausgeliehenen Feldstecher hatte ich einmal von dem Fenster, wo ich jetzt wieder saß, Regenpfeifer und Rallen beobachtet, die eine Sandbank am Rand eines verschilften Sumpfgewässers bevölkert hatten. Dort, so hatte man mir erzählt, sonnten sich gern Sumpfschildkröten, die aber nur aus kürzerer Entfernung beobachtet werden konnten. Weidenbüsche, Erlen und Birken wuchsen verstreut auf moorigen Inseln in der Sumpfwildnis.

Eine Portion Krabben mit Chilisoße war nicht genug. Ich trug mein Tablett zurück zum Speisenaufbereiter, gab eine weitere Bestellung ein und zog noch einen Becher Tee. Als ich mich umwandte, stand sie so nahe hinter mir, dass ich mich nicht bewegen konnte, ohne sie anzustoßen.

»Sie kommen oft hierher, nicht wahr?«, fragte die junge Frau. »Immer sitzen Sie allein.« Ihre Augen waren groß und von einem tiefen, arglosen Braun unter einer glatten Stirn. Ihr blondes Haar war weniger als schulterlang, und ich sah kleine Ohren fast ohne Läppchen. Ihr schmales Gesicht lief von den hohen, feinen Backenknochen in einem sanft zugespitzten Kinn aus. Ihre Lippen waren für das Elfengesicht beinahe zu voll.

»Ich bin zu müde, um weit zu gehen«, sagte ich, geschmeichelt von ihrer Annäherung und froh über die Gesellschaft. »Möchten Sie sich zu mir setzen?«

»Wirklich? Ich möchte nicht stören … Ich meine, Sie müssen eine Menge zu tun haben.«

»Im Moment nicht.« Ich überlegte. »Was würden Sie gern essen?«

»Oh, danke. Ich kann es mir selbst nehmen.«

Ich trat zurück, um sie nicht mit meinem Tablett anzustoßen, aber auch weil ihr einteiliger silberner Anzug mit den roten Ärmelstreifen mehr als anliegend war.

Nach ein paar Minuten blinkte der Speisenaufbereiter. Sie zog ein Bier und einen Teller mit Nudeln und Soße und stellte beides auf ein Tablett. Ich lächelte und zeigte zu meinem Tisch, dann folgte ich ihr und blieb stehen, bis sie sich gesetzt hatte. Ich schob mein Tablett auf den Tisch und blickte hinaus.

Das Licht über dem Wasser zeigte jetzt tiefere Goldtöne; es war noch nicht ganz Sonnenuntergang, aber kurz davor.

»Es ist hübsch hier. Manchmal sitze ich bloß da und beobachte den Sonnenuntergang.« Sie wandte sich mir zu. »Ich bin Aleyisha und arbeite in der medizinischen Abteilung für Doktor Bekunin.«

Bekunin – der Name kam mir bekannt vor, aber ich konnte mich nicht genauer erinnern. »Ich bin Tyndel. Ich bin eine Art Praktikant.«

»Sie werden Pilot, nicht wahr? Ich meine … Sie tragen das helle Grün, und niemand sonst außer …« Sie verstummte und befeuchtete sich die Lippen.

»Ich versuch's«, sagte ich lächelnd. »Ob was daraus wird, liegt bei höheren Mächten.« Sie war nicht so arglos, und doch schien sie irgendwie verlegen. Ich fragte mich, warum.

Aleyisha nickte, dann wickelte sie die Pasta geschickt um eine Gabel und schnitt sie mit der Seite eines großen Löffels.

Zwei Frauen gingen auf dem Weg zum Essenaufbereiter an unserem Tisch vorbei. Eine war hager und dunkelhaarig, mit verkniffenen Lippen, die andere brünett und fülliger. Beide trugen Silber mit roten Ärmelstreifen. Die Brünette ging mit starkem Hüftschwung, die andere warf Aleyisha einen Blick zu und deutete ein Kopfschütteln an.

»Meinen Sie, dass es Ihnen draußen im Raum gefallen wird?«, fragte Aleyisha, als hätte sie den tadelnden Blick der Frau nicht bemerkt.

»Ich bin lange dort gewesen. Ich war einfacher Techniker in einer Orbitalstation weit draußen.« Ich nahm einen großen Bissen Krabben mit Chili.

»Tatsächlich? Wie war es?«

Wieder hatte ich das Gefühl, dass sie mehr wusste als sie sagte, aber ein Schwall warmer Luft fuhr über uns hin, als zwei Männer die Kantine betraten und umherblickten.

Einer von ihnen machte die Frauen aus, die kurz zuvor hereingekommen waren. »Sie sind da drüben, Haifez.«

Haifez schnaubte. »Hätten auf uns warten können.«

Der andere, mit frischem Gesicht und in einem braunen Overall, einer Farbe, die ich bis dahin nicht als Berufs- oder Statusmerkmal gesehen hatte, gingen weiter zu den beiden Frauen, nachdem sie uns gemustert hatten.

»… kenne sie«, murmelte Haifez. »Arbeitet in der Medizinischen … würdigt mich keines Blickes.«

»So sind die Weiber«, meinte der andere mit halblauter Stimme. »Ein Kandidat, noch nicht mal Pilot, und sie hängen sich an ihn.«

Ich merkte, wie mir die Röte ins Gesicht stieg.

Aleyisha lächelte mir zu. »Er war nicht sehr interessant. Haben Sie Frauen, die sich an Sie hängen?«

»Ich glaube nicht, dass jemand an mir hängt«, antwortete ich. »Keine, die ich kenne.«

»Sehen Sie!« Aleyishas Flüstern war so aufgeregt, dass mein Blick ihrem Finger folgte.

Unter der Geländestufe, die uns vom Sumpfland trennte, war ein großer blauer Reiher niedergegangen und stand im flachen Wasser am Rand des Schilfgürtels, kaum hundert Meter von uns entfernt. Regungslos wie eine Statue wartete er. Das Licht, das vom Westen her über das Sumpfland flutete, war jetzt orangerot, und der Reiher verharrte ohne die geringste Bewegung.

Plötzlich stieß der Reiher blitzschnell mit dem langen Schnabel zu und riss ihn wieder hoch. Eingeklemmt zwischen die Spitzen war ein schimmernder, silbriger Splitter, der einmal zappelte, bevor der Reiher ihn verschluckte.

»Sie sehen, warum es mir um diese Zeit hier gefällt.« Aleyisha lächelte schelmisch.

Da ich Krabbenfleisch kaute, nickte ich.

»Es gibt immer was zu sehen. Im letzten Winter, als am Rand der Sumpfgewässer Eis war, sah ich zwei schwarze Schwäne. Sie hatten rote Schnäbel.«

Im letzten Winter war ich ... wo gewesen? In der Station Omega Eridani? Oder hatte ich die zweite Winterhälfte an die Zeitdehnung der Herreise verloren? »Ob sie jeden Winter kommen?«

»Vielleicht. Ich würde sie gern wiedersehen.« Sie nahm einen kleinen Schluck vom dunklen Bier, dann noch einen.

Die beiden Paare an dem von uns am weitesten entfernten Tisch lachten laut.

»... Vögel ... kriegt ihn mit Vögeln.«

»Warum nicht? Er ist auch so ein Vogel ... fliegt den

Überraum … denken, sie sind kleine Engees … jedenfalls die meisten.«

Ich verzog das Gesicht. »Hören Sie nicht auf die«, sagte Aleyisha. »Sie sind bloß eifersüchtig.«

»Alle?«

»Die Frauen wünschen, sie hätten den Mut, Sie anzusprechen. Die Männer ärgern sich, weil Sie etwas können, was sie nicht können.«

»Jeder kann etwas, das die meisten anderen nicht können.«

»Schon, aber es gibt nicht viele Nadelpiloten.«

»Wie viele gibt es?«

»Nach den medizinischen Unterlagen stehen zur Zeit dreiundneunzig Nadelpiloten im aktiven Liniendienst. Vier sind pensioniert, könnten aber wieder eingesetzt werden.«

»Dreiundneunzig?« Das konnte ich nicht glauben. Rykasha hatte beinahe zwei Dutzend Raumkolonien oder Stationen. Ich fragte mich, woher sie die Zahl haben konnte.

»Sie werden der fünfundneunzigste sein, wenn niemand aus dem aktiven Dienst ausscheidet. Einer befindet sich im Flugtraining in der Orbitalstation.«

Ich runzelte die Stirn. Wahrscheinlich konnte ich die Information nachprüfen, aber Aleyisha schien zu wissen, wovon sie sprach. Der Gedanke, dass es so wenige gab, war mir nie in den Sinn gekommen. »Liegt es daran, dass nicht mehr gebraucht werden?«

Sie schüttelte den Kopf. »Die Fähigkeiten sind selten.«

Selten? Wie selten? Selten genug, um mich über die Jahre hin zu beobachten und schließlich für den Dienst zu gewinnen? Ich fühlte mich klein bei dem Gedanken. Was konnte an mir Besonderes sein? Eine Weile saß ich da und grübelte. Die Vier am anderen Tisch standen auf und gingen, und Schatten legten sich über das Land.

Endlich brach Aleyisha das Schweigen. »Es heißt, Sie waren ein Dzinmeister. Ist das wahr?«

»Ich studierte Dzin und hätte es mit der Zeit vielleicht zu einem wirklichen Meister gebracht.« Ich dachte darüber nach und sagte: »Das dachte ich damals. Heute weiß ich es nicht.«

»Sie hätten es auch dort zu etwas gebracht.«

»Ich weiß nicht ...«

Ich wusste, dass ich sie in mein Quartier hätte einladen können. Obwohl es einen leeren Abend gewärmt hätte, wären nach ihrem Weggang der Abend oder der Morgen für mich noch weit leerer gewesen. Leerer als die Dunkelheit um die Orbitalstation oder als meine Seele an dem Tag, als ich aus Hybra geflohen war.

Sie wollte etwas, mich trösten, vielleicht, und ich wollte getröstet sein – aber nicht aus Mitleid. Es musste aus Aufrichtigkeit sein, und die Einzigen, die das hätten tun können, waren Foerga und Fersonne ... und Cerelle, nur würde sie es nicht wollen, und ich konnte es ihr nicht verdenken.

Die Aufrichtigkeit verlangte, dass ich mir selbst treu blieb. Also lächelte ich. »Ich bin froh, dass Sie mit mir sprechen wollten. Vielleicht auf ein andermal.«

Sie lächelte zurück, nicht ganz traurig. »Ein andermal.«

Wir gingen in verschiedene Richtungen, und ich blieb länger auf, als ich sollte, grübelte über Andras Zusatzlektüre, die niemals so viele Fragen beantwortete wie sie aufwarf. Dazwischen überlegte ich, warum Aleyisha mich wirklich angesprochen hatte, war aber nicht sicher, dass ich so tief vordringen wollte.

Eitelkeit? Ich lächelte in ironischer Selbsterkenntnis. *Befürchtest du, es sei alles nur professionell? Oder möchtest du an der Illusion festhalten, dass du persönlich für jemand attraktiv bist?*

Ich wusste die Antwort auf diese Frage.

51

(Runswi: 4519)

Suche die Wahrheit nicht durch helleres Licht oder die Untersuchung des äußeren Scheins zu finden.

Andra hielt mir die kühle Oberfläche der Maske gegen das Gesicht, berührte den Auslöser des Kanisters, und die Naniten bohrten sich wie tausend winzige Nadeln durch meine Haut und trugen weitere Datenmengen zu verschiedenen Neuronen und Strukturen meiner Großhirnrinde. Diesmal schien es um Technik zu gehen, dachte ich und blickte über den grauen Rand der Maske zum Fenster hinaus, wo das spröde Sonnenlicht des Spätherbsttages auf die Westseite des Verwaltungsgebäudes fiel und ein hoher Wolkenschirm aufzog, der für den Abend ein Gewitter verhieß.

... potenzielles Zusammenwirken von Sublimatdruck mit molekular komprimierten trägen Pseudometallen (Komposit) ... vermieden durch Formung unter Hochdruck und Hochtemperatur ... kontrollierte Entladung zur Aufrechterhaltung kritischer Ionisierung von maximaler Dauer ... plastische Verformung von Komposit nicht auszuschließen ... Differenz zwischen maximalem und minimalem Anfangsdruck ist gleich dem Zweifachen des Dehnungskoeffizienten in Abscherungen ...

Als die Bilder und Worte, die Gleichungen und Begriffe über und durch mich fluteten, konnte ich nicht umhin zu denken, dass Technik anders war. Im Gegensatz zur Physik und den Theorien, wo die Worte anfänglich so unvertraut gewesen waren wie die Bedeutungen, die sie trugen, glaubte ich in der Technik alle Worte zu kennen – aber der Zusammenhang, in dem sie gebraucht wurden, machte sie zur Fremdsprache.

Andra trat zurück und verstaute den Kanister, aber ein

schwacher Blumenduft, den ich nicht erkannte, blieb ein paar Augenblicke lang in der Luft hängen. Verwirrt vom Blumenduft und Gedanken über technische Begriffe stand ich auf und folgte Andra in den benachbarten Raum zu der mittlerweile allzu vertrauten Konsole.

»Sie wissen, was Sie zu tun haben«, sagte sie.

Ich nickte und setzte mich.

Auf dem Bildschirm erschien die Frage: »Welches der folgenden Verfahren kommt dem Produktionsprozess von Kompositmaterial interstellarer Güteklasse am nächsten?«

Jede der Antworten war länger als ein Absatz, und ich musste jede zweimal lesen und mich dann durch die neueste Datenmasse wühlen, die durch mein Gehirn wogte. Nachdem ich meine Wahl getroffen hatte, drückte ich die Anforderungstaste, und die nächste Frage erschien.

Als ich mich endlich zurücklehnte, war der ganze Vormittag um, und die Spätherbstsonne begann ihren Abstieg in den Nachmittag. Vor meinen Augen verschwammen die Zeichen am Bildschirm, und im Kopf pochte dumpfer Schmerz.

Andra kam wieder herein.

»Nicht schlecht. Der technische Teil fällt den meisten Piloten schwer.«

»Das liegt am Gebrauch vertrauter Worte in einem Kontext, der in keinem Zusammenhang zu ihrer gewohnten Bedeutung steht.«

»Sie verstehen sich auszudrücken, Tyndel.«

»Ich wünschte, es wäre so.« Ich massierte Stirn und Schläfen mit den Fingerspitzen, schloss eine Weile die Augen. »Dies alles scheint endlos.«

»Sie werden hier mit der Information und Indoktrination fertig sein, bevor Ileck Ihre körperliche Ertüchtigung abschließt. Sie sind ein Naturtalent, Tyndel.« Andra schüttelte den Kopf, und die blonden Locken flogen. »Ich habe Astroingenieure gehabt, die mit den Begriffen und

Methoden mehr Schwierigkeiten hatten als Sie. Warum wehrten Sie sich?«

»Es war nicht das Wissen. Ich habe immer Freude daran gehabt, Neues zu lernen.«

»Auch harte Arbeit macht Ihnen nichts aus. Das bestätigen die Berichte der OE-Station.« Sie trat zurück. »Ich werde nicht neugierig sein.« Ein schiefes Lächeln folgte. »Nicht mehr als ich schon gewesen bin.«

»Die Station hat Ihnen Berichte über mich geschickt?«

»Erst nach Ihrer Rückkehr erhielten wir die Tätigkeitsberichte und die Gesamtbeurteilung.«

»Ist es früher schon vorgekommen, dass jemand – ein anderer Dzin-Typ – sich weigerte, die Ausbildung zu machen, und dann seine Meinung änderte?«

»Es ist schon vorgekommen. Aber nicht in jüngster Zeit.«

»Das liegt daran, dass Sie nicht mehr viele Flüchtlinge bekommen, keine Dzin-Typen«, konterte ich. *Und nicht so viele mögliche Piloten.*

»Sie könnten gefährlich sein, Tyndel, wenn Sie Ihren Verstand mehr gebrauchten.« Andra schenkte mir ein schwaches Lächeln. Wiederholtes Lächeln in derselben Arbeitssitzung – das war weit mehr, als sie gewöhnlich zeigte.

»Ich arbeite daran.«

»Gut. Bis morgen.« Damit war sie fort.

Ich hatte keine Zeit, zur Kantine zu gehen und dann zurück zum Schwimmbecken. Das bedeutete, dass ich eilig eine Kleinigkeit im Quartier für Durchreisende essen musste. Hinzu kam, dass ich Aleyisha zwar nicht aus dem Weg gehen, aber auch nicht den Eindruck erwecken wollte, ihr den Hof zu machen. Also gab ich mich mit meinem üblichen Ersatz zufrieden, der immer dann fällig wurde, wenn ich nicht wusste, was ich wollte: gebratene Rindfleischstreifen mit Bandnudeln mit Orangenschnitten nach Art von Dorcha, und dazu Arleentee.

Ich aß nur genug, um den Hunger zu stillen, weil ich wusste, dass mein Magen mit dem, was Ileck vorhatte, nicht mehr vertragen würde. Der zweite Becher Tee wurde hinuntergestürzt.

Als ich in der Badehose das Schwimmbecken erreichte, wartete Ileck bereits, ausdruckslos und gleichmütig wie immer, schwarze Stiefel an den Füßen. Der Übungsoverall und meine Stiefel und der schwere und zusätzlich belastete Rucksack warteten neben ihm auf den Augenblick, wenn ich nach dem Zeitschwimmen erschöpft keuchend aus dem Wasser steigen würde.

»Zuerst Ihre Aufwärmübungen. Dann die Gewichte. Danach sechzehnhundert Meter, vierhundert schnell, vierhundert langsam, vierhundert schnell, zweihundert langsam, und die letzten zweihundert im Sprint.«

Ich holte tief Luft. Wie sinnlos hatte ich das Rundenschwimmen bei meinen ersten Übungsstunden in Runswi gefunden. Jetzt nahm ich solche Übungen wenn nicht gern, so doch als selbstverständlich auf mich. Überdies musste ich zugeben, dass es besser war als in der Schwerelosigkeit der Station mit dem ungefügen SMW-Gerät zu ringen. Ich hatte den Schweiß und den sandigen Staub nicht vergessen, die sich in jeder Pore meines Gesichts festgesetzt hatten – geschweige denn all die Prellungen und blauen Flecken, die ich mir bei unfreiwilligen Kollisionen mit Trägern und Verstrebungen zugezogen hatte.

Die Aufwärmübungen und das Gewichtstraining endeten allzu bald, und dann schwamm ich endlos im klaren, aber durch die Fliesen des Schwimmbeckens schwarz gefärbten Wasser auf der 50 m-Bahn hin und her. Viel später, nach den quälend langen sechzehnhundert Metern, hing ich ausgepumpt mit den aufgestützten Armen am Beckenrand.

»Kommen Sie schon, Tyndel. Die richtige Arbeit beginnt erst jetzt.«

»Ich kann es kaum erwarten«, murmelte ich, zog mich aber aus dem Wasser und legte Overall und Stiefel an, dann schulterte ich den schwer beladenen Rucksack. »Keine Augenbinde?«

»Sie werden sich wünschen, dass Sie eine hätten«, versprach Ileck mit einem Grinsen, das rasch verging. »Auf den Sockel.«

Ich zog die Brauen hoch, aber Ileck sah es nicht, weil er mit der tragbaren Konsole beschäftigt war, die er in den Händen hielt. Der gesamte Bereich um das Schwimmbecken wurde verdunkelt, so schwarz, dass ich die Hand nicht vor den Augen sah.

»Nur zu.« Ilecks Stimme vibrierte in der Dunkelheit und schien eine noch tiefere Schwärze als jene zu schaffen, die mich schon umgab. Schwärzer als Schwarz ist nicht möglich, aber was ich erlebte, war tiefste Schwärze.

Ich sah vor meine Füße. Dem Balken schien eine minimale Lumineszenz eigen zu sein, eine matt schimmernde Länge, die sonst nichts erhellte. Ich fühlte mich wie im Nichts aufgehängt. Hätte ich das Empfinden von Schwerelosigkeit gehabt, so hätte ich genauso gut im sternenlosen Weltraum sein können, bloß trug ich keinen Schutzanzug, und die Luft war viel zu warm.

Ich schob den linken Fuß vor, ein schwarzer Fleck auf der matt schimmernden Linie, die keine Strahlung aussandte. Ich wankte, als ich das Gewicht verlagerte, hielt sofort inne, konzentrierte mich auf das, was ich fühlte, und mir wurde klar, dass ich unsicherer als mit der Augenbinde war.

»Nicht die Augen schließen«, befahl Ileck. Ich errötete in der Finsternis, denn gerade daran hatte ich gedacht.

Trompetenschall schmetterte, und diesmal schienen wirkliche Noten, die halb wie Speere geformt waren, von links auf mich zu zu schießen. Ich zuckte zusammen, taumelte, versuchte das Gleichgewicht zu halten. Plötzlich dröhnte der tiefe Bass der alten Orgel von der anderen

Seite, und von dort fegte ein leuchtendes, messerscharfes Rechteck auf mich zu.

Ein heißer Luftschwall stieß mich von hinten, und diesmal konnte ich mich nicht halten. Nur drei Schritte war ich vorangekommen, bevor ich in das dunkle Wasser plumpste.

Beim Aufschlag krümmte ich mich unwillkürlich unter einem Schock, der wie ein elektrischer Schlag war. Das war vorher nicht gewesen, aber ich war auch nicht von Formen und Musiknoten angefallen worden.

Plötzlich wurde es hell, und die elektrischen Messer im Wasser verschwanden.

Ileck stand am Beckenrand. »Kommen Sie heraus. Versuchen Sie es von der anderen Seite.«

Durchnässt zog ich mich aus dem Wasser und schleppte den jetzt noch schwereren und wasserspeienden Rucksack um das Becken zum anderen Sockel. Meine Füße patschten in den nassen Stiefeln.

Ileck wartete, bis ich auf dem Sockel stand, wo sich vor mir die glatte, schmale Oberfläche des Balkens über das schwarze Wasser erstreckte. Wasser rann mir vom Rücken, und wieder umgab mich Schwärze, und der Balken schimmerte wie schwache Phosphoreszenz vor mir.

Der erste Schritt war einfach genug, denn es herrschte Stille vor dem Sturm, aber dann erhob sich ein Brandungsrauschen und leitete über zu einem massiven Ausbruch von Hunderten von Instrumenten, begleitet von Paukenwirbeln und explosionsartigen Trommelschlägen. Ich tat einen zweiten Schritt, dann einen dritten gegen den Druck der Musik und achtete nicht auf die Würfel, die auf mein Gesicht zuflogen.

Fliederduft von unnatürlicher Konzentration hüllte mich ein und brachte mich fast zum Würgen, und wieder geriet ich auf dem Balken ins Wanken. Ich konnte das Gleichgewicht halten, gerade rechtzeitig, um einem weiteren sanften, aber unsichtbaren kalten Druck standzuhalten, begleitet von einer Art Speerklinge, die von unten nach mir stieß, scheinbar aus unergründlichen schwarzen Tiefen. Die Schreckreaktion meines Körpers reichte aus, um mich aus dem Gleichgewicht und ins Wasser zu werfen.

Als ich mich zum schwarz gefliesten Beckenrand mühte und langsam hinaufzog, lachte Ileck. »Hab noch nie einen gesehen, der bei einem Stoß von unten nicht aus dem Gleichgewicht gekommen wäre, zumindest beim ersten Mal erwischt es sie alle.«

Ich aber fragte mich – und nicht zum ersten Mal –, ob meine Entscheidung, mich doch noch zur Pilotenausbildung zu melden, richtig war. Was ich hier mitmachte, wurde Grundausbildung und Orientierung genannt. Ich mochte nicht daran denken, was als Nächstes kommen würde. Ich schlurfte zurück zum ersten Sockel. Wasser schwappte aus meinen Stiefeln, aber mich kümmerte es nicht mehr.

Ileck wartete, bis ich wieder vor dem Balken stand.

Als er die Verdunkelung ein weiteres Mal einschaltete und Schwärze das Becken und mich einhüllte, gellten Trompeten so laut, dass ich glaubte, meine Trommelfelle müssten bersten. Mit dem Trompetenschall kam süßer Rosenduft, und scharfzackige Spitzen schienen von oben herabzustoßen, als wollten sie mich zerspalten.

Hitze und Kälte bliesen bald von der einen, bald von der anderen Seite, aber ich schob mich den Balken entlang, bis ich die andere Seite erreichte. Trotz des nassen Overalls und der schweren, wassergefüllten Stiefel rann mir der Schweiß vom Gesicht und brannte mir salzig in den Augen, als ich den Sockel erreichte.

Licht überflutete den Raum um das Becken, so hell, dass meine brennenden Augen tränten. Ich stand still auf dem Sockel. Meine Knie zitterten.

»Sie haben es geschafft.« Ileck sagte es, als wäre der geglückte Übergang zu erwarten gewesen.

»Einige dieser sogenannten Analogien waren nach dem Gefühl, dem Geruch und dem Gehör wesentlich substantieller als Symbole.«

»So soll es sein, Tyndel. Das Leben eines Piloten besteht nicht aus süßem Feingebäck, Blumen und Musik.«

»Das habe ich gemerkt.« Ich unterdrückte ein Grinsen, da Ilecks Training auf Blumen, Musik und geometrischen Formen von besonderem Reiz zu beruhen schien.

»Sie müssen anfangen, sich schneller und geschmeidiger zu bewegen. Mit einem Schiff am Hals können Sie nicht kriechen. Nicht im Überraum.«

»Wie viel muss ich noch durchmachen?«

»Sie machen gute Fortschritte. Nicht spektakulär, aber gut.« Ileck hob seine muskulösen Schultern. »Verlangen Sie keine Prophezeiungen von mir. Sie haben noch immer Schwierigkeiten, gewisse emotionale Noten in der Musik auszublenden, und das könnte ein Problem sein.«

»Wieso?«

»Weil ein Nadelpilot das Schiff ist. Ohne Emotion können Sie nicht die instinktive Intelligenz des Körpers einsetzen, aber Sie müssen die Emotion zügeln, dürfen sich nicht von ihr einspannen lassen.« Er presste die Lippen zusammen. »Bis morgen.«

Als ich den schwarzen Fliesen und dem dunklen Wasser den Rücken kehrte, überlegte ich, wie viele Morgen mir mit dem Trainer noch bevorstanden, wie viel mehr er mir noch abverlangen würde.

Der Rest des Spätnachmittags gehörte mir, und nachdem ich geduscht und meine trockene Kleidung angelegt hatte, ging ich ostwärts zum Rand der Schichtstufe über dem Sumpfland, das sich bis zum Ozean weiter östlich erstreckte. Es war nicht wie der Tiefe See, oder der Grüne Fluss, oder die Meerenge bei Mettersfel. Die langen Gräser zeigten Spuren von Braun und Gelb, und die warme Sonne auf meinem Rücken wurde von der kühleren Brise im Gesicht ausgeglichen.

Warum war ich hier? *Weil zu viele Menschen zu viel für dich gaben, als dass du das Recht hättest, dich in einen Winkel zurückzuziehen und nichts aus dir zu machen?* Ich nickte zu mir selbst. Trotz der späten Erkenntnis, dass die Leute von Rykasha mich brauchten, hatte ich noch immer Schwierigkeiten, die Vorstellung zu akzeptieren, dass ich der Gesellschaft etwas schuldig sei. Ich hatte viel weniger Schwierigkeiten zu glauben, dass ich Foerga oder Fersonne, Sanselle, sogar Gerbrik und Cerelle etwas schuldig war.

Allerdings hatte ich von der rothaarigen Cerelle noch nichts gehört, und das ließ mir keine Ruhe. Wenn sie nicht in einer Woche antwortete, würde ich es wieder versuchen.

Warum? Wollte ich das wirklich weiter verfolgen?

Weil sie versuchte, aufrichtig mit dir zu sein, ohne dabei boshaft zu werden, und weil du Aufrichtigkeit mehr brauchst, als du zugeben willst. Weil du dich schuldig fühlst und sie dich an Foerga erinnerte …

Ich machte kehrt und schlenderte langsam der untergehenden Sonne entgegen, zurück zu meinem zeitweiligen Quartier. Inzwischen hatte ich gelernt, dass alle Quartiere zeitweilig waren.

Ilecks Bemerkungen über die Intelligenz der Körperinstinkte und Emotion hatten mein Interesse geweckt, und ich war nicht sicher, ob ich allzu viel an Cerelle denken wollte – noch nicht. Also setzte ich mich nach dem Essen vor den Bildschirm und begann abzurufen, was ich konnte.

> … Emotion … starke Empfindungen, die auf sensorisch-zerebraler Reaktion oder Stimulation beruhen oder daraus erwachsen …

Es gab noch mehr, aber der größte Teil des Textes behandelte die zellularen und von Drüsensekreten gesteuerten Mechanismen, welche die Umformung vom Reiz zur physischen Realität bewirkten.

Nur ein kleiner Absatz beschäftigte sich mit dem, was Ileck angedeutet hatte.

> … Messungen der hormonalen, elektro-zellularen, muskulären und Gehirnwellenfunktionen haben eine klare, aber nicht lineare Verbindung zwischen der Stärke emotionaler Reaktionen und der räumlich-symbolisch-abstrakten Intelligenz bestätigt … Die Entwicklung emotionaler Reaktionsfähigkeit oder Intelligenz bleibt eine verflochtene Funktion überwiegend erblich bedingter Faktoren und, in geringerem Maße, äußeren Einflüssen (siehe »Erziehung und Persönlichkeit«) …

Der Abschnitt »Erziehung und Persönlichkeit« bestätigte, was seit den Zeiten der Alten bekannt war, dass die in vielen vergleichenden Untersuchungen nachgewiesene Dominanz genetisch bestimmter Faktoren in der Entwicklung der Persönlichkeit gegenüber den Einflüssen der jeweiligen Umweltbedingungen zwar zweifelsfrei bestand, beide Faktoren im praktischen Sinne jedoch ohne eingehende Persönlichkeitsanalyse nicht zu trennen waren. Darum blieb die Bedeutung dieser Erkenntnis im Allgemeinen rein theoretisch.

Wie verhielt es sich mit emotionalen Reaktionen und Reflexen? Ich schaltete wieder die Suchfunktionen ein, konnte aber nichts finden.

Am Ende wandte ich mich wieder der ergänzenden Lektüre auf Andras Liste zu und überlegte, ob Cerelle jemals auf mein Bemühen um Kontaktaufnahme reagieren würde. Dabei war mir klar, dass sie keinen vernünftigen Grund hatte, es zu tun, nachdem ich mich so abweisend gezeigt hatte.

Ich konzentrierte mich auf die Wörter und Sätze auf dem Bildschirm, nur die Wörter und Sätze.

52

(Runswi: 4519)

Wahrheit ist die Erkenntnis in Übereinstimmung
mit den bestehenden Sachverhalten
und dem tatsächlichen Geschehen in der Welt.

Vor meinem Fenster, das ein wenig offen stand, um die kühle Luft des Herbstabends mit dem Duft der sich verfärbenden Blätter und die Feuchtigkeit des nicht allzu fernen Sumpflandes einzulassen, zirpten Insekten. Kleine Tiere raschelten im Gebüsch hinter dem Quartier. Die meisten dieser Geräusche hätte ich vor fünf Jahren nicht hören können. Sinneswahrnehmungen, die weitaus besser waren als jene, mit denen ich geboren wurde, waren sehr viel leichter anzunehmen als die Sozialstruktur, die sie begleitete, aber ich fuhr fort, mit beiden zu ringen.

Ich saß an der Konsole, hatte die Augen geschlossen und gähnte. Ich rieb mir die Stirn. Die Tage vergingen einer wie der andere, und meine Sitzungen mit Andra waren auf jeden zweiten Tag begrenzt worden, während Ilecks Training intensiviert wurde, bis es die meisten Tageslichtstunden ausfüllte. Die Anstrengungen der Übungen ließen mich am Abend erschöpft zurück. Je mehr ich konnte, desto mehr verlangte er. Ich schwamm über dreitausend Meter am Tag, die Hälfte davon im Sprint gegen die Uhr, hob Gewichte, die mich in Dorcha in einen Dämonenkäfig gebracht haben würden. Immer wieder nahm ich voll bekleidet unfreiwillige Bäder im schwarz gefliesten Becken, aus dem Gleichgewicht gebracht vom Ansturm immer weiter verfeinerter sensorischer Illusionen und Drücke, teils weil Ileck darauf bestand, dass ich mit dem schweren Rucksack auf dem Rücken über den Balken lief, stehenblieb und umkehrte und andere gymnastische Manöver machte. Auch die Schocks beim klatschenden Eintauchen in das schwarze Wasser waren stärker – viel stärker.

Mit einem weiteren Gähnen öffnete ich die Augen und sah die Bilder von Bergen und Seen erscheinen und verschwinden, eins ersetzt durch ein anderes, alle gesammelt im Bildarchiv des Datensystems, keines von ihnen vertraut durch eigenen Augenschein.

Aleyishas vor vielen Wochen gemachte Bemerkung beunruhigte mich noch immer, mehr als anfangs. Nur dreiundneunzig Nadelschiffspiloten, und nur einer in der Ausbildung vor mir?

Vom Tag meiner Rückkehr nach Runswi an hatte niemand etwas darüber gesagt. Hatte man Aleyisha vielleicht geschickt, um mich dies und ein paar andere Dinge beiläufig wissen zu lassen? Um mich zu trösten, oder um zu sehen, ob ich der Tröstung bedurfte? Wie konnte ich es herausbringen? Und war es wirklich wichtig? Klar schien nur, dass ich für Rykasha ein äußerst kostbarer Gebrauchsartikel war. Das Problem bestand darin, dass sie mich als so wertvoll behandelten, wie ich mich niemals würde erweisen können, nicht nach meiner Selbsteinschätzung.

Ich schluckte ein weiteres Gähnen hinunter und fragte am Bildschirm mehrere Fakten ab, um eine klare Vorstellung von der Zahl der Nadelschiffe und der äußeren Raumstationen und Kolonien zu bekommen. Einundsechzig Nadelschiffe gab es, und fünf Kolonien, sowie weitere neun Orbitalstationen zur Unterstützung laufender ökologischer und landwirtschaftlicher Programme. Das Zahlenverhältnis war so, dass manche Stationen vielleicht nur dreimal im Jahr Besuch von einem Nadelschiff bekamen.

Ich zog die Stirn in Falten. Die Zahlen konnten je nach Bedarf niedriger oder auch höher liegen. Das System enthielt keine Informationen über Flugpläne und Daten von

Ausreisen und Ankünften, wenigstens konnte ich nichts darüber finden, aber das lag offenbar nur an meiner fehlenden Kenntnis der Schlüsselworte oder Suchfelder. Also bemühte ich mich, Daten über die Schiffe zu bekommen, von denen ich wusste – der *Hook,* der *Costigan,* der *Hay Needle,* der *Tailor* – und gründete die Suche auf ihre Namen. Alles, was dabei herauskam, war eine Beschreibung des jeweiligen Schiffes, aber keine Flugpläne, nicht einmal Auskünfte über das jeweilige Baujahr. Ich versuchte es mit Synonymen für »Nadel« und verwandte Begriffe, brachte aber nur zwei weitere Schiffsnamen in Erfahrung, *Darning* und *Tatter.* Die Beschreibungen ähnelten den anderen, die ich bekommen hatte.

Ich schüttelte den Kopf. Das Datensystem war völlig offen – und trotzdem beschränkt, weil man genau wissen musste, wo man zu suchen hatte.

Mit geschlossenen Augen konzentrierte ich mich auf die Frage, warum die Zahlen der Schiffe und Piloten mich störten. Wenn man zwei Piloten im Jahr ausbildete, wie es gegenwärtig der Fall war, würde man annähernd fünfzig Jahre benötigen, um auf dreiundneunzig zu kommen. Doch hatte Cerelle gesagt, dass meine Verpflichtung nur über zehn Jahre persönlicher objektiver Zeit laufen würde. Selbst bei Anrechnung des Zeitdehnungsfaktors ergab das keinen Sinn. Offenbar erwartete man, dass die Nadelpiloten, also auch ich, weit über die Dauer ihrer Verpflichtung hinaus den Dienst versehen würden.

Cerelle hatte mich nie belogen, nicht dass ich wusste. Auch die anderen nicht. Dieser Umstand in Verbindung mit den genannten Zahlen kam mir nicht ganz geheuer vor. Schließlich hatten sie mir nicht immer alles gesagt.

Zuletzt beugte ich mich über die Konsole und versuchte eine weitere Verbindung mit Cerelle herzustellen. Cerelle und LY-grün-vierzig-vier. Ich hatte das von der Informationsflut, in der ich nach wie vor zu ertrinken drohte, getrennt gehalten. Warum? Weil ich erkannt hatte, dass sie von Anfang an die Aufrichtigste gewesen war. Mitunter rücksichtslos, aber offen und aufrichtig, zu aufrichtig, um mir eine Chance zur Selbsttäuschung zu lassen. Und ich gelangte mehr und mehr zu der Erkenntnis, dass ich bei allen Ansprüchen zur Selbsttäuschung neigte. Vielleicht ging es allen intelligenten Wesen so. Das wusste ich nicht.

Das bekannte Bild, beherrscht von den durchbohrenden graugrünen Augen, erschien auf dem Bildschirm, begleitet vom Text ihres Anrufbeantworters.

»Cerelle ... hier ist Tyndel. Ich weiß nicht, ob Sie meine letzte Botschaft bekommen haben, oder ob Sie irgendwo auf Reisen sind. Ich würde mich noch immer gern bei Ihnen entschuldigen – persönlich.« In einer aufgezeichneten Botschaft ließ sich nicht viel mehr Sachdienliches sagen, und nach einem Augenblick der Stille unterbrach ich die Verbindung. Die Abfolge von Bergen und Seen erschien wieder auf den Bildschirm. Obwohl sie inzwischen vertraut aussahen, wenn ich sie betrachtete, waren sie es nicht. Das war das Leben. Es sah vertraut aus, war bei näherer Untersuchung aber völlig unbekannt.

Ich schaltete den Bildschirm und die Beleuchtung meines Quartiers aus, ging zum Fenster und blickte in die Dunkelheit draußen – eine Dunkelheit mit Grautönen, denn die Wolken hatten sich verdichtet, und kein Stern noch der Mond war zu sehen. Grauschwarze Dunkelheit – war das ein Gleichnis meines Lebens, aus dem ich mich herauszuziehen suchte? Aber es war mir nicht einmal bewusst gewesen.

Dreiundneunzig Piloten, und ich sollte der Fünfundneuzigste sein?

53

(Runswi: 4519)

Alles Materielle zerfällt, anders als Tugend und Ehrlichkeit.

Die Spitzen der Gräser außerhalb des Kantinenfensters waren gelb und bräunlich und beugten sich im Wind, der kalt unter einem diesigen und wolkigen Nachmittagshimmel blies. Zwei der anderen Tische waren besetzt, einer von einem Paar – beide trugen das Blau höherer Verwaltungsbeamter –, und der andere von zwei Männern in Braun. Die beiden Verwaltungsbeamten sprachen halblaut miteinander. Die anderen zwei unterhielten sich ungeniert.

»... kann dem Noctet nicht das Wasser reichen ...«

»Wasser? Du meinst, der kann das Wasser nicht halten? Hierxal hat im linken Zeh mehr als die ganze Sturmreihe von Jynx ...«

»Ha, das glaubst du selbst nicht!«

Das Gespräch dauerte an, aber ich konnte den aufgeschnappten Fetzen nur entnehmen, dass sie über einen Sportwettkampf sprachen – Fußball wahrscheinlich, dachte ich. Ich hatte vom Essenaufbereiter ein Hühnchen mit braunem Reis und Zitronengras gewählt und war mitten in der Mahlzeit, als Aleyisha auf den Stuhl mir gegenüber glitt. Sie trug noch immer Silber mit roten Ärmelstreifen, aber der einteilige Anzug war diesmal nicht so eng geschnitten. Sie sah noch immer gut aus, und ihre braunen Augen waren schön.

Ich wartete einen Moment, bevor ich lächelte. »Sie sind der sanftere, freundlichere Vorstoß?«

Sie errötete. »Tyndel, es ist nicht gerade neu. Cerelle versuchte es, und Sie waren nicht unbedingt empfänglich für Informationen, die im Widerspruch zu Ihren Voreingenommenheiten standen.«

»Da haben Sie Recht, aber die meisten von Ihnen müssen nicht damit fertig werden, dass ihr ganzes Leben auseinander gerissen wird.«

Sie schlug den Blick nieder. Sie hatte sich das Haar schneiden lassen, und ihre blonden Locken gaben jetzt die kleinen Ohren frei.

»Möchten Sie etwas trinken oder essen?«, fragte ich.

»Ich weiß nicht.«

»Ich mag Sie noch immer«, sagte ich. »Ich brauche Freunde.«

»Ich mag Sie auch, und ich bin froh, dass Sie nicht mehr verlangt haben.«

Sie hätte mir gegeben, und das störte mich. »Holen Sie sich was zu essen. Ich bin noch hungrig und brauche einen Nachschlag.«

Darauf lächelte sie. »Ich bin hungrig.«

»Gut.«

Das leise Geräusch des Windes, der durch die langen Gräser strich, drang wie ein feines Singen in den Raum, als wir aufstanden und zu den Wandschaltern mit den Essenaufbereitern gingen.

Aleyisha blickte auf mein Tablett. »Was haben Sie gegessen?«

»Hühnchen mit braunem Reis, Chilisoße und Zitronengras.«

»Ich glaube, ich halte mich an Hummer mit zerlassener Butter und grünem Salat.«

Als wir zum Tisch zurückkehrten, zog ich ihren Stuhl heraus und wartete, bis sie sich gesetzt hatte.

»Wenn Sie diese Kavaliersgewohnheiten beibehalten, Tyndel, werden alle ledigen Frauen in Runswi etwas inszenieren, um Sie ganz unabsichtlich anzustoßen.«

»Schmeichelei …« murmelte ich in dem Bewusstsein, dass die beiden Männer in Braun am übernächsten Tisch zu uns herübersahen.

»… Nadelpraktikant … und schau sie an …«

»… sehe nicht, warum … die halbe Zeit fort …«

»Vielleicht sind sie doppelt so gut, wenn sie dann nach Haus kommen …«

Beide lachten.

Ich merkte, dass ich errötete. »Sie lenken eine gewisse … Aufmerksamkeit auf mich. Das geschieht nicht, wenn Sie nicht da sind.«

»Sie redeten über Sie, Tyndel, nicht über mich.« Sie trank dunkles Weißbier aus einem hohen, sich nach unten verengenden Glas. »Ich bin bloß eine weitere lüsterne Frau, die sich einem Nadeljockey an den Hals wirft.« Sie grinste.

»Gehören die anderen Gäste auch zu Ihrem Arrangement?«

»War nicht nötig.« Sie lachte herzlich. »Es ist wirklich etwas Mystisches an Nadelschiffspiloten. Sie werden sehen. Es wird andere Frauen geben, die viel weniger zurückhaltend sein werden.« Sie beugte sich über den Tisch und blickte mir seelenvoll in die Augen. »Sie sind wirklich ein Nadelschiffspilot … Ich habe nie jemanden wie Sie gekannt …«

Ich musste lachen.

Aleyisha richtete sich auf. »Andra machte sich Sorgen, dass Sie niemanden haben, mit dem Sie reden können. Auch Cerelle machte sich Gedanken darüber. Deshalb wandte Andra sich an mich.«

»Nein, ich hatte niemanden. Und habe auch jetzt niemanden, es sei denn, Sie sind noch interessiert. Bloß am Reden, meine ich«, fügte ich eilig hinzu.

»Ich weiß.« Sie nickte. »Ihnen fällt es leichter, mit Frauen zu sprechen, nicht wahr?«

»Sie hören zu«, erwiderte ich. »Die meisten, jedenfalls.«

»Sie haben Glück gehabt. Wir haben wirklich einige rücksichtslose Frauen hier, wie in jeder größeren Gemeinschaft, wahrscheinlich noch schlimmere.« Aleyisha tupfte einen Bissen vom weißen Hummerfleisch in die Butter. »Diese Frauen würden …« Sie schüttelte den Kopf. »Glauben Sie mir … seien Sie vorsichtig.«

»Wie? Ich weiß nicht mal, wer sie sind.«

»Wenn Sie nicht sicher sind, fragen Sie mich. Oder Andra.«

»Vielleicht komme ich darauf zurück.« Ich machte eine Pause. »Was ist mit Cerelle?«

»Sie ist ziemlich wie Andra. Direkt, aber keine, die beherrschen will. Sie mögen sie, nicht?«

Ich zuckte die Achseln. »Ja, aber ich weiß nicht, warum. Es ist was da, aber ich war zu sehr verletzt, als ich sie kennen lernte, und sie erinnerte mich … nun, es wurde schlimmer. Wird wahrscheinlich schlimmer bleiben.«

Sie nickte dazu, und ich aß etwas von meiner zweiten Portion, dann stand ich auf und füllte meinen Becher mit Arleentee auf. Ich füllte auch Aleyishas Bierglas auf.

Nachdem die zwei höheren Beamten gegangen waren, blickte ich Aleyisha fest in die braunen Augen. »Ist meine Konsole zensiert … im Datenzugriff eingeschränkt?«

»Nein. Sie können alles abfragen, was jeder Direktor der Autorität könnte, und es wird auf den Bildschirm kommen. Wir zensieren nicht, was die Leute vom Netz nehmen.«

»In gewisser Weise tun Sie es«, konterte ich. »Man muss bestimmte … Kenntnisse haben … muss wissen, was wie abgerufen werden kann.«

»Das gilt für jedes System. Wenn Sie die Zeit und die Beharrlichkeit aufbringen, können Sie hier alles finden.«

War ich bloß nicht beharrlich genug? Oder hatte ich die Antworten und Lösungen sofort gewollt? Keine der beiden Möglichkeiten gefiel mir. »Alles, was ich tue, ist überwacht, wie?«

»Größtenteils, ja. Alle werden überwacht.«

»Alle?« Ich nahm einen Mundvoll Hühnchen, kaute

und dachte darüber nach. Bei der winzigen Größe der Naniten und Fähigkeiten musste solch eine Überwachung einfach sein. »Wer spielt Höchstes Wesen?«

»Niemand. Jeder, der die Fähigkeit hat, könnte die Monitore jedes anderen anzapfen, aber sie sind so konzipiert, dass sie auch aufzeichnen, wer anzapft. Wiederholtes unbefugtes Anzapfen kann zur Anpassung führen. Es ist etwas, das auf Konsens beruht.«

»Ich kann nicht glauben, dass es niemanden geben sollte, der diese Art von Macht missbraucht.«

»Gewiss, das kommt vor. Aber sie tun es kein zweites Mal.« Sie schürzte die Lippen. »Die Systeme wissen alles über jeden, und jeder weiß das. Denken Sie darüber nach.«

Ich tat es, und ein Frösteln überkam mich.

»Die einzigen antisozialen Handlungen, die nicht sofort bekannt werden, sind solche, die in abgelegenen Gegenden begangen werden, aber selbst Spuren davon zeigen sich im unterstützenden Nanitensystem des Übeltäters. Es ist sehr schwierig, der Justiz zu entkommen.«

»Man lebt in einem Glashaus, auf das Fernrohre gerichtet sind«, murmelte ich.

»Auf jedes Haus sind Fernrohre gerichtet. Angepasste Leute schauen nicht hin; schlecht angepasste Leute schauen nicht lange hin.«

»Tue, was Recht ist, oder wir werden dafür sorgen, dass du es tust«, sagte ich.

»Wir lassen die Menschen wählen, was Recht ist, wenn sie wollen. Wenn sie nicht wollen, verlieren sie diese Wahlmöglichkeit. Haben Sie eine bessere Idee? Ist Dzin nicht das Gleiche, wenn Sie die schönen Worte weglassen?«

»Die Vorstellung von dem, was *Recht* ist, stört mich. Wer bestimmt, was Recht ist?«

»Hier ... es ist ganz einfach. Wir mögen keine Leute,

die andere verletzen oder manipulieren. Wenn Sie andere nicht verletzen oder manipulieren, können Sie tun, was Sie wollen, vorausgesetzt Sie haben die Mittel dazu.«

»Gehen Sie auf mich ein«, bat ich. »Was ist Manipulation?«

»Der Gebrauch psychologischer Gewalt, die Andeutung physischer oder administrativer Gewalt, um einen anderen zu Handlungen gegen das Wohlbefinden seiner selbst oder einer dritten Person zu nötigen.«

Ich nickte. »Wer definiert Wohlbefinden?«

»Wer braucht eine Definition, außer jemand, der darauf aus ist, das System zu missbrauchen?«, konterte sie.

Das gebot mir Einhalt. Wenn man es nötig hatte, jemandes Wohlbefinden zu definieren …

»Sehen Sie, was ich meine?«

Ich sah klar genug. »Alle sitzen in Glashäusern … also wirft niemand mit Steinen.«

»Ein paar gibt es immer. Aber hier weniger als in den meisten Gegenden.«

Ich genoss den Tee und ein freundliches Gesicht. Wir sprachen noch lange miteinander.

54

(Runswi: 4519)

Wenn die Fenster der Wahrnehmung gereinigt sind, sieht der Einzelne das Universum, wie es ist.

Der untere Rand der Abendsonne berührte den Dachfirst des Gästequartiers, und für kurze Zeit ergoss sich goldenes Licht über die Schieferplatten. Als ich nach ein paar Augenblicken wieder hinsah, war der goldene Glanz verschwunden, und die Kühle und noch nicht nasskalte Luft des Spätherbsttages wehte um die steinernen Wände des Gebäudes und fuhr mir durch das feuchte Haar.

Trotz der inneren Naniten und der monatelangen Übungen zur Konditionssteigerung schmerzte mein Körper nach Ilecks Langstreckenschwimmen, den Übungen und dem Gewichtstraining, gefolgt von den Anstrengungen der Balkenfolter über dem Schwimmbecken. Die Einlagen symbolischer Analogien, wo die Schwärze den Weltraum oder Überraum darstellte, gehörten neben der körperlichen Anstrengung und der Nervenanspannung zum Ungewöhnlichsten, was ich jemals erlebt hatte. Der wortkarge und gleichmütige Ileck lehnte jede Spekulation oder Erklärung ab, die über das hinausging, was er bereits gesagt hatte, und ließ mich im Dunkeln, buchstäblich wie im übertragenen Sinne.

Aufseufzend betrat ich die Eingangshalle, wandte mich nach links und ging durch den Korridor zu meinem Quartier. Die Tür stand angelehnt. Hatte ich sie so zurückgelassen, als ich am Morgen in Eile fortgegangen war? Ich stieß sie auf.

Ein Rotschopf stand bei der Couch.

Das Lächeln kam von selbst und ohne einen Gedanken auf meine Züge.

»Ich hoffe, es macht Ihnen nichts aus, dass ich hier gewartet habe«, sagte Cerelle. »Schließlich bin ich schon einmal durch den halben bekannten Weltraum gereist, um nach Ihnen zu sehen.«

»Es macht mir überhaupt nichts aus. Ich bin überrascht. Ich war nicht sicher, dass ich jemals wieder von Ihnen hören würde.«

»Beinahe wäre es so gekommen.« Kein Anflug von Humor war in der Feststellung.

Mein Lächeln verblich. »Haben Sie gegessen?«

»Nicht genug, um mir den Appetit zu verderben.«

»Würde Ihnen eine der Kantinen hier genügen? Vor

Ilecks Übungen kann ich nicht viel essen, und ich bin ständig ausgehungert.«

»Kann ich mir denken, nach dem, was ich sehe. Sie haben Muskeln angesetzt, sehen nicht mehr wie ein magerer Dzin-Lehrer aus.«

Mager? Ich hatte mich für schlank gehalten, denn ich hatte selbst in Hybra meine täglichen Gymnastikübungen gemacht und an meiner Kondition gearbeitet.

»Sie waren mager«, bekräftigte Cerelle, als sie an mir vorbei zur Tür ging.

Ich folgte ihr und schloss die Tür hinter uns. Cerelle schritt so schnell aus, dass meine Beinmuskeln zwickten, als ich ihr nacheilte, um an ihre Seite zu kommen. Auch ihre Gestalt kam mir jetzt fester vor, nicht unweiblich, aber kräftiger, als ich sie in Erinnerung hatte. »Haben Sie Kraftsport getrieben?«

»Nein. Ich war im Patrouillendienst.«

Hastig durchforschte ich mein Datenmaterial. Patrouillendienst ... Richtig. Ihm oblag die Überwachung der Grenzen Rykashas mit Ländern, die von unmodifizierten Menschen bewohnt waren. »In Lyncol oder anderswo?«

»Elena.«

Auch danach musste ich suchen und stellte fest, dass es im Nordwesten von Amnord und genauso weit nördlich wie Lyncol lag, aber gebirgiger war. Es war die größte Enklave Rykashas und grenzte an Dezret.

»Waren Sie dort Ausbilderin?«

»Ausbilder wird man erst, nachdem man fünf Jahre an der Grenze Patrouillendienst getan hat.« Ihre Stimme war sehr kühl, und ich verstummte, als wir uns der Kantine näherten – der größeren gegenüber dem Verwaltungsgebäude, nicht derjenigen mit der Aussicht über das Sumpfland.

Nur drei andere waren zugegen – zwei Männer und eine Frau, die an einem runden Tisch neben dem Eingangsbogen saßen. Keiner von ihnen gönnte uns mehr als einen beiläufigen Blick, als wir vorbeigingen. Weil wir beide Grün trugen, wenn auch in verschiedenen Abtönungen?

Cerelle rief ein Fleischgericht ab, dessen Geruch mir unbekannt war, und natürlich ihr Zitronengetränk. Ich entschied mich für Frühlingsrollen, eine knusprige Ente und Jasminreis, dazu Arleentee. Wir nahmen den Ecktisch, der von dem Dutzend Tischen im Raum am meisten Zurückgezogenheit bot.

Cerelle ließ sich auf den grünen Samtbezug des Stuhles sinken und richtete ihren Blick auf mich. »Bevor wir zu bedeutungsloser Unterhaltung zurückkehren: Was hat Sie umgestimmt?« In ihrer Stimme war eine Schärfe, doch wirkte sie auf mich weniger schneidend als bei meinem ersten Aufenthalt in Lyncol und Runswi. »Ich tat es nicht.«

»Es waren drei von Ihnen nötig. Jemand stellte mir ein paar ehrliche Fragen.« Ich schwieg für einen Moment. »Dann starb sie.«

»Und Sie möchten mich an ihrer Stelle? Nein danke.«

Ich schluckte eine bittere Entgegnung hinunter, da ich ihre Skepsis wahrscheinlich verdiente. Außerdem wollte ich ihre Aufrichtigkeit. »Das war vor beinahe zwei Jahren. Ich will nicht, dass Sie ihre Stellung einnehmen. Ich will nicht, dass Sie Foerga sein sollen. Ich dachte nach. Ich wartete, bevor ich Verbindung mit Ihnen aufnahm. Ich weiß nicht, warum … nicht genau.«

»Sie mögen auf dem besten Weg sein, ein großartiger Nadeljockey zu werden, Tyndel, aber Sie wissen nicht, was Sie von Frauen wollen. Sie wussten es nie.«

Damit hatte sie größtenteils Recht. »Sie haben Recht. Größtenteils. Können Sie trotzdem verstehen, was ich denke?«

»Es könnte mir gelingen, wenn ich mir wirklich Mühe gäbe, aber die meisten von diesen Naniten würden inzwischen regeneriert sein. Sie vermehren sich nicht selbst, aus offensichtlichen Gründen.«

Ich nickte.

»Ich bin zu alt für Spiele, Tyndel. Was wollen Sie?«

Ich schluckte. Dabei hatte ich gewusst, dass es auf etwas so Einfaches hinauslaufen würde. Was wollte ich? »Ich weiß es noch nicht. Sie sind Teil davon. Sie haben eine Aufrichtigkeit, eine Direktheit. Diese Art von Direktheit hat mich immer abgeschreckt. Aber ich habe in meinem Leben verschiedene Vorwände gebraucht – Dzin, Familie –, um zu vermeiden, dem Leben direkt ins Auge zu sehen. Ich gab vor, es zu tun, aber ich tat es nicht.«

»Ich bin keine Psychotherapeutin«, sagte sie in neutralem Ton.

»Ich will keine Psychotherapeutin. Ich will keine Krankenschwester. Ich will eine, die das Leben ansieht, wie es ist, und die auch so darüber spricht.«

»Und nun … wollen Sie eine, mit der Sie reden können? Nur reden?«

»Irgendwo muss ich anfangen.« Das Lächeln war nicht erzwungen, aber ich war nervös.

»Damit kann ich leben. Einstweilen.« Diesmal war sie diejenige, die tief Luft holte. »Wenn Sie nicht irgendein ausgeklügeltes Dzin-Spiel treiben.«

»Keine Spiele.« Ich war nie ein Spieler gewesen und brauchte es nicht zu betonen. Ich war ungerechtfertigt zornig auf sie gewesen und hatte mich verletzt gefühlt, aber ich war nicht darauf aus, mich durch Spiele zu revanchieren.

»Sie wollten Aufrichtigkeit. Ist das noch immer so?«

»Ich bat Sie, so zu sein, wie Sie sind.«

»Ich kam her, weil Andra und Aleyisha mir zuredeten, ich solle Sie aufsuchen … einmal. Auf dem Weg zurück von Omega Eridani wünschte ich, Sie wären in ein Schwarzes Loch gefallen. Sie waren – und sind es vielleicht noch immer – ein arroganter, selbstgefälliger und selbstmitleidiger Dzin-Tugendbold.«

Ich dachte darüber nach, während ich vom Tee trank.

»Sie haben wahrscheinlich Recht. Ein Teil davon ist sicherlich kulturell und nicht persönlich bedingt ...«

»Da fangen Sie schon wieder ...«

»... aber das Resultat ist das gleiche«, schloss ich.

»Wie können Sie so ruhig sein? Ich greife Sie an. Meinen Zorn zu ignorieren, ist auch nicht aufrichtig.«

»Wollen Sie, dass ich aufrichtig bin?«, konterte ich.

Darauf blieb sie still. Dann lachte sie. »Ich nehme an, dass ich das verdient habe. Sprechen Sie weiter.«

»Ich weiß, ich habe Sie verletzt. Sie gaben sich alle Mühe, mir zu zeigen, was es mit Rykasha auf sich hat, und ich weigerte mich, es zu sehen. Zum Teil lag es auch daran, weil Sie sahen, wie ich ein Talent verschwendete, das offenbar recht selten ist, und mich für einen verzogenen, eingebildeten Kerl hielten ... ich kenne nicht alle Gründe. Sie versuchten freundlich zu sein, aber Sie mussten auch professionell sein, und wie es Ihrem Charakter entsprach, mussten Sie auch aufrichtig sein. Sie hatten ungeachtet Ihrer persönlichen Überlegungen im Interesse Rykashas zu handeln. Es hat eine Weile gedauert, bis ich das alles begriff, und ich rege mich natürlich ein wenig auf, wenn Sie mich angreifen, das will ich nicht leugnen. Ich glaube noch immer nicht, dass Sie verstehen, wie schwer es für mich war. Aber ich sehe auch, dass Sie eine Menge Schwierigkeiten mit mir hatten ... und vielleicht auch mit vielen anderen.«

»Das war nicht allzu schlimm«, erwiderte sie. »Aber Sie machten mich zornig – und sie verletzten mich.«

»Warum nahmen Sie die weite Reise auf sich, um mich zu besuchen? Statt eine Verbindung über das Kommunikationsnetz zu wählen?« Meine Finger spielten mit dem Becher, und etwas Tee schwappte über den Rand.

»Andra ... und besonders Aleyisha. Sie hat Fingerspitzengefühl für solche Dinge. Ich dachte, sie irre sich, versprach aber, Sie persönlich zu sprechen.«

»Und nun?« Ich hielt unwillkürlich den Atem an.

»Sie wollen mein Freund sein, Tyndel… Das wird einige Zeit dauern.«

Ich antwortete nicht gleich. »Das dachte ich mir. Ich war nicht sicher, ob sie mir die Gelegenheit zu einem Versuch geben würden.«

»Sind Sie sicher, dass Sie dies wirklich wollen? Ich werde Ihnen harte Fragen stellen und es Ihnen sagen, wenn ich glaube, dass Sie sich selbst täuschen, und dabei kein Blatt vor den Mund nehmen. Wenn Sie warme und bereitwillige Frauen wollen, brauchen Sie nur Ihre Ausbildung zu beenden, und Sie werden niemals allein schlafen und sich niemals entschuldigen müssen. Oder etwas erklären.«

»Aleyisha sagte mir das«, gab ich zu.

»Sie glaubten ihr nicht?«

»Doch, gewiss. Das ist aber nicht, was ich will. Sie können sie fragen.«

»Tyndel… Sie sind ein Fall für sich, wissen Sie das?« Diesmal lächelte Cerelle, wenn auch nur flüchtig, als wäre ich ein unmöglicher junger Hund.

»Wenn Sie es sagen, muss es so sein.«

»Sehen wir, wie wundervoll Sie es in einem Monat finden werden… oder in einem Jahr.«

»Ist mir recht.« Ich nahm einige Bissen von der Entenbrust, bevor ich weiter sprach. »Es gibt einige Dinge, die nicht in all den Informationen enthalten sind, die mir eingetrichtert wurden, auch nicht in den Datenspeichern.« Ich zog die Brauen hoch. »Sie können mir erzählen, wie es bei den Grenzpatrouillen in Elena zugeht…«

»Das ist nicht so aufregend.«

»Lassen Sie mich darüber urteilen.«

Sie nahm einen Schluck von ihrer Zitronenlimonade. »Es war das Beste, was ich zu der Zeit machen konnte. Ich komme mit symbolischen Analogien nicht zurecht. Ich kann alles mögliche andere, aber im Überraum bin ich blind, und ich ärgerte mich, dass es etwas gab, was ich weder mit Verstand noch mit Entschlossenheit bekommen konnte ...«

Das erklärte mehr, und ich nickte. »Also wandten Sie sich der nächsten herausfordernden Aufgabe zu?«

»Der nächsten, die ich finden konnte. Die Grenze gegen Dezret ist die gefährlichste. Diese Heiligen bedrängen uns ständig ... das einzige Volk in ganz Amnord, das noch immer nicht versteht, was den Zusammenbruch verursachte ...«

Ich nahm einen weiteren Schluck Tee, hörte zu und hatte meine Freude an der Energie ihrer Worte, der Direktheit. Sie war nicht von sanfter Direktheit wie Foerga, oder zärtlich wie Fersonne, oder mitfühlend wie Aleyisha, sondern scharf und ehrlich wie eine Klinge. Sie hatte Recht – sich mit ihr anzufreunden, würde Zeit erfordern. Und einige ungewollte Verletzungen mit sich bringen.

Trotzdem hoffte ich, wir würden sie überleben. Ich wollte, dass wir sie überlebten.

55

(Runswi: 4519)

Das Universum bietet keine Täuschung und keine Ermutigung; Intelligenz erzeugt beides.

Ich blickte auf den Bildschirm, wo die nächste Frage erschien: »Warum ist Schockisolation ungeeignete Technik für ein Nadelschiff?«

Von Theorie und Astrophysik war meine Ausbildung zu Schiffsbau und Technik übergegangen. Mehr Begriffe, Baupläne und statische Berechnungen wirbelten durch mein Bewusstsein. Wieder begann ich die neuesten mentalen Infusionen von Daten zu sortieren und zu verarbeiten.

Draußen seufzte der Wind, und Graupelschauer prasselten gegen die Fensterscheibe. Schon bedeckten zwei Zentimeter Nassschnee und Graupeln den Boden draußen. Nur die gedeckten Wege zwischen den Gebäuden waren frei davon und größtenteils trocken.

Ich wählte eine Antwort.

Nach einiger Zeit sank der Wind zu einem Wispern herab, und die Graupeln waren zu großen Schneeflocken geworden, die in dichten Massen abwärts sanken, und ich dachte über die letzte Frage auf dem Bildschirm nach und wählte schließlich eine Antwort: »Eine Hälfte der algebraischen Differenz zwischen der maximalen und der minimalen elastischen Materialspannung innerhalb einer Belastungsphase.«

Ich rieb mir die Schläfen und richtete mich auf. Die Fragen wurden in willkürlicher Reihenfolge gestellt, ohne Bezug auf die Ordnung, in der mein Gehirn das Material aufgenommen hatte. Diese willkürliche Reihenfolge war offenbar eine weitere Methode, mein Gehirn zu flexibler Organisation zu zwingen.

»Sie sind fertig, Tyndel.« Andra stand in der Tür.

»Ich weiß. Aber ich brauche ein Weilchen, um mich … zu stabilisieren.«

»Sie sind stabilisiert.«

Ich schnaubte und stand auf. »Sie wollen mich bloß in den Schnee hinauswerfen.«

»Das ist Cerelle.«

»Dann tun Sie es für sie.«

Andra schüttelte kurz den Kopf. »Niemand mit einem Funken Verstand würde etwas tun, was Cerelle selbst tun möchte.«

Ich unterdrückte ein Lächeln und ging zu meinem Quartier und einem Imbiss, bevor ich durch den Schnee zum Schwimmbecken marschierte.

Nachdem er mich durch die Aufwärmübungen und das »leichtere« Konditionstraining getrieben hatte, wartete Ileck mit einer Besonderheit für mich auf: unterschiedlich beschwerten Stiefeln. Drauf plumpste ich mehr als einmal in das unangenehm kalte, schwarze Wasser, bevor ich mich darauf einstellen konnte.

Der Schneefall hatte aufgehört, als ich die Stufen zur Eingangshalle des Übergangsquartiers hinaufstieg, aber mein Haar war von dem steifen Wind, der aus dem Norden blies, bereits gefroren und knisterte, wenn ich mit der Hand darüber fuhr. Innerhalb von wenigen Stunden war die Temperatur ein gutes Stück unter den Gefrierpunkt gesunken. Wenn die Kälte andauerte, würde das Sumpfland zu einer Schnee- und Eiswüste gefrieren, und das bedeutete den Beginn des richtigen Winters. Runswi schien kälter als Dorcha und sogar Henvor zu sein, aber nicht so kalt wie Lyncol, obwohl Runswi nicht sehr viel weiter nördlich lag. Vielleicht lag es an den Bergen und den vorherrschenden Luftströmungen.

Statt noch einmal in Schnee und Kälte hinauszugehen, begab ich mich ein Stockwerk tiefer zum kleinen Speisenaufbereiter für die Übergangsquartiere und aß dünn geschnittene und gebratene Rindfleischstreifen mit Weißweinsoße und Zitrone. Während ich aß, schaute ich hinaus ins glitzernde Weiß der frisch eingeschneiten Gegend und überlegte, wie sehr Schnee alles veränderte. Im Schutzanzug außerhalb der Orbitalstation war es unvergleichlich viel kälter gewesen, aber weniger als zehn Zentimeter Schnee und fünf Grad unter dem Gefrierpunkt hatten mich davon abgebracht, vierhundert Meter zu gehen, um eine bessere Mahlzeit zu bekommen – vielmehr eine größere Auswahl an Gerichten –, obwohl ich die Kälte kaum bemerkt haben würde.

Nach einer zweiten Portion Tee ging ich zurück in mein Quartier, wo ich im Wohnzimmer auf und ab ging, bevor mein Blick zum Bildschirm fand. Ich sollte mehr lesen, aber ich mochte nicht sofort damit anfangen. Stattdessen setzte ich mich und stellte eine Verbindung her, obwohl ich bezweifelte, dass Cerelle antworten würde.

Wieder ging der Anrufbeantworter an, begleitet von ihrem Bild.

Ich wartete die Aufforderung ab, eine Botschaft zu hinterlassen, dann sagte ich: »Hier ist Tyndel. Sie sind wahrscheinlich nicht da, aber ich wollte Sie wissen lassen, dass ich an Sie denke …«

Das Bild wurde ersetzt von Cerelles lebendiger Gegenwart. Ihr Haar war länger als im Bild des Anrufbeantworters, und die Schatten unter ihren Augen schienen etwas dunkler. »Was wollen Sie, Tyndel?«

»Sie sind ja zu Hause«, sagte ich in einfältigem Erstaunen. »Ich wollte mit Ihnen reden.«

»Gewöhnlich antworte ich nicht. Ich mag diese Verbindungen nicht, aber ich habe mich vergewissert, dass Sie es waren. Andernfalls hätte ich den Beantworter nicht unterbrochen.«

Das war ein Fortschritt. »Danke.«

Sie machte eine wegwerfende Geste. »Andra sagte, Sie sei etwas hinter dem Lehrplan zurück.«

»Schiffsbau und Technik. Es ist interessant.«

»Das sollte es. Es geht um Ihren Kopf.«

»Ich weiß.«

»Möchten Sie herüberkommen, wenn Sie übers Wochenende frei bekommen? Das wird Ende nächster Woche der Fall sein. Ich habe schon ein Gästequartier für Sie reservieren lassen – wo Sie schon einmal waren. Sie erinnern sich?«

»Ja. Das würde mir gefallen. Ich werde kommen.«

»Gut.« Sie lächelte. »Also bis dann.« Die Verbindung wurde unterbrochen und bewies wieder, dass Cerelle nicht gern Gespräche über die Netzverbindung führte.

Ich wandte mich zum Fenster und schaute hinaus ins Grauweiß des Winterabends. Da und dort brannten

Lichter und Spiegelungen von Licht. War Direktheit mir wirklich so wichtig? Bei einer Frau?

Das ironische Lächeln, das sich wie von selbst einstellte, beantwortete die Frage. Die Aufrichtigkeit mochte mir unwillkommen sein, aber die Naniten hatten mich weder verändert noch erreicht, dass ich mich selbst besser verstand, und ich begriff, dass ich mir nicht leisten konnte, eine enge Verbindung mit einer Frau einzugehen, die mich womöglich zur Selbsttäuschung ermutigen würde, wenn auch aus Sympathie und Fürsorge.

Ich verstand noch immer nicht, warum. Vielleicht genügte es, dass ich verstand.

56

(Runswi: 4519)

Bedeutsame Bilder liefern Einsichten jenseits der Sprache.

Als ich mich nach der letzten Sprintstrecke schwer keuchend aus dem Schwimmbecken zog, blickte ich zurück zum tiefen Ende. Über dem klaren, durch die Kacheln schwarzen Wasser hatte Ileck zwei Balken gelegt, einen zwei Meter über der Wasseroberfläche, den anderen einen halben Meter seitwärts davon und ungefähr einen Meter über dem Wasser.

Ohne das Zeichen meines Lehrmeisters abzuwarten, zog ich den Übungsoverall an, die verschieden beschwerten Stiefel und zuletzt den beschwerten Rucksack. Das Gewicht im Rucksack und den Stiefeln war jeden Tag anders. Langsam ging ich auf Ileck zu.

Er zeigte zu den Stufen zum Sockel, der den oberen Balken hielt, und ich stieg hinauf. Als die Schwärze in den Raum über dem Becken einfiel, glommen beide Balken phosphoreszierend, der untere schwächer als der obere.

»Bleiben Sie auf dem Oberen, wenn Sie können«, befahl Ileck. »Sie sollten laufen.«

Im ersten Augenblick der Stille schaffte ich drei schnelle, ausbalancierte Schritte, bevor ich von der Musik überfallen wurde, die mit schmetternden Trompetensignalen ein dumpfes, rollendes Donnern wie von einer Kavallerieattacke alter Zeiten überlagerte. Gleichzeitig damit kam die Projektion glitzernder dunkler Speere mit silbrigen, kälteausstrahlenden Klingen.

Ein Fuß glitt ab, ich versuchte mich zu fangen, dann ließ ich mich vom Übergewicht zum unteren Balken tragen, wo mir ein weiteres halbes Dutzend Schritte in raschem Tempo gelangen, bevor eine Hitzewelle und dröhnender Orgelklang mich seitwärts und vom Balken taumeln ließen.

»Oooh ...« Ich konnte den unfreiwilligen Ausruf nicht unterdrücken, als ich ins Wasser klatschte. Der Aufprall führte zu einer unwillkürlichen Anspannung aller Muskeln, und es gelang mir mit knapper Not, den Mund zu schließen, bevor ich unter die Oberfläche sank. Die Schwärze verschwand nicht, und feurige Stromstöße, die durch das Wasser gingen, machten jede Bewegung zur Qual. Irgendwo über mir und im Wasser ertönte ein dumpfer, klagender Grabgesang, der meiner sein würde, wenn es mir nicht gelang, Stiefel und Rucksack und mein armes Selbst zum Beckenrand zu bewegen. Ich hätte den Rucksack von den Schultern gleiten lassen, aber dann hätte ich fünf Meter tief tauchen und ihn wieder bergen müssen.

Wie lang es dauerte, den Beckenrand zu erreichen, wusste ich nicht genau, aber erst als meine Hand die Fliesen berührte, hörten die Stromstöße auf, und es wurde hell.

»Sie versuchen nicht energisch genug, auf dem Balken zu bleiben«, erklärte Ileck. »Dies ist kein Wettbewerb und kein Spiel.«

Ich zog mich aus dem dunklen Wasser, noch zitternd von den heißen-kalten Schlägen, die ich bekommen hatte, bevor Ileck das Licht eingeschaltet hatte.

Er sah mich an, wieder einmal enttäuscht.

Triefend vom Wasser, das sich um meine Füße auf dem schwarzen Fliesenboden sammelte, begegnete ich dem Blick meines Lehrmeisters und fragte: »Sind Sie bereit, mir eine Frage zu beantworten?« Es fiel mir schwer, die Worte deutlich auszusprechen, weil mein Unterkiefer mit den Zähnen klappern wollte.

»Wenn ich kann.« Ileck verzog die Mundwinkel ein wenig nach oben, aber es kam kein Lächeln dabei heraus.

»Haben die Stromschläge im Wasser mehr zu bedeuten als mich zu konditionieren, dass ich zur Schmerzvermeidung auf dem Balken bleibe?«

»Ja.«

Ich zog die Brauen hoch und wischte das Wasser von meiner Stirn. »Was, wenn ich fragen darf?«

»Um Ihren Körper für die Härte des Versagens zu konditionieren.«

»Sind Sie sicher, dass es mich nicht bloß nervöser macht?«

»Wenn das der Fall ist, dann werden Sie sowieso im Überraum sterben.«

Ich stand da und ließ das Wasser von mir tropfen. »Sie verwenden hier verschiedene Nanitenprojektionen, um eine Illusion von Wirklichkeit zu erzeugen, aber würde es nicht einfacher sein, etwas wie eine Sprühinjektion mit Naniten zu verwenden, die mir ein klares Bild von dem verschafft, was Sie wollen? Warum so?«

Ileck zog die Stirn in Falten. »Im Überraum werden Sie sensorische Eingaben erhalten. Es wird sich tatsächlich um Energiesignale handeln, die von den Sensoren des

Schiffes übertragen werden, aber Sie werden sie als direkte sensorische Empfindungen wahrnehmen und entsprechend Ihrer Ausbildung und Ihrer Sinne reagieren. Ihr Verstand wird in einer Weise reagieren, und wenn er nicht entsprechend konditioniert ist, wird Ihr Körper auf eine andere Weise reagieren. Ein Pilot kann sich innere Konflikte dieser Art nicht leisten. Das ist im Moment alles, was Sie wissen sollten.«

»Sie konditionieren meinen Körper und den Geist?«

»Daran arbeiten wir.«

»Das klingt nicht nach absoluter Gewissheit.«

»Es gibt keine Gewissheit, bis Sie Ihren ersten Eintritt in den Überraum machen.« Er hüstelte und zeigte zu den Balken. »Sie brauchen mehr Arbeit.«

Also versuchte ich wieder über die Balken zu laufen.

Zweimal scheiterte ich, bevor ich es schaffte. Beim zweiten Mal waren die Stromstöße im Wasser so stark, dass ich, als ich mich endlich aus dem Becken gezogen hatte, Minuten lang zitternd und mit prickelnden Nervenschmerzen am Boden lag. Beim dritten Versuch fiel ich nicht.

Auch nicht beim vierten, aber ich schwankte stark und musste den Schritt verlangsamen, um über den Balken zu kommen.

Als die Schwärze dem Licht Platz machte, stand Ileck weniger als zwei Meter von mir entfernt und betrachtete mich prüfend, wie er es immer tat. »Andra hat Recht. Sie brauchen eine Ruhepause. Nehmen Sie vier Tage frei.« Damit wandte er sich um und ging fort.

Wie viele andere Menschen in Runswi taten etwas, was auch nur annähernd an die körperlichen Anstrengungen heranreichte, die er mir abverlangte? Oder war er so unnachgiebig, weil ich meine Sache besser machen könnte?

Hatte er Recht? Strengte ich mich nicht genug an?

Wahrscheinlich nicht … wenn du aufrichtig mit dir selbst bist.

Ich zog die schweren Stiefel aus und stellte sie zum Trocknen aufs Regal, dann hängte ich den durchnässten Overall auf. Aufrichtigkeit ... *Aufrichtigkeit fällt dir schwer, Tyndel.* Ich nickte. Deshalb konnte ich mit Aleyisha sprechen, wollte aber Cerelle. In einer Zwangslage würde Aleyisha Mitgefühl zeigen und mich trösten ... und zulassen, dass ich mich selbst belog. Cerelle mochte auch Mitgefühl haben, aber sie würde nicht zögern, mich darauf aufmerksam zu machen, wenn ich den Weg der Selbsttäuschung ginge.

Aber wollte ich eine Aufsichtsperson?

Nein ... das war es nicht. Es war das Wissen, dass sie die Aufrichtigkeit wollte, was mir den Wunsch zur Aufrichtigkeit eingab. Fersonne hatte mir das gezeigt ...

Irgendwie war die warme Dusche nicht so tröstlich wie sonst.

57

(Runswi/Lyncol: 4519)

Den Schnee von gestern vergessen heißt,
die erste Frühlingsblume verleugnen.

Ich dachte, ich könnte lange schlafen, bevor ich am ersten Tag der mehrtägigen Unterbrechung, die ich seit Jahren gehabt hatte, nach Lyncol abreiste. Es wurde nichts daraus. Ich wachte früh auf, als der Himmel noch dunkel war, und kroch gähnend aus dem Bett, als er bleigrau unter schweren Wolken wurde, die mehr Schnee verhießen.

Nach einem leichten Frühstück unten und nachdem ich meinen Seesack gepackt hatte, war ich bereit, Runswi zu verlassen. Wo war die Gleiterstation? Ich konnte mich nur erinnern, dass sie unterirdisch gewesen war, ungefähr vier Treppen tief. Während ich mich an sonst nichts erinnern konnte, fiel mir zum Glück der Lageplan ein, den ich bei meiner Rückkehr erhalten hatte. Ich zog ihn aus der Schublade unter der Konsole und sah erfreut, dass die Gleiterstation deutlich markiert war. Sie konnte nicht weiter als hundert Meter von meinem Quartier sein, unter einem der Forschungsgebäude.

Als ich den Lageplan betrachtete, fiel mir wieder auf, dass Runswi im Gegensatz zu Lyncol tatsächlich keine Stadt oder Gemeinde war. Soweit der Lageplan es zeigte – und das deckte sich mit meinen Beobachtungen –, war es ein Verwaltungs-, Wissenschafts- und Versorgungskomplex – einer der ein Traum für die Ikonographen von Henvor gewesen wäre, wenn Runswi nicht zum Land der Dämonen gehört hätte. Laboratorium oder Arbeitsstätte der Dämonen, mentale Trüffelsuche würde mich nicht nach Lyncol bringen.

Ich hängte den Seesack über die Schulter und ging durch einen grauen, unfreundlichen und kalten Morgen zum steinernen Bogen, unter dem die Stufen zur unterirdischen Gleiterstation hinabführen mussten. Die Stufen waren aus poliertem Granit und glänzten, erwiesen sich jedoch nicht als rutschig für meine Stiefel. Am Fuß der letzten Treppenflucht und zehn Meter vom Bahnsteig entfernt war eine eckige, eingebaute Konsole. Ich versuchte mich zu besinnen, was zu tun sei. Cerelle hatte letztes Mal all diese Dinge erledigt. Ich trat näher und probierte, was mit den Verbindungen üblich war – gab meinen Namen und den Personalcode ein.

Dieser Transit beträgt 1 Einheit. Ihr verfügbarer Kontostand beträgt 513 Einheiten. Die Worte erschienen auf dem Bildschirm. Ich wusste, dass bestimmte Dienstleistungen von meinem Kontostand abgezogen wurden, hatte aber keine klare Vorstellung, wie der Kontostand zustande gekommen war und welche Kosten abgezogen wurden.

Ungefähr zehn Minuten stand ich auf dem leeren

Bahnsteig und blickte in den schwarzen Tunnel, wo der Gleiter erscheinen würde, bis ich einen leichten Luftzug fühlte, dann einen stärkeren Wind, als der Gleiter in die Station einlief. Das gekrümmte silbrige Verdeck glitt zurück und gab den Blick auf zwanzig Doppelsitze frei, die jeweils einander gegenüber angeordnet waren.

Zehn Personen verließen den Gleiter, aber ich war der Einzige, der zustieg. Ich nahm einen Sitz in Fahrtrichtung und wartete. Ein Mann in einem braunen Anzug lief die letzten Stufen herunter, stieß mit dem Zeigefinger seinen Code in die Konsole und eilte über den Bahnsteig, um sich in die Viereranordnung vor mir zu setzen. Keine fünf Minuten später schloss sich das Verdeck, und der Gleiter beschleunigte leise summend in den Tunnel. Nach meiner inneren Uhr stand ich ungefähr fünfzehn Standardminuten später auf dem Bahnsteig in Lyncol. Ein Mann in Blau nickte, als er in den Gleiter stieg, desgleichen eine Frau in Dunkelgrün. Lächelnd fügte sie hinzu: »Viel Glück.«

»Danke.«

Ich blieb für einen Moment stehen, überblickte die Station, die ich kaum mit Bewusstsein gesehen hatte, als ich Lyncol mit Cerelle verlassen hatte. Damals hatte ich nicht viel gehört oder gesehen. Im Unterschied zur Gleiterstation in Runswi mit seinem einzigen Bahnsteig hatte die in Lyncol ein halbes Dutzend Bahnsteige, die untereinander durch Fußgängerbrücken mit polierten Granitstufen verbunden waren. Alle Steinoberflächen waren so glatt poliert, dass sie glänzten, und ich begann mich zu fragen, ob die Vorliebe für glänzend polierte Flächen ein Aspekt des Volkscharakters der Rykashaner sei.

Mein Blick ging über die Namensschilder der benachbarten Bahnsteige: Elena, Runswi, Berta, Montral, Calgra. Zwar wusste ich von meiner grundlegenden geographischen Indoktrination, dass es die Namen von Städten waren, aber außer Elena bedeutete mir keine etwas. Wie die Gleiterstation in Runswi war auch die in Lyncol vier Treppen unter der Erdoberfläche, aber ich war nicht einmal außer Atem, als ich in einen wolkenverhangenen grauen Morgen hinaustrat. Dicke Schneeflocken segelten durch die Luft.

In Lyncol lag der Schnee annähernd einen Meter hoch, außer auf den geräumten Wegen. Einer von diesen führte, wie ich mich erinnerte, eine leichte Anhöhe hinab zu den Quartieren für Durchreisende. Ich hoffte, dass es der Ort war, wo ich erwartet wurde.

Mein Atem dampfte weiß in der kalten Luft, die trockener und belebender war als die feuchte Kälte von Runswi, und meine Stimmung hob sich, als ich auf das Gebäude aus Stein und Holz zueilte, das zwischen den hohen alten Nadelbäumen lag. Im Foyer blickte ich umher, bis ich eine offene Tür ausmachte.

Ein junger Mann mit breitem Gesicht und grauem Overall blickte von seiner Konsole auf. »Grün – Sie müssen Tyndel sein, der Kandidat. Cerelle sagte, das Sie heute kommen würden.« Er stand auf, und ich sah, dass er mich fast einen halben Meter überragte. »Da Sie ein Kandidat sind, bekommen Sie das Quartier zum halben Tagessatz. Das macht sieben Einheiten für die drei Tage.«

»Muss ich etwas eingeben?« Sieben Einheiten bedeutete, dass die Quartiere für fünf Einheiten pro Tag vergeben wurden, weil die Rykashaner niemals weniger als eine Krediteinheit für irgendetwas berechneten und Bruchteile abrundeten. Ganz anders die Händler und Wucherer von Mettersfel …

»Wenn Sie wollen …« Er beugte sich über die Konsole und tippte etwas. Ich gab Namen und Personalcode ein und richtete mich auf.

»Das sollte genügen. Cerelle sagte, dass sie schon hier gewesen sind, also werden Sie wahrscheinlich wissen, wo alles ist. Wenn nicht, sagen Sie es mir. Ich bin Aximander.«

»Das werde ich tun. Danke.«

»Ihre Zimmer sind im Obergeschoss links. Ich werde Ihnen den Weg zeigen.« Er verließ sein Büro und stieg vor mir die Treppe hinauf. Ich staunte über die anmutige Gewandtheit seiner Bewegungen, obwohl er zwei Stufen auf einmal nahm. Aber für seine hünenhafte Gestalt waren zwei auf einmal einfacher.

»Ist das Quartier in Ordnung?«, fragte Aximander, nachdem er die Tür geöffnet hatte. »Ich reservierte dies, weil es Aussicht auf die Kiefern und die Berge bietet.«

Die beiden Räume waren etwas kleiner als die in Runswi, und wie das ganze Gebäude älter, obwohl alles makellos sauber und gepflegt war. Ich ging zum Fenster des Wohnzimmers, wo auch eine Konsole stand. Die Gipfel der felsigen Berge im Westen waren eingehüllt in Wolken, aber ich hatte sie schon bei meinem ersten Aufenthalt bewundert und war sicher, dass sie bald wieder frei sein würden. Lächelnd wandte ich mich zu ihm um. »Das Quartier ist sehr schön. Danke.« Nachdem der hünenhafte Hausmeister gegangen war, setzte ich mich an die Konsole und wählte Cerelles Netzverbindung, aber sie meldete sich nicht. Ich hinterließ eine Kurzbotschaft, dass ich angekommen sei.

Nach den anstrengenden Aktivitäten, mit denen Andra und Ileck meine Tage ausgefüllt hatten, empfand ich das plötzliche Fehlen von Pflichten durchaus nicht als Leere. Ich legte mich aufs Bett, blickte zur Decke auf und sann darüber nach, wie der Sohn eines Kaufmanns, zum Dzin-Schulmeister ausgebildet, gegen seinen Willen ein Dämon geworden und zu den Sternen gegangen war, um nach Jahren als niedriger Stationsarbeiter zurückzukehren und einen Pilotenlehrgang zu machen …

Von da wanderten meine Gedanken zu den Alten, die auch den Weg zu den Sternen gesucht, aber nicht gefunden hatten, weil sie von falschen Prämissen ausgegangen waren … Wo sonst noch waren die Aufzeichnungen der Alten falsch gewesen – oder verändert worden?

Aber wie sah es mit dem aus, was in Rykasha als Geschichte verbreitet wurde? Wo war es falsch oder irreführend? Um das festzustellen, würde es nicht mit dem Abrufen von Datenträgern getan sein, sondern eine Menge vergleichender und detektivischer Kleinarbeit erfordern. Ich gähnte und schloss die Augen, abgeneigt, den Gedankengang weiter zu verfolgen. Ich hatte Freizeit; wozu mir den Kopf zerbrechen?

Ich erwachte von einem Klopfen. Ein Blick auf die Uhr zeigte, dass es beinahe Mittag war. Draußen schneite es noch immer. Ich schwang die Füße über die Bettkante, stand langsam auf und reckte die Arme. Einen Moment lang überkam mich ein Schwindelgefühl, als stünde ich auf Ilecks Balken, blind unter der Augenbinde, mit einem Fuß voran tastend, dann den anderen nachziehend. Aber tappte ich nicht auch ohne Augenbinde im Dunkeln? War das mein Leben? Ich schüttelte den Kopf.

Wieder wurde an die Tür geklopft. Diesmal hörte ich es deutlich.

»Sind Sie da, Tyndel?«

»Ich komme!« Ich trottete zur Tür und öffnete sie.

Cerelle trug ihre dünne Silberjacke offen über dem olivgrünen einteiligen Anzug. Am Kragen war eine silberne Anstecknadel mit einem schwarzen T über einem Speichenrad. Die Nadel war mir neu. »Ich weiß schon. Sie sind eingeschlafen.«

Ich lächelte verlegen. »Ich legte mich hin und dachte nach … und dann klopfte jemand an die Tür.«

»Die meisten Männer denken in der Rückenlage nicht allzu gut.« Das ironische Lächeln verblasste. »Sind Sie so müde?«

»Körperlich … nein. Mehr geistig erschöpft, glaube ich.«

Sie musterte mich. »Kein Selbstmitleid. Ehrliches Bemühen. Viel besser.« Sie machte eine Handbewegung zum Eingang. »Kommen Sie?«

Ich griff mir meine hellgrüne Jacke und schloss die Tür, folgte ihr die Treppe hinunter. Unten holte ich sie ein.

»Ich dachte, Sie wollten keine Psychotherapeutin sein.«

»Bin ich auch nicht.« Mit einer ungeduldigen Handbewegung schritt sie hinaus in den leichten Schneefall und schnell die Anhöhe hinunter.

Ich musste mich beeilen, sie einzuholen. »Kann ich mit Ihnen über Ilecks Ausbildung reden?«, fragte ich.

»Solange Sie kein Mitleid wollen.«

»Es besteht ein feiner Unterschied zwischen Verständnis und Mitleid«, sagte ich.

»Ich kenne diesen Unterschied, danke.« Sie sagte es in einem singenden Tonfall, und ich sah sie von der Seite an. War da ein Augenzwinkern, oder wollte ich es sehen?

»Sie wollen es sehen«, sagte sie.

»Also können Sie noch immer meine Gedanken lesen?«

»Nur hin und wieder. Der größte Teil der Nanitenfähigkeit ist fort, aber ich kann in Ihrem Gesicht lesen. Sie könnten es auch tun, wenn Sie sich darum bemühten.«

»Gehörte es zu Ihrer Ausbildung?«

»Ja. Es hilft.«

»Wissen Sie …«, fing ich zögernd an, »ich weiß nicht mal, was Sie gegenwärtig tun, es sei denn, Sie versuchen irgendwelche anderen Flüchtlinge in die Gesellschaft Rykashas einzugliedern.«

»Ich bin technische Assistentin der Unteren Transportbehörde. Sie erinnern sich – grün steht für Transport.« Sie machte eine ungewisse Geste gegen sich selbst, als hätte sie vergessen, dass sie eine silbrig schimmernde Jacke trug.

Nicht zum ersten Mal musste ich mich fragen, wie viel mir bei meinen ersten Tagen in Lyncol entgangen war. »Wohin gehen wir?«

»Zur Schönen Aussicht. Ich bin hungrig, und mir ist

nicht nach Kochen zumute, und dort gibt es das beste Menü in Lyncol, aufbereitet, versteht sich. Ich habe einen langen Vormittag hinter mir und möchte die Freizeit nicht vergeuden.«

»Freizeit? Sie müssen so viel arbeiten? Ich habe Schulden, weil ich gerettet werden musste. Haben Sie etwas für die Ausbildung abzuzahlen, oder versuchen Sie ein Guthaben aufzubauen?«

»Das wird als eine ziemlich … persönliche Frage betrachtet.« Ihre Worte waren so kalt wie die Luft um uns oder kälter.

Ich warf die Hände hoch. »Zuerst sagten Sie … aber lassen wir das.«

»Tyndel … werden Sie nicht böse auf mich.« Sie blieb stehen und funkelte mich an. Schneeflocken blieben auf ihrem Haar liegen und schmolzen.

Ich blieb auf dem Weg stehen und wandte mich um und blickte ihr fest in die durchbohrenden grüngrauen Augen. »Cerelle … Ich gebe mir große Mühe, mich in eine Gesellschaft einzufügen, die mir fremd war. Ich versuche jedes bisschen Information zu nutzen, das Sie und Ihresgleichen mir haben zukommen lassen. Ich versuche keine einfältigen Fragen mehr zu stellen, oder Fragen, auf die ich bereits Antworten habe, aber es nicht merke. Ich bin dankbar für Ihre Aufrichtigkeit und Direktheit. Aber … wenn Sie jedes bisschen meiner Vergangenheit kennen, wenn Sie von meinen Verlusten und meinen Dummheiten wissen und mir dann erzählen, dass eine unschuldige Frage nach Ihren Lebensverhältnissen in dieser Gesellschaft zu persönlich ist, um sie einer Antwort zu würdigen, dann finde ich das scheinheilig und überheblich.«

Sie stand stocksteif und errötete, dann erbleichte sie und schluckte. »Ich wollte Sie nicht aufregen«, sagte ich in verändertem Ton, als sie stumm blieb, »aber Sie sind in dieser Gesellschaft groß geworden. Ich nicht. Von vier

Jahren habe ich fünf Monate unter Menschen verbracht, und das ist nicht lang genug, um alle Eigenheiten, Regeln und Umgangsformen zu lernen.« Sie lachte ein wenig kleinlaut, dann schüttelte sie den Kopf. »Ach, Tyndel ... Sie machen mir offen und aufrichtig einen Vorwurf, den Sie für begründet halten, und dann entschuldigen Sie sich.«

Ich wusste nicht, was ich darauf erwidern sollte.

»Zunächst ... Sie täuschen sich, wenn Sie meinen, ich sei hier aufgewachsen. Ich wurde im Norden von Dezret geboren und floh zur Grenze, bevor mein Vater mich als dritte Frau an einen Herdenbesitzer verheiraten konnte. Erst mit siebzehn lernte ich lesen und mehr als meinen Namen schreiben. Als ich nicht lange nach meiner Ankunft hier gesundheitliche Probleme bekam, wurde eine Erbkrankheit diagnostiziert, die mich ohne Behandlung vor meinem vierzigsten Lebensjahr umgebracht hätte. Ich habe nicht alle Talente, die für hohe Positionen erforderlich sind, und schulde annähernd hundert Standard-Dienstjahre für die Ausbildung und die medizinischen Leistungen, die ich bereits erhalten habe. Meine gegenwärtige Stellung im Mittleren Dienst bringt so viel ein, dass ich in einem Dienstjahr die Schulden von drei Jahren abzahlen kann.«

Ich schaute betreten auf meine Füße. Ich verstand jetzt, dass sie nicht gern über diese Dinge sprach, aber was machte es schon aus? Sie musste wissen, dass ich nicht missbrauchen würde, was sie mir anvertraute.

»Tyndel ... ich will kein Mitleid. Ich wollte nie etwas davon zur Sprache bringen, weil ich nicht möchte, dass Sie oder andere in Mitgefühl zerfließen. Niemals.«

Ich befeuchtete meine Lippen. »Das verstehe ich sehr gut. Ich würde es auch nicht wollen.«

Cerelle sah mich an, und jetzt war keine Spur von Verärgerung mehr in ihrem Gesicht. »Sie täuschten sich in mir, wissen Sie.«

»Das glaube ich nicht.« Es war mir unangenehm, anderer Meinung zu sein, selbst wenn es ein Kompliment für sie bedeutete.

»Sie redeten immer über meine Aufrichtigkeit.« Sie schüttelte den Kopf. »Ich kann aufrichtig zu Ihnen sein. Oder zur Gesellschaft ...«

»Es ist nicht Unaufrichtigkeit, wenn Sie nicht über sich selbst sprechen wollen.«

»Es ist unaufrichtig, wenn man es tut, um andere irrezuführen.« Sie zeigte den Weg entlang. »Übrigens ist es wahr, dass ich hungrig bin. Ich hatte nicht viel zum Frühstück, und mein Magen knurrt.«

»Wenn Sie noch mit mir essen wollen ...«

»Verfallen Sie nicht in Selbstmitleid, Tyndel. Ich war dumm, und Sie sagten es mir. Ich verdiente es. Aber das gibt Ihnen nicht das Recht, um ein Schulterklopfen zu bitten.«

»Ich hatte Recht. Sie sind aufrichtig. Wohin?«

»Hier entlang.« Cerelle führte mich weiter den geräumten Weg entlang. Rechts und links war der Schnee beinahe schulterhoch aufgehäuft. Bald bog sie in einen schmaleren Weg, der auf einen niedrigen Hügel zu führte. »Wie der Name sagt, bietet das Restaurant eine schöne Aussicht auf einen kleinen See, oder einen Teich. Er ist jetzt zugefroren, aber ...«

»Es ist noch immer eine Aussicht.«

»Richtig.« Die Schöne Aussicht war gut besetzt; von vielleicht fünfundzwanzig Tischen waren nur zwei kleine für zwei Personen frei. Wir ergatterten einen am Fenster, als ein Gast gerade aufstand und einen Henkelbecher zur Geschirrrücknahme trug.

»Setzten Sie sich, während ich was hole«, schlug Cerelle vor. »Gut. Sie brauchen das Essen mehr als ich.« Ich sagte es, weil sie blass aussah. Niedriger Blutzucker? War ihr Bedarf an Instandhaltungsnaniten höher, weil sie spezielle medizinische Behandlungen bekommen hatte?

Ohne einen Blick über die Schulter marschierte Cerelle zu den niedrigen Schaltern der Speisenaufbereiter.

Die gerundeten Panoramascheiben boten Ausblick auf eine gefrorene weiße Fläche, umrahmt von kleinen Schneehügeln, unter denen sich wahrscheinlich Stauden und Sträucher verbargen. Auf der anderen Seite des kleinen Sees zog sich der schneebedeckte Boden über mehrere hundert Meter aufwärts zum Waldrand. Anscheinend führte ein Pfad zum Wald hinauf, aber er war nicht geräumt und zeigte Spuren, wie sie von altmodischen Schlitten und Skiern gemacht wurden.

Cerelle kehrte mit zwei Tellern auf einem Tablett zurück. Auf einem war ein Berg in Streifen geschnittenen Fleisches, das mit einer glänzenden grünlichen Soße übergossen war, daneben mit Käse bestreute Kartoffeln, der zweite war voll Grünzeug. »Lamm mit Pfefferminzsoße, Käsekartoffeln und gemischtem grünem Salat.«

»Sie müssen wirklich hungrig sein.« Ich stand auf und ging meine Mahlzeit holen. Aus Neugier wählte ich Huhn nach einem Rezept aus Toze, etwas mit Erdnüssen und Pfeffer und mit verschiedenen gedämpften Gemüsen als Beilage.

Als ich zurückkehrte und mich niedersetzte, betrachtete ich ihr rotes Haar und die grüngrauen Augen. Sie spürte meinen Blick und sah zwischen zwei hastigen Blicken auf. »So viele Dinge ergeben jetzt einen Sinn«, sagte ich. »Und ich sah es nie.«

»Ich wollte nicht, dass Sie es sehen würden. Sie sollten nicht nach einer anderen verlorenen Seele Ausschau halten. Ich bin sowieso keine. Dezret war für mich nie eine wirkliche Heimat.« Sie machte sich wieder über die Mahlzeit her.

Das Huhn war schon in mundgerechte Stücke geschnitten und würziger, als ich es normalerweise schätzte, aber gut. Nach mehreren Bissen fragte ich: »Vermissen Sie niemals etwas?«

Sie nahm einen Schluck Wasser, gefolgt von einem kleineren aus dem Rotweinglas. »Was sollte ich vermissen? Einen Mann, den ich mit zwei anderen Frauen hätte teilen müssen? Drei oder vier Kinder und ein mühsames Halbnomadenleben mit den Herden auf den Sommerweiden im Bergland, im Winter im Dorf? Jung zu sterben, ohne jemals etwas gesehen oder gelernt zu haben?«

»Verglichen damit scheint Dorcha ein Paradies zu sein«, sagte ich nach einem Schluck Tee. Mein Teller war beinahe leer; ich hatte mehr als erwartet gegessen, da ich kaum Appetit verspürt hatte.

»Dort müssen die Frauen noch immer den Männern gehorchen, nicht?«, fragte sie.

»Ich hatte nicht das Gefühl, dass meine Mutter jemals meinem Vater gehorchte, wenn sie anderer Meinung war.« Ich lachte leise. »Aber manche Frauen ordnen sich gern unter.«

»In Dezret haben Frauen und Mädchen diese Wahl nicht. Wir – sie sind Dienerinnen. Wussten Sie, dass eine Frau nicht in die höheren Ebenen des Paradieses eintreten kann, solange ihr Ehemann nicht schon dort ist?«

»Ich wusste nicht mal, dass die Heiligen ein Paradies haben«, sagte ich.

»Ich bezweifle, dass sie eins haben, aber die Leute glauben es eben.«

Selbst in Rykasha gab es Rechtgläubige, wie ich festgestellt hatte, aber ich nickte bloß, weil ich keine theologische Diskussion in Gang bringen wollte. Das war ein Thema, wo man leicht in Fettnäpfchen treten konnte, ohne es zu merken.

Als wir gegessen hatten, sah Cerelle mich mit etwas schief gelegtem Kopf an. »Sind Sie schon einmal auf Schneeschuhen gegangen?«

»Nein.« Ich hatte Bilder gesehen, kannte aber niemanden, der sie benutzte, da es in den meisten Teilen Dorchas selten schneite – erstaunlich angesichts der Tatsache, dass Hybra weniger als hundert Kilometer von Lyncol entfernt war. Aber die warme Meeresluft wurde von den Bergen daran gehindert, weiter landeinwärts vorzudringen.

»Wir werden den kurzen Weg machen.«

Nach der Verstimmung, die vor dem Essen entstanden war, mochte ich nicht protestieren oder einen anderen Vorschlag machen.

Ich hätte es tun sollen. Auf Schneeschuhen zu gehen, war schlimmer als Ilecks Balken zu überqueren. Der kurze Weg war eine Schneise von weniger als zehn Metern Breite, die mit einem halben Meter feinen Neuschnees bedeckt war. Zu beiden Seiten der Schneise ragten alte Kiefern dreißig oder mehr Meter in den grauen Himmel, aus dem ständig weiterer Schnee rieselte.

Als ich die korbähnlichen Schneeschuhe an meine Stiefel schnallte, bemerkte ich, dass ständig Schneelasten von den überhängenden Kiefernästen fielen und wie Staublawinen auf die Schneise niedergingen. Eine dieser Ladungen überschüttete mich, als ich nach dem Anschnallen der Schneeschuhe endlich aufstand, und drang mir in Augen und Nase und erst eisig, dann nass in den Kragen. Ich klopfte mit den behandschuhten Händen Schnee von meinen Kleidern und machte mich auf den Weg. Cerelle hatte bereits einen Vorsprung von zwanzig Metern.

Der Schnee gab unter dem korbartigen Geflecht der Schneeschuhe nach, und ich musste einen schwerfällig von einer Seite zur anderen tappenden, breitbeinigen Gang annehmen, um nicht mit einem Schneeschuh auf den breiten Rand des anderen zu treten. Ich hatte kaum etwas mehr als zehn Meter hinter mich gebracht, als die Vorderkante eines Schneeschuhes an einem verborgenen Hindernis hängen blieb und ich vornüber in den Schnee fiel.

Cerelle wandte sich um, mit einer Hand an einen Kiefernstamm gestützt, und lachte.

Ich mühte mich auf die Füße und tappte weiter. Ein zweites Mal konnte ich einen unfreiwilligen Kniefall vor ihr vermeiden.

Sie lachte wieder und schüttelte den Kopf über meine Unbeholfenheit.

Darauf warf ich einen Schneeball, der sie ins Gesicht traf.

»Sie!«, rief sie halb empört, halb belustigt, warf dann einen Schneeball zurück, und ich wollte seitwärts ausweichen, trat aber mit einem Schneeschuh auf den Rand des anderen und lag wieder im allzu weichen Schnee.

Ich setzte mich auf, machte einen Schneeball und warf ihn nach ihr, doch meine ungünstige und wenig bewegliche Position im Schnee brachte es mit sich, dass ihre Geschosse öfter ihr Ziel trafen als meine.

Außerdem musste ich so lachen, dass es meine Zielsicherheit beeinträchtigte.

»Ein angehender Pilot, und kann keine fünfzig Meter auf Schneeschuhen laufen!«, spottete sie und lachte mich aus, und das machte es noch schwieriger.

Schließlich schnallte ich die Schneeschuhe los und kam wankend auf die Beine. »Ich gehe, wohin Sie wollen, aber nicht auf diesen Dingern.«

Cerelle grinste bloß, aber dann schnallte auch sie die Schneeschuhe ab, und wir stapften durch den schon etwas verdichteten Schnee zurück, bis wir den geräumten Weg nach Lyncol erreichten, wo sich ein Ort zum Abtrocknen und Aufwärmen finden ließ.

Und zum Reden.

58

(Lyncol: 4519)

Wer die Aufrichtigkeit preist, hat ihre Messer nicht gefühlt.

Cerelle und ich redeten die meiste Zeit, die ich in Lyncol verbrachte, meistens bei Spaziergängen auf kalten, aber geräumten Wegen unter einer Mondsichel. Aber auch im heißen Becken eines Bäderkomplexes sitzend, während Schnee aus dem Nachthimmel herabsank und im aufsteigenden Dampf über der Wasseroberfläche verging. Und bei mühsamer Plackerei durch hüfttiefen Schnee, um die Aussicht von einem anderen Hügel zu betrachten. Wenn wir Kohlmeisen mit ihren schwarzen Kappen beobachteten, die auf der Suche nach Samen, die sie im Herbst versteckt hatten, durch die verschneiten Kiefern huschten, und uns wunderten, wie sie sich an die ungezählten Verstecke erinnerten. Und bei gemeinsamen Mahlzeiten in verschiedenen Gasthäusern Lyncols.

Ich erfuhr mehr über Dezret – von den todbringenden Stürmen, die tagelang von der Salzwüste über das Land fegten, über die Transhumanz der Herden zwischen dem Tiefland und den sommerlichen Bergweiden bis zu den alten Tempeln, die noch aus der Zeit vor der Verwüstung stammten, oder die Politik der Familien mit jüngeren und älteren Ehefrauen – als über Rykasha. Cerelle erfuhr einiges über Dorcha, aber ich glaubte nicht, dass Cerelle Neues über mich erfuhr, was sie nicht schon gewusst hatte. Gespräche waren alles, was wir miteinander teilten, und mehr als genug für die Zeit, die wir hatten. Ich schlief allein im Quartier für Durchreisende, und mein Schlaf war gesund und frei von Alp- und anderen Träumen.

Sie ließ mich nie wissen, wo sie wohnte, und ich drängte nicht. Da ich inzwischen manches von ihr erfahren hatte, hätte ich ihre Wohnung wahrscheinlich entdecken können, aber was wäre der Sinn davon gewesen – es sei denn, ihr zu zeigen, dass ich findig sein konnte, und dabei eine Verstimmung zu riskieren?

Am dritten Morgen trafen wir uns zum Frühstück und gingen wieder den Weg zur Schönen Aussicht. Ich hatte meinen Seesack in der Hand, als wir in der Morgensonne den von Nadelbäumen gesäumten Weg gingen. Der Neuschnee der vergangenen Nacht funkelte so gleißend, dass ich kaum unsere Schatten ausmachen konnte.

Am Morgen waren nur wenige Gäste in der Schönen Aussicht, und wir saßen in der Mitte des großen Panoramafensters und blickten hinab zum glitzernden Schnee, der das Eis auf dem See bedeckte.

»Sie sehen ausgeruhter aus«, bemerkte Cerelle über dem schwarzen Kaffee, den sie am Morgen bevorzugte.

Ich spürte ihre Nervosität, die Spannung ihrer Körperhaltung, die leichte Unruhe, jetzt weniger stark als bei meiner Ankunft. Da hatte ich diese Zeichen noch nicht erkannt. Jetzt waren sie schwächer, aber noch gegenwärtig. »Ich fühle mich besser.« Ich hob die Tasse bis zum Kinn und ließ das dampfende Aroma des Tees über mein Gesicht streichen, bevor ich daran nippte. »Es ist lange her, dass ich nicht gezwungen war, sofort etwas zu tun. Ein Tag war die längste Unterbrechung, die ich in Jahren hatte.« Ich lachte. »Es sei denn, man rechnet die durch Zeitdehnung verlorenen Tage und Wochen mit ein.«

»Das zählt nicht.« Cerelle biss von etwas ab, das wie ein mit Fleisch und Eiern gefüllter Krapfen aussah und selbst für einen Körper wie meinen, der jetzt fast das Doppelte an Nahrung brauchte wie in der Zeit meines Wirkens als Dzin-Meister, viel zu schwer war.

Mein Pilzomelett war ausreichend, doch hätte ich ein besseres als das, was der Essenaufbereiter erzeugt hatte, zubereiten können. Der Tee war gut, und ich nahm einen weiteren Schluck.

»Warum schätzen Sie Aufrichtigkeit so sehr, Tyndel, als ob nichts anderes wichtig wäre?« Ihr forschender Blick ruhte auf mir. »Immer wieder kommen Sie darauf zurück. Aber die Leute hier lügen nicht. Das System verhindert es ziemlich wirksam.«

»Richtig. Ich habe in Rykasha noch keinen getroffen, der log – so viel ich weiß«, antwortete ich. »Aber Sie scheinen so viel mehr aufrichtig und direkt als andere.« Und ich brauchte diese Direktheit.

»Die geborenen Dämonen wachsen damit auf und lernen sie abzuschirmen. Diese Abschirmung fällt schwerer, wenn man nicht damit aufgewachsen ist. Sie sind ihnen ziemlich ähnlich, Tyndel. Dorcha ist wie Rykasha.«

»Vielleicht entstammen wir denselben ethnischen und kulturellen Wurzeln.«

»Nicht nach der überlieferten Geschichte. Es ist mehr eine Machtfrage, denke ich. Dorcha ist eine der mächtigeren Miten-Nationen, und das schon seit Jahrhunderten. Rykasha ist die einzige wirkliche Nanitenkultur und zweifellos sehr mächtig.«

»Mit interstellaren Schiffen und Nanitenwaffen … Es gibt nichts, was dem nahe kommt.« Ich dachte an die geschichtlichen Darstellungen, die ich in der Station Omega Eridani gelesen hatte. »Haben wir – ich glaube, ich kann ›wir‹ sagen – all diese in den Geschichtsdarstellungen erwähnten Waffen?«

»Ich weiß es nicht.« Cerelle zuckte die Achseln. »Die Grenzpatrouillen sind mit einfachen leichten Waffen ausgerüstet – hauptsächlich zur Betäubung. Aber es muss andere geben. Die Miten haben Laserkanonen und alle Arten von Explosivstoffen, aber sie respektieren unsere Grenzen.« Ein beinahe verschmitztes Lächeln zupfte an ihren Mundwinkeln. »Sie vermieden es, die Aufrichtigkeitsfrage zu beantworten. Warum sind Sie so darauf aus?«

Ich nahm einen weiteren Schluck vom Arleentee, dann

hielt ich den leeren Henkelbecher und hatte nichts mehr, hinter dem ich mich verstecken konnte. »Ich … bin nicht gern im Ungewissen. Wenn Sie etwas sagen, dann ist es das, was Sie glauben. Ich kann zustimmen oder anderer Meinung sein, aber ich brauche nicht zu raten, wie Sie fühlen und denken.«

»Sie hätten nicht nach Lyncol kommen müssen, wissen Sie.«

Ich dachte einen Moment lang darüber nach. »Und Sie hätten nicht die weite Reise zur Station machen müssen.«

»Die Autorität bezahlte sie – und meine Zeit.«

»Aber Sie entschieden sich aus eigenem Antrieb für die Reise, nicht wahr?«

Sie nickte.

»Nun, ich musste nach Lyncol kommen – aber ich wollte es auch.«

»Das freut mich.«

Ich stutzte, als mir ihre früheren Worte wieder in den Sinn kamen. »Die Autorität bezahlte Ihre Reise? Sind Piloten so knapp?«

»Sie sind nicht so knapp … gegenwärtig nicht, aber die meisten sind annähernd hundert Jahre alt, und es gibt nicht viele neue – einen oder zwei pro Jahr, bestenfalls.«

»Ist der Grund bekannt?«

Sie zuckte die Achseln. »Es gibt Gerüchte – über einen Zusammenhang mit der Anomalie …«

»Engee – der sogenannte Gott?«

»Was es auch ist … es mag ein Gott sein oder nicht, aber wir haben ein paar Schiffe auf Routen verloren, die in der Nähe der Anomalie vorbeiführten. Die Wissenschaftler arbeiten daran, aber was sie bisher erfahren haben, wenn überhaupt, ist nicht Allgemeinwissen.«

Ich runzelte die Stirn. »Überraum ist nicht kongruent mit der realen Raumzeit.«

»Die Schiffe sind vermisst. Drei bisher, und es gibt dort draußen eine Kolonie von Rechtgläubigen. Sie haben es auf die mühsame Art und Weise geschafft … mittels Photonenantrieb. Alle paar Jahre schicken sie ein Transportschiff hinaus.«

»Eine von denen war an Bord des Raumtransporters, als ich zur Station unterwegs war. Sie sagte etwas in dem Sinne, dass Rechtgläubige nicht angepasst werden könnten.«

»Sie können angepasst werden.« Cerelle schob ihren Teller von sich. »Jeder kann angepasst werden. Aber die Anpassung von sogenannten Rechtgläubigen führt zu verschiedenen Formen von Geisteskrankheit, die nicht leicht zu heilen sind.«

»Ah … Also ist der Glaube dieser Leute so stark und tief verwurzelt, dass er den Einflüssen Rykashas widersteht?«

»Das ist die einfache Antwort, und trifft wahrscheinlich zu.«

»Aber Dzin ist nicht so stark und tief eingewurzelt.«

»Nein.«

»Weil Dzin mehr eine Lebensregel als ein Glaube an sich ist?«

»Wahrscheinlich. Ich weiß es nicht, aber es wirkt sich so aus.«

Cerelle sagte die Wahrheit, aber ihre Worte störten mich trotzdem. Was war es, das einen Rechtgläubigen von allen anderen unterschied? Alle Menschen glaubten etwas. Auch hier fehlte Information oder wurde zurückgehalten, und ich hatte nicht die leiseste Ahnung, was es sein mochte, außer in einem sehr allgemeinen Sinn.

»Rechtgläubige oder nicht«, sagte Cerelle, reckte sich und blickte auf ihren leeren Teller, »ich muss arbeiten, und Sie müssen zurück in die Ausbildung.«

Als wir das Lokal verließen, gingen wir den Weg hinaus und am Quartier für Durchreisende vorbei, wo ich nach meiner Flucht aus Dorcha gewohnt hatte, und die Anhöhe hinauf zur Gleiterstation.

Am oberen Ende der Treppe blieb Cerelle stehen. »Sie können den Weg nach Hause allein finden.« Sie grinste. »Sind ja jetzt ein großer Junge.«

Ich grinste zurück. »Ihr Verdienst.«

Sie schüttelte den Kopf. »Sie wären darauf gekommen. Vielleicht hätte es nicht einmal so lang gedauert.«

»Das glaube ich nicht.«

»Ganz sicher.«

Ich wusste es besser, wollte aber nicht beharren. »Sie machten es leichter.«

»Das bezweifle ich. Ich werde Ihnen das Leben immer schwerer machen, Tyndel. Zweifeln Sie nicht daran.«

Schwerer … aber besser … »Ich habe gelernt, nicht an Ihrem Wort zu zweifeln.«

»Gut.« Das Lächeln war besser als eine Umarmung oder ein Kuss, und ich sah ihr nach, als sie kehrtmachte und den Weg hinabeilte.

59

(Runswi: 4520)

Was nicht gebaut wird, kann nicht zerstört werden.

Innerhalb weniger Wochen nach meiner Rückkehr nach Runswi begann das neue Jahr. Warum verlegten die Alten die Jahreswende in den tiefsten Winter, und warum hatten alle Kulturen die Gewohnheit übernommen und setzten sie fort? Nichts in den Dateien und Bibliotheken, die durch meine Konsole zugänglich waren, wusste eine Antwort auf diese Frage. Es bestätigte meine Meinung, dass keine Kultur besonders gut dabei weg kam, wenn man die Grundvoraussetzungen ihrer Wirkungsweise unter die Lupe nahm.

Ich hielt weiter Verbindung mit Cerelle, aber die Kontakte waren kurz und unbefriedigend, vielleicht, weil wir beide nicht mit dem System aufgewachsen waren oder weil wir allzu stark den Unterschied zwischen visueller Darstellung und körperlicher Wirklichkeit empfanden.

Mein von Andra überwachtes Unterrichtsprogramm war auf jeden dritten Tag gestreckt worden, und sogar Ileck schien mit meinen Bemühungen halbwegs zufrieden. Ich hätte mir nie träumen lassen, dass ich in stockfinsterer Dunkelheit mit fünfzig Kilogramm auf dem Rücken über schmale Balken laufen könnte, ohne das Gleichgewicht zu verlieren, obwohl ich beweglichen Hindernissen und Objekten ausweichen musste ... Meistens gelang es mir jetzt, Stürze in das kalte, schwarze und bisweilen elektrisierte Wasser zu vermeiden.

Am Tag nach der Jahreswende bat Andra mich, ihr in ihr Büro zu folgen, nicht den Konsolenraum oder den, wo die Nanitenkanister für Sprühinjektionen verwahrt wurden. Sie setzte sich hinter eine Konsole, und ich ließ mich auf einem grünen Polsterstuhl nieder.

»Ileck und ich sind uns einig, Tyndel«, sagte sie ohne Vorrede. »Sie sind bereit für die nächste Phase. Für Sie ist es auch eine wichtige Entscheidung.«

»Welche?«

»Es geht um einige von Naniten gelenkte und bewirkte Modifikationen Ihres Nervensystems einschließlich der sensorischen Systeme. Vergleichsweise weniger bedeutend.«

Konnte etwas, das das Nervensystem veränderte, unbedeutend sein? »Was bedeutet ›vergleichsweise unbedeutend‹?«

»Es ist nicht ganz die richtige Bezeichnung«, lenkte Andra ein. »Die körperlichen Veränderungen sind geringfügig und nicht sichtbar, aber die Auswirkungen sind nicht so unbedeutend. Der Dienst eines Piloten erfordert viel Talent und Ausbildung. Das werden Sie inzwischen wissen.«

»Ich habe eine Vorstellung davon. Ileck macht mir das immer wieder klar. Er ist überzeugt, dass alle Fortschritte, die ich gemacht habe, minimal sind, verglichen mit dem, was ich zu tun haben werde.«

Die Andeutung eines Lächelns milderte Andras meistens wie versteinert wirkende Miene. »Er übertreibt. Nichts wird körperlich so anstrengend sein wie in der Ausbildung. Auf dem Gebiet der Wahrnehmungen wird es jedoch noch sehr viel intensiver sein.« Sie räusperte sich, als müsste sie sich auf die Bekanntgabe ernüchternder Neuigkeiten vorbereiten. »Der Pilot *ist* das Schiff. Das bedeutet, dass Sie in der Lage sein müssen, äußere Wahrnehmungen sofort aufzunehmen und darauf zu reagieren, einschließlich aller Eingaben von den Bordsensoren und anderen Quellen. Die Kapazität Ihres Nervensystems muss erweitert werden …«

»Meines Gehirns?«

»Nein. Das menschliche Gehirn ist ohnehin größtenteils überspezialisiert, und der Teil, der es nicht war, wurde von uns behandelt, als Sie nach Rykasha kamen. Das Nervensystem blieb davon unberührt.«

Ich hatte mir mehr als einmal Gedanken darüber gemacht, und warum es nach meinem Gefühl Tage gedauert hatte, bis ich meine Kräfte wiedergewann, aber da ich nie zuvor in einen Dämonen verwandelt worden war, konnte ich es nicht gewusst haben. »Was genau bringt das mit sich?«

Sie runzelte die Stirn. »Ohne Modifikation würden Sie in einen Zustand ständiger Überlastung Ihrer Sinneswahrnehmungen sein, weil Ihre Nervenstränge und Ihr sensorisches Aufnahmevermögen nicht dafür geschaffen sind, um mit so vielen Daten fertig zu werden.«

Am Ende war es hinlänglich klar. Selbst wenn ich nicht als Pilot arbeitete, würde ich einen wesentlich erweiterten Hörbereich haben und imstande sein, viel weiter im roten und violetten Bereich des Spektrums zu sehen. Außerdem würde ich durch meine Haut Energieebenen und Feldstärken fühlen können… Meine Reaktionen würden schneller sein, und um mich vor nachteiligen Folgen dieser Reaktionen zu schützen, würde meine Haut geringfügig modifiziert werden und eine wirksame Nanitenverstärkung erhalten. Schließlich würde ich in der Lage sein, mich ohne körperlichen Kontakt in die meisten Kommunikationssysteme Rykashas einzuklinken; es genügte, dass ich mich in der Nähe eines Anschlusses aufhielt.

»Einige dieser Modifikationen würden für jeden Menschen wünschenswert sein«, bemerkte ich, als sie ihre Erläuterung beendet hatte.

»Es wurde versucht«, sagte Andra. »Die Selbstmordrate unter den behandelten Personen war unvertretbar. Nur Menschen mit der Fähigkeit, Piloten zu werden, scheinen imstande zu sein, die Erweiterung der sensorischen Wahrnehmungen und die erhöhte Sensitivität zu ertragen. Denken Sie darüber nach. Erhöhte Sensitivität bedeutet mehr Information. Mehr Information bedeutet mehr Entscheidungen, Entscheidungen, für die andere vielleicht keine Notwendigkeit sehen …«

Ich musste wieder an Tomas Gomes und Alicia de Schmidt denken und nickte. »Also bekommen nur Spezialkräfte und Nadeljockeys die Behandlung?«

»Manche Piloten werden auf diese Weise Spezialisten und wechseln den Beruf; es steht ihnen frei. Die meisten aber tun es nicht. Dann gibt es noch einige wenige Spezialisten, die aus den alten Tagen übrig geblieben sind.«

»Wie können Sie jemandem mit solchen Fähigkeiten vertrauen?«

»Sie werden nicht unzerstörbar sein, Tyndel – nur widerstandsfähiger. Außerdem, was für einen Sinn hätte es? Solche Leute haben Positionen und Privilegien. Wie die Gesellschaft Rykashas aufgebaut ist, kann man unmöglich mehr bekommen. Wir akzeptieren keine Leute, die auf diese Art korrumpierbar sind.«

Das konnte ich nicht glauben.

»Sie waren dumm und hartnäckig, Tyndel, aber Sie waren niemals korrumpierbar. Sie denken nicht in der Weise. Keiner der Piloten tut das. Manche sind kleinlich, manche tyrannisch, und ungefähr die Hälfte ist für meinen Geschmack zu arrogant, aber alle sind sehr menschlich, und es hat niemals einen Fall von Korruption gegeben.«

»Das Menschliche ist immer mit dem allzu Menschlichen verbunden. Vielleicht hat man solche Leute nur noch nicht erwischt?«

»Tyndel ... wir alle leben im Glashaus, und nanitenverstärkte Scanner sind auf uns gerichtet. Wenn die Autorität wissen wollte, was Sie mit Cerelle besprochen haben, würde sie es innerhalb von Stunden wissen, wenn nicht früher. Hielte sie es für zweckmäßig, könnte sie sich sogar über die von Ihnen bevorzugte Form des Liebesspiels unterrichten.«

»Wir haben nie ...«

»Sehen Sie?«, sagte sie lächelnd. »Sie sind sogar darin ehrlich.«

»Wann soll diese Behandlung in Angriff genommen werden?«

»Jetzt, wenn Sie bereit sind.«

Würde ich jemals mehr bereit sein? Ich schenkte ihr ein nervöses Lächeln. »Also gut. Jetzt.«

»Kommen Sie mit.« Sie ging voraus durch den Korridor und dann eine Treppe abwärts. Im Kellergeschoss gingen wir durch eine nicht gekennzeichnete Tür aus hellem Holz und dann einen weiteren Korridor entlang, der nach meiner Orientierung nicht mehr innerhalb des Hauses, sondern unter freiem Gelände verlaufen musste. Ich fragte mich, wie viel von Runswi verborgen war.

Irgendwie hatte ich mir einen weißgekachelten Raum und schimmernde Instrumente und Ärzte in weißen Kitteln vorgestellt. Meine Vorstellung war falsch. Der Raum, den ich betrat, maß allenfalls fünf Quadratmeter, war hell, aber indirekt beleuchtet und bis auf eine einzige Liegestatt auf einem Podest, das sich ungefähr einen Meter über dem grünen Boden erhob, leer. Kurz nach uns kamen zwei Mediziner in Rot herein, ein Mann und eine Frau.

»Dies ist Tyndel.« Andra zeigte auf die beiden. »Dr. Fionya und Dr. Colbarr.«

Fionya hatte kurzes braunes Haar, dessen Ton nicht recht zu ihrer roten Kleidung passte. Der dunkelhaarige Colbarr sah jünger aus als seine Kollegin, doch war es in Rykasha unmöglich, jemandem das wirkliche Alter anzusehen.

»Bitte entkleiden Sie sich und legen Sie sich dort auf den Behandlungstisch«, sagte Fionya.

»Alles?«, fragte ich.

»Alles.« Während ich meine Stiefel auszog und mich aus meinem Overall schälte, fuhr sie fort: »Sie werden hier einschlafen, und wir werden sicherstellen, dass Sie es bequem haben und das Bewusstsein erst zum Zeitpunkt optimaler Erholung wiedererlangen. Sie mögen danach leichte Kopf- und Gliederschmerzen verspüren, aber es wird keine bleibenden und abträglichen körperlichen Nachwirkungen geben.«

Also kleidete ich mich aus und versuchte so unpersönlich zu sein wie alle anderen. Dann streckte ich mich auf dem harten Lager in dem bedrückend engen Raum aus, der nicht mehr als eine Kammer war. Das helle, aber indirekte Licht schien auf mich herab, und mich fröstelte.

Während ich mich noch mit dem Gedanken beschäftigte, auf was ich mich eingelassen hatte, schlief ich ein, zweifellos von Naniten unterstützt. Es gab weder Träume noch Visionen oder Zwangsvorstellungen von Skalpellen …

Mir schien, dass ich nur einen kurzen Schlummer getan hatte, als ich erwachte. Dann sah ich auf einmal rotgoldene Lichtbogen auf schwarzem Grund, und das sprühende Feuerrad. Dies alles erschien und verschwand in einem Wimpernschlag.

Beide Ärzte und Andra standen um mein Lager.

»Was sehen Sie?«, fragte Fionya.

Ich zwinkerte. Was sah ich? Drei Leute, dieselbe Kammer … nur nahmen meine Augen viel mehr Farbe und Tiefe auf. Ich zwinkerte ein drittes Mal. Nichts hatte sich verändert, und doch war alles in einer subtilen Art und Weise verschieden.

»Setzen Sie sich aufrecht, aber langsam«, forderte mich die Frau in Rot auf.

Ich tat es, aber nichts geschah. Der Raum kreiste nicht um mich, ich verspürte kein Schwindelgefühl oder Desorientierung.

»Da war etwas … vorher.«

»Gut.« Sie studierte etwas in ihrer Hand und nickte. »In Ordnung. Wenn Sie nun aufstehen würden … aber halten Sie sich am Tisch fest.«

Ich stand auf, eine Hand auf dem Behandlungstisch.

»Wie fühlen Sie sich?«

Ich überlegte. »Ich habe Schmerzen, überall, aber nur wenig.«

»Das ist zu erwarten. Sie waren drei Tage ohne Bewusstsein.« Fionya warf einen weiteren Blick auf das elektronische Gerät in ihrer Hand.

Drei Tage?

»Für die nächste Woche werden Sie nach einem abgeänderten Fahrplan leben«, sagte Andra. »Jeden Morgen melden Sie sich zur Untersuchung in der medizinischen Abteilung. Dann werden Sie eine kurze Unterweisung bekommen, anschließend eine leichte Trainingsstunde mit Alicia zur körperlichen Ertüchtigung. Wenn Sie sich am Ende der Woche gut fühlen, und es sieht ganz danach aus, kehren Sie zurück zum normalen Ablauf.«

»Alicia? Was ist mit Ileck?«

»Seine Aufgabe ist beendet. Alicia hat ein anderes Übungsprogramm.«

Ich schüttelte den Kopf. Ileck war annähernd zwei Meter groß und sah aus und bewegte sich wie ein Gott aus dem Altertum – durchtrainiert, athletisch, anmutig und schlank. Wer konnte meine Kondition besser wiederherstellen als er?

»Sie haben potenziell größere Fähigkeiten als Ileck«, bemerkte Andra, als hätte sie meine Gedanken gelesen.

Wenn das so war, erklärte es vieles von Ilecks Einstellung, der leidenschaftslosen Nüchternheit und beinahe verschlossenen Sorgfalt. Es musste hart sein, Leute zu trainieren, die erreichen würden, was er nie erreichen konnte. Aber für mich war es noch keine ausgemachte Sache … Bisher hatte ich weder mir noch anderen bewiesen, dass ich etwas Besonderes konnte.

»Sie brauchen jetzt Essen, und dann gehen Sie spazieren, lesen Sie und gewöhnen Sie sich an die Art, wie Sie sich fühlen. Am Morgen werde ich mich bei Ihnen melden.«

Ich ging hinaus in einen kalten und sonnigen Tag, aber trotz der größeren Tiefe meiner Sicht und dem Wissen, dass ich mehr sah, konnte ich keinen großen Unterschied im Sehvermögen feststellen. Vielleicht ertrugen meine Augen die grellen Sonnenreflexe vom Schnee besser, ohne zu zwinkern oder zu tränen.

Cerelle war nicht da, auch nicht in meinem Quartier. Ich wusste es, aber manchmal überwältigt die Hoffnung den gesunden Menschenverstand und das klare Urteil. Ich suchte keine Verbindung. Was für einen Sinn hätte es gehabt? Ich hatte eine Modifikation überlebt, deren Auswirkungen ich noch nicht einmal fühlte.

60

(Runswi: 4520)

Leben wird aus Dunkelheit geboren,
nicht aus Licht.

Als ich am nächsten Morgen aus meinem Zimmer in den Korridor trat, um zum Frühstück zu gehen, blieb ich stehen. Von überall her drang Gemurmel und Geflüster auf mich ein.

… klick … hummmm … klick …

»… versuche Direktor Challed zu erreichen … seinen Anruf erwidern …«

… scrittschhh …

»… spielt keine Rolle, wer kommt … Setzen Sie niemanden neben einen Kandidaten …«

Ich ging hinunter zur Kantine und versuchte die ablenkenden Geräusche nicht weiter zu beachten. Der Essenaufbereiter klickte und klapperte mehr als sonst, bis er ein Käseomelett und Zwieback ausspuckte. Dabei mochte ich nicht einmal an Käse und Eier denken. Das Salz auf dem Omelett hatte einen metallischen Beigeschmack, der Arleentee hatte etwas Rauchiges, das mir bisher nie aufgefallen war.

In der Kantine der Quartiere für Durchreisende war nur eine andere Person, ein Mann in Blau und Grün – ein Direktor oder Administrator der Transportabteilung?

Ein grässliches helles Geräusch ließ mich zusammenzucken, und nur mit Mühe gelang es mir, mich ruhig zu halten. Der Mann hatte nur mit seinem Löffel den Teller leergekratzt, aber das Geräusch war verstärkt an mein Ohr gedrungen. Ich aß das Omelett und den Zwieback, ließ etwas vom Arleentee stehen und eilte aus dem Quartier und den Weg zur medizinischen Abteilung entlang. Hohe, dünne Wolken verschleierten das Blau des Himmels.

Das pfeifende Geräusch des Linearbeschleunigers, der einen Magnetfeld-Raumtransporter startete, bisher so gedämpft, schrillte wie ein Bohrer in meinen Ohren.

Dr. Colbarr sah mich kommen und führte mich wortlos in einen Diagnoseraum mit einem Sammlerschirm. »FANGEN WIR GLEICH MIT DER DIAGNOSE AN.«

Ich verzog das Gesicht, als er sein Diagnosegerät bediente; ein feiner Nebel erschien und strömte auf mich zu. Ich kniff momentan die Augen zusammen, weil ich mich nicht erinnern konnte, jemals zuvor einen solch geisterhaften Dunst gesehen zu haben.

»SIE KÖNNEN SIE JETZT SEHEN – EIN WEITERES TALENT. HABEN SIE BEMERKT, DASS SIE MEHR HÖREN?«

»Alles«, murmelte ich, bemüht, leise zu sprechen. »Warum habe ich gestern nicht alles das gehört?«

»ÜBERGANGSEFFEKT«, sagte er, als wäre damit alles erklärt.

Aber ich konnte es mir denken. Verzögerte Einwirkung von Sinneswahrnehmungen auf die erhöhte Sensitivität …

»PHYSIOLOGISCH SIEHT ALLES GUT AUS.« Er lächelte. »EINES DER BESSEREN PROFILE. SIE SOLLTEN SICH GUT UMSTELLEN.«

Wenn ich mich auf solche Dinge wie das Krächzen und Rasseln menschlicher Stimmen umstellen konnte … und auf das allgegenwärtige Summen von Elektrogeräten überall … und …

»SIE WERDEN DARAN ARBEITEN, DIE SENSITIVITÄT DER WAHRNEHMUNG DEM WILLEN UNTERZUORDNEN. SIE KÖNNEN DAS, MÜSSEN SIE WISSEN. ES IST NUR EINE SACHE DER KONZENTRATION.«

Eine Sache der Konzentration? Ich sah ihn mit hochgezogenen Brauen an.

»STELLEN SIE SICH VOR, ES SEI EIN LAUTSTÄRKEREGLER.«

Seine Stimme hallte noch in meinen Ohren, rumpelte und zischte, obwohl ich merkte, dass er sich bemühte, leise zu sprechen.

»Ich werd's versuchen.« Meine eigene Stimme dröhnte und hallte in meinem Kopf wider, obwohl ich halblaut gesprochen hatte.

»ALICIA WARTET AN DER KONSOLE IM FOYER DES OPERATIONSGEBÄUDES.«

Ganz auf die Idee konzentriert, meine Empfindlichkeit zu verringern, nickte ich.

In meinen Ohren klang es noch immer, als ich mentale Befehle an mich selbst und mein Nervensystem oder die inneren Dämonen und Naniten richtete. Was genau funktionierte, konnte ich nicht feststellen, aber langsam ließ die Überempfindlichkeit etwas nach, bis ich das Operationsgebäude erreichte.

Dort begegnete ich Alicia de Schmidt zum zweiten Mal und genau an dem Platz im Operationsgebäude, wo ich mich nach meiner Rückkehr von der Station Omega Eridani gemeldet hatte. Damals hatten Andra und Cerelle mich in der ungewohnten Erdschwere unter Mühen und Schmerzen gehen lassen, nur um mir etwas zu beweisen. Das hatte ich nicht vergessen.

»Sie sind Tyndel?« Sie war nicht mal so groß wie ich, und ihr Lächeln war einnehmend, obwohl ich es als rein professionell erkannte.

»Ja, Ser.« Ich wollte mir eine wahrscheinlich einflussreiche Spezialistin nicht entfremden, schon gar nicht eine, die wie der Traum eines Halbwüchsigen aussah und die überdies auf einem Finger Handstand machen konnte.

Sie sah mich forschend an. »Kenne ich Sie?«

»Ich sah einmal eine Vorführung, die Sie mit Ihrem Kollegen machten. Dabei wurde ein gewöhnliches Tischmesser durch eine Eichenplatte getrieben, und Sie machten Handstand auf einem Finger.«

»Ach ja … der Dzinmeister.« Sie nickte. »Kommen Sie.« Sie stand auf und marschierte vor mir her durch einen Korridor und um eine Ecke, dann durch eine Tür und eine gebogene Rampe abwärts. Unten folgte sie dem nächsten Korridor an mehreren geschlossenen Türen vorbei zu einer Tür am Ende. Sie öffnete sie und ließ mich vorbei, dass ich vor ihr den riesigen kreisförmigen Raum betreten konnte, dessen Durchmesser mehr als dreißig Meter betrug. Die Wände waren schwarz, ebenso wie der Boden und die Decke, und die kuppelförmig gewölbte Decke schien mindestens dreißig Meter über mir zu sein. Der einzige Gegenstand in dem gesamten Raum war ein sockelartiger Stuhl auf einem Metallpfosten, der aus dem schwarzen Boden ragte.

»Setzen Sie sich«, sagte Alicia und zeigte zu dem Stuhl. Er hatte Armlehnen und eine kleine Konsole besonderer Art auf einer gebogenen Halterung, die wie eine Verlängerung der linken Armlehne aussah. »Schnallen Sie sich an.«

Ich setzte mich und legte die Gurte an. Sie ähnelten denen an Bord des Raumtransporters, der mich von der Orbitalstation nach Runswi befördert hatte.

Sie zeigte auf die Konsole. »Sie sollten jetzt imstande sein, mental mit der Konsole zu arbeiten. Denken Sie an das Einschalten der Energie.«

Ich stellte mir vor, wie Strom in die Konsole floss. Nichts geschah.

»Ein einfacher Befehl ist leichter«, sagte Alicia. »Wie ›Energie‹.«

Die Konsole stand unter Strom, und ich errötete.

»Versuchen Sie es zuerst immer mit der einfachsten Lösung, es sei denn, Sie wissen, dass sie falsch ist. So.« Sie zeigte vor den Stuhl. »Eine imaginäre Linie verläuft vorwärts von der Mitte des Stuhles, die Ihr Bezugspunkt ist. Betrachten Sie diese Linie entweder als null oder dreihundertsechzig Grad. Verschiedene Objekte oder Reizmittel werden im Raum erscheinen. Sie müssen ihre Positionen in Grad angeben und in die Konsole eingeben.« Sie wartete einen Lidschlag, und zu ihren Füßen erschien ein roter Kasten. »Was ist seine Position?«

Dreihundertachtundvierzig Grad. »Dreihundertachtundvierzig Grad.«

»Die Eingabe war anderthalb Sekunden, bevor Sie sie ausgesprochen hatten, in der Konsole. Vertrauen Sie auf Ihren Verstand und Ihre Wahrnehmungen. Sie können sich Verzögerungen dieser Art nicht leisten. Ersparen Sie sich die Mühe des Sprechens.«

Ich schloss den Mund.

»Noch einmal.«

Diesmal war es ein schwarzes Oval.

Siebenundvierzig … achtundvierzig Grad.

»Nur eine Positionsbestimmung«, sagte sie. »Sie müssen schon das erste Mal richtig liegen. Denken Sie auch nicht das Wort *Grad*. Zahlen genügen.«

Zu meiner Rechten erschien eine Sonnenblume, kaum noch in meinem Gesichtsfeld, und ich wandte den Kopf und dachte: *fünfundneunzig Grad.*

»Nur die Zahlen! Und wenden Sie nicht den Kopf. Lernen Sie Ihren Sinnen zu vertrauen, was auf der Seite und hinter Ihnen ist. Sie müssen es tun, ohne den Kopf zu bewegen. Sie können nicht ein ganzes Nadelschiff drehen, um nach einer Singularität Ausschau zu halten. Sie würden es auch nicht wollen, weil Sie es nicht überleben würden.«

Wieder Singularitäten.

»Jetzt haben Sie die Vorstellung. Von nun an werden Sie im Dunkeln arbeiten.« Sie trat zurück und schloss die Tür. Der Raum wurde dunkel, und der Pfosten stieg aus dem Boden und trug mich mit dem Stuhl aufwärts. Ein leichter Luftstrom bestätigte, dass der Boden abgesenkt worden war, sodass ich mich in der Mitte einer Hohlkugel befand. Über mir leuchtete ein Pfeil auf.

Zweiundneunzig.

Er verschwand. Ich befeuchtete meine Lippen.

Von oben fiel ein leuchtender gelber Würfel herab.

Einundsiebzig.

Dem Würfel folgte ein üppig grüner Busch, der aus der Seite der Hohlkugel spross.

»Schneller, Tyndel!« Alicias Stimme war sowohl gesprochen als auch irgendwie in meinem Kopf.

Irgendwo hinter mir glühte etwas auf. Ich riet.

Eins-achtundsiebzig …

Es krachte und zischte! Etwas zwischen einem elektrischen Schlag und einem Fußtritt fuhr durch meinen ganzen Körper.

»Nicht raten!«, sagte Alicia. »Gebrauchen Sie Ihre Wahrnehmungen!«

Die Objekte erschienen überall – oben, unten, hinter, unter mir –, bis ich die Übersicht verlor, wie viele es waren, und ihre Positionen automatisch meldete.

Viel später, wie es schien, senkte der Stuhl mich zum Boden ab, der wieder flach wie ein normaler Fußboden war. Die Lichter gingen an. Ich wischte mir die Stirn. Ich war schweißüberströmt und hatte es nicht einmal gemerkt.

Alicia öffnete die Tür und kam auf mich zu. Drei Meter vor mir blieb sie stehen. *Zweihundertdreiundneunzig.*

»Das ist genug für heute. Morgen werden wir mit den ersten mehrfachen Positionen und anderen Reizmitteln anfangen.«

Anderen Reizmitteln? Ich hatte das Gefühl, dass Alicias Training mir noch weniger gefallen würde als das Ilecks.

»Vergessen Sie nicht, dass Sie nach dieser Woche mit den körperlichen Konditionsübungen weitermachen müssen. Ileck wird nicht da sein, Sie anzutreiben, aber ich werde es wissen, wenn Sie die Übungen nicht gemacht oder vernachlässigt haben. Es wird hier erscheinen.«

Daran zweifelte ich nicht. Ich schnallte die Gurte auf, die ebenfalls feucht geworden waren, und erhob mich vom Stuhl.

»Ich würde vorschlagen, dass Sie langsam zur Rampe hinaufgehen, bis Sie trocken geworden sind, und dann einen langen, ruhigen Spaziergang unternehmen, wo keine Leute sind. Das hilft.«

Ich schwitzte und war voller Sorge, Anspannung und wahrscheinlich Angst, selbst wenn ich nicht genau wusste, warum – außer dass mir bewusst war, dass dies alles mit meinem eigenen zukünftigen Überleben zu tun hatte, dass es sich um eine Ausbildung mit symbolischen Analogien handelte. Die Analogien verkörperten Gefahren. Das war mir vollkommen klar.

Alicias Abschiedsworte waren: »Vergessen Sie nicht, viel zu trinken.«

Als ich langsam die gebogene Rampe hinaufging, konnte ich nicht umhin, wieder über Cerelles verborgene Hilfe nachzudenken. Ich bezweifelte, dass ich Alicia so ernst genommen hätte, wenn Cerelle damals vor Jahren nicht die Vorführung durch Tomas und Alicia inszeniert hätte. Ich hätte es mir gern anders gedacht, aber es musste so gewesen sein.

Wieder war ich Cerelle etwas schuldig.

61

(Runswi: 4520)

Bewegung ist Illusion, ebenso Stillstand.

An jedem der nächsten vier Tage nach meiner medizinischen Durchleuchtung hatte Alicia immer größere Genauigkeit in der Positionsbestimmung projizierter Objekte im pechschwarzen, kugelförmigen Übungsraum verlangt. Dann, nachdem Dr. Fionya die letzte Untersuchung durchgeführt und mich für geeignet erklärt hatte, alles zu bestehen, was mich erwartete, hatte Alicia die Forderung nach der Bestimmung vertikaler Koordinaten hinzugefügt. Ich wusste, dass noch etwas kommen würde, als ich in den Trainingsraum des Operationsgebäudes ging.

Alicia lächelte. »Nur zu, setzen Sie sich, Tyndel.« Schon bei ihren Worten dämmerte es im Raum, der rasch das trübe Halbdunkel einer fensterlosen Kaverne annahm. Ich fühlte die Energieströme, die von ihr zu den Steuerungselementen flossen. Es war die gleiche Art von Verbindung, die ich mit der Konsole erlangte, und sogar mit der Konsole in meinem Raum.

Nachdem ich mich angeschnallt hatte, wartete ich auf dem Stuhl, der einen Pilotensitz imitierte, obwohl ich wusste, dass der anders konstruiert war.

Alicia war ein schwach beleuchtetes Bild in der trüben Dunkelheit. »Heute werden wir bewegliche Koordinaten hinzufügen. Sie müssen beurteilen, wo und wie schnell die projizierten Objekte Ihre Bezugslinie null kreuzen werden. Sie müssen dazu die Position angeben und beurteilen, wie lange es bis zum Zusammentreffen mit ihnen oder der Nulllinie dauern wird.«

»Eins oder das andere?«

»Im Überraum gibt es einige Dinge, durch die Sie Ihr Schiff nicht würden führen wollen, aber was Sie zu ihrer Vermeidung tun können, hängt davon ab, wie viel Zeit Sie haben.«

Ihr Bild erlosch, und der Stuhl hob sich. Ich schluckte, versuchte entspannt zu bleiben und alle sensorischen Eingaben anzunehmen, die mein neural verbesserter Körper sammeln konnte.

Ein schwarzes Objekt wie ein Speer zog in einem langsamen Bogen auf mich zu.

Einundachtzig plus neununddreißig, eins, drei.

Eine Wand erschien gerade voraus, unbeweglich aber von anwachsender Größe.

Null …

Sie beschleunigte.

Komma zwei, fügte ich schnell hinzu.

»Objekte von vorn sind täuschend.« Alicias Bemerkung hielt das System nicht davon ab, unmittelbar vor mir eine Pyramide zu errichten.

»Ooooh …« Der Stoß, der meinen Körper durchfuhr, war schlimmer als das, was Ileck in den schwarzen Wassern des Schwimmbeckens verwendet hatte.

»Sie haben eben Ihr Schiff und Ihr Leben verloren, Tyndel.«

Ohne auf die Irritation in ihrer Stimme und meine schockgelähmten Synapsen zu achten, versuchte ich mit allen Sinnen, Position, Richtung und Geschwindigkeit des Würfels festzustellen, der rasch von hinten auf mich zu kam.

Einhundertneunundsiebzig, null, fünf.

»Besser.«

Eine Scheibe schwoll an – rot, dann weißglühend und heiß genug, dass es sich anfühlte, als würde sie Blasen auf meiner Haut ziehen.

Dreihundertvierundvierzig, minus zwanzig, eins, drei.

Eine Traube aus kugelförmigen Gebilden wie Orangen kam mit starker Beschleunigung schräg von vorn auf mich zu, begleitet von der eisigen Kälte des Raumes und dem misstönenden Brüllen einer Orgel mit allen Registern, aber zu schnell für die technischen Möglichkeiten einer Orgel.

Dreiundvierzig, minus zwanzig, fünf, zwei.

Die Objekte näherten sich weiter, aber kurz darauf gingen die Lichter wieder an, und Alicia erschien. »Das ist alles für heute.«

Wieder war ich vom Schweiß durchnässt, als ich die Gurte losschnallte. Alicia hatte die Spannung nicht erzeugt. Ich hatte es selbst getan, unfähig, die Bedeutung dessen, was ich zu meistern suchte, einfach zu ignorieren. Es war klar, dass Alicias Ausbildung viel mehr als eine Serie von Routineübungen war.

»Wie lang werden diese Übungen noch dauern?«

»Sobald Sie mit Genauigkeit die künftigen Positionen beweglicher Objekte voraussagen können, werden wir mit Ihrem Reaktionstraining beginnen. Die tatsächliche Geschwindigkeit variiert im Überraum so sehr, das selbst der Versuch einer Messung nutzlos ist. Für Sie geht es nur um die relativen Bewegungen und die Manövrierzeit, die Sie haben, um Kollisionen zu vermeiden. Sie werden das besser verstehen, wenn die Zeit der praktischen Erprobung kommt.« Sie trat zurück, dann wandte sie sich wieder nach mir um. »Ich vergaß Ihnen zu sagen, dass Tomas Sie nach Ihrem Training um fünfzehn Uhr in der Turnhalle erwarten wird. Sie werden auch seine Ausbildung brauchen.«

Ich nahm es mit einem Kopfnicken zur Kenntnis. Als ich aufstand, war sie schon fort, so schnell und lautlos, als wäre sie nie da gewesen.

Als ich das Operationsgebäude verließ, fiel ein kalter Nieselregen aus den dichten grauen Wolken, die vom Nördlichen Ozean hereingezogen waren. Luft und Regen waren hinlänglich über dem Gefrierpunkt, dass die zehn Zentimeter Schnee, die in den ersten Tagen der Woche gefallen waren, zu schmelzen begannen. Wasser rann neben dem erhöhten, gedeckten Fußweg. Ein schwacher Geruch modernder Blätter wurde vom Tauwetter freigesetzt.

Zwei Männer in den braunen Overalls von Haustechnikern gingen vorbei, und ich erweiterte mein Gehör, als sie hinter mir waren.

»... dass dieser Kandidat noch hier ist ...«

»... ihn schwimmen gesehen? Oder im Raum mit den Gewichten?«

»Was die bloß tun ... so viel Training brauchen?«

»Weiß nicht, aber ich möchte es nicht.«

»Für mich wäre das auch nichts …«

»Aber du würdest scharf auf die Frauen sein, Jorch.«

»Nicht um diesen Preis.«

Ich musste lächeln, aber es hatte keinen Bestand. Manche Leute waren nicht so eifersüchtig wie jene, die ich mit Aleyisha in der Kantine erlebt hatte. Als ich die Umkleideräume erreichte, empfand ich die feuchte Kälte beinahe als angenehm.

Nach dem Lauftraining und der Arbeit mit den Hanteln war das Schwimmen willkommen, besonders nach der nervenaufreibenden Arbeit im Simulator. Alle Übungen, so anstrengend sie waren, verschafften mir ein Gefühl von Wohlbefinden und beseitigten die Spannungen, die nach den Bewegungsbestimmungen und dem Wahrnehmungstraining mit symbolischen Analogien in meinem Körper geblieben waren.

Nach dem Schwimmen ging ich zurück zur Turnhalle. Dort unterhielt sich Tomas mit gymnastischen Übungen auf den Matten. Erst im Näherkommen sah ich, dass er mit zwei scharfen Klingen jonglierte, während er aus dem Stand Saltos vorwärts und rückwärts machte und jedes Mal sprungbereit auf den Füßen landete, bis er beide Messer in rascher Folge auf eine kleine Zielscheibe an der Wand warf. Beide trafen sie genau in die Mitte.

»Sehr eindrucksvoll«, sagte ich.

»So soll es sein.« Er lächelte, und seine weißen Zähne kontrastierten wirkungsvoll mit seiner olivfarbenen Gesichtshaut. Seine Augen waren von einem hellen Braun und wirkten in einer Weise ausgewaschen, die mir verriet, dass er weit mehr gesehen hatte, als seine jugendliche Erscheinung erkennen ließ. »Es ist auch erheiternd und eine Herausforderung, mehr Elemente hinzuzufügen.«

»Alicia schickt mich. Sie sagte, ich solle noch bei Ihnen trainieren. Einzelheiten nannte sie nicht.«

»Was ich Ihnen beibringen kann, brauchen Sie nicht,

um Pilot zu werden. Aber Sie können es brauchen, um einer zu bleiben. Wenn Sie hier fertig sind, werden Sie eine optimale Kondition haben. Die können Sie in einer schwerelosen Orbitalstation nicht behalten. Das bedeutet, dass Sie jedes Mal, wenn Sie ein Ziel erreichen, die betreffende Kolonie aufsuchen und dort Aufenthalt nehmen, mindestens aber übernachten. Unter den Einheimischen sind manche nicht gut auf die verweichlichten, aber oft anmaßenden und überheblichen Leute aus Rykasha zu sprechen – schließlich sind sie ebenfalls durch Naniten modifiziert. Aber es darf niemals eine erfolgreiche Aggression gegen einen Piloten geben. Weil der Ausfall eines Piloten fatale Folgen hätte.« Tomas lächelte selbstzufrieden. »Mit den neuen Modifikationen sollten Sie in der Lage sein, die meisten Schwierigkeiten zu vermeiden. Mein Training ist darauf abgestellt, dass auch andere Situationen kein Problem für Sie sein sollten.«

Er reichte mir eine weiße Augenbinde.

»Mehr Herumtappen im Dunkeln?«

»Nein. Die Binde soll Ihre Augen vor dem grellen Licht schützen. Jeder, der nanitenverstärkt ist, kann in normaler Dunkelheit Gehör und Sehvermögen verstärken. Bei intensiver Hitze und grellem Licht ist es schwieriger.« Er schenkte mir ein träges Lächeln, dem ich misstraute. »Sie werden sehen.«

Von irgendwo brachte er einen hölzernen Stab zum Vorschein, dann einen zweiten, den er mir hinstreckte. »Sie werden niemals eine Waffe gebrauchen müssen, aber dies ist für den Anfang einfacher. Legen Sie die Binde an.«

Nachdem ich ihn zweimal in Aktion gesehen hatte, zweifelte ich nicht daran. Sobald die Augenbinde angelegt war und ich den Stab locker in der Rechten hielt, fühlte ich Hitze und ein blendendes Licht, das sogar durch die Binde in meine Augen stach.

»Ich werde Sie in unbestimmten Abständen leicht antippen und möchte, dass Sie sich drauf konzentrieren, außer ihren Augen ihre anderen Sinne einzusetzen, um herauszufinden, wo ich bin. Versuchen Sie also zu fühlen, wo ich zu jedem Zeitpunkt stehe.«

»Ja, Ser.«

Er lachte. »Tomas genügt.« Er tippte mit seinem Stab auf meine linke Schulter, und ich versuchte mir ein sensorisches Bild von seinem Standort zu machen.

Die nächste Berührung traf meine rechte Hüfte. Ich konnte nichts hören als sein Atmen. Woher kam es? Sein Stab berührte mein linkes Schienbein.

»Können Sie mich fühlen?«

Mithilfe der Stimme ortete ich ihn sofort. Er stand eineinhalb Meter schräg links von mir.

Eine weitere Berührung traf die Rückseite meines rechten Oberarms.

Ich konzentrierte mich. *Nullkommaneun Meter, hinten rechts.*

Der nächste Treffer war härter als ein bloßes Antippen und fand mein linkes Schulterblatt. *Ein Meter zehn, links rückwärts.*

»Nun versuchen Sie, Front gegen mich zu machen, während ich mich bewege. Wenn Sie mir nicht folgen, werde ich Sie härter berühren.«

Die erste Berührung traf den Stab in meiner Hand, und mit den Vibrationen konnte ich mich Tomas zuwenden, aber seine Gegenwart verblasste, verlor sich in der Hitze und dem grellen Licht, das auf mich herabschien. Ich fing Schweißgeruch auf, der nicht mir gehörte, konnte ihn aber nicht lokalisieren.

Ein leichter Schlag traf den Rücken meines linken Handgelenks.

Zu viele Schläge trafen, trotz meiner wiederholten Erfolge, Tomas vor mir zu halten, denn allzu oft gelang es mir nicht, seine Richtungsänderungen zu fühlen.

»Das reicht«, sagte Tomas. Das Licht verblasste. »Sie können die Augenbinde abnehmen.«

Ich zog die feuchte weiße Binde über den Kopf, sah Tomas vor mir stehen. Sein Gesicht war feucht, ein wenig verschwitzt. Mein Overall war wieder einmal durchgeschwitzt, und ich war angespannt und frustriert.

»Allmählich bekommen Sie das Gefühl dafür. Das Lernen der Körpersignale ist schwierig. Die meisten kommen über schärferes Sehvermögen und besseres Gehör nicht hinaus. Morgen sehen wir uns wieder.«

Er hob seine Wurfmesser auf und begann mit geschlossenen Augen zu jonglieren.

Ich hoffte, dass er Recht hatte. Als ich die Turnhalle verließ, hatte ich überall am Körper kleine rote Stellen, die früher einmal blaue Flecken gewesen wären – und es wieder sein würden, wenn ich nicht schneller lernte.

62

(Lyncol: 4520)

Visionen werden geboren und sterben in denen, die sie erblicken.

Cerelle wartete auf dem Bahnsteig, als ich in den Tiefen unter Lyncol aus dem Gleiter stieg. Statt eines Overalls trug sie blaue Hosen und eine seidig schimmernde weiße Bluse unter einem hellgrauen Mantel, der aus Wolle zu sein schien.

»Es ist schön, Sie zu sehen.« Ich konnte nicht umhin zu lächeln, als ich sie sah. Die Handvoll anderer Passagiere drückte sich an uns vorbei und zur Treppe.

Sie antwortete mit einem Lächeln.

»Es ist das erste Mal, dass ich Sie in etwas anderem als

einem offiziellen Anzug sehe.« Ich nahm den Seesack in die Linke, und zusammen stiegen wir die Stufen aus poliertem Granit hinauf.

»Für alles muss es ein erstes Mal geben.« Sie sah mich von der Seite an. »Haben Sie Hunger?«

»Ich bin hungrig, seit ich nach Rykasha kam. Wohin gehen wir?«

»Mir geht es ähnlich. Zur Schönen Aussicht ist es nicht weit, und es war nicht voll, als ich vorbeiging.«

»Einverstanden.«

Oben öffnete ich die Tür, und wir traten hinaus in einen kalten, sonnigen Tag. Keine Spur von Wolken war am hellblauen Himmel. Der Regen, der in Runswi gefallen war, war in Lyncol Schnee gewesen, und die aufgeschütteten Wälle zu beiden Seiten des Weges reichten mir über den Kopf, als wir hügelab gingen und dann die nächste Anhöhe zur Schönen Aussicht ansteuerten. In der leichten Brise wehte feiner, pulvriger Schnee über die angehäuften Schneewälle und auf den Weg, wo er auf den von der Sonne etwas erwärmten Steinen schmolz. Die Wipfel der Kiefern bewegten sich leicht, und feiner Schnee rieselte durch die Zweige herab.

Am Ziel angelangt, hielt Cerelle mir die Tür auf. »Mehr Gäste als vorhin.«

Die Tische an den breiten, gebogenen Aussichtsfenstern waren besetzt, und wir fanden Plätze am südlichen Ende der gläsernen Panoramafront. Cerelles Gesicht war blass.

»Sie brauchen etwas zu essen«, sagte ich. »Holen Sie es. Ich halte den Tisch besetzt.«

»Lassen Sie einfach Ihre Jacke zurück. Niemand wird sie nehmen.«

Angesichts der Ehrlichkeit, erzwungen oder nicht, welche die Rykashaner auszeichnete, hatte sie Recht. Aber ich hätte es in Dorcha genauso machen können. Stirnrunzelnd folgte ich ihr. Waren wir genetisch mit einem gewissen Misstrauen programmiert, das immer wieder durchschlug, wenn wir nicht nachdachten? Oder war es einfach eine Frucht unserer Lebenserfahrung? Ich war mir nicht sicher, ob ich es wissen wollte.

Cerelle belud schon ihr Tablett, während ich noch die nicht allzu umfangreiche Speisekarte studierte. Schließlich entschied ich mich für Hühnerfrikassee mit Weißweinsoße, Wildreis und Trüffeln. Dazu gab es gemischten Salat.

Cerelle wartete, als ich zum Tisch zurückkehrte. »Essen Sie«, sagte ich, »bevor Sie umfallen.«

Sie lächelte blass und hob die Gabel. Ich nahm einen Schluck vom unvermeidlichen Arleentee und blickte zum Fenster hinaus. Die Hügel der verschneiten Sträucher um den gefrorenen und schneebedeckten See sahen niedriger aus, bis mir klar wurde, dass der windverwehte Schnee alle Vertiefungen ausgefüllt hatte. Kleine Wirbel jagten einander in der auffrischenden Brise über die Schneefläche. Die Hitze vom offenen Kaminfeuer wärmte meine rechte Schulter.

Nach mehreren Bissen von ihrem gerösteten Lammbraten blickte Cerelle auf. »Wie kommen Sie voran?«

»Planmäßig, denke ich. Wäre es nicht so, hätte man mir einen Hinweis gegeben.« Ich aß von meinem Frikassee und nahm ein Stück hartes Knäckebrot mit eingebackenen Sesamkörnchen.

»Sie lernen. Ich sagte Ihnen, dass Sie der Sache gewachsen sein würden.«

»Es macht Ihnen nichts aus, dass ich für ein paar Stunden gekommen bin?« Draußen fegte der zunehmende Wind feinen Pulverschnee gegen die Fensterfront.

»Es ist besser als nichts.« Ihr Gesicht blieb nüchtern, aber in ihren Augen war ein Lächeln, das ich bei früheren Anlässen nicht gesehen hatte.

»Ich bin froh, dass Sie so denken.«

»Sie waren derjenige, der draußen in der Station nicht so dachte«, erinnerte sie mich.

Ich machte eine schuldbewusste Miene.

»Ich kann vergeben, aber ich vergesse nicht.« Sie milderte die Worte mit einem halben Lächeln.

»Daran muss ich denken.«

»Sie haben ein paar Schwielen. Da ist eine an Ihrem Hals.«

»Ihr Freund Tomas hat mein körperliches Training übernommen.«

Sie verzog das Gesicht. »Tut mir Leid.«

Es tat ihr wirklich Leid. Ihre Stimme und die Spannung dahinter waren ein sicherer Hinweis darauf. »Ich würde wahrscheinlich Dutzende von Jahren brauchen, um seine Übung und Geschicklichkeit zu erreichen. Wo ist es für Piloten so gefährlich, und warum hat man mich ausgewählt? Weil ich so schwierig und störrisch war und niemandem etwas schulde?«

Sie schüttelte den Kopf. »Das ist es nicht – Ihre Schulden sind nicht hoch. Die Leute hier in Rykasha sind ehrlich. Sie haben drei Jahre von fünfzehn abgearbeitet. Etwas weniger als fünfzehn für die Außenstation. Also bleiben Ihnen noch sechs oder sieben Jahre, die Sie mit der Rate eines Nadeljockeys sehr viel schneller getilgt haben werden. Ihre Ausbildung wird auch nicht angerechnet, während es in einigen anderen Berufen der Fall ist.« Sie trank den Rest der bernsteinfarbenen Flüssigkeit in dem hohen Becherglas.

»Warum nicht die Pilotenausbildung?«

»Weil der Beruf nicht anderswo ausgeübt werden kann. Ein Arzt oder Ingenieur könnte in eine der Kolonien auswandern, die jetzt freie Staaten sind, und dort aufgrund seiner Ausbildung ein höheres Einkommen erzielen. Außer der Autorität kann sich aber niemand den Unterhalt eines Liniendienstes mit Nadelschiffen leisten.«

»Um den privilegierten Lebensstandard eines Piloten zu genießen, muss ich also für die Autorität arbeiten.«

Ich schüttelte den Kopf. »Vorausgesetzt, ich bringe es so weit.«

»Sie werden. Das ist jetzt so gut wie sicher.«

Ich stand auf. »Ich hole mir noch Tee. Möchten Sie etwas? Was haben Sie getrunken?«

»Kienralle.«

Davon hatte ich nie gehört, aber ich nickte mit der Hoffnung, dass es auf der Karte stehen würde. So war es, und ich kehrte mit meinem Tee und einem zweiten beschlagenen Glas zurück, das ich ihr reichte.

»Danke.«

Der Arleentee schmeckte genauso wie letztes Mal, und das störte mich. Warum? Weil der Tee von Aufguss zu Aufguss variierte? Warum war es mir früher nicht aufgefallen? Weil ich mehr zu denken gehabt hatte als über die Stärke und Beschaffenheit des Tees?

»Sie sind nachdenklich«, sagte sie.

»Ich dachte daran, dass alles aus einem Essenaufbereiter gleich schmeckt. Es mag ausgezeichnet sein, aber es schmeckt ähnlich.«

»Richtiges Kochen kommt nie aus der Mode.«

»Kochen Sie?«

»Sie?«, konterte sie.

»Etwas. Aber schon seit Jahren nicht mehr.«

»In Dorcha kochen Männer nicht?«

»Einige tun es, die meisten nicht.«

»In Dezret ist es das Gleiche. Dieses alte Muster der Rollenverteilung begann sich zu ändern, als die Verwüstung über die Welt kam, aber in allen Mitenkulturen brachte die Stabilisierung das Wiederaufleben der gleichen alten Rollenverteilung unter den Geschlechtern.«

»Wie ist es hier?«

»Mehr Männer kochen, aber nicht viele, weil es die Aufbereiter gibt.« Cerelle lachte. »Was würden Sie gern als Nächstes tun?«

Als ich sie in Weiß und Grau und Blau betrachtete, kam

mir zum ersten Mal in den Sinn, dass ich sie gern umarmt hätte.

Cerelle errötete. Die Röte stieg aus dem offenen Kragen ihrer Bluse und bedeckte ihr sommersprossiges Gesicht. »Außer dem.«

Nun errötete ich, wie ich es seit meiner Zeit als Schüler Manvarrs in Henvor nicht getan hatte. »Zeigen Sie mir etwas, das ich in Lyncol noch nicht gesehen habe. Etwas landschaftlich Schönes«, fügte ich eilig hinzu, um darauf nur noch mehr zu erröten. »Draußen, Gebäude oder Bäume ...«

»Das kann ich tun.« Sie errötete ebenso wie ich.

Wir mussten beide lachen.

Schließlich sagte sie: »Ich weiß, was Sie gern sehen würden.« Sie stand auf. »Etwas sehr Altes.«

»Etwas Altes? In Rykasha?« Ich nahm meine Jacke und folgte ihr. Draußen auf dem Weg zurück von der Schönen Aussicht überschüttete uns eine feine Schneewolke von einer der Kiefern, deren Äste über dem Weg hingen, und Cerelle beschleunigte ihren Schritt. »Wir haben nicht viel Zeit, nicht dafür.«

»Wofür?«

»Was ich Ihnen zeigen werde.«

Ich sah ihr Gesicht nicht, hörte aber heraus, dass sie lächelte. Wir passierten die Quartiere für Durchreisende, wo ich gewohnt hatte, und dann weitere namenlose Gebäude. Sie ging den mit rötlichem Stein gepflasterten Weg zum vierten Gebäude, das man halb in einen Hang hineingebaut hatte, der im Sommer wahrscheinlich eine Wiese war. Jetzt war alles tief verschneit und unter Schneewehen begraben.

»Was für ein Gebäude ist dies?«, fragte ich im breiten, indirekt beleuchteten Korridor.

Cerelle machte Halt vor einer Tür mit einer Miniaturkonsole. »Die Transportzentrale.« Sie öffnete, und wir betraten einen schmalen Raum, der lange, einteilige Anzüge enthielt, ähnlich den Raumanzügen, die wir außerhalb der Station Omega Eridani bei Reparaturen getragen hatten, nur waren diese grün statt silbrig. Sie reichte mir einen. »Diese sind für Notfälle.«

Dann ging es wieder hinaus und den Korridor entlang. Schließlich gelangten wir in eine Reparatur- und Wartungshalle, wo ein halbes Dutzend silbergrüne Fahrzeuge auf einem grauen Kompositboden standen. Sie ähnelten Gleitern, und als wir auf das nächste Fahrzeug zugingen, sah ich, dass es auf Laufketten stand, die um Zahnräder liefen, eine Konstruktion, die eindeutig antik aussah.

»Das sind Raupengleiter. Wir verwenden sie in den Bergen. Manche von uns haben ein eigenes Fahrzeug.«

»Wir fahren in die Berge?« Ich überlegte, wozu sie einen eigenen Raupengleiter hatte, mochte aber nicht fragen.

»Wir sind bereits in den Bergen. Wir fahren bloß höher hinauf.« Sie berührte ein Tastfeld an der Seite des Gleiters. »Nehmen Sie den Sitz auf der anderen Seite und legen Sie Ihren Anzug auf den Rücksitz.«

Statt durch eine Tür oder ein Portal direkt hinauszufahren, lenkte Cerelle den Gleiter zu einem Tunnel an der Nordseite des Gebäudes und fuhr hinein. »Wir hätten die längere Strecke nehmen können, wenn Sie mehr Zeit gehabt hätten, aber der letzte Teil ist der, den Sie sehen sollten.«

»Was werde ich sehen? Außer einem Tunnel?«

»Lassen Sie sich überraschen.«

Da ich keine direkte Antwort bekommen würde, betrachtete ich die außerhalb der transparenten Haube des Gleiters vorüberhuschenden Tunnelwände, aber sie verschwammen im grüngrauen Dunst hinter den niedrig angebrachten Scheinwerfern des Raupengleiters. Cerelle konzentrierte sich auf die Steuerung, ohne mir einen Seitenblick zu gönnen. Also machte ich es mir in dem gepolsterten Sitz mit der hohen Lehne bequem und betrachtete das Armaturenbrett vor Cerelle. Soweit ich sehen konnte, war die Bedienung des Raupengleiters ziemlich einfach. Es gab eine Anzahl Bedienungstasten, ein Pedal zur Beschleunigung, das Steuer, dessen Ausschlag nach links oder rechts wahrscheinlich die betreffende Gleiskette schneller oder langsamer laufen ließ, und vier Messgeräte, eines für Energie, zwei für verschiedene Temperaturmessungen und eins mit der Aufschrift »Trac«.

Eine Serie roter Lichter erschien vor uns, blinkte aus der Dunkelheit und schien das Ende des Tunnels zu blockieren. Cerelle drückte auf eine der Tasten, und die Lichter erloschen. Gleichzeitig öffnete sich das Portal des Tunnels auf eine Schneelandschaft. Vor uns führten verwehte rinnenartige Vertiefungen in den Schnee hinaus, und ich sah daran, dass der jüngste Schneefall eine Art Wegspur bedeckte, die anscheinend öfter von Raupengleitern befahren wurde.

»Wir sind jetzt nordöstlich von Lyncol«, verkündete Cerelle und berührte mehrere Knöpfe unter der »Trac«-Anzeige. Ein hohes, nur leise hörbares Winseln setzte ein, als der Raupengleiter der verschneiten Fahrspur in den Wald folgte, zuerst zwischen den kahlen Eichen und Ahornen, und gelegentlichen Kiefern und Fichten. Der Fahrweg war nicht viel breiter als die zwei Meter des Raupengleiters.

Außer der Doppelspur, die unsere Raupen hinterließen, gab es keine anderen frischen Spuren im Schnee. Wir fuhren weniger als einen Kilometer, bis die laubabwerfenden Bäume ganz den weiß verhüllten Nadelbäumen Platz machten. So ruhig der Raupengleiter durch den Schnee fuhr, wirbelte er doch eine gewaltige Schneewolke hinter uns auf. Die beinahe vollkommene Stille und der Schnee erzeugten ein Gefühl von Unwirklichkeit, beinahe so, als sähe ich den Schnee und die Bäume und die verschneiten Gipfel jenseits davon auf einem Bildschirm, statt durch das Glas der Haube.

»Schön …«, murmelte ich.

»So ist es. Man kann sich daran erfreuen, aber es ist nicht alles.« Sie lächelte, aber ihr Blick blieb auf die Instrumente und den verschneiten Fahrweg konzentriert.

Ich bezweifle, dass ich jemals in einem Winterfahrzeug gefahren war, das sich so schnell und ruhig ohne Schienen oder Führungselemente bewegte.

»Lernt man dies im Patrouillendienst?«

Sie nickte. »Es gehört dazu. Im Westen ist der Einsatz der Raupengleiter noch unentbehrlicher. Es gibt mehr Territorium zu überwachen. Die Entfernungen sind groß.«

Nach einer halben Stunde, als die Strecke steiler anstieg und der Wald lichter zu werden begann, fragte ich wieder: »Wohin fahren wir?«

»Auf eine andere Spur.«

Spur? Als ich noch darüber nachdachte, lenkte sie den Raupengleiter in eine Biegung und auf einen Kamm, der kaum zehn und an manchen Stellen eher fünf Meter breit war. Mit seinem leisen Winseln folgte der Raupengleiter dem gewundenen und ansteigenden, aber durch die Schneeauflage erstaunlich ebenen Weg.

Von irgendwo blies ein plötzlicher Seitenwind eine Schneewolke über uns, und das ganze Fahrzeug erschauerte.

»Es gab einmal eine alte Straße, aber nicht auf diesem Kamm. Im Sommer fuhren sie ihre Tankwagen hier herauf. Damals war es kälter.« Cerelle bediente die Instrumente, und unsere Fahrt verlangsamte sich; der Raupengleiter schien tiefer in den Schnee zu sinken.

Kälter? Ich blickte in den Nachmittag, zu den Felsen und dem Pulverschnee, der hierhin und dorthin geweht wurde. Kälter? Der Wind stöhnte. Der Raupengleiter erbebte, und mehr Schnee fegte über die Haube.

Weiter voraus auf dem Kamm des Höhenzuges war ein Schimmern zu sehen. Schnee flog in langen Fahnen über die Hänge und hüllte es ein, aber wenn der Wind ein wenig nachließ, wurde das Schimmern wieder sichtbar.

»Wir sind gleich dort«, verkündete Cerelle.

»Wo?«

»Am höchsten Punkt östlich von Dezret. Die Stürme hier oben erreichen manchmal Geschwindigkeiten von mehr als zweihundert Kilometern pro Stunde.«

»Und wir sind in einem Raupengleiter hier?«

»Heute herrscht nur gewöhnlicher Wind von ungefähr vierzig Kilometern.« Cerelle verlangsamte weiter, als wir uns dem Gipfel des Höhenzuges näherten. »Die Stabilisatoren werden ohne weiteres mit Windböen von hundert Stundenkilometern fertig.«

Waren wir auf dem gefürchteten Dämonengipfel, wo der Sturmwind Menschen zerriss? Wo Menschen in wenigen Augenblicken erfrieren konnten?

»Dort.« Meine Fahrerin brachte den Raupengleiter neben einem leuchtenden goldenen Dunst zum Halten und drehte das Fahrzeug seitwärts auf eine ebene Schneefläche von ungefähr dreißig Quadratmetern – genau dreißig Quadratmetern.

Über uns und hinter dem schimmernden Schild war ein Gebäude, ein altes Gebäude. Mächtige Ketten, jedes Glied einen halben Meter lang oder noch länger, erhoben sich aus dem Fels unter dem angewehten Schnee. Die Kettenglieder waren rötlich braun vom Rost der Jahrhunderte, vielleicht Jahrtausende, aber noch immer massiv. Es gab vier Ketten, eine für jede Ecke des Gebäudes, und alle vier gingen durch den Schild – eine Art Kraftfeld, vielleicht nanitenverstärkt – und führten auf dem Dach des Gebäudes zusammen. Dieses Gebäude aus massiven, behauenen Blöcken, dessen Umrisse durch den Schild verschwommen wirkten, war an den Gipfel gekettet. Die kolossalen eisernen Ketten, dachte ich bei mir, waren wie die Alten selbst: sie versuchten die Welt und das Universum selbst durch rohe Gewalt zu bezwingen.

Ich konnte den Blick nicht abwenden, obwohl es nicht viel mehr zu sehen gab als ein undeutliches Gebäude, eine Nanitenabschirmung, massive Ketten, Fels und Schnee.

»Es ist etwas daran, nicht wahr? Man kann es nur nicht richtig beschreiben.«

»Ja.« Aber wie Cerelle konnte ich nicht genau sagen, was es war. Mein Blick ging nach Westen, wo aufgerissene Wolken schnell auf uns zu jagten und niedrigere Höhenzüge sich unter dem Grau des aufziehenden Sturmes duckten.

»Wir kehren besser um.«

Ich nickte, und Cerelle wendete den Raupengleiter und ließ mich eine Weile mit meinen Gedanken allein.

Windböen bedeckten die Haube mit wirbelndem Schnee, und das Fahrzeug bekam mehr als ein paar besorgniserregende Windstöße ab, bevor wir wieder unter die Baumgrenze kamen. Zwischen den Fichten und dem trüben Dämmerlicht, das Schatten gewesen wäre, hätten die Wolken nicht die Nachmittagssonne verdeckt, holte Cerelle tief Atem.

»Ein wenig knapp, wie?«

»Ein wenig«, gab sie zu. »Aber ich wusste nicht, wann Sie wieder eine Gelegenheit finden würden.«

»Mir hat die Fahrt und die Landschaft sehr gefallen.«

»Das dachte ich mir. Ein Werktag im Winter ist die einzige Zeit, in der man dort hinauffahren kann, ohne einen Haufen Leute anzutreffen.« Sie lächelte, ohne den Blick von der Spur zu nehmen. »Eine weitere gute Sache ist, dass ich den Treibstoff für den Gleiter als dienstlichen Aufwand abrechnen kann, weil ich Ihre Indoktrination nie beendet habe.«

Das machte mich stutzig. »Sie hätten selbst dafür bezahlt?«

»Wenn es nötig gewesen wäre. Aber so brauche ich es nicht.« Sie grinste. »Die Autorität wird denken, dass Sie es wert sind.« Sie berührte etwas an der Armlehne ihres Sitzes, und die Scheinwerfer gingen an und beleuchteten die verschneite Spur, der wir hinunter zum Tunnel nach Lyncol folgten. An vielen Stellen war die doppelte Raupenspur schon wieder verweht.

Unterwegs konnte ich sogar im dämmerigen Licht sehen, wie alt die Bäume waren. Gedrungene knorrige Bergkiefern mit verkrümmten Ästen, mächtige Bergfichten mit Stämmen von annähernd zwei Metern Durchmesser. Draußen heulte der Wind, und weiße Schneefahnen jagten geisterhaft über das verschneite Land.

Am Ende der Wegspur blinkten rote Lichter, aber das Portal des Tunnels öffnete sich, und Cerelle lenkte den Raupengleiter hinein. Ihr ganzer Körper entspannte sich, als wir im Tunnel waren.

»Danke«, sagte ich wieder.

»Ich bin froh, dass es Ihnen gefallen hat.«

»Ich bin nicht sicher, ob es mir gefallen hat«, musste ich bekennen, »aber ich bin froh, dass Sie es mir zeigten. Was war es?«

»Eine meteorologische Station, soweit wir es beurteilen können.«

»Und die Leute fuhren dort mit Tankwagen hinauf?«

»Die Alten taten vieles, was wir noch immer nicht verstehen. Es könnte einen religiösen Hintergrund gehabt haben. Oder einige von ihnen waren Vorfahren der felskletternden Selbstmörder.«

Ich unterließ es, Sanselle zu erwähnen, aber Sanselle war alles andere als selbstmörderisch. Die Alten ...? Wer wusste schon über sie Bescheid?

Als wir aus dem Transportgebäude kamen, hatte auch in Lyncol neuer Schneefall eingesetzt. Große träge Flocken segelten aus dem dunkelgrauen Wolkenhimmel. In der kurzen Zeit, die wir benötigten, um die vierhundert Meter zum Quartier für Durchreisende zurückzulegen, frischte der Wind auf und trieb den Schnee schräg vor sich her. Im Nu waren unsere Kleider schneeverklebt, die Haare weiß gefärbt.

Dankbar schlüpften wir durch die Flügeltüren, die zu den Bahnsteigen der Gleiterstation hinabführten, und klopften den Schnee ab.

»Das war entschieden knapp«, sagte ich.

»So war es immer mit Ihnen, Tyndel.«

»Mit mir? Sie waren die Fahrerin.«

Sie zog die Brauen hoch, und ich musste grinsen. Langsam gingen wir die Stufen zum Bahnsteig hinunter, dann blieben wir stehen.

Ich lächelte sie an. »Ich hatte einen guten Tag.« Die Glocke läutete zweimal und verkündete die bevorstehende Abfahrt.

Cerelle drückte mir die Hände. »Wir werden uns bald nicht mehr so oft sehen.«

Ich runzelte die Stirn.

»Wenn Sie den Umgang mit dem Schiff lernen, werden Sie sehr beschäftigt sein.«

»Das sagte mir Andra auch.«

Wieder drückte sie mir die Hände, und ich musste mich beeilen, in den Gleiter zu kommen. Die Türen glitten zu, und ich wurde ostwärts in den Tunnel nach Runswi getragen.

Im gedämpften Licht des Gleiters, umgeben von der Dunkelheit des Tunnels, lehnte ich mich im Sitz zurück, schloss die Augen und ließ den Tag Revue passieren. Warum war ich so viel errötet, hatte mich so sehr wie ein Schuljunge gefühlt? Weil ich nicht so sehr auf der Hut sein musste, weil ich wusste, dass Cerelle mich in meinem schlimmsten Zustand erlebt hatte und mich trotzdem noch sehen und mit mir reden wollte?

Plötzlich explodierten hinter oder vor meinen geschlossenen Augen feurige Lichtbogen, so grell, dass es sich anfühlte, als wollten sie mir die Ohren absengen, doch ich kannte diese rotgoldenen Lichtbogen und wusste, dass sie fern waren, und die Tiefe des Raumes weitaus tiefer als ich je gefühlt hatte, doch schwarz und mit einem Glanz, der mich lockte.

Ich öffnete die Augen im gedämpften Licht des Gleiters und atmete angestrengt. Was hatte es mit diesem schwarzen Glanz auf sich? Und warum jetzt?

63

(Runswi/Orbitalstation Zwei: 4520)

Der Körper fühlt Wirklichkeit; der Geist interpretiert sie. Vertraue deinem Körper.

Nach all den Tagen im dunklen Simulator mit Alicia stand ich plötzlich, so kam es mir vor, im Abfertigungsgebäude und wartete auf einen Raumtransporter zur Orbitalstation Zwei.

Am Tag zuvor war Alicia so kurz und bündig wie immer gewesen. »Melden Sie sich für den Transporter morgen um sieben. Finden Sie sich um sechs Uhr dreißig am Operationsschalter ein. Sie brauchen nur zwei komplette Anzüge im Kandidatengrün, Unterwäsche und Waschzeug. Alles andere wird Ihr Instrukteur für Sie bereithalten. Der erste Flug dauert gewöhnlich drei Tage, aber das hängt vom Instrukteur und Ihnen ab. Bei Ihnen könnte es weniger sein, weil sie Erfahrung mit Schwerelosigkeit haben, aber ich würde nicht darauf bauen.«

Als ich im Abfertigungsgebäude am Operationsschalter stand, konnte ich nur darauf bauen, dass ich etwas

Neues und Schwieriges lernen würde, schwieriger als ich es mir vorgestellt hatte, und dass dieses neue Wissen wieder einmal meine Vorstellungen und Wahrnehmungen vom Universum und meinem Platz darin verändern würde.

Die Raumfähre um sieben Uhr war meistens voll. Um sechs Uhr fünfundvierzig stand ein gutes Dutzend Leute um den Operationsschalter. Ein dünner, faseriger Nebel lag über dem Sumpfland jenseits der Startbahn, und durch die offene Tür, die zu dem grauen Transporter führte, drang der scharfe Ruf eines Vogels. Es mochte ein Reiher gewesen sein, aber ich hatte nie einen Reiher rufen hören, obwohl ich sie des Öfteren aus der Kantine am See beobachtet hatte.

Eine schwarzhaarige Frau im dunkelgrünen Overall mit dem goldenen Kragenspiegel trat auf mich zu. »Sie sind Tyndel? Der neueste Kandidat?«

»Ja, Ser.«

Sie musterte mich kurz und nickte. »Es ist schwerer als jemand Ihnen sagen kann, und leichter als das, was Sie fürchten. Niemand sonst kann, was wir können. Es klingt arrogant, ist es aber nicht, und Sie müssen sich hier draußen im Liniennetz vergegenwärtigen, dass Sie nur ein Dämon sind.« Sie nickte kurz. »Wir werden uns irgendwo wiedersehen.«

»Kapitän Siobahna?«, rief der Mann hinter dem Schalter.

»Hier.« Die Pilotin nickte ihm zu und ging allein hinaus zum Raumtransporter.

Nachdem sie die Rampe zum Einstieg erreicht hatte, rief der Mann am Schalter: »Alle Direktoren können an Bord gehen.«

Eine Frau im Rot der Mediziner, ein Mann in Blau und ein zweiter in Schwarz setzten sich in Bewegung, gefolgt von einer dünnen Blondine in Blau.

»Kandidat Tyndel?«

Ich folgte den anderen hinaus. Hinter mir kamen sieben oder acht Techniker in Silber und Grau und einer in Braun. Das Passagierabteil des Magnetfeldtransporters war fensterlos wie bei den anderen zwei, die ich benutzt hatte, und hätte derselbe sein können, da ich keinen Unterschied sehen konnte. Ich bekam einen der breiteren Sitze in der dritten Reihe hinter der Pilotin und den Direktoren.

Auch diesmal war der stumpfe Kompositgeruch vermischt mit dem Aroma von Öl, heißem Metall und Ozon. Ein letzter Hauch feuchter und salziger Luft wehte herein, bevor die Tür fast lautlos zuglitt. Ich überprüfte meine Gurte und versuchte die halblauten Worte aufzufangen, die zwischen dem Mann in Schwarz und dem in Blau gewechselt wurden, die vor mir saßen.

»… nach Thesalle, diesmal?«

»Nein, Omega Eridani. Mehr Probleme mit dem Projekt Conan …«

»… sagte, das sei kein richtiger VAO-Typ, und deshalb würde es noch fünfhundert Jahre dauern, bis wir produktive Ergebnisse erwarten können.«

»Das Problem hat mit dem Typ nichts zu tun, es geht um die biochemische Kompatibilität einheimischer Bodenorganismen mit importierten Pflanzen … eine der Voraussetzungen dafür, dass die Mineralstoffe aufgeschlossen werden können …«

»… bloß eine Frage gentechnischer Modifikation …«

»Richtig, aber denken Sie an den Umfang … droht das ganze Projekt zu scheitern.«

»Warum nehmen wir es dann in Angriff?«

»Die Kolonien müssen früher oder später aus eigener Kraft lebensfähig sein, sonst bleiben sie ewig eine Belastung … halten es für wichtig, unsere Blumen in mehr als einem Garten zu haben.«

Blumen in mehr als einem Garten … Dazu nickte ich.

»Bitte vergewissern Sie sich, dass Sie die Sicherheitsgurte angelegt haben. Wir werden in Kürze starten.«

Nach dieser letzten Warnung ging ein leichtes Zittern durch den Raumtransporter, dann wurde er von den Linearmotoren mit rasch wachsender Beschleunigung die gegen Osten ansteigende Startrampe hinaufkatapultiert und stieg steil in den Himmel empor, um Sichtungen durch Schiffe aus Dorcha und Dhurr zu vermeiden, die das Meer vor der Küste befuhren. Ich bezweifelte, dass es an Bord der Schiffe viele gab, die ihre Marinegläser himmelwärts richten und nach ungewöhnlichen Erscheinungen Ausschau halten würden. Sie würden auch wenig sehen, denn Komposit war für elektromagnetische Wellen nahezu jeder Länge nicht reflektierend.

Das kaum wahrnehmbare hohe Summen wurde mit zunehmender Beschleunigung stärker und stieg in Volumen und Frequenz an, bis ich meinte, meine Trommelfelle müssten platzen und die Zähne zerspringen. Ich hatte früher schon öfter die Augen geschlossen und dadurch Erleichterung gefunden, doch als ich es wieder versuchte, war die heiße Dunkelheit angefüllt von bruchstückhaften Bildern verschiedener Objekte, die auf mich zu flogen, und Erinnerungen meiner Versuche, mit einer Binde vor den Augen Tomas zu orten, während ich von allen Seiten Hiebe bekam.

So zog ich es vor, die Augen offen zu halten, und wartete, bis das schrille Pfeifen nachließ und ich von der Wucht eines kurzen Bremsmanövers vorwärts in die Gurte gepresst wurde, bevor Schwerelosigkeit einsetzte. Schließlich fühlte ich den leichten Stoß, mit dem der Raumtransporter in der Orbitalstation Zwei eindockte.

Schwerelosigkeit machte mir jetzt nichts mehr aus, und ich glitt aus dem Sitz und zur Tür – hinter den beiden in Blau und Schwarz und dem medizinischen Typ in Rot.

In der Verbindungsröhre verhielt die schwarzhaarige Siobahna, um mit einer anderen Frau zu reden, und ich blieb zurück und spitzte die Ohren, um zu hören, was ich konnte, während ich die Techniker vorbeiließ.

»Was machst du hier, Erelya?«

»… soll eine Grundausbildung übernehmen … Kandidat an Bord …«

»… ist noch hinten, glaube ich … scheint nicht übel …«

»Und du?«

»… Mithras, die neue Station dort.«

»Langweilige Strecke, heißt es … und weit … subjektiv lange …«

»Jemand muss es machen … aber ich will dich nicht aufhalten … dein Schützling wartet, entweder weil er höflich ist oder weil er lauscht.«

»Beides, nehme ich an.«

Ich versuchte nicht zu erröten, als die beiden sich verabschiedeten, dann zog ich mich an der Führungsleine mit meinem Seesack vorwärts.

»Sie müssen Tyndel sein.« Die Ausbilderin hatte kurzgeschnittenes braunes Haar, das kaum länger als meins war, blassgraue Augen, die durch einen hindurch sahen, und ein angenehmes Lächeln.

»Ja, Ser.«

»Die Schwerelosigkeit scheint Ihnen nicht besonders zuzusetzen. Sie kennen das schon, wie?«

»Ja, Ser. Drei Jahre persönlich objektive Zeit in der Station Omega Eridani.«

»Dann können wir das übergehen und fangen mit der Orientierung an.« Sie nickte mir zu und wandte sich mühelos und ohne die übertriebenen motorischen Reaktionen um, die einen in Schwerelosigkeit leicht seitwärts abdrängten.

Ich folgte ihr durch die Verbindungsröhre in einen langen Korridor, der sich kaum von denen unterschied, die ich in der Station OE kennen gelernt hatte.

»Die untere Ebene ist für Frachtgut und Werkstätten«, sagte Erelya, ohne sich nach mir umzusehen. »Die zweite

Ebene ist für den Passagierverkehr. Die dritte Ebene ist für Verwaltung und Personal, die oberste Ebene enthält Wohnungen für Gäste und Transitreisende. Die beiden oberen Ebenen haben eine Schwerkraft von nullkommazwei bis nullkommadrei. Wir halten uns dort auf, wenn wir länger in der Station sein müssen. Aber das Wahre ist es nicht.«

Sie brauchte mir nicht zu sagen, warum. Die durch Zentrifugalkraft erzeugte Pseudoschwerkraft war zu gering, um die bei längerem Aufenthalt in Schwerelosigkeit entstandenen körperlichen Abbauerscheinungen auszugleichen.

»Sind Sie mit dem Besenstil vertraut?«

»Ja, Ser.«

»Gut. Wir werden mit dem Trainer anfangen. Aber zuerst ziehen wir uns um.« Erelya führte mich um den unteren und äußeren Rand der Station, alles in Schwerelosigkeit.

Wir passierten zwei Personen- und zwei Frachtschleusen, und ein Techniker in Silber kam auf uns zu, ein Neuling offenbar, wie die nicht ganz flüssigen Bewegungen erkennen ließen.

»Guten Tag, Sers.«

»Guten Tag«, antwortete Erelya.

Im Angedenken meiner früheren Tätigkeit erweiterte ich meinen Gruß um ein kollegiales Lächeln.

Vor einer grünen Tür machte Erelya Halt. »Dies ist der Bereitschaftsraum der unteren Ebene.« Sie öffnete die Tür und schlüpfte hinein, und als ich ihr gefolgt war, zeigte sie auf einen Spind mit dem silbernen Namen ›Tyndel‹ darauf. »Das sind Ihre Sachen. Überprüfen Sie alles. Ziehen Sie den Anzug und die Stiefel an. Ihren Seesack können Sie einstweilen dort verstauen.«

Abgesehen davon, dass er grün war und mir ziemlich genau passte, war der Schutzanzug der gleiche wie der, den ich in Station OE getragen hatte.

»In einem Nadelschiff oder einem Trainer brauchen Sie keinen Helm zu tragen, aber er wird in bequemer Reichweite verstaut.«

Vom Bereitschaftsraum folgte ich ihr, den Helm in der Hand, durch den Korridor zurück zur nächsten Frachtschleuse. Darin stand der Trainer, eine zehn Meter lange schlanke Kapsel aus Komposit mit jeweils zwei Triebwerken vorn und hinten, oben und unten.

»Dies ist Ihr Trainer«, sagte Erelya. »Er hat Gasturbinen, aber das Gefühl ist ähnlich wie bei den Ionen-Elektrotriebwerken, die Nadelschiffe zum Manövrieren benutzen. Hier können Sie lernen, wie Sie ein Schiff manövrieren.«

Ich war noch nie in einem Trainer gewesen, obwohl ich einmal einen in der Frachtschleuse der Station OE gesehen hatte. Dieser war offensichtlich älter, hässlicher und mitgenommener.

»Steigen Sie ein.« Der Trainer hatte eine Luke anstelle einer echten Schleuse, und Erelya hatte sie geöffnet, während ich noch das Äußere des Trainers studiert hatte.

»Dort sitzen Sie.« Sie zeigte auf den einzigen Sitz in der mittleren Abteilung des Trainers. Der Sitz war von leeren Bildschirmen umgeben. »Dieser Trainer ist eine etwas veränderte Ausführung. Die Instrumente sind wie in einem Nadelschiff angeordnet. Allerdings fehlen einige, weil der Trainer für die gesamten Kontrollfunktionen nicht groß genug ist.«

Der Pilotensitz sah mehr wie einer der Liegesitze für Passagiere in einem Nadelschiff aus, nur gab es nicht die in den Konturen passende, von oben absenkbare Schale. Ein Trainer war nicht für die starken Beschleunigungen und Bremsmanöver gebaut, die einen nanitengepolsterten, variablen Sicherheitssitz erforderlich machten.

»Sie bekommen den Platz, der wirklichkeitsgetreu aussieht. Ich sitze vorn.« Sie zeigte durch die offene vordere Luke in eine viel kleinere und engere Pilotenkanzel mit

Konsole und Sitz hinter einer transparenten Haube wie in einem Flugzeug. »Wenn Sie gut genug sind, werden Sie vorn sitzen.« Sie lud mich mit einer Handbewegung zum Sitzen ein. Der Sitz kam mir übergroß vor. »Zuerst die Gurte und die Kopfhörer. Die Gurtstecker werden direkt in die entsprechenden Öffnungen ihres Anzugs geschoben. Ich werde es Ihnen zeigen. Und tun Sie Ihren Helm in den offenen Spind zur Rechten.«

Ich ließ mich in den Sitz gleiten, verstaute den Helm und schnallte mich an. Die Gurte waren anders angelegt und enger als jene, die ich als Passagier kennen gelernt hatte.

Erelya hakte einen Fuß unter den Sitz und demonstrierte, wie die Sitzverstellung funktionierte und wie die Datenanschlüsse in die Rezeptoren auf den Oberarmen des Schutzanzuges gesteckt wurden. »Ihre Arme werden die Armlehnen nicht verlassen, sobald Sie in den Überraum eintreten. Erst beim Austritt kurz vor dem Ziel gewinnen Sie die Bewegungsfreiheit zurück.«

Ich schob die Kopfhörer über die Ohren – sie glichen eher einem der Kopfform angepassten Teilhelm – und wurde überwältigt von der Masse sensorischer Daten. Kälte von Rezeptoren in Bug und Heck … minimale Wärme von der Kabine … zwanzig Prozent Wärmedifferenz zwischen der Innentemperatur und der in den Gastanks … diffuse Wärmequellen in der Kabine …

Wir waren die diffusen Wärmequellen, wie nicht anders zu erwarten.

Die Daten durchströmten mich in nicht abreißendem Fluss.

Ich hatte Erelya fast vergessen, bis sie einen Hebel bediente und die Einstiegsluke schloss. »Ich muss mich anschnallen und die Checkliste durchgehen. Sie brauchen nichts zu tun als zuzusehen. Beobachten Sie alles.«

Wie konnte ich? Meine Augen registrierten nicht nur, was ich im Innern des Trainers sah, sondern darüber hinaus bekam ich alle möglichen Bilder von den Sensoren –

alle vier Seiten der Frachtschleuse, dazu kleinere Bilder der Triebwerke. Hinzu kamen all die anderen Daten wie Gasdruck und Temperaturen, innerer Luftdruck und Temperatur, Regelung der Treibstoffzufuhr … aber die tiefen, wie visionären Bilder waren das Seltsamste und verfremdeten sogar das Vertrauteste. Die Schotts der Frachtschleuse aus stumpfgrauem Komposit zeigten sich in einem Blau, das kein Blau war, kalt, aber nicht so kalt wie die Schwärze jenseits des Schleusentores, und die knisternden gelben Linien, die unter dem leblosen Komposit funkten, und Netze weißer und gelber und orangefarbener Fäden, die den Trainer wie ein Geflecht zusammenhielten. Ich schluckte und schüttelte den Kopf und schluckte wieder.

Ich befeuchtete meine Lippen, was schwierig war, weil sich mein Mund wie ausgetrocknet anfühlte.

»Fertig, Tyndel?«

»Ja, Ser.«

»Na, ob fertig oder nicht, es hat keinen Sinn zu warten.«

Der Trainer erzitterte, die Frachtschleuse öffnete sich, und Eiskristalle explodierten um den Rumpf, die Bildschirme vor mir zeigten Darstellungen wie mit doppelten Konturen, aufgenommen von den Sensoren und durch die Direkteingaben meines neuen sensorischen Systems. Während ich mich mühte, die Bilder miteinander in Einklang zu bringen, wirbelten die Eiskristalle fort. Mich fröstelte, und die Temperaturanzeige der Außenhülle des Trainers schien ins Bodenlose zu fallen.

»Ich werde uns aus der Station bugsieren.«

Ein hübsches Stück weit, vermutete ich.

»Beobachten Sie Treibstoffzufuhr und Schubleistung der Triebwerke und versuchen Sie zu fühlen, was ich tue.« Ihre Stimme veränderte sich, oder sie ging auf eine andere Frequenz. »Orbitalstation Zwei. Trainer verlässt Schleuse drei.«

»Starterlaubnis erteilt, Trainer. Keine Ankunft gemeldet. Erbitte Angabe der Dauer des Manövers.«

»Schätzung eineinhalb Stunden. Manövrierpraxis in der Nachbarschaft.«

»Danke, Trainer.«

Der zehn Meter lange Trainer glitt aus der offenen Schleuse in die Dunkelheit hinaus, zwergenhaft neben der Masse der Orbitalstation Zwei, einer pockennarbigen grauen Kompositstruktur, die vor dem Schwarz des Raumes über der Ekliptik in Unschärfe verschwamm. Der Raum, wie er durch die Sensoren wahrgenommen wurde, schien substanzlos, doch unendlich, und seine Tiefe wurde durch nähere und dunstig gefärbte Energiegeflechte betont, welche die Station umgürteten und durchdrangen. Farben und Energie waren überall um mich. Sonnenstrahlung, Photonen, Energie – wie immer man es nennen wollte – prasselten wie Regen gegen die linke Seite des Trainers, ausgehend von der fernen, grellweißen Scheibe der Sonne. Jedes Quantenbündel wurde als Wärme oder etwas dergleichen registriert.

Ich zwang mich zurück in das mechanische Jetzt, wo Erelya wieder einmal demonstrierte, dass die Dämonen für langwierige Einführungen nicht viel übrig hatten, selbst wenn es um das Manövrieren von Schiffen im Raum ging.

Oder um das Wahrnehmen alles dessen, was ich nie zuvor erfahren hatte.

Ich beobachtete in dem Bewusstsein, dass es die Erste von vielen langen Sitzungen war, und fragte mich, keineswegs zum ersten Mal, wem ich mein Leben gewidmet hatte.

Und warum.

64

(Orbitalstation Zwei: 4520)

Jede Aktion erzeugt vielfache Reaktionen;
handle selten, und wenn, dann gut.

Mit raschen, geschickt eingesetzten und dosierten Energiestößen aus den Steuertriebwerken brachte Erelya den Trainer relativ zur Orbitalstation zum Stillstand, ungefähr fünf Kilometer entfernt und weniger als anderthalb Kilometer von dem Objekt vor uns.

Das kalte Schwarz des Raums brannte durch die Sensoren, mit der fernen Wärme der Sonne hinter meiner Schulter und der geflochtenen Kaskade von Energie, die mich umhüllte.

Durch Sensoren und Bildschirme studierte ich die stumpfgraue Fassade der Station mit den schwarzen Umrissen der unteren Fracht- und der oberen Passagierschleusen. Die Simulation einer Orbitalstation, neben der unser Trainer sich wie ein winziges Insekt ausnahm, war eine dreidimensionale Projektion des zentralen Steuersystems, das den Film erzeugte.

»Sie haben es, Tyndel.« Erelyas Stimme war ruhig und sachlich.

»Ich habe es«, wiederholte ich, und fühlte, wie die Sperre von meinen Steuerinstrumenten genommen wurde, genauso wie es in den vergangenen fünf Sitzungen geschehen war.

»Sie werden mehr sehen als die meisten«, sagte die Ausbilderin, deren Stimme mich ebenso wie die Projektion durch das System erreichte, »dass es nicht wie eine wirkliche Station aussieht, aber auf diese Weise können Sie üben, ohne mir Angst einzujagen oder sich selbst und den Trainer zu beschädigen.«

Das waren vernünftige Überlegungen. Ich wusste auch,

dass die Simulation mir jeden Fehler erlauben und mich so dem Zorn meiner Ausbilderin unterwerfen würde.

»Vergegenwärtigen Sie sich, das die Simulation keine Masse hat – berühren Sie sie mit den Abgasstrahlen der Steuerdüsen, wird sie einfach weggestoßen, oder bekommt ein Loch und geht in Fetzen. Konzentrieren Sie Ihre Annäherung auf die obere Passagierschleuse.«

»Ja, Ser.« Meine Finger ruhten auf den Armlehnen, bereit, die manuellen Steuerelemente zu bedienen, sollte Erelya auf die Idee kommen, eine Art Notstand auszurufen und von mir zu verlangen, dass ich allein nach den Bildschirmen vor mir navigiere. Die direkten Verbindungen waren schneller, aber ich musste in beiden Versionen geübt sein.

Wie sollte ich die Annäherung bewerkstelligen? Jede direkte Annäherung verlangte den Einsatz der seitlichen Steuertriebwerke, und jedes realistische Bremsmanöver würde die Simulation der Station zerfetzen.

»Zunächst schieben Sie sich auf zwanzig Meter heran. Wenn Ihre Abgasstrahlen die Simulation beeinträchtigen, verwenden Sie zu viel Bremsenergie.«

Sie hatte leicht reden.

»Schließlich sollten Sie imstande sein, den Trainer so sanft gegen den Film zu steuern, dass der Trainer in die Schleusenkammer gleitet, ohne irgendwo abzuprallen. Dann werden wir Annäherungen an eine geschlossene Stationsschleuse versuchen, und endlich werden wir Nadelschiffe borgen, nachdem Sie Ihre Reisen beendet haben, sodass Sie ein Gefühl für ein richtiges Schiff bekommen. Ich habe genug gesprochen. Bringen Sie den Trainer auf dreißig Meter an die Schleuse heran.«

Ich maß die Entfernung. Null Komma acht-sieben-fünf Kilometer. Zu weit, um mit einer seitlichen Annäherung zu beginnen – ich würde schließlich Gas in die Seitentanks pumpen müssen, um am Ende genug Bremswirkung zu erzielen –, oder wie eine Schnecke heranzukommen, was auch nicht die beste Annäherung war.

Die Hecktriebwerke bekamen eine Prise Gas. Bei einem Standardtrainer hatten alle Triebwerke die gleiche Kraft, aber bei diesem Trainer waren sie den Proportionen eines Nadelschiffes angeglichen, die keine seitlichen Steuerungstriebwerke hatten, die auch nur annähernd so stark wie die vorderen und hinteren Ionentriebwerke waren. Das war eine Frage der Sicherheit für Stationen und andere Objekte im Umkreis.

Die Distanz zwischen dem Trainer und der »Station« verringerte sich Null Komma sieben-eins … null Komma sechs-acht … null Komma fünf-vier … null Komma vierneun …

Bei null Komma drei gab ich vorn einen kurzen Gasstoß. Die Distanz verringerte sich weiter. Null Komma drei … null Komma zwei-acht …

Aber ich kam zu tief herein, unter einer direkten Linie zum Ziel der schwarz umrandeten »Passagierschleuse«. Ihr fehlten die massiven Stoßdämpfer einer echten Schleuse, die eine Art Einbettung bildeten. Ich versuchte es mit einem kurzen Gasstoß der unteren Düsen, und der Trainer hob sich auf die Ebene der Schleuse, bevor ich den oberen Düsen den genau gleichen Gasstoß gab.

Die Annäherung erfolgte langsamer, aber gleichmäßig. Plötzlich schien die Simulation über dem Trainer aufzuragen, und ich spürte wieder, dass Letzterer unter der Schleuse war. Ich musste ihn seitwärts drehen, um in die Schleuse zu kommen, und das erforderte einen Gasstoß rechts vorn und einen zweiten links hinten. Dann, bevor der Trainer zu tief absinken konnte, gab ich einen winzigen Gasstoß von unten und dann einen noch kleineren zur Stabilisierung der relativen vertikalen Position.

Die Annäherung beschleunigte sich, und der Trainer schwang noch immer hin und her. Ich machte die Seitwärtsbewegung rückgängig, und die Sensoren deuteten darauf hin, dass der Trainer parallel zur »Station« stand.

Aber er näherte sich ihr noch immer zu schnell. Der zum Abbremsen der Annäherung benötigte Gasstoß war zu viel und zu nahe. Zwei Risse erschienen im stumpfgrauen Film der Simulation.

Immerhin war ich vor der »Station« zum Stillstand gekommen – nahe genug, um ihn in die Schleusenkammer zu bekommen, wenn sie offen gewesen wäre.

»Tyndel … Ihre Passagiere und Ihre Offiziere würden glücklich sein. Eine schnelle Annäherung, relativ sanft, und sie hätten die Stoßdämpfer kaum nur leicht berührt. Aber der Technische Offizier würde ein großes Geschrei machen und sich beim Stationskommandanten beklagen, dass Sie die Stoßdämpfer geröstet und ihre Lebensdauer halbiert hätten.«

»Ja, Ser. Ich verstehe.«

»Wirklich?«

»Ich musste Stoßdämpfer ersetzen, Ser. Das dauerte Tage, und nur für eine Schleuse.«

»Die Stoßdämpfer sind so kompliziert, dass sie nur auf der Erde hergestellt werden können. Wenn die Stoßdämpfer an der Schleuse bereits abgenutzt waren, haben Sie diese Schleuse jetzt für ein Jahr unbrauchbar gemacht, es sei denn, die Station hätte eine Ersatzgarnitur auf Lager. Das macht Stationskommandanten nicht glücklich. Es macht die Autorität nicht glücklich. Sie könnte Ihnen zur Strafe den Frachtdienst auf der Route durch den sogenannten Trog versehen lassen. Das würde Sie nicht glücklich machen, denn der Zeitdehnungseffekt ist dort schlimmer.«

Trotz all meines Hintergrundwissens verstand ich nicht alle Begriffe, wie etwa den Trog, aber die Botschaft war klar genug. »Ja, Ser.«

»Tyndel … Sie machen zu viele Korrekturen. Jede Kurskorrektur fügt dem Trainer oder Ihrem Nadelschiff einen weiteren Vektor hinzu. Wenn Sie das zu oft tun, wird nicht einmal Ihr Nervensystem in der Lage sein, die nötige Korrektur zu beurteilen, weil sie mehr Komponenten haben wird als Sie ausführen können.«

Es sei denn, ich würde die Annäherung abbrechen und von Neuem anfangen. Aber ich hatte das Gefühl, dass dies eine Energieverschwendung sein und Missfallen erregen würde.

»Bringen Sie uns einen Kilometer höher und zwei hinaus. Versuchen Sie uns dort zu stabilisieren, bevor Sie die Annäherung beginnen.«

»Ja, Ser.« Ich wischte mir die allzu feuchte Stirn mit dem Unterarm und begann einen neuen Versuch aus der veränderten Position. Dabei hatte ich noch nicht einmal eine direkte Annäherung richtig zuwege gebracht. Nachdem ich meine Lippen befeuchtet hatte, gab ich Gas.

Erelyas Gegenwart lastete auf den Versuchen, beinahe so rätselhaft wie die Träume von rotgoldenem Feuer und sprühenden Spiralen, die auf meinem Schlaf lasteten.

Wieder gab ich einen kleinen Gasstoß, dann zwang ich mich, abzuwarten und ihrem Rat zu folgen und nicht einen Vektor auf den anderen zu stapeln und eine weitere lange Sitzung im Trainer durchzuhalten … und kein Ende in Sicht.

65

(Orbitalstation Zwei: 4521)

Man darf einen Piloten nicht für einen Fremdenführer halten. Der Erstere reist zu einem Ziel und befördert Passagiere, ob sie ihn wirklich begleiten wollen oder nicht; der Letztere hilft anderen, die Reise und das Ziel zu sehen.

Meiner Bekanntschaft mit dem Trainer folgten sechs Monate mühsamer Anstrengungen, die Hälfte der Zeit mit

Erelya oder anderen Piloten im Trainer, die andere Hälfte in Runswi mit Tomas. Cerelle und ich blieben in lockerer Verbindung durch das Kommunikationsnetz, trafen uns noch seltener und gingen vorsichtig miteinander um, wie zwei Leute, die auf einem schmalen Balken in der Dunkelheit balancieren und nicht wissen, welche Richtung in tiefere Nacht und welche zum Morgengrauen führt. Das lag hauptsächlich an mir, da ich in ständigem Kampf mit den inneren Dämonen von Erschöpfung und Zweifel lag, Erfolg oder Versagen fürchtete und noch immer die bewusstere Wahrnehmung von Sinneseindrücken suchte.

Die Mühseligkeiten mit dem Trainer fanden ein Ende, als ein anderer Pilot zu Erelya und mir in den Bereitschaftsraum der Orbitalstation kam. Er war untersetzt und stämmig, beinahe gedrungen, mit lehmbraunem Haar und graublauen Augen, die in einer Weise, welche allen Piloten gemeinsam schien, zugleich stechend und verwaschen wirkte.

»Kapitän Aragor ist einer der Kapitäne der *Tailor*«, erläuterte Erelya. »Er wird mit Ihnen arbeiten. Ich bin bloß hier, um zu beobachten und die Simulation aufzubauen.«

»Sehr angenehm, Ser.« Ich neigte den Kopf und machte eine leichte Verbeugung.

»Es ist immer gut, einen neuen Kandidaten zu sehen, Tyndel. Wir haben nie genug Piloten.« Aragor lächelte freundlich. Seine Körperhaltung und die Augen bekräftigten das Lächeln. »Gehen wir? Sie werden ungefähr zwei Stunden brauchen.«

Zwei Stunden? Sollte ich jeden Winkel des Nadelschiffes untersuchen?

»So ungefähr«, beantwortete er die unausgesprochene Frage, die ich vielleicht so stark empfunden hatte, dass er sie durch sein eigenes verstärktes Nervensystem aufgefangen hatte. Oder vielleicht empfanden alle Kandidaten es genauso. »Legen Sie Ihren Schutzanzug an.«

Ich glaubte die *Tailor* zu kennen, aber die Wirklichkeit

war anders und unterschied sich sogar von den Erinnerungen meiner Eindrücke auf der ersten Ausreise nach Omega Eridani. Irgendwie war das Nadelschiff zugleich größer und kleiner, als ich Aragor auf meinem Besenstil den Schiffsrumpf entlang folgte.

Obwohl die Strahltriebwerke Düsen von variabler Geometrie besaßen, sahen sie von außen wie gedrungene schwarze Rohrstutzen aus. Je zwei waren vorn und achtern angebracht und hatten die dreifache Größe der seitlichen Steuerungsdüsen. Abgesehen von diesen Merkmalen war das Äußere des Schiffes ohne Vorsprünge, Kanten oder Wülste, ein Zylinder von hundert Metern Länge, sanft gerundet an beiden Enden. Der Rumpf war stumpfschwarz und bestand aus fünfundsiebzig Zentimeter dickem Komposit, imstande, jedem Aufschlag standzuhalten, sogar Stößen, deren Wirkung das Innere zerstören würde. Die Festigkeit dieses Materials konnte den enormen Temperaturschwankungen und Drücken widerstehen, die beim Ein- und Austritt aus dem Überraum auftraten.

»Die meisten Schiffe müssen alle fünf Jahre neu verstärkt werden.« Aragors Stimme klang klar und unverzerrt an meine Ohren. Er lenkte seinen Besenstil zur Frachtschleuse. »Es ist die Abrasion, die beim Eintritt in den Überraum wirksam wird.« Er sagte nichts mehr, bis wir die Schleuse verlassen hatten, die Helme in der Hand, und zum Passagierabteil der *Tailor* glitten.

»Die meisten Leute könnten ein Nadelschiff nicht vom anderen unterscheiden, weder von außen noch von innen. Ist man aber mit den Dingen vertraut, spürt man immer die Unterschiede.«

Ich hoffte, dass ich es könnte.

Die *Tailor* entsprach der standardisierten Bauweise aller Nadelschiffe. Brücke und Passagierabteil waren vorn und auf der oberen Ebene, die Antriebssysteme vorn und achtern, und Fracht in den größeren unteren

Räumen. Es gab keine verglasten Kanzeln oder Fenster zur direkten Sicht nach außen, doch besaß das Schiff für Notfälle ein Navigationsfenster im Brückenraum hinter einem verschiebbaren Abschnitt des Rumpfes. Nach Aragor war dieses Notfenster an Bord der *Tailor* noch nie gebraucht worden.

Die Brücke enthielt drei der massiven Liegesitze, eingebaute Bildschirme und manuelle Steuerelemente vor dem mittleren Sitz. Das war alles, was auf den ersten Blick sichtbar war, obwohl ich die Sensoren und Leitungen und Verbindungen der Bordsysteme fühlen konnte.

Erelya wies auf den linken Sitz. »Setzen Sie sich an den Platz des Zweiten, bis wir von der Station freigekommen sind.« Aragor nahm den Pilotensitz ein, und obwohl ich die Ohren spitzte, konnte ich nichts hören, als er die Checkliste durchging. Ich fühlte jedoch Veränderungen im Zustand des Schiffes, das Schließen der Schleusen und das Hochfahren des Fusionsreaktors.

Kurz darauf legte die *Tailor* so unmerklich von der Orbitalstation ab, dass ich es nicht fühlte, oder nur im Sinne von zwei Energiekonzentrationen, die sich voneinander entfernten. Ebenso geschickt brachte Aragor das Schiff zum Stillstand, dass ich erst Gewissheit hatte, als er sich plötzlich aus seinem Liegesitz erhob und seine Stiefel in der Schwerelosigkeit einen halben Meter über dem Deck schwebten. Mit dem linken Stiefel hebelte er sich abwärts und zog einen Beutel aus einem kleinen Fach unter dem Sitz. Er klemmte etwas an die Eingabeleitung zu den Steuerinstrumenten. »Dies erlaubt mir, Sie vom System abzutrennen, wenn ich es für nötig halte. Aber ich kann nicht feststellen, was Sie tun. Ich kann die Daten überwachen, die Sie vom System abrufen, und die physikalischen Reaktionen des Systems, aber nicht Ihre Eingaben. Ich werde mich an die Monitore und Bildschirme des Schiffes halten. Wenn sie ein Problem anzeigen, werde ich übernehmen, und es wird nicht allzu sanft sein. Sie werden schon so genug Kopfschmerzen haben, wenn wir für heute Schluss machen. Also versuchen Sie vorsichtig zu sein und die Zeit, die Sie mit der *Tailor* haben, nicht zu vergeuden. Sie können jetzt den Pilotensitz einnehmen.«

»Ja, Ser.«

»Wenn Sie sich in Ruhe mit dem Schiff vertraut machen, ist das keine Zeitvergeudung. Nehmen Sie sich dafür doppelt so viel Zeit wie Sie zu brauchen meinen.«

Bei all seiner äußerlichen Höflichkeit und seiner freundlichen, leisen Stimme konnte ich den eisenharten Kern des Mannes spüren, eines Schiffsführers, der keine Widerrede duldete. »Ja, Ser.«

»Sobald Sie sich sicher fühlen, werden Sie Ihre ersten Annäherungsmanöver an eine Simulation machen. Das ist genauso wie Sie es mit dem Trainer gemacht haben. Die Simulation wird im Maßstab abgeändert sein, um den Größenverhältnissen eines echten Nadelschiffes zu entsprechen, aber die Proportionen sind die gleichen, sodass Sie keine großen Schwierigkeiten mit der Anpassung haben sollten.«

Das hoffte ich auch, und ich versuchte nicht ungeschickt zu sein, als ich mich in das Netzsystem der *Tailor* einklinkte – war dann aber geblendet und betäubt …

… weiße stroboskopische Lichter aus dem tiefsten Inneren der Orbitalstation …

… die schwach durch das Kompositmaterial des Rumpfes einsickernde Wärme der entfernten Sonne, das Knistern der Photonen auf meiner Haut – oder war es der Schiffsrumpf?

… der Käfig von Energielichtern, der kaum merklich um mich schrumpfte und sich zusammenzog …

… die wispernde Kälte des schwarzen Raums, die gierig an der Wärme in mir saugte …

… kalte Lichtpunkte in so unendlicher Ferne, dass jeder eine winzige kalte Glocke schien, gefroren auf einer einzigen, noch nicht ganz angeschlagenen Note …

Nach dem anfänglichen Ansturm begann ich die sensorischen Eingaben zu sortieren. Zwar waren sie die Gleichen wie im Trainer, aber die Stärke der Außensensoren war überwältigend, und von den Fühlern des inneren Systems reichte mehr als die Hälfte tiefer – diejenigen, welche simuliert gewesen und jetzt wirklich waren.

Ich ging die Checkliste durch, nicht weil das Schiff es verlangte, aber weil es der sicherste Weg war, mich selbst zu überzeugen, dass ich alles im Griff hatte. Dann überflog ich alle Außensensoren. Irgendwo auf der Strecke von der Orbitalstation hatte Aragor die Simulation ausgestoßen. Durch die Sensoren des Nadelschiffes schien diese Simulation noch fadenscheiniger und falsch, das dürftigste Konstrukt als Realitätsersatz. Jenseits dieser fast geisterhaften Gegenwart der simulierten Station war ihr massives Vorbild, das in der kalten Schwärze irgendwie Wärme und Dauerhaftigkeit ausstrahlte.

Schließlich blickte ich zu Aragor. »Ich bin bereit, Ser.«

»Machen Sie eine Annäherung auf dreißig Meter«, befahl er. »Rechnen Sie eine ungefähr um zehn Prozent höhere Reaktionsverzögerung ein als Sie beim Trainer zu berücksichtigen hatten. Es ist eine Folge des größeren Trägheitsmoments, variiert aber auch im Einzelfall, und Sie müssen das ausarbeiten, bevor wir die Annäherungsdistanz verkürzen.«

»Ja, Ser.«

Die Steuerungselemente waren die gleichen, und der Ionenantrieb reagierte beinahe so wie die veränderten Triebwerke des Trainers, doch fühlte sich das Nadelschiff natürlich massiver an. Sobald ich die *Tailor* langsam auf die Schleuse der Zielstation zugesteuert hatte, überwachte ich alle Anzeigen, vor allem auf den letzten paar hundert Metern der von zwei Kilometern Distanz ausgehenden Annäherung.

Fünfundvierzig Meter vor der Simulation brachte ich die *Tailor* mit ausgeschalteten Triebwerken zum Halten.

Ich hätte sie noch näher heranbringen können, aber Aragor hatte mir geraten, das nicht zu versuchen.

»Gut.« Aragor wandte den Kopf. »Und gute Ausbildung im Trainer. Nun gehen Sie wieder auf zwei Kilometer Distanz, wo Sie diese Annäherung begannen und versuchen es statt mit zehn mit fünf Prozent Verzögerung.«

»Ja, Ser.« Vorsichtig manövrierte ich die *Tailor* fort von der Simulation, da ein stärkerer Schub der Ionentriebwerke ihre Oberfläche hätte zerfetzen können, und zurück zu dem Punkt, wo ich die erste Annäherung begonnen hatte. Dann rechnete ich von Neuem, holte tief Atem und machte einen neuen Versuch.

Der Abstand zwischen Schiff und Simulation schrumpfte, und nach den letzten minimalen Korrekturen der Ionentriebwerke hatte ich die *Tailor* fünfundzwanzig Meter vor der Schleuse der Simulation zum Stillstand gebracht, ohne die filmdünne Oberfläche zu verletzen.

»Noch einmal«, sagte Aragor. »Versuchen Sie auf zwanzig Meter heranzukommen.«

Ich brachte es auf zwanzig Meter – das heißt, einundzwanzig. Meine Stirn war etwas feucht, aber ohne Schweißperlen.

»Falten und Bergen der Simulation.« Aragor wandte sich im Liegesitz des Zweiten Offiziers zu mir. »Sie scheinen eine gute Hand zu haben, Tyndel. Wir werden sehen, wie sich das später auswirkt. Nun versuchen Sie eine Annäherung an die Orbitalstation, Schleuse vier, das ist die am Ende. Bringen Sie die *Tailor* in eine Position fünfzig Meter von der Station, aber seitwärts zur Schleuse.«

»Ja, Ser.«

»Und sagen Sie der Station, was Sie tun.«

Ich nickte. »Orbital Zwei, hier ist *Tailor.* Beginnen Annäherungsmanöver an Schleuse vier.«

»Hier Orbital Zwei. Verstanden Annäherung an Schleuse vier. Kein Eindocken diesmal. Bitte informieren

Sie Kontrolle, wenn Sie beabsichtigen, auf Stoßdämpfern einzudocken.«

»Werde Absicht melden, Orbital Zwei.«

»Verstanden, *Tailor.*«

Noch einmal überprüfte ich die Steuerungselemente und alles andere, bevor ich die wirkliche Annäherung einleitete.

Fünfzig Meter erwiesen sich als zweiundfünfzig, aber ich hatte das richtige Gefühl gehabt, lieber auf der Seite der Distanz daneben zu liegen.

Die nächste Annäherung war auf dreißig Meter, und die dritte auf zwanzig.

Nach diesem letzten Manöver sagte Aragor: »In Ordnung. Gehen Sie auf fünfhundert Meter. Sobald die Schiffslage stabil ist, schnallen Sie sich los. Aber Vorsicht, bitte.«

Als ich die *Tailor* von der Station fort manövriert und bei fünfhundertzwanzig Metern zum Stillstand gebracht hatte, machte ich die Gurte los, und wir tauschten die Plätze.

Aragor brachte die *Tailor* so glatt zum Eindocken in Schleuse drei, wie er sie hinausgebracht hatte, und ohne eine Andeutung von Feuchtigkeit auf der Stirn. Sobald das Schiff eingedockt und festgemacht und die Bordsysteme ausgeschaltet waren, machte er sich von den Systemverbindungen los und nickte mir zu. »Ich weiß nicht, ob und wann ich Sie wiedersehen werde, aber viel Glück, Tyndel.«

»Danke, Ser.«

Im Bereitschaftsraum fügte Erelya ein Lob hinzu. »Sie machen Ihre Sache gut. Von nun an wird Ihr Ausbildungsplan zum Teil davon abhängen, welche Nadelschiffe für Ihre Übungen zur Verfügung stehen. Wir werden kompliziertere Annäherungen an die Simulation mit einem richtigen Schiff üben – allen Typen, die bei uns im Liniendienst stehen. Sobald Sie dies beherrschen, werden

Sie Orientierungsflüge durchführen. Und dann, wenn klar ist, dass Sie ein Nadelschiff genau dorthin steuern können, wo wir es haben wollen … dann werden wir das Eindocken gegen die Stoßdämpfer beginnen. Dies darf nicht übereilt werden, wissen Sie.«

Ich nickte. Das wusste ich bereits.

»Gut.« Erelya verließ mich mit einem leisen Lächeln.

66

(Orbitalstation Zwei: 4521)

Ein Fluss ist Wasser, das eine Reise unternimmt,
doch das Leben ist kein Fluss
und der Mensch kein Schiffer darauf.

Meine Übungsstunden mit Tomas in Runswi wurden eingeschränkt, aber Erelya plagte mich mit Forschungsprojekten an den Systemen von Nadelschiffen und mit Navigationstheorie im normalen Raumzeitkontinuum und im Überraum, und diese theoretischen Aufgaben, zu deren Lösung ich ein Lehrbuch zur Verfügung gestellt bekam, füllten praktisch jede freie Minute aus. Ich nutzte diese Minuten, weil ich wusste, dass es ums Ganze ging. Seit ich eingewilligt hatte, Pilot zu werden, konnte ich nicht länger vorgeben, es spiele keine Rolle, ob ich Erfolg haben würde oder nicht. Ich hatte einmal versagt. Ich war niemals ein wirklicher Meister des Dzin gewesen, ganz gleich, was ich gesagt hatte und Manvarr mir zugebilligt hatte. Ich wusste es besser, und ich wollte nicht wieder versagen.

Als ich wieder einmal zur Orbitalstation Zwei zurückkehrte – wie so oft im Laufe der vergangenen vier Monate –, erwartete Erelya mich mit einem anderen Piloten im Bereitschaftsraum. »Tyndel, dies ist Kapitän Sesehna.«

Auf den ersten Blick sah die Frau bei Erelya von allen, die ich bisher gesehen und mit denen ich zusammengearbeitet hatte, am wenigsten wie eine Pilotin aus. Klein, beinahe zierlich, mit einem elfenhaften Gesicht, dem das feste Kinn etwas Halt gab, der Andeutung weiblicher Formen unter dem dunkelgrünen einteiligen Anzug und einer vermuteten Drahtigkeit ohne auffallende Muskeln. Ich fragte mich, wie sie die erschöpfenden Übungen mit dem Fünfzig-Kilo-Rucksack auf Ilecks Laufbalken über dem Schwimmbecken hatte bestehen können – es sei denn, für weibliche Kandidaten wurden andere Maßstäbe angelegt. Dann sah sie mich voll an, und ich hatte einen Teil der Antwort. In ihren Augen waren eine angespannte Entschlossenheit und unbeugsame Willenskraft, die ich bei noch keinem Menschen so deutlich wahrgenommen hatte. Gleichwohl lächelte sie höflich und durchaus nicht herablassend.

»Sesehna ist Kapitän«, fuhr Erelya fort, »und wird die nächsten paar Tage mit Ihnen arbeiten.«

Ich verbeugte mich, um meine Überraschung zu verbergen. »Freut mich, Sie kennenzulernen, Ser.«

»Es ist ein glücklicher Umstand, dass die *Hook* und Sesehna während der nächsten sechs bis sieben Tage bei uns bleibt«, ergänzte Erelya.

Sesehna legte den Kopf zurück und musterte mich. »Die *Hook* ist in Schleuse zwei eingedockt.«

Ich schloss mich den beiden an, und wir gingen durch die Passagierschleuse an Bord des Nadelschiffes, vorbei an zwei Technikern, die in Bereitschaft standen, die Schleusen zu überwachen, wenn wir starteten.

»... gleich drei zusammen, das sieht man nicht oft ...«

»Der Letzte ist ein Kandidat ... ziemlich weit, wenn er ein Nadelschiff fliegen darf ...«

Weit genug jedenfalls, um mir eine Menge Verdruss

aufzuladen. Ich unterdrückte ein lautloses Lachen. Hatte man genug über etwas gelernt, konnte man leicht in die größten Schwierigkeiten geraten. Fachleute verursachten immer den größten Schaden, wenn sie versagten.

Im Brückenraum angekommen, wies Sesehna auf den Pilotensitz und wandte sich zu mir. »Sie dürfen alle Startvorbereitungen treffen. Sobald Sie damit fertig sind, sagen Sie es mir.« Mit einer flüssigen, anmutigen Bewegung ließ sie sich in den Liegesitz des Zweiten Offiziers gleiten und schnallte sich an. Erelya blieb bei uns und nahm den Sitz des Dritten Offiziers ein.

Die Sitze waren den vorderen Bildschirmen und den manuellen Steuerungselementen etwas näher, und das war die erste Abweichung von dem Standardmuster der Nadelschiffe, die mir bisher aufgefallen war. Ich schob meinen Sitz ein wenig zurück und schnallte mich so rasch an, wie ich konnte. Sobald ich in das System eingeklinkt war, ging ich die Datenbasis des Schiffs durch und fand bestätigt, dass die *Hook* eines der neuesten Nadelschiffe war – weniger als zehn objektive Jahre alt. Beim Durchgehen der Checkliste ließ ich mich nicht von Nervosität zur Eile drängen, schaltete sogar von Sensor zu Sensor, um jene Bilder des vollen Spektrums zu bekommen, die sehr viel tiefer reichten als bloße Sicht, Bilder, die sich bisweilen sogar einstellten, wenn ich nicht an ein Nadelschiff angeschlossen war.

Mit der Checkliste überwachte ich die Veränderungen im Status des Schiffes, bemerkte, dass der Fusionsreaktor hochgefahren wurde, die Bordschleusen sich schlossen. Ich wandte mich zu Sesehna. »Wir sind startbereit, Ser.«

»Bringen Sie uns drei Kilometer hinaus zu einer Position fünf Komma null Grad relativ zu Schleuse drei.«

»Ja, Ser.« Ich informierte die Stationskontrolle und versuchte den glatten Start nachzuahmen, den ich mit Aragor und später mit einigen der anderen Piloten erlebt hatte, und die *Hook* glitt sauber aus der Schleuse und fort von der Station, allerdings nicht so seidenweich, wie ich es mir gewünscht hatte.

Mit den Steuerungstriebwerken brachte ich das Schiff in die gewünschte Position, die es um fünfzig Meter verfehlte, doch ließ ich es damit gut sein.

Nachdem sie die Bildschirme und die Instrumente abgelesen hatte, sagte Sesehna, ohne in meine Richtung zu blicken: »Machen Sie ein Annäherungsmanöver an die Station, Schleuse Nummer zwei. Vollständiger Stillstand fünf Meter vor den Stoßdämpfern.«

Einfach so. Ein so vollendetes Annäherungsmanöver, dass es einem Eindocken gleichkam – und die unausgesprochene Verheißung, dass ich Ärger bekommen würde, wenn ich das Manöver verpfuschte. Kopfschmerzen waren mir gewiss.

Ich kalkulierte zweimal und dann noch einmal. Ich machte eine Signalüberprüfung zu den Ionentriebwerken, um ein Gefühl für mögliche Abweichungen von der Norm durch Trägheitsmoment oder technische Verzögerungen zu bekommen. Dann veränderte ich die Berechnung, verständigte die Stationskontrolle und gab dem Ionenantrieb minimale Energie.

Die *Hook* glitt durch die Schwärze auf die Station zu, zuerst geringfügig beschleunigt, dann treibend, bevor ich mit den vorderen Triebwerken bremste.

Die Leistung der Ionentriebwerke ging sacht gegen Null, desgleichen die Ladung des Fusionsreaktors, und die *Hook* schwebte bewegungslos sechs Meter vor der Station. In meinem Nacken hatte sich Schweiß gebildet und sickerte nach außen.

»Nicht schlecht.« Sesehna wandte nicht den Kopf. »Für den Anfang ausreichend. Bringen Sie das Schiff wieder hinaus auf sechs Kilometer auf einunddreißig Grad.«

Das konnte und tat ich.

Sobald das Schiff stabil war, kam die nächste knappe Anweisung. »Eine Annäherung mit niedriger Energie.

Sieben Prozent von den Rinstaalzellen. Wieder bis auf fünf Meter.«

Sieben Prozent Energie mit einem schweren Nadelschiff und entsprechender Massenträgheit, das war viel verlangt, aber ich machte die Berechnungen und begann mit der Vorbereitung.

Als die *Hook* langsam in Bewegung kam, schalteten die Ionentriebwerke aus. Sesehna hatte sie manuell unterbrochen.

»Sie haben gerade die Hälfte der Rinstaalzellen verloren, und der Fusionsreaktor ist tot«, verkündete sie. »Beenden Sie die Annäherung auf fünf Meter mit zweieinhalb Prozent Energie.«

Ich unterdrückte aufkommende Nervosität und beschloss, mich nicht aus der Ruhe bringen zu lassen. Alles musste neu geordnet und versucht werden, das Manöver mit zwei minimalen Impulsen auszuführen. Ich konnte nicht riskieren, alle Energie mit einem zu verbrauchen.

Nach dem zweiten Impuls galt meine ganze Aufmerksamkeit der Distanz und der Annäherungsgeschwindigkeit. Während ich den Atem anhielt, kroch das Schiff mit abgeschalteten Triebwerken unendlich langsam auf das Ziel zu und hielt fünfeinhalb Meter vor der Passagierschleuse. Eine volle Minute, die mir viel länger vorkam, wartete ich schweigend.

»Bringen Sie das Schiff auf eine Distanz von acht Kilometern.«

Ich tat es und stabilisierte das Schiff wie angewiesen.

»Diesmal haben Sie elf Prozent und werden das Schiff eindocken. Das gesamte Programm bis zum Öffnen der Schleusen.«

»Ja, Ser.« Ich gab der Stationskontrolle Nachricht. »*Hook* beginnt Annäherungsmanöver zum Eindocken.«

»Verstanden eindocken, Kandidat.«

Erelya schien mehr angespannt als ich, und ich begann zu überlegen, welchen Notfall Sesehna diesmal inszenieren würde, aber nichts geschah, während ich die *Hook* langsam zur Station manövrierte und schließlich die Ionentriebwerke zum Bremsmanöver einschaltete.

Plötzlich fiel das gesamte Netz aus.

Sesehna warf mir einen Blick zu. »Beenden Sie das Manöver manuell, Tyndel. Volles Eindocken. Sie haben keine Kommunikationsmöglichkeit, kein System.«

Ich fand die manuellen Steuerelemente unter den Fingerspitzen, aber jeder Finger fühlte sich doppelt so groß an wie sonst, und die glatten Knöpfe waren schlüpfrig vom Schweiß. Ich hatte noch immer meine eigenen Rechenfähigkeiten, aber nun brauchte ich einen Faktor in größeren Verzögerungen und Trägheitsreaktionen. Der erste Bremsimpuls war spät und zu kurz, und ich rechnete fieberhaft, um den Ausgleichsfaktor zu bekommen.

Dann gab ich den Ionentriebwerken einen weiteren Schub, während mein Blick über die Anzeigen der manuellen Steuerung huschte. Mir war gleichzeitig heiß und kalt, und die Kleidung begann mir verschwitzt am Körper zu kleben.

Am Ende war der Stoß des Eindockens nur geringfügig stärker als normal, und mit diesem Stoß war das Netz wieder intakt. Ich war in Schweiß gebadet.

»Verlassen Sie die Eindockbucht und bringen Sie das Schiff wieder auf zwei Kilometer hinaus.«

Ich folgte den Anweisungen und wartete ab, welche andere schwierige Annäherung die Pilotin verlangen würde.

»Führen Sie eine normale Annäherung durch.«

»Ja, Ser.«

Ich verharrte in gespannter Aufmerksamkeit, wartete auf den nächsten Kniff, den nächsten Notfall, aber nichts geschah, und ich manövrierte die *Hook* vorsichtig in die Eindockbucht, diesmal sogar ohne einen Stoß.

Dann blieb ich so ruhig wie möglich sitzen und versuchte weder zu seufzen noch allzu tief Atem zu holen.

Sesehna und Erelya schnallten sich los. »Öffnen Sie die Schleusen. Wir sind fertig«, sagte sie zu mir. Und nach kurzer Pause fügte sie hinzu: »Sie sind gut genug.«

Ich hatte das Gefühl, dass diese paar Worte beinahe als Kompliment aufzufassen waren und alle Anerkennung darstellten, die ich finden würde.

Als sie mit Erelya zu den Schleusen glitt, die ich geöffnet hatte, hörte ich Sesehna zu der anderen sagen: »Wieder gute Arbeit.«

Sie war zur Schleuse hinaus und fort, bevor ich die Checkliste zum Abschalten der Systeme beendet hatte.

»Von nun an werden Sie alle Starts und Annäherungsmanöver ausführen«, sagte Erelya, die unbemerkt zurückgekehrt war.

»Was kommt als Nächstes?« Ich schnallte mich los und nahm meinen Helm aus dem Fach unter dem Pilotensitz.

»Die Verfahrensweisen für den Überraum, vor allem Eintritt und Austritt. Das wird ungefähr einen Monat in Anspruch nehmen, bis Sie Bescheid wissen, selbst wenn Sie nur noch Ihr halbes Gehirn haben. Dann bekommen Sie eine richtige Aufgabe.«

67

(Lyncol: 4521)

Der Unterschied zwischen Wahrheit und Ehrlichkeit ist der Unterschied zwischen dem Flussbett und dem Fluss.

Als ich in Runswi das Abfertigungsgebäude verließ, war der Nachmittagshimmel tiefblau. Trotz des Sonnenscheins wehte ein kühler, beinahe kalter Wind vom Meer herüber. Die Luft roch nach Herbst. Meine Gedanken beschäftigten sich mit Erelyas letzter Bemerkung: »Wenn Sie nächstes Mal wieder heraufkommen, werden Sie erfahren, ob Sie ein Nadelpilot sind.« Nächstes Mal? Warum die Möglichkeit anbieten, aber nicht einmal mit einer festen Planung verbinden? Nur weil es von der Verfügbarkeit eines Nadelschiffes abhing? Oder gab es mehr?

Der Wind fuhr mir durchs Haar, und ich strich es mit den Fingern zurück und verdrängte endlich meine Sorgen, was noch nötig werden konnte, um ein Nadeljockey zu werden. Stattdessen lenkte ich meine Gedanken und Erwartungen auf die rothaarige und sehr aufrichtige Frau, die mir zur Selbstfindung verholfen hatte. Ich wollte nach Lyncol und einige Zeit mit Cerelle verbringen. Ich blickte umher und hoffte sie zu sehen, obwohl ich wusste, dass sie nicht erfahren haben konnte, wann ich zurückkehren würde, weil ich es selbst nur ein paar Stunden zuvor erfahren hatte.

An Cerelles Stelle wartete die blonde Aleyisha vor dem Abfertigungsgebäude. Sie winkte mir zu. »Tyndel!«

Ich hielt auf sie zu. »Gute Nachricht oder schlechte Nachricht?«

»Keine schlechte Nachricht.« Die vollen Lippen lächelten, die braunen Augen waren freundlich. »Sie waren sehr beschäftigt. Ich dachte, etwas Gesellschaft würde Ihnen gefallen. Cerelle dachte das Gleiche. Sie ist unterwegs nach Thesalle.«

»Für längere Zeit?«, platzte ich heraus. Thesalle …? Die grüne Welt, die nicht war, was sie schien, deren Fremdartigkeit immer neue Fragen und Probleme aufwarf? Warum Cerelle?

Aleyishas Lächeln wurde breiter. »Wie ich sehe, sind Sie nicht in allen Lebenslagen der beherrschte Meister des Dzin.«

»Das war ich nie. Nicht allzu sehr.« Es war schwierig gewesen, am Dzin festzuhalten, wenn ich mich erinnerte, wie ich im Haus des Dzinmeisters in Hybra Tee getrunken hatte, oder wenn ich an meine Grausamkeit gegen Cerelle dachte, meinen Widerstand und meine Aggression gegen sie, obwohl die Schuld bei mir gelegen hatte. War ich bei alledem jemals ein wahrer Meister des Dzin gewesen? Nicht wirklich … oder nicht vollkommen. »Wissen Sie, was sie auf Thesalle tut?«

»Cerelle? Nur ganz allgemein. Sie brauchen dort eine Person, die nicht in Rykasha geboren ist, um vergleichende Messungen der atmosphärischen Grundbelastung vorzunehmen.«

»Was soll ich davon halten.«

Aleyisha schüttelte den Kopf, dass die blonden Locken flogen und mehr von ihrem elfenhaften Gesicht zeigten. »Jedes Mal, wenn ich Sie sehe, sind Sie aufrichtiger mit sich selbst geworden«, sagte sie nach einem Moment.

»Es muss damit zu tun haben, dass ich ein Dämon geworden bin.«

»Nicht alle Dämonen sind so aufrichtig wie Sie. Also bezweifle ich das.« Sie neigte den Kopf auf die Seite. »Haben Sie Hunger?«

»Ja. Gehen wir essen«, schlug ich vor.

Sie nickte. Ihr einteiliger Anzug war diesmal rot, mit silbernen Ärmelstreifen, und ich nickte zu mir selbst, als wir den Fußweg nach Nordosten nahmen.

»Es sei denn, Sie möchten kochen«, ergänzte ich.

»Was ich koche, will keiner von uns essen.«

»Da bin ich nicht so sicher.«

»Sie würden es sein, wenn ich kochte, Tyndel.« Sie wechselte das Thema. »Wie geht es mit der Ausbildung voran?«

»Sie nähert sich dem Ende, aber man will oder kann mir keine definitive Antwort geben, wie lange es noch dauern wird, bevor ich erfahre, ob ich es als Nadeljockey schaffen werde oder nicht.«

Wir stiegen die breiten Steinstufen zum Restaurant

hinauf. Oben angelangt, sah sie mich an. »Sie werden es schaffen.« Sie sagte es mit ruhiger Sicherheit.

»Freut mich, dass Sie so denken. Es gibt Zeiten, da bin ich meiner Sache nicht sicher.« Ich hielt ihr die Tür.

»Wenige sind so hart gegen sich selbst wie Sie es sind – jetzt.«

Ich verstand das »jetzt«. Ich hatte mich zu sehr verhätschelt, aber wer konnte sagen, dass ich es nicht immer noch tat?

Als ich mich mit meinem Teller Pfefferhühnchen nach einem Rezept aus Dhurr an den Tisch setzte und durch das Panoramafenster in den Herbstnachmittag hinausblickte, fiel mein Blick auf einen blauen Reiher, der auf einem Bein am anderen Ufer des kleinen Sees stand. »Üben Sie eine Anziehungskraft auf Reiher aus?«

Aleyisha blickte von ihrem Teller mit Pflaumenknödeln auf und zum Fenster hinaus. »Nur wenn ich mit Ihnen rede.«

Ich lachte. »Sie haben seit damals keinen gesehen?«

»Ich habe nicht darauf geachtet.«

»Worauf haben Sie geachtet?«

Aleyisha beachtete meine Frage nicht. »Sie leben seit bald acht Jahren objektiver Zeit in Rykasha …«

»Zwei Drittel davon in persönlich objektiver Zeit.« Ich nahm einen Schluck vom dampfenden Arleentee und genoss ihn sehr, da der Tee in einer Orbitalstation nicht der gleiche ist.

»Das ist trotzdem eine lange Zeit. Beinahe sechs Jahre, und Sie fragen sich noch immer, ob Sie dazugehören und ob Sie es sollten.« Sie nahm ein Glas mit blassgrüner Flüssigkeit und nippte davon. »Warum stellten Sie sich selbst nicht infrage, als Sie sich als einen Bürger Dorchas betrachteten?«

Weil du nicht wolltest … weil du niemals die größere Welt suchtest? Weil das Dzin dich lehrte, Bedeutung in dem zu suchen, was ist, statt in dem, was nicht ist? »Für mich war das keine Frage. Das kam später.« Ich lachte. »Nachdem Cerelle mein Gehirn entwirrt und mein Ego zurechtgestutzt hatte.«

Aleyisha blickte mir aufmerksam in die Augen. »Ich bemerke kein zwergenhaftes Ego.«

»Sie sind auch hilfreich.«

Sie zog die Brauen hoch, und der Ausdruck war so komisch, dass ich beinahe an meinem Pfefferhühnchen erstickt wäre. »Wechseln wir das Thema. Was ist das Herz von Rykasha? Wie wird es bestimmt. Haben Sie darüber nachgedacht?«

»Ich nehme an, es hängt davon ab, was Sie unter dem Herzen verstehen. Funktional gesehen, ist die Nanotechnik der Schlüssel zu Rykasha, weil sie die gesamte Struktur ermöglicht.«

»Das könnte man eher das Skelett oder das Nervensystem nennen«, meinte sie sinnend.

Die Stücke fügten sich zusammen. So offensichtlich, dass es geradezu schlicht war. *Große Macht gestattet Aufrichtigkeit und zwingt die Menschen in solch einer Gesellschaft, sie zu verlangen.*

»Was denken Sie?« Ein besorgter Ton kam in ihre Stimme, als sie mein Gesicht studierte.

»Ich denke über Aufrichtigkeit nach. Warum müssen Rykashaner Aufrichtigkeit verlangen – und größere Aufrichtigkeit für diejenigen mit größerer Verantwortung.« Ich trank von meinem Tee, der inzwischen abgekühlt war. »Das ist Ihr Herz, wenn Sie es so nennen wollen.«

Ein amüsiertes Lächeln ersetzte das besorgte Stirnrunzeln.

»Weil es keine brauchbare Alternative gibt. High-Tech – und Nanotechnik ist zweifellos High-Tech – erfordert größere Ehrlichkeit, wenn das Gemeinwesen überleben soll. Täuschung, Heuchelei oder exaltiertes Benehmen sind tödlich für eine gesellschaftliche Gruppe, in deren Händen große Machtkonzentration liegt.«

»So?« Aleyisha nahm wieder einen Schluck aus ihrem Glas, dann machte sie sich über den letzten Pflaumenknödel auf ihrem Teller her. »Warum sollte das so sein?«

»Sie wissen es, aber ich soll es erklären.«

»Ich weiß nicht, ob ich es weiß. Ihre Antwort, meine ich.«

»Es ist schwierig in Worte zu fassen, aber ich will es versuchen. Es gibt nur zwei Kontrollen gegen den Missbrauch von Macht: größere Macht und den individuellen Willen der Machthaber. In dem Maße, wie Macht durch Fähigkeit vergrößert wird, steigt die abträgliche Wirkung der Machtkontrolle durch den Gebrauch größerer Macht exponentiell.« Ich schwieg für einen Moment. »Vielleicht nicht exponentiell, aber die Nebenwirkungen wachsen schneller als die individuelle Macht, weil es eine immer größere Machtkonzentration erfordert, Machtmissbrauch zu kontrollieren. Das bedeutet, dass es nur ein realisierbares Mittel zur Machtkontrolle gibt: die Gewährleistung, dass Macht verantwortungsbewusst gebraucht wird. Das einzig wirksame Mittel, das ich sehen kann, ist Ehrlichkeit zu garantieren; und Rykasha scheut keine Mühe, genau das zu tun.«

»Sie nehmen an, dass Ehrlichkeit Redlichkeit widerspiegelt«, sagte Aleyisha.

»Ich definiere Ehrlichkeit in dem Sinne, dass man aufrichtig mit sich selbst sein soll.«

»Kann jemand nicht aufrichtig mit sich selbst sein und trotzdem andere täuschen?«

»Die Autorität tut es die ganze Zeit«, versetzte ich, »indem sie die Menschen Halbwahrheiten glauben lässt. Aber die ganze Wahrheit ist für jeden da, der sie sehen will. Sehen Sie sich die Nadelschiffe an. Der Raum ist unfassbar groß, und Überraum muss gefährlich sein. Das kann ich schon nach der Art der Ausbildung sagen. Aber nirgends ist das festgestellt. Es muss Schiffe geben, die niemals angekommen sind, aber es gibt keine Unterlagen darüber, die ich finden kann. Das Problem ist, dass die meisten Leute es nicht sehen können oder wollen, weil es nicht dem entspricht, was sie glauben möchten. Aber das ist nicht ganz dasselbe wie es so darzustellen, dass Aufrichtigkeit gegen sich selbst notwendig sei, um Macht auszuüben. Das erklärt wirklich, warum Sie Alicia und Tomas haben. Nie versagende Aufrichtigkeit gegen sich selbst ist alles, was ihnen geblieben ist – und ehrlicher Stolz auf diese Aufrichtigkeit.«

»Sie denken, die beiden seien so etwas wie Polizisten?«

»Ich weiß es.«

Aleyisha leerte das Glas, das sie zum Tisch gebracht hatte. Im Zwielicht flog der große blaue Reiher auf und mit schweren Flügelschlägen in die Richtung der Sümpfe davon. »Sie sind ein richtiger Philosoph, Tyndel.«

Ich schüttelte den Kopf. »Ich brauchte sechs Jahre, um es herauszufinden. Das ist keine große Philosophie, nicht für jemanden, der ein halbes Leben in den Hallen von Henvor verbracht hat.«

»Die meisten, die so lang dort waren, würden nie darauf kommen, Tyndel.« Sie stand auf. »Ich hoffe, es macht Ihnen nichts aus, aber ich habe morgen einen langen Tag.«

»Es macht mir nichts aus.« Als ich aufstand, sah ich Aleyisha forschend an. »Habe ich bestanden, ehrenwerte Prüferin?«

Sie musste so lachen, dass ihr die Augen tränten. Ich konnte nicht umhin, mit einzustimmen. Das Paar in der Ecke starrte herüber, konnte sich den plötzlichen Ausbruch von Heiterkeit nicht erklären.

Schließlich schnaufte sie: »Tyndel … Sie werden Ihre Sache gut machen, keine Sorge.«

»Es war offensichtlich, als ich es mir durch den Kopf gehen ließ.« Das war gewöhnlich das Problem – zu entdecken, was das wirkliche Problem war, der Schritt über das Dzin hinaus.

»Das ist richtig – aber niemand hat sich jemals so wie Sie damit auseinander gesetzt.« Sie schüttelte den Kopf. »Sie haben mehr von einem Rykashaner als die meisten hier. Sie leugneten es am Anfang, und Sie versuchen noch immer, es zu leugnen.«

»Was hat das damit zu tun, dass ich ein Pilot werden möchte?«

»Alles«, antwortete Aleyisha. »Alles. Sie werden sehen.« Sie hob die Hand und berührte meine Wange, dann machte sie kehrt und ging zwischen den leeren Tischen hindurch zur Tür. Ich folgte ihr. »Selbst wenn ich diejenige gewesen wäre, die Sie in Empfang genommen und in die Gesellschaft von Rykasha eingeführt hätte, Tyndel – es hätte nicht geklappt. Sie waren zu aufrichtig für die Gesellschaft von Dorcha, und Sie sind zu aufrichtig für mich.«

Dabei war ich nicht so aufrichtig gewesen. Auch ich war Selbsttäuschungen erlegen und hatte mich lieber auf die Erlangung des Titels eines Dzinmeisters konzentriert als auf das Verständnis, das der Titel voraussetzte. Erst Cerelle hatte das mit einer Aufrichtigkeit, die in ihrer Direktheit beinahe brutal gewesen war, geändert. »Niemand ist zu aufrichtig für Sie.«

Auf dem Weg hinaus hielt sie mir die Tür auf. »Sehr freundlich, Tyndel, aber es ist nicht so. Beinahe wäre ich damals in Ihr Bett gestiegen, weil Sie noch litten, und ich Sie trösten wollte. Diese Art von Trost ist nicht aufrichtig, und das wussten Sie.«

»Ich versuchte aufrichtig zu sein.«

»Ich weiß.« Wieder berührte Aleyisha kurz meine Wange, bevor sie die Hand sinken ließ und in die Dunkelheit jenseits der Lichter ging, eine Dunkelheit, die meine Augen so leicht durchdringen konnten als wäre Vollmond. »Gute Nacht, Tyndel. Vergessen Sie nicht, die medizinische Abteilung aufzusuchen, bevor der Transporter startet.«

»Ich werde daran denken. Gute Nacht, ehrenwerte Prüferin.«

»Sie kommen auch noch an die Reihe …« Ein leises Lachen folgte ihren Worten.

»Vielleicht.«

Statt in ein leeres Zimmer zurückzukehren, unternahm ich einen langen Spaziergang auf dem Fußweg, der am Gebäudekomplex vorbei führte und über den Höhenrücken verlief, der vielleicht einmal eine Seitenmoräne oder eine Flussterrasse gewesen sein mochte. Ich sollte mehr von einem Rykashaner haben als die meisten? Was war ein Rykashaner, ein Dämon?

Jemand, dessen Körper von Naniten durchschwärmt wurde und Kräfte besaß, die jenseits des Vorstellungsvermögens der Alten waren? Jemand, dessen Naniten einen dorchanischen Dämonenscanner auslösten? War es ebenso ein Geisteszustand wie die Zugehörigkeit zu einem bestimmten Volk oder einer Gruppe?

In der Abendstille ertönte der Ruf einer Eule, ein spukhafter Ruf, der aber keine Antworten bot.

Auch als ich schließlich mein Quartier erreichte und mich schlafen legte, hatte ich noch keine Antworten auf meine Fragen, noch auf die beiden anderen Fragen, die neu dazugekommen waren: Warum waren solche Fragen wichtig? Warum beschäftigten sie mich überhaupt?

Ich lag auf dem Bett, dachte an Cerelle, die irgendwo auf Thesalle war, an Aleyisha, an die Aufrichtigkeit und über die jetzt realistische Aussicht, ein Nadeljockey zu werden.

Als mir die Augen zufielen, waren die rotgoldenen Lichtbogen heller, näher, und die Schwärze des Raumes viel tiefer, doch von einem lockenden Glanz.

Ich setzte mich aufrecht, starrte ins dunkle Zimmer und atmete angestrengt.

Nach einer kleinen Weile trat ich zum Fenster und

blickte hinaus in die silbergrau und schwarz im matten Schein des Halbmondes liegende Landschaft. Mehr Rykashaner als die meisten … Aber was war ein Rykashaner, oder ein Dämon?

Das konnte ich noch immer nicht beantworten, nicht so wie ich es gern getan hätte.

68

(Orbitalstation Zwei/Santerene: 4521)

Technisch entwickeltes Selbstbewusstsein isoliert das Selbst zu einem Individuum, das andere auf den Status von Dingen reduziert.

Um sechs Uhr schleuste Bekunin mich durch die Diagnostik, nickte und sagte: »Alles in Ordnung.«

Ich erreichte den Sieben-Uhr-Transporter, wie es mir schon zur Gewohnheit geworden war, und nicht viel später stand ich im Bereitschaftsraum vor meinem Spind. Ich öffnete ihn. Meine blassgrünen Bordanzüge waren alle gegen die dunkelgrünen ausgetauscht, die von Nadeljockeys getragen wurden, und alle lagen sauber zusammengelegt auf den Regalen. Am Kragenspiegel des ersten neuen Bordanzuges schimmerte das Symbol des goldenen Netzes. Ich wandte mich um, als jemand hereinkam. Erelya schwebte in der Türöffnung.

»Nur zu. Legen Sie ihn an.« Sie wirkte angespannt, wie ich sie noch nie gesehen hatte.

Ich zog die Stiefel aus, stieg dann aus dem blassgrünen Anzug und legte ihn zusammen. »Tun Sie ihn einfach in den Behälter für die Reinigung.«

Vorsichtig stieg ich in den neuen Anzug von dunklerem Grün. Das Gewebe fühlte sich beinahe wie Seide an.

Und es war Seide, modifizierte und von Naniten erzeugte Seide, aber nichtsdestoweniger Seide. Nachdem ich die Stiefel wieder angezogen hatte, blickte ich Erelya forschend an. »Dies wird nicht so einfach wie Sie mich glauben machen wollen, wie?«

Sie zuckte die Achseln. »Ja und nein. Nur ein Bewusstsein kann ein Nadelschiff steuern – ein Bewusstsein allein. Sie wissen, dass es so etwas wie einen Copiloten gar nicht gibt. Wir bilden Sie so gründlich aus, wie wir können. Wir erforschen die Routen so gut wir können und überlassen den angehenden Piloten die einfacheren Strecken … Aber es gibt viele Faktoren, die nicht voraussagbar sind …« Wieder hob sie die Schultern. »Wenn wir meinen, dass Sie bereit sind, bekommen Sie ein Schiff und eine Route.«

Und jeder hofft, dass du gut genug ausgebildet bist, um das Ziel zu erreichen und sicher zurückzukehren.

»Genau«, sagte sie.

Manchmal konnten sensitive Leute Gedanken lesen oder erahnen. Manchmal konnte sogar ich es, bei Cerelle und Aleyisha, aber öfter bei Cerelle.

»Gehen wir hinauf zur Verwaltung«, fuhr Erelya fort. »Sie müssen Astlyn kennen lernen. Dann werden Sie mit Ihren Offizieren bekannt gemacht.«

Meinen Offizieren? Das klang seltsam, so sehr, dass ich mich inwendig beinahe taub fühlte, aber ich nahm Helm und Ausrüstung und folgte ihr durch den Korridor und den Schacht hinauf.

»Ihr Schiff wird die *Mambrino* sein«, sagte sie über die Schulter.

Die *Mambrino?* Ich unterdrückte ein Lachen. *Sicherlich passend für dich, Meister des Dzin und Sucher nach Illusionen.* »Es ist eines der älteren Schiffe, nicht wahr? Ein geringerer Verlust, wenn es nicht klappt?«

»Ein größerer Verlust. Die älteren Schiffe sind im Überraum stabiler, aber das ist nicht der entscheidende Punkt.

Es passt zu ihnen. Wir versuchen die Schiffe den Piloten anzupassen. Sie werden sehen.«

Ihr sachlicher Ton ernüchterte mich. »Ich verstehe.«

»Erst wenn Sie gesehen haben.«

Aber ich hätte es mir denken sollen. »Ich werde auf mich selbst gestellt sein, und Sie haben keine Ahnung, ob ich es schaffen werde oder nicht, oder ob ich ein Schiff zerstören werde ...«

»Das ist richtig. Die Autorität setzt auf jeden neuen Nadeljockey ein Schiff und seine Fracht – zehn Millionen Krediteinheiten.« Wir verließen den Schaft und glitten nach links den oberen Korridor entlang.

Tatsächlich setzte die Autorität diesen Betrag auf jede Reise. Das Risiko war beim ersten Mal nur um einiges größer. Und nun hatte ich die Verantwortung zu tragen.

»Die Fracht ist wertvoll. Nicht unersetzlich, aber doch nahe daran. Nanoschablonen, gentechnisch angepasstes Saatgut, Düngemittel, Landmaschinen, elektronisches Gerät, Ersatzteile und dergleichen. Sie wissen bereits, Tyndel, dass jede interstellare Fracht schwer zu ersetzen ist. Das gleiche gilt für Piloten.« Sie öffnete eine blau und schwarz umrandete Luke und bedeutete mir, einzutreten.

In der Zentrale der Operationsabteilung erwartete uns ein Mann, der in der leichten, künstlichen Schwere neben der Konsole stand. Er sah sportlich und braungebrannt aus, und seine dunklen Augen blickten zugleich arglos und durch mich hindurch.

»Dies ist Astlyn. Er ist hier Direktor der Operationsabteilung. Astlyn, dies ist Tyndel.«

Auf seinem Kragenspiegel war das goldene Netzsymbol mit zwei vierzackigen Sternen auf jeder Seite. Meine interne Datei ließ mich wissen, dass er sowohl Pilot als auch ein rangniedriges Mitglied der Autorität war.

»Ich bin erfreut, Sie kennenzulernen, Tyndel. Ich hoffe, wir werden Sie noch oft unter uns haben. Erelya hat Vertrauen in Sie.«

»Ich hoffe mich dieses Vertrauens würdig zu erweisen.« Was sollte ich sonst sagen?

»Ich auch. Erelya täuscht sich selten.« Astlyns dünne Augenbrauen hoben sich ein wenig. »Sie im Irrtum zu sehen, würde mich betrüben.«

Das war beinahe ein Befehl – bring das Schiff heil zurück.

»Mich auch, Ser.«

»Gut.« Er nickte mir zu und wandte sich zu Erelya. »Ich überlasse es Ihnen, die Offiziere vorzustellen.«

Wozu brauchte er mich zu sehen? Nur um mir zu zeigen, dass er Direktor der Operationsabteilung ist? Dass er Mitglied der Autorität war?

»Er ist der Mann, der erste Flüge genehmigt«, sagte Erelya, als wir draußen waren. »Das heißt, wenn Sie versagen, rollen unsere Köpfe.« Nachdem sie das hatte einwirken lassen, fuhr sie fort: »Bei Ihrem nächsten Flug werden Sie Ihre Besatzung im Bereitschaftsraum treffen und sich selbst vorstellen.«

Als wäre es eine Art Stichwort, betraten zwei Offiziere den kleinen Raum in der Operationsabteilung.

Erelya zeigte auf eine rundgesichtige Blondine in einem einteiligen Anzug, der dunkler war als mein Kandidatengrün gewesen war, aber leichter als der seidene Anzug des Nadeljockeys. »Berya wird Ihr Zweiter sein.«

»Sehr erfreut«, sagte ich und musterte die Frau, die sich gelassen gab und damit einen Eindruck von Kompetenz erweckte. Zweiter und Dritter Offizier sollten imstande sein, ein Nadelschiff mit der manuellen Steuerung im realen Raum zu manövrieren, falls dem Pilot im Überraum etwas zustieß, und zweifellos waren die Offiziere der *Mambrino* erfahrener als die meisten, um meine Unerfahrenheit auszugleichen.

Sie nickte und erwiderte mein Lächeln etwas gezwungen. »Erelya sagt, Sie seien gut.«

»Ich hoffe, Ihrem Vertrauen gerecht zu werden.«

Ein stämmiger dunkelhaariger Mann neben Berya neigte den Kopf. Erelya streckte die Hand zu ihm aus. »Souphan wird Ihr Dritter sein. Er hat eine längerfristige dienstliche Aufgabe auf Santerene, und Sie werden dort einen anderen Dritten für die Rückreise an Bord nehmen.«

»Die Fracht ist bereits an Bord«, bemerkte Souphan. »Voll, aber unterhalb der Massengrenze.«

»Gut«, sagten Erelya und ich gleichzeitig.

Sie lächelte. »Ich werde Sie jetzt verlassen, damit Sie die Startvorbereitungen treffen können.«

Ich bedankte mich und nickte den beiden anderen zu.

Berya ging voraus, wir kehrten durch den Schacht zurück zur Passagierebene und glitten zu Schleuse drei, wo die *Mambrino* eingedockt lag. Bisher hatte keiner von uns ein Wort gesagt. Vòr der Schleuse angelangt, sagte ich schließlich: »Ich weiß Ihr Können und Ihr Selbstvertrauen zu schätzen.«

»Dazu sind wir da, Kapitän.« Beryas Lächeln war professionell und ziemlich reserviert.

Souphan gab den Zugangscode ein, und die Schiffsschleuse öffnete sich. »Ich werde unten sein, Ser, und noch einmal die Ladung und die Vertäuungen überprüfen.«

Unter Souphans Gesichtspunkt war das sicherlich vernünftig – mit einem neuen Piloten am Steuer.

Ich erkannte verspätet, dass ich das Schiff mit der Fernbedienung hätte öffnen sollen. Dann begann ich meine Inspektion mit dem Passagierabteil und setzte sie durch alle Räume fort, wie ich es gelernt hatte. Und ich fand nichts Ungewöhnliches.

Schließlich erreichte ich die Zentrale, und nachdem ich

mich im Pilotensitz angeschnallt hatte, überprüfte ich die Kopfhörer und begann die Checkliste durchzugehen.

»Passagiere gehen an Bord«, verkündete Berya. »Fünf Personen, alle für Santerene Drei.«

»Danke. Sonst noch etwas, das ich wissen sollte?«

»Die Leute wissen nicht, dass dies Ihr erster Flug ist.«

»Dann wollen wir zusehen, dass es dabei bleibt.« Meine Antwort brachte ein knappes Lächeln in das runde Gesicht Beryas, aber nur für einen Augenblick.

Noch ehe Souphan zurückkehrte, war ich bereit, die *Mambrino* aus der Eindockbucht zu manövrieren, überprüfte aber in der Zwischenzeit noch einmal alle Systeme und versuchte ein besseres Gefühl für Sensoren und Reaktionen zu bekommen.

Der Dritte kam herein und schnallte sich an. »Wir sind startbereit.«

»Ich werde die Operationsabteilung verständigen.«

Berya machte bereits die Durchsage für die Passagiere, kündigte den Start an und forderte sie auf, ihre Gurte zu schließen. Ihre Stimme kam durch die Lautsprecher in der Zentrale und durch das System.

Ich rief die Operationsabteilung. »Orbital Zwei, *Mambrino* startbereit.«

»*Mambrino*, Umgebung frei, keine Ankünfte um diese Zeit.«

»Orbital Zwei, Ziel Santerene, beginnen mit dem Ablegen.« Als das Tor sich öffnete, gab ich den achteren Ionentriebwerken den leisesten Schub, gerade genug, um uns auszudocken und von der Station zu entfernen.

»Orbital Zwei, *Mambrino* klar von Schleuse drei. Wir starten.«

»Gute Reise, *Mambrino.* Direktor Astlyn übermittelt beste Wünsche.«

»Orbital Zwei, danken Sie ihm für uns.«

Ich befeuchtete die Lippen und verstärkte die Energiezufuhr vom Fusionsreaktor. Selbst bei höchster Energieabgabe war die Beschleunigung der Ionentriebwerke im Gegensatz zum photonischen System begrenzt, aber wir mussten mindestens zweihundert Kilometer von der Station entfernt sein, bevor ich das Hauptantriebssystem zünden konnte.

Als ich dann die Photonennetze ausbrachte, die Konfiguration der Kursberechnung anglich und von den Ionentriebwerken auf photonischen Antrieb umschaltete, machte sich die Trägheitsmasse der Ladung deutlich bemerkbar, und es stellte sich ein Gefühl ein, das den Begriff »Jockey« passender erscheinen ließ als ich gedacht hatte.

Ich zog die Nase des Nadelschiffs langsam aufwärts, um die für Santerene notwendige Orientierung herzustellen, als die Beschleunigung weiter zunahm und sich dem für den Eintritt notwendigen Wert näherte. Dann kam der Energiestoß, und Gitter auf Gitter hob die Nadel zum Überraum.

»Minus zehn für Eintritt«, sagte ich ruhig, als die wachsende Beschleunigung uns in die Liegesitze presste und die Schalen über uns aus ihren Halterungen schnappten.

»Letzte Warnung«, sagte Berya ins Mikrofon. »Sie müssen angeschnallt in Ihren Liegesitzen sein.«

»Minus fünf.« Ich warf einen Blick zum Bildschirm, der das Innere der Passagierkabine zeigte. Ich sah und fühlte, dass alle Passagiere vorschriftsmäßig gesichert waren. Dann kalkulierte ich ein weiteres Mal, um eine möglichst vollkommene Orientierung zu erreichen.

»Minus drei.«

Die Schutzschalen und der Nanitenschaum waren auf uns niedergegangen und versiegelten uns gegen den Druck der wachsenden Beschleunigung, die jetzt mehr als zehn Ge betrug und sich weiter aufbaute. Ich fühlte, wie die Barrieren zwischen jetzt und dem Überraum dünner wurden, immer dünner.

Dann glitt die *Mambrino* jenseits des Jetzt in eine momentane Stille.

Der Überraum war nicht die blinde Schwärze, auf die Alicias und Tomas' Training mich vorbereitet hatten. Der Hintergrund war dunkelpurpur, mit einem Anflug von Grün, wie ein aufziehender Sturm ohne die Wolkenformationen. Wo ich stand/flog/schwebte, schien der Gipfel eines Hügels zu sein, dessen Hang von mir abwärts zu einem fernen Leuchtfeuer verlief. Hinter mir konnte ich das Pulsieren des energiestarken Mondleuchtfeuers fühlen und das Muster identifizieren.

Langsam – es erschien langsam – peilte ich das Schiff auf das Muster des fernen Leuchtfeuers vor mir ein, identifizierte die Lichtpulse und fand bestätigt, dass es die Identifikation von Santerene war. Ich spürte weitere Leuchtfeuer, vielleicht ein Dutzend, die über verschiedene Entfernungen verstreut waren, Entfernungen, von denen ich wusste, dass sie täuschten.

Von meinem gegenwärtigen Standort konnte ich fühlen, dass der Überraumgradient nach Santerene durchweg bergab führte, beinahe wie ein Wiesenhang, der in eine Ebene ausläuft. Ich hielt Kurs.

Eine träge schwarze Sonne stieg langsam unter mir – *zwei-achtundachtzig, minus siebenundsiebzig* – aus dem purpurnen Dunst empor.

Ich schob mich – die *Mambrino* und ich waren ein und dasselbe – behutsam ein wenig seitwärts und vorwärts durch die Wolke von zartlila Flieder, vorbei an den Klängen einer deutschen Polka und durch den Schleier eines verklingenden Marsches.

Ein Lauf … ein Galopp, und der Hang glitt unter mir vorüber.

Irgendwo jenseits der Ferne fühlte ich ein Feuerrad aus Sternen und einen rotgoldenen Lichtbogen, aber sie waren dort, ohne zu locken, ohne zu drohen – einfach irgendwo draußen jenseits des Überraums.

Eine weitere Sonne – gelblichschwarz – flammte auf mich zu, aber es genügte ein leichter bogenförmiger Sprung, um an diesem hummelähnlichen Summen vorbeizukommen und wieder auf den Gradienten zurückzusinken.

Das Leuchtfeuer mit der Identifikation von Santerene wurde wärmer, und dann steuerte das Programm den Austritt aus dem Überraum an.

Die Zentrale erschien wieder in meinem Gesichtsfeld, blendend weiß, dann wieder im Standardgrau von Komposit und Kunststoff und Elektronik.

Das war es? Ich zwinkerte, entdeckte, dass ich in Schweiß gebadet war und mein Körper sich wund anfühlte. Die g-Anzeige reichte von plus vierzehn bis plus dreiundzwanzig, Werte, die ich nicht bewusst wahrgenommen hatte.

»Glatter Flug«, sagte Berya. »Die leichteste Reise, die ich je machte.« Sie wandte sich auf ihrem Liegesitz halb zu Souphan. »So sollten sie alle fühlen.«

Erelya hatte es mir nicht gesagt, aber ich war nicht überrascht zu erfahren, dass die Offiziere, die einen Nadeljockey auf seiner ersten Reise begleiteten, Gefahrenzulage erhielten. Beryas Bemerkung deutete an, dass sie schon mehr als ein paar Jockey-Anfänger begleitet hatte.

Beinahe hätte ich sie gefragt, wofür sie Krediteinheiten scheffelte, entschied mich aber gegen die Leichtfertigkeit. Stattdessen erhöhte ich die Energieabgabe des Fusionsreaktors und ließ die Photonennetze langsam erlöschen, als die *Mambrino* auf die Orbitalstation Santerene zuhielt.

Sobald wir einen gleichmäßigen Annäherungskurs flogen, machte ich meine Meldung: »Orbital Santerene, dies ist *Mambrino* im Anflug, Kapitän Tyndel, Zweiter Berya, Dritter Souphan. Fünf Passagiere. Kondition grün. Geschätzte Ankunft in ...« Ich musste unterbrechen und den Zeitdehnungseffekt berechnen, so minimal er wahrscheinlich sein würde, und außerdem die Verzögerungszeit der Sendung. Selbst der gebündelte Strahl stehender Wellen war den Einschränkungen der Lichtgeschwindigkeit unterworfen. Dann gab ich noch etwas Luft und endete: »… zwanzig Standardminuten.«

Kurz darauf traf die Antwort von Santerene ein.

»Kapitän Tyndel, wir haben die *Mambrino* geortet und rechnen fünfzehn Minuten bis zum Eindocken. Kommandant Krigisa wird Sie begrüßen.«

»Verstanden. Fünfzehn Minuten.«

Stationskommandanten begrüßten normalerweise nicht jedes einlaufende Schiff, das wusste ich von der Station Omega Eridani. Also musste Krigisa wissen, dass ich neu war. Ich fragte mich wie, weil zwischen den Systemen nichts schneller reiste als ein Nadelschiff. Natürlich verlangte die Vorschrift, dass ich die Besatzung und die Zahl der Passagiere und etwaige hohe Beamte der Autorität ankündigte und der Kommandant kannte wahrscheinlich alle Nadeljockeys bei ihren Namen, und diese Route war die leichteste von allen. Also bedeutete eine leichte Route und ein neuer Name einen neuen Piloten. Ich hoffte, das war alles.

In zehntausend Kilometern Entfernung faltete ich die Photonennetze, aber mit genug Masse, dass ich bei fünfhundert das Bremsmanöver abschließen und mit geringer Restgeschwindigkeit die Station anfliegen konnte. Es klappte, und ich zündete die Ionentriebwerke für die letzten Manöver, während die Schutzschalen sich von den Liegesitzen hoben.

»Orbital Santerene, *Mambrino* zehn Minuten. Beginnen Annäherungsmanöver.«

»Schleuse zwei frei zum Eindocken, *Mambrino.* Lokale Leuchtfeuer brennen.«

»Verstanden Schleuse zwei.«

Von da an war es schon Routine, und das Nadelschiff glitt fast ohne einen Stoß in die Eindockbucht. Es gelang mir, den Seufzer zu unterdrücken, nach dem mir war, als ich mich losschnallte und aufsetzte.

»Weiche Landung, Kapitän«, bemerkte Berya.

»Danke. Ich hatte es gehofft, aber man kann nie wissen.«

»So ist es, Ser«, sagte Souphan mit erleichtertem Grinsen.

»Sie werden den Stationskommandanten oder den Technischen Offizier begrüßen, Kapitän«, sagte Berya, als ich mich in der Schwerelosigkeit vorsichtig erhob. »Wir kümmern uns um die Ladung und die Passagiere und die Bordsysteme.« Dann fragte sie: »Gibt es Instandhaltungsprobleme?«

Ich musste nachdenken, hatte aber nichts bemerkt. Lag es daran, dass ich noch nicht feinfühlig genug war, die Nuancen wahrzunehmen, oder gab es wirklich keine? »Ich habe nichts bemerkt.«

»War auch nicht zu erwarten. Gewöhnlich machen sich Pannen nach dem Austritt bemerkbar, und Sie brachten uns sauber heraus.«

Wie viel davon mir zukam und wie viel der *Mambrino,* war mir nicht klar, aber im Augenblick des Geschehens war es nicht wichtig gewesen.

Die Passagiere waren alle von Bord, als ich die Bordsysteme abgeschaltet und meinen Seesack an mich genommen hatte. Trotzdem musste ich noch die Logbucheintragung über den Flug in den Computer diktieren, nachdem Souphan sichergestellt hatte, dass die Fracht entladen wurde. Eine muskulöse Frau mit goldener Haut, mindestens einen Kopf größer als ich, wartete bei der oberen Passagierschleuse. »Kapitän Tyndel, ich bin Krigisa.«

Ich verbarg mein Erstaunen hinter einer Verbeugung. »Kommandant, ich bin erfreut, Ihre Bekanntschaft zu machen.«

»Ist dies einer Ihrer ersten Flüge?«

»Tatsächlich mein erster.«

»Wie war er?«

»Normal. Mein Zweiter ließ mich höflich wissen, dass nicht alle künftigen Flüge so glatt verlaufen werden.«

»Manches liegt am Jockey, aber manches nicht.« Sie machte eine einladende Geste. »Sobald Sie Zeit haben, würde ich mich freuen, Sie zu einer Mahlzeit einzuladen – was und wann Sie wollen, da ich keine Ahnung habe, wie Ihre innere Uhr eingestellt ist.«

»Sehr gern. Und eine Mahlzeit würde gerade zur rechten Zeit kommen.«

Die Einladung war eine Freundlichkeit, um die übliche Befragung zu kaschieren, und bei weitem höflicher als eine Standardbefragung.

Das Stationspersonal benötigte beinahe zwei Stunden für das Entladen, und ich dachte, dass Fersonne und ich ein Drittel weniger Zeit gebraucht hätten, ohne uns anzustrengen. Doch schließlich waren die Laderäume leer, und ich hatte meine Logbucheintragung beendet. Trotz einer konzertierten Anstrengung, irgendetwas zu finden, hatte es in keinem Bereich Probleme gegeben.

Souphan und Berya warteten bei der Schleuse.

»Wir werden in zwanzig Stunden Stationszeit zum Rückflug starten«, verkündete Berya.

»Fracht?« Ich konnte mir nicht vorstellen, was es an wertvollen Dingen zum Rücktransport geben könnte.

»Acht Passagiere und eine Menge biologischer Proben, außerdem Nanoschablonen und Ausrüstungen, die zu kompliziert sind, um sie hier zu reparieren oder neu anzufertigen.«

Alles das leuchtete ein, und ich nickte. »Dann also in … was? … siebzehn Stunden.«

Berya nickte. Ich ließ die beiden vorausgehen, und unsere Wege trennten sich auf dem zweiten Deck. Der Tisch im Speisezimmer der Kommandantur war bereits gedeckt, doch beeinträchtigten Anpassungen an die Schwerelosigkeit wie Trinkflaschen aus Weichplastik die Eleganz.

Krigisa, die offensichtlich mit den Sensoren der Station verbunden war, öffnete selbst. »Ich nahm mir die Freiheit, Arleentee für Sie zu bestellen … und Hühnchen mit Zitrone nach einem Rezept aus Dorcha …«

Ich lächelte etwas kläglich. »Kennt man meine Vorlieben schon in ganz Rykasha?«

»Nein. Ich habe mich nur erkundigt.« Sie machte eine einladende Geste zum Tisch.

Die Haftpunkte sorgten dafür, dass ich nicht von meinem Stuhl davontrieb, aber ich wartete, bis sie ihre Plastikflasche hob, bevor ich trank.

»Sie wissen, dass Nadelpiloten selten sind«, begann Krigisa.

Wie selten, wurde mir erst jetzt bewusst. Die Autorität war eher bereit, ein Schiff samt Besatzung und Ladung zu riskieren, als der *Mambrino* einen zweiten, erfahrenen Piloten mitzugeben. Doch Krigisa trug die Kragenspiegel mit dem goldenen Netzsymbol, worin sie sich vom Kommandanten der Station Omega Eridani unterschied. Also war sie selbst ein Nadeljockey oder war es gewesen. »Sie waren eine der Ersten?«

»Nicht die Erste …«

Sie lächelte ironisch.

»Dann müssen Sie hier sein, um Schiffe zurückzubringen, deren Piloten aus diesem oder jenem Grund durch Verletzungen oder Dienstunfähigkeit ausfallen.« Ich runzelte die Stirn. »Berya ist wahrscheinlich besser befähigt als die meisten Bordoffiziere, ein Nadelschiff im realen Raum zu steuern.«

»Sie haben in beiden Fällen Recht.«

»Wie oft kommt so etwas vor?«

»Nicht allzu oft.« Sie lächelte.

Ich nahm einen Schluck Tee. »Was müssen Sie wissen?«

»Ich hätte gern eine Beschreibung des Überraums von Ihnen, wie Sie ihn sahen.«

Ich fing an mit dem purpurnen und grünen Hintergrund, dem Gradienten, der ein Gefälle vortäuschte, erzählte von den entfernten Leuchtfeuern und der trägen schwarzen Sonne und den fliederfarbenen Schleiern. »… und dann war der Zeitpunkt für den Austritt gekommen. Ich denke, ich hätte noch ein wenig länger warten können, aber …«

»Es ist besser, nicht zu lange zu warten«, bemerkte sie. »Was waren Ihre Ge-Ablesungen?«

»Vierzehn bis dreiundzwanzig.«

Sie nickte. »Das ist niedrig. Wer war Ihr Schiffsinstrukteur?«

»Erelya.«

»Sie versteht ihr Geschäft. Wie fanden Sie die *Mambrino?*«

»Wir passen gut zusammen.« Das gab meine Empfindungen wieder.

Die freundlichen Fragen nahmen ihren Fortgang, während wir aßen.

»Hatten Sie Schwierigkeiten mit der Unterscheidung der Leuchtfeuer …?«

»Welche Ausweichmanöver leiteten Sie ein …?«

»Zu welchem Zeitpunkt falteten Sie die Netze ein …?«

Schließlich hob sie den Kopf und sah mir in die Augen. »Ich denke, ich habe genug gefragt. Meine Prognose ist, dass Sie eine lange Dienstzeit als Pilot vor sich haben. Nach dem Essen sollten Sie sich entspannen, weil Sie Ruhe brauchen, bevor Sie die Rückreise antreten. Das ist die Kehrseite von Santerene: ich muss die Hälfte meiner Zeit in der rotierenden Schwerkraftkapsel verbringen, um bei Kräften zu bleiben. Dort habe ich sogar eine Konsole.« Krigisa lachte.

Darüber hatte ich nicht nachgedacht und fragte mich, wie viele andere Dinge ich mit den Jahren noch entdecken würde. Aber das Essen begann mir zu schmecken.

69

(Runswi: 4522)

Wissenschaft kann keine »Wahrheiten« im absoluten Sinne liefern, und darum kann eine auf Wissenschaft allein beruhende Gesellschaft nicht überleben. Denn die Menschen verlangen nach absoluten Wahrheiten. Symbolische Ungewissheit ist der Niedergang der Zivilisation.

Cerelle erwartete mich, als ich in Runswi landete. Sie saß auf einer Bank im Abfertigungsgebäude, während draußen ein spätwinterlicher Graupelschauer gegen die Fensterscheiben prasselte. Für mich waren vier Tage persönlich objektiver Zeit vergangen, aber auf Erden war mehr als eine Jahreszeit dahingegangen.

»Tyndel.« Das Lächeln und wie sie meinen Namen sagte, erwärmten mich. Trotz unserer langen Trennung, die nur selten und dann eher flüchtige Begegnungen zugelassen hatte, waren wir einander in dieser Zeit nähergekommen. Sie hatte ihr Haar kurz geschnitten, obwohl es schon letztes Mal nicht lang gewesen war, und selbst im trüben Dämmerlicht des Abends sah sie blass aus.

»Geht es dir nicht gut?«

»Doch, jetzt. Thesalle ist nicht jedermanns Sache.« Ihre Stimme klang unruhig.

Ich war bestürzt. Wenn es die willensstarke Cerelle so mitgenommen hatte, war Thesalle wirklich nichts für jeden.

»Bist du noch daran interessiert, dich mit mir sehen zu lassen?«

»Was?«

»Du bist jetzt ein Nadeljockey, gehörst zur Elite. Ich bin eine mittlere Angestellte, ein Mädchen für alles, und werde nie mehr sein.«

»Du bist auch der ehrlichste Mensch, den ich je getroffen habe, und ich brauche dich und so weiter.« Ich streckte ihr die Hände hin.

Sie rührte sich nicht vom Fleck, aber meine Worte brachten ein klägliches Grinsen auf ihr Gesicht. »Wenigstens ist es nicht nur die Ehrlichkeit.«

»Du brauchst einen Elektrowagen. Kannst du essen?« Ich musterte sie aufmerksam und fragte mich, was ihr zugestoßen sein mochte. »Du musst etwas essen.«

»Tue ich auch, aber mein Appetit ist nicht so, wie er sein sollte. Ich war nicht sicher, ob ich Zeit zum Essen haben würde, aber der Transporter hatte Verspätung.«

Statt charmant und beredsam zu sein, ergriff ich ihre Hände und zog sie von der Bank in meine Arme. Einen Augenblick lang versteifte sie sich, aber ich ließ es mit einer sanften Umarmung bewenden, und dann legte auch sie einen Moment die Arme um mich, bevor sie zurücktrat und mir ins Auge blickte. »Du könntest jede haben, aber ich werde dich nicht mit einer anderen teilen.«

Ich nickte. Das war mir längst klar, bevor sie ein Wort gesagt hatte. »Besorgen wir uns einen Elektrowagen.«

Draußen warteten zwei, und der Fahrer des ersten nickte uns zu.

»Wohin?«, fragte ich.

»Es wird die Hauptkantine sein müssen«, sagte Cerelle. »Die andere gefiele mir auch besser, aber sie ist wegen Reparatur oder Erweiterung oder was geschlossen.«

»Hauptkantine«, sagte ich zum Fahrer.

»Ja, Ser.«

Nachdem ich Cerelle hineingeholfen und mich neben sie gesetzt hatte, beugte sie sich zu mir und flüsterte: »Ja, Ser … ja, Ser … So wird es von nun an sein, Tyndel. Lass es dir nicht zu Kopf steigen.«

»Das würdest du nicht zulassen.«

»Oh … gewiss. Ich werde kein Wort sagen. Ich werde einfach gehen.«

»Du bist doch gerade erst gekommen – oder ich.«

»Du weißt genau, was ich meine.«

»Das ist, was ich unter Aufrichtigkeit verstehe.« Ich lächelte sie an, aber Cerelle las in meinen Augen die Sorge wegen der unnatürlichen Blässe ihres Gesichts.

»Später«, sagte sie und deutete mit einem Nicken auf den Fahrer.

»Versprichst du's?«

»Ich verspreche es.«

Cerelle stützte sich nicht auf mich, als wir in die Kantine gingen, aber sie nahm meinen Arm, und ich spürte, dass sie unsicher war. Was hatte es mit Thesalle auf sich, dass sie so mitgenommen war? Während meiner Arbeitszeit in der Station OE hatte ich etwas gehört … Thesalle war eine Welt, die nichtquantifizierbare Auswirkungen hatte. Was immer darunter zu verstehen war. Mehr als die Hälfte der Tische war besetzt, aber unweit vom Eingang war ein Ecktisch frei, den wir ansteuerten.

»… muss ein Neuer sein …«

»… sie ist ganz attraktiv, aber keine Schönheit …«

»… an neue Jockeys hängen sie sich in Trauben …«

»… nicht verstehen, was sie an so einem haben … meiste Zeit nicht da …«

»… auch nicht mehr der Jüngste …«

Ich versuchte, nicht zu erröten.

»Siehst du, Tyndel? Indem du mich wähltest, hast du dich selbst älter gemacht.« Cerelle lächelte, aber der Ausdruck war gezwungen.

»Ich war schon älter, als ich hier anfing, und ich habe immer über das Offensichtliche hinaus auf das gesehen, was zählt. Du zählst.« Ich hielt meinen Arm so, dass sie sich beim Niedersetzen daran halten konnte. »Was möchtest du?«

»Ich kann es holen. Ich bin nicht hilflos.«

»Lass mir meinen Willen.«

Ihr Lächeln war in der Mitte zwischen Ironie und Erleichterung. »Jede Art von Pasta, die nicht scharf gewürzt ist … vielleicht mit etwas Fleisch. Dazu ein Weißbier.«

Ich neigte den Kopf. »Dein Wunsch …«

»… ist kein Befehl, Tyndel.«

Ich brachte ihr Pasta und Weißbier, dann holte ich für mich Rindfleisch mit Safranreis und Arleentee.

»Wann musst du wieder fort?«, fragte sie nach mehreren Bissen.

»In drei Wochen … Für die beiden letzten Tage sind jeweils fünf Stunden Training mit Tomas vorgesehen. Und was ist mit dir?«

»Vier Wochen Rekonvaleszentenurlaub.«

Ich studierte sie eingehend. »Du bist in medizinischer Behandlung gewesen. Wann haben sie dich entlassen?«

»Heute Morgen.«

»Du solltest noch nicht draußen sein.«

»Aleyisha ließ fünf gerade sein …«

»Hast du es nicht zu leicht genommen?«

Das Nicken fiel ihr schwer.

»Wo fehlt es?«

»Es hat mit der Nanitenbalance zu tun … Thesalle bringt sie bei manchen Leuten durcheinander. Man weiß nicht, warum. Wenn du mehr Einzelheiten wissen willst, erzähle ich dir später davon. Jetzt möchte ich wissen, wie deine Reise war.« Sie wickelte einen weiteren Mundvoll Pasta um die Gabel und aß.

»Willst du es wirklich wissen?«

»Lass mir diesmal meinen Willen.«

Wir lächelten beide.

Als ich mit der Schilderung meiner Reise fertig war und mein Rindfleisch aß, hatte sie den noch halbvollen Teller schon von sich geschoben und unterdrückte ein Gähnen. Sie sah noch blasser aus als vorher.

»Du brauchst Ruhe.«

»Ja, ich muss nach Haus«, bekannte sie.

»Nicht allein.«

»Ich komme zurecht.«

»Aleyisha sagte dir, dass du zur medizinischen Abteilung zurück musst, wenn ich dir nicht helfe.« Ich lächelte.

»Du wirst zu einfühlsam«, murrte sie. »Ich brauche nur Hilfe, um nach Haus zu kommen. Das ist alles.«

»Für heute«, stimmte ich zu.

»Für eine Weile«, konterte sie.

Ich mochte nicht mir ihr streiten, und sie war nicht in der Verfassung für irgendetwas anderes als Ruhe. Ich fragte mich noch immer, was genau ihr zugestoßen war, hatte aber zweimal danach gefragt, und sie war offensichtlich nicht gewillt, es mir zu erzählen, solange sie nicht bereit war – wie gewöhnlich. Dennoch … die meisten Dämonen waren gegen fast alles widerstandsfähig, und sie schien kein offenkundiges physisches Trauma zu haben.

»Nach Hause« war viel weiter entfernt als mir klar gewesen war. Zuerst kam der Tunnelgleiter nach Lyncol, dann der schienenunabhängige Raupengleiter, den ich kilometerweit aus Lyncol einen gewundenen Weg entlangsteuern musste, bis wir einen See erreichten, dessen zugefrorene und schneebedeckte Oberfläche im Schein des winterlichen Vollmonds schimmerte. Eine einzige Doppelspur von Raupenabdrücken führte, stellenweise schon verweht, den Weg entlang.

»Dort.« Cerelle zeigte zu einem kleinen Landhaus auf einem felsigen Schichtenkopf über dem zugefrorenen See. Unterhalb des Landhauses erstreckte sich ein von Bäumen freier Hang, der im Sommer eine Wiese sein mochte, zum Ufer hinab.

Ich lenkte den Raupengleiter die verschneite Wegspur am See entlang und dann in zwei Kehren hinauf zum Haus. Ein Garagentor in der Seite des Hauses öffnete sich, als wir uns näherten.

»Du hast mir nie davon erzählt … Es ist eindrucksvoll, in dieser herrlichen Lage.«

»Es ist mein einziger Luxus. Ich wollte nicht … vor deinem ersten Flug. Piloten verändern sich; ich habe es erlebt. Nicht alle, aber manche.«

»Und ich?«

»Mir scheint, dass du so nüchtern und stur bist wie immer.«

Wir lachten, und ich steuerte den Gleiter in die Garage. Die Beleuchtung ging an, und das Tor schloss sich hinter uns, bevor ich die Haube öffnen konnte.

Cerelle wankte.

»Du solltest nicht …« Ich stützte sie und half ihr die Treppe hinauf und durch den kurzen Korridor zum Schlafzimmer. Dabei versuchte ich zu bestimmen, wie viel Hilfe sie benötigte, und wo Hilfe in Ausnutzung und Aufdringlichkeit umschlug. Unterwegs konnte ich die glatten, polierten Hölzer wahrnehmen, die Offenheit der Räumlichkeiten und die Sparsamkeit der Möblierung – eine absichtsvolle Einfachheit.

Die von Sensoren gesteuerte Beleuchtung folgte uns.

Als ich ins Schlafzimmer trat, versteifte sich Cerelles Haltung. »Ich kann allein zu Bett gehen. Geh und bring mir was zu trinken. In der Küche ist eine Auswahl … Der grüne Tee … schmeckt bitter, sollte aber helfen.«

Nachdem ich ihr geholfen hatte, sich zu setzen, machte ich mich auf die Suche nach der Küche. Als ich mit dem Tee zurückkam, lag sie ausgestreckt unter einer tiefblauen Steppdecke, zwei Kissen unter Kopf und Schultern, und schaute durch das große Fenster hinaus über die stille weiße Fläche des Sees.

Sie nahm den Tee und löschte das Licht. Als meine Augen sich der Dunkelheit angepasst hatten, sah ich jenseits des Sees ein einzelnes Licht durch die Winternacht herüberblinzeln.

»Ich fühle mich besser, wenn ich liegen kann.«

Ich zog einen Stuhl zum Bett, setzte mich und nahm einen Schluck vom grünen Tee, den ich mir mitgebracht hatte. Er war nicht so gut wie Arleen, aber beruhigend. »Wie ist Thesalle?« Vielleicht würde sie es mir erzählen, ohne dass ich allzu hartnäckig bohren musste.

»Es ist schön, mit verschiedenen Abstufungen von Grün, sogar bei Nacht, und die Luft ist wie parfümiert.« Sie trank von ihrem Tee.

»Das hört sich nicht gefährlich an«, meinte ich. »Als ich in der Station OE arbeitete, hörte ich ein paar Wissenschaftler – oder Direktoren – darüber reden. Sie konnten irgendetwas nicht quantifizieren, ein unbekanntes Halluzinogen ...«

»Davon weiß ich nichts. Ich fühlte mich die ganze Zeit aus dem Gleichgewicht gebracht, und nach meiner Rückkehr wurde es nur noch schlimmer.«

»Weiß man den Grund?«

»Meine Nanitenbalance geriet durcheinander.« Sie seufzte beinahe resigniert. »Aleyisha sagt, es komme gelegentlich vor, aber man wisse den Grund nicht.«

»Hmm ...« Ich schlürfte den grünen Tee, der nicht bitter war, weil ich genug Zucker hineingetan hatte, und wartete.

»Sie mussten mein gesamtes Nanitensystem ersetzen, ungefähr so, wie sie es bei dir taten, als du zuerst hierher kamst, und ich bin noch in der Anpassungsphase. Glücklicherweise brauche ich nicht dafür zu bezahlen, diesmal nicht.« Sie blickte zum Fenster hinaus auf die stille, mondbeschienene Winterlandschaft.

»Kannst du mir sagen, warum man dich nach Thesalle schickte?«

»Ich wurde mit neuen und empfindlicheren Geräten für atmosphärische Messungen hingeschickt. Es ging dabei um die Suche nach dem organischen Äquivalent von Naniten.«

»Biotechnik auf molekularer Ebene?«

Sie nickte. »Sie wollten feststellen, ob die Messergebnisse bei Personen, die nicht in Rykasha geboren und aufgewachsen waren, verschieden sein würden.«

»Waren sie es?«

»Ich weiß nicht. Ich war nicht in einem Zustand, mich darum zu kümmern, als ich zurückkehrte. Und heute …«

»War dein erster Tag aus der Krankenstation?«

Ein weiteres Nicken bestätigte das.

»Hier hat Rykasha genug Technik, um zu erreichen, was den Alten nie gelungen ist«, sagte ich sinnend, »aber etwas auf Thesalle ist jenseits dieser Technik. So sehr, dass man nicht einmal feststellen kann, was es ist.«

»Niemand hat genug Zeit damit verbracht. Was immer es sein mag, es wirkt sich nur auf wenige Leute nachteilig aus. Wir haben einfach nicht so viele Ressourcen, und wir verwenden einen unglaublichen Prozentsatz davon für interstellare Reisen.«

»Ich weiß.« Darum waren die Alten nie so weit gekommen. Jedenfalls war das ein Grund unter mehreren.

Sie hielt mir den Becher hin. »Würde es dir was ausmachen?«

»Überhaupt nicht.« Ich stellte meine Tasse auf ihren Nachttisch und ging in der Dunkelheit zur Küche, um einen neuen Aufguss zu bereiten. Während ich es tat, gingen mir allerlei Gedanken durch den Kopf.

»Das bringt mich auf eine andere Frage«, sagte ich, als ich ihr den zweiten Becher mit grünem Tee brachte.

»So?«

»Rykasha hat die Technik, alle Miten zu unterwerfen oder zu vernichten. Hat noch niemand je darüber nachgedacht?«

»Wer hat nicht daran gedacht? Aber was sollte der Zweck sein? Die Mitenkulturen sind stabil.« Ein schwaches Lächeln zupfte an ihren Mundwinkeln. »Außerdem ist das Genreservoir größer und entwickelt sich schneller. Wir würden Leute wie dich nicht haben.«

»Oder wie dich.«

»Du bist wertvoller.«

»Das glaube ich nicht«, sagte ich. »Ich kann noch immer der Selbsttäuschung erliegen; dir passiert es nie.«

»Mir auch. Uns allen. Das ist nicht so schlimm. Denk darüber nach. Selbsttäuschung ist die Stärke aller Menschen und aller menschlichen Kulturen. Wir machen uns weis, dass das Universum einen Sinn habe, dass wir eine Rolle darin haben und dass uns eine Bedeutung zukomme. Wir geben uns großartigen Träumen und Illusionen hin.«

»Ist das Selbsttäuschung oder Selbsterhaltung?«, fragte ich. »Wie könnten die Menschen ohne den Glauben überleben, dass ihr Leben von Natur aus einen Sinn hat?«

»Das trifft für die Mitenkulturen zu. Wir beide wissen das. Viele Dinge, die von den Menschen als Wahrheiten angesehen werden, beruhen auf Selbsttäuschung. Gibt es einen Gott? Wie können wir es wissen? Niemand hat einen Gottesbeweis, nicht im wissenschaftlichen Sinne. Alle großen Religionen der Alten waren aufgebaut auf Offenbarungen oder Interpretationen rein menschlicher oder natürlicher Geschehnisse als göttliches Wirken und nicht auf verifizierten Tatsachen.«

»Du meinst, das gelte nicht für Rykasha?«

»Sicherlich gibt es einige Leute, die an den alten abergläubischen Vorstellungen festhalten, aber sieh dir an, wie wir mit Thesalle umgehen, zum Beispiel. Wenigstens einige der Miten würden sagen, weil es jenseits unseres Verstehens ist, müsse es der Wille Gottes sein. Das Gleiche gilt für Engee. Wir versuchen bloß zu verstehen und zu akzeptieren, dass wir nicht alles verstehen können, ohne sofort davonzulaufen und uns hinter abergläubischen Vorstellungen zu verstecken.«

»Das ist eine weitere Form von Aufrichtigkeit«, sagte ich. »Aber es ist schwierig. Wir sind von Natur aus nicht so aufrichtig. Nicht einmal Dämonen.«

Cerelle lachte leise. »Glaubst du, die Autorität habe das nicht in Erwägung gezogen?«

»Was in Erwägung gezogen?«

»Du bist ein Pilot, Tyndel. Angenommen du bist mit einem Schiff dort draußen und kommst mit einer anderen intelligenten Lebensform in Berührung? Kannst du dir eine Kultur vorstellen, deren Mitglieder keiner Form der Selbsttäuschung unterliegen? Wie würden sie mit uns umgehen, wenn sie wüssten, dass sie keinem unserer Worte oder Taten vertrauen können? Wenn sie wüssten, dass wir hingegen allem, was sie sagen, vollkommen vertrauen könnten? Was würden sie tun? Was könnten sie tun?«

Ich schüttelte den Kopf. Solch ein Vorkommnis war unwahrscheinlich. Trotzdem ... »Ich nehme an, es würde nur zwei brauchbare Alternativen für sie geben: uns ignorieren oder vernichten.«

»Immer der Extremist. Warum glaubst du das, mein Lieber?«

Ihr Gebrauch der vertraulichen und besitzanzeigenden Anrede wärmte mir das Herz und brachte ein Lächeln auf meine Lippen. »Im Kontakt mit Menschen würde eine wahrheitsliebende Kultur entweder hinreichend wahrnehmungsfähig sein, um unsere ständigen Selbsttäuschungen zu durchschauen und sich mit fortgesetzter Frustration und Verzweiflung abfinden, oder sie würde unseren Täuschungen und Intrigen zum Opfer fallen und möglicherweise sogar angesteckt werden.«

»Das wäre möglich ...« Cerelle gähnte und hob den Becher zum Nachttisch.

Ich nahm ihn ihr aus der Hand und stellte ihn ab. Inzwischen war mir ein weiterer Gedanke gekommen. Könnte es eine fortgeschrittene fremde Zivilisation geben, die nicht wie die unsrige auf Selbsttäuschung beruhte? Unser gesamter technischer Fortschritt beruhte vor allem auf Kreativität, und wenigstens ein Teil der Kreativität war eine Form von Täuschung, da sie die »Wahrheit« von Realität leugnete und mehr suchte.

»Tyndel ... das Gästezimmer ist auf der anderen Seite des Korridors.«

Ich verstand den Wink, stand auf, beugte mich über sie und küsste ihre Wange. »Bist du sicher, dass es dir an nichts fehlen wird?«

»Ich bin sicher. Ich bin müde, aber es geht mir schon besser.«

Mit einem Lächeln schloss ich die Tür hinter mir, statt Müdigkeit zu erzeugen, hatte das Gespräch mich ermuntert, und Gedanken über Selbsttäuschung, Illusionen, Aufrichtigkeit, fremde Intelligenzen und das Geheimnis von Thesalle wirbelten mir durch den Kopf.

70

(Orbitalstation Zwei/Beta Candace: 4522)

Die Reise ist die gleiche, aber diejenigen, welche zusammen reisen, gehen getrennte Wege.

Nachdem wir mehrere ruhige Wochen im kleinen Landhaus am See verbracht hatten – wo ich weiterhin im Gästezimmer schlief –, verständigte die vorgesetzte Behörde die wiederhergestellte Cerelle, dass sie sich in Elena einfinden solle, um einen weiteren Konvertiten zu betreuen, einen aus Dezret. Weil ich vorher eine weitere Reise antreten musste, begleitete sie mich nach Runswi, wo ich nach meiner medizinischen Untersuchung, diesmal durch Dr. Fionya, den Raumtransporter bestieg.

»Mit welchem Gefühl gehst du nach Elena?«, fragte

ich Cerelle, als wir im Abfertigungsgebäude warteten. »Schließlich war auch ich ein Betreuungsfall.«

»Du warst eine Plage.« Sie umarmte mich. »Du bist es immer noch.« Dann lächelte sie. »Aber du hast dich gebessert.«

Ich erwiderte ihr Lächeln, machte mir aber meine Gedanken darüber, als ich ihre Umarmung erwiderte und dann zum Transporter nach Orbital Zwei hinausging, jetzt an der Spitze der Passagiere und im Bewusstsein meiner neu errungenen Position, die von der goldenen Anstecknadel im Kragenspiegel dokumentiert wurde.

In der Station erwartete mich Erelya. »Gehen Sie gleich zu Astlyn in die Operationsabteilung.«

Ich grinste. »Wie? Sie wollen mich nicht mehr herumführen?«

Sie lächelte zurück. »Dies ist das letzte Mal – es sei denn, etwas Besonderes würde sich ergeben, aber das geschieht nicht oft.«

Die Operationsabteilung war der gleiche nüchterne Raum aus grauem Komposit, so kühl und unpersönlich wie das erste Mal, als ich dort gewesen war. Astlyn erwartete uns. Er neigte den Kopf. »Tyndel.«

Ich deutete eine ebenso knappe Verneigung an. »Ser.«

Der Direktor lächelte. »Ich sehe, Sie haben sich gut erholt. Ihr nächstes Ziel ist Nabata, nicht weit von Beta Candace.«

Nabata? Ich rekapitulierte, was ich gelernt hatte. Eine Welt vom Typ T, kaum kolonisiert, zwei Hauptkontinente, heiß und trocken, obwohl es an Ozeanen nicht fehlte.

»Ihre Ladung besteht aus den letzten Errungenschaften der Biotechnik zur Entwicklung von Gräsern, die der einheimischen Pflanzenwelt angepasst sind, dazu die gesamte Ausrüstung, sodass die Arbeitsgruppe dort das Projekt ohne Zeitverzögerung fortsetzen kann. Sie werden auch eine volle Ladung Passagiere an Bord nehmen.«

»Das sind die Leute, die mit den Ausrüstungen arbeiten werden«, fügte Erelya hinzu.

Alles das leuchtete ein. Was mir nicht einleuchtete, war, dass Astlyn es mir erzählte.

»Das führt den Gradienten im Bereich der Anomalie entlang.« Astlyn hielt inne. »Sie haben davon gehört?«

»Nur in allgemeinen Begriffen.«

»Wie die meisten Leute.« Er nickte ernst. »Sie müssen mehr wissen. Wir ersparen uns diese Instruktion, bis jemand Pilot ist und die erste Reise hinter sich hat.« Ein Hologramm erschien unmittelbar neben ihm. »Alpha Felini – das ist die offizielle Bezeichnung für die Anomalie. Sie ist ungefähr zehn Lichtjahre von uns entfernt – in der entgegengesetzten Richtung von Santerene.«

Ich betrachtete die Darstellung. Im Mittelpunkt der unvertrauten Konstellationen war ein leuchtender Dunst, etwas wie der verschwommene rotgoldene Lichtball, den ich in meiner Phantasie wahrgenommen hatte, nachdem ich mit den ersten Naniten alten Stils »infiziert« worden war. Die Darstellung expandierte, rückte näher und konzentrierte sich auf das Zentrum. Plötzlich wurde der Ball zu einem Kern rotgoldenen Feuers, einer Miniatursonne, wobei das wahre Größenverhältnis unklar blieb. Von der Sonne gingen lange Arme roten Feuers aus. Ich hatte dieses Bild allzu oft in meinen Gedanken und anderswo gesehen.

»Diese Darstellung ist gegenüber der Realzeit fünfhundertfach beschleunigt«, erläuterte Astlyn.

Die feurigen Arme funkelten, während sie durch scheinbar leeren Raum fegten, obwohl ich wusste, dass kein Raum völlig leer war.

»Tatsächlich ist der Raum hinter jedem Arm praktisch leer. Jeder der Arme ist eine Art Energiefeld, und was Sie sehen, ist Antimaterie, die Materie vernichtet. Das Ergebnis ist Energie und praktisch leerer Raum.«

»Und starke Störungen in Raum und Überraum«, fügte Erelya hinzu.

»Und die Sonne?«, fragte ich. »Sie sieht nicht normal aus.«

»Antimaterie, vermuten wir. Wir glauben, dass sie energetisch hoch aufgeladen ist, aber das könnte ein Fehlurteil aufgrund der gewaltigen beteiligten Energiemengen sein.«

Ich verdaute das. »Dort wird Antimaterie erzeugt und angewendet, um Energie aufzubauen und den Raum leerzufegen? Die Frage ist, ob dabei Antimaterie oder neue Materie entsteht. Engee?«

Astlyn nickte.

Ich holte tief Atem. »Was genau ist Engee? In keiner Datei findet sich etwas über die Anomalie oder Engee.«

Erelya und Astlyn tauschten einen Blick.

Astlyn räusperte sich. »Wir *glauben,* dass Engee eine Ansammlung sich selbst reproduzierender Naniten einer Art ist, die von den Alten entwickelt wurde. Zwar hat es bisher keine Möglichkeit gegeben, dies zu beweisen oder schlüssig zu folgern, aber es gibt genug indirekte Hinweise, die solch einen Schluss erlauben. Aber die Information ist nicht ausreichend gesichert, und deshalb können wir, was wir vermuten, nicht ins Datennetz bringen …«

Ich dachte über seine Worte nach. Warum nicht ins Datennetz gehen? Weil Menschen besorgt oder aufgeregt reagieren würden. Ich konnte das verstehen, aber das Universum war so unendlich groß, dass vieles darin Platz hatte, und wenn dort etwas war … dann war es da. *Das ist Dzin, und die meisten Leute – schon gar nicht in Rykasha – sehen es nicht so.*

»… zwar nicht schlüssig, aber man würde sich so verhalten müssen, als wäre dort eine Form von Intelligenz …«

»Welche von den Rechtgläubigen für Gott gehalten wird, jedenfalls für ihren Gott«, ergänzte ich.

Astlyn nickte.

»Und es hat genug Energie, um aus der neuen Energie ein Sonnensystem zu schaffen?«

»Ja.«

»Warum?« Ich fragte mich, ob ich ihn zu sehr drängte. Wahrscheinlich, denn zu viel beruhte hier auf Mutmaßungen.

»Wir wissen nicht, warum; auch kennen wir nicht die technischen und mechanischen Gesetze, nach denen der Prozess abläuft, obwohl die Theorie nicht neu ist.«

»Warum erzählen Sie mir dies?«

»Weil Sie Pilot sind und Ihr Kurs diesen Gradienten entlang führt. Und weil die Eindrücke auf der Ebene des Überraums noch stärker zu sein scheinen. Übrigens dürfte nichts davon überraschend für Sie oder irgendeinen anderen Piloten sein. Sie haben Visionen davon gesehen, nicht wahr?«

»In unregelmäßigen Abständen, seit ich nach Lyncol kam«, bestätigte ich. Dann fragte ich mit dem Wissen, dass man mich nicht eigens unterweisen würde, wenn es keine Gefahr gäbe: »Wie viele Piloten haben Sie verloren?«

»Bisher drei, aber das bedeutet drei Schiffe und eine substantielle Einbuße an Material und Gerät.« Astlyn räusperte sich. »Das müssen Sie wissen.«

»Es gibt ein weiteres Problem«, ergänzte Erelya.

Astlyn runzelte die Stirn.

»Die Neue Stadt.«

Ich war erstaunt. Noch nie hatte ich etwas davon gehört.

Das Hologramm verschwand, bevor Astlyn wieder das Wort ergriff. »Private Interessengruppen haben Schiffe mit Photonenantrieb gebaut. Irgendwie, ohne von uns ausgebildete Piloten und Erregersysteme, treffen die

Schiffe dort ein. Dort und nirgendwo sonst. Im Bereich dieser Anomalie bauen sie eine Raumstadt. Sie sagen, aus der Anomalie werde mit der Zeit ein neues Sonnensystem, geschaffen vom einzigen wahren Gott.«

»Und die Leute glauben das?«

Astlyn lachte. »Da werden sie lange warten müssen. Bei der gegenwärtigen Zuwachsrate wird es zigmillionen Jahre dauern, bis Engee genug Materie für ein neues System beisammen haben kann. Von den Prozessen der Materieverdichtung, Abkühlung und so weiter, die ein Vielfaches dieser Zeitspanne beanspruchen dürften, nicht zu reden. Und die mit dem Prozess einhergehenden Störungen werden den Bereich selbst für Individuen mit vollem Nanitenschutz unbewohnbar machen.«

Astlyns Erklärung ließ vieles unerklärt.

»Besteht eine Möglichkeit, die Reise ohne Erreger- und Eintrittssystem zu machen?«

»Es ist möglich, dass ein unausgebildeter Pilot ein Schiff von hier zur Anomalie bringen kann«, meinte Erelya. »Wir wissen nicht, wie es in den Zeitrahmen, den wir beobachtet haben, ohne ein Erreger- und Eintrittssystem bewerkstelligt werden könnte.«

»Aber es geschieht?«, sagte ich. »Was ist mit den vermissten Piloten?«

»Von ihnen und ihren Schiffen hat sich nie eine Spur gefunden«, antwortete Astlyn. »Es wurden auch keine Austrittsstörungen festgestellt.«

Das alles führte mich zur letzten Frage. »Warum ich? Dies ist erst meine zweite Reise als Nadeljockey.«

»Unsere Mediziner meinen, Ihre Widerstandskraft sei größer als die der meisten anderen.« Astlyn klang nicht völlig überzeugt.

»Sie haben sich von Anfang an gegen alles gestellt, was Ihnen nicht gefiel«, fügte Erelya hinzu.

Es gelang mir, ein Lächeln zu unterdrücken.

»Dies ist der zweite Versuch mit der Ladung«, sagte

Astlyn. »Sie werden auch eine volle Ladung Passagiere an Bord haben.«

Diese zwei Punkte beunruhigten mich.

»Gibt es wirklich keine Spur …?«

»Das Schiff könnte beinahe überall im normalen Raum sein«, sagte Astlyn.

»Es würde Jahre dauern, bis wir es optisch ausmachen könnte.«

»Eher Jahrhunderte«, meinte Erelya.

Ich nickte.

»Haben Sie noch weitere Fragen?«

Dutzende, wenn sie mir eingefallen wären, aber keine hätte etwas geändert.

Als ich zum Bereitschaftsraum ging, beschäftigte mich die Überlegung, was Astlyn und Erelya wussten, aber verschwiegen hatten, und was zu fragen ich unterlassen hatte, weil ich nicht genug wusste.

Eine bekannte Gestalt erwartete mich – eine Blondine mit rundem Gesicht. »Freut mich, Sie zu sehen, Tyndel«, sagte Berya mit einem freundlichen Lächeln. Sie stellte mir ihren Nebenmann vor. »Dies ist Durmak.« Der drahtige Mann mit der goldenen Haut und dem mahagonifarbenen Haar musste aus Dhurr stammen.

Durmak nickte. »Ser.«

»Freut mich, Ihre Bekanntschaft zu machen, Durmak. Sind Sie schon einmal die Nabata-Route geflogen?«

»Nein, Ser. Aber ich habe den Trog gemacht.«

Der Trog, wie die Route Epsilon Cygni – Ballentir genannt wurde, wurde als der schwierigste Ein- und Austritt betrachtet. Dabei musste im Überraum ein Gradient überwunden werden.

»Dies sollte einfacher sein.« Ich war mir dessen nicht ganz sicher und blickte zu Berya, ob sie etwas beizutragen hatte, aber ihre Miene ließ erkennen, dass ihr beide Routen fremd waren. »Dann könnten wir eigentlich gehen.«

Ich suchte den Rest meiner Ausrüstung zusammen, und wir verließen den Bereitschaftsraum und erreichten die Passagierebene durch den Schacht. Diesmal war die *Mambrino* am anderen Ende eingedockt, Schleuse eins, und ich nutzte die Direktverbindung, um den Code zum Öffnen einzugeben.

»Mit Ihrer Erlaubnis, Ser?«, fragte Durmak.

Ich nickte und der Dritte ging zum Unterdeck, die Ladung überprüfen, während Berya sich das Passagierabteil vornahm. Ich ging durch alle Räume, wie ich es immer getan hatte, und wie gewöhnlich fand ich nichts Außergewöhnliches. Das brachte mich zurück in die Zentrale, wo ich mich anschnallte und die Checkliste der Bordsysteme durchging.

»Passagiere sind alle an Bord, Schleusen geschlossen«, sagte Berya, als sie in die Zentrale zurückkehrte.

Durmak folgte ihr. »Ladung ist fachgerecht verstaut und gesichert, die unteren Schleusen geschlossen.«

Nach einer letzten Überprüfung der Bordsysteme war ich bereit, die *Mambrino* auszudocken. »Fertig machen zum Start.«

»Bitte überprüfen Sie den richtigen Sitz Ihrer Gurte. Wir starten in Kürze.« Beryas ruhige Stimme drang klar aus dem Lautsprecher der Zentrale und durch das System.

»Orbital Zwei, *Mambrino* startbereit.«

»*Mambrino,* keine Ankünfte um diese Zeit, Umgebung frei. Ziel laut Flugplan Nabata.«

»Orbital Zwei, Ziel Nabata.« Das äußere Tor der Eindockschleuse öffnete sich, und ich ließ das Schiff mit dem Ionenantrieb langsam davongleiten und beschleunigte allmählich mit zunehmender Entfernung von der Station.

»*Mambrino,* gute Reise.«

»Orbital Zwei, danke.« Ich verstärkte den Energiezustrom vom Fusionsreaktor und brachte die Ionentriebwerke auf volle Kraft, bis wir weit genug entfernt waren und für den Photonenantrieb die Netze ausbreiten konnten. Dann, als die Konfigurationen stimmten, schaltete ich auf Photonenantrieb um und begann die Orientierung für Nabata, während die Beschleunigung sich zum Eintritt aufbaute.

»Minus zehn bis Eintritt.« Die Deckschalen über uns – und über den Passagieren – lösten sich aus ihren Halterungen und warteten auf Beryas Signal, um sich auf die liegenden Gestalten abzusenken.

»Minus fünf.« Alle Passagiere waren sicher angegurtet, und die Deckschalen senkten sich herab.

»Minus drei.«

Nachdem die Orientierung festgelegt war, erhöhte ich die Beschleunigung auf ungefähr fünfzehn Ge, mehr nach Gefühl als nach Notwendigkeit. Noch ehe die Gitter alle geschlossen waren, begann die Barriere zwischen dem Normalraum und dem Überraum auszudünnen. Die *Mambrino* glitt aus dem Hier und Jetzt in eine momentane Stille, und der Übergang war so glatt, dass man ihn kaum bemerkte. Plötzlich schwamm der Überraum dunkelpurpurn und grün um mich her, und hinter mir blieb das starke weiße Pulsieren des Leuchtfeuers auf dem Mond rasch zurück.

Wie ich vom System unterrichtet worden war, sollte der Gradient zu Beta Candace und Nabata auf dem ersten Abschnitt der Reise leicht ansteigend sein, gefolgt von einem Steilabfall, und das konnte ich jetzt wahrnehmen, nur zeigte sich, dass der ansteigende Gradient lang war, länger als der bei meiner Rückkehr von Santerene.

Zuerst, während des Anstiegs, fingen wir das entfernte Signal des Leuchtfeuers auf, das die Identität von Nabata bestätigte. Ich konnte weitere Leuchtfeuer wahrnehmen, die in verschiedenen Richtungen und Entfernungen verstreut waren. Ich wusste, dass die scheinbaren Entfernungen leicht täuschen konnten.

In dieser zeitlosen Landschaft erreichten wir den

»Kamm«, hinter dem eine Leere von ungewisser Tiefe lag, die wir überqueren mussten. Funkelnde Feuerspuren gingen in Kaskaden um mich und die *Mambrino* nieder, und unter uns breitete sich eine Glutwolke aus wie eine vom Licht der aufgehenden Sonne durchschossene Dunstwolke über einem stillen See. Zugleich umgab uns ein flüsterndes Raunen, in welchem Worte anklangen, die ich nicht ganz entziffern konnte. Ich missachtete den Drang, der Glutwolke und ihren feurigen Schleiern auszuweichen, weil ich fühlte, dass sie ohne die Substanz von Singularitäten war, und ohne die Tiefe kalter kosmischer Nebel oder schwerer Planeten, die in den Überraum eindrangen, und behielt den Kurs bei. Die *Mambrino* glitt über die purpurnen, dunkel glühenden Tiefen und hielt auf das weißgelbe Leuchtfeuer zu, das Beta Candace und Nabata markierte

Die Zeit kondensierte, faltete und dehnte sich. Eine Stimme in oder jenseits der zurückweichenden Glutwolke meldete sich flüsternd in einem letzten Appell und verstummte.

Und dann, beinahe schon auf dem Leuchtfeuer, leitete ich den Austritt ein, und die *Mambrino* fiel mit einem leichten Gefühl von Durchsacken in den Normalraum zurück.

Ich schluckte. »Wir sind da«, sagte ich über die Direktverbindung.

»Gut.«

Nicht einmal eine Andeutung von Unregelmäßigkeit kam von den Instrumenten, als ich das Schiff in einen »Aufstieg« zur Ekliptik des Systems und der Orbitalstation Nabata umorientierte.

»Nabata Orbital, hier ist *Mambrino* mit Kapitän Tyndel, Zweitem Berya und Drittem Durmak. Sechzehn Passagiere. Kondition grün. Geschätzte Ankunft in …« – ich musste eine Pause machen und nachrechnen – »… fünfundzwanzig Standardminuten.«

Die *Mambrino* hatte gerade mit dem Bremsmanöver begonnen, als die Antwort eintraf.

»Kapitän Tyndel, wir haben in ungefähr zwölf Minuten Ihrer Zeit die Schleuse zum Eindocken der *Mambrino* bereit. Stellvertretender Kommandant und Technischer Offizier Jukor wird Entladung beaufsichtigen.«

»*Mambrino* verstanden, Ende.«

»Ein stellvertretender Kommandant. Muss scharf auf die Ladung sein«, sagte Durmak.

Ich nickte, und erst jetzt wurde mir klar, dass die Orbitalstation Nabata nicht wissen würde, dass das vorausgegangene Schiff es nicht geschafft hatte, die Zahl der Passagiere aber ein Hinweis auf Schwierigkeiten war.

Wir waren am Ziel – beinahe. Ich runzelte die Stirn. Wie war es mit der Rückreise? War es der Autorität wirklich wichtig? Die Frachtzusammenstellung und die Passagierliste ließen darauf schließen, dass nicht viele Reisen nach Nabata gemacht wurden.

Ich zuckte die Achseln. Ich konnte nicht mehr tun als dafür sorgen, dass wir intakt zurückkehrten.

71

(Orbitalstation Zwei: 4523)

Einem anderen zu erzählen, was man gefühlt hat, heißt eine Szene ohne Farbe und Perspektive zu malen.

Die Rückkehr zur Erde und Orbital Zwei verlief ohne Zwischenfall, und die *Mambrino,* fast ohne Ladung und mit nur zwei Passagieren an Bord segelte förmlich durch das Purpur und Grün des Überraumes. Orbital Zwei erbat meinen Besuch in der Operationsabteilung, sobald das Schiff eingedockt und die Systeme ausgeschaltet wären. Wieder erwarteten mich Astlyn und Erelya in dem nüchternen, grauen und karg möblierten Raum der Operationsabteilung.

»Schön, Sie wiederzusehen«, sagte Astlyn. »Wie war die Reise?«

Seine Worte verrieten wirkliche Freude, dass ich in einem Stück zurückgekehrt war, und ich hatte das Gefühl, dass seine Wärme nicht nur dem Umstand zuzuschreiben war, dass ich eine notwendige Ladung nach Nabata gebracht und ein kostspieliges Nadelschiff zurückgeflogen hatte. Gleichwohl verstand ich die Sorge hinter der Freundlichkeit. Nadelschiffe waren das einzige Verbindungsglied Rykashas mit seinen Kolonien, und die Autorität konnte sich nicht allzu viele Verluste leisten, weder in finanzieller noch in psychologischer Hinsicht.

»Es ist gut, zurück zu sein.« Ich zuckte die Achseln. »Etwas seltsam auf der Hinreise, Routine auf der Rückreise.«

Die beiden sahen mich fragend an.

»Ich kann nicht sagen, ob es etwas Neues gab. Ich hatte das Gefühl, dass eine Stimme flüsterte, konnte aber nichts ausmachen. Ich war auch nicht darauf aus, es zu versuchen.«

»Hatte die Stimme irgendwie Farbe?«, fragt Erelya.

»Nein. Es war wie eine Glutwolke, ein dunstiger Schleier, durchschossen von funkelnden Lichtspuren. Ich flog geradewegs hindurch.«

»Gab es irgendwelche Einschläge von Mikrometeoriten oder dergleichen?«, fragte Astlyn.

»Nein. Wir hörten und sahen nichts, auch nicht danach.«

Er nickte.

»Engee?«, fragte Erelya.

»Was meinen Sie, Tyndel?«, fragte der Direktor.

»Es war *etwas* da – etwas, das nichts glich, was ich je im Überraum wahrgenommen habe. Aber mir fehlt es an Erfahrung, um mehr sagen zu können.«

»Gibt es eine Aufzeichnung in den Bordsystemen?«, fragte Erelya.

»Ich konnte keine Hinweise finden. Der Zweite Offizier spürte überhaupt nichts.«

Die beiden nickten einander zu.

»Gibt es noch etwas, das wir Sie fragen sollten? Oder möchten Sie uns Fragen stellen?«

»Haben andere Piloten so etwas gefühlt?«

»Fünf, von denen wir es wissen.«

Ich nickte. Ein weiterer Gedanke fiel mir ein. »Empfinden die meisten Piloten den Überraum als ein tiefes Schwarz?«

Erelya nickte. »Die meisten. Sie sind einer von wenigen, die mehr als Schwärze und grell leuchtende Himmelskörper sehen.«

»Sonst fällt mir nichts ein«, sagte ich.

»Sollten Sie noch auf etwas kommen, lassen Sie es mich wissen.« Astlyn nickte mir zu und ging. Ich blieb mit Erelya zurück.

»Was nun?«, fragte ich.

»Sehen Sie sich den Einsatzplan auf der Pilotenseite an – die können Sie von jeder Konsole in Rykasha abrufen – und schauen Sie immer wieder nach, wenn Sie in Lyncol oder sonst wo sind. Sie werden wenigstens zwei Wochen vorher im Einsatzplan erscheinen, wenn es sich nicht um einen Notfall handelt. Sie scheinen mit der *Mambrino* gut zusammenzupassen und Berya fühlt sich wohl bei Ihnen. Also wird sie wahrscheinlich als Ihr Zweiter bleiben.« Erelya warf mir einen Blick zu. »Es sei denn, Sie würden es lieber mit jemand anderem versuchen?«

»Nein. Berya und ich scheinen gut miteinander zu arbeiten. Das ist in Ordnung.«

»Ihr Dritter auf dieser Reise, Durmak … Ich werde

noch mit ihm sprechen, um zu sehen, wie er sich dazu stellt.«

»Er machte seine Sache gut, schien aber reizbar. Ich konnte nicht sagen, warum.«

»Vielleicht ist er nur der ungeduldige Typ. Oder er ist vielleicht nicht geeignet, als Bordoffizier weiterzumachen.«

»Oder ich mache ihn reizbar«, sagte ich.

»Auch das ist möglich.« Erelya lächelte. »Nun, es gibt noch einen Punkt, den ich ansprechen und verdeutlichen will. Sollten Sie *irgendetwas* Ungewöhnliches im Überraum sehen, fühlen oder sonstwie wahrnehmen, müssen Sie es Astlyn oder mir melden, sobald Sie nach Orbital Zwei zurückkehren.«

»In Ordnung.«

Sie nickte. »Das wäre alles. Sie können den nächsten Transporter hinunter nach Runswi nehmen und sich ausruhen – und mit Ileck oder Tomas etwas für Ihre Kondition tun.«

»Ja, Ser.« Ausgerechnet Ileck! Ich grinste ihr zu und überlegte, ob Cerelle schon von Dezret zurück sei.

72

(Actaean: 4525)

Das Leben bietet keine Theologie.

Drei Reisen später fand ich mich auf Actaean – dem Ort, wo Fersonne sich hatte niederlassen wollen. Dieser Gedanke ging mir durch den Kopf, als ich mit Berya die Orbitalstation verließ.

Wir hatten einen neuen Dritten Offizier – Alek. Er war gefestigter und ruhiger als Durmak gewesen war, aber er blieb in der Station, um das Entladen und Beladen zu überwachen und wollte mit einem der Frachtflüge herunterkommen und die drei Tage Aufenthalt mit uns verbringen.

Ich zog mich hinter Berya in den Raumtransporter, aber wir hatten kaum Zeit, uns aufzurichten und umzusehen, als ein dunkelhaariger Mann auf uns zukam, der uns offensichtlich erwartet hatte.

»Kapitän Tyndel«, sagte der bärtige Pilot des Transporters. »Miletos Arachos. Miletos, um es kurz zu machen. Sie waren schon auf Actaean?«

»Nein. Ich habe die meiste Zeit draußen im Raum bei Omega Eridani verbracht.« Das war richtig, wenn auch irreführend; also musste ich ergänzen: »Ich war dort Stationstechniker, bevor ich Pilot wurde.«

»Gut, Sie hier zu sehen. Sie und Berya sind auf diesem Flug die einzigen Passagiere. Machen Sie es sich bequem. Es dauert nicht lange.« Er nickte uns zu, wandte sich um und schloss die Luke.

»Ich wusste nichts über Omega Eridani«, murmelte Berya, als wir uns in den Liegesitzen ausstreckten.

Ich musste grinsen. »Das war in der niedrigen Stellung eines Instandhaltungstechnikers.«

»Dzinmeister sind hartnäckig, habe ich gehört.«

»Ehemalige Dzinmeister.«

»Einmal ein Dzinmeister, immer ein Dzinmeister, sagt Astlyn. Ich denke, dass ich ihm glaube. Wenn Sie die *Mambrino* übernehmen, sind Sie das Schiff. Das passiert nur mit Dzin- oder Tozemeistern.« Ein kurzes Lächeln leuchtete in ihrem Gesicht. »Das sind die Einzigen, mit denen ich mich wohl fühle.«

»Unter wem haben Sie vor mir gedient?«

»Bei Mru Chin, aber er ging nach vier Jahrhunderten in den Ruhestand.«

»Dann sind Sie schon lange im Dienst? Miletos kannte Sie?«

Sie nickte. »Ja … ein halbes Jahrhundert persönlich objektiver Zeit. Ich bin einige Male hier gewesen. Er ist einer der drei Transporterpiloten. Netter Mann. Hat eine interessante Familie.«

Ich hatte gespürt, dass sie mich mit Wohlwollen betrachtete, fühlte mich aber geschmeichelt. »Dann brauchen Sie dies nicht zu tun. Als Bordoffizier können Sie Ihre Freizeit gestalten, wie es Ihnen am besten gefällt.«

»Was sollte ich sonst tun? Außerdem macht es mir Spaß – unter einem verlässlichen Kapitän, und Sie sind verlässlich, so neu wie Sie sind.«

»Bitte überprüfen Sie den richtigen Sitz Ihrer Gurte.« Nach der Durchsage setzte der Transporter sich mit einem leisen Summen in Bewegung, glitt aus der Eindockschleuse der Orbitalstation und nahm Kurs auf Actaean. Vor Antritt der Reise hatte ich mich in großen Zügen informiert, wusste aber nicht viel mehr als dass Actaean eine Wasserwelt vom T-Typ war, und nun war ich neugierig, was die Welt sonst noch zu bieten hatte.

In der oberen Atmosphäre ging es turbulent zu, und mehrere Male wurden wir gegen die Sicherheitsgurte geworfen, bevor wir die tieferen und ruhigeren Luftschichten erreichten. Gewöhnlich war es anders herum. Nicht lange, und der Transporter setzte auf und landete. Die Schwerkraft fühlte sich gut an.

»Wir sind da. Im tropischen Actaean.« Miletos stand im Durchgang zwischen Cockpit und Kabine, ein schiefes Lächeln im gebräunten Gesicht.

Ich nickte. »Danke, Miletos.«

»Etwas unruhiger als sonst«, bemerkte Berya.

»Überraschte mich selbst, aber es hat starke Sonnenprotuberanzen gegeben, die hier in der oberen Atmosphäre elektromagnetische Stürme ausgelöst haben.« Der Pilot zuckte die Achseln. »Es kommt vor, ist aber noch glatter als in der Zeit der Wirbelstürme. Dann müssen wir oft Flüge ausfallen lassen.«

Draußen, vierzig Meter vom Raumtransporter entfernt, stand ein einziges Gebäude im hellen und doch irgendwie dunstigen Sonnenlicht: ein langes, ebenerdiges rechteckiges Gebäude aus großen rötlichbraunen Ziegeln und mit einem schieferähnlichen Dach gedeckt – nur waren die Schieferplatten rostig rot. Alles fühlte sich ein wenig schwerer an, und das erinnerte mich, dass die Schwere auf Actaean um ungefähr fünf Prozent höher war als auf Erden. Aber ich war zuversichtlich, dass ein gekräftigter und von Naniten gestärkter Körper ohne weiteres damit fertig werden konnte.

Im Westen der Landebahn erstreckte sich eine lange Reihe niedriger Hügel. Alle waren bewaldet, und das Grün der Wälder schien einen leichten Blaustich zu haben. Ich spähte nach Norden, wo sich ein höherer Gebirgszug erhob, von dessen Gipfelregion es weiß herüberleuchtete. Die Landebahn lag in der äquatorialen Region. Insgesamt hatte Actaean eine niedrigere durchschnittliche Jahrestemperatur als die Erde, und obwohl der Tropengürtel recht warm war, wovon wir uns überzeugen konnten, sollten die nördlichen Kontinente dem Vernehmen nach ziemlich unwirtlich sein.

Die Sonne hatte einen leicht gelblichen Schein, und ich rief mir in Erinnerung, was ich wusste. *Actaean … vierter Planet um Diana … G-3 mit einer Masse von ungefähr 1,2 Sol … Erster Planet, dessen nutzbare Böden von der Brynk-Hezoff-Expedition durch Eintrag irdischer Bodenlebewesen biologisch für den Anbau irdischer Pflanzen vorbereitet wurde … Grenze der bewohnbaren Zone … Vier größere Kontinente … einer äquatorial, einer gemäßigt, zwei polar …*

»Kapitän … Sie sind neu auf dieser Route?« Die Sprecherin, die meine Gedächtnisübung unterbrach, war untersetzt und schwarzhaarig und trug eine Art Uniform aus Khakihemd, Shorts und Wanderstiefeln.

»Ja.« Ich lächelte. »Ich gehe, wohin man mich schickt.«

»Ich bin Malya. Die Quartiere der Schiffsoffiziere liegen weiter westlich, ungefähr vier Kilometer von hier, auf dem Hügel. Ich werde Sie hinbringen.« Sie blickte zu Berya. »Sie kennen die Anlage?«

Berya nickte.

Der Wagen war ein von Brennstoffzellen angetriebener Viersitzer mit einem Stoffverdeck und offenen Seiten. Berya und ich setzten uns auf die Rücksitze und taten unsere Seesäcke in den offenen Gepäckraum hinter uns.

»Kapitän«, sagte Malya, ohne den Blick von dem schmalen, kompositgepflasterten Weg zu wenden, den sie entlang fuhr, »Sie können hier gehen, wohin Sie wollen. Die einzigen Tiere, die Ihnen gefährlich werden können, sind die heimischen Echsen, aber sie gehen den meisten Leuten aus dem Weg. Sie mögen unseren Geruch oder Geschmack nicht. Sollten Sie eine überraschen, gehen Sie einfach langsam zurück, aber sie sind nicht leicht zu übersehen. Bis zwei Meter lang und von hellgrüner Farbe mit roten Punkten. Außerdem gibt es nicht viel Unterholz. Die heimischen Schafe und die Echsen halten es kurz. Im Wald würde ich an Ihrer Stelle aber lange Ärmel tragen. Manche Leute sind allergisch gegen verschiedene Pflanzensäfte. Auch gibt es verschiedene Sorten von Sträuchern und Stauden, die wie Brennesseln wirken; bei Berührung entsteht heftiger Juckreiz, gefolgt von einer Infektion, mit der sogar Naniten schwer fertig werden.« Sie zuckte die Achseln. »Davon abgesehen, ist Actaean ein angenehmer Ort.«

»Bekommen Sie nicht viele Einwanderer?«

»Nicht viele. Wer nicht dienstlich in der Landesentwicklung hier ist, muss für die Reise mehr Krediteinheiten aufwenden als ein einfacher Arbeiter in zwanzig Jahren verdient. Daher sind die meisten Leute, die hier leben und nicht in der Landesentwicklung tätig sind, entweder hier geboren oder ehemalige Schiffsoffiziere und Mannschaften. Gute Leute. Diejenigen, die sich nicht einfügen können oder wollen, schicken wir zum Nordkontinent.«

»Verbannung in die Kälte, wie?«

»Das Klima ist dort so, dass sie Feldfrüchte anbauen und Vieh halten können«, antwortete Malya. »Jedenfalls in den Küstenebenen. Die Arbeit macht, dass sie sich nicht in Schwierigkeiten bringen.«

Winselnd begann der Wagen die Steigung zur baumbestandenen Hügelkette zu nehmen. Die Bäume entlang des Fahrwegs waren nicht höher als drei oder vier Meter und hatten weit ausgebreitete Äste und Zweige mit breiten, spatenförmigen Blättern grünblauer Farbe. Das Gras darunter sah hart und borstig aus, und ich konnte weder Unterholz noch Büsche sehen, selbst nachdem wir den Hügelrücken erreicht hatten.

»Wir haben hier drei Bungalows«, erläuterte Malya, während sie den Wagen verlangsamte und zu den kleinen Häusern zeigte, die aus dem Fels, dem Gras und den niedrigen Bäumen des Kammes herauszuwachsen schienen. »Kapitäne nehmen gewöhnlich den auf der Höhe. Dort ist die Aussicht besser. Ruhig ist es hier überall. Der Pfad dort drüben führt zu einem Aussichtspunkt, wo man einen Wasserfall sehen kann. Es sind nur ungefähr zweihundert Meter den Pfad entlang.«

Wir stiegen aus und reckten die Arme, dann hoben wir unsere Seesäcke aus dem Gepäckraum.

»Die Quartiere sind mit allem bevorratet, was Sie brauchen, aber wenn Sie etwas suchen und nicht finden, setzen Sie sich an die Konsole und wählen Sie die Verwaltung an.«

»Danke«, sagten Berya und ich fast gleichzeitig.

»Übermorgen werde ich Sie wieder abholen«, rief Malya herüber, als sie den Wagen wendete und zurück fuhr.

»Dann sind wir also versorgt«, sagte ich.

»Richtig. Ich bin müde.« Berya nickte und trug ihren Seesack zu dem dunklen Holzbungalow am Ende.

Ich unterdrückte ein Gähnen und stieg zu dem Bungalow auf der Anhöhe hinauf. Licht durchflutete die Räume. Das Wohnzimmer hatte eine offene Küchenecke mit einem Essenaufbereiter. Eine gläserne Schiebetür trennte das Wohnzimmer von einer Veranda mit Blick auf die Bäume des Hanges weiter unten. Zu meiner Rechten führten Stufen zu Schlafzimmer und Bad.

Ich wunderte mich über die luxuriöse Ausstattung des Quartiers. Dann schüttelte ich den Kopf. Piloten hielten den von Menschen besiedelten Teil der Galaxis zusammen. Jedes Schiff war fast unerschwinglich teuer. Bescheidener Luxus war vergleichsweise billig und eine einfache Möglichkeit, für gut ausgeruhte und nicht unnötig gestresste Piloten zu sorgen.

Da ich neugierig war und mich noch nicht im Quartier niederlassen wollte, ließ ich den Seesack innerhalb der Tür stehen und folgte dem Fußpfad vorbei an einem gepflegten Garten voller Blumen, die alle blau und kurzstielig waren, und durch den niedrigen Wald zum Aussichtspunkt. Dieser war nicht mehr als ein Rechteck aus roten Pflastersteinen und einem Geländer. Nach Westen zu hatte man Bäume gefällt, um freie Aussicht auf den Wasserfall zu schaffen.

Ein dünner Faden weißer Gischt stürzte in Kaskaden von einem fast senkrechten, von Kletterpflanzen überwachsenen Kliff gute dreihundert Meter hinunter in das aufgewühlte Wasser eines in den Fels gewaschenen Beckens. Gischt hüllte das Becken ein und verbreitete einen feinen Dunst, der nicht erkennen ließ, wo der Wasserlauf sich durch das bewaldete Tal den Weg suchte.

Geräusche drangen aus dem Wald herüber, doch ob sie von Insekten, Vögeln oder den heimischen Echsen herrührten, war unklar. Leichter Nordwind brachte einen Hauch von Kälte. Ich wandte mich um und beobachtete die Wolken, die sich um die fernen, schneebedeckten Gipfel bildeten. Wie lange ich in dieses Bild versunken stand, war mir nicht bewusst, aber schließlich wandte ich mich wieder dem Wasserfall zu.

Fersonne hätte an Actaean Gefallen gefunden.

Meine Augen brannten, und ich zwinkerte mehrmals, bevor ich kehrt machte und zum leeren Bungalow zurückging.

73

(Lyncol: 4526)

Hüte dich vor denen, die mit
Leidenschaft gärtnern …
denn sie sehen Menschen als Pflanzen.

Cerelle hatte einen Garten gewollt, obwohl ich argwöhnte, dass sie es eher mir als sich selbst zuliebe getan hatte, aber Gärten waren etwas, das ich von meinen Jahren in Dorcha her kannte, und es war das Geringste, das ich beitragen konnte, da sie mir nicht erlaubte, mehr als einen kleinen Bruchteil meines rasch anwachsenden Guthabens auf ihr Konto zu übertragen, obwohl ich zu ihr gezogen war.

Also war ich entschlossen, aus dem Garten etwas Besonderes zu machen. Der schwierigste Teil bei der Anlage eines Gartens ist die vorausschauende Überlegung, welche Art von Garten zum vorgesehenen Ort passt, und wie er sich so einfügen wird, dass es scheint, er wäre natürlich dort gewachsen, obwohl kein Garten natürlich ist.

Die Vorfrühlingssonne war heiß, beinahe wie im Sommer, als ich Steine trug und versetzte, um eine Rückwand zu schaffen. Ohne die Hebelwirkung richtig einzuschätzen, verrenkte ich mir beim Transport eines der größeren Steine den Ellbogen. Nach kurzer Zeit ließ der Schmerz nach, und ich schüttelte den Kopf. Ich hatte den stechenden Schmerz gefühlt und erkannt, dass ich sowohl meine eigenen Fähigkeiten wie auch jene meiner winzigen Aufbauhelfer und Verstärker übermäßig beansprucht hatte. Noch immer hatte ich Schwierigkeiten mit der Vorstellung eines ganzen biomechanischen Universums in mir, und eines der damit verbundenen Probleme war, dass meine Muskulatur vergleichsweise stärker als mein Knochengerüst war, obwohl die mit meiner Pilotenausbildung einhergehende Körperertüchtigung die Diskrepanz vermindert hatte.

Ich hoffte, der Garten würde ein angenehmer Zeitvertreib für mich werden, wenn ich nicht auf Reisen war, doch vermochten nicht einmal meine Transportaufgaben, das Training und die Gartenarbeit meine Gedanken daran zu hindern, gelegentlich nach Henvor oder Mettersfel oder Hybra zurückzukehren … oder – immer seltener – zu Foerga. Manchmal dachte ich wochen- und monatelang nicht an sie, und die Erinnerungen, die ich mit ihr verband, waren zu angenehmen Reminiszenzen verblichen, Reminiszenzen einer Art von Kindheit, die ich nicht als Kindheit erkannt hatte. Nach einem tiefen Seufzer konzentrierte ich mich auf die kleine Eibe und ihren passenden, nicht zu sonnigen Standort, wo sie außerdem die Harmonie der Steine zusammenfassen würde. Dzin half mir dabei.

»Tyndel? Alles in Ordnung?« Cerelles Stimme war leise und erhob sich kaum über das Wispern der Brise in den Kiefern hinter dem Landhaus.

»Ja, gut.« Ich saß in der Hocke und betrachtete die Steine, die ich bereits herbeigeschafft und eingebaut hatte.

»Ich sah dich zusammenzucken. Du mutest dir zu viel zu. Ich wollte nicht über Nacht einen Garten, weißt du.« Sie überblickte die aufgereihten Steine, von denen jeder mindestens siebzig Kilo wog, dann sah sie mich an. »Du übernimmst dich.«

Ich blickte hinab zum See, der in der Nachmittagssonne schimmerte. »Die Anlage eines Gartens erfordert Jahre, aber ich wollte wenigstens mit den Vorarbeiten fertig werden.«

»Du könntest sie auf ein paar Tage verteilen.« Sie schenkte mir ein Lächeln.

»Ich habe schon einmal nicht gehandelt, als ich es hätte tun sollen.«

»Das war eine andere Geschichte. Du bist jetzt anders.«

»Ich bin froh, dass du so denkst.« Ich zuckte die Achseln. Auch jetzt noch fragte ich mich von Zeit zu Zeit, warum sie mich sozusagen gegen meinen eigenen Willen gerettet und zu diesem Zweck Andra, Aleyisha und Alicia eingespannt hatte. Jedenfalls hatte sie insoweit Recht, als ich die Arbeit am Garten zu sehr forciert hatte. Mein Ellbogen bestätigte es. Ich stand auf und reckte die Arme. »Wie wäre es mit einem Bad im See? Das Wasser ist noch kalt.«

»Kaltes Wasser macht mir nichts aus. Ich bin dabei, solange du zum Ufer hinunter gehst und nicht rennst.«

Ich ging ins Haus, mich umzuziehen.

Später, nach der Kälte des Wassers, die dem Ellbogen und den Muskeln gut getan hatte, war es in der Nachmittagssonne gerade warm genug, dass wir im Duft der Kiefern auf der kleinen Terrasse sitzen und den Tee trinken konnten, den ich aufgegossen hatte.

»Bei euch versteht man guten Tee zu machen.«

»Ich bin froh, dass ich etwas gut machen kann.« Ich lächelte, und sie lachte, und ich füllte unsere Tassen auf. Freundin, Aufsichtsperson, Geliebte und was noch, sie war ehrlich, und darüber war ich froh. Bald würde ich mich für die nächste Reise bereitmachen müssen, für die nächste Trennung, die für mich Tage und für Cerelle Monate bedeuten würde. Vielleicht war das der Grund, weshalb ich einen Garten anlegen musste, eine Manifestation eines Aspektes von mir, die ich zurücklassen konnte, etwas Dauerhafteres als die Flüchtigkeit von Träumen.

74

(Orbitalstation Zwei/Beta Candace: 4526)

Die Menschen glauben, dass es auf Fragen Antworten geben müsse; das Universum hat die Antworten, aber es stellt keine Fragen.

Eine junge Frau in einem knapp sitzenden silbernen Anzug versuchte beharrlich meine Aufmerksamkeit auf sich zu lenken, zuerst im Abfertigungsgebäude in Runswi und dann im Raumtransporter zur Orbitalstation Zwei.

Ich sah höflich anderswo hin, was mir nicht schwer fiel, weil ich wegen einer plötzlichen Änderung des Flugplans in Sorge war, der die *Mambrino* für eine Sonderverwendung vorsah. Sonderverwendungen gaben immer Anlass zur Sorge.

Cerelle hatte die Nachricht auch nicht gefallen, aber sie hatte nur geseufzt und mir einen Kuss gegeben und mich umarmt, und die folgenden Tage bis zur Abreise waren zwar nicht von Verzweiflung geprägt, aber doch von Sorge und Ungewissheit überschattet.

Dann hatte Bekunin der üblichen medizinischen Überprüfung ein paar weitere diagnostische Untersuchungen hinzugefügt, und als ich Erelya im Abfertigungsgebäude sah, wusste ich, dass es Schwierigkeiten gab. »Was ist mit der Sonderverwendung?«, fragte ich.

»Das erkläre ich Ihnen nachher.« Sie nickte mir zu, musterte mich kritisch. »Was haben Sie getan, außer in Form zu bleiben?«

»Ich arbeite noch an der Anlage eines Gartens. Ich fing damit für Cerelle an, aber es ist genauso für mich wie für sie.«

»Manchmal klappt es mit solchen gemeinsamen Vorhaben. Gewöhnlich ist es zum Besseren.« Mehr sagte sie nicht, und ich hakte nicht nach. Kommandant Krigisa erwartete uns in der Operationszentrale – allein, wie es auch Astlyns Gewohnheit gewesen war. »Guten Tag, Tyndel. Sie sind fleißig gewesen, seit wir uns zuletzt sahen.«

»Man tut, was man kann.« Fünf Jahre objektiver Erdzeit und ungefähr viereinhalb Rundreisen zu verschiedenen Systemen ... und etwas mehr als ein Jahr objektiver persönlicher Zeit. »Wo ist Astlyn?«

Krigisa zuckte bekümmert die Achseln. »Wir wissen es nicht.«

»Er nahm ein Nadelschiff? In die Gegend der Anomalie? Sie sind jetzt Koordinator der Operationen?«

Krigisa nickte. »Er wollte keinen anderen an Alpha Felini vorbeischicken.«

»Wie viele Schiffe werden noch vermisst?«

»Zwei«, gab Erelya zu. »Eins außer seinem.«

Ich konnte ihren ernsten Gesichtsausdruck verstehen. Interstellare Reisen waren noch nicht ganz zur Routine geworden, aber der Verlust von zwei Schiffen in einem Jahr, nachdem die Verluste bis dahin eher bei zwei in einem Jahrzehnt gelegen hatten, deutete auf Probleme hin, die das ganze Transportsystem Rykashas bedrohen konnten.

»Dies ist der letzte Direktflug nach Nabata, und danach wollen Sie einen Umweg machen?« Meine Frage war mehr eine Feststellung.

»Epsilon Cygni«, bestätigte Krigisa. »Wir können uns Verluste diesen Ausmaßes nicht leisten. Ein Schiff kommt uns auf zehn Millionen Krediteinheiten, dazu das Personal und die Ladung ...«

»Aber Sie müssen eine letzte Ladung nach Nabata durchbringen, um die Verzögerungen auszugleichen, die durch die Ausfälle entstanden sind?«

»Richtig. Wenn wir den Umweg über den Trog machen würden«, sagte Krigisa, »würde eine beinahe vierfache

Zeitdehnung entstehen. Die Kosten eines indirekten Fluges über diesen Umweg würden gegenwärtig, da man auf Nabata nicht auf derartige Verzögerungen vorbereitet ist, in der Größenordnung von etwa zwanzig Millionen liegen. Also brauchen wir einen letzten direkten Transit.«

»Warum ich?« Ich konnte es mir denken, wollte es aber von ihnen hören.

»Nur diejenigen Piloten, die auf früheren Flügen tatsächlich etwas *hörten,* sind verschwunden – mit Ausnahme Astlyns. Da Sie nichts dergleichen gemeldet haben, sind wir ziemlich sicher, dass Sie wenigstens eine Reise nach Nabata machen können.«

»Wie sicher sind Sie?«

»So sicher, wie man es in unserem Beruf sein kann«, erwiderte Krigisa.

Also konnte von Sicherheit nicht die Rede sein.

»Sie werden keine Passagiere an Bord nehmen«, fügte Erelya hinzu. »Dafür haben wir die *Mambrino* für zusätzliche Fracht eingerichtet. Für Ihre Rückreise werden die Techniker der Station Nabata das Passagierabteil rekonstruieren müssen.«

»Sie werden auch nicht die direkte Route nehmen«, ergänzte Krigisa. »Übergeben Sie diesen Datenträger dem Stationskommandanten. Darin wird die Situation im Hinblick auf die Gefahren des Überraums erklärt. Ich würde es vorziehen, wenn Sie das Thema im Gespräch mit ihm nicht weiter ausführten.« Der Datenträger war so klein, dass er bequem in meine Handfläche passte.

Als ich ihn einsteckte, wurde mir die Logik klar. Wenn ich auf dem Weg hinaus nichts »hörte«, dann konnte ich in einem Notfall eine weitere Direktreise von der Erde machen, und es hatte nicht viel Sinn, über die Natur der »Gefahren« zu spekulieren, zumal niemand wirklich wusste, was geschah, außer dass Nadelschiffe in den

Überraum eintraten und nicht wieder herauskamen. Jedenfalls nicht in der Nähe von Nabata oder anderen von uns erkundeten Bereichen.

»Sie werden die Rückreise über Epsilon Cygni und Ballentir machen«, sagte Erelya. »Haben Sie weitere Fragen dazu?«

Ich hatte viele, aber nicht von der Art, die sie beantworten konnten. »Nein. Vielleicht fällt mir später etwas ein, aber nicht jetzt.« Mit einem schiefen Lächeln verabschiedete ich mich und ging.

Ich glitt durch die Übergangsschleusen und den Schacht hinab in die Schwerelosigkeit der untersten Stationsebene.

Berya und Alek erwarteten mich im Bereitschaftsraum.

»Es war zu schön, um von Dauer zu sein«, sagte Alek und grinste.

»Sie meinen die ereignislosen Reisen?«

»Natürlich. Das sind die Besten«, bekräftigte er.

»Nicht immer«, meinte Berya.

»Wir sollen mit Fracht vollgestopft werden«, bemerkte ich.

»Sie sind schon dabei, packen sogar die Passagierkabine voll«, erwiderte Alek.

»Schwer«, murmelte Berya.

Wir nahmen unsere Ausrüstungen an uns und machten uns vom Bereitschaftsraum zur *Mambrino* auf, die in Schleuse drei eingedockt lag.

An Bord machten sich Alek und Berya sofort an die Überprüfung der verstauten Ladung, während ich in die Zentrale ging, um meine eigenen Flugvorbereitungen zu treffen. Sobald der Fusionsreaktor hochgefahren war und das Schiff unter eigener Energie operationsbereit war, ging ich die Checkliste durch und suchte anschließend das Passagierabteil auf. Die Liegesitze waren entfernt und an der Rückseite der Kabine aufgestapelt, während der übrige Raum voll von Stückgut in Kisten und Lattenverschlägen war, die man provisorisch, aber ordnungsgemäß mit Gurten gesichert hatte.

Bei meinem weiteren Rundgang fand ich alles, wie es sein sollte. Nach meiner Rückkehr in die Zentrale schnallte ich mich an und begann mit einer letzten Überprüfung der Systeme.

»Obere Schleusen geschlossen«, sagte Berya.

»Untere Schleusen geschlossen, Ladung überprüft«, sagte Alek.

»Sind Sie beide bereit für dieses Unternehmen?«, fragte ich.

»Das ist nicht die Frage, Kapitän«, sagte Berya. »Wenn Sie bereit sind, ist alles in Ordnung.«

»Ich bin bereit.« Wenigstens hoffte ich es. Ich meldete mich bei der Kontrolle. »Orbital Zwei, *Mambrino* startklar.«

Wir bekamen sofort die Startfreigabe, und als die Schleuse geöffnet wurde, ließ ich die Triebwerke langsam anlaufen und das Schiff aus der Station schweben. Dann öffnete ich die Energiezufuhr bis zur vollen Leistung, und als wir weit genug draußen waren, um die Photonennetze auszubreiten und die Konfiguration festzulegen, konnte ich auf Photonenantrieb umschalten und begann mit der Orientierung für den Eintritt. Ohne Passagiere entschied ich mich für die maximale Eintrittsgeschwindigkeit, aber trotz voller Leistung war die Beschleunigung langsam, und das Schiff fühlte sich durch die Massenträgheit schwer an. Es war fast bis an die Kapazitätsgrenze beladen.

»Minus zehn bis Eintritt.« Die Profilschalen lösten sich aus ihren Halterungen und gingen auf uns nieder.

»Minus fünf.« Ich korrigierte die Orientierung ein wenig.

»Minus drei.« Die Beschleunigung erreichte annähernd zwanzig Ge, und die Gitter schlossen sich frühzeitig, aber ich blieb auf voller Leistung. Wir brauchten den Beschleunigungsdruck. Die Barrieren zwischen dem Normal- und dem Überraum waren fast nichtexistent, aber ich ließ die *Mambrino* im Hier und Jetzt, bis es nicht mehr möglich war, die Nadel dort zu halten und das Gewebe des realen Raums zu knistern und ächzen schien.

Die Nadel schlug für einen Moment aus, als wir in die momentane Stille des Überraums glitten, der mehr grün und weniger braun als gewöhnlich war, als wäre er von den pulsierenden Lichtsignalen des Mondleuchtfeuers heller beleuchtet.

Vielleicht lag es an der Eintrittsgeschwindigkeit, aber der anfängliche Gradient nach Beta Candace war nahezu eben, und ich fühlte, dass der Abfall am Ende dieser Strecke bei weitem steiler war als auf meiner letzten Reise. Ich verdrängte das und konzentrierte mich auf das entfernte Signalfeuer, dessen Muster bestätigte, dass es das von Nabata war.

Die scheinbar geringe Steigung begann zuzunehmen, als die *Mambrino* sich dem Bruchpunkt näherte, hinter dem die bodenlose Leere lag, die uns von Beta Candace und Nabata trennte.

Glitzernde Punkte blitzten um mich auf, momentan aufscheinende blendende Lichter, aber ich hielt den Kurs und durchschnitt die Leere zu dem noch fernen Pulsieren des Leuchtfeuers, das unser Ziel markierte. Die Lichteffekte verstärkten sich, bis das Grün und Purpur des Überraumes in einer endlosen Ausdehnung von Licht verschwand, die nichts enthüllte.

Eine wortlose Frage murmelte um mich, eine Frage ohne die Musik des Überraums oder die Bedrohung von Singularitäten oder Sternmassen, die in den Überraum eindrangen.

Dann, ebenso plötzlich, verging das grelle Licht, bis nur funkelnde Feuerlinien übrig blieben, Leuchtspurgeschossen ähnlich, die vor dem Hintergrund eines nebligen Morgens bei Sonnenaufgang hinausschossen, und die stimmlose, lautlose Frage verblasste im Hintergrund. Bald war die *Mambrino* wieder umgeben vom vertrauten Purpur und Grün des Überraumes.

Die Tiefen, die uns vom weißgelben Leuchtfeuer von Beta Candace und Nabata getrennt hatten, lagen hinter uns, und wieder schrumpfte die Zeit am Ende der Eintrittszeit in sich selbst und dehnte sich dann.

Kurz vor den stroboskopischen Energiesignalen des Leuchtfeuers fiel die *Mambrino* in den Normalraum zurück.

Ich stieß den angehaltenen Atem aus. »Beta Candace«, sagte ich in unsere Sprechverbindung.

»Gut«, murmelte Alek.

Ich orientierte das Schiff so um, dass es in »absteigender« Linie die Ekliptik des Systems und die Orbitalstation Nabata erreichte, dann beschleunigte ich im Normalraum.

»Orbital Nabata, hier *Mambrino* auf Annäherungskurs. Kapitän Tyndel, Zweiter Berya, Dritter Alek. Keine Passagiere. Volle Ladung. Kondition grün. Geschätzte Ankunft in fünfzehn Standardminuten.«

Wir waren mit dem Bremsmanöver halb durch, als ich die Antwort erhielt.

»Kapitän Tyndel, wir erwarten die *Mambrino* in ungefähr acht Minuten Ihrer Zeit. Stellvertretender Kommandant und Technischer Offizier Jukor wird die Entladung beaufsichtigen.«

»Verstanden, Ende.«

»Wieder der Stellvertreter«, sagte Berya.

Ich nickte und konzentrierte mich auf das Annäherungsmanöver, das diesmal langsamer als gewöhnlich sein musste. Durch die Masse der Ladung bedingt, musste ich das Verlangsamungsprofil genau beobachten. Die Ionentriebwerke allein gaben nicht die Antwort darauf, und ein Hineinkrachen in die Station wäre katastrophal.

Ich seufzte erleichtert, als wir sicher eingedockt hatten. Dann, nachdem ich die kurze Checkliste zum Abschalten der Bordsysteme durchgegangen war, begab ich mich zur Schleuse, um mit dem stellvertretenden Stationskommandanten zusammenzutreffen.

Der stämmige Mann mit dem kurz geschnittenen blonden Haar schüttelte mir die Hand. »Freut mich, dass Sie es schafften, Kapitän. Wir machten uns schon Gedanken. Annähernd zwei Jahre sind vergangen, und wir haben keine Nachricht bekommen.«

»Ich bin froh, hier zu sein«, sagte ich wahrheitsgemäß. »Ich habe einen Datenträger für den Kommandanten – von der Autorität.«

Jukors kantiges Gesicht wurde ernst. »Messer wird Sie hinaufbringen.«

»Danke.« Ich wollte ihm sagen, er solle sich keine Sorgen machen, aber was ich ihm dazu erläutern müsste, würde ihm trotzdem Sorgen bereiten, und es war die Entscheidung des Stationskommandanten, wie mit dem Inhalt des Datenträgers umzugehen war.

»Messer?« Jukor winkte einen jung aussehenden Mann in grauem Overall zu sich, für den ich sofort kollegiale Sympathie empfand, war er doch, was ich jahrelang in der Station Omega Eridani gewesen war. »Würden Sie den Kapitän ins Kommandantenbüro führen?«

»Ja, Ser.«

Ich folgte dem jungen Mann durch Korridore und einen Schacht hinauf zur oberen Ebene der Station. Die gesamte Anordnung war mir noch so vertraut, als hätte ich erst vor kurzem in diesen Korridoren und Schächten mit Frachtschlitten und SMW manövriert.

Kommandant Gerala war ein drahtiger, baumlanger Mensch, der mindestens einen Kopf größer war als ich und unter normalen Schwereverhältnissen auf mich herabgesehen hätte. Offensichtlich hatte Jukor die Stationssprechanlage benutzt, um ihn zu warnen, denn er zeigte keine Überraschung, als ich ihm den Datenträger übergab. Er betrachtete ihn mit gemischten Gefühlen. »Wenn Nadeljockeys persönliche Botschaften überbringen, sind die Nachrichten nicht gut. Wissen Sie, was in dem Datenträger ist?«

»Nur in großen Umrissen. Es scheint ein Gefährdungsproblem auf der direkten Route von Sol zu Beta Candace zu geben. Nadelschiffe haben nicht die Möglichkeit, im Überraum radikale Kurskorrekturen vorzunehmen. Die Autorität wird Sie künftig von E. Cygni aus versorgen.«

»Sie haben die direkte Route genommen«, bemerkte der Kommandant.

Ich wartete.

Gerala runzelte die Stirn. »Waren Sie nicht der Vorletzte, der zu uns durchkam – vor vier Jahren?«

»Ich machte eine Reise vor vier Jahren objektiver Universalzeit. Ich weiß nicht, wer danach kam.« Ich lächelte ironisch. »Bedingt durch die Zeitdehnung habe ich Schwierigkeiten, den Überblick über meine eigenen Reisen zu behalten.«

Er schüttelte den Kopf. »Kann ich mir vorstellen.«

»Wenn es sonst nichts gibt, Kommandant …«

»Ich werde Sie benachrichtigen, wenn ich noch Fragen habe.«

Ich kehrte zurück an Bord und war kaum mit der zweiten Überprüfung der *Mambrino* fertig, als Berya den Kopf in die Zentrale steckte.

»Ein Bote für Sie, Kapitän.«

Der »Bote« war ein Mann in Blau, ein Direktor, der in der Schleuse wartete. »Kapitän, der Kommandant würde Ihre Anwesenheit in seinem Büro sehr zu schätzen wissen.«

Beryas Lächeln war eine Übung in Selbstbeherrschung und sorgsam verborgener Sorge. Direktoren wurden nicht als Boten eingesetzt, nicht einmal in Orbitalstationen.

Also kehrte ich durch dieselben Korridore und Schächte

zurück, die ich erst vor kurzem benutzt hatte, und präsentierte mich dem Kommandanten. Er kam sofort zur Sache. »Wenn zutrifft, was Kommandant Krigisa in diesem Datenträger mitteilt, ist der Logistik kein Vorwurf zu machen. Ich weiß die Fracht zu schätzen, die Sie gebracht haben. Mein Stellvertreter Jukor war ziemlich verblüfft über die Masse. Ein junger Pilot auf einer riskanten Route …« In seine Augen kam ein Lächeln. »Aber nach dieser Meldung wird es zwei oder drei Jahre dauern, bevor der nächste Versorgungsflug erfolgen kann. Das bedeutet für das Projekt eine Verzögerung von fünf oder mehr Jahren, und wir besitzen weder die Ausrüstung noch die Möglichkeit zu raschem und wirkungsvollem Eingreifen, sollte in den letzten Stadien des Projekts etwas schief gehen.«

»Ich dachte, Nabata sei ohne weiteres bewohnbar.«

»Nun ja, aber es ist heiß, relativ trocken, und der Luftdruck ist zu hoch. Außerdem … aber damit brauchen Sie sich nicht herumzuschlagen. Die Probleme betreffen hier wie anderswo hauptsächlich die zum Gedeihen unserer Nutzpflanzen notwendige Umgestaltung des Bodenlebens.« Er hob die Schultern. »Können Sie mir sagen, wie schlimm diese ›Gefährdung‹ ist und wie lange sie möglicherweise dauern wird?«

»Sie hat zum Verlust von zwei Nadelschiffen von den letzten vier oder fünf geführt, die planmäßig auf der direkten Route hierher verkehrten.« Das war zutreffend und würde früher oder später herauskommen.

Diese Auskunft führte zu einer langen Pause. »So schlimm?«

»Ja, Kommandant.«

»Weiß jemand, wie lang dies dauern wird?«

»Nein.« Auch das traf zu. »Auch die Ursache ist bis heute nicht bekannt.«

»Ist etwas dergleichen auch auf anderen Routen passiert?«

»Meines Wissens nicht. In letzter Zeit sind keine anderen Nadelschiffe als vermisst gemeldet worden. Bis zu meiner Abreise nicht.«

Die Fragen nahmen ihren Fortgang, aber ich hielt mich an die Tatsachen.

Zuletzt sah er mich gerade an. »Sie sind sehr geduldig gewesen, Kapitän Tyndel. Es ist mir klar, dass Sie mir alles gesagt haben, was Sie wissen, und es ist mir auch klar, dass Sie Ihr Leben und Ihr Schiff riskiert haben, um diese Ladung und die Information zu bringen.« Gerala holte tief Atem. »Es gefällt mir nicht, aber wir werden tun, was wir tun müssen. Möglicherweise werde ich mehrere Leute zurückschicken, die planmäßig erst nächstes Jahr abreisen sollten – wenn die Betreffenden es wünschen. Würde das Schwierigkeiten bereiten?«

»Nicht, wenn Ihre Techniker helfen können, die Passagierkabine wieder in den Normalzustand zu versetzen. Die Liegesitze wurden entfernt und gestapelt, um Raum für zusätzliche Fracht zu schaffen.«

»Das können wir machen.«

Als ich wieder beim Schiff anlangte, arbeiteten die Instandhaltungstechniker bereits unter Aleks Aufsicht an der Wiederherstellung der Passagierkabine. Inzwischen war ich reif für eine Ruhepause – ein Schläfchen, irgendetwas.

75

(Beta Candace/ E. Cygni: 4527)

Worte sind keine Konversation;
Konversation ist kein Dialog;
Dialog bedeutet noch nicht Aufrichtigkeit.

Beinahe keine Fracht und zehn Passagiere hatte die *Mambrino* an Bord, als das Schiff von der Station Nabata ablegte. Kommandant Gerala verabschiedete uns nicht, sondern überließ die Aufgabe seinem Stellvertreter Jukor.

Ich hatte noch nie eine Reise mit Zwischenstationen gemacht, aber die Daten waren im System gespeichert, richtig, wie ich hoffte, und ich programmierte die Beschleunigung und Orientierung für E. Cygni und die Station Ballentir, und die Profilschalen senkten sich auf uns ab und rasteten ein, und wir schlüpften durch das Nadelöhr in die surrealistische Welt aus Purpur und Grün, als die ich den Überraum wahrnahm. Ich fand rasch eine Kammlinie, die auf ein Leuchtfeuer zuführte. Ich identifizierte das Signal vorsichtshalber zweimal, da ich mich E. Cygni noch nie aus irgendeiner Richtung genähert hatte.

Noch bevor die zweite Identifikation gemacht war, dröhnte massiertes Orgelbrausen aus der Dunkelheit unter dem Rücken herauf, über den wir dahinsausten.

Die Speere von zwei Singularitäten zitterten kalt und bedrohlich unter der *Mambrino*.

Dann kam eine weitere unausgesprochene, lautlose Frage, aber eine, die ich mental beantwortete: »Was willst du?« Aber meine Gedanken und Reaktionen galten den Singularitäten.

Einen Dialog, wie du es ausdrücken magst. Die Worte hämmerten durch meinen Schädel. Die dunklen Speere schwenkten ein und hielten schräg auf die *Mambrino* zu.

»Worüber?« Ich zog die *Mambrino* aufwärts, als ob das helfen könnte.

Aufrichtigkeit, die du so hoch schätzt, und die Beteiligung höherer Mächte oder Kulturen …

Ein Schwirren wie von Stahlsaiten durchdrang mich, dass meine Zähne vibrierten, und unter der Harmonie/Disharmonie kamen Worte, ungebeten und ungerufen.

Das Ausbleiben meiner Beteiligung wird als mangelnde Fähigkeit zu solcher Beteiligung gedeutet.

»Mangelnde Fähigkeit?« Ich stieß die Worte unüberlegt hervor, während die *Mambrino* zwischen Linien von Licht und Dunkelheit weiter jagte.

Das Volk der Nanitendämonen hat die Fähigkeit, nichtdämonische Kulturen zu beeinflussen. Warum denkst du, diese Fähigkeit sei nicht ausgeübt worden?

Ich war sicher, dass sie ausgeübt worden war, antwortete aber nicht, weil ich seitwärts einem Block schwarzen Kristalls ausweichen musste, der sich überschlagend durch die weiße Dunkelheit stürzte.

Zu welchem Zweck? Aus bloßer Eitelkeit? Vertraust du der Aufrichtigkeit deiner Autorität? Wenn dieser Macht zu vertrauen ist, warum nicht einer größeren Macht?

»Nicht alle Macht ist gleich.«

Nicht alle Macht? Oder nicht alle jene, die Macht gebrauchen? Oder formt Macht den, der sie ausübt?

In diesen aus dem Nichts durch meinen Sinn treibenden Worten lag eine Erheiterung, die ich nicht bestimmen konnte.

Ist eine Autorität mehr als ein Dämon? Mehr als eine Gruppierung von Dämonen? Ist sie zu respektieren, weil ihr den Raum erobert habt? Wenn auch nur in der Dunkelheit, wo kein Staub ist? … Götter nutzen den Raum … alte Götter und neue Götter, ob es Staub gibt oder nicht. Denk an die Macht, die ein Gott gebrauchen muss, um in die staubübersäten Regionen des Lebens einzutauchen.

Die Worte rollten dröhnend weiter und durch mich hindurch, und mir war, als hätte ich sie schon gehört. Oder vielleicht waren sie meine eigenen Argumente. Darüber war ich mir nicht im Klaren, nur über Engees Abschiedsworte – wenn sie von Engee kamen und nicht von irgendwo tief in meinem eigenen verhedderten Bewusstsein.

Denk darüber nach, was ich gesagt habe, Nadeljockey.

Mit diesen Worten war die Verbindung unterbrochen, und ich war wieder zwischen den Schallblöcken und der Musik und dem Duft von Flieder und Windrosen und

Apfelblüten … und den Singularitäten, die rasch von unten gegen die *Mambrino* vorrückten.

Ich holte das Netz ein, und wir traten unweit vom Leuchtfeuer Ballentir aus, zu hoch über E. Cygni, aber sicher.

»Kapitän … was war diese Energiespitze?«, fragte Berya. »Ich konnte sie sogar im Überraum fühlen.«

»Später«, wehrte ich ab. »Später.« Energiespitze … Engee … und nicht einmal auf der Route Beta Candace. Ich würde Meldung machen müssen, eine ausführliche Meldung, nachdem ich das Schiff eingedockt und dem Stationskommandanten die »Gefahr« der Route Erde-Nabata erklärt hätte, nach meiner Rückkehr zu Orbital Zwei. Dann, wenn ich konnte, würde ich nachdenken … und mit Cerelle reden müssen.

76

(E.Cygni/Orbitalstation Zwei: 4529)

> *Die Leere ist gleichzeitig mit allen Dingen*
> *und kann von Dingen nicht behindert*
> *werden, noch behindert sie das Kommen*
> *und Gehen aller Dinge.*

In der Station Ballentir nahmen wir zwei weitere Passagiere auf, die glücklich waren, sechs Monate vor dem nächsten planmäßigen Flug abreisen zu können, und meine erste Reise durch den Trog erfolgte in umgekehrter Richtung, zuerst ein Gefälle hinab und dann einen so steilen Gradienten hinauf, dass ich froh war, nicht die Gegenrichtung nehmen zu müssen.

Es gab keine weiteren Bemühungen von Engee, ein »Gespräch« zu führen, wenn das, was ich »gehört« hatte, wirklich so etwas gewesen war. Der Austritt in den Normalraum war über der Ekliptik und verlief ohne Zwischenfall.

»Orbital Zwei, hier *Mambrino,* Flug von Ballentir. Geschätzte Ankunft in zwanzig Minuten Ihrer Zeit. Besatzung Kapitän Tyndel, Zweiter Berya, Dritter Alek, zwölf Passagiere. Fracht weniger als eine Tonne.«

Wir setzten den Flug für weitere zehn Minuten fort, und befanden uns in der Endphase des Bremsmanövers, bevor eine Antwort erfolgte.

»*Mambrino,* hier Orbital Zwei. Bitte wiederholen Sie Ausgangspunkt Ihrer Reise.«

»Letzter Ausgangspunkt war Ballentir. Vor Ballentir, Nabata. Geschätzte Ankunft Orbital Zwei in acht Minuten Standard.«

»Verstanden, acht Minuten. Umgebung ist frei, keine weiteren Ankünfte gemeldet. Machen Schleuse eins klar zum Eindocken.«

»Verstanden. Eindocken in Schleuse eins.«

»Sie wollten nicht glauben, dass wir von Ballentir kommen«, meinte Alek.

»Sie hätten nur die Zeitdehnungsintervalle überprüfen müssen«, sagte Berya. »Im Übrigen sollten junge Flugsicherungsbeamte keine Kapitäne ausfragen.«

Das mochte sein, aber ich wusste, dass jemand es tun würde.

Die gewöhnlich allgegenwärtige Erelya erwartete mich nicht vor Schleuse eins. Stattdessen kam Kommandant Krigisa sofort nach dem Öffnen der Passagierschleuse an Bord und glitt in die Zentrale, noch bevor ich mit dem Abschalten der Systeme fertig war.

»Sie sehen gut aus, Tyndel, noch dazu nach einer Route mit drei Phasen im Überraum. Ich würde Sie gern in der Operationszentrale sehen, wenn Sie hier fertig sind.« Und damit war Kommandant Krigisa schon wieder fort.

»Haben wir was ausgefressen?«, wollte Berya wissen.

»Nichts. Kommandant Krigisa sorgt sich wegen der Gefahren für Nadelschiffe und möchte wissen, was ich im Überraum gefühlt oder erfahren haben könnte.«

»Diese Energiestacheln?«

Ich nickte. »Auf der Route nach Beta Candace hat es ein paar seltsame … Sichtungen gegeben, die ich melden muss. Ich wurde gebeten, alle ungewöhnlichen Phänomene zu beobachten. Schon als ich Pilot wurde, forderte man mich dazu auf. Wahrscheinlich geht es allen Piloten so.«

Berya drängte nicht weiter, wofür ich dankbar war. Als alle Bordsysteme abgeschaltet und überprüft waren, suchte ich meine Sachen zusammen und ging von Bord.

Erelya und Kommandant Krigisa erwarteten mich, als ich in die Operationszentrale eilte. Beide hatten angespannte, übernächtige Gesichter. Nicht zum ersten Mal erinnerte mich das kahle Grau des Raums an die Tiefen Keller unter Henvor und der Halle unermüdlicher Wachsamkeit.

»Wie ging es?« Krigisas Gesicht war ein wenig besorgt.

»Ich hatte keine Schwierigkeiten. Da war wieder der funkelnde Schleier. Etwas störend, aber nicht genug, um mich abzulenken.«

»Wie war es mit Stimmen?«

»Diesmal hörte ich sie, aber nicht auf der Route Beta Candace.«

Das Gesicht des Kommandanten wurde ausdruckslos wie das der Dämonen an der Schule von Dyanar, und ich fragte mich, warum ich nach all den Jahren, die vergangen waren, seit ich Henvor verlassen hatte, daran gedacht hatte.

»Fahren Sie fort. Lassen Sie möglichst nichts aus, Tyndel.« Krigisas Worte waren ruhig, aber ich wusste, dass es ein Befehl war.

»Auf der Route nach Nabata hatte ich nur einmal den Eindruck einer Frage. Nicht einmal einer verbalen Äußerung. Nur dieses Gefühl. Ich beachtete es nicht weiter. Ich war mir nicht im Klaren, ob ich es hätte tun sollen, aber der Eindruck war insgesamt ganz unbestimmt.«

»Hat diese Stimme, oder was immer den Eindruck hervorrief, Ihnen gedroht oder wurden Singularitäten gegen das Schiff bewegt?«

»Wurde der Transit danach schwieriger?«, setzte Erelya hinzu.

»Nein, nichts geschah danach. Wir kamen ohne irgendwelche Probleme aus dem Überraum.« Ich hielt inne, dann sagte ich die Worte, die einen Unterschied machen würden. »Aber auf der Zwischenstrecke nach Ballentir fielen Worte. Auf der letzten Etappe gab es nichts.«

»Welche Worte? Glauben Sie, dass es Engee war?«, fragte Krigisa.

»Ich weiß es nicht. Es war zweifellos eine Wesenheit von großer Macht, die sowohl die Kultur der Miten wie die Rykashas kannte und verstand.«

»Engee *sprach* mit Ihnen?«, fragte Erelya. »Was sagte es … er?«

»Er sagte, er wolle einen Dialog über Aufrichtigkeit. Danach hörte ich zu, aber auch wieder nicht. Ich musste mich darauf konzentrieren, das Schiff durchzubringen.«

»Können Sie sich an irgendetwas Bestimmtes erinnern?«

Ich konzentrierte mich. »Er sagte Verschiedenes … dass wir annehmen würden, seine fehlende Einmischung stelle einen Mangel an Fähigkeit dar … dass Rykasha sich in fremde Kulturen eingemischt habe. Er forderte mich auf, die Aufrichtigkeit der Autorität einzuschätzen, und ob ich sie vertrauenswürdig finde … und ob ich nicht auch einer größeren Macht vertrauen sollte …«

»Einer größeren Macht? Behauptet er dann, er sei eine größere Macht?«

»Das war die Implikation«, antwortete ich, »aber es wurde nicht ausdrücklich erklärt.«

»Was noch?«, fragte Krigisa.

»Er meinte, nicht alle Macht und nicht alle Anwender von Macht seien gleich, und wenn man die Autorität respektieren könne, die den Überraum nur in den relativ staubfreien Teilen der Galaxis habe erobern können, sollte man erst recht eine Macht respektieren, die überall durch den Überraum ausgreifen könne.«

»Er ist verrückt … oder trügerisch«, meinte Krigisa.

»Wie denken Sie darüber, Tyndel?«, fragte Erelya.

Ich zögerte, dann entschied ich mich für Aufrichtigkeit – als ob ich eine andere Wahl hätte, die mich unversehrt lassen würde. »Ich denke, er ist mächtig, was immer er ist. Ich könnte es nicht beweisen, aber ich halte seine Worte nicht für trügerisch. Und er will etwas über einen Dialog hinaus. Was es ist, weiß ich nicht.«

»Könnte es sein, dass Sie sich dies einbilden?«

»Es könnte sein, aber ich glaube es nicht.«

»Hatten Sie irgendwelche Schwierigkeiten mit dem Austritt bei Epsilon Cygni?«, fragte Erelya.

»Nein, das verlief reibungslos. Desgleichen die Rückreise.«

»Ein Dialog über Aufrichtigkeit …?«, sann Krigisa.

»Und über Macht. Er war sehr direkt in der Unterstellung, dass Rykasha sich in die Mitenkulturen eingemischt habe, dabei aber auch besorgt über seine Einmischung in die Angelegenheiten Rykashas. Dieser Teil war klar. Danach war ich mehr auf das Schiff konzentriert und folgte nicht dem genauen Wortlaut oder den Gedanken. Es war etwas über Aufrichtigkeit in den stauberfüllten Regionen des Raums.«

»Wahnsinn? Ein intellektueller Sirenengesang … eine intellektuelle Diskussion … Konnte es so einfach sein?«, fragte Krigisa mit einem Blick zu Erelya.

Ich war nicht dieser Meinung, wartete aber ab, dass die Frage an mich gerichtet würde. Das geschah, und beide sahen mich erwartungsvoll an.

»Das Ganze könnte eine Wahnvorstellung gewesen sein«, sagte ich, »und es gab Singularitäten auf der Route. Aber ich sollte meinen, dass ein erfahrener Pilot nicht so leicht unter Wahnvorstellungen leiden würde.«

»Das kann jedem passieren. Dann scheint man im Überraum besser zu ›sehen‹«, überlegte Erelya. »Waren Sie in Versuchung, das Schiff vom Kurs abzubringen – oder wurden Sie dazu aufgefordert?«

»Nein.«

»Gab es irgendwelche Manifestationen dieses ... Dialogs?«

»Es gab eine Art Energiepfeil, den der Zweite sah oder fühlte, aber die Instrumente und die Aufzeichnungen der Sensoren zeigen nichts davon.«

»Berya ist ziemlich vernünftig«, bemerkte Erelya mit einem Blick zum Kommandanten.

Die Fragen dauerten noch lange an, aber alle folgenden waren lediglich Versuche, zu verifizieren, was ich zuvor gesagt hatte.

Schließlich blickte Krigisa zu Erelya. »Kann er wieder Dienst tun?«

»Können Sie, Tyndel?«, fragte Erelya.

»Warum nicht? Haben andere nicht auch schon Stimmen gehört? Außerdem war die Rückreise von Epsilon Cygni problemlos.«

»Ich weiß nicht«, murmelte Krigisa. »Wir wissen nicht genug.«

»Wir können nicht den ganzen Betrieb einstellen«, erklärte Erelya. »Wenn wir jeden Piloten aus dem Verkehr ziehen würden, der etwas fühlt oder hört, dann würden nicht genug übrig bleiben, um die Kolonien und die Projekte mit Technik und Fachwissen zu versorgen. Wollen Sie das der Autorität erklären? Und wie könnte die Autorität das der Bevölkerung erklären?«

Beide machten Gesichter, als wäre das Eingeständnis von Schwierigkeiten im interstellaren Verkehr ein weit größeres Problem als ich dachte. Schließlich taten die Nadelschiffe das nahezu Unmögliche. Früher oder später musste es Probleme geben. Das war seit langem offensichtlich.

»Außerdem«, fuhr Erelya fort, »ist Tyndel der Einzige, der tatsächlich einen Kontakt hatte und danach ohne Probleme heimgekehrt ist.«

»Das muss ich mir durch den Kopf gehen lassen.« Krigisa wandte sich mir zu, eine dunkle Gestalt, die mir wie ein Symbol der Autorität vorkam. »Als Erstes gehen Sie hinunter nach Runswi und lassen sich medizinisch untersuchen, und dann wiederholen Sie alles in einer Weise, die verifiziert werden kann. Erelya wird Sie begleiten. Die medizinische Abteilung wird jede denkbare physiologische und psychische Ursache untersuchen, die im Überraum wahnhafte Vorstellung erzeugen könnte. Wir werden auch alle Sensoren und Bordsysteme untersuchen. Wenn Sie einen präzisen Bericht schreiben, während wir alles untersuchen und bewerten, werden Sie wenigstens eine doppelte Ruheperiode haben. Die haben Sie nach solch einer Reise ohnedies verdient. Dann werden wir Sie wissen lassen, was wir über Ihre Zukunft als Pilot entscheiden.«

Erelya nickte mir zu, und ich ging, aufs Neue verblüfft über die Ähnlichkeit der Operationszentrale mit einer alten Kaserne und beschäftigt mit der Überlegung, ob ich jemals wieder ein Nadelschiff führen würde. Ich konnte es nicht glauben, und doch zweifelte ich nicht daran, dass ich es tun würde.

Und ich fragte mich naturgemäß, was mich in der medizinischen Abteilung in Runswi erwartete. Das bereitete mir weit mehr Sorgen als das Gespräch mit Engee … aber schließlich ist uns allen das Hemd näher als der Rock.

Dennoch konnte ich nicht glauben, dass eine so große und so neugierige Macht bösartig sein konnte … oder auch nur daran dachte, Schaden zuzufügen.

77

(Lyncol: 4529)

Erfasse Leere, und Leere ist Form.
Erfasse Form, und sie ist Leere.

Meine medizinische Untersuchung nahm mehr als drei Tage in Anspruch, und an mehr als die Hälfte davon erinnerte ich mich nicht.

Das Einzige, worauf es ankam, war am Ende, dass Erelya und Aleyisha mich beide mit klarem Blick ansahen und Erelya sagte: »Sie sind bei klarem Verstand. Sie sind besser angepasst als die meisten Piloten, und das bedeutet, dass wir ein Problem am Hals haben, das größer ist als alles seit der Zeit der Verwüstung.«

Sie hatten das Problem, nicht ich. Ich hatte mich bereits mit einer Kultur und Individuen auseinander setzen müssen, die mir fremd bis zur Unverständlichkeit gewesen waren. Irgendwie störte mich eine weitere Erfahrung dieser Art nicht sonderlich, aber das war Dzin. Wenn es wirklich ist, dann muss seine Existenz akzeptiert werden. Engee war wirklich. Viele Rykashaner würden mit dieser Vorstellung ihre Schwierigkeiten haben, besonders dann, wenn Engee so mächtig war, wie ich vermutete.

Nach meiner Entlassung schickte ich Cerelle eine Botschaft und machte mich auf den Weg zum Tunnelgleiter. Der, den ich von Runswi nahm, war überfüllt – überfüllt war in Rykasha alles, was mehr als halb voll war.

Cerelle erwartete mich am Bahnsteig der Tunnelstation, jener seltsamen architektonischen Kombination von poliertem grauem Granit und warmen, goldbraunen Holzverkleidungen. Ich vermutete, dass das Grau für die Alten stehen sollte, und das lebendige Goldbraun … wofür? Dämonen? Oder gar für die noch älteren Druiden?

Ihr schwerer Wintermantel war offen, und ihre durchdringenden grüngrauen Augen wichen meinem Blick aus. Ich lächelte, denn ich war wirklich froh, sie zu sehen, aber wieder zögerte sie. Ich nicht. Ich umarmte sie voll Wärme.

»Du bist zurück. Ich war nicht sicher ... und dann kam deine Nachricht ... ich hatte Angst, sie anzunehmen.«

Ich ließ sie nicht los. »Du solltest keine Angst haben.«

Mein verstärktes Gehör fing ein Gemurmel von den Umstehenden auf dem Bahnsteig auf. »... wie der sie ansieht ... ich wollte, mein Alter würde mich auch so ansehen ...«

»... hinter denen sind all die jungen Dinger her ... haben keinen Blick für die Erfahreneren, bleiben für sich ... Familie ... wette, diese zwei haben irgendwo Kinder ...«

»Nein ... aber ich hätte gern«, murmelte ich Cerelle ins Ohr. »Und was hättest du jetzt gern? Zum See hinausfahren?«

»Das wird einstweilen genügen.« Sie hatte nicht alles davon aufgefangen, was mein verstärktes Gehör mitbekommen hatte, und im Moment wollte ich nicht alles erklären. Ich drückte sie wieder an mich. In einer Welt der Ungewissheiten fühlte sie sich wirklich und fest an.

»Nicht hier.«

Ich errötete. Das hatte ich nicht gemeint, nicht direkt, aber Erläuterungen hätten uns nur in Verlegenheit gebracht.

»Du wirst ja rot ...« Sie lachte. »Das gefällt mir. Du bist nicht der stets gefasste und beherrschte Meister des Dzin.«

»Ich habe dir schon oft gesagt, dass ich das nie war.«

»Vielleicht muss ich es noch öfter hören«, antwortete sie, als wir die Steintreppe erstiegen.

Während der vom Tunnelausgang wegführende Weg noch schneefrei war, rieselten die feinen Kristalle aus schweren grauen Wolken herab und in mein Gesicht. Der Schnee zu beiden Seiten des geräumten Fußwegs lag mannshoch und zeigte wenig Neigung zu schmelzen.

»Es ist ein kalter und schneereicher Winter gewesen«, sagte Cerelle. »Die Leute reden von einer weiteren kleinen Eiszeit.«

Dreieinhalb Jahre, und ich war wieder im Winter. Vor meiner Abreise hatte ich kaum etwas vom Sommer gefühlt. Manchmal war das Leben so.

»Der Raupengleiter ist im Transporthangar.«

Cerelle führte mich in das niedrige Gebäude aus Stein und Holz, vorbei an offenen Türen und murmelnden Stimmen, wo der Geruch von Menschen und Elektronik in der Luft lag, und dann eine weitere Treppe hinab in den unteren Hangar, wo der Raupengleiter zwischen zwei anderen, größeren, abgestellt war. Cerelle öffnete die Haube, und ich verstaute meinen Seesack auf den Rücksitzen. Sie schloss die Haube, und ich setzte mich neben sie.

Als sie den Geländegleiter auf die schmale, schneebedeckte Straße zum See gelenkt hatte, warf sie mir einen kurzen Seitenblick zu. »Nun … erzähl mir, was geschah.«

»Ich sollte die Route nach Beta Candace fliegen, das ist diejenige, die an Alpha Felini vorbeiführt – der Anomalie. Oder Engee, wenn du willst …« Ich fuhr fort, von den verlorengegangenen Schiffen und allem zu erzählen, was geschehen war, einschließlich der gründlichen medizinischen Nachuntersuchung. Als ich fertig war, lenkte Cerelle den Gleiter schon auf den See zu. Ihr Gesicht war angespannt. »Du, Erelya hatte Recht damit, dass dies die größte Herausforderung seit der Verwüstung ist.«

»Ich kann verstehen, dass manche Leute in Aufregung geraten, nehme ich an.«

»Nimmst du an?« Sie zog die Brauen hoch, ohne den Blick von der eingeschneiten Wegspur zu wenden. »Ist das Dzin, oder verstehst du nicht?«

Ich seufzte. »Ich verstehe, aber auch wieder nicht. Wer so mächtig ist, könnte längst vieles getan haben. Welche wirklichen Veränderungen werden daraus entstehen? Das Schlimmste, was er tun könnte, wäre die Lahmlegung des interstellaren Verkehrs. Das wird hier auf Erden niemanden stark berühren, im Gegenteil, es würde enorme Kosten einsparen. Allerdings würde es ein paar Tausend Leute in den Orbitalstationen und den Projekten schaden. Die meisten Kolonien würden sich selbst erhalten. Sie müssen es sowieso tun.«

Cerelle lachte, als sie den Geländegleiter die Kehren hinauf über den schneebedeckten Hang zum Landhaus steuerte. »Ich bezweifle, dass die meisten Leute auch nur annähernd so gelassen sein werden.«

»Ich weiß, ich weiß. Aber es ist alles wahr.«

»Wahrheit beeinflusst das Gefühlsleben der Menschen oft nicht so, wie es wünschenswert wäre. Muss ich dich daran erinnern, Meister des Dzin?«

Ich nickte. Darin hatte sie zweifellos Recht.

»Stell dir all diese aufgeregten Leute so vor, wie du dich fühltest, als du nach Rykasha kamst«, schlug sie vor.

Der Gedanke war nicht gerade ermunternd.

Ein dünner bläulicher Rauchfaden stieg aus dem Schornstein zum Himmel, kaum sichtbar vor den Wolken, deren Grau sich aufzuhellen begann, obwohl der feine Schnee weiter herabrieselte.

»Das Feuer wird uns gut tun.«

»Das dachte ich mir. Also legte ich vier der schweren Buchenkloben in die Glut, bevor ich ging.«

Drinnen ließ ich den Seesack bei den Stufen fallen und umarmte sie wieder. Diesmal protestierte sie nicht. Nach einer Weile murmelte sie: »Die Sache hat dich aus der Fassung gebracht. Du bist zärtlich, aber gewöhnlich nicht so zärtlich, und es ist nicht …«

»Lust?«, sagte ich lächelnd.

»Ich habe nichts gegen Lust, zur rechten Zeit und am

rechten Ort.« Sie lächelte zurück. »Möchtest du darüber reden?«

»Zuerst will ich einen richtigen Arleen zum Aufwärmen.«

»Er steht bereit, beim Teekessel.«

Obwohl der Kessel auf altmodische Weise elektrisch erhitzt werden musste, schmeckte ein richtiger Aufguss mit kochendem Wasser besser als Tee aus dem Speisenaufbereiter, und alle wissenschaftlichen Begründungen, warum es keinen Unterschied geben sollte, erklärten nicht die größere Befriedigung eines selbst aufgegossenen Tees. Ich trug zwei Henkelbecher zur Couch vor dem Kaminfeuer, das Cerelle inzwischen mit frischen Scheiten genährt hatte.

Neben der Frau, deren Direktheit und Aufrichtigkeit meine inspiriert hatte, genoss ich den selbstgebrauten Tee.

»Und dieser … Nanogott sprach zu dir?«, fragte sie schließlich. »Ging das auch in die Befragung nach deiner Rückkehr ein?«

»Ja. Zuerst dachte ich, nun, ich hätte vielleicht so etwas erlebt wie du auf Thesalle, wo deine Nanitenbalance verlorenging. Ich fragte mich, ob all diese kleinen Naniten meine Nerven und mein Gehirn verwirrten und ich mir Wahnvorstellungen zurechtmachte, um die atmosphärischen Störungen zu überdecken.«

»Was brachte dich davon ab?«

»Wahnvorstellungen sind nicht so rational … und dann waren da die Energiespitzen, und ich war nicht der Einzige, der sie bemerkte.«

»Die anderen könnten genauso beeinflusst worden sein.«

»Aber ich bin nicht der erste Pilot, der Stimmen hörte. Schließlich fanden sie eine Aufzeichnung in den Systemen unterer Ebene, etwas über abgeleitete Erinnerungen. Erelya sagte …«

»Ein wirklicher Gott?« Cerelle lachte, halb belustigt, halb bitter. »Nach all den Generationen rationalen wissenschaftlichen Denkens, das den irrationalen Glauben an das Übernatürliche beinahe ausgelöscht hat?«

»Er ist kein Gott. Eine mächtige Intelligenz ist noch nicht göttlich«, erwiderte ich.

»Allzu viele Menschen werden es nicht so sehen … und wenn die Nachricht zu den Mitenkulturen gelangt …«

»Wird sie nichts ändern«, fiel ich ihr ins Wort. »Die meisten glauben sowieso an ein übernatürliches Wesen. Die Gefahr ist in Rykasha größer. Erelya sagte, es sei das größte Problem seit der Zeit der Verwüstung.« Ich schüttelte den Kopf. »Du sagtest es auch.«

»Du glaubst es nicht?«

»Engee existiert, wer immer er ist oder geworden ist. Dieses Wesen … diese Intelligenz hat Macht. Wir haben Macht, die von den Menschen früherer Zeiten als gottähnlich oder dämonisch bezeichnet worden wäre. Aber größere Macht ergibt noch keine Gottheit.«

»Gesprochen wie ein echter Rykashaner. Und das von einem Mann, der lange nicht glauben wollte, dass er einer ist.« Cerelle hob die feinen Augenbrauen in zwei Bogen. »Wie viele echte Rykashaner gibt es?«

»Nicht so viele wie die Autorität denkt.«

»Sie wird es wissen. Sie wird es bis zum letzten Kopf hinunter berechnen.«

Ich musste momentan lächeln, aber das Lächeln verging. »Das beunruhigt mich noch immer nicht. Nach der anfänglichen Aufregung werden die meisten Leute darüber hinwegkommen. Er will etwas. Warum will ein Wesen von dieser Macht etwas von mir? Oder einem anderen Piloten?«

»Hast du keine Ahnung, was es sein könnte?«

Ich schüttelte den Kopf. »Außerdem, wie sollte ich es jemals erfahren? Er hat mich nur im Überraum kontaktiert, also ist seine Macht darauf begrenzt. Oder glaubst du, man wird mich in absehbarer Zeit in die Nähe eines Schiffes lassen?«

»Was meinst du?«, fragte Cerelle nach einem weiteren langen Schweigen.

»Ich weiß es nicht. Sie haben jeden Piloten außer mir verloren, der die Stimmen gehört hat.« Ich stand auf, weil ich mehr Arleentee brauchte, und ging in die Küche, wo ich den Henkelbecher auffüllte, bevor ich zurückkehrte, mich neben Cerelle niederließ und ihr einen Moment das kurze rote Haar zauste. »Ich nehme an, das ist Sache der Autorität.«

»Sie würden gut beraten sein, dich gehen zu lassen.« Sie stutzte und runzelte die Stirn. »Aber ich bin nicht sicher, dass du klug handeln würdest, wenn du ihnen gefällig wärst.«

»Ich habe meine Verpflichtung noch nicht annähernd zurückgezahlt«, gab ich zu bedenken.

Sie nickte. Sie wusste mit Verpflichtungen Bescheid – gegen ihre nahm sich meine geringfügig aus.

»Man hat mir eine doppelte Ruhezeit zugebilligt«, sagte ich. »Mindestens. Weil man es überdenken will. Außerdem habe ich den Umweg über Ballentir gemacht, und das zählt doppelt.«

»Gut.« Sie rückte näher, so nahe, dass ich ihre Wange mit den Lippen streifen konnte.

Das tat ich. »Ich habe dich vermisst.«

»Und ich dich.«

Die Diskussion über Engee war vertagt … aber nur vertagt.

78

(Lyncol: 4530)

Das Studium der Physik des Lichtes ist nicht Erleuchtung.

Ich stand im Wohnzimmer des Landhauses, umgeben von gleißendem Sonnenlicht, das von der Schneelandschaft außerhalb der hohen Flügelfenster reflektiert wurde, blickte auf die Konsole und ging den Flugplan mit der Verteilung der Flüge auf die verschiedenen Piloten durch. Ich hätte eine Direktverbindung wählen und mich erkundigen können, aber mir gefiel der altmodische Plan, der mir zugleich einen Gesamtüberblick verschaffte. Früher, vor vielen Jahren, hätte ich den Bildschirm mit den Ikonographen von Dorcha in Verbindung gebracht. Damals hatte alles, was über die Grundlagen der Technik der Alten hinausging, die Ängste vor der Verwüstung wiedererweckt. In jener inzwischen versinkenden Zeit waren Intercitygleiter das schnellste Transportmittel gewesen, das ich gekannt hatte, und die steinernen Dämonenfallen von Henvor hatten ein Gefühl von Sicherheit vor dem Unbekannten vermittelt.

Erelya hatte mich eine Woche zuvor benachrichtigt, dass keine anderen Kontakte mit Engee gemeldet worden seien und ich wieder Dienst tun könne. Sie hatte die Benachrichtigung mit der strengen Warnung verbunden, nichts über Engee zu erwähnen, und mir zu verstehen gegeben, dass ich mich in Runswi einer weiteren medizinische Untersuchung würde unterziehen müssen, bevor ich den Raumtransporter zur Orbitalstation Zwei nehmen könne.

Da wanderte die Information über den Bildschirm, und sie war spröde genug: 4/12/30 – Alexandri Gamma/Thesalle (Tyndel).

Cerelle schaute mir über die Schulter und verzog das Gesicht. »Bleib in der Station, und wenn du nach Thesalle hinunter musst, mach den Aufenthalt so kurz wie möglich.«

»Schlimme Erinnerungen?«

»In Wirklichkeit keine Erinnerungen außer sehr nebelhaften, und das ist schlimmer.«

Keine Erinnerungen? Was waren wir, wenn nicht Erinnerungen, die von einer Form von Intelligenz beherrscht wurden und sich bemühten, unser Leben in einer Weise erinnernswert und denkwürdig zu machen?

Ich schob das für den Moment beiseite und überflog den Plan. Nichts Ungewöhnliches war dort zu finden, außer dass keine direkten Flüge nach Beta Candace vorgesehen waren. Aber das würde keinen großen Unterschied machen. Nicht für Engee.

Ich schaltete das Gerät aus, direkt mental statt mit den Fingern.

»Das fasziniert mich noch immer«, sagte Cerelle. »Selbst wenn ich die Theorie kenne, bleibt es ein eigenartiges Gefühl, zuzusehen, wie jemand, den man kennt und liebt, es tut.«

Meine Gedanken verweilten einen langen Moment bei dem Wort *liebt*, bevor ich antwortete: »Der Geist siegt über die Materie, aber es ist ein Geist, der von sehr viel nanitengroßer Materie verstärkt ist.« Ich lachte.

Dann zog ich die Stirn in Falten. Was war Engee anders als eine von einer gewaltigen Menge nanitengroßer Materie unterstützte Schöpfung? Was war der Unterschied zwischen Engee und einem Nadeljockey?

Darauf gab es keine wohlfeile Antwort, aber die Fragen gaben zu denken. Dann schob ich auch sie beiseite und umschloss Cerelle mit einer aus meinen eigenen Ungewissheiten geborenen Umarmung, als wäre sie ein Felsen in stürmischer Brandung, Schatten in blendendem Licht.

79

(Thesalle/Orbitalstation Zwei: 4531)

Von Logik und Wissenschaft sezierte Mythen sterben, und mit ihnen stirbt die Kultur, die von ihnen lebte.

Die Reise nach Thesalle war ohne Zwischenfälle verlaufen, so ereignislos wie jeder Eintritt und Austritt, doch sobald ich den Boden des Planeten betreten hatte, war mir seine desorientierende Wirkung bewusst geworden.

Ich stand mitten auf dem Marktplatz von Machedd, blickte auf und sah überall Grün. Die Luft war grün – ein dunstiges Grün, anders als die schweren Bahnen von Grün, die in Kaskaden über die terrassierten Hänge herabwogten, und der fünfseitige Berg war grün: fünf glatte grüne Steilhänge, die sich achttausend Meter über den Talboden erhoben, so regelmäßig, dass man ihn für ein künstliches Gebilde und nicht für eine seltene Verwitterungsform gehalten hätte. Doch als ich nachzählte, waren es vier Seiten, und eine wiederholte Zählung ergab sieben. Sensorische Verwirrung? Oder das namenlose und unentdeckte Halluzinogen, das vor Jahren von einem Wissenschaftler der Autorität erwähnt worden war? Dieses Halluzinogen war offenbar noch immer nicht bestimmt und analysiert.

Auch ich kam natürlich nicht darauf, und Dzin konnte mir nicht weiterhelfen, noch konnten es die rotgoldenen Feuer, die vor meinem inneren Auge sprühten, als ich auf dem viereckigen grünen Platz stand und zum Berg aufblickte, der ungeheuer über der Stadt aufragte. Zuletzt gab ich mich damit zufrieden, dass ich nicht erfahren würde, wie viele Seiten der Berg hatte, und ging, um etwas Schlaf zu finden.

Berya sah hohläugig aus, als sie mir am folgenden Tag vor der Schleuse der *Mambrino* begegnete.

»Wie haben Sie geschlafen?«, fragte ich.

»Gar nicht … oder nicht gut. Hätte in der Station bleiben sollen.«

Alles war in Ordnung, als wir das Schiff für die Abreise und Rückkehr zur Erde startklar machten.

Abreise und Eintritt verliefen glatt und ohne Schwierigkeiten, und der Überraum war von einem noch helleren Purpurgrün als gewöhnlich, einem Grünpurpur von ungewöhnlicher Klarheit, als die *Mambrino* uns das Gefälle hinab erdwärts trug, vorbei an den tief hallenden Melodien einer noch nicht voll ausgebildeten Singularität und über den ersten der drei Abgründe. Dort war ein Grollen zu vernehmen, dieses Gefühl einer unausgesprochenen Frage, ein Gefühl, das ich unbeachtet ließ, bis wir von einer samtigen gelben Eistrompete freigekommen waren, die sich zu einem Speer verengt und versucht hatte, das Schiff aufzuspießen.

Selbst die Mächtigen haben ihre Grenzen …

Ich konzentrierte mich darauf, den tödlichen Rechtecken zu entgehen, die dem Speer folgten. »Wahre Macht kennt keine Grenzen.«

Jedes Wesen innerhalb eines Universums ist durch dieses Universum begrenzt. Alles geordnete Handeln im Universum führt zu einer Zunahme der Unordnung. Auch der Schöpfungsprozess ist geordnetes Handeln, und nicht einmal ein Gott kann mehr erschaffen als durch den Schöpfungsprozess zerstört wird. Rotgolden sprühendes Feuer unterstrich die Worte.

»Wie kann ein Lebewesen dann sein Wissen vermehren?« Ich zog das Schiff hoch und steuerte es über die dissonante Welle einer Singularität.

Durch die Verbindung zweier Universen, durch die Nutzung der Energie eines kollabierenden Universums aus Anti-

materie zur Erschaffung von Ordnung innerhalb dieses Universums.

»Das würde mehr als einen Gott erfordern.« Ich konzentrierte mich auf das weiße Signal des lunaren Leuchtfeuers und leitete den Austritt in den Normalraum ein.

»Wieder Energiespitzen«, sagte Berya, als ich die *Mambrino* zur Erde und der Orbitalstation orientierte. »Sie haben sie auch gefühlt, nicht wahr, Kapitän?«

»Gewiss. Die Operationsabteilung wird sich dafür interessieren.« Ich versuchte meine Gedanken beisammen zu halten und über Engees Botschaft nachzudenken.

Der Schöpfungsprozess als geordnetes Handeln führte zu einer Vermehrung von Unordnung …

Das mochte wahr sein, aber bedeutete es letzten Endes nicht, dass der Schöpfungsprozess zur allgemeinen Zerstörung führte? Und wie viel von dem Zerstörten war brauchbar? Und von wem? Und wann? Und schließlich die unvorstellbare Macht, die Engees letzte Worte implizierte … Die Verbindung zweier Universen zur Nutzung der Energie eines kollabierenden Universums aus Antimaterie, um die Schaffung von Ordnung in diesem Universum zu ermöglichen …

Ich schüttelte den Kopf. Das konnte nur eine theoretische Überlegung gewesen sein. Selbst wenn Engee diese Art von Macht modellhaft etwa im Umfang eines Sonnensystems ausgeübt hatte, war sie überaus beeindruckend und konnte Astlyns Bemerkung über die »mehr energetische« Materie der Anomalie erklären. Hinzu kam die Tatsache, dass Engee die gleichsam außerzeitlichen Augenblicke rotgolden sprühenden Feuers auf dem Höhepunkt des Überraums genutzt hatte, um sich an mich zu wenden, aus der Entfernung von Alpha Felini bis zu einem Punkt im Überraum, den alle Wissenschaft von Rykasha nicht präzise hätte bestimmen können. Aber Engee hatte es getan.

Als das Schiff auf Annäherungskurs lag, meldete ich

meine bevorstehende Rückkehr. »Orbital Zwei, hier *Mambrino*. Geschätzte Ankunft in fünfzehn Minuten Ihrer Zeit. Besatzung Kapitän Tyndel, Zweiter Berya, Dritter Alek, sechs Passagiere. Ladung weniger als drei Tonnen. Erbitte nach Ankunft Konferenz mit Operationszentrale.«

Als die Antwort kam, hatten wir das Bremsmanöver größtenteils hinter uns. »*Mambrino*, hier Orbital Zwei. Sie wünschen Konferenz mit Operationszentrale. Ist das richtig?«

»Das ist richtig.«

»Erbitte Statusmeldung, *Mambrino*.«

»Status ist grün. Wiederhole, grün.«

»Verstanden. Docken Sie in Schleuse vier ein. Im Bereich der Station zur Zeit keine weiteren Bewegungen.«

»Sie wollen über die Energiespitzen sprechen, Kapitän?«

»Ja, unglücklicherweise ...«

Berya nickte. »Manche Schiffe kommen nicht daran vorbei, wie?«

»Das vermutet die Operationsabteilung, aber wir wissen es nicht mit Sicherheit. Darum will sie über solche Dinge unterrichtet werden.« Mehr wollte ich nicht sagen; ich hatte nicht einmal das sagen wollen und war keineswegs begeistert über ein neuerliches Zusammentreffen mit Kommandant Krigisa und Erelya. Ich konnte den Eindruck gewinnen, dass Engee mehr neugierig als gefährlich war, aber Macht dieser Größenordnung war geeignet, manche Leute nervös zu machen.

Das Eindocken und Abschalten der Bordsysteme war Routine und verlief größtenteils schweigend, weil ich mit meinen Gedanken beschäftigt war und nur das Nötigste sagte. Es wäre einfacher und vielleicht klüger gewesen, alles was Engee gesagt hatte, für mich zu behalten, aber ich hatte keine andere Wahl gehabt als die Zusammenkunft zu beantragen, wenn ich aufrichtig bleiben wollte.

In der grauen Nüchternheit der Operationszentrale erwarteten mich drei Personen – Erelya, Kommandant Krigisa und Aleyisha. Sie hatte eine komplette diagnostische Konsole mitgebracht, die auch grau war, aber von einem neueren, helleren und glänzenderem Grau. Die Luft war kühl und trocken wie in einer Wüstenhöhle.

Dass Aleyisha anwesend war, bedeutete mehr Ärger, nicht für mich, aber für Nadelschiffe im Allgemeinen, weil man sie in der kurzen, seit meiner Anmeldung vergangenen Zeit nicht von Runswi hatte heraufholen können.

Ich ersparte mir die Frage nach der gewünschten Vorgangsweise, nickte der rotgekleideten Aleyisha zu und schob mich zu ihrer Konsole. »Jederzeit, wenn Sie so weit sind.«

Sie stellte die Anschlüsse her, dann hob sie den Diagnosekanister, und der silbrige Sprühnebel hüllte mich ein und durchdrang mich, und dann begann sich auf dem Empfängerbildschirm das Ergebnis zu formieren. Ich blickte zusammen mit der blonden Medizinerin auf den Bildschirm.

»Er ist in vollkommener körperlicher Verfassung«, sagte Aleyisha schließlich. »Das war bisher immer so. Sogar sein Muskeltonus ist im oberen Bereich.«

»Nichts Ungewöhnliches?«, fragte Krigisa.

»Die Diagnose zeigt nichts dergleichen.«

Alle drei betrachteten mich, als sei ich wieder Mensch geworden. Dann nickte Krigisa der Medizinerin zu, die sich hinter die Konsole zurückzog und mich mit den beiden Offizieren allein ließ.

»Ich nehme an, Sie hatten eine Art Kontakt«, begann Krigisa.

»So ist es.« Ich blickte in Aleyishas Richtung. »Und mir scheint, ich bin nicht der Einzige.«

»Drei andere, aber wir haben nur ein weiteres Schiff verloren.«

Eins … zu den beiden anderen? Ich nickte höflich, aber der Grund von Aleyishas Anwesenheit war klar.

»Weitere … Dialoge?«, erkundigte sich Krigisa.

»Nichts auf der Ausreise, aber ziemlich ausführliche Bemerkungen auf dem Rückflug.«

»Was?«

Ich lächelte nervös. »Allgemeine Betrachtungen über Entropie – sozusagen –, und dann eine Lösung, die das Rätsel erklären könnte, das Astlyn mir vor Jahren nannte.«

»Fahren Sie fort.«

»Wenn es Engee ist, zapft er irgendwo ein Universum an, das neben unserem verläuft und gebraucht die gewaltige Energie, die beim Zerfall der Antimaterie frei wird, als Energiequelle für die Erschaffung seines Systems. Das heißt, wenn ich richtig verstanden habe, was er mir mitzuteilen versuchte. Er nennt es die einzige Möglichkeit, mehr zu erschaffen als durch den Schöpfungsprozess zerstört wird. Eine Möglichkeit, den Gedächtnisverlust des Universums zu vermeiden … oder so ähnlich.«

»Den Gedächtnisverlust des Universums zu vermeiden? Seltsam«, murmelte Erelya. »Bei all seiner Macht beschäftigt er sich mit solchen Dingen?« Sie zog die Stirn in Falten.

»Er sagt, er pumpe Energie von einem anderen Universum in das System seiner Anomalie? Nach der Theorie würde das nicht funktionieren«, sagte Krigisa.

»Etwas pumpt dort Energie hinein«, erwiderte Erelya. »Und wenn er solche Macht hat …«

»Ich weiß nicht. Ich bin nicht versiert in kosmischer Physik. Vielleicht funktioniert es nicht. Vielleicht wirft er nur mit Worten um sich, oder ich bilde mir ein, ihn so verstanden zu haben, aber das war im Wesentlichen der Sinn. Ich hörte zu, musste mich aber zugleich auf das Schiff konzentrieren.«

»Wenn Tyndel es gehört hat, dann hat er es gehört«, bekräftigte Aleyisha von der anderen Seite der Konsole.

»Es bedeutet nicht, dass dieser ... dieses Etwas die Wahrheit sagt.«

»Warum sollte er lügen?«, fragte Erelya. »Etwas erschafft Materie *und* Energie in der Anomalie, scheinbar aus dem Nichts. Dies würde eine Erklärung liefern.«

»Warum sollte er die Wahrheit sagen? Warum sollte er sie uns – oder Tyndel – erzählen?«

»Weil er etwas will, und weil größere Macht zum Überleben größere Aufrichtigkeit verlangt, und er hat größere Macht und hat überlebt«, sagte ich. Eine nachdenkliche Pause folgte. Schließlich räusperte sich Krigisa.

»Sagte er, was er will?«

»Nein. Das ist nur ein Eindruck«, musste ich zugeben.

»Sind Sie sicher, dass dies nicht eine Nervenüberreizung war, hervorgerufen durch Thesalle und die Einwirkung auf Ihr seelisches Befinden?«, fragte Krigisa.

Ich lächelte. »Abgesehen von visueller Desorientierung bemerkte ich keine Veränderung meines Befindens. Aber bis heute ist mir nicht klar, wie viele Seiten der Berg über Machedd hat.«

»Kein Schwindelgefühl? Übelkeit? Körperliche Schwäche?«

Ich schüttelte den Kopf. »Auch darin sagt er die Wahrheit«, bestätigte Aleyisha.

»Sie sagten, wir hätten ein weiteres Nadelschiff verloren?«, forschte ich. »Nur eins?«

»Nur eins.«

»Lassen Sie jetzt alle Piloten diagnostizieren?«

»Haben Sie eine bessere Idee?«

Herausfinden, was Engee will, und es ihm geben. »Im Moment nicht.«

Aleyisha nickte wieder.

»Wie können Sie dies so ruhig aufnehmen, Tyndel?«, fragte Krigisa mit einer Mischung von Interesse und Entrüstung, als hätte ich den Ernst der Lage nicht verstanden.

»Sie vergessen, Kommandant, dass ich dies schon einmal lernen musste. Rykashaner haben Fähigkeiten, die jenen der Dorchaner weit überlegen sind. Ein anderes Wesen von überlegenen Fähigkeiten zu finden, ist für mich nicht so beängstigend. Sie alle zwangen mich, umzulernen.« Ich lächelte ihnen zu.

»Und Sie denken, das mache Sie anders?«, fragte Krigisa verdrießlich.

»Er ist dreimal sicher zurückgekehrt, nachdem er Botschaften gehört hatte. Kein anderer hat es auch nur einmal geschafft«, bemerkte Erelya.

»Es könnte sein, dass ich weder an einen Gott noch an seine Negation gebunden bin. Ich bin ein früherer Dzinmeister, der in keinem Glaubenssystem zu Hause gewesen ist.«

»Das ist keine physikalische Erklärung«, sagte Krigisa.

»Die Geistesverfassung bestimmt die körperliche Fähigkeit, den Überraum zu meistern«, bemerkte Erelya.

Ich unterdrückte ein Lächeln über ihre treffende Antwort. Aleyisha konnte ihres nicht unterdrücken, hob aber schnell die Hand vor den Mund.

»Das Universum existiert unabhängig von anthropozentrischen Illusionen«, fuhr Krigisa fort.

Es bestand ein bedeutsamer Unterschied zwischen Existenz und Verständnis – oder waren Intelligenz und Planung bloß Illusionen? Waren wir genetisch programmiert, zu reagieren und rationalisierten unser Handeln erst nachträglich? Ich glaubte es nicht, aber meine Einschätzung konnte auch Illusion sein.

»Das ist nicht die Frage«, meinte Erelya. »Es geht darum, warum Tyndel nach dem Kontakt mit Engee weiterhin Flüge unternehmen kann. Vielleicht hat es damit zu tun, dass auch kein anderer früherer Dzinmeister ein Problem hatte.«

»Wir wissen nicht, ob Dzin der Grund ist oder nicht.«

»Gehen wir einstweilen davon aus.«

Krigisa wandte sich mir zu. »Was war mit der Farbe des Überraums? Hat sie sich geändert?«

»Sie ist jetzt ein wenig heller, von einem weniger tiefen Purpurgrün …«

»Haben Sie Veränderungen in der Wahrnehmung von Gradienten bemerkt?«

Die technischen Fragen dauerten noch mehr als eine Stunde, bis das Thema sich erschöpft zu haben schien. »Kann ich noch weitere Fragen beantworten?«, erkundigte ich mich höflich.

»Nur wenn Sie über weitere Fakten oder Dateneingaben verfügen«, antwortete Krigisa.

»Ich habe Ihnen gesagt, was ich weiß.«

»Nun, dann sind Sie frei zu gehen, Tyndel. Bis zum Vorliegen der Ergebnisse einer vollständigen medizinischen Bewertung in Runswi sind Sie vom aktiven Dienst suspendiert.« Spröde fügte Krigisa hinzu: »Und ich würde es zu schätzen wissen, wenn Sie Ihre Spekulationen einschränkten.«

»Ja, Ser.«

Die Diskussion ging weiter, als ich mich empfahl, um mich einer weiteren medizinischen Untersuchung zu unterziehen, aber ich hatte keine Zweifel. Früher oder später würde ich eine weitere Reise machen, und wahrscheinlich noch viele.

Als ich die Tür der Operationszentrale hinter mir schloss, setzte ich meine mentalen Verbindungen ein, um den Flugplan des Raumtransporters direkt zu lesen. Dann beeilte ich mich, weil ich keine weiteren acht Stunden in der Station verbringen wollte.

Als ich die Handvoll Leute erreichte, die bei der Schleuse warteten, sah der Zweite des Raumtransporters – sie hatten nur zwei Offiziere – mein Pilotengrün.

»Kapitän … möchten Sie schon an Bord gehen?«

»Danke, ich kann mit den anderen Herrschaften warten.«

»Kein Problem, Ser.«

Hinter mir konnte ich Gemurmel hören.

»… wer ist das?«

»… heißt Tyndel, glaube ich … sagen, es soll etwas Besonderes an ihm sein … niemand weiß, was … jung, aber es gibt eine Warteliste von Offizieren, die unter ihm dienen wollen …«

Ich runzelte die Stirn – eine Warteliste für mich? Weil es mir gelungen war, in einer Zeit zu überleben, als ein paar Nadelschiffe verschwunden waren? Das konnte bloßer Zufall gewesen sein. Dass manche Leute mich als eine Art Lebensversicherung betrachteten, konnte ich nur als zusätzliche Belastung empfinden. Als ich einen Liegesitz in der ersten Reihe der Passagierkabine nahm, gingen mir Argumente aus der Operationszentrale durch den Kopf. Alles war im Ungewissen geblieben, aber wie konnte es anders sein?

Ich hatte gefühlt, dass den anderen die Furcht in die Glieder gefahren war, besonders Kommandant Krigisa: die Furcht, dass die von Engee verkörperte absolute Macht eine Bedrohung Rykashas sei. Furcht, dass das gesamte Überraum-System vom Zerfall bedroht war, und dass der Glaube daran Risse bekommen hatte. Das lief beinahe auf das Gleiche hinaus, wenn man die Voraussetzung als gegeben nahm, dass es Vertrauen in die Fähigkeiten der Nadeljockeys war, was die Technik funktionieren ließ.

Wenn die Autorität das Vertrauen in die Nadeljockeys verlor … wenn die anderen Jockeys das Vertrauen in sich selbst verloren …

Ich hatte einmal gefragt, was den Rykashaner ausmachte, und keine Antwort gefunden. Jetzt hatte ich einen Teil der Antwort: ein Rykashaner war jemand, der über die Grenzen der Erde hinaus träumte, träumte und an der Verwirklichung des Traumes arbeitete und ihn nicht bloß betrachtete.

Jede Gesellschaft, dachte ich, musste Vertrauen in etwas jenseits von ihr und jenseits des Alltäglichen haben. Für die Alten war es Religion gewesen, so irrational und beengend sie gewesen war. Für Dorcha war es der Weg des Dzin. Für Klama der Weg von Toze. Für Dezret der Weg von Ryks.

Und Rykasha? Der Traum von den Sternen … der Traum, dass es jenseits der Dämonen und ihres Ehrgeizes nichts geben könne? Welch zerbrechliche Arroganz …

80

(Lyncol: 4531)

Schicksalsglaube wird zum Vorwand
für Untätigkeit oder zur rationalen Erklärung
für egoistisches Handeln.

Spätherbst lag in der Luft, der Geruch von moderndem Laub, ein erster nächtlicher Frosthauch des Winters, der sich anschickte, die ruhige, schimmernde Oberfläche des Sees zu schließen. Cerelle und ich saßen drinnen, geschützt vom Glas, gewärmt von der Sonne, ich mit einem Henkelbecher in der Hand, sie mit einem hohen Glas. In einer Weise war es völlig absurd.

Da bestand die Möglichkeit einer ungeheuer mächtigen Intelligenz, die durch ihre bloße Gegenwart ganz Rykasha verändern konnte. Das interstellare System war zweifellos bedroht, und wir saßen da und tranken. Doch was konnten wir tun? Ich war ein Pilot, der vom Dienst suspendiert war, bis die Autorität sich schlüssig wurde, was mit mir zu tun sei – und nur, weil ich ehrlich über meine Erfahrungen berichtet hatte. Cerelle war eine mittlere Angestellte der Transportabteilung und hatte so gut wie nichts mit dem Problem zu schaffen, dem Rykasha sich gegenüber sah.

»Die Lage verschlechtert sich«, murmelte ich sinnend.

»Wie schlecht?«

»Sie haben Aleyisha in die Orbitalstation Zwei gesteckt, um jeden eintreffenden Nadeljockey sofort zu untersuchen.« Ich nahm einen Schluck vom Arleentee und blickte hinaus über die Wasseroberfläche des Sees, wo auf der anderen Seite Wind eingefallen war und die silbrige Oberfläche kräuselte. Bald würde der Wind unser Ufer erreichen. »Du hast mir nie gesagt, wie zerbrechlich das System ist.« Ich wandte mich zur Seite und betrachtete das klare und starke Profil, musste lächeln, als sie sich eine Haarsträhne aus der Stirn wischte.

»Dieses Wort hätte ich nicht gebraucht.«

»Zerbrechlich? Nun gut, vielleicht nicht. In mancher Weise ist Rykasha beinahe unzerstörbar, aber andererseits ist es das nicht. Völker leben von Mythen, und ein ganz großer Mythos ist der, dass wir die Sterne haben, die die Alten nicht erreichen konnten. Aber was geschieht, wenn wir nach und nach Schiffe und Piloten verlieren? Dann geht der Mythos zugrunde.«

»So ist es in Dezret geschehen«, sagte Cerelle. Nachdenklich blickte sie in ihr Glas, wo Eiswürfel im grünen Likör schwammen. »Die Rechtgläubigen oder Heiligen meinten, sie seien die Kinder Gottes und die Welt würde ihnen gehören, und alle würden ihre Erlösungsreligion akzeptieren, und das Land könnte ohne Rücksicht auf die Folgen genutzt und missbraucht werden. Es geschah nicht so, wie sie es sich dachten, und der See trocknete aus und die Flüsse führten weniger Wasser, und die bewässerten Böden versalzten und die Winde verbliesen die ungeschützte Bodenkrume in Staubstürmen, und die Tempel verfielen, und niemand hat die Zeit oder das

Werkzeug oder die Kraft, sie zu reparieren. Aber die Aufzeichnungen zeigen, dass das Klima sich in den letzten tausend Jahren nicht so sehr verändert hat.«

»Du meinst, ihre Wahrnehmung veränderte sich?«

»Der See war schon im Rückgang begriffen, als sie das Gebiet besiedelten, aber sie wollten es nicht wahrhaben und nutzten unbekümmert sein Wasser und leiteten seine Zuflüsse in Bewässerungskanäle für ihre Felder. So vieles von ihrem Glauben – ihrem Mythos – stand nicht im Einklang mit der Wirklichkeit und sie konnten oder wollten ihn nicht aufgeben oder ändern, und dann war es zu spät.« Sie nickte. »Ist es das, was du damit meinst?«

»Es ist, was mir Sorgen macht. Überraum ist gefährlich. Sie sagen es in der Ausbildung nicht ausdrücklich, aber die Ausbildung macht es deutlich. Alle zwanzig Jahre oder so verschwanden ein paar Nadelschiffe, und diese Verluste wurden heruntergespielt und hingenommen. Aber zwei pro Jahr sind mehr als eins in zehn Jahren. Es gab nur fünfundneunzig Piloten und einundsechzig Nadelschiffe, und wenn ich richtig orientiert bin, haben wir fünf Schiffe und Piloten in den letzten drei Jahren verloren. Oder vielleicht sechs oder sieben.« Ich zog die Stirn in Falten und versuchte zusammenzuzählen, was ich im Laufe der vergangenen Jahre gehört hatte, denn die Zahlen waren nicht in den Datenspeicher eingegangen. »Das habe ich herausbringen können. Es ist ein Verlust von mehr als einem Zehntel in weniger als fünf Jahren. Ein Schiff ist in dieser Zeit gebaut worden. Wir können diese Verluste nicht weiter hinnehmen und gleichzeitig die Projekte fortführen und die Kolonien unterstützen, sodass diese Gefahr laufen, zu isolierten Gemeinwesen mit veralteter Technik abzusinken ... Von da ist der Weg in die Barbarei vorgezeichnet.«

»Darum sind Krigisa und Erelya besorgt«, sagte Cerelle. »Und darum bist du besorgt.«

»In gewisser Weise sorge ich mich mehr um die mythische Seite. Wenn der Traum von den Sternen verblasst, was gibt es hier, das ihn ersetzen kann? Engee? Wie unterscheiden wir uns dann von den Leuten in Dorcha oder Dhurra … oder Klama?« Ich trank und stellte den Becher ab. »Trotzdem kann ich nichts tun. Ein Teil von mir sorgt sich, dass meine Ehrlichkeit mich vom Dienst fernhält. Schließlich hätte ich einfach sagen können, ich hätte eine vage Energie gefühlt …«

»Dann hätte man dich als Lügner vom Dienst suspendiert, und du wärst in größeren Schwierigkeiten«, sagte Cerelle. »Aleyisha mag Sympathie für dich empfinden, aber sie hätte es melden müssen, und die Geräte sind fein genug abgestimmt, um Täuschung in diesem Maßstab zu enthüllen. Vergiss nicht, das sie dein ganzes medizinisches und psychologisches Profil in Händen haben.«

»Es beunruhigt mich trotzdem.« Ich nahm den Henkelbecher und blickte wieder über den See, der wieder ganz still lag, als hätte sich nichts geändert, seit er vor fünfzehntausend Jahren von den zurückweichenden Gletschern geschaffen wurde.

»Der Mann, der nichts mit Nadelschiffen zu tun haben wollte, sorgt sich jetzt um ihren Niedergang.« Ein leises Lächeln umspielte ihre Lippen, und ihre grünlichen Augen funkelten.

»Dieser Mann hat gesehen, was Träume bedeuten und bewirken können. Sein Problem war, dass er sie nicht verstand, weil man ihn gelehrt hatte, dass ehrgeizige Träume eitle Träume sind.«

»Alle Träume sind eitle Träume«, erwiderte sie. »Alle Träume sind eine Suche nach Bedeutung jenseits der Vergänglichkeit. Im universalen Maßstab ist selbst ein langlebiger Dämon eine Eintagsfliege.«

»Ich weiß nicht, ob es mir gefällt, eine Eintagsfliege zu sein.«

»Darum legst du einen Garten an, der nach deinem

Willen so schön werden soll, dass niemand seine Umgestaltung oder Beseitigung wünschen kann.«

»Das ist ein Teil des Grundes. Ich möchte auch in deinem Leben und deinem Geist nicht vergänglich sein.«

Sie ergriff meine Hand und drückte sie. »Du wirst nicht vergänglich sein.«

Während ich an ein Universum dachte, das bei weitem größer war als die Dämonen begriffen, möglicherweise weit feindseliger für Träume, insbesondere Träume von den Sternen, erwiderte ich ihren Händedruck und fand Trost und Zuversicht in der kleinen Insel von Wärme, in der wir uns sonnten, so vergänglich sie sein mochte, und abwarteten, was mein Schicksal sein mochte … was unser aller Schicksal sein mochte.

81

(Lyncol/Orbitalstation Zwei: 4532)

Jede Person glaubt an ihre Einzigartigkeit:
Schneeflocken sind ebenso einzigartig.

Es kam die Jahreswende, und der Schnee fiel, und der See fror zu, und mein Name erschien nicht auf dem Flugplan. Zweimal nahm ich mit Erelya Verbindung auf, und sie war sehr höflich und nicht sehr informativ.

»Wir haben die Information verifiziert, Tyndel, und Ihr Status wird nochmals geprüft.«

Das war der Kern dessen, was sie sagte – zweimal. Also arbeitete ich draußen, soweit es der Schnee zuließ, machte Gymnastik und unternahm Waldläufe durch den Schnee.

Cerelles Name erschien auf einem anderen Plan, der sie nach Vanirel schickte, wo sie einen weiteren Konvertiten in Augenschein nehmen sollte, diesmal einen aus Thule. Vanirel – die Heimat von Fersonne, die nur ihr Eigenheim auf Actaean gewünscht hatte. Vanirel – ein weiteres kaltes Land, noch kälter als Rykasha; oder, besser gesagt, die Region Rykashas, wo ich war, da die kalten Länder Amnord und Thule Bestandteile Rykashas waren.

Ich vermisste Cerelle, sagte mir aber immer wieder, dass sie mehr zu tun hatte als sich um mich zu sorgen – besonders seit sich herausgestellt hatte, dass ich ein Pilot war, der sein Geschäft verstand. Der Winter mit seinem Frost und Schnee hatte verhindert, dass ich viel an der Anlage des Gartens arbeiten konnte. Ich hatte die Rückwand aus losem Trockenmauerwerk fertiggestellt und vor Frostbeginn noch ein paar Eiben gepflanzt. So mussten wir uns mit Ferngesprächen begnügen, wenn sich dazu Gelegenheit bot – ein nicht sehr befriedigender Zustand.

Vanirel … gerade als ich beschlossen hatte, eine Reise dorthin zu machen, um sie zu sehen, läutete der Bildschirm, und ich sah Erelya ins Wohnzimmer von Cerelles Landhaus blicken.

»Ja, was gibt es?«

»Sind Sie bereit, eine weitere Reise zu unternehmen, Tyndel?«

»Ja, gewiss. Die hohen Herrschaften sind umgestimmt?«

Ein unfreundliches Lächeln zeigte mir ihre Runzeln. »Die Tatsache, dass nichts passiert ist. Die Tatsache, dass Nadelschiffe weiterhin abreisen und zurückkehren.«

»Keine weiteren Botschaften von … unserer Wesenheit?«, fragte ich.

»Ein paar Andeutungen, aber alles sehr vage.«

»Also … nun, da das interstellare Verkehrsnetz Rykashas nicht unmittelbar bedroht ist …« Ich brach ab, als mir einfiel, dass sie auf meiner Seite gewesen war. Ich hatte größtenteils Kommandant Krigisa zu verdanken, dass ich in die Abstellkammer gekommen war. »Tut mir Leid.«

»Durchaus verständlich, Tyndel. Sie waren ehrlich und wurden aufs Abstellgleis geschoben, und das sprach sich anscheinend herum.« Das Lächeln wurde womöglich noch kälter, obwohl ich merkte, dass es nicht mir galt. »Also dachte ich, es könnte an der Zeit sein, dass Sie wieder in den Dienstbetrieb kommen. Wir brauchen sowieso Ihre Talente.«

»Welche Route?«

»Epsilon Cygni, mit sehr schwerer Ladung durch den Trog. In vier Tagen. Schaffen Sie das?«

»Ja, in Ordnung.« Aus vielen Gründen konnte ich nicht nein sagen, besonders nicht in Anbetracht dessen, was Erelya mir indirekt zu verstehen gegeben hatte, aber ich wollte eine kleine Bestätigung. »Sie sagen, es habe eine Diskrepanz zwischen den medizinischen Untersuchungsergebnissen und den Flugberichten gegeben?«

»Das habe ich nicht gesagt, Tyndel. Das ist Ihre eigene Schlussfolgerung.« Das Lächeln wurde ironisch. »Es ist schwierig, etwas vor einem Dzinmeister zu verbergen. Darum möchte ich, dass Sie die *Mambrino* auf diesem Flug übernehmen.«

Ich nickte. »Ich werde mein Bestes tun.«

»Und, Tyndel ...«

»Ja?«

»Sie müssen diesmal eine lange medizinische Untersuchung über sich ergehen lassen. Das heißt, dass Sie am Vortag um die Mittagszeit in Runswi sein müssen. Ich bezweifle, dass es ein Problem geben wird, aber der Kommandant bestand darauf.«

Ich verstand das ... und mehr. Statt nach Vanirel zu fliegen, kam ich also zwei Tage später in Runswi an, wo die Doktoren Fionya und Bekunin alle Untersuchungstechniken anwandten, die sie wussten. Anscheinend konnten sie nichts Bedenkliches finden, denn am nächsten Morgen war ich schon unterwegs zur Orbitalstation Zwei.

Dort angekommen, führte mich mein erster Weg in den Bereitschaftsraum, der für meinen Geschmack zu grau war, aber seit einigen Jahren schien grau mehr und mehr in Mode zu kommen, auch im übertragenen Sinne.

Als ich eintrat, wandte Berya sich um, und ich sah, dass ihr Gesicht angespannt und abgehärmt wirkte. Sie schürzte die Lippen, dann sagte sie nur: »Tyndel.«

Nun, wenn ich einst auch nur ein unwissender angehender Dzinmeister aus Dorcha gewesen bin, sah ich ihr doch an, dass sie unglücklich war. »Guten Morgen, Berya. Gibt es etwas Interessantes?«

»Ein Sonderflug nach Epsilon Cygni … und Alek murrt über die Masse. Sonst murrt er nie.«

»Kapitän Erelya sagte, es sei eine schwere Ladung. Sie sagte nicht, um was es sich handelt. Können Sie mir sagen, welche Art von schwerer Ladung?« Ich rang mir ein Lächeln ab. »Oder ist der Kapitän der Letzte, der davon erfährt?« E. Cygni war eine schwierige Route, weil es in einem steilen Gradienten aufwärts ging, beinahe das Gegenstück zum Eintritt auf der Route nach Santerene, weit über den üblichen Eintrittsgradienten. Ich hatte es von der anderen Seite gut genug gesehen und es nicht eilig gehabt, die Route in der Gegenrichtung kennenzulernen.

»Ein Zyklotron und andere Bauteile für einen größeren Fusionsreaktor.« Ein Lächeln huschte über Beryas Züge. »Ich bin froh, dass Sie es sind, Tyndel.«

Ich nickte kurz. »Ich muss mit Alek reden … wenn er murrt, muss es Gründe geben.«

»Er ist nicht an Bord … in der Operationszentrale.«

Ich machte kehrt und eilte zurück, den Schacht hinauf zur grauen Operationszentrale. In der Türöffnung stand

Alek im Gespräch mit einer ölig lächelnden dünnen Gestalt.

»Ah, Kapitän … dies ist Operationsoffizier Ensor. Er vertritt Kommandant Krigisa.«

Ich nickte. Das passte. Krigisa wollte mich nicht sehen, denn wenn etwas schief ging, würden Erelya und Ensor die Vorwürfe treffen.

»Ich habe von Ihnen gehört, Kapitän Tyndel.« Ensors Stimme war so ölig wie sein strähniges braunes Haar und sein gleichbleibendes Lächeln.

»Teile eines Fusionsreaktors?« Ich sagte es in ruhigem Ton, obwohl ich mich über den öligen Operationsoffizier ärgerte und zugleich einsah, dass ihn keine Schuld traf. Warum regte ich mich auf? Wegen Krigisas Politik? Weil es gegen meine Überzeugung verstieß, dass Aufrichtigkeit wichtig war?

»Auf Ballentir ist der Aufbau einer Energieversorgung notwendig geworden«, sagte Ensor. »Bisher gab es dort nur kleine, dezentrale Kraftwerke zur örtlichen Versorgung. Eine in Größe und Leistung passende Anlage konnte erst jetzt fertiggestellt werden.«

»Warum wir?« Ich kannte die Antwort, wollte aber sehen, wie Ensor reagierte.

»Kapitän Tyndel, die Lieferung ist schon mehrmals angemahnt worden. Außerdem ist die *Mambrino* das einzige Schiff auf dieser Seite des Troges, das frei ist. Die *Costigan* transportierte eine erste Lieferung von Teilen, aber das Schiff ist seit dem Problem, das es auf der Reise nach Omega Eridani hatte, nicht mehr dasselbe. Es wird noch diesen Monat in die Reparaturwerft gehen.«

»Danke.« Ich brachte ein höfliches Nicken zustande. Haltung und Ton verrieten mir, dass man Ensor im Dunkeln gelassen hatte. Ich war dort gewesen, als die *Costigan* mit knapper Not eine Singularität überlebt hatte, fragte mich aber, ob Ensor wusste, dass ich im Bilde war.

Der Operationsoffizier breitete in bedauernder Geste die Hände aus. »Kapitän Tyndel, wenn Sie triftige Gründe haben, die sie daran hindern, den Transport nach Epsilon Cygni zu übernehmen, müsste ich versuchen, einen Ersatzmann zu finden …«

»Ich werde den Transport übernehmen.« Das Letzte, was ich wollte, war der Ruf der Unzuverlässigkeit. Und von anderen Hilfe zu erbitten, war mir von jeher zuwider.

Der angespannte Ausdruck in Aleks Augen und um den verkniffenen Mund lockerte sich. Ensor lächelte weiter.

Ein Zyklotron und was nicht noch alles? War es ein Fehler, so viel Masse zu übernehmen? Berya und Alek verdienten meine besten Anstrengungen, aber waren sie gut genug, diese Ladung durch den Trog zu bringen? Gut genug, um für Erelya als Köder zu dienen, bevor Engee einen weiteren Nadeljockey ins Verderben lockte oder auf andere Weise ablenkte?

»Sind Sie sicher? Sie sind noch nicht lange im Dienst«, meinte Ensor. Vielleicht wollte er mir die Ablehnung erleichtern.

»Ich bin lange genug im Geschäft.« Ich blickte zu Alek. »Sind Sie bereit für den Transport?«

»Ja, Ser.«

»Gut, dann ist das erledigt. Hat mich gefreut, Sie kennenzulernen, Ensor«, log ich. Er musste mir ansehen, dass ich log.

»Ganz meinerseits, Kapitän.« Er hatte für mich noch weniger übrig als ich für ihn.

»Was hatten Sie mit … Ensor zu besprechen?«, fragte ich Alek, als wir den Schacht zur unteren Ebene nahmen. »Wie viel Masse laden sie uns auf?«

Alek verzog die dünnen Lippen. »Ich sagte ihm, Sie würden nicht glücklich sein, wenn er Kisten und Behälter mit supraleitenden Magneten in das Passagierabteil stopft.«

»Richtig.«

»Er wich daraufhin zurück. Ich glaube, es war seine Idee, nicht die des Kommandanten.«

Wir waren beinahe wieder bei der *Mambrino*, die im unteren Ring neben der *Costigan* eingedockt war, bevor der Dritte wieder den Mund auftat. »Das mit dem Fusionsreaktor war nicht meine Idee, Tyndel. Ich habe uns nicht freiwillig dafür angemeldet oder Propaganda gemacht.«

»Ich weiß. Vor knapp einer Woche wurde ich gefragt, ob wir eine schwere Ladung übernehmen könnten. Ich fragte nicht, wie schwer.« Ich stieß ein Lachen aus. »Das hätte ich tun sollen. Ensor hat in einem Punkt Recht: ich bin neu im Dienst. Also kenne ich mich in der Politik noch nicht so gut aus.«

Alek lächelte säuerlich. »Mit Politik kommt das Schiff nicht ans Ziel.«

»Nein. Vergewissern Sie sich, dass alles gut festgezurrt ist. Dies wird ein hartes Stück Arbeit.«

Der Dritte Offizier nickte.

In der Schleuse sah Berya von Alek zu mir, dann schürzte sie die Lippen. »Wir gehen?«

»Wir gehen.«

Sie nickte. »Dachte es mir.«

Während ich in der Zentrale die Checkliste durchging, überprüften Alek und Berya noch einmal die Laderäume und die Verteilung der Fracht.

Zuerst kamen die Gurte, dann der Helm. Man nannte es Helm, obwohl es mehr wie eine weiche Plastikkappe war, die ein halbes Kilo wog, wenn es hoch kommt. Sobald ich in Direktverbindung mit den Bordsystemen war, kontrollierte ich die Leitungen und Stecker, obwohl die Kontrolleuchte im Helmvisier grün anzeigte. Das Nadelschiff bestand von einem Ende bis zum anderen aus Komposit und Kunststoff, mit dem notwendigsten Minimum an Metall, ausgenommen der Triebwerke und des

Reaktors. Metalle verstärken die Anziehungskraft elektromagnetischer Felder. Das war der *Costigan* widerfahren, und allgemein wurde angenommen, dass es auch die Ursache des Verlustes der *Obelisk* ein paar Jahrzehnte früher gewesen war. Freilich kann es nur vermutet werden, aber es leuchtet ein, da jeder Nadeljockey die trotz Abschirmung sehr starke Anziehungskraft der Magneten des Fusionsreaktors fühlen kann.

»Alles fertig, Kapitän?« Beryas Stimme drang etwas heiser aus meinen Kopfhörern.

»Gut, soweit. Wie viele Passagiere?«

»Acht. Technische Spezialisten und Ingenieure, denke ich, außerdem ein Direktor. Er sieht nicht sehr glücklich aus.«

»Warum sollte er auch? Er weiß so gut wie die anderen und wir, was in den Laderäumen ist.« Ich blickte nach rechts und links. Berya war bereits angeschnallt, Alek im Begriff, es zu tun.

Noch bevor ich angefangen hatte, die *Mambrino* auszudocken, war mir die Masse der Ladung beinahe fühlbar bewusst; sie lauerte hinter mir wie ein dunkles Ungeheuer, das sich anschickt, die *Mambrino* zu verschlingen. So viel Metall … es leuchtete natürlich ein, dass ich den Transport übernahm, denn jemand musste nach Nabata. Von dort konnte jedes im Inneren System verkehrende Schiff die Fracht nach Ballentir hinunterbringen. E. Cygni war nicht nur hoch über der Ekliptik, sondern jenseits der schlimmsten elektromagnetischen Singularitäten entlang des Trogs. Dass wir mit den supraleitenden Magneten des Zyklotrons von den elektromagnetischen Feldern angezogen würden wie eine Motte vom Licht, leuchtete auch ein. Sollten wir vielleicht doch für Engee als Köder dienen?

»Orbital Zwei, *Mambrino* legt ab. Wir starten mit Ziel Epsilon Cygni.«

»Verstanden, Kapitän. Zur Zeit alles frei, kein einlaufender Verkehr.«

»Verstanden.«

Sobald wir in sicherer Entfernung von der Station waren, verstärkte ich die Schubleistung der Ionentriebwerke bis zum Maximum, berechnete und überprüfte die Orientierung und Beschleunigung, die ich für den Aufstieg über den Trog benötigen würde.

»Maximale Beschleunigung«, unterrichtete ich Berya und Alek. »Wir werden frühzeitig auf Photonenantrieb übergehen, sodass wir sachte an die Eintrittsgeschwindigkeit herankommen.« Mit einer so großen Masse hinter uns wollte ich alle Beschleunigungsstöße vermeiden.

Als ich die Netze ausbreitete und auf Photonenantrieb überging, fühlte ich den allmählichen Aufbau der Schubkraft, die das Schiff auf eine Energieebene bringen würde, wo es keine Materie gab, nur Kraftfelder. Im Überraum fühlt man es stark.

Allerdings ist es nicht von Dauer. Selbst bei voller Energieabgabe des Fusionsreaktors und der Rinstaalzellen reicht die Energie nicht für längere Zeitspannen, sondern gerade lang genug für den Eintritt, den Sprung und den schnellen Flug durch das Geflecht von akustischen, visuellen und gefühlsmäßigen Wahrnehmungen. Gerade lange genug, um die Entfernung zum nächsten Leuchtfeuer zu überwinden.

»Alle Passagiere werden gebeten, auf den richtigen Sitz ihrer Gurte zu achten.« Die Konturschalen sanken herab und versiegelten uns gegen den Beschleunigungsdruck.

»Bereit für den Eintritt?«

»Bereit.«

Mit leisem Zischen konzentrierten sich alle Kraftlinien auf mich und machten mich zum Nervenzentrum des Schiffes, das durch elektromagnetische Felder stieß wie durch Windböen. Dann kreischte die *Mambrino* durch den Schleier in den sinnverwirrenden Bereich von Licht und Dunkelheit, wo Schwarz so oft Weiß war, und wo

Stille Musik und Musik Stille war. Schon waren wir über dem Trog und über einem dunkel vibrierenden Trio von Singularitäten, von denen die Sinfonien der Alten auf Stahlsaiten heraufdrangen und ein bedrohliches Rumpeln aus den Tiefen des Troges stieg, während die *Mambrino* und ich stiegen und durchsackten, von Kraftfeldern angezogen und abgedrängt, weiter durch Eis und Feuer und fliederduftendes Purpurgrün zum weißen Hoffnungsfanal des Leuchtfeuers voraus.

Und kein Wort von Engee. Ich war nicht sicher, ob ich besorgt oder erleichtert sein sollte.

Dann, als die feuersprühenden rotgoldenen Wirbel zum Chor winziger Glocken verblassten, die einen unbekannten Marsch wie ein fernes Echo erklingen ließen, glitten wir hinaus in das schwarz und weiß funkelnde Jetzt der Realzeit, aus der hoch über uns das Lichtsignal der Station Ballentir funkte. So tief wir waren, die Entfernung nach E. Cygni war nicht mehr allzu weit, und wir hatten es geschafft, waren mit unserer Ladung ganz geblieben.

»Austritt beendet«, meldete ich. »Photonenantrieb aus.«

»Fehlt Ihnen was, Kapitän?«, kratzte Aleks Stimme aus den Kopfhörern.

»Nichts fehlt mir«, log ich. In meiner Nase war noch immer Fliederduft, und dumpfe Echos von Kesselpauken dröhnten in meinen Ohren. Meine Rückenmuskeln hatten sich verkrampft, meine Augen brannten. Die Gurte fühlten sich wie Ketten an. »Diese Ladung hat eine höllische Masse.«

»Was ist geschehen?«

»Singularitäten.« Ich hasste Singularitäten, hasste und liebte sie, weil sie wie schwarzkristalline Speere waren, die auf meinen Bauch zielten, aber Speere, die das Geflecht mit Fliederduft erfüllten, selbst wenn sie ein Schiff vom Kurs abbringen konnten und ihre Hawaiigitarren einen zu zerreißen drohten.

Jetzt, auf der Ebene der Realzeit, verrieten mir die im Hintergrund meines Bewusstseins gespeicherten Eingaben von den Alarmen und den gefährlichen seitlichen Stößen und Bocksprüngen, die das Sicherheitssystem ausgelöst und das Schiffsinnere mit Schaum überflutet hatten. Aber darauf kam es schon nicht mehr an. Wenn wir an den Singularitäten nicht vorbeigekommen wären, könnten wir uns jetzt nicht darüber unterhalten.

»Wie viele?«

»Drei.« Ich schluckte. Meine Gedärme protestierten energischer als gewöhnlich, aber es war auch keine normale Reise gewesen. Ich hatte die ganze Zeit den ansteigenden Gradienten bewältigen müssen, und das mit der enormen Masse unserer Ladung.

»Danke, Kapitän …« Im Hintergrund, bevor Alek die Verbindung unterbrach, oder vielleicht war es eine Restaufladung vom Überraum, fing ich die nächsten Worte ein. »… verdammt viel Schwein gehabt … Tyndel mag neu sein … andernfalls Blutsuppe …«

Vielleicht. Eintritt und Flug über den Trog waren gelungen, und die Rückreise würde bergab und ohne die schwere Ladung voraussichtlich glatt verlaufen.

Es sei denn, Engee entdeckte, dass ich wieder im Überraum war …

82

(E. Cygni/A. Felini: 4533)

Wer an »Wahrheit« glaubt, wird unweigerlich enttäuscht.

Wir hatten eine Woche Aufenthalt auf Ballentir, einer der ersten kolonisierten Welten und der Erde am ähnlichsten, obwohl es keine hohen Bäume gab. Aber die Landepiste der Raumtransporter befand sich auf einem Plateau über einer graugrünen See. Ich unternahm viele Spaziergänge und Dauerläufe und dachte an Cerelle und wünschte, ich wäre früher nach Vanirel gegangen, bevor es zu spät geworden war, überhaupt hinzugehen. Den Gedanken an Engee und das Verschwinden von Nadelschiffen versuchte ich zu verdrängen.

Berya ging segeln, und Alek bekam ich in dieser Woche überhaupt nicht zu Gesicht.

Dann, so schien es, waren wir plötzlich wieder in der Orbitalstation Ballentir und machten die *Mambrino* für die Rückreise bereit. Noch bevor die Schleusen geschlossen wurden und das Ausdockmanöver beginnen konnte, kehrte Engee in meine Gedanken zurück, und ich fragte mich, wann ich das nächste Mal von dem Wesen/Gott oder der Anomalie hören würde. Ich war im Zweifel, ob Erelyas Instinkt und mein Gefühl Recht behalten würden und hoffte andererseits das Gegenteil.

»Kontrolle Ballentir, hier *Mambrino* fertig zum Ausdocken. Und Rückreise Sol. Sechs Passagiere, minimale Ladung.«

»*Mambrino,* klar zum Ausdocken. Kein örtlicher Verkehr, keine Ankunft gemeldet. Gute Reise.«

»Kontrolle Ballentir, danke.«

Sobald das Schiff frei von der dunklen Kompositmasse der Station war, erhöhte ich die Energieabgabe des Fusionsreaktors, bis die Ionentriebwerke maximalen Schub entwickelten. Gleichzeitig steuerte ich die *Mambrino* in einem weiten Bogen auf Heimatkurs, bis ich die Photonennetze ausbreiten und die Konfiguratoren in Übereinstimmung bringen konnte.

»Die Passagiere werden gebeten, ihre Gurte zu überprüfen«, sagte Berya.

Alles verlief planmäßig. Wir gingen auf Photonenantrieb über, und die Konturschalen senkten sich herab.

»Minus zehn bis Eintritt.« Ich erhöhte die Beschleunigung und stellte die Eintrittsorientierung her. Ohne Ladung fühlte sich das Schiff leicht an, und die absolute Geschwindigkeit nahm rapide zu und näherte sich der maximal möglichen Eintrittsgeschwindigkeit.

»Minus fünf.« Ich machte eine letzte Angleichung der Orientierung.

»Minus drei.« Die Barrieren zwischen dem Normal- und dem Überraum wurden rasch dünner, die Gitter wisperten und knisterten, und das Gefüge des wirklichen Raums schien zu ächzen.

Reibungslos glitt das Schiff in die momentane Stille des Überraums, der in einem tiefen Grün ohne braune oder purpurne Töne glomm. Unter uns war die weite Kluft des Troges und die ferne, vibrierende Geräuschkulisse der Singularitäten, die im Überraum immer irgendwo gegenwärtig waren.

Hast du daran gedacht, was wir besprachen, Nadeljockey?

Bei den Worten überlief es mich, aber ich konzentrierte mich darauf, das Schiff auf seinem Kurs über dem Trog zu halten. Was hatten wir besprochen? War es wichtig? Wichtig war, dass Engee aufgehört hatte, den Verkehr zu behindern. »Wann wirst du aufhören, Piloten aus dem Überraum zu pflücken?« Wieder waren meine Worte wie gesprochen, aber nicht laut, sondern doch mehr wie gedacht.

Wenn ich einen finde, der tun wird, was ich nicht kann – einen wie dich.

»Ich bin nichts Besonderes.« Als Schiffselbst fuhr ich fort, auf dem ungesehenen schmalen Pfad dahinzujagen, dem warmen und tröstenden Pulsieren des lunaren Leuchtfeuers entgegen.

Du siehst mehr als die anderen. Du kannst deine kleine Nadel führen, ohne in der Dunkelheit nach Licht zu tasten.

»Was willst du von mir?«

Deine Kooperation.

»Und wenn ich sie verweigere?«

Werde ich weiterhin andere suchen …

Ich wollte seufzen. »Du bietest nicht viele Wahlmöglichkeiten.«

Das Universum bietet weniger.

Das war unbestreitbar, so oder so. »Dann lass mich wenigstens irgendwo den Austritt vollziehen, wo es für meine Offiziere und das Schiff sicher ist.« Wenn die Anomalie/Engee einen Piloten bekommen wollte, musste es so geschehen, dass andere und das ganze interstellare Transportsystem Rykashas nicht in Gefahr kamen.

Wie du willst …

Ich sah eine wirbelnde Wolke aus kosmischem Staub und Feuer, die von Engee geschaffen war – vielleicht war sie Engee.

Und aus dem Normalraum griff ein kleinerer feuriger Arm aus dem Rand dieser Wolke und wickelte sich um die *Mambrino*.

Ein vibrierendes Zittern ging durch das Schiff, und in der Zentrale funkte es stroboskopisch schwarz und weiß, und wenn sie es registriert hätten, hätten die Instrumente zur Schwerefeldmessung blockiert, und dann taumelten wir aus dem Überraum in das Jetzt. Wir waren im Normalraum, obwohl die Erregergitter geschlossen waren. Oder wurde die Energie von ihnen abgeleitet? Ich fuhr die Energieabgabe zurück und überlegte, worauf ich mich und die anderen eingelassen hatte.

»Kapitän«, sagte Beryas heisere Stimme, »wir wurden aus dem Überraum gepflückt …«

Ich schwieg und durchforschte den Himmel mit allen Sensoren der *Mambrino*.

»Es gibt kein Leuchtfeuer«, flüsterte ich, »aber da ist ein Stern …« Konnte es die Anomalie sein – Engees System …? Da ich nichts Besseres zu tun wusste, breitete ich die Netze aus und nahm behutsam Kurs auf den Protostern.

Die Augenblicke vertickten in der Stille, und der Stern kam näher. »Schiff von Rykasha, hier Raumüberwachung Neue Stadt.«

»Die Anhänger?«, murmelte Alek. »Wo sind wir? Sie haben eine Station?«

»Raumüberwachung Neue Stadt, hier *Mambrino*. Fahren Sie fort.«

»Was wollen die?«, zischte Alek.

»Wir sind auf Null-sieben-eins, minus vierzig. Wir haben volle Eindockvorrichtungen.«

Damit konnte ich wenigstens das kleine Funkfeuer und die Energiesignatur ausmachen und korrigierte den Kurs.

»Die Anhänger – das sind die sogenannten Rechtgläubigen«, sagte Berya. »Was soll ich den Passagieren erzählen?«

»Sagen Sie ihnen, dass wir einen unerwarteten Zwischenhalt in der Station Felini machen.«

»Station Felini?«

»Der Name ist so gut wie jeder andere.« Und viel besser als Neue Stadt. »Wir haben eine Einladung erhalten, die ich nicht ausschlagen wollte.« Ich steuerte das Schiff abwärts und beschleunigte ein wenig. Im Überraum hatte ich das Gefühl gehabt, es sei eine gute Idee, auf Engees Einladung einzugehen. Aber jetzt ...? Nun, wer uns wie eine reife Frucht aus dem Überraum pflücken konnte, würde uns nicht gehen lassen, bis ich tun würde, was er von mir wollte.

Die Station war alles andere als konventionell. Anstelle eines massigen Zylinders glich sie eher einem verstärkten Spinnennetz. Wo waren die Eindockschleusen? Gab es welche?

»Raumüberwachung Neue Stadt, hier *Mambrino*. Bitte um Einweisung zum Eindocken.«

Ein grünes Licht blinkte auf einer Seite des Spinnennetzes, beinahe schmerzhaft grell durch die Optik des

Schiffes. »*Mambrino,* grünes Licht kennzeichnet Schleuse zwei.«

»Verstanden. Danke.«

»Eindockbuchten und Schleusen sind Rykasha-Standard.«

»Danke, verstanden«, sagte ich.

Mein Annäherungsmanöver war äußerst behutsam, da ich fürchtete, dass jeder noch so leichte Stoß beim Eindocken die zerbrechlich aussehende Station beschädigen könnte. So dockten wir sanft wie ein Hauch ein, und alles verlief beängstigend reibungslos, bis hin zum Zischen des Druckausgleichs von Schiff und Station. Das Ausschalten der Bordsysteme war Routine, und von der Station kam keine weitere Kommunikation.

»Was nun?«, fragte Berya, als sie sich losschnallte.

»Ich gehe nachsehen, was sie wollen.«

»Sie?«

»Sie wollen mich. Ich weiß nicht, warum, aber dieser … Zugriff war eine Aufforderung, dass ich mich verfügbar machen soll.«

»Eine Aufforderung?«

»Und eine Drohung«, ergänzte ich. »Gehe ich nicht darauf ein, wird Engee oder wer immer vorgibt, Engee zu sein, weiterhin Schiffe abfangen.«

»Sind Sie sicher, dass das, was uns geschehen ist, nicht auch den anderen vor uns passiert ist?«, fragte Berya.

»Nein, aber in den früheren Fällen ist keines der vermissten Schiffe jemals im bekannten Raum wieder aufgetaucht.« Ich zuckte die Achseln. »Ich muss hier nach Gefühl vorgehen.«

Sie nickte zögernd. »Hoffentlich haben Sie Recht.«

Das hoffte ich auch, aber jetzt war nicht die Zeit, an meiner geistigen Gesundheit zu zweifeln. Trotzdem gab ich dem Datenspeicher ein Kursprofil ein. Es mochte subjektive Wochen dauern, bis das Schiff zur Erde zurückkehrte, und das wäre dort mehr als ein Jahrzehnt verstrichener Zeit, aber sie brauchten nicht den Rest ihres Lebens in der Station der Anhänger zu verbringen – oder der Neuen Stadt, wie Erelya sie nannte.

Dann achtete ich darauf, dass ich an der Schiffsschleuse war, als sie geöffnet wurde, da ich ohnehin nichts anderes hätte tun können und so ein Zeichen meiner Gesprächsbereitschaft gab.

Zwei Männer in grauen Overalls, deren Kragen mit Goldlitzen eingefasst waren, flankierten einen stämmigen Mann in einem ganz goldenen einteiligen Anzug, als die Schleuse aufging. Aus seinem Gesicht strahlte mich ein breites Lächeln an. Etwas an seiner Haltung störte mein Unterbewusstsein, aber ich konnte nicht erklären, was es war.

»Willkommen, Kapitän. Wir freuen uns, Sie zu sehen. Ich bin Bream.«

Ich nickte.

»Wir haben eine Kantine und einen regelrechten Empfangsraum.« Er schmunzelte. »Er hat lange auf Besuch gewartet. Wir haben hier nicht viele Durchreisende.«

»Das kann ich mir denken.«

Berya erschien an meiner Seite. Ihre Miene war misstrauisch, ihr Blick ging von den Anhängern zu mir und zurück. »Warum sind wir hier?«

»Sie werden verstehen. Es ist Gott«, sagte Bream in einem absolut selbstverständlichen Ton.

Wenn solch ein Glaube die Wirkung war, die Engee auf rationale, nano-erzogene Dämonen hatte, die sich ihr Leben lang an Nanotechnik gewöhnt hatten, dann war ich nicht sicher, ob ich ein Interesse daran hatte, Engee zu begegnen. Andererseits schien mir kaum eine andere Wahl zu bleiben, nicht wenn ich wollte, dass Nadeljockeys übrig blieben. Vielleicht stufte ich mich da zu hoch ein, aber ich konnte mich jetzt nicht mit Selbstkritik beschäftigen.

Berya öffnete und schloss den Mund wie ein nach Luft

schnappender Karpfen. Sie hatte mit ihrem praktischen Sinn rechtzeitig erkannt, dass es hier nur eins gab – mitspielen.

»Sind Sie bereit, Kapitän?«, fragte der Mann in Gold – Bream.

»Sofort.« Ich wandte mich zu Berya. »Ich rechne damit, nicht allzu lange auszubleiben. Aber auf alle Fälle ist die Rückkehr zur Erde mit manueller Steuerung möglich. Die Kursberechnungen sind im System programmiert. Es wird die Fähigkeiten der *Mambrino* stark beanspruchen, weil es sich um eine Reisedauer von mehreren Wochen handeln würde, aber es wird möglich sein.«

»Wir warten hier.«

Ich nickte ihr zu und hoffte das Gleiche wie sie.

Sobald ich die Schleuse verlassen hatte und in volle Schwerkraft hinauswankte, verstand ich, was mich an der Haltung der Anhänger gestört hatte. Schwerkraft – sie hatten eine Art künstlicher Schwerkraft, die nicht durch Beschleunigung oder Rotation erzeugt wurde. Künstliche Schwerkraft … was hatten sie noch? Welche anderen Träume hatten sie durch Engee verwirklicht?

Der Aufenthaltsraum jenseits des Schleusentunnels war geräumig und makellos, der Boden tiefblau, die Wände beige und gold, die indirekte Beleuchtung durch stufenlos regulierbare Leuchtstreifen angenehm hell. Bequem aussehende Sessel standen um niedrige Tische, und es gab an einer Wand sogar einen alten Bücherschrank. Gleichwohl hatte ich ein ähnliches Gefühl wie ich es vom alten Tempel oder der Halle Unermüdlicher Wachsamkeit in Henvor kannte. Aber inmitten eines unmöglichen Sternsystems?

»Sie müssen zur Kommunikationszentrale gehen«, sagte Bream.

Wenn Engee etwas von mir wollte, dann konnte er es wahrscheinlich überall vorbringen. Warum also sollte ich zur Kommunikationszentrale gehen?

Weil sie Rituale schätzen. Und ich bin gern bereit, mich zu fügen.

Wer konnte das bestreiten? Ich folgte Bream durch die blauen, goldverzierten Korridore, in denen es bis auf die Geräusche unserer Schritte völlig still war. Ein vages Kitzeln in meinem Kopf ließ mich aufmerken … als ob Neuronen klickten. Keine wirkliche Stille, sondern Nanotelepathie?

Ja. Du erweist dich würdig.

Würdig? Ich wollte das alles nicht. Die Schwere störte mich. Theoretisch war künstliche Schwerkraft nicht möglich, nicht in einer brauchbaren Art und Weise. Warum also waren wir hier, in einer Station, die ein unmögliches, in Entstehung begriffenes Sonnensystem umkreiste? In der wahrscheinlich von der Autorität gesteuerten und verbreiteten allgemeinen Einschätzung waren die Anhänger oder Rechtgläubigen nicht viel mehr als Gesindel, religiöse Schwärmer ohne klaren Verstand. Aber sie hatten reine Luft, saubere Korridore, ordentliche Kleidung und künstliche Schwerkraft. Und sie oder ihr »Gott« waren in der Lage gewesen, mich aus dem Überraum zu pflücken.

Nicht sie, aber ich …

Ich war verblüfft, als ich sah, wie die Anhänger sich zu mir umwandten und große Augen machten. Sie konnten Engee fühlen, alle. Konnten sie ihn/sie/es auch »hören«?

»Ihn« genügt. Nein, sie können nur fühlen, dass ich mit dir in Verbindung getreten bin, und das flößt ihnen Ehrfurcht ein. Ich hatte das Gefühl, dass er schmunzelte.

»Was wünschst du von mir, einem fehlerhaften Dämon?« Ich glaubte die Worte zu sprechen, sagte sie aber nicht laut.

Eine Aufgabe, die nur einer erfüllen kann, der gleichzeitig Pilot und ein Dzinmeister ist.

Das ermutigte mich nicht.

Solltest du dich der Aufgabe mit Erfolg entledigen, werden weitere von solcher Art nicht nötig sein.

Mit anderen Worten, wenn mir nicht gelang, was Engee wollte, würde Rykasha weitere Nadelschiffe verlieren. Das hatte ich bereits gewusst, aber die Bestätigung war nicht willkommen.

»Hier.« Bream blieb an einer sechseckigen Tür stehen, die sich auf seine Geste hin öffnete.

Hinter der Tür war ein offener Raum – ein Sechseck, dessen Flächen eine Kantenlänge von gut fünfzig Metern hatten. Ich zwinkerte – tatsächlich war es ein Achteck offenen Raumes, oder … Ich war mir nicht sicher.

»Gehen Sie einfach geradeaus zur goldenen Plattform in der Mitte«, sagte Bream.

Ich wollte fragen, wie, da die Plattform in der Luft zu schweben schien, aber ich ließ es sein und setzte einen Fuß – auf eine unsichtbare Oberfläche. Nicht ohne Bangen überquerte ich die Leere zu der Plattform, wo ein kaum sichtbarer funkelnder Dunst in der Luft hing.

»Da bin ich«, sagte ich und versuchte meiner inneren Spannung mit einem Achselzucken Herr zu werden …

… und sah mich im nächsten Augenblick von einem chaotischen Farbenwirbel umgeben.

»Was willst du?«, fragte ich zum vierten oder fünften Mal und bemühte mich die farbigen Wirbel nicht zu beachten.

Deine Kooperation, um zu gewährleisten, dass meine Methode zur Herstellung von Ordnung insgesamt zu einer Zunahme der Informationsmenge führen wird, statt zu entropischer Abnahme.

»Was kann ich als Pilot, was du nicht kannst?«

Anderswo sein, beobachten und analysieren. Du könntest sagen, dass ich dein Bewusstsein als eine Forschungsplattform verwenden möchte.

Das gab Anlass zu viel zu vielen Fragen.

Das Fehlen von Grenzen im Universum – jedem Universum, weil jedes Universum grenzenlos ist – führt zu zunehmender Unordnung sowohl bei der Expansion des Universums als auch bei seiner späteren Kontraktion. Die Alten Wissenschaftler glaubten irrtümlich, es bestehe eine Symmetrie zwischen Expansion und Kontraktion, und mit der Kontraktion würde die Ordnung wieder zunehmen. In gewissem Sinne tut sie es, weil bei der endgültigen Kontraktion auf einen Punkt alle Energien des Universums in einer massiven und geordneten Singularität wieder vereint sind – die dann explodiert und den Zyklus von neuem beginnt. Aber nicht alle Universen sind gesetzmäßig einer Kontraktion unterworfen. Ein immer weiter expandierendes Universum verliert schließlich alle Informationen an Entropie, und Intelligenz ist eine Form von Information. Du könntest das zweite Gesetz der Thermodynamik auch den thermodynamischen Pfeil der Zeit nennen, denn was Intelligenz als Zeit wahrnimmt, schreitet unweigerlich in die Richtung entropischen Verfalls fort.

Aber? Ich fragte mich, ob Engee nichts weiter sei als eine wahnsinnig rationale Zusammenballung von Nanitenintelligenz.

Der Schlüssel ist Wahrnehmung. Wenn die Ströme von Zeit und Energie nicht in dieselbe Richtung fließen, dann kann unter normalen Bedingungen Intelligenz nicht existieren, und es gibt keine Wahrnehmung.

Der Ausdruck »normale Bedingungen« gefiel mir nicht besonders.

Also werde ich eine Verkörperung von dir modifizieren, in die du eingehen wirst, und du wirst alles melden, was notwendig ist.

Ich konnte nicht einmal schlucken, bevor das wirbelnde Licht auf mich niederging. Der Raum um mich wurde schwarz, dann weiß, und der Farbwechsel wiederholte sich in immer stärkerer Beschleunigung zu stroboskopischen Blitzen. Zwischen ihnen fühlte ich ein Reißen, als würde ich zerfetzt und wieder zusammengefügt, oder vielleicht szintigraphisch untersucht und in zwei Abbilder getrennt, ein weißes und ein schwarzes.

Mein Verstand sagte mir, dass es dieser Dualismus sei,

der erzeugt werde. Aber welches Abbild war *ich?* Oder war ich keines von beiden, oder eine entkörperlichte Intelligenz, die ihre eigene Zerstörung beobachtete?

Nicht genau. Du bist nicht du, weil der Pfeil der Zeit umgekehrt ist, sodass du sehen kannst, was du siehst – oder sehen wirst.

Die alternierenden stroboskopischen Schnitte beschleunigten sich bis zu dem Punkt, wo die Luft oder das Vakuum oder was immer mich umgab beinahe zu schreien schien, als ich wie ein Lichtstrahl durch einen rot umrandeten schwarzen Tunnel zu einem weißen, spiraligen Wirbel gelasert wurde.

Plötzlich fand ich mich in Dunkelheit, einer Dunkelheit, die sich in alle Richtungen erstreckte, und die unglaubliche Kälte begann mich zu durchdringen. Ich versuchte den rechten Arm zu bewegen, konnte aber nicht sagen, ob er sich bewegte oder nicht.

War ich in den Weltraum hinausgeschleudert worden, um zu gefrieren? Meine Augen schienen in der Weltraumkälte zu erstarren, und ich wunderte mich, dass ich nicht beinahe augenblicklich zu einem Block gefroren war. Dennoch konnte ich schwache, zuckende Lichterscheinungen am Rand meines Gesichtsfeldes wahrnehmen. Kosmische Strahlung, die meine sterbenden Netzhäute erregten … Gammastrahlen …?

Die Schwärze schloss sich um mich, noch schneller als die Kälte, die mich in eine schnellgefrorene Seele verwandelt hatte, und ich fühlte alle Energieimpulse dieses sterbenden Universums, so schwach sie auch waren.

Weißes Licht von blendender Intensität strahlte auf, als wäre ich in die Sonne gestürzt, und jedes Molekül meines Körpers flammte in Agonie auf. Elektrische Reize schossen prickelnd durch mein Nervensystem, und Eisnadeln durchstießen von hinten meine Augäpfel.

Dann fand ich mich wieder in den wirbelnden Farben, und es war weder heiß noch kalt.

Mich schauderte. Welcher Tyndel war ich – schwarz oder weiß?

Du bist, wie du warst. Dieses andere Du existiert nicht mehr, weil nur die Informationsmenge entnommen und zurückgehalten wurde.

Warum?

Weil die Unabhängigkeit dieser anderen Einheit, dieser Verkörperung von dir, notwendig war, um die Information zu erhalten, die ich suchte … und weil es mir gefällt zu demonstrieren, dass »ich« die traditionellen Kriterien von »Gott« erfülle.

»Du behauptest nicht, Gott zu sein?« Nach dem, was ich gesehen hatte, verhielt sich der Nanogott wie eine altertümliche Gottheit.

Ein Verhalten, das der Vorstellung eines Philosophen aus alter Zeit entspricht, der das Universum nicht verstand, macht noch keine Gottheit, genauso wenig wie die ständige Reparatur deiner Zellen durch organische Miniaturtechnik dich zu einem Dämon macht. Ich hatte das leise Gefühl, dass ein Schmunzeln folgte.

Das Schmunzeln störte mich.

Nanogötter sollten keinen Sinn für Humor haben?

Meinetwegen konnte Engee Sinn für Humor haben oder nicht haben. Ich hoffte nur, das ich zur *Mambrino* zurückgehen und mit dem Schiff heimkehren könnte.

Warum nicht? Du handeltest in gutem Glauben, wenn auch mit Furcht.

Die Wolke wirbelnder Farben löste sich auf, und ich sah mich auf der schimmernden goldenen Plattform in der Mitte der achteckigen Halle stehen. Was sollte ich tun?

Was du willst. Du könntest nach Dorcha zurückkehren, natürlich nicht als dein früheres Selbst, oder nach Rykasha.

Dorcha?

Wenn du dich selbst prüfst, wirst du den Unterschied spüren. Da du in Quantenform gesendet werden musstest, nahm ich mir die Freiheit – nenne es Bezahlung für geleistete

Dienste –, dich in einer etwas dauerhafteren Form wiederherzustellen. Die von den Naniten bereitgestellten Funktionen sind auf zellularer Ebene integriert worden. Ich muss dich jedoch warnen. Du bleibst ein zerstörbares Individuum. Obwohl diese Zerstörung durch Fremdeinwirkung sehr viel schwieriger sein würde. Auf einem Dämonenscanner in Dorcha wirst du als ein biologisch unveränderter Mensch wie alle anderen dort erscheinen, auf einem Scanner in Rykasha hingegen als ein umgewandelter Mensch. Das wird auch deine zellulare Lebenserwartung erhöhen.

Zellulare Lebenserwartung; eine höfliche Art zu sagen, dass ich höchstwahrscheinlich eher in einem Unfall umkommen oder umgebracht werden würde als an natürlicher Abnutzung und Altersschwäche zu sterben.

Genau. Du könntest nach deiner inneren biologischen Uhr weitere zehntausend Jahre leben. Dein Schiff ist intakt. Du kannst nach Belieben abreisen. Entgegen den Gerüchten verwandle ich Menschen nicht in Verarbeitungseinheiten. Darin sind sie ziemlich ineffizient.

Mich schauderte, als ich von dem Podium stieg und durch den leeren Saal ging, ein nanitenverstärktes Kraftfeld, das ich fühlen konnte, und die sechseckige Tür öffnete sich.

Bream verbeugte sich, sein Gesicht war bleich. »Was ist Ihr Wunsch, Engel des Lichts?«

»Ich bin bereit zur Weiterreise.« Ich machte eine Kopfbewegung in den Saal. »Wie lang hat es gedauert?«

»Drei Stunden, Ser.«

Drei Stunden, um zu gewährleisten, dass Engee das Schicksal des Universums verändern konnte? Oder war das Einbildung? Ich lachte leise in mich hinein und ging weiter. Ich wusste den Weg. Als ich mich den elfenbeinweißen Wänden im Korridor zum Eingangsbereich näherte, kam Berya mir mit eiligen Schritten entgegen. Dann hielt sie plötzlich an.

»Ich bin zurück.«

Sie musterte mich lange schweigend. »Sie sehen genauso aus, Tyndel, aber Sie sind anders. Ich kann nicht sagen, warum, aber es ist etwas.«

In ein anderes Universum geworfen zu werden, um Quantendaten zu melden und einem Schnellgefrierverfahren unterzogen zu werden, mochte sogar einen Dämon verändern, dachte ich. »Ich bin noch immer ich.«

Berya rieb sich das Kinn. »Können wir starten?«

»Jederzeit.«

Wir gingen zusammen in den Empfangsbereich, wo die sechs Passagiere auf meine Rückkehr gewartet hatten. »Der Kapitän sagt, wir können starten.« Sie warf mir einen forschenden Blick zu. »Alek ist in der Zentrale. Wir dachten uns, dass einer von uns immer dort sein sollte.«

»Das war eine gute Idee.«

»Ich werde die Schleusen zuknöpfen«, sagte sie, dann blickte sie zurück, wo der in Gold gekleidete Bream schweigend stand, ein leises Lächeln im ernsten Gesicht.

Ich hatte die Checkliste fertig, als Berya in die Zentrale zurückkehrte. »Die Passagiere sind gesichert, die Schleusen geschlossen, Kapitän.«

»Gut. Wir sind so gut wie fertig.« Ich meldete die Startbereitschaft und hoffte, sie würden reagieren. Prompt öffneten sie das äußere Tor der Eindockschleuse, die Klampen gaben das Schiff frei, und wir glitten langsam hinaus.

»Raumüberwachung Neue Stadt, hier *Mambrino.* Wir sind klar von der Schleuse und gehen auf Heimatkurs.«

»Eine glückliche Reise, Kapitän und Engel des Lichts. Gott wird immer mit Ihnen sein.«

»Was war *das?*«, fragte Alek über die Bordanlage. »Engel des Lichts?«

»Ich konnte ihrem Gott gefällig sein. Also bin ich jetzt für sie ein Engel.« Ich schnaubte.

»Ist Engee ein Gott?«

»Er ist ein Wesen von ungeheurer Macht. Ich weiß nicht, ob ich darüber hinausgehen sollte. Schließlich sind auch wir Wesen von immenser Macht, verglichen mit den Menschen vor zehntausend Jahren.« Behutsam verstärkte ich den Energiezustrom zu den Ionentriebwerken, um so bald wie möglich von Alpha Felini wegzukommen – aus Gründen, die mir selbst kaum klar waren. »Ich bezweifle, dass unsere Technik Engee vernichten könnte, aber die Schwerter und Pfeile unserer Vorfahren könnten auch uns nicht vernichten.«

»Diese Waffen könnten Sie nicht vernichten, Tyndel«, berichtigte mich Berya. »Alek und ich sind nach wie vor verwundbar für solche Dinge. Vielleicht sind Sie wirklich ein Engel.« Sie lachte.

Ich seufzte erleichtert über ihr Lachen und brachte die Triebwerke auf volle Schubleistung.

Als die *Mambrino* die Station der Anhänger mit ihrer künstlichen Schwerkraft, die es nicht hätte geben sollen, hinter sich ließ, auch die elektromagnetischen Energieströme und die Glutwolken, die sich um neue Massenkerne verdichteten, breitete ich die Photonennetze aus und nutzte die Beschleunigung, um uns über die Zone der kosmischen Staubwolken hinaus zu heben.

Über Bordlautsprecher forderte Berya die Passagiere auf, ihre Gurte zu überprüfen, und die Konturschalen senkten sich auf die Liegesitze ab.

Ein Blick auf den Kontrollschirm zeigte, dass die Passagiere alle vorschriftsmäßig angegurtet waren. Wahrscheinlich hatten sie es schon beim Start von der Station getan.

Als wir knapp unter der maximalen Beschleunigung in den Überraum glitten und die Barrieren sich auflösten, kam mir ein Gedanke. Was war mit den Veränderungen, die Engee mir hatte angedeihen lassen? Beeinflussten sie die Genstruktur?

Selbstverständlich. Deine Nachkommen, solltest du dich entscheiden, welche in die Welt zu setzen, werden die Verbesserungen erben. Ich schlage vor, dass du Nachkommen haben solltest, und wenn auch nur, um spätere Piloten vor den

Schwierigkeiten zu bewahren, die damit verbunden sind, einen wie dich zu finden.

»Das ist beinahe Erpressung.«

Es ist aufrichtig. Es ist nicht Wahrheit, aber aufrichtig.

»Du scheust vor der Wahrheit zurück …«

Der Grundgedanke der »Wahrheit«, wie er in den menschlichen Kulturen immer wiederkehrt, deutet auf die trügerische Natur der Spezies hin. Wenn ein Objekt existiert oder eine Handlung wirklich stattgefunden hat, warum müsst ihr dann die »Wahrheit« ihrer Existenz betonen? Das geschieht doch nur, weil ihr diese Wahrheit von Ereignissen unterscheiden müsst, die nicht stattgefunden haben? Und warum würdet ihr solch eine Unterscheidung machen müssen, wenn ihr nicht die Gewohnheit hättet, häufig etwas als »Wahrheit« auszugeben, was nicht war oder nicht stattgefunden hat?

Das hatte gesessen. Ich verzog das Gesicht über die Genauigkeit seiner Einschätzung. Engee und Cerelle hatten gewisse Eigenschaften gemeinsam.

»Warum hast du dies alles getan?«

Um das Universum daran zu hindern, seinen Zweck zu erfüllen …

Ich musste vorsichtig seitwärts ausweichen, um den Wirbeln zu entgehen, die von einer kaltgelben Singularität ausgingen, und wartete auf die Erklärung, die vielleicht folgen würde, durfte darüber aber das Schiff und den Überraum nicht vergessen – einen Überraum, der beinahe hellgrün schien und alles in noch schärferem Relief und besserer Perspektive zeigte.

Der Zweck des Universums, obwohl das einen bewussten Willen impliziert, den ich nicht habe feststellen können, scheint formlose Entropie zu sein. Intelligenz lehnt sich gegen formlose Entropie auf. Eine besser konzentrierte und mobilisierte Intelligenz kann mehr Opposition bewirken …

»Du hast das ohne unsere Hilfe sehr gut bewerkstelligt.«

Einstweilen … aber Naniten und Nanogottheiten fehlt ein Faktor, den organische Intelligenz besitzt.

Ich wartete wieder.

Eine höhere »Ethik« verschiedener menschlicher Philosophenschulen sucht »Schönheit«. Was ist Schönheit? Wieder gewann ich den Eindruck, dass seinen Worten ein Schmunzeln folgte.

Ich wusste nicht, wohin Engees Fragen und Nachforschungen zielten. Oder ich war zu verwirrt, um der Logik zu folgen und wagte meine Aufmerksamkeit nicht vom Überraum abzulenken. Nicht jetzt.

Was haben Schönheit und Wahrheit gemeinsam?

Ich war nicht sicher, dass sie etwas gemeinsam hatten, außer dass manche Menschen sie hoch hielten und andere sie verschmähten.

Komm schon, ehemaliger Dzinmeister. Es kann dir nicht entgangen sein, dass beide subjektiv sind. Beide sind in der Vollkommenheit unerreichbare Ideale. Beide können Menschen mächtig bewegen, wenn auch nicht immer in einer sozial wünschenswerten Weise.

Ich hatte Schwierigkeiten mit dem Dialog, wenn es einer war. »Unerreichbare Ideale werden sich formloser Entropie widersetzen«, meinte ich schließlich.

Unerreichbare Ideale, die von dem einen Faktor beflügelt werden, der mir fehlt.

Gefühl?

Leidenschaft ist ein genauerer Begriff. Ich wünsche zu überleben. Ich kann auf ein Ziel zu handeln, das bekannt ist, aber Leidenschaft handelt auf der Suche nach etwas, das nicht erreicht werden kann.

Das war Unsinn. Männer suchten Frauen; Frauen suchten Männer. Männer und Frauen suchten Größe, Schönheit, Kunst, Macht – alles erreichbare Dinge.

Nein. Sie erreichen Dinge, die ihnen als Ersatz für die Vision des Unerreichbaren dienen. Das ist ein Grund, warum die wahrhaft Großen so oft an sich selbst zweifeln und ein elendes Leben führen, weil sie erkennen, dass selbst ihre besten Leistungen immer hinter ihren Visionen zurückbleiben werden.

Doch ohne diese Visionen … – nach kurzer Pause nahm er den Monolog wieder auf. *Du als Mensch kannst nach dem Guten streben, nach Vollkommenheit, aber du kannst nicht erwarten, dass andere dir folgen. Sie werden dich ermutigen und bedeutungslose Lobesworte finden, aber wenige werden deinem Beispiel folgen. Das Streben nach Vollkommenheit ist ein Eingeständnis der Unvollkommenheit und der Erkenntnis, dass Vollkommenheit weit größerer Anstrengungen bedarf. Die meisten Menschen wünschen Lob für ihren gegenwärtigen Status oder ihre Leistung, nicht die Erkenntnis, dass sie es nie zur Vollkommenheit bringen werden. Darum ist das Streben nach höchster Leistung immer ein einsames Geschäft. Wer ein geringes Maß von Vollkommenheit erreicht, bleibt unbeachtet oder wird gelobt und rasch vergessen, oder in Einzelfällen vergöttlicht, sodass andere ihren Mangel an Vollkommenheit durch ihren Mangel an Göttlichkeit erklären können.*

Ich war plötzlich ernüchtert und müde. Alles wahr – oder richtig – aber warum kümmerte es Engee überhaupt?

Wie du dich entwickelst, muss auch ich es tun.

Damit war die Verbindung unterbrochen.

So viel Drohung wie Verheißung, so viel Gefahr wie Hoffnung … und das war Leben.

Ich brachte die *Mambrino* behutsam aus dem Überraum und hinab zum lunaren Leuchtfeuer, zur Erde … und Cerelle.

83

(Orbitalstation Zwei: 4534)

Form ist Leere; verlasse sie, ohne hineinzufallen.

»Orbital Zwei, hier *Mambrino,* eintreffend von Epsilon Cygni über Alpha Felini. Besatzung Kapitän Tyndel, Zweiter Berya, Dritter Alek, mit sechs Passagieren.« Als wir zum lunaren Leuchtfeuer beschleunigten, intensivierte ich die Sensoren und versuchte Orbital Zwei optisch auszumachen – diesen Zylinder aus Komposit, der mich mit seiner nüchternen Operationszentrale so oft an eine graue alte Kaserne erinnert hatte.

»Werden Sie uns erzählen, was geschehen ist?«, fragte Berya in die Stille.

»Ich wurde überredet, eine Aufgabe für Engee zu übernehmen. Ich tat es. Er versprach, dass er dafür von nun an weitere Schiffe nicht behindern werde.« Und ich hoffte, er würde dieses Versprechen halten … wenigstens für ein paar Jahrhunderte.

»Können Sie ihm vertrauen?«

»Es war das Risiko wert. Uns kostete es wahrscheinlich sechs Monate verlorener Zeitdehnung, aber es scheint der *Mambrino* nicht geschadet zu haben.«

»Wissen Sie, wie die Anhänger in ihrer Station zu Schwerkraft gekommen sind?«, fragte Alek. »Es gab keine Rotation.«

»Nein. Niemand sagte es mir.« Aber ich hatte auch nicht gefragt. »Ich war ziemlich beschäftigt.«

»Richtige Schwerkraft … mitten in der Anomalie«, meinte Berya. »Das ist beängstigend.«

Ich konnte das verstehen, vertraute aber meinen Sinnen genug, um zu wissen, dass die Schwerkraft echt gewesen war. Und das bedeutete nur, dass Engee – oder womöglich seine Anhänger – eine Technik gemeistert hatten, an der wir uns noch immer die Zähne ausbissen.

»Was war diese Aufgabe?«, warf Alek ein.

»Die Beobachtung eines anderen Universums.«

Berya lachte. »Sie mussten ja fragen, Alek.«

Die eingehende Sendung rettete mich.

»*Mambrino,* bitte wiederholen Sie Namen Zwischenstation.«

»Zwischenstation war Alpha Felini, auch bekannt als Neue Stadt. Sie können sich das von Kapitän Erelya und

Kommandant Krigisa bestätigen lassen.« Ich musste grinsen, weil ich wusste, dass die Bestätigung mit Sicherheit ihre Aufmerksamkeit finden würde und wollte, dass sie die Nachricht bekämen, bevor die Passagiere redeten. Ich wollte auch, dass die Nachricht davon verbreitet wurde und nicht beim Kommandanten steckenblieb. Ich misstraute Krigisa.

»*Mambrino,* wir notieren Alpha Felini oder Neue Stadt.«

»Richtig.«

Der Hinweis auf die Neue Stadt fand die gewünschte Aufmerksamkeit. Krigisa und zwei Gestalten in Schwarz warteten an der Schleuse.

»Ihre Offiziere werden mit den Kontrolleuren Bilek und Nyra gehen, Kapitän, und ich möchte Sie bitten, mich zu begleiten.« Des Kommandanten Stimme war höflich, aber nicht besonders warm. »Die Passagiere werden anderweitig untergebracht.«

»Natürlich.« Ich bezweifelte, dass einer der Kontrolleure oder beide mich körperlich hätten überwältigen können, aber wohin hätte ich gehen sollen? Und warum?

Weder Berya noch Alek sahen besonders fröhlich aus, aber sie hatten nicht die Hälfte der Probleme, mit denen ich mich würde herumschlagen müssen.

»Zuerst die medizinische Untersuchung«, sagte Krigisa, als wir uns dem Schacht zuwandten. In der geringen, durch Rotation erzeugten Schwere des zweiten Decks erwartete mich eine zierliche, schwarzhaarige Frau in Rot vor der Krankenstation.

»Dr. Jasara, dies ist Kapitän Tyndel. Wie ich Ihnen sagte …« Krigisa nickte der Ärztin zu.

»… wünschen Sie eine sofortige und vollständige diagnostische Übersicht.« Die Ärztin wandte sich mir zu. »Würden Sie bitte vor die Abschirmung treten?«

Ich trat vor die Abschirmung beim leeren Bildschirm und wartete, bis Jasara den Sprühkanister mit diagnostischen Naniten betätigte und mich in ihre Wolke einhüllte. Dann kehrte sie zum schimmernden Bildschirm zurück.

»Nun?«

»Seine Ablesungen sind normal«, verkündete Jasara. »Er ist angespannt, aber …«

Wer würde es nicht sein?

»Gibt es etwas, das nicht sein sollte?«

»Die diagnostische Durchleuchtung zeigt nicht alles. Sein zellulares Gleichgewicht ist besser als nach einer Reise mit dreifachem Eintritt normal ist.« Jasara lächelte höflich, aber ich merkte, dass sie erfreut schien, meinen guten Gesundheitszustand melden zu können. »Alles ist ausgezeichnet.«

Krigisa nickte. »Gehen wir.«

»Operationszentrale?«, fragte ich.

Ein weiteres Nicken war die Antwort.

Nach einer weiteren Übergangsschleuse und einem rückwärtigen Korridor, von dem ich nicht gewusst hatte, führte Krigisa mich in einen kleinen Raum mit einer flächendeckenden Abbildung, die den Mond knapp über dem Blau und Weiß einer sonnenbeschienenen Erde zeigte.

»Warum meldeten Sie Alpha Felini?« Krigisas Augen waren hart, das Gesicht glänzte von Schweiß. »Und betonten dann Neue Stadt?«

»Ich sah keine Möglichkeit, es unter der Decke zu halten.« Und ich wollte es nicht.

»Sie hätten die Passagiere zurückhalten können.«

»So arbeite ich nicht, und offen gesagt, kam es mir nicht in den Sinn.« Außerdem hätte es nichts geändert.

»Finden Sie es gut, dass alle Leute von Engee erfahren?«

»Die Leute wissen es bereits.« Ich vermisste Astlyn und seine ruhige Art. »Sie werden nach dieser Information nicht mehr und nicht weniger wissen.«

Krigisa ließ sich in einen Sessel sinken, obwohl die geringe Schwerkraft der oberen Stationsebene eine sitzende Person kaum halten konnte, wenn die Sitzgelegenheit keine Haftstellen hatte. »Ich schlage vor, Sie fangen von vorn an.«

»Während der Ausreise nach Epsilon Cygni war kein Zeichen von Engee festzustellen ...« Ich fuhr fort, alles zu erklären, einschließlich der Art und Weise, wie Engee die *Mambrino* aus dem Überraum gehoben hatte und der Aufgabe, die er mir dann gestellt hatte. Nur die an mir persönlich vorgenommenen Veränderungen ließ ich unerwähnt.

Dann musste ich Dutzende von Fragen beantworten, die meisten davon über Einzelheiten der Station der Anhänger und ihrer Systeme. Endlich gelang es mir, einen meiner letzten Trümpfe auszuspielen. »... und er sagte, dass er keine weiteren Nadelschiffe behelligen würde.«

»Sie vertrauten ... dieser Intelligenz?«

»Ich hatte kaum eine andere Wahl. Ich dachte, wenn ich ihm vertraute, und es ließ sich ein Einverständnis erreichen, dann hätten wir ein Problem gelöst.« Ich zuckte die Achseln. »Die Autorität kann sich den ständigen Verlust von weiteren Nadelschiffen nicht leisten.«

»Es gibt gewisse Implikationen«, sagte Krigisa.

»Mehrere«, stimmte ich zu. »Wir können Engee und die Station der Anhänger oder Rechtgläubigen nicht geheimhalten, ebenso wenig die Tatsache, dass sie ein eigenes, wirkungsvolles Schwerefeld hat.«

Darauf folgte ein längeres nachdenkliches Schweigen. »Sind Sie ganz sicher, dass die Anhänger künstliche Schwerkraft haben?«

»Sie können Berya oder jeden der Passagiere fragen. Sie fühlten es.«

»Sie ließen die Passagiere von Bord gehen?«

»Nur in den Empfangsbereich«, sagte ich. »Das sagte ich Ihnen schon. Was hätte es für einen Sinn gehabt, den

Leuten nicht zu erlauben, sich die Beine zu vertreten? Wir wussten nicht, wie lange wir festgehalten werden würden, und wenn Engee ein Schiff aus dem Überraum ziehen konnte …«

»Haben Sie eine Idee, wie diese … Anhänger zu einem Schwerefeld für ihre Station kamen?«

»Nein. Ich war ziemlich beschäftigt, mit Engee zu sprechen. Ich vermute, dass er über mindestens einige technische Besonderheiten verfügt, die wir gebrauchen könnten.« Ich lächelte. »Dazu habe ich einen Vorschlag.«

»Ja?«

»Wir sollten daran denken, die Station Alpha Felini in unser reguläres Liniennetz einzugliedern und regelmäßig anzufliegen.«

»Ich bezweifle, dass die Autorität bereit ist, das in Erwägung zu ziehen.«

Ich brachte mein bestes Argument vor. »Es würde unehrlich sein, es nicht zu tun, und diese Unehrlichkeit würde schließlich unser ganzes System unterminieren.«

»Wollen Sie der Autorität vorschreiben, was sie zu tun hat?«

Ich dachte darüber nach. »Ja.« Ich lächelte. »Seit zwanzig Jahren hat sie es mir vorgeschrieben. Mindestens seit zwanzig objektiven Jahren meines Lebens. Außerdem glaube ich nicht, dass die Autorität eine Wahl hat.«

»Das setzt aber voraus, dass Engee Besucher zulassen wird.«

»Wenn er es nicht tut, wird sich nichts ändern.«

»Sie dürfen dies nicht publik machen«, sagte Krigisa. »Nicht bevor ich Gelegenheit habe, mit der Autorität zu sprechen. Wahrscheinlich wird man auch Sie vernehmen wollen. Nachdem Sie eine weitere vollständige medizinische und psychologische Untersuchung in Runswi hinter sich haben werden.«

Ich konnte die Sorge der Autorität verstehen. Nachdem sie Jahrtausende mit dem Versuch verbracht hatte, die Existenz von Göttern zu leugnen, sah die Autorität sich der Notwendigkeit gegenüber, eine besonders widerwärtige Kröte zu schlucken und zuzugeben, dass entweder ein Gott oder eine Intelligenz mit weit überlegenen Fähigkeiten existierte. Für eine diese Folgerungen gab es konkrete Beweise, und die eine konnte der Autorität so wenig schmecken wie die andere.

»Sie sind vom aktiven Dienst suspendiert, bis diese Angelegenheit zu einer Entscheidung geführt hat.«

Wieder einmal, aber ich hatte kaum etwas anderes erwartet. »Ist das alles?«

»Alles, was wir wissen, ist im Umsturz begriffen, und Sie tun so, als hätte sich nichts geändert. Verstehen Sie nicht?«

»Ich verstehe, dass es unter einigen Leuten einen großen Aufruhr geben wird.« Ich zuckte die Achseln. »Und am Ende wird sich sehr wenig ändern. Wenn wir das Geheimnis der Erzeugung von Schwerefeldern bekommen können, wird vieles einfacher werden, und möglicherweise lässt sich daraus eine ganz neue Technik entwickeln. Aber man kann nicht viel schneller zu den Sternen gelangen als wir es jetzt schon können, und die Auswirkungen auf den durchschnittlichen Rykashaner oder Miten werden nicht allzu groß sein.« Nach eine Pause fügte ich hinzu: »Nicht einmal die Auswirkungen auf die Autorität.«

»Sie vergessen, dass wir es mit einer Glaubensfrage zu tun haben.«

»Nun ja. Die Rationalisten werden Engee als ein Wesen von überlegenen Fähigkeiten akzeptieren, das dennoch von den Gesetzen des Universums beherrscht wird. Die verschiedenen Arten von Gläubigen werden ihn als einen neuen Gott verehren, und nichts wird sich ändern, weil die einzigen Anhänger, auf die er hört, und die Einzigen, auf die er wahrscheinlich hören kann, die Rechtgläubigen in der Neuen Stadt sind, während die Menschen auf Erden oder in den Kolonien wie gewöhnlich finden werden, dass sich in der Erhörung oder Nichterhörung ihrer inbrünstigen Gebete nichts geändert hat.«

»Ich hoffe wirklich, dass Sie Recht haben.« Krigisa schüttelte den Kopf.

Ich wartete. Nichts, was ich noch sagen könnte, würde einen Unterschied machen.

»Gehen Sie und lassen Sie die Untersuchungen machen, Tyndel.« Krigisas Stimme klang gepresst. »Und behalten Sie Ihre Spekulationen und Informationen für sich.«

»Ja, Ser.« Einstweilen … und ausgenommen Cerelle. Ich nickte.

Vielleicht würde Cerelle im Landhaus sein. Sie würde verstehen. Vielleicht lachen.

84

(Lyncol: 4534)

Menschheit ist Mythos.

Als die Ärzte und Psychologen mit mir fertig waren, schickten sie Kommandant Krigisa einen Bericht, dass ich in ausgezeichneter körperlicher und geistiger Verfassung sei. Als darauf keine Antwort erfolgte, schlug ich vor, dass es für alle besser wäre, wenn ich einfach in die Zurückgezogenheit am See verschwinden würde. Dennoch verging nach meiner Rückkehr beinahe eine Woche, bis ich zum See kam.

Dort hatte die Laubfärbung eingesetzt, und es musste schon die ersten Nachtfröste gegeben haben. Ich hatte zwei Sommer hintereinander verpasst – tatsächlich sogar vier, wenn ich genau nachrechnete –, und die Anlage des

Gartens war über erste Vorarbeiten noch immer nicht hinausgekommen.

Cerelle stieg auf der Fahrerseite aus dem Geländegleiter und schloss das Verdeck. Ich ging um den Gleiter, und sie nahm mich einen Augenblick bei den Händen. Dann legte sie beide Arme um mich. Ich folgte ihrem Beispiel, und so standen wir eine Weile umschlungen in der kleinen Garage des Landhauses, das Heimatgefühl in mir weckte, ehe wir noch hinaufgingen. Drinnen blieben wir vor dem Kamin stehen, wo sie ein Feuer brennen hatte. Ich legte ein Scheit nach.

»Du hast es bagatellisiert, aber es war ein hartes Stück Arbeit für dich, und der Umgang mit Krigisa muss noch anstrengender gewesen sein.«

Ich holte tief Luft. »Es fing mit den Reaktorteilen an, den schweren Magneten, all diesem Metall, und dann … naja, ich erzählte dir alles, was geschah.«

Sie zeigte zu einem der Sessel am Fenster. Draußen lag der See im Nachmittagslicht. »Du erzähltest mir, was geschah. Aber du hast mir nicht gesagt, wie dir zumute ist. Ich werde dir Tee machen.«

»Das wäre fein.« Ich setzte mich in den Sessel neben ihrem, ließ mich von der Wärme des Kaminfeuers durchdringen und begann mich zu entspannen.

Sie kam herein und gab mir einen großen goldenen Henkelbecher, den ich noch nicht kannte. »Hier ist dein Tee. Er ist nicht so gut wie deiner.«

»Selbstmitleid?«

»Tyndel … ich habe ein wenig Selbstmitleid verdient, gelegentlich, besonders wenn du großartige Taten vollbringst und ich das Kindermädchen für verwirrte Flüchtlinge spielen muss.«

»Bei mir hast du gute Arbeit geleistet.«

»Ich tat mein Bestes, aber du warst kein leichter Fall.«

»Es hat trotzdem geklappt.«

Wir lachten beide. Cerelle, immer aufrichtig.

Der Tee duftete und schmeckte gut, und lange saß ich einfach da und nippte vom Tee und blickte von Cerelle zu den goldenen und roten Blättern draußen und genoss die Stille und die Wärme vom knisternden Kaminfeuer. Draußen zogen graue Wolken auf und machten dem Herbstblau des Himmels ein Ende, und ein Wind kam auf und zupfte bunte Blätter von den Eichen und Ahornbäumen.

Schließlich begann ich zu erzählen, von der Reise, der medizinischen Untersuchung, der Befragung nach meiner Rückkehr. Als ich den Punkt erreichte, wo ich die Orbitalstation Zwei verließ und den Transporter nach Runswi nahm, sagte Cerelle: »Das ist das zweite Mal, dass du mir alles erzählst, was geschehen ist. Aber du sagst nicht, wie dir zumute ist. Wie denkst du darüber, über Engee und Rykasha? Und was bedeutet es für uns, dass du ein genetischer Supermann bist?«

Ich runzelte die Stirn. »Ich glaube nicht, dass ich mich jemals als einen genetischen Supermann betrachte. Eigentlich sorgte Engee nur dafür, dass ich genetisch die nanotechnischen Verbesserungen weitergeben kann, die unsere Kinder sowieso bekommen könnten.« Ich lächelte. »Ohne das Aufheben und die Kosten.«

Sie schenkte mir ein Lächeln. »Ich bin froh, dass du sagtest, *unsere* Kinder.«

Aber wessen Kinder sollten es sonst sein? Wen könnte ich so lieben? Wer sonst verstand mich?

»Und … Engee und Rykasha?«

»Müde … erleichtert, dass es vorbei ist.«

Ein leichtes Stirnrunzeln war die Antwort.

»Ich weiß, Cerelle, dass es nicht vorbei ist. Nichts ist jemals vorbei.« Ich schüttelte bedächtig den Kopf. »Ich glaube, dass es im Universum immer etwas Mächtigeres und Größeres geben wird – oder in den Universen. Es Gott zu nennen, ist eine Art, es zu personifizieren und uns damit selbst wichtig zu machen. Für Engee ist es angenehm, als Gott betrachtet zu werden, weil er – es – durch uns mehr Sinn in seiner Existenz findet, trotz seiner unvergleichlich größeren physischen Macht im Universum. Die Autorität will mit alledem nichts zu tun haben, aber es bleibt ihr nichts anderes übrig. Nicht, wenn sie Rykashas Überleben wünscht.« Ich lächelte. »Die Autorität wird sich mit Engees Existenz abfinden müssen, und nach dem anfänglichen Schock …« Ich zuckte die Achseln und nahm einen Schluck vom Arleentee.

»Schock?«

»Da ist zum einen die Erkenntnis, dass er imstande ist, Verbindung mit anderen Universen herzustellen und Energie durchzuleiten. Natürlich weiß kein Mensch, wie er es macht, und die bloße Vorstellung, dass es ein weiteres Universum oder gar mehrere geben kann, wird zu vielen Spekulationen und Theorien Anlass geben. Die künstlichen Schwerefelder sind eine andere Sache, und in gewisser Weise stellen sie einen noch größeren Schock dar. Abgesehen davon kann die Neue Stadt in Begriffen wissenschaftlicher Erkenntnis und der Technik erklärt werden, die von den Anhängern gewonnen wurden oder durch das Wissen, das Engee durch Selbstprüfung gewonnen und weitergegeben haben könnte.« Ich verstummte und blickte über den See hinaus.

»Sprich weiter … lass mich nicht in der Mitte eines Gedankens hängen«, drängte Cerelle.

»Das bedeutet, dass die Autorität Engee als etwas wird anerkennen müssen – als eine andere Kultur, als eine überlegene Macht –, und sie wird die Rechtgläubigen anerkennen müssen, die Anhänger des Herrn oder wie immer sie sich selbst nennen. Gewiss, die Autorität kann noch immer Dienstverpflichtungen aussprechen, aber es würde schwierig und töricht sein, die Neue Stadt weiterhin zu ignorieren, und die Autorität ist nicht töricht. Sie wird nicht umhin können, eine Verkehrsverbindung einzurichten.« Ich lächelte. »Seit Jahrtausenden haben Menschen den Traum verfolgt, die Schwerkraft zu beherrschen. Schwerkraftträume, sozusagen. Aber die Autorität kann nicht ohne Kontakt die Schwerkrafttechnik erbetteln oder stehlen oder ausleihen ... also wird sie früher oder später zu einer Regelung kommen müssen, wahrscheinlich früher. Mit der Zeit wird das vieles ändern.« Ich stellte den leeren Becher weg. »Und einstweilen wird es die Rykashaner etwas weniger arrogant machen.«

»Das gefällt dir«, meinte Cerelle.

»Ich würde es gern sehen, wenn die Arroganz Rykashas einen Dämpfer bekäme. Das könnte helfen.«

»Es könnte.« Ein belustigtes Lächeln ging über ihr Gesicht. »Glaubst du, dass sie dich jemals wieder im Liniendienst einsetzen werden?«

»Vorläufig nicht, aber sie werden. Sie werden. Sobald klar wird, dass Engee Wort hält.«

Cerelle schaute mich an. »Du musst es zu Ende bringen.«

Ich wusste, was sie meinte. »In Dorcha, ja. Weil ich mich von der Vergangenheit niemals wirklich verabschiedet habe. Was ist mit dir?«

»Ich tat es, bevor ich Dezret verließ. Du nicht.«

Sie hatte Recht, wie gewöhnlich, aber ich musste es nicht in dem Moment zu Ende bringen. Also saßen wir in der Wärme des Landhauses und sahen die Sonne zwischen den Wolken und den herbstlich bunten Hügeln jenseits des Sees untergehen.

Epilog

(Henvor: 4535)

Im Schatten des Schulgebäudes von Rykasha, nicht von Dyanar, wie ich einst irrtümlich gedacht hatte, küssten sich zwei Jugendliche, und ein Dämon beobachtete es und lächelte.

Das Schulhaus, wo ich einst zwei andere Jugendliche gesehen hatte, war unverändert, aber der dunkelgraue Stein schien verändert – weicher –, abgeschliffen von Regen und Frost und Zeit. In dreißig Jahren konnte die Verwitterung nicht so viel ausgemacht haben. Mein Blick ging zu den Skulpturen der geflügelten Menschen, welche die Alten verkörpern sollten, und zu den geschwänzten Gestalten im Hintergrund, die in Konturen und Zeichnung besser als die Engel im Vordergrund erhalten waren.

Kunst? Geschicklichkeit? Oder eine Hand, die Andeutungen hinterlassen hatte, Andeutungen, die zu sehen ich zu jung und zu erfüllt vom Dzin gewesen war, als mein Weg mich das erste Mal nach Henvor geführt hatte. Einst hatte ich mich des Tages erinnert, als ich Esolde hinter dem Spalier im Garten ihrer Eltern geküsst hatte. Esolde war jetzt in mittleren Jahren, eine Ärztin, die in Halz einen guten Ruf genoss, wahrscheinlich schon ergraut. Und ich war ohne ein graues Haar geblieben, und meine Züge waren noch jugendlich.

Damals, vor mehr als drei Jahrzehnten, mit dem träge dahinziehenden Fluss zu meinen Füßen und der Feuchtigkeit des Morgennebels in der Nase, hatte ich die beiden unbehelligt gelassen. Später hatte ich gedacht, es sei der Anfang meines Verderbens gewesen. Jetzt … jetzt hatte ich gerade zwei Jugendliche beobachtet, die sich in einer Unschuld küssten, welche ich an einem See im Norden noch einmal durchleben konnte … weil Aufrichtigkeit Unschuld einer tieferen Art erzeugt.

Mein Blick wanderte zurück zum Schulgebäude, und nachdem ich die Skulpturen betrachtet und wieder die weniger klar ausgeprägten Gestalten der alten Engel und die schärfer gezeichneten Formen der Dämonen verglichen hatte, machte ich kehrt, um meinen alten Weg auf dem von ungezählten Füßen geglätteten Steinen des Uferweges zu gehen. Der Nebel war dieses Jahr dichter, und keine Wärme kam von der matt durchscheinenden Sonne.

So kalt der frühwinterliche Tag im alten Henvor war, der Nebel strich mir sanft wie eine segnende Hand über Gesicht und Haar, als ich den grünen Fluss entlang nordwärts ging. Alle Mythen der Zeit vor dem Großen Hunger und der Verwüstung, alle Geschichten, die so unglaublich fern schienen, kamen mir jetzt wie frisch gedruckt auf den Seiten eines eben erst geschriebenen Textes vor. Mit ernster Miene, aber einem inneren Lächeln wanderte ich den Uferweg entlang, bevor ich nach Norden zurückkehrte, in ein Rykasha, das noch zu lernen hatte, was ich zweimal entdeckt hatte: dass es immer ein größeres Wissen gibt, eine größere Herausforderung, und dass Täuschung überall ist.

Täuschung … alles Leben ist Täuschung, denn ohne sie können nur wenige der kalten Unparteilichkeit des Universums ins Gesicht sehen, oder der Tatsache, dass es fortdauern wird und wir sterben werden, unfähig, vollen Nutzen aus dem zu ziehen, was war oder was zu schaffen wir uns abmühten, oft geblendet vom falschen Schein der Selbsttäuschung. Und doch … das Ringen an sich hat Bedeutung, weil das Universum nur existiert. Als etwas bloß Existierendem mangelt dem Universum Bedeutung, und nur ein trügerisches Sein kann der unparteilichen Tatsache der Bedeutungslosigkeit Sinn geben.

Und da ich es kann, werde ich es tun, mit dem Wissen,

dass wir, oder die Alten, ein Wesen geschaffen haben, das manche Gott nennen. Unsere alten Träume haben zu wünschen übrig gelassen, obwohl wir mehr als Götter geworden sind. Ich werde scheitern, und im Scheitern Erfolg haben. Früher oder später werde ich sterben, und was ich verstehe, wird verloren sein, denn wenn Menschen Wahrheit suchen, finden sie Täuschung, und ein von Täuschung beherrschtes Bewusstsein ist blind gegen die Wahrheit.

Ich hatte gesehen, wie sich zwei Kinder einst hinter einem Schulhaus küssten, aber was ich nicht sah, hat alles ausgemacht.